主编

林 鹤

编委

刘禾 | 商伟 | 李陀
彭昕 | 李雪凇 | 黄骅

 纪实+ 03

Hellhound on His Trail
The Electrifying Account of the Largest Manhunt in American History

【美】汉普顿·塞兹（Hampton Sides）— 著

刘婉婷 — 译

头号追凶

马丁·路德·金刺杀迷案

当代世界出版社

Hellhound On His Trail: The Electrifying Account of the Largest Manhunt in American History

Copyright © 2010, 2011 by Hampton Sides

All rights reserved. This translation published by arrangement with Doubleday, an imprint of The Knopf Doubleday Group, a division of Penguin Random House, LLC. through Bardon Chinese Media Agency.

著作权合同登记号：图字 01-2023-3618 号

图书在版编目（CIP）数据

头号追凶：马丁·路德·金刺杀迷案 /（美）汉普顿·塞兹著；刘婉婷译. -- 北京：当代世界出版社，2023.8

书名原文：Hellhound On His Trail: The Electrifying Account Of The Largest Manhunt In American History

ISBN 978-7-5090-1750-0

Ⅰ. ①头… Ⅱ. ①汉… ②刘… Ⅲ. ①长篇小说—美国—现代 Ⅳ. ①I712.45

中国国家版本馆 CIP 数据核字（2023）第 113911 号

书　　名：头号追凶：马丁·路德·金刺杀迷案
出 品 人：丁　云
责任编辑：刘海光　张　阳
特约编辑：杨司奇
封面设计：今亮后声
内文排版：吴　磊
出版发行：当代世界出版社
地　　址：北京市东城区地安门东大街 70-9 号
邮　　箱：ddsjchubanshe@163.com
编务电话：(010) 83907528
发行电话：(010) 83908410
经　　销：新华书店
印　　刷：北京中科印刷有限公司
开　　本：880 毫米×1230 毫米　1/32
印　　张：14.75
字　　数：372 千字
版　　次：2023 年 8 月第 1 版
印　　次：2023 年 8 月第 1 次
书　　号：978-7-5090-1750-0
定　　价：69.00 元

图书策划：活字文化

如发现印装质量问题，请与承印厂联系调换。
版权所有，翻印必究；未经许可，不得转载！

总　序

　　记录历史的方式，可以是宏大的历史叙事，也可以是细微的纪实描述。20世纪中叶在美国兴起的非虚构写作，就是一种贴近生活进而去记录和展示历史的创作方式。这类作品以具体而真实的事件、人物为依据，层层剖析和追踪，力求揭示"真相"，为历史增添具有可信度的细节。另一方面，这种写作强调以文学的语言讲述故事，侧重可读性和感染力，因而获得了一大批读者的情感共鸣。美国的非虚构写作兴盛多年，积累了大量的作品，为我们深入具体地了解这个国家的社会与历史，提供了更有吸引力的途径。

　　中美恢复交往已近半个世纪，国内引进的美版图书可谓汗牛充栋。粗看起来，我们好像已经熟知美国的方方面面，但若细究，我们耳熟能详的多半还是那些大叙事视角下的作品。美国是一个由不同片区、不同文化、不同族裔拼成的国家，且这几十年来社会变化很大。如果我们对美国的认知仍然停留在由旧闻旧书勾勒的大而化之的简笔速描、理念写生上，采信那些"局外人"走马观花式的认知甚至误读，这般印象不仅刻板干枯，也与当今美国现实有所脱节，据此做出的判断或许会有偏差。

　　为此，我们延请久居美国的华裔资深学者，从浩若烟海的图书中遴选出具有代表性的深入报道美国社会事件的非虚构作品，组成"A纪实"译丛。"A"，取自"America"，我们希冀从那一幕幕历史的细节中透视美国的某个片断，正如一张张显微切片，呈现的是对真实人生的深度关注和解读，窥见的是美国的一段段历史和生活细节。当下的美国社会滋生了许多新的现实矛盾，引发了形形色色的新的生存困境和精神困扰，而其根源与过程正隐藏在这些历史的细节当中。如果这一张张拼合起来的切片，能让我们最大限度地接近美国的全景图像，帮助我们在骨架中填入血肉，还原一个真实、立体和复杂的美国，那便是"A纪实"的最大初心与目的。

我们希望本译丛能够跨越学科疆域，把深入浅出的"真相"带给热心的求知者，也就是，爱书的读者你。

献给麦考尔、格雷厄姆和格里芬

未来一片光明

黑人生命中每一个醒着的时刻,都遭歧视咬噬,如逢地狱恶犬。*

——马丁·路德·金,1967年

每一天我都心神不宁,地狱猎犬紧追不舍。

——罗伯特·约翰逊,1937年

---

* 地狱猎犬(Hellhound):在西方神话和民间传说中,地狱猎犬是地狱、魔鬼或冥界的守护者,在世界各地的神话中都有它的身影,最著名的例子是古希腊神话中的刻耳柏洛斯(Cerberus)、北欧神话中的加姆(Garmr)、英国民间传说中的黑狗(Black Dogs)和凯尔特神话中的仙女猎犬(Fairy Hounds)。这些地狱猎犬的外表各不相同,但它们通常是黑色的,强壮凶猛,大多有红色的眼睛或者伴随着火焰。——编者注

目录

致读者　　　　　　　　　　　　　　1

序章　囚犯 416-J　　　　　　　　　3

第一部　金的城市

第 1 章　白金之城　　　　　　　　13
第 2 章　孤注一掷　　　　　　　　21
第 3 章　巫山风雨月　　　　　　　27
第 4 章　恶人天敌　　　　　　　　36
第 5 章　旧南方的西部　　　　　　44
第 6 章　毕业生　　　　　　　　　50
第 7 章　秘密操作会传染　　　　　59
第 8 章　仇恨集结号　　　　　　　65
第 9 章　红色康乃馨　　　　　　　72
第 10 章　橙色圣诞节　　　　　　76
第 11 章　行走的秃鹫　　　　　　83
第 12 章　阳台上　　　　　　　　90
第 13 章　以脸为生　　　　　　　93
第 14 章　气氛诡异　　　　　　　99

第 15 章	马丁·路德·金完了	109
第 16 章	大赢家	119
第 17 章	孟菲斯的生死抉择	131
第 18 章	夏伊洛射击练习	139
第 19 章	暴风预警	142
第 20 章	无惧任何人	148
第 21 章	绝佳视角	156
第 22 章	5B 号房客	161
第 23 章	驻足河边	174
第 24 章	钉上十字架	182
第 25 章	武器不能碰	189
第 26 章	永恒的停顿	197
第 27 章	擦肩而过	210
第 28 章	毁坏殆尽	220
第 29 章	血的力量	233

第二部　埃里克·加尔特是谁？

第 30 章	孟菲斯的召唤	247
第 31 章	箕纹涡纹，牙顶牙底	255
第 32 章	孤身逃亡	262
第 33 章	1812 再现	268
第 34 章	多伦多的甜蜜之家	279
第 35 章	复活节到来	285

第36章	最底层之人	295
第37章	谋金档案	306
第38章	加拿大相信你	321
第39章	携带武器，极度危险	331
第40章	幽灵逃犯	336

第三部　全国热搜

第41章	十大通缉犯	345
第42章	复活城	354
第43章	退休计划	363
第44章	瘟疫	367
第45章	取钱	371
第46章	我已经无法思考	385
第47章	三位遗孀	391
第48章	钢铁之环	398

终章	囚犯65477	406

后记	病态的白人兄弟	417

鸣谢	426
资料来源	430
注释	434

致读者

当年事件发生时，我还只是个六岁的孩子，就住在南方铁路附近的樱桃路上一幢歪歪扭扭的砖瓦房里。当时我父亲在孟菲斯律所工作，金博士来镇上为垃圾工发声时，成了他们律所的委托人。我还记得那晚父亲急匆匆冲进家门，喝了好几杯鸡尾酒才终于定下神来，神色惊恐地告诉我们发生了什么事。他给我们讲了这件事对我们的城市、国家乃至世界都意味着什么。我还清楚地记得那夜的宵禁，记得警笛长鸣，记得步伐整齐的一排排持枪的士兵；我还记得，那是我第一次见到真正的坦克。不过最让我记忆深刻的，是收音机和电视机里的大人们声音里那种深深的恐惧。他们的语调里汹涌着恐惧的暗潮，因为大家都觉得，我们的城市即将分崩离析。

刺杀事件四天后，科雷塔·斯科特·金（Coretta Scott King）披麻戴孝地来到了孟菲斯。她引领的游行队伍一片死寂，这是她丈夫领导的游行中从未有过的场景。吊唁队伍穿过阴沉的街道，向好几公里外的市政厅蜿蜒行进。队伍笼罩着一种凄美的苍凉，没有一声一响打破沉默。这支队伍没有怒吼，没有示威，甚至没有齐唱一首挽歌以寄哀思。它发出的唯一声音，就是鞋底与柏油马路碰撞的轻响。

凡是作者，终归都有一天会去自己的文字中追溯本源。而我想通过这本书，回到我还未离开家乡时那段改变了我人生轨迹的时光。1968年4月，一个杀手潜入了我熟悉而深爱的城市，他在密西西比河畔架起一柄高火步枪，枪口正正地瞄准了历史长河。那一枪的冲击波，直到现在还回荡在洛林汽车旅馆306号房，并以那里为中心震动着全球。洛林汽车旅馆成了一座国际神龛，来拜访的都是达赖喇嘛、纳尔逊·曼德拉和U2乐队队员之流。这里成了他们的圣地。来自世界各地的人们云集于此，重新踏上当年金博士踩过的那寸土地，也在潮湿的空气中眯起眼睛，观望那片命运的原野。他们揣想着历史的真相，猜测那片阴影中是否还酝酿着更大的阴谋。

我得见的第一位作家，是著名的孟菲斯历史学家谢尔比·富特（Shelby Foote）。有人曾如此评价他的"内战三部曲"："借小说家的笔触写实。"而这正是本书想尝试的经验法则。我已经在尽力维持行文的流畅性和可读性，但这本书本质上仍然是部纪实作品。书中的每个场景都有历史记录支撑；所有情节以及心理细节都来源于真实证据；所有对话都是从档案中摘取、改造而来。我参考了来自孟菲斯当局、美国联邦调查局、美国安全局、加拿大皇家骑警队和苏格兰场的国会证词、新闻报道、口述历史、回忆录、庭审记录、验尸报告、归档新闻视频、案发现场照片和官方报告。同时，我还做过多次个人采访，并且进行了长达上万公里的走访：从巴亚尔塔港到伦敦，从圣路易斯到里斯本。如果有读者对我复现整个故事的过程感兴趣，可以在注释和文献中找到大量细节丰富的引用来源。

至于金博士遇刺案，我觉得现有记录本身作为故事就已经足够精彩。不管凶手是因为糊涂、凑巧还是故意为之，总之，不争的事实是，他留下了巨量证据。关于他周游世界的描写，其实大多参考了他自己的原话，并有各种记录作为补充材料。关于他的动机、金钱来源和外界帮助，还留有许多疑点，但这个杀手在各个环节其实都留下了数不清的实际和比喻意义上的指纹。

新墨西哥，圣达菲

汉普顿·塞兹

序章
囚犯 416-J

1967 年 4 月 23 日
密苏里州，杰斐逊市

烤炉的熊熊火焰前，监狱面包师正挥汗如雨，为监狱农场里饥饿的劳工烤面包，从清晨干到现在。已经烤好的六十条面包放在壁架上冷却并等待切片，整个厨房弥漫着一股酵母的味道。手持武器、神色懈怠的狱警正在厨房周围巡逻。

这是个明媚的周日上午，正在干活儿的面包师不少，囚犯 416-J 也在其中。他体型消瘦、皮肤白皙，看起来快四十岁的样子，头发乌黑但鬓角已见斑白。他穿一身监狱的标准囚服，上身绿色棉布衫，下身是同样材质的长裤，裤子明缝的浅色条纹标志着他的身份。此刻，他的囚服外还套了件沾满面粉的围裙。1960 年他因持械抢劫获罪，之后的七个年头，416-J 一直在杰斐逊市的密苏里州立监狱服刑。此前，他还曾因偷窃和诈兑价值数千美元的邮政汇票在莱文沃斯监狱服刑四年。他成年后的时光几乎就是在一个接一个的监狱中度过的，而这也让他对监狱生活谙熟老道，知道怎么才能在狱中活得更好。

杰市这座哥特风格的监狱初建于 1836 年，是美国在密西西比河以西建造的第一座监狱，如今这座监狱里塞着两千多名囚犯。过去十多年来，它作为"流氓大本营"的"盛名"渐渐远播，也被公认为美国暴力最甚的监狱之一。1954 年，一个惩教专家组曾如此评价它："就密度而言，这里绝对是美国血腥味最浓的近三百亩地。"[1] 话虽如此，事实上这座监狱却坐落在美国中西部一片田园牧歌式的慵懒土地上。在监狱的石灰高墙外，拖船在密苏里河上你来我往，排成 V 字的大雁成群结队地飞往它们的避暑胜地。货运火车在沿河的老旧铁轨上轰隆隆驶过时，监狱里都能听到它的汽笛长鸣。

还在杰市监狱时，416-J 就时常眺望郊区，幻想有一天自己也能离开监狱，漫步在那郊区小路上。时间慢慢过去，他成了监狱面包房的老手，在厨房工作多年从不惹事——事实上，几乎就没人能注意到他。大多监狱管教人员都不知道他的名字，甚至想不起他的长相——对他们而言，他就是个代号，仅此而已。有位杰市典狱长形容他"微不足道"；还有位劳教员说得更为直白："他在这里根本形同无物。"[2]

有位州级精神病学家在事发一年前曾为 416-J 做过精神检查。这位精神病学家认为他虽然"并没有完全发疯"，但无疑是个"有趣且复杂的人——他有反社会人格，而且精神极度敏感"。[3] 416-J 十分聪明，在智商测验中得分 106，略高于平均水平。不过那位精神病学家特别提到了一点：犯人对自己的身体健康表现出了"过度焦虑"，并且有些"强迫症式的担忧"。这位犯人是个彻头彻尾的疑病症患者，总是阅读大量医学书籍，时常把各种病征和症状挂在嘴边。他臆想自己患有心悸，还判断自己颅骨畸形。人们经常能看到他在放风场上手握秒表，计算自己的脉搏。另外，因为胃病他只能清淡饮食；因为神经敏感他必须服用利眠宁。[4] 而且因为几乎不间断的头痛太折磨人，他还同时在吃其他多种止痛药，不过医生仍然认为，他需要更多的医疗服务。

"我觉得他需要心理治疗，"[5] 那位州级精神病学家当时得出结论，"他对自己健康的担心正与日俱增。"可是这样一条评语放在杰市监狱几十位甚至上百位囚犯身上都毫不突兀，所以惩教委员并未在意精神病学家的这份报告。

***

1967年4月的过去几周里,如果狱警曾经认真观察,就会发现当时416-J的行为十分反常。那段时间他突然开始大量阅读墨西哥旅游指南,还从监狱图书馆借走一本英语－西班牙语字典;他成功用核桃染黑了自己的皮肤;[6] 他开始大量服用矿物油(这是他十分信赖的众多奇怪的药物之一);[7] 他还总是睁眼不眠到深夜,因为他的大脑在飞速运转着一个又一个新想法。

通常,这些想法都是靠安非他明驱动的。当然,安非他明在杰市监狱流通时有各种诨名:思必得、班尼药片、斯普拉斯、斯班尼,不过都是大同小异的精神药物。他一般服用药片或者药粉,偶尔也用针剂。当时在监狱中,他是安非他明交易场上有名的"药商"。一位相识多年的囚犯说:"他嗑药的时候就躺在自己的号子里,他要想事儿。他说嗑药让他头脑清晰。有时他甚至能记起自己六七岁时候的事儿。或者他会回想自己犯过的事儿,反省自己的失误。"[8]

那段时间里,416-J经常在囚室做瑜伽,或者说做某种看起来像是瑜伽的活动。他把自己蜷成一团,并保持好几小时,试着让自己的身体占据尽可能小的空间。正常情况下,见到有人把自己叠成这种人形饼干,狱警一定会有所警觉,可416-J经常在囚室做俯卧撑和体操,发出奇怪的声音或者徒手倒立,所以他的行为并未引起任何人的警惕。

还不止如此。就在事发前一天,也就是4月22日,一位访客破天荒地探视了416-J。这可算是极反常的事了。他一直独来独往,看起来在监狱外面根本没有亲朋好友。根据狱中的小道消息,来探监的是他哥哥,住在圣路易斯。而416-J并未和任何人提起过此事。[9]

这天早上8点钟左右,416-J由狱警跟着离开囚室,前往监狱厨房。

当时他拎着一小袋洗漱用品，可这个小细节并未引起任何注意，因为像他这样的厨房工作人员，有资格在厨房的卫生间洗澡、刮脸。坐着电梯，他早早就到了烘焙房，尽管当天他本来应该11点才开始值班。进了厨房他开始做饭，随即一个人大快朵颐了一番。他这一顿饭吃了十二个鸡蛋，而这又是一桩反常的事。[10]

享受饕餮一餐后，416-J以洗漱为由溜进了休息室。他拎着的小袋子里装着一面小镜子、一把梳子、一把剃须刀和几个替换刀片，还有一块肥皂和二十根巧克力棒。除此之外，袋里还有一个"频道大师"牌口袋收音机，这是两天前他从监狱小卖部买来的。按照杰市监狱的规定，收音机外壳的侧边上用一行小字刻着他的囚号，00416。他的鞋里还塞着两卷现金，总计近三百美元，这些钱被他极硌脚地踩在脚底。[11]

许多天前，416-J就在休息室藏了一件白衬衫和一条监狱统一分发的长裤。他还用誊印油墨把那长裤染成了黑色，尤其要染长裤两侧会暴露他身份的浅色明缝。此刻，他迅速脱掉身上的囚服，换上他藏好的白衬衫和黑长裤，把囚服套在白衣黑裤外面，穿着两层衣服出了门。

416-J坐电梯下楼到了装卸区。那里放着一个上了链条的铁箱，装满了要送往监狱农场的新鲜面包。这个铁箱长1.2米，宽和高都近1米，能轻易藏进一个成年人。而这正是416-J的计划。他挤碎了好几层温暖松软的面包才把自己的身体塞进铁箱，然后就像胎儿一样把自己紧紧蜷成了一个球。

到这一步我们知道，他当时一定是有同伙的，而且甚至可能还不止一个，因为接下来需要有人用一个打了通气孔的假箱底盖住他，还要在上面再摆几层面包，直到装满铁箱。箱外的铁链还需要有人锁上。接着，铁箱被装上推车运到了装卸区边缘。

几分钟后，一辆货运卡车开进了装卸区，两个犯人将面包箱装上卡车货箱。卡车货箱三面都围着罩篷，只有车尾那面没有遮挡。装货的犯人示意一切就绪，于是卡车司机开车出了装卸区，驶向安检通道，接着一位警官出来检查卡车是否装有违禁品。他检查了底盘和引擎之后爬上了卡车货箱，开始检查货物。

416-J 号囚犯蜷缩在他又热又挤的特别铺位里，正觉得热烘烘的面包味已经让他呼吸困难，就听见有人揭开了他头顶的面包箱盖。狱警砰砰敲着面包箱，还伸手拉着箱子晃了几晃，满意地看到面包箱从下到上装满面包。当囚犯听到面包箱盖重新合上时，一定是暗暗松了口气的。

狱警退开一段距离，示意司机可以离开。随着监狱大门咔嗒一声打开，货车便向监狱农场隆隆驶去了。

***

那天早晨，就在 416-J 实施越狱计划的同时，他十分仰慕的一位政客正在同一时间，坐在数千里外的美国全国广播公司（NBC）电视台的直播间做节目。面对《相约媒体》（*Meet the Press*）节目主持人劳伦斯·斯皮瓦克（Lawrence Spivak）的提问，这位颇具争议的人物突然面对全国观众，宣布自己正在考虑竞选入主白宫。他就是乔治·C.华莱士（George C. Wallace），亚拉巴马州前州长。几年前，他曾因只身挡住亚拉巴马州大学校门名噪一时，因为他反对人种平权，试图阻拦亚拉巴马大学对黑人学生开放。

此时的乔治·华莱十四十七岁，一如既往地挑着一双粗短黑亮的弯眉，善于像火一样点燃听众的情绪，永远都在向他的听众大肆宣扬、谴责、激情演说。有人说，他就是坐着都能给人一种趾高气扬的感觉。[12] 不过这天早上，华莱士想营造一种总统该有的成熟、冷静的气质。他穿了笔挺的西装，调整了语气语调，并且尽力减少了演讲中的戏剧化夸张成分。就连平时梳得油光水滑的头发，今天也好像为了低调而少了些光泽。

"我不是个种族主义者",这就是华莱士想传达给全国人民的信息。他想说,他的竞选并非一次"针对有色人种的攻击"。[13]

他接着补充道:"但真正的事实是,这个国家现在充斥着反对政府的言论。"他紧紧盯住镜头,漆黑的眼睛闪闪发光地盯着数百万正行走在美国心脏地带的人。

他说:"这场运动属于人民。不论领导人民的政客是否支持,这一点都无法改变。"[14]他表示,他的竞选将着重关注那些"街头的普通人……纺织工、炼钢工、理发师、美容师、巡逻警和小本生意人。他们才是最重要的人。要想改变这个国家的现状,就需要得到这些人的支持"。

接着,华莱士的目光转向了镜头,他压低声音发出一声怒斥:"任何想要阻碍这场运动的政客,都会被这股浪潮冲倒。"[15]

***

刚到杰市监狱的高墙外,416-J就爬出了面包箱,通往自由的路也挤成了一地面包渣。那箱面包被毁了个干净,所以到达目的地时,它直接被监狱农场的工人拿去喂了鸡。[16]416-J在罩篷遮蔽下的货箱里脱下囚服,把破旧的绿囚衣塞进手提袋。囚服之下他身着白衫黑裤,看起来完全与平民无异。货车刚刚过河,正以八十公里的时速奔驰,所以他暂时没办法安全跳车。但在货车刚开上农场的碎石路慢下来的那几秒里,416-J抓住机会就从货车车尾跳了出去,而货车甚至都未曾停顿,后视镜并没有捕捉到他的身影。

416-J急匆匆地赶往河边,躲进大桥附近破旧的垃圾场,靠一堆堆外壳都生了锈的报废汽车藏身。一整天他都竖着耳朵,搜寻追捕而来的骑手和猎犬的声音。他不时打开他那台小收音机等待他的越狱通告。不过截至目前一切正常,因为新闻对他只字未提。虽然不久之后,密苏里州惩教署就发出通缉令，悬赏了仅仅五十美元以求将他逮捕归案。

夜幕刚刚降临，他便趁着夜色再次过河，沿着铁轨向西开始向堪萨斯城跋涉。不过这只是他的计谋，因为他并不真的打算去堪萨斯城。狱警知道他在圣路易斯有亲戚（圣路易斯在正东一百公里开外），他们自然怀疑那里是他的目的地。他假意朝西向堪萨斯城进发，就是为了争取时间。

他沿着铁路向西艰难跋涉了六天，其间赖以生存的全部食物就是他带出来的巧克力棒，要喝水时就找些偶尔碰上的山泉解决。他还从一架老旧拖车里偷了盒火柴，这能让他点些篝火御寒。后来讲起这段往事，他说："我经常抬头看星星，因为我都好久没看到过了。"[17] 有天他正坐在篝火边取暖，碰巧被几个路过的铁路工撞见，这着实吓了他一跳。他骗他们说自己是沿河狩猎时弄湿了衣服，才在这里烤火。看起来几个铁路工相信了他编的故事，因为他们并没有为难他。可过了几晚，他发现有州警在与铁路平行的大路上巡逻，摆明了是在追捕他。

不过到了第六天，他能明显感觉到风头已过。他一直在用收音机收听消息，没想到媒体对他的越狱自始至终只字未提。他在路上捡了个锉刀样的工具，想把收音机盒上的囚犯编号抹掉。

第六天晚上，他远远地看到了一个小商铺，荧荧的灯火仿佛在召唤他过去。不想被人看出自己正在逃亡，他上下打理了一番才蹒跚地走了进去。那天他点了些三明治和啤酒，这是他在监狱面包房饱餐一顿鸡蛋之后的第一顿正经饭。

此刻他已是饥肠辘辘、疲惫不堪。这一周的逃亡本就让他担惊受怕，缺乏睡眠更是让他神经敏感，脾气暴躁。现在一个三明治下肚，他才终于放下了些许戒备，换上了一副志得意满的神色。面包箱！他要细细品味他这场精妙的壮举。"杰市监狱无人能逃越。"大家都这么说，而且也都是这么认为的。纵观杰市监狱历史，自落成以来也只发生过三次越狱，而且均以失败告终。

他在杰市监狱的高墙中困了七年，后面还有十八年等着他。他的整个监狱生活都是围绕越狱这个目标规划的，这个目标也是他集中精力、坚持下去的核心动力。他躲在精心设计、计划良久的暗影之中，节衣缩食、小心谋划。他给自己打造的就是一个"无身份者"的形象，人们看到他也对他视而不见，看不到时更想不起他的缺席。

当晚，416-J 给他哥哥打了通电话，约定了见面地点。[18] 之后他爬上了一辆东行的货运列车，带着焦虑与喜悦混合的复杂情绪，坐着火车再次经过了杰市监狱。[19] 不知有多少无眠夜，他都是战战兢兢地躺在杰市监狱的囚室里，听着现在这辆正载着他奔向自由的火车的轰鸣声度过的。

离开了杰市监狱的高墙，他终于能放纵思绪天马行空，构画新的工作、复杂工程和远大理想。但现在，他还要赶往圣路易斯，那是回家的方向。

第一部

金的城市

背起十字架时,我才懂得了它的意义……
你此生都无法卸下,并终将为它献上生命。

——马丁·路德·金,1967 年

第 1 章

白金之城

1967年5月上旬，圣路易斯五百公里开外，孟菲斯市民们站在鹅卵石滩上，享受着河岸边清凉馨香的水汽。七万五千多人身着正装，正等待黄昏降临。他们来自各式各样的秘密组织：有秘密社团孟菲斯社（Mystic Society of the Memphi），还有其支部奥赛瑞斯社（Osiris）、拉梅社（RaMet）和斯芬克斯社（Sphinx）。这些古老家族的成员们穿着笔挺的詹姆士·戴维斯牌西装，手中举着波本酒集结在这里，等待见证南方最伟大的政党黎明的曙光。[1]

北部消融的冰雪冲宽了浑浊的密西西比河河道，裹挟着浊浪湍流席卷而来。主河道中随处可见巨树的遗骸逐流而下。过河再走上一千多米就是阿肯色州漫滩，也是羔螨、鳄嘴鱼和水生尖吻蝮的世界。漫滩松软的U形湖泊里满是这些水生生物。蜿蜒绵长的沙洲上，有野猪在浮木和腐烂的柏树桩挤作一团的烂泥地里尽情撒欢。

出了这片野生动物的天堂，就是万顷棉田。入眼只有一望无际的棉花，成排成队，长势喜人。它们的学名叫陆地棉，人称白色金子，只有世界上最肥沃的冲积层才养育得出来。

1541年，西班牙探险家埃尔南多·德索托（Hernando de Soto）成为第一位见证密西西比河雄浑之美的欧洲人，而当时他脚下的那片土地，诞生了现在的孟菲斯。[2] 又过了287年，安德鲁·杰克逊（Andrew Jackson）与他的一群资助人兼密友才在这片土地上正式建成了孟菲斯，并以毗邻吉萨金字塔的埃及首都为之命名。不过在 19 世纪中叶以前，孟菲斯从来都名不见经传，直到沿河的阔叶林被大面积清除，现在被叫作密西西比三角洲的平坦、肥沃的漫滩终于成了耕地，它才真正繁荣兴旺起来。随着美国进入内战，孟菲斯成了南方种植园主群体最后一次疯狂复辟的中心。三角洲地区的棉花田种植确实开始得很晚，但它是一场复仇，是信徒为一个业已衰落的信条绝望而又自大的复仇。

在原孟菲斯边界附近的尼罗河畔，棉花早已生长多年，而现代意义上的孟菲斯，在 1967 年 5 月 10 日那个美好、湿润的夜晚才第一次迎来了棉花田。阿肯色州沃野上，密西西比河岸边，这些小可爱已经破土而出，而作物喷粉机也已经摩拳擦掌，准备播撒化工雨。古老的传统又将迎来一个新周期。孟菲斯人已经做好准备，迎接这座雄壮的棉花王国又一个天赐收获季。

第三十三届棉花狂欢节终将来临，它也是孟菲斯对忏悔星期二*的正式答卷。这个周末，这里将举办豪华午餐、贸易展览、慈善舞会，还有选美大赛——为孟菲斯选出它的"棉花小姐"。这是一场上千人的狂欢，街上跑着的精美花车有些甚至是由棉花编织而成的，描绘着已经不复存在却还未被忘怀的战前南方旧景，或者长鼻子的棉籽象鼻虫偷吃棉花的犯罪现场。整整一周，一场接一场的派对将在皮博迪万豪酒店的顶层露台举办。这里有成群的野鸭住在特意为它们建造的、按比例缩小的"豪宅"里，如果它们不在自己的小"豪宅"里，那一定就是踩着红毯，去酒店大厅的喷泉里游水嬉戏了。

这天晚上是狂欢周的开始，也是国王与王后的莅临之夜。他们头戴王冠，高居王座；他们闪闪发光的宫廷坐落在一艘巨大的驳船之上，只待日落便驶入孟菲斯港。这场狂欢不光是为了庆祝棉花丰收，也是在赞

---

* 亦称薄饼日，基督教传统耶稣受难节前的大斋期前夕，是大斋首日（Ash Wednesday）的前一天。——译者注

颂棉花种植业给这里的人们带来的富饶生活。种棉花给了他们猎鸽、烤乳猪、举办少女成人礼舞会的自由。这样的上流农业社会，即使现在也依旧能在孟菲斯周边的沃野国度中找到。

棉花，到处都是棉花。起重机用十几个重达两百多公斤的棉花捆，堆出了一座横跨市区街道的巨大拱门。举办方鼓励出席者都身穿棉装，大家也悉数照办：舞会上的姑娘们清一色穿着收腰百褶裙，布料是上等的泡泡纱；孩子们则身穿硬挺的牛津布衣。就连等待皇家驳船入港时，人们手里都举着棉花糖。

三角洲棉花世界各个阶层的代表，此时都在岸边的人群中了：代理商、分级工、轧棉工、经纪人、棉种商、种植园主、压棉机主、棉交所董事成员、联合种植银行贷款员和化学工程师——只要财神手里有相关的赚钱路子，他们就能解析出需要的一切信息，比如植物的油种分布，还有其他各种秘密成分。

棉花的今日往昔，就弥散在这片荫凉的水域。在欢呼的人群背后，那片曾经被契卡索印第安人占据的木兰高崖上坐落着同盟公园，公园里还安置着杰斐逊·戴维斯（Jefferson Davis）的铜像。内战过后，他在孟菲斯落了户。亚当斯大道与公园只隔一个街区，内森·贝德福德·福雷斯特（Nathan Bedford Forrest）经营的大型奴隶市场曾经就建在这里。据说那是南方最大的奴隶市场；相传它"精选农工、家仆、机械工无所不有，还有最新鲜的小黑鬼供应"。

紧挨着这座高崖，有一条路叫作前街，也是条棉花要道。[3] 小楼上的棉花分级间里，独具慧眼的专家们正在朝北的房间里昏暗的日光下，纯粹凭直觉给棉花样本分级。级别分类是棉花产业由来已久的标准，比如"次中""次下"等。今日的孟菲斯依旧是世界最大的棉花市场之一，无数财富曾涌入这里，又从这里流失，接着再次失而复得。这里流传出了许多名字，现在都成了传奇：杜纳万特（Dunavant）、库克（Cook）、特利（Turley）、霍亨贝格（Hohenberg）、阿伦贝格（Allenberg），等等，随便哪个都是这个源远流长的产业中一等一的大亨。十月收获季，前街的天空也一如往常地飘起了棉絮雪。

棉花、棉花、棉花，孟菲斯的棉花不嫌多。棉花仍然是它的王，也永远不会失去这里的王座。

***

事实上，虽然没人愿意在 1967 年那个喧闹之夜讨论这件事，但三角洲的棉业确实是陷入了危机。种植园的生活一夜间天翻地覆：黄豆作为单一作物的新晋最热选手挤进了市场；涤纶强势入驻了美国人的衣柜；大型机械化采棉机以及各种新型农药、灭草剂，取代了三角洲佃农的过时技术。因为被石油化工制品和机器淘汰，接下来的十年中，成千上万的黑人农工只好带着家人离开种植园，来到孟菲斯。因为这是距离他们最近的城市，也是美国唯一一座以非洲旧首都命名的城市。

可刚到孟菲斯时，除了剥驴皮、摘棉花，这些三角洲农工大多身无一技之长。虽然其中有些在比尔大街，也就是孟菲斯黑人的中央大道吹蓝调玩出了些名气，但绝大多数还是只能委身于低级工种，所以最终不过是在重复当年种植园那种社会地位卑微、遭受歧视的生活而已。许多人成了家仆、看门人、侍者、园丁、厨师或者搬运工。甚至有些人别无选择，只能去做最低级的工作：去公共卫生局报到，最终成了垃圾收集员。

追溯起来，其实这座新城市历史悠久，一直以来都有些哥特式的怪诞。孟菲斯拥有六十万人口，挤在田纳西州西南的小角落里，举手投足间都带着一丝疯狂，而且自带一种奇异的，甚至可以说是低俗的幽默味道。这座小城向来都以古怪和半疯的鬼才闻名于世：摔跤手、河船队长、发明家、赌徒、蛇油贩子，还有音乐家。他们身上弥漫着一种天然的奇异气息，明明能感觉到，却又神龙见首不见尾。一百五十年来，这条长河所见证的痛苦与悲伤，桩桩件件都在这片鹅卵石河岸上历经淘洗。1878年，这座城市差点就因为黄热病毁于一旦。[4] 不过最终，美国这座尼罗河岸边的大都市还是走出了这场疫病，走出来的它甚至比过去更加疯狂、更加古怪、更加壮志满怀。孟菲斯，正如一位著名作家笔下所写："坐落在断崖之上，其命运也向来险象环生。"[5]

这座城市自创建之初，就一直高高架在种族断层线上。它的第一任市长马库斯·布鲁图斯·温彻斯特（Marcus Brutus Winchester）因为爱上并最终迎娶了一位所谓的"有色女性"，在当时留下了一笔"丑闻"。[6]19世纪20年代，这座城市最有意思的市民名叫范妮·赖特（Fanny Wright），一位苏格兰裔理想主义者。为了通过教育帮助奴隶获得公民身份，她创建了一个理念超前的公社，其居民就是这些她想帮助的奴隶。数代之后，艾达·B.韦尔斯（Ida B. Wells）降生在孟菲斯，她后来成了民权运动的早期领袖之一，也是位极富勇气的女性。19世纪90年代，她多次遭到暗杀，却依旧坚持以极具感染力的演讲抵制滥用私刑。[7] 当然，不得不提的还有那位最为神秘的福雷斯特先生（Mr. Forrest），他关闭了自己的奴隶市场，拿起刀枪上了内战战场，成了美国历史上最为阴狠的将军之一。战后回到孟菲斯，他很快成了三K党大巫师，不过时间不长，后来绝对是受了神启，他做了一个突如其来的英明决定，迅速与三K党脱离了关系，并将所剩不多的短暂余生投入了种族和解事业。[8]

不过说到底，音乐才是这座城市最耀眼的天赋、最突出的异禀，譬如比尔大街上W. C. 汉迪（W. C. Handy）的蓝调，斯塔克斯唱片公司的灵魂，还有乡巴佬音乐鬼才萨姆·菲利普斯（Sam Phillips）在联合大街上狭小的录音棚中制作出炉的黑白混音碟。这间小录音棚和福雷斯特的墓地相距不过百米。本质上，孟菲斯的音乐唱的是黑人和白人的激烈交融。

猫王埃维斯·普里斯利（Elvis Presley）在菲利普斯的启发下，以自己独有的方式，让比尔大街的原生音乐有了与世界共鸣的力量。那些耀眼的明星从孟菲斯的录音棚和夜店川流而过，无论肤色，都如天上的星，夺目流光，甚至数量上都毫不逊色于星群。不只是猫王，还有鲁弗斯·托马斯（Rufus Thomas）、约翰尼·卡什（Johnny Cash）、蓝调之王 B. B. 金（B. B. King）、阿尔伯特·金（Albert King）、卡尔·帕金斯（Carl Perkins）、艾克·特纳（Ike Turner）、杰瑞·李·刘易斯 *（Jerry Lee Lewis）、卡拉·托马斯（Carla Thomas）、艾萨克·海斯（Isaac Hayes）、罗伊·奥比森（Roy Orbison）、马迪·沃特斯（Muddy Waters）、"嚎狼"（Howlin' Wolf）切斯特·亚瑟·伯内特、奥提斯·雷丁（Otis Redding）、约翰·李·胡克（John Lee Hooker）、孟菲斯·米妮（Memphis Minnie）和孟菲斯·斯利姆（Memphis Slim）。更不要说幻影般的罗伯特·约翰逊（Robert Johnson）了，他恐怕是三角洲最棒的蓝调歌手。他短暂、悲惨的一生都是在孟菲斯度过的。可以说，这数十年来，孟菲斯的音乐热潮给这个国家带来的凝聚力，甚至远超某些法律条规。

　　从某种程度上说，棉花才是这场热潮的核心，因为棉业孵化了蓝调，而且也是棉业创造了这座将蓝调传播出去的城市。不过确实要承认，孟菲斯的大多数黑人对棉花早已厌倦。他们憎恨这些长久以来奴役着他们的多毛又多刺的灌木。因此，在 1967 年 5 月那个充满纪念性的日子，河岸边等待那艘皇家驳船的人群中，并没有多少黑人的身影。

***

　　阿肯色州的天空在黑暗降临前氤氲成了浓郁的殷红，仿佛整个太阳

---

* 美国唱作人，音乐人，钢琴手，被视为"摇滚乐第一个伟大的野人"。——译者注

都被埋进了万亩棉田。被烟火割裂的天空下，有管弦乐队在一首接一首地演奏着维瓦尔第。

接着，那艘让人眼花缭乱的巨船穿过桥洞，进入了人们的视线，直惹得人群一阵喧哗。刚开始，入眼的只有一片炫目的白光，薄纱似的朦胧之景穿行在水雾之中。直到渐近港口，它炫目的精雕细琢才揭开面纱。驳船有足球场那般大，琳琅满目的甲板上空装饰着一颗巨大的棉花球。巨船的装饰中到处都是埃及元素，比如金字塔、斯芬克斯、象形文字等——这是旧南方与这片曾经属于法老的土地穿越时空的相遇。

约西亚王与布兰奇王后的王座就在高高的棉铃之上，他们是1967年的君王，头戴王冠、手握权杖。王与后的人选一如既往是秘密敲定的，个中的黑箱协定只有神秘社团孟菲斯社清楚。不出意外，国王总是年长男性、商业巨擘；而王后，则是南方典型的性感美人，正值桃李年华，而且多半仍是处子之身。王与后的人选向来都是白人，外貌出众，一袭白衣，高高栖在他们的凤凰木上。两人齐齐举手向人群致意，白色的手套挥舞在空中：我们在这里！……我们看到了你们！……我们在一起！

一百多位皇室成员在驳船上成排立着，仿佛在举办一场无比盛大的婚礼。皇庭有公爵、伯爵、骑士、公主，还有她们身着礼服的护卫；年轻女孩们做着生硬的屈膝礼成排相随，托着王后长裙的裙摆；旁边还有象鼻虫和戴着面具、身份成谜的绿色小丑。[9] 皇家驳船的一侧，站着清一色的王宫姑娘，她们是密西西比三角洲各个种植园中最标致的女子；而驳船的另一侧，则是来自城市富贵家庭、待字闺中的婚龄女孩。

皇庭成员绕着驳船走起整齐、精致的步伐。所有人都在微笑、鞠躬、挥手，满面荣光。国王威严地训诫："勿违吾意，忤逆者斩。"随着音乐来到高潮，约西亚王和布兰奇王后起身向众人鞠躬致礼。沿高崖一线，他们那七万五千忠诚的人民齐刷刷站起，献上了此起彼伏的欢呼：棉花国王与王后万岁！

接着，在一阵炫目的灯光下，皇庭列队离开舞台，走下驳船，踏上古老的鹅卵石岸。皇室成员们身边跟着成群的年轻男子，穿着同盟上校的制服扮作护卫。像皮博迪旅馆的鸭子一样，皇室成员昂首阔步地走过红毯，坐上等候已久的凯迪拉克敞篷车，向收获季的第一波舞会飞驰而去。

第 2 章
孤注一掷

1967 年 11 月,狂欢节六个月后,马丁·路德·金来到了弗罗格莫尔。这是片低地沼泽,地属南卡罗来纳州,距离希尔顿黑德岛不远。他的民权组织南方基督教领袖会议(SCLC, Southern Christian Leadership Conference),将要在这里举行年度例会。金博士打算借这次修整的机会,宣布他为 SCLC 制定的大胆新战略。他将向与会的近百名成员、董事和志愿者宣布,他要带领组织完成这次非凡转向。这次转向极具争议,十分激进,规模空前。

金博士决定在下一个春末,也就是 1968 年的春天,重回华盛顿国家广场。他曾在这里完成了那场鼓舞人心、震撼世界的演讲——《我有一个梦想》("I have a dream")。不过这次在他的展望里,他所带来的冲击将比一段只有几小时的精妙言辞更有力。他计划从全国各地汇集一支贫民大军,而且不只是贫苦的美籍非裔人民,还有其他各色人种:印第安部落的成员、阿巴拉契亚的贫苦白人、奇卡诺人、波多黎各人、因纽特人以及隶属美国领土的太平洋岛民。他将在国家广场露营数周,就在华盛顿纪念碑脚下建一片临时贫民窟。他们要让整个城市瘫痪,要阻碍交通,要每天在政府大厅举行室内静坐抗议。他们要占领首都,而且不达目的绝不罢休。这场非暴力不抵抗运动的规模将空前盛大。金能想到的唯一具有可比性的先例,就只有当年的讨偿大军,也就是 1932 年夏天聚集在华盛顿讨要未兑现补贴的一战老兵。

金酝酿这个计划已经很多年了,但直到这个夏天,他的思路才终于明晰起来。因为这一年的底特律骚乱和纽瓦克暴乱*让他意识到,这个国家的结构、运行,甚至国家这个概念本身,都已经深陷泥潭。他说:"这么多年来,我一直在努力改造这个社会的既有结构,这里做些改动,那里做些变化。但现在我的想法不同了。我认为我们需要的是一次社会的整体重组,是价值观的改革。"[1]

他坚信,现在的美国是个亟需"深度道德手术"的病态社会。这个国家现在已经变得自大、自私了,它对物质的追求已经远超人文关怀。华盛顿方面一边推进着东南亚的胶着战局,一边紧抓冷战政策,几乎将整个世界推到了核战边缘。他说,"我自己的政府,已经成了当今世界最大的暴力生产商"。[2]

金博士说,大规模暴乱的幽灵,就是政体内部发生严重病变的病征。深陷诸如越南战争、太空竞赛这种昂贵的军工项目泥潭,政府愈加抵触正面应对国内贫民窟的恶劣形势。金博士认为,缺失这种情怀十分短视,因为如果不立刻应对,明年夏天只会激起更多破坏性更大的暴乱。金博士十分担忧这个国家会陷入种族之战,而这场战争,最终会让这个国家被右翼思想占领,沦为又一个法西斯极权国家。

他提出,这其中有些根本问题其实根植于资本主义。多年来,常有人指责金是共产主义者,这当然并非事实。但近年来,他倡导的论调确实趋于民主社会主义形式的国家,类似于斯堪的纳维亚的现行政体(这个想法的部分灵感,来源于他1964年领取诺奖时走访瑞典和挪威的经历)。他说:"良好且公平的社会,既非纯粹的资本主义,也非共产主义的对立体,而应当是个有社会意识的民主体系。这个体系中,个人主义

---

* 1967年底特律骚乱,又称第十二街骚乱,发生于美国密歇根州底特律,是美国历史上死亡人数最多的暴动事件之一;1967年纽瓦克暴乱,是1967年夏季席卷全美的159起种族暴乱之一。——译者注。

与集体主义应当和谐共存。"³

　　静心冥想数月，又在芝加哥最底层的贫民窟租住了一个夏天之后，金产生了带领贫民大军进驻华盛顿的设想。长久以来他一门心思地咀嚼贫穷这个问题，包括贫穷的起源、可行的解决方案，及其对社会的影响。他认为这个新设想就是个有效的暴乱替代品，是非暴力不抵抗运动最后的救命稻草。他的贫民大军将要求政府施行类似马歇尔计划的政策，以应对国内的贫困问题。这些政策包括大规模创造就业机会，健全医疗保健制度，提高教育水准，以及普及公民的最低工资保障。

　　他意识到，这个方案比他以往的任何设想都更为激进。这样的方案不论何时都必将遇到重重阻力，但在战时肯定更是寸步难行。他明白，这个计划第一没有过去民权运动时期的那种物资支持，第二缺乏道德高地的优势。当时的问题是非更加分明，当时的国民也更易于被他激昂的雄辩触动。可现在他要求的，并非宪法中白纸黑字的许诺，他要的是这个国家敞开自己的钱袋去解决人性中由来已久的痼疾。金说："当时呼吁国民擦掉餐桌上黑人白人的分界线时，国家并不需要掏腰包。可是现在我们面临的问题，国家不用上十亿的美元支撑就无法解决。而要解决问题，就是要求这个国家进行一次剧烈的经济能量重置。"⁴

　　尽管如此，金依旧坚持要 SCLC 推进他的计划——这场史诗级的露宿示威。他对自己在弗罗格莫尔的员工说过："这个设想让我热血沸腾，我们这次是孤注一掷、志在必得。"⁵

***

　　可是当时金手下的大多副官，都没有为这个计划热血沸腾。他们认为贫民军这个概念，本质上就是堂吉诃德式的愚侠理想，而且更糟的是，想出这个不切实际计划的领袖，恐怕也已经丧失了他清晰的头脑。

孤 注 一 掷　　23

及至1967年秋，马丁·路德·金已经因为巨大的压力濒临崩溃。三十八岁的他，已经致力于民权运动十二年不曾停歇。他的生命早已不属于自己。助手们把他疲于应付的紧凑日程、熬夜工作和无休止的出行称为"睡眠之战"。而这场战斗，终于还是在他身上留下了痕迹。他过量吸烟、饮酒；他开始发胖，开始服用安眠药，虽然毫不见效。他几乎每天都会接到死亡威胁，而且婚姻也岌岌可危。他批评越战的言论几乎把他在华盛顿的所有重要盟友得罪了个遍。光阴流逝中，人们越来越确信，他的领袖光辉已是明日黄花、不复往昔。

当然，白宫也不再欢迎他。马丁·路德·金和林登·约翰逊（Lyndon Johnson）曾是一同创造历史的战友：他们合作撰写了青史里程碑——1964年的《民权法案》和1965年的《选举权法》。可现在，约翰逊甚至与他断绝了联系。这位总统将他视作叛徒，还曾亲口称他为"布道的黑鬼"。

虽然依旧称得上德高望重，但金博士的威望，即使是在支持者之中也明显有所下滑。那一年是金博士十年来第一次落榜盖洛普民意测验的"全国十大最受欢迎人物"。多年来，他的支持者基础一直在被缓慢侵蚀。1965年，当他在瓦茨暴乱*中出现在洛杉矶街头，甚至有黑人在街头冲他喝倒彩。他的非暴力抗议在贫民之中正在逐渐丧失号召力。许多年轻人都叫他大圣人，只当他是个不谙民情的南方布道士，眨眼就将他抛诸脑后，因为觉得他的论调刻板又守旧。黑人权力运动**占据了主流地位，其中抛头露面的领导人，大多是像斯托克·卡迈克尔（Stokely

---

* 1965年8月11日至16日，美国洛杉矶市警察以车速过高为由逮捕了1名黑人青年，由此引发了一场震动美国社会的黑人骚乱，波及该市瓦茨街区及其周边地区。——译者注

** 黑人权力运动（black-power movement）是美国民权运动的一部分，兴起于20世纪50年代，一直持续到70年代，于1966年梅雷迪斯反恐惧游行（Meredith March Against Fear）期间首次进入民权运动的词典。——译者注

Carmichael）还有说唱歌手休·布朗（H. Rap Brown）这样的年轻激进派。金博士的地位岌岌可危。

有很多次，他都想过放下这些政治运动不再过问。还有什么理由继续下去？他做得够多，遭受的痛苦也已经够多。自从1955年他勉为其难做了蒙哥马利公共汽车抵制运动的代言人，历史就紧紧攥住了他再也不松手。他的勇敢超乎世人想象：他先后入狱过十八次；他的房子经受过燃烧弹的洗礼；他曾被一位精神失常的黑人女性刺伤，被纳粹的拳头砸伤了脸，还被人用石头打伤过头；他奔走于全国各地，迎接他的是催泪弹、警犬、电击棒和高压水枪；他的肖像被人无数次地破坏烧毁；而且美国联邦调查局（FBI）还不分时间地点如影随形地对他监视监听。

有时他也会做些美梦，幻想自己过上了简单的生活，做个全职牧师或者学者，作家也行。有时他想立个甘于清贫的誓言，抛弃财产，出国游历一年。至少，他知道他是该休个短暂的学术假期，放下关于运动的工作，好好整理整理思路了。[6] 他曾在亚特兰大跟教众提起："我已经厌倦了这种被迫奔波的生活，我在损耗我的健康、我的生命。我累了。"[7] 过着每天都遭到死亡威胁的日子，他说："我时常灰心丧气，觉得自己只是在做无用功。但每逢此时，圣灵也会再次唤醒我的灵魂。"[8]

***

到了后来，就算金想，也已经无法摆脱了。运动已经成了他生活的全部。他别无选择，只能挣扎着寻找可能的未来。

在他看来，核心问题已经从种族矛盾演化成了经济矛盾。金比喻当时的形势，是一个被误判入狱的无期徒刑犯在典狱长意识到错误后终于出狱的情形。"走吧，你自由了。"狱卒对他说。这囚犯身无一技之长，对未来也全无希望，可狱卒甚至连回城的车费都没给他。

而贫民大军要解决的，正是奴隶制遗留下来的经济问题。金说服了持怀疑态度的手下，SCLC终于决定全力组织贫民军这为期几个月的抗议活动。

在弗罗格莫尔做出的这个决定，支持着金回到了亚特兰大的家。12月4日，他举行了一场新闻发布会，对一家不甚了解情况的媒体宣布："明年春天，SCLC将带领全国的贫民进军华盛顿。"他说："我们也无法预知后果。他们很可能会驱逐我们。别忘了，当年他们就是这么对待讨偿大军的。"[9]

金率先坦承他的计划存在风险。但"不行动"在他眼里更是"一种道德上的不负责。我们进军伯明翰时，他们说议会不可能妥协；我们进军塞尔玛时他们还是这么说。所有的过往经历都告诉我们，儒弱的恳求正义无法解决问题。我们必须要强硬地直面强权"。[10]

金已经等不及开启他的整个职业生涯中规模最大的运动。他说："这场运动，是要求这个国家对非暴力抗议已经低至底线的，也是最绝望的诉求做出回应。"[11]

第 3 章
巫山风雨月

巴亚尔塔港空旷的沙滩上，有棕榈树叶声沙沙作响。埃里克·加尔特（Eric Galt）手里的相机对准了沙滩，镜头中掠过一个墨西哥女人正在舒展她姣好的身体。他摆弄着新买的拍立得 220 兰德相机，试图捕捉最合适的光影，想拍出他在美女杂志上见过的那种照片。

1967 年 11 月，这里暑气四溢。加尔特透过取景器凝望太平洋的浪潮滚滚而来。在他身后，一座小山渐行渐陡，向热带雨林延伸而去。雨林中满是兰花、凤梨，树冠中还蜂拥着成群的鹦鹉。

季风季节刚过，这里正是天高气爽之际，加尔特能一眼望穿北美的第二大海湾班德拉斯湾，直看到蓬德美达最北边的荒芜海岬。折扇状的海岸线串起了一个个隐秘的小沙滩，有些甚至只能乘船抵达。游客在这些秘密小景点流连整日，野人一样在骄阳下晒到忘形。

加尔特发现的这片沙滩荒无人迹，所以他的模特，当地女孩曼努埃拉·梅德拉诺（Manuela Medrano），并不会因为摆拍不自在。除了远处那群随波起伏的渔舟，这片海滩就只剩这位摄影师和他的模特了。[1]

过了一会儿，加尔特让曼努埃拉坐上他的野马驾驶座，把脚搭在仪表盘上掀起上衣。她咯咯地笑起来，但还是顺从地照做了。他开始变换不同角度把她装进镜头。这种裸露对她来说并不算陌生，虽然只有二十三岁，可曼努埃拉已经在巴亚尔塔港最大的妓院——苏珊娜之家工作很久了，甚至还是那里的头牌之一。

加尔特摆弄着相机，指导曼努埃拉调整姿势。他按下快门，之后取出相片，看着影像慢慢浮现。

加尔特看起来年近四十，体型消瘦，总是面色苍白、神色惊惶。虽然对摄影行业一无所知，但他很乐意学习。这段时间来他一直在辗转踌躇，思考要不要进军色情电影行业、限制级影片和裸女杂志。这是经常徘徊在他脑海里的几个商业计划之一。他想象着自己总有一天会拥有高超的摄影技能，还会拥有出版、分销的人脉和避免法务麻烦的路数。他野心勃勃，而且也愿意投入努力。他明白要是还想哪天能实现这个愿望，那他首先至少要精通这套刚置办的新玩具。

他最近刚刚邮购了一套摄影设备：科达超级 8 摄影相机、科达双重放映机、接片机、6 米遥控电缆，以及各种配件。[2] 他还在考虑入手声音剥离机、有声放映机和电影印刷机，用来批量印制他打算在未来某天拍摄的电影作品。他不仅阅读现代摄影杂志，还自己制作性爱指南和性爱玩具。为了了解市场风向，他开始研究性爱杂志，还发现出版商最青睐异域风光，比如热带地区的无人海滩。

但在挑选曼努埃拉的照片时，加尔特却十分气馁。这些照片没有一张吸引他。张张平庸，淡淡无奇。也许他是在担心他并没有摄影的天分，曼努埃拉能从他脸上看出他心底的焦虑。[3] 盛怒之下，他一把拿起那些拍立得的照片，一张张撕成了碎片。

***

埃里克·斯塔沃·加尔特（Eric Starvo Galt）三周前开车从 200 号高速路进了巴亚尔塔港。10 月 19 日，星期二下午，他住进了里约酒店。酒店就在鹅卵石主街尽头，距离海滩只有一条街。里约酒店装修朴素，却不失格调：主体四面白色灰泥墙，铁皮扶手，房顶是西班牙式屋面瓦。[4]

他以每晚四美元的价格租下了一间二层的客房，窗外就是库勒河（river Cuale）景色，渔夫会在浑浊的河面上结网，在满是麝香气味的岸边成排的橡胶树荫下把战利品煎出香味。

酒店服务员完全捉摸不透这位神秘新房客。在他的印象里，加尔特总是戴着墨镜，心神不安，是个说话含糊的外国佬。他开一辆金属顶双门野马，还是1966年的型号。车身上装着四个沾满泥点的白壁轮胎，还挂着亚拉巴马州的车牌。加尔特跟前台说他是个"出版助理"[5]，但却跟镇上的其他人说自己是正在旅行的作家。他的房间里还真放着一台手动打字机，而且有时他也会在房里敲着键盘到深夜，旁边开着一个口袋收音机。

加尔特发现巴亚尔塔港别具牧歌风情，而且很快就爱上了这里的生活，甚至打算定居。[6] 在来巴亚尔塔港之前，他的整个1967年几乎就只是各处漂泊：从圣路易斯，到芝加哥，到多伦多，到蒙特利尔，到伯明翰，再到亚拉巴马州。这期间，他在阿卡普尔科逗留过几天，最终确定自己不喜欢那个地方。他觉得那里过度发达，旅游业也太过旺盛："那里的人一心只钻在钱眼儿里。"[7] 可巴亚尔塔港不一样，这里还是个未开发的自然天堂，海水清澈，日落潮红，有鳄鱼出没的泻湖，有军舰鸟和塘鹅翱翔在天空。甚至有时，还能看到生殖季节追逐暖流迁徙而来的座头鲸，向天空喷出一串串水柱。陡峭的山腰到处有蝴蝶蹁跹，每天早上还有几千只公鸡合鸣宣告清晨来临。巴亚尔塔港的人们看起来贫穷却十分快乐，露天生活，露天吃饭，在屋顶搭个简陋的小床，沐浴着星光入睡。这里的一切都是轻松的，尤其是衣着打扮，可以简单归纳为两条准则：男人有裤子就行，女人怎么漂亮怎么来。

来到巴亚尔塔港不久，加尔特就培养出了流连妓院的夜行习性。其中有一家尤其便宜，但是嫖客要爬梯子进入一个个小隔间，每个小隔间都躺着一个妓女。他总是一头钻进一个小隔间，伴着其他隔间挡不住的呻吟声，花几个比索来一次粗陋敷衍的欢愉。其实这种开放性设计还是个诱人循环：所有隔间都有成对的呻吟传出来，淹没在这种嘈杂的呻吟中，让加尔特觉得别样刺激。[8]

后来加尔特开始流连于略微高级一些的苏珊娜之家。[9]楼下接待处有个简易吧台，算是个小酒吧，在那面脏兮兮的墙壁下，妓女们在铁质高脚凳上坐成一排等着接客。天花板上爬着小变色龙，正大快朵颐地享受它们的蚊子盛宴。酒保咧嘴笑着，露着一口难看的牙，推出一杯杯酒不让客人闲下来。酒客或围坐在圆桌旁，或伴着酒吧里走调了的唱机跳着百老汇的舞步。粗野、随和，还有些邋遢，苏珊娜之家就是这样鱼龙混杂的聚集地。许多当地人来这里，就是为了看哈哈。这里还常有尖声嬉戏的孩子，甚至尖叫的猪猡，在楼下任意穿梭。

曼努埃拉·阿吉雷·梅德拉诺（Manuela Aguirre Medrano）身上的某种特质吸引了加尔特。她身材微胖，但她年轻的脸上总带着灿烂的笑容，巧克力色的眼眸里闪着梦想的光。她自称爱玛，那是她的艺名。这是她从法国舞台剧《爱玛姑娘》里给自己挑的名字。最近比利·怀尔德（Billy Wilder）还把它翻拍成了好莱坞电影，选用了穿淡绿长袜的年轻姑娘雪莉·麦克莱恩（Shirley MacLaine）担纲，饰演剧中红极一时的巴黎妓女。

加尔特带曼努埃拉上了楼，花八美元换来一夜欢愉。后来他还来过几次，每次总点名要她。渐渐地，他们就成了朋友。加尔特会陪着她在苏珊娜之家的酒吧喝着鸡尾酒坐上一整夜。曼努埃拉几乎不会说英语，而加尔特的西班牙语能力也几乎为零，所以他们是用原始人的手语和尴尬的微笑填充了这些漫漫长夜。

有时他们也会在白天一起出门，开着加尔特的野马穿梭在巴亚尔塔港，在泥泞的路上开得摇摇摆摆。这个小镇只有几辆古董车，开起来还吱吱呀呀，镇上的男人大多要靠驴子代步，在这里长大的曼努埃拉从来没见过野马这种高级车，更别说还能坐上一坐。在加尔特绅士的陪伴下在小镇里兜风，她觉得自己得到了女王般的待遇。

他们经常开车三十公里去米斯马洛亚村庄的海滩兜风。四年前，约翰·休斯敦（John Huston）就是在这里拍摄了著名电影《巫山风雨夜》（*The Night of the Iguana*）。加尔特和曼努埃拉喜欢来这片小海湾，坐在棕榈树荫下喝啤酒。他们的圣地就在《巫山风雨夜》拍摄地附近，片场甚至还留着一些设施。这片山洞遍布的岩石岛屿叫作洛斯阿尔科斯。坐在这里，美丽的海湾就在眼前展露无遗，还能看到海豚嬉戏。

"一男三女，一夜良宵"，这个海报标语是休斯敦那部电影为了票房的困兽犹斗。理查德·伯顿（Richard Burton）在片中饰演被免职的牧师，还有艾娃·加德纳（Ava Gardner），饰演海边小旅店的性感店主，那旅店和加尔特下榻的这家别无二致。电影拍摄期间，成群的狗仔队涌进了巴亚尔塔港，因为片场绯闻冲突不断，大家都想拿到第一手消息。这个火药桶里甚至还有编剧田纳西·威廉姆斯（Tennessee Williams）（电影就是根据他的剧本拍摄的），不过世界媒体更感兴趣的是伯顿和当时他在追求的伊丽莎白·泰勒（Elizabeth Taylor）之间激情四射的火花。两人当时都是已婚人士，但伯顿还是邀请了泰勒来巴亚尔塔港和他一起拍摄。他把她安置在自己的住所对面的一栋房子里，还专门造了架粉色"鹊桥"连接两栋住宅。

他们的恋情很快掀起滔天巨浪，成了一桩国际丑闻，甚至梵蒂冈官员都站出来发声，说泰勒是"红颜祸水"。《巫山》票房大卖，加之幕后媒体如影随形的报道，巴亚尔塔港成了家喻户晓的"爱巢"，也迎来了第一波外国佬的旅游潮。

1966 年，作家肯·凯西（Ken Kesey）因为涉毒被 FBI 通缉。为了躲避抓捕，他伪装自杀逃到了巴亚尔塔港这片荒芜之地。一年后的今天，埃里克·加尔特也加入了这场迁徙热潮，多半是因为在杂志上报道休斯敦这部电影制作的大量文章中读到了巴亚尔塔港。他在墨西哥住了将近一个月，过的完全就是休斯敦电影里那种懒散淫靡的侨民生活。酗酒纵欲之外，他还是（伪装）作家、记者、摄影师和电影制作人。他给自己打造了一个多面形象，挑选自己读到过或者听说过的生活模式来模仿。

如同电影里注定的命运，加尔特看起来也已经走投无路。曼努埃拉觉得他行为怪异。他经常抱怨头疼、胃疼，还有其他一系列小毛病。[10] 他性格内向、心不在焉，永远都是一副疲态。他不怎么打赏小费，而且从来不笑。[11] 他对警察有种偏执的紧张，永远都在小心翼翼地四下张望。他的车座下常备一把上了膛的自由首领短管点38左轮枪，这是他的"社会平衡器"。[12] 他自称在美国陆军服役过二十年。有时候他会开车进山，多半是去买大麻。[13]

虽然经常混迹于下流妓院，加尔特的穿着却出人意料地一丝不苟，做事也细致认真。他几乎每天都会准时下午3点吃午饭，地点是万年不变的迪斯科咖啡店，而且总点一样的菜品：汉堡配百事可乐。加尔特热衷学习西班牙语，不论走到哪里，身上都会带一本英-西词典。而且他对墨西哥舞蹈也很感兴趣。[14] 曼努埃拉试着教过他几个舞步，但他脚上功夫很笨，一直学不会。

加尔特有不少怪癖，但总体上讲，曼努埃拉觉得加尔特对她还算不错。他们会一起在滨海大道上散步，观赏绚丽的街景：当地亡灵节时，街上有小贩叫卖切好的一串串芒果；这里还有曾经居住在马德雷山脉的维克族印第安人，他们酷爱迷幻剂，最擅长制作亮闪闪的小雕像。喝醉了的加尔特总会向曼努埃拉求婚（当然她礼貌地拒绝了）。他甚至看好了一处房产，因为有个当地人提出用自己的土地换他的野马车。后来加尔特亲口说："我当时认真考虑来着。墨西哥很有乡土气息。我爱上了巴亚尔塔港，当时我想也许可以搞个小木屋，就在这里开始退休生活。"[15]

***

有天夜里在苏珊娜之家,曼努埃拉·梅德拉诺窥见了埃里克·加尔特的另一面,于是对他更是心生疑虑。星期一晚上 9 点左右,他来到酒吧,坐在她身边的椅子上——那是他们的固定座位。他们一起喝酒,听着酒吧走调的点唱机。隔着几张桌子坐着六个美国人,正在喝酒狂欢,听起来像是刚刚坐了游艇回来。一共两个白人,四个黑人。

其中一个黑人醉得摇摇晃晃。也许是要去洗手间,他路过加尔特时撞到了桌子,为了避免摔倒,他下意识伸手扶住了曼努埃拉的胳膊,这一刻,加尔特突然绷紧了身体,靠近曼努埃拉嘀咕了一句"黑鬼"。她还从来没见过他如此失态。她回忆道:"他说了好几句脏话,'混蛋'什么的。"[16]不过语言障碍让她听不太懂他到底说了什么。突然,加尔特起身就冲去了对方的桌子,对那个冲撞了曼努埃拉的黑人一通怒吼。双方一度对峙,交换着侮辱性的眼神和手势,接着加尔特就重新回到座位上坐了下来。

但这件事却没完。点唱机还在吱吱扭扭,加尔特也还在生气。过了几分钟,刚才的黑人走过来道歉,可加尔特没有理睬,只是又嘀咕了一句脏话。接着他又站了起来,只不过这次他是去停车场。几分钟后,他回到了桌边。

"你去哪里了?"曼努埃拉问他。

"摸摸我的口袋。"他带着一脸神秘回答道。

她伸手去摸他的口袋,摸到了一把枪,正是他藏在野马车座下的左轮枪。

那几个美国人显然对这一最新情况毫不知情,之后不久就起身离开了酒馆:他们非常明智地决定当晚就玩到这里。加尔特本打算追出门去。曼努埃拉好像听到他说了句:"我要杀了他们。"[17]

她费力地表达了她的意思，并最终劝住了他：警察很快就要来进行晚上 10 点的日常巡逻。现在去找那几个人的麻烦非常愚蠢，对他没有好处，对苏珊娜之家的生意也没有好处。她的话效果很好，因为加尔特似乎十分害怕与警察的任何接触，所以他终于渐渐冷静下来。到最后也不清楚，加尔特对苏珊娜之家那位黑人酒客的愤怒，到底是出于种族偏见，还是仅仅因为对方碰到了他的女人。但曼努埃拉还从来没见过加尔特做出这种事。整场闹剧让她十分尴尬，而且也让她开始警惕他的喜怒无常。

可是每次醉得人事不省，他还是会向曼努埃拉求婚，而曼努埃拉也一如既往地拒绝。别的不说，首先她知道他还和别的女人有染，当然，是别的妓女。有天晚上，她再次拒绝了他的求婚，加尔特抽出他的点 38 左轮枪对准了她，威胁说要给她一枪。

***

在那之后，加尔特没有再继续逗留在巴亚尔塔港。可以想见，他和曼努埃拉的恋情也一样不告而终。11 月上旬，他和当地另一个年轻女子发展了一段只有一周的恋情。她叫艾丽莎（Elisa），在巴亚尔塔酒店卖火柴，兼任摄影师助理。他们一起混迹于夜店，去拉斯格洛里亚斯酒店开房过夜。

加尔特对艾丽莎感兴趣纯粹是因为她的职业。他想汲取她在工作中学到的一切关于摄影的知识。就像和曼努埃拉一样，他也带艾丽莎去隐秘的小沙滩，用拍立得打发时间。有一次，他用上了买来的遥控器，骑在艾丽莎身上，拍下了他们两人的性爱画面。[18] 更多时候，他会拍自己的裸照。他对自己的脸型十分在意，近乎偏执。他有面小镜子，有时候他会对着镜子照上好几分钟，对他不喜欢的特征啧啧叹气。[19] 比如他高高的圆鼻子，还有那对招风耳。他说他想要的是"一张难以描述的脸"。

加尔特跟艾丽莎说他要去叶莱巴买大麻。那是附近的一个小渔村，不通电，不通车，只有坐船才能到。有几个流亡至此的美国人在那里扎下据点，和当地人一起住茅草棚，过简单的露天生活。据说有种强效大麻，只有这个小渔村背后的雨林才养得出来，所以常有成群的嬉皮士上门。加尔特这趟出门前，给了艾丽莎48美元，让她去给他们租个爱巢，可她拿了钱却转身逃去了瓜达拉哈拉。她在巴亚尔塔酒店的酒保那里给他留了短信，基本就是一张分手信，在信里恳求他原谅。

加尔特完全就是被甩了，而这件事也让他对巴亚尔塔港彻底失去了兴趣。他强行解释道："如果定居墨西哥，我肯定一事无成。[20] 我觉得墨西哥不宜居住。[21] 这儿没有中产阶级，懂吗？你要么压人一头，要么被人压一头。而被人压一头最终不是长久之计，因为这里总有这样那样的问题。"

一周后，大概是在11月16日，埃里克·加尔特小心翼翼地在他的备胎内圈里藏了些哈利斯科上好的大麻。他收拾好他的野马后就驾车出了城。很快他就上了15号高速，向北开往提华纳。[22]

第 4 章

恶人天敌

1967 年秋末冬初之际，马丁·路德·金继续推进他雄心勃勃的计划，打算次年夏天带领贫民军进驻华盛顿。有个人正一如既往地密切关注着他。这个人就是联邦调查局七十二岁的老局长 J. 埃德加·胡佛（J. Edgar Hoover）。胡佛出生在华盛顿特区，也长在这里，他的整个职业生涯都献给了这片土地。他在任期间迎来送往了九位总统。他是位虔诚的长老会教徒，曾经还梦想做个牧师。很久以前，胡佛就把守护首都的是非黑白当作了自己的天职。在局长眼里，这群一穷二白的危险分子在华盛顿广场扎营，不仅威胁到了共和国，更是对他家乡的野蛮入侵。

胡佛有间独属自己的私室，就在司法部灰色花岗岩大楼三层。胡佛坐在私室的桌前，母亲赠予他的黑色《圣经》常年放在肘边。这位美国"第一要人"读着 FBI 关于 SCLC 计划的报告，神情愈加紧张起来。金到底有什么目的？他很担忧。这是不是一场黑人全面革命的苗头？苏联是不是幕后主使？更重要的是，该怎么阻止这个黑家伙？

黑家伙这个词，是他给金博士起的众多外号之一。[1] 这位民权运动领袖自从在 1955 年开始崭露头角，就招致了胡佛几近偏执的仇恨。胡佛的 FBI 对金博士发起了一场漫长持久但效果甚微的战役，用 FBI 自己备忘录里的精彩描述就是，他们要"揭露这个恶棍"，要"把他拉下神坛"，要"平息"美国生活中的这股湍流。1967 年初的一次密谈中，胡佛对当时的总统约翰逊表示："根据金最近的活动和公开言论来看，他明显就是颠覆国家的破坏分子手里的工具。"[2]

虽然J.埃德加·胡佛依然手握FBI实权，但他也确实到了迟暮之年，脸上隐现的老年斑真成了讽刺画里的模样。他变得大腹便便，有了眼袋，下巴也成了个怪模怪样的酒糟瘤子，除了患有高血压，还有其他各种小毛病。虽然他依然衣冠楚楚，穿着笔挺的条纹西服，配有颜色搭调的手绢和领带，但他的步伐中也着实少了一分凌厉。他对细菌、苍蝇的恐惧达到了偏执的程度，连早晨的水煮蛋出现一点散黄都会让他万分介意。[3] 他的演讲开始有了种莫名的过时感。他在他的激昂演讲中加入的点缀词都是大萧条时期才常用的词句，他手下年轻的探员听到类似"犯罪败类"、"道德鼠辈"或者"外来人渣"这种表达，还是不免有疏离之感。他最喜欢的口头禅是他的敌人患有"精神口臭"。[4]

20世纪60年代末的胡佛，是上个时代遗留的活化石，活在他自己创造出来的刻板世界里不能自拔。阿特·布赫瓦尔德（Art Buchwald）开玩笑说，他是个"《读者文摘》的原创神话"。[5] 胡佛一如既往地挥舞着他的蓝色钢笔，脾气暴躁但动作敏捷；也一如既往地编写着政治煽动家和其他一系列危险分子黑名单，上榜人物有的罪有应得，有的就只是他的臆想；而且他的那些"非正式假期"也一点没耽误（面对媒体的说法是，即使不在华盛顿，局长也从未停止工作），比如迈阿密海滩的沙弧球豪宅、德尔玛或者萨拉托加斯普林斯的赛马场附近的老牌大酒店，诸如此类。这些旅途中永远有他的二把手克莱德·托尔森（Clyde Tolson），而他们住的也永远是相邻套间。胡佛是众所周知的单身汉，他和托尔森神似婚姻伴侣的亲密引起了人们的广泛猜测，也成了一个无尽的笑谈。比如杜鲁门·卡波特（Truman Capote）就曾经玩笑说："知道什么叫断袖杀手（killer fruit）吗？就是冷血到血液都有制冷效果的同性恋者。比如罗马皇帝哈德良，还有J.埃德加·胡佛。"[6]

※※※

胡佛的 FBI 神奇地形成了一个增援扶持的内部闭环。遍布全国各地的六千探员都唯局长马首是瞻。他们模仿他的风格，揣测他的意图。一位特别探员主管曾给同事写过这样一封短信："你要明白，你是在为一个疯子工作。你的任务就是摸清这个疯子的意图，然后创造出他脑中的世界。"[7] 有一次，胡佛急躁地拔开他的蓝色钢笔，愤怒地写了张便条："小心边界。"[8] 探员们蜂拥而起，冲向了墨西哥和加拿大边界，调查引发胡佛这张便条的可能事件，后来才知道局长只是因为那种便条纸的边界太窄，才写下了这句话。

胡佛在 FBI 的办公室是个时代的圣物箱。这里的墙上挂着约翰·迪林格*（John Dillinger）的死亡面具；这里安置着舒适绵软、带着阴柔美的软沙发；这里有他过世的慈母留给他的讲究茶具和精美瓷器，还有他的旗鱼标本高高挂在门框上。这里有他忠贞不贰的秘书海伦·甘迪（Helen Gandy）在隔间埋头工作。[9] 她负责接听电话，支付账单，处理换洗衣物，安排园丁打理胡佛的宅邸。他生活中所有能想象到的细节，都由她一手负责，四十九年如一日。

虽然胡佛本人是个老古董，却手握当今最有力的政坛货币，而且他的工作保障在华盛顿恐怕无人能及。早在 1924 年，联邦调查局都还叫"调查局"时，胡佛就已经成了局长，年仅二十九岁。作为联邦调查局第一个也是唯一一个局长，他可以说是坐镇在他一手打造的世界中心。FBI 独特的命名法、办事腔调、着装要求、偏好首字母缩写表示法和类似军队的人员结构，都是由他首创。自卡尔文·柯立芝（Calvin Coolidge）宣誓就职总统以来，每一次总统入职他都在场，地位无法撼动，不可替代。

---

* 大萧条时期活跃于美国中西部的黑帮成员。——译者注

有人说他拥有一种"可怕"的耐心。华盛顿的政坛老手休·西迪（Hugh Sidey）就曾在《生活》（Life）杂志上写道，他参与就职阅兵、送葬礼队和其他各种国家典礼无数次，每次典礼上只要一抬头，就能看到胡佛站在他办公室的阳台上，"高高在上、遥不可及，安静地注视着一切，身后是他神秘缥缈的王国，从来不曾变化，只有总统来了又去，只有时光白驹过隙"。[10]

这些年来，胡佛给刑侦工作带来了专业风范和科学式的严谨。在他的监督下，犯罪学在一切可能的方向上进步着：从指纹识别集中化、前沿弹道发射设备，到FBI的汇报和笔记的系统化管理，还有FBI取证实验室、公敌名单、美国通缉犯、广泛采用的纤维与字迹鉴定——所有这些，都是在胡佛的超长任期中实现的。如此看来，记者杰克·安德森（Jack Anderson）曾经在文章中说胡佛"把FBI从一个文员、边缘人和法庭寄生虫的集合体，变成了世界上最高效、最强大的执法部门"[11]，也是不无道理的。

20世纪20年代末期，年轻的胡佛把自己打造成了华盛顿第一个精通发现无政府主义和共产主义潜在危险的专家。自那以后，所有危险分子或者可能的危险分子，都无一能逃过他的法眼。那场针对几个极端分子嫌疑人的臭名昭著的帕尔默突袭*（Palmer Raids），就是他坐镇指挥的。他追捕马库斯·加维**（Marcus Garvey），逮捕并遣返了埃玛·戈尔

---

* 帕尔默突袭发生在美国由红色恐慌造成的社会危机期间，指的是1919年11月和1920年1月，美国司法部在司法部长亚历山大·米切尔·帕尔默（Alexander Mitchell Palmer）的领导下进行的一系列突袭行动，试图逮捕意大利移民和东欧移民，特别是无政府主义者，并将他们驱逐出美国。——译者注

** 20世纪10—20年代牙买加政治家、出版者、记者、创业家及演说家，黑人民族主义开创者，世界黑人进步协会的创办者，鼓励黑人重返非洲，协力创建一个统一的黑人国家。——译者注

德曼*（Emma Goldman）。大萧条时期，FBI 完全成了重案破获机器的代名词。胡佛的探员们逮捕了"机枪手凯利"**（Machine Gun Kelly），追捕并击毙了约翰·迪林格，逮捕了林德伯格婴儿谋杀案的嫌疑人布鲁诺·豪普特曼***（Bruno Hauptmann）。冷战期间，FBI 协助捕获了阿尔杰·希斯（Alger Hiss），还有埃塞尔和朱利叶斯·罗森堡（Ethel and Julius Rosenberg）夫妇****。

这些年来，胡佛积攒了无数公众人物的秘档，任何负面舆论、传闻都一一记录在案，有法兰克·辛纳屈（Frank Sinatra）、哈里·杜鲁门（Harry Truman）、埃莉诺·罗斯福（Eleanor Roosevelt）、查尔斯·林德伯格（Charles Lindbergh），还有海伦·凯勒（Helen Keller）。他们看起来无人不在胡佛的监控之下。约翰·F. 肯尼迪（John F. Kennedy）曾经想要革他的职，但最终没敢动手。这决定确实不无道理，因为这位能耐滔天的局长手里握着他太多把柄。这位总统的弟弟罗伯特（Robert）官任司法部长，原则上说，他是胡佛的上司，可他亲口说这位局长"十分危险，心理疯狂……他年事已高而且十分可怕"。[12]

肯尼迪总统遇刺后，林登·约翰逊也曾短暂地考虑过更换局长，但他很快清醒过来，并且直言："我宁愿留他做朋友，看他对敌人用上十分手段，也不愿意赶他出去，让他把我当作敌人。"[13] 1965 年 1 月 1 日，胡佛到了七十岁的法定退休年龄，约翰逊免除了他的强制退休，无限延长了他的任职期限。有次典礼上，这位总统致辞道："J. 埃德加·胡佛，是

---

* 美国无政府主义者、作家，以其政治激进主义、著作与演说著称。她在 20 世纪前半叶北美与欧洲的无政府政治哲学发展中扮演了关键角色。——译者注

** 美国禁酒令时期的黑帮分子。——译者注

*** 德国出生的木匠，因绑架和谋杀飞行员查尔斯·林德伯格 20 个月大的儿子及其妻子而被定罪，这场绑架案被称为"世纪之案"。——译者注

**** 冷战期间美国共产主义者，被指控密谋窃取美国核情报泄露给苏联，1953 年 6 月 19 日以间谍罪被双双送上电椅处死。——译者注

成百上千万好公民的英雄,也是恶人之敌。在他的引领下,FBI 已经成为人类历史上最伟大的稽查机构。"[14] 后来约翰逊更是献上了愈加狂热的赞美,说胡佛"是这座满是懦夫之城的擎天柱"。[15]

***

胡佛对马丁·路德·金的执念已经延续了至少十年。20 世纪 60 年代的大半时间,胡佛都是在对金和 SCLC 几乎半公开的仇恨中度过的。这位 FBI 局长曾公开称金是"这个国家最臭名昭著的骗子"。[16] 1963 年《时代》杂志将金评为"年度人物"后,胡佛愤愤地在备忘录上写道:"他们在垃圾箱里翻了多久才找出这么个年度人物。"[17] 1964 年,金作为历史上最年轻的获奖人,领走了诺贝尔和平奖。消息报道后,胡佛抱怨说如果非要获奖,金也就配得上个"野猫子奖"。[18] 后来当金去梵蒂冈拜访教皇保罗六世时,胡佛已经气得不成样子。他还在一张新闻剪报留下了一笔狂草:"教皇居然让这种败类上台演讲,我着实震撼。"[19]

胡佛在金的职业生涯初期,就认定这位民权运动领袖一定是苏联安插进来的工具。1963 年末,他说服司法部长罗伯特·肯尼迪(Robert Kennedy)批准使用窃听器和其他监控设备,调查金与共产主义人士之间所谓的联系。可是,这场长达多年、投入无以计数人力和物力的专项调查,最终也未能验证胡佛的猜测。直至最后,FBI 查证的最有力证据,也只是金的一位高级顾问,来自纽约的犹太籍自由派律师斯坦利·莱维森(Stanley Levison),年轻时曾经与共产党联系密切,而且即使是这种微薄的联系,也早已切断许久。

胡佛的探员们还发现,有一个与美国共产党有过联系的人与金博士血型相同,并且在 1958 年,主动应援公众号召,为金博士献过血。当时金博士在纽约黑人区签名售书,在活动中被人刺伤入院。结果有那么一段时间，FBI备忘录拿这件事大做文章，说这下金博士的血管中流的是名副其实的共产党血液了。

不过这些只是胡佛多年来对金博士监控和迫害的冰山一角。马丁·路德·金不是个共产主义者，他从未秉持过这种信仰，也从未与中国或苏维埃政权有过联系。FBI投入大量人力物力追踪这把鬼火，不过是在浪费公共资源。用金自己的话说："这场自由运动中的共产主义者，也就和佛罗里达州的因纽特人一样多。"[20]

不过，监视这位民权运动领袖多年，FBI倒也确实有些发现，而且胡佛认为还颇具价值。FBI注意到，女人是金的一个弱点。探员发现了金的多个情妇，还发现美丽的年轻女孩在向这位民权运动领袖投怀送抱上很有一套，而这位领袖在周游全国的路上，对这些主动的讨好也并未太过推辞。不仅如此，胡佛还有一个震惊的发现，那就是金在谈到性事时，有时会用十分不雅的言辞。金会抽烟、喝酒、纸醉金迷到凌晨，说着些低俗下流的笑话。FBI有一段含混不清的录音，据称是金在华盛顿酒店与人发生关系的过程，而且其间不断有低俗的言语出口。

听闻此事胡佛又惊又怒，但同时也对这个调查结果兴奋异常，他说金是"着迷低俗性冲动的野猫"。[21]有位FBI探员在记录中描述，胡佛审读关于金的监控报告时，会"眯起眼睛，紧抿着嘴唇"。[22]固执刻板的胡佛"认为婚外关系是道德沦丧的证明，而且在1960年，美国对乱交的印象还没有被好莱坞洗白，所以许多人也都持同样的观点"。[23]

罗伯特·肯尼迪自己就对性爱狂欢经验十足，听闻此事他评论说："要是让国民也了解到金的如此一面他就完了。"[24]胡佛当然是想和国民分享他手上这份马丁·路德·金档案的。他手下的FBI探员甚至经常会故意泄漏一些淫秽细节给媒体、议会成员和约翰逊总统，甚至海外外交官都没被漏掉。但媒体从不上当，而且对金的指控也从未成立。

这件事给胡佛带来了莫大的烦恼。他曾在备忘录中写道："我就是不明白，我们怎么就不能将真相公之于众，甚至连我们的调查成果也无法得见天日。我们一直不能主动出击。"[25]

不过后来，FBI 也有主动出击。据说 FBI 官员威廉·科·沙利文（William C. Sullivan）曾担任过情报部门负责人。他给金寄过一个匿名包裹，里面装的是所谓的"主动出击"，包括 FBI 掌握的最骇人听闻的录音摘要，以及一封怂恿金自杀的仇恨短信。信的开头如下："金，扪心自问，作为神职人员你是否称职，你自己很清楚……你就是个大骗子，而且邪恶、狠毒。金，骗人者终有报应，你的报应也将近了。你本可以是我们最伟大的领袖。可现在你完了。你的'名誉'学位、你的诺贝尔奖（本就是场糟糕闹剧），还有你其他的任何荣誉都无法拯救你。金，我再说一遍，你完了。美国民众……将清楚地看到你的真面目：邪恶的异类猛兽。金，你现在只剩一个选择。你很清楚那………这是你唯一的出路。你最好自行了断，免得我们在公众面前揭开你虚伪面具下的肮脏、变态。"[26]

这个包裹还给金带来了额外的困扰，因为打开包裹的人是科雷塔。可这封仇恨信和附上的录音并没有起到作用，而且录音本来也嘈杂难辨。如果非说有什么效果，那就是它巩固了金的婚姻。这封信还让他们意识到，FBI 正倾尽全力想要毁掉他，于是更坚定了金迎难而上的信念。

金博士对一个朋友说起："他们想毁掉我，但我的行为只对我的神负责。"[27]金博士在用他自己的方式回击。他说："胡佛已经老去，不再中用。应该对他加以约束。"[28]

第 5 章

旧南方的西部

1967年的整个初冬，马丁·路德·金的烦恼与日俱增，因为政坛出现了新情况：他的宿敌正在竞选总统，而且支持率还节节攀升。

作为自命党派，美国独立党的候选人，乔治·C. 华莱士在全国游走的频率几乎和金旗鼓相当，他沿海岸一路走访，锣鼓喧天地收罗着他的蓝领支持圈。这位亚拉巴马州的煽动政治家骇人但绝不乏噱头的出场，让全国最优秀的记者和政论家忙活了好一阵。有人说华莱士是出租车司机中的西塞罗*。[1] 他开口就是污言秽语，就是"他咬上自己一口，都会染上败血症"。[2] 马歇尔·弗雷迪（Marshall Frady）说他是"美国政坛的孤儿……牌堆里的阴霾小丑。他构建在种族歧视之上的竞选之路，几乎就是一条隐晦的美国法西斯之路"。[3]

人们喜欢他自夸的幽默感，喜欢他带着乡村摇滚风的低沉声音，喜欢他情绪激动时挥着拳头的慷慨激昂。华莱士，这位前金手套拳击手，正站在一个无人敢于挑战的拳场上。他有张长长的金句列表，被他拿来在全国各地的集会上一次次重复，那都是精心构建的台词，就为了博听众一场大笑。华莱士承诺说如果他入主白宫，一定把那些"胡子拉碴的堕落官僚主义者"连同他们精致的手提箱一起丢进河里。他痛斥"自由派的可怜姐妹"和"心如泣血的社会主义者"。华莱士总喜欢说，每当美

---

* 古罗马雄辩家。——译者注

国街头被瓦茨暴乱这种事扰乱,总会有"心机深重的聪明人站出来替他们解释,说可怜的暴徒会走到这一步,都是因为童年少吃了一口西瓜"。[4]

虽然华莱士会粉饰自己一些比较过激的种族言论,但他一直都在鼓吹州立法权,鼓吹种族分离,并且大力倡导推翻最新的民权运动成果。他在支持者集会中,有时甚至偏激到宣称黑人无权担任陪审团,并且说"如果不是这个国家的白人带他们过上了好日子,那些黑人现在还在非洲的树丛里呢"。[5] 约翰逊总统推行的民权法案取得了议会支持,却被金博士称为"插在自由背后的谋杀之刃"。

他曾在克利夫兰对一位记者说:"就让他们说我种族歧视吧,我无所谓。这个国家有很多人都和我观点一致。种族分歧正是我赢得竞选的王牌。"[6]

***

自上任州长以来,乔治·华莱士就把白人至上主义打造成了他的核心立场,虽然有时他还用州立法权这个美丽面纱对其略作包装,但大多时候其实都更为直白。1962 年,在蒙哥马利市那颗标志着杰斐逊·戴维斯宣誓成为南部邦联"总统"的金色五角星之上,华莱士进行了他的就职演讲。演讲稿出自阿萨·卡特(Asa Carter)的手笔,他是位众所周知的三K党成员、反犹太撰稿人。华莱士说:"以所有在这世上走过一遭的伟人之名,我立誓坚守这条底线,我向强权发出战书,我要说:立刻分离,坚持分离,永久分离!"

这些言论虽然让华莱士进入了公众视野,但最终,是他几个月后在亚拉巴马州立大学的言行,让他的命运与联邦政府交织在了一起。1963年6月11日,在州警的簇拥下,华莱士亲手阻拦两名黑人学生进入亚拉巴马州立大学礼堂进行入学登记。当然,他"堵住校门"的行动失败了,肯尼迪司法部紧急派遣的两名联邦法警命令他立刻离开。但这个行动本身，已经让华莱士成了民权运动最高调、最惹眼的噩梦。

整个20世纪60年代，华莱士的怒火一直聚焦在一个人身上——马丁·路德·金。火上浇油的是，金博士还在华莱士的故乡获得了一场巨大成功。华莱士给这位诺奖得主起过无数贬称，就差叫他基督之敌了。但有趣的是，华莱士其实也需要金博士，因为这位州长明白，一场伟大的政治斗争在转化为与民众息息相关的切实需求前，作为一个抽象概念能存在的时间转瞬即逝。

华莱士给金博士取蔑称、打标签纵有万分不妥，但必须承认，他的攻击至少绝不缺乏热情与活力。他说金是"共产主义煽动分子"，是"伪君子"，是"诈骗犯，只会东奔西跑，不时进进监狱，高高在上地过他锦衣玉食的生活"。[7] 他曾说金的时间都被用来"坐着凯迪拉克抽昂贵雪茄"，或者和其他黑人牧师攀比"谁睡过的黑女人多"。[8] 可让华莱士义愤难平的是，联邦政府始终站在金博士这边。这位州长说，华盛顿的领袖们"是想让我们把政权都交给他和他那帮共产主义者呢"。

金博士也反击过很多次。1963年，在一次与丹·拉瑟（Dan Rather）的访谈中，金说华莱士"恐怕是美国当今最危险的种族歧视者……我不知道他是不是真相信自己鼓吹的那套鬼话，但他狡猾得足以让别人相信这套说辞"。1963年9月，种族分离的暴徒炸毁了伯明翰市十六街的浸信会教堂，导致四名正在主日学校上课的女孩死亡。金给这位州长发了一封电报进行声讨，其口吻之严厉，只差直接说他是杀人凶手了。金在电报中说："你手上染着这些孩子的血。"[9] 两年后，当金博士离开塞尔玛，向蒙哥马利市进发之际，他在亚拉巴马州省会外进行了一场热情万丈的演讲，剑锋直指州长办公室。金博士宣称，分离政策已是行将就木，唯一有待确定的，只是"华莱士为它的葬礼定多高的价"。[10]

不过，在整个20世纪60年代与华莱士的缠斗中，金不得不承认，他着实欣赏华莱士在演讲台上的天分。

金曾经如此评价这位州长:"他一共就四场演讲,但他会精雕细琢,所以篇篇都可圈可点。"[11]

难以置信的是,现在这位南部新邦联派人士要竞选总统,这件事让金耿耿于怀。金对一位电视新闻记者表示,他认为华莱士的参选"只会强化这个国家的反动势力,煽动偏执、仇恨,甚至暴力。我认为它将在我们的国家激起更多邪恶势力"。

尽管如此,华莱士的竞选却已经显露出了强劲活力。上一个有如此强劲势头的独立候选人,还是 1912 年公麋党*的泰迪·罗斯福(Teddy Roosevelt)。专家分析说,虽然他绝无可能竞选成功,但华莱士很有可能让 1968 年的大选流产,这将导致众议院自 1825 年建立以来首次被迫出面确定总统人选。全国民意调查显示,他的支持率正稳步攀升,在美国全体选民中的支持率从 9% 到 12% 再到 14%。《生活》杂志宣称:"不管在南方和北方,华莱士显然挖到了一股汹涌的不满的暗流。"[12]

***

1967 年秋,加利福尼亚州成了华莱士总统大选的根据地。11 月,为了通过该州异常严格的竞选要求,让自己的名字出现在明年 6 月的初选名单上,他开始了紧锣密鼓的行动。加州选举法要求所有未注册政党的新候选人,都需要先集齐 66 000 个签名才有资格参选。这条法规恐怕放在全国都绝无仅有,但华莱士的顾问们判断,加州在全国人口最多,也最有影响力,这里将是他刚刚起步的竞选面临的第一次重大考验。

于是华莱士把他大部分的工作人员都调来了洛杉矶,还有数百名忠

---

* 进步党,因罗斯福吹嘘自己"像公麋一样坚强",因此进步党又被称为"公麋党"(Bull Moose Party)。——译者注

诚的志愿者从亚拉巴马州跟到了这里。在美国独立党刚刚遍地开花的加州办公室里，从莫比尔市、塔斯卡卢萨市和伯明翰市涌来的新鲜血液组成了一支电话大军，正操着慢吞吞的南方口音，用他们的鼓动电话堵塞着这里的电子交通。只能利用业余时间的亚拉巴马州议员、委员、办事员和其他各个政府的雇员，只好连夜赶到美国西海岸，为竞选加夜班。与此同时，华莱士自己也在加州左腾右挪，在上百场集会、募捐之间辗转，身边簇拥着趾高气扬的壮硕保镖——他们大多是亚拉巴马州便衣州警。

熊旗州*看上去已经成了旧南方的西部。《华尔街日报》一位政论记者写道："亚拉巴马州的省会不是洛杉矶，但现在比洛杉矶本身还洛杉矶。"13

还有一件事，让这场从蒙哥马利到洛杉矶的征程更是平添了一丝超现实色彩：这位"州长"华莱士，当时其实已经不是亚拉巴马州的最高行政长官了。因为一条近乎严苛的反连任条例，华莱士被迫在 1966 年，也就是他作为州长的第一任任期结束时下了台，虽然当时的他仍然是民意归属。结束任期的事宜完全没有给他留有任何商量的余地，所以他一直愤愤不平，因为他觉得用亚拉巴马州作为他竞选总统的根据地对他来说至关重要。接着他灵光一闪，意识到州法并没有任何条例限制他的妻子竞选州长。

所以 1967 年，第一夫人鲁琳·华莱士（Lurleen Wallace），带着包装出的完美形象，作为一个广受爱戴的传统南方女人，带着几乎为零的政治兴趣，入驻了亚拉巴马州的最高行政长官办公室。至少纸面上，她是最高行政长官。乔治·华莱士正式成为"亚拉巴马州的第一先生"。但是蒙哥马利的所有人都心如明镜，明白到底是谁掌管着州长实权。往好听

---

* 熊旗是加利福尼亚州的正式州旗。——编者注

了讲，这件事只能说是不甚正统。但是亚拉巴马州的选民不得不佩服这位手眼通天的州长，竟然能以如此方式在州长办公室安插一个替身。这一出投机取巧的傀儡戏在历史上留下了浓墨重彩的一笔，后来被称为最厚颜无耻的"政治腹语术"。[14]

鲁琳·华莱士有时也会和丈夫一起去加州参加竞选活动，但是她疾病缠身，能做的事并不多。她被检测出直肠癌，刚动过手术，取出了一个鸡蛋大小的肿瘤，而且还在得克萨斯州一家医院接受钴疗。她已经行将就木，虽然缓慢，但也避无可避。医生认为她没几个月好活了。

已经对竞选走火入魔的乔治·华莱士，一边小心地对亚拉巴马州和加利福尼亚州的民众隐藏着她病重的事实，一边还毫不耽误选举议程。

第 6 章

毕业生

埃里克·加尔特紧紧攥着他的学位证，在相机前摆好了姿势。这一天，坐落在日落大道的国际调酒学院正在举行"毕业典礼"。房间柔和的灯光下，加尔特打着棕色领结，身穿黑色晚礼服。屋子满是鸡尾酒会主题的装扮，家具采用了极简主义风格，地毯覆盖着整个房间，于是吧台后面调酒的叮当乱响都被包裹在了小小的房间里。

托马斯·雷耶斯·刘（Tomas Reyes Lau）留着干净利落的络腮胡。他是这里的教员，加尔特和其他同学就是跟着他在学习调酒的整个行当，研究生锈钉、迈代鸡尾酒、哈维伏特加橙汁鸡尾酒、黑刺李金菲士，还有新加坡司令中的化学秘密。为期六周的课程花了加尔特 220 美元，也让他掌握了至少 120 种鸡尾酒配方。

刘先生是个圆滑精明的人，操着一口拉丁美洲口音。他对加尔特极为欣赏，认定他在这行前景光明。刘评价加尔特说："他是个好人。聪明、安静，而且内敛。他有干这行的潜质。"[1] 加尔特跟学校里的人声称他在密西西比河的汽船上做过"炊事员"，还说现在他想安顿下来了，说不定哪天在洛杉矶开个酒馆什么的。

其实刘本来都已经为他找了个调酒师的工作，但没想到加尔特拒绝了他的好意。他跟刘说他最近打算出城："我要去见我哥哥。一份工作只干两三周有什么意思？等我回来了，再找份稳定的工作。"他说他哥哥在密苏里州有家小酒馆。

摄影师已经准备好拍摄。刘站在加尔特旁边一脸骄傲，显然是对这位新晋毕业生欣赏有加。加尔特紧张地盯着镜头，关注着摄影师的一举一动。虽然他在按快门这条职业道路上屡败屡战，也强迫症似的在巴亚尔塔港拿拍立得留下过无数自拍，但他却讨厌被别人拍照，他讨厌摄像这一整套冗长的流程：无意义地拖延，对某一刻的抓拍，以及他的照片将留在别人手里的事实。

加尔特的动作愈发僵硬起来，开始坐立不安。他抿紧嘴唇，不经意地偏了偏脑袋。接着他做了一个匪夷所思的动作：在最后一刻，加尔特闭紧了眼睛，直到确定摄影师已经按了快门之后才睁开。

***

如果说加尔特蜗居在巴亚尔塔港的贫民窟时，是在享受一段无忧无虑的过渡期，那么在洛杉矶过去的这几个月，则让他为人生找到了某种更深刻的意义。他在 11 月 19 日来到了洛杉矶，并且很快就爱上了这个城市无穷的活力。他最终在好莱坞大道上的圣弗朗西斯酒店落了脚，住的只是间 85 美元一个月的小空屋。[2] 这是一栋淡黄色的砖砌小楼，一楼是家酒吧。说是酒吧，其实不过是个烟雾弥漫的小酒馆，名叫苏丹房。加尔特喜欢来这里打发晚上的时光，看看电视上的拳击比赛，或者在一个坑坑洼洼的台球桌上来几杆，手边放着六美分一杯的酒。无聊时他也会出城，开着他的野马在高速路上穿行，听着车载收音机里的西部乡村小调。他尤其喜欢约翰尼·卡什（Johnny Cash）。让他安心的是，他知道就算遇上麻烦，他藏在座位下面时时刻刻上着膛的"平衡器"还能帮他。

过去几个月以来，加尔特好好享受了一把南加州独有的纸醉金迷。20 世纪 60 年代的南加州，充满了性与毒品，拥有如饥似渴的单身汉梦寐以求的一切元素：自我意识的觉醒，对传统生活模式的挑战，借助药物探索精神领域、乱交，还有毒品。他开着一辆快车，配备着V8发动机和猩红内饰，窗户上还有张贴纸，上面用墨西哥语写着"游客"——这是他丰富游历的骄傲宣示。他手上有些余钱，都是左偷右盗、坑蒙拐骗来的，当然还有一部分，是卖掉他从墨西哥带回来的毒品换来的赃款。据说，伊利诺伊州的一起银行抢劫也是他干的好事。兴起的时候他会要几个女孩——都是他在好莱坞大道的俱乐部里找到的脱衣舞女郎。他应该是一直在服用安非他明[3]，在那些寂寞的漫漫长夜之中，他喜欢用这种药物让自己的大脑保持清醒。

在旅馆时，他会开着他的"频道大师"牌口袋收音机，一头扎进书堆里。他喜欢恐怖罪案小说，还喜欢伊恩·弗莱明（Ian Fleming）笔下的詹姆斯·邦德（James Bond）。旅馆403号小屋的窗外装着吱吱作响的氖灯[4]，在屋里投下一道道橘色光影，加尔特就是在这间小屋一天天阅读到深夜。他对提高自我有种几乎不顾一切的渴望，好像他在这世间留下精彩一笔的机会正在飞速流逝。他想将自己的人生投入一件有意义的事，他想寻找幸福。他还在日思夜想着涉足色情电影的生意：在洛杉矶的时候，他买了大量情色书籍、一副日本制镀铬手铐，甚至还联系上了当地一个乱交俱乐部，但这个念头在他离开了巴亚尔塔港之后就有些萎靡了。这个计划刚消停了些，他转念又报了一个锁匠函授课程，课程是新泽西州一家公司提供的，因为他想掌握江洋大盗的技能，他要能熟练撬开保险箱，以抢劫盗窃为生。他还上舞蹈课、读励志书籍，甚至去见了一位整形师，讨论做一些微整。要知道，他已经是调酒学院的"毕业生"了。

这段经历让加尔特长了不少见识。他的创造力和多种技能都在提高，可以说是狂飙突进。他就像一张白纸，正期待着各种潮流的冲刷涂抹。他尝试了各种不同的生活方式、新造型和新风格。他开始考虑去某个国家定居，比如新西兰、南美，或者南非哪个角落。他有时会含蓄地提起为穷苦儿童建一个孤儿院的想法，因为他最无法忍受的就是虐待儿童。

这个话题总能激起他的同情心，甚至让他情绪激动。他还梦想过加入商船队，或者利用他新获得的调酒技能，在爱尔兰开个酒吧。1968年初春的洛杉矶，没人知道加尔特是谁。他贪婪地呼吸着这份难得的自由，觉得自己拥有了无限可能。

此时的洛杉矶本来就欣欣向荣。这个满是演员、名流的年轻大都会，被一条条高速公路贯穿交织；时尚在这里蓬勃发展；天际轮廓线上，通体都是镜面玻璃的摩天大楼雨后春笋一样冒出来；未来主义风格的塔楼俯瞰着繁忙的机场，看起来像个长腿的外星飞行器。刘易斯·阿尔辛多（Lew Alcindor）此时正在为加州大学洛杉矶分校打磨他的大勾手投篮；埃尔金·贝勒（Elgin Baylor）和杰里·韦斯特（Jerry West）正在湖人队风生水起；大门乐队（The Doors）的第三张专辑《等待太阳》还在孕育之中；罗西·格里尔（Rosey Grier）刚刚踢完他在公羊队的最后一个赛季，当时他还是"恐怖四人组"中的一员——他们恐怕是橄榄球历史上的最佳防线组合了。当时洛杉矶贡献的优秀电视节目，有《罗伊与马丁喜剧秀》（*Laugh-In*）、《荒野大镖客》（*Gunsmoke*）、《星舰奇航记》（*Star Trek*），还有《贝弗利山人》（*The Beverly Hillbillies*）。在加尔特开始熟练掌握调酒器和烈酒杯的技能时，一部电影风靡了各大影院，完美捕捉了当时美国的那种活力与叛逆。这部电影就是《毕业生》（*The Graduate*）。

***

埃里克·斯塔沃·加尔特年当四十，面容整洁，皮肤光滑，但带着一抹鱼腹似的苍白——他在巴亚尔塔港海滩上晒出来的棕褐色早已褪得一干二净。他每天都在吃阿司匹林，而且还抱怨头痛、失眠和莫名的焦虑。他心率很高，胸口也有些说不上来的疼痛。虽然最近的一次视力测验显示他的双眼视力正常，但他还是时常担心自己将要失明。他经常调整服用的药物，完善着他自我维护的养生法则。他一直在服用每日维生素和各种其他补品。虽然他骨瘦如柴，但是他还是会定期做健美操、练举重。他最近刚买了一套杠铃[5]，因而他的肌肉看起来精瘦、强壮。

尽管加尔特衣着便宜，但却整洁讲究。他会给他的山寨鳄鱼皮鞋抛光、上油，而且他量身定制的西装永远整洁、笔挺。好莱坞大道的家庭服务洗衣店和他住的酒店就在同一条街上，他每周六下午都会去那里洗衣服。

在外貌上也是一样。加尔特对收拾打扮十分上心，而且他很爱照镜子。他的脸永远刮得干干净净，指甲也会修剪整齐；他梳一个乌黑锃亮的大背头，涂着百利发蜡，在阳光下熠熠发光。整洁和卫生让他有一种特别的骄傲。虽然他出没于粗陋的廉价旅馆和下等酒吧，而且只有混迹于那些最为人不齿的群体才有归属感，但他会用自己的方式告诉自己，他这是出淤泥而不染。

尽管加尔特喜欢自夸，但他对自己的容貌其实缺乏信心。他看起来总是忐忑不安，与人交往时往往显得笨拙、寡言。他周身散发着一种骗子的气息，好像心里藏着什么不可告人的秘密。大多数人感受到这种信号，也都会对他敬而远之。

而那些选择了和他交谈的人则发现，要理解他并不容易。因为他说出的词句毫无节奏感可言，纯粹是一个单词一个单词向外蹦，而且他总是紧抿着嘴唇，姿势看起来难受而别扭，于是他的话一出口，也不过是些低声的咕哝，好像他嘴里含满了锋利的石头。他说话有种南方特有的拖沓节奏，很难说到底是哪里来的腔调，大体就是密西西比河山谷沿线伊利诺伊州的乡村口音。他就是在大萧条时期这样一个穷困小镇长大的。这种慢吞吞的口音属于圣路易斯，那是他和家人来了又去、去了再来的一座城市。加尔特觉得，对他这样的流浪者来说，这些渊源已经足以让这座城市算得上他的故乡了。

在某些事情上，加尔特花钱很大方。比如舞蹈课，比如调酒学院，再比如他那台顶峰牌电视机。但他其实是个吝啬鬼。他自己缝衣服，自己给破旧的衬衫补扣子；他喝劣质啤酒，蜗居在肮脏破旧的小旅店，却又自视甚高；他去餐厅几乎从不给小费，而且经常去药店逡巡，就为了买些打折的洗漱用品。即使是去餐厅，他通常也只会去路边小店（drive-ins）点个汉堡，而且更多时候他会在客房里吃饭。吃饼干、罐头，用浸没式电热器在马克杯里冲速溶汤。他的一位熟人透露说："他就是个铁公鸡。"他一天的花销大概连五美元都不到。

甚至在说话和思考上，加尔特也同样吝啬。他的感情生活成谜，说话时很少手舞足蹈，而且几乎从来不笑。他喜欢让人猜他的想法，还曾经如此形容他的座右铭："即使双手，也对彼此毫不知情。"他曾炫耀说，他十二岁后就再没哭过了。

他的性关系短暂而肤浅。他曾说女人用过之后就可以忘了。他最终未婚，也从未陷入爱河。事实上，他很讨厌"爱"这个字。他曾说过："要我说，男人就不会凑在一起讨论爱情这种事。听起来就很怪。崩溃和哭闹是女人才干的事。"[6]在巴亚尔塔港，加尔特就常和妓女厮混，而且据一位知情人士说，他偏爱的娱乐方式就是"磨磨把儿"[7]。他的生活似乎与浪漫绝缘。后来加尔特写道："谁都不可信，尤其是女人。没有女人喜欢过我，而且本来结婚也会耽误我走南闯北。"

与加尔特交谈的人都觉得有一件事尤其讨人厌：加尔特的话没什么实质性内容，而且他很少与人进行眼神交流。与埃里克·加尔特初次见面并不是什么愉快的体验，因为他的握手软弱无力；他经常快速眨眼、摇头晃脑，而且眼神飘忽不定。哪怕刻意寻找，都很难发现他有哪里值得欣赏。他就像一只乌贼，会喷出墨水般的迷雾遮挡自己，避免被人看清，永远都在让人猜测他是谁、有什么想法。

加尔特在国家舞蹈工作室上过几个月的伦巴舞和恰恰舞课，那里的

毕业生

学生很快就注意到了这位沉默寡言的神秘人。这所学校位于长滩的太平洋大道，弥漫着忧郁的气息，贴身舞为这些陌生人编织了一张鼓动他们亲密接触的爱网，将这些寂寞的心拢在一起。可是加尔特却拒绝与其他学生交往，而且也不和大家一起玩。他所有的心思都在学习舞步上。他说他可能很快就要去一个西班牙国家。他说："我发现我很喜欢拉美人，他们很友好，不在乎条条框框。"他还补充道："要是懂些拉美的舞步，和他们社交也会更容易些。"[8] 他确实记住了那些舞步，只不过他动作僵硬，也没有美感可言。他学到了伦巴的技法，但是没有学会精髓。

加尔特在女伴面前尤其害羞，而且他决不允许自己被一些无伤大雅的调笑诱惑。他只会在这些轻微的肢体接触中害羞地发抖，然后深深地埋下头。

一位教练说："他很害羞。有次我和他聊了一个小时，就想攻破他的心理防线。可是一聊到稍微私人一点的话题，他就不怎么说话了。"国家舞蹈工作室的经理罗德·阿维森（Rod Arvidson）也附和道："他十分内向，是那种亟需舞蹈帮助他交际[9]的内向。"[10]

关于埃里克·加尔特的一切几乎都乏味而无聊，甚至他的相貌，都绝对落在统计学的中间位置：中等身高、中等体重、中等身材、中等年龄。这些平庸资质的累积结果，就是让他出乎意料地容易被人遗忘。

但是如果有人真的用心研究他一段时间，也会发现他不自觉暴露出的一些特性，就像暗室中的底片，会有影像慢慢浮现。他不管什么时候脸上都挂着一个别扭的傻笑，虽然不明显，但几乎是他的永久性特征：带着讽刺意味的自鸣得意，好像他知道什么秘密，但就是不说。还有他下巴上的小酒窝、鬓角的灰白、小臂上浓密的汗毛，还有额头中央一道不长的疤痕。他走路慢吞吞，仿佛拖着脚挪动，很像老年人的步伐，还不时有些轻微的磕绊。而且他还有些下意识的小动作：比如他经常会拽拽左耳，有时还会紧张地轻笑。他还有个强迫症一样的习惯：他会下意识在酒吧的木桌上推着手里的伏特加左右滑动，从左手到右手，从右手到左手。

大多数见过埃里克·斯塔沃·加尔特的人甚至根本不会注意到他，那些少数注意到的，也会认为他就只是个怪人：这人野心勃勃却毫无建树，精明又小心翼翼，而且看起来还有些偏执和孤僻。

***

到洛杉矶后很长一段时间里，埃里克·加尔特都在约见一位临床心理学家马克·奥·弗里曼（Mark O. Freeman）。他们第一次见面是 1967 年 11 月 27 日下午，加尔特一如既往地衣装笔挺，下午 5 点左右来到了弗里曼在贝弗利山的办公室。弗里曼博士的笔记中有记载，说这位新患者希望"克服自己害羞的性格、提高社交自信、学习自我催眠，希望借此放松心情，提高睡眠质量和记忆力"。

他们开始了交流，而弗里曼博士终于算是对加尔特有了些了解。加尔特似乎天真地相信，催眠就是两个人进行目光对视的交流，然后通过某种神秘的脑电波作为媒介完成催眠。弗里曼说："他认为的催眠是种古老的魔法。他真的以为你随便遇到一个人，与他们对视就能催眠他们，然后让他们对你唯命是从。"[11]

加尔特对催眠有益健康的民间传闻深信不疑，而且他尤其希望能学会如何自我催眠。1967 年 11 月到 12 月间，他一共和弗里曼博士见过六次面。弗里曼博士后来说自己对加尔特"印象很好"。他觉得疗程很有效果，而且两个人相处融洽。

弗里曼说："他是个好孩子。这个人真的很想学习如何提高自己的思想。他阅读能力很强，也不抗拒催眠。我教他怎么催眠，他很快就会在沙发上躺下，开始滔滔不绝。我教了他双目凝视法、身心放松法，教他不要封闭自我。我帮助他找到了自信。"[12]不过虽然弗里曼说加尔特并没有透露什么"黑暗秘密",但他确实也提到,在一次谈话中,加尔特表现出了"对黑鬼的深恶痛绝"。

接着,因为某些不为人知的原因,加尔特突然就切断了与弗里曼的关系。他只说这个临床心理学家"对催眠一无所知"。他取消了和弗里曼的最后一次谈话预约,说他哥哥给他找了一份工作,在新奥尔良做商船船员。后来加尔特再也没有联系过弗里曼。

第 7 章
秘密操作会传染

虽然与 J. 埃德加·胡佛是宿敌，但马丁·路德·金在这栋司法部大楼里也有一位坚定同盟：美国司法部长，拉姆齐·克拉克（Ramsey Clark）。他是海军出身，野心勃勃而且有些理想主义，拿过硕士学位和芝加哥大学的法学博士学位。此时的克拉克四十岁，身材高大瘦削，目光炯炯有神，留着一头黑发。克拉克一直对金博士十分崇拜。他说这位民权主义领袖是个"道德斗士，他代表着一股汇聚的力量，是追求社会公正的有力声音。非暴力改革是所有大型社会的必修课，而他就是这课业的传道人"。[1]

作为美国执法部门的最高长官，克拉克一直对金博士的安全忧心忡忡。多年来，他的办公室一直在全力跟进针对金的所有阴谋和悬赏，哪怕只是传言也会仔细排查。两年前，当时还是助理检察长的克拉克跟着金去了亚拉巴马州，监管塞尔玛－蒙哥马利这条路线的游行，并且亲自对路线进行了侦查，寻找可能实施刺杀的地点。他当时强烈预感金可能会在塞尔玛遇刺，而且他的预感也并不能说是空穴来风：FBI 称有证据表明，至少 1200 名确认身份的白人男性暴力种族歧视者正计划在塞尔玛碰头，而且其中许多人都背着已定罪的种族罪行。因为担心来自这群人的威胁，克拉克在游行中特意找了金，当时金在路边一个帐篷里睡得正香。

后来克拉克回忆道："我们都紧张得在啃手指了，他却在那边安然入睡。那个男人无惧无畏，他是真的走过了死荫谷。这一点我很佩服。"[2]

克拉克于1927年出生于得克萨斯州。他的父亲是汤姆·克拉克（Tom Clark），达拉斯的著名律师，杜鲁门执政时期的司法部长，最终以最高法院法官的身份退休。作为华盛顿的金发王子，小拉姆齐是在挤满了政界人士、外交官、法官和政府官员的房子里长大的。父亲还是司法部长时，拉姆齐就在FBI的走廊里跌跌撞撞地学走路，甚至还进过J. 埃德加·胡佛的办公室。

这位FBI局长至今还把克拉克当个孩子，完全觉得自己高他一等。胡佛对克拉克软糯的自由主义政策（squishy liberal politics）和对犯罪根源问题上太过书生气的见解嗤之以鼻。胡佛认为克拉克太软弱，对共产主义、国内动乱、法律、秩序都太过软弱。克拉克关于犯罪的著作颇多，而且他是那种不羞于写出这种句子的人："我们要敬畏生命，要寻求对他人的温柔、宽容和关心。"[3] 克拉克觉得美国正崛起成为一个警察国家，越来越依赖用电子技术监视国民，对此他颇为忧虑，提出："对个人仁慈、慷慨的关爱，比任何管制权都更能安抚、教化我们野蛮的心。"[4]

这种感性让胡佛深恶痛绝。

尽管严格来讲，克拉克是胡佛的上级，但在整个FBI中，胡佛从不掩饰他对这位年轻上级的蔑视。他给司法部长起了各种各样的外号。他叫他"水母""公蝴蝶""棉花糖"。[5] 他说克拉克是他见过的最糟糕的司法部长。他甚至怀疑这位美国最高行政执法人员其实就是个嬉皮士。他曾经造访克拉克的家，结果因为克拉克夫人光脚站在自家的厨房里大为震惊。胡佛后来对记者怒吼："怎么会有人做出这种事？"[6]

而就克拉克而言，他对胡佛的态度是明智的谨慎。几个月前，克拉克曾亲口说过："我认为我们的关系很亲切，而胡佛认为这种关系叫作'正确'。"[7] 不过私下里，克拉克认为胡佛的FBI在调查上已经上升到了"意识形态"层面，对共产党人赶尽杀绝的搜寻已经过度偏执。他认为最重要的是，"一个人的过度统治和他唯我独尊的观念"[8] 对FBI是有害的。

克拉克很清楚胡佛对马丁·路德·金的执念。其实他想不知道都不行：胡佛的 FBI 不停地来申请批准，要窃听金的办公室、住宅、旅馆房间，每次克拉克都会否决。司法部长认为电子监控应该是在国家安全确实受到威胁时的不得已手段。克拉克说："秘密操作会传染。拿窃听器侵犯别人的隐私权，和破门而入有何区别？一个自由的社会不该允许这种执法行为存在。因为下一次受到侵害的可能是任何人。"[9] 他说："窃听器、电话窃听，不只是肮脏的手段，它会直接腐蚀个人诚信的基础。"[10]

然而，面对金这种高级破坏分子，胡佛觉得没必要纠结这种法规细节。克拉克发现，最容易惹来胡佛怒火的三个条件，金一样没落全满足了。克拉克跟胡佛的传记作者科特·金特里（Curt Gentry）说："胡佛有三个极为明显的偏见。他是个种族主义者，他坚决拥护传统性道德价值观，他痛恨非暴力抵抗行为。而金全都占了。"[11]

在金乃至其他一切问题上，胡佛和克拉克都未能达成一致。他们的世界观几乎截然相反，而且因为工作，胡佛几乎每天都需要去克拉克的办公室和他打交道，这让他们已经失调的关系更加紧张。这个令人厌恶的任务，局长几乎每次都交给一位极受信赖的代理人德洛克处理。

***

卡撒·迪克·德洛克（Cartha D. DeLoach），局里的人都叫他迪克（Deke），担任着局长助理的庄严职位。这也就意味着，他是 FBI 的第二把手，负责 FBI 的一般和特别调查部门，同时还负责国内情报犯罪记录。不过，他真正的工作其实是预测他的上级隐秘而变化无常的突发奇想，而且需要精确到显微镜的容错级别。他不仅擅长这份工作，而且完成得出色到让许多内部人士都认为，德洛克很可能将是胡佛的继任者，当然前提是胡佛下台或者去世。

德洛克自己可不太享受做胡佛和拉姆齐·克拉克的中间人这件事。他讨厌被困在两位强权者中间的这个尴尬位置，他管这叫"走钢丝"。事实上，德洛克并不喜欢克拉克，但他也认为有时候胡佛确实很过分，简直是把克拉克"当个孩子对待"。

迪克·德洛克来自佐治亚州克拉克斯顿的一个小镇。他身材高挑，信奉爱尔兰天主教，眼皮下垂，下巴臃肿，沙黄色的头发向后梳得油光发亮，却毫无显眼之处。四十八岁的德洛克已经在 FBI 效力二十六年，是从特别探员一步步走上来的。从克利夫兰到诺福克，德洛克做过各地的外勤探员。作为美国退伍军人协会的权利掮客，德洛克是一位成功的参谋兼华盛顿公司人士，而且极擅长处理胡佛手下的 FBI 每天如河川一般海量的备忘录。

事实上，德洛克的日常交流，基本用的就是 FBI 的备忘录语言。这种语言圆满、响亮，略有些官腔，好像什么都说了，实质上又什么都没说，却依然具备让人心安的力量。德洛克的职责很多，其中就包括担任胡佛和白宫的中间人。而且他十分成功地打入了白宫内部，以至于约翰逊总统基本上让他在白宫西区占据了一整间办公室。有一位记者曾说，德洛克就是 FBI 的那位"荷兰叔叔"*。因为具备胡佛没有的礼貌，德洛克有种疏离而浮于表面的魅力。不过他的心情风云变幻，而且如果真的发起火来，他背后的组织才是真正的燃料，所以没人愿意与德洛克为敌。

虽然出于忠诚，德洛克会为局长辩驳，也会尽责完成每天的工作，但他后来也开口承认，胡佛"自负得惊人。[12]他反复无常、独断独裁[13]，有时任性易怒，而且确实已经不在他的巅峰状态了"。德洛克说胡佛就像盟军占领日本时期的麦克阿瑟（MacArthur），他把自己打造成了一位"半神"。他说在胡佛面前，"你会觉得自己不再有个人意志，而是成了一个

---

* 俚语，出于好意而严厉的人。——译者注

螺丝钉，他创造的宇宙中一个庞大机器上不起眼的螺丝钉。你的存在由他的意志决定，如果他愿意，只要打个响指就能抹灭你"。[14]

德洛克见证胡佛对金的"强烈仇恨"很多年了。而且不单是见证：这些针对金的所谓反谍计划（COINTELPRO，FBI内部对反间谍秘密行动的简称），这位局长助理直接参与的也不在少数。对金的婚姻出轨行为，德洛克似乎和胡佛一样震惊。后来德洛克写道："这种行为，似乎并不符合他自诩的上帝使者这种领袖身份。他的乱交行为如此放肆，以至于好些知情人都因此质疑，他是否真的是出于诚挚的本心，在践行最基本的基督教教义，在拿黑人教会当作自己运动的大本营。"[15]

不过德洛克认为，FBI和这位民权运动领袖的宿怨也过分了。他把胡佛的怒火比喻为"圣经中那枚芥菜籽，从一粒不起眼的种子，已经长得遮天蔽日"。[16]至少，他认为FBI和金博士的战争是"一场破坏了首要秩序的公众关系的灾难"，而这场灾难将"成为FBI在未来数年都无法摆脱的阴影"。

***

1967年末，随着关于贫民军的消息愈加频繁地流入FBI，胡佛开始更加迫不及待地搜寻更多更有说服力的情报。他想在亚特兰大SCLC的总部加设更多窃听器。FBI上下都流传着一条备忘录，讨论加设窃听器的是非优劣。备忘录上记载道："需要加设这些窃听器，是为了得到他们策划的种族运动的相关情报，这样我们才能采取合适的应对措施，以保证美国的国内治安安全。"[17]

1967年12月下旬，对窃听器合法授权的正式申请放到了迪克·德洛克的办公桌上。他一如既往的艰巨任务，就是在胡佛的FBI和司法部长之间斡旋。不说别人，他本人就对克拉克的决定不太乐观。他在一张备忘录中预测道:"司法部长不会同意的,但我认为还是应该留下一份正式记录。"[18]

1968年1月2日,这份正式申请递送到了克拉克面前,请求他允许在亚特兰大SCLC的总部加设窃听器。请求中说:"我们(必须)准确把握这个组织的战略计划,大型示威可能引发暴乱,也许就会波及全国。"

但是正如德洛克所料,克拉克毫不犹豫地拒绝了这次申请。克拉克回复道:"关于对国家安全的威胁证据不足。"[19] 不过司法部长还是给申辩保留了一定余地,他写道:"如果有更多证据可以证明这种威胁的存在,或者愿意进行重新评估,请再次递交申请。"

第 8 章
仇恨集结号

埃里克·加尔特在洛杉矶时，除了伦巴舞、调酒和催眠这些爱好外，对华莱士竞选活动的着迷更是占据了他的大部分时间和想象力。

自从华莱士宣布他将竞选入主白宫，加尔特就一直在高度关注这位候选人。1967 年 11 月，从巴亚尔塔港回到洛杉矶后不久，埃里克·加尔特就去华莱士在北好莱坞的总部当了一名志愿者，为参加初选所需要的六万签名尽心尽力。

有段时间，他甚至把华莱士的活动当成了自己的主业。申请电话线时，加尔特跟电话公司的代表说他需要加快安装进度，因为他是"乔治·华莱士的竞选员工"，所以亟需电话服务进行工作。[1]他成了美国独立党的福音传道士：逡巡于一家家小酒馆，当街缠着行人游说，恳求他认识的所有人去华莱士的竞选总部。

华莱士竞选活动在洛杉矶的志愿者形形色色，各式各样：有社会边缘人、仇外人士、流浪者、探求者、极端右翼分子、顽固种族主义者、自由主义梦想家，还有彻头彻尾的疯子。作为一个即兴组成的组织，华莱士运动只能依赖这些杂牌马前卒的能量，他们就像不怎么上心，或者说压根没上心的组织者随手捏出的造物。华莱士竞选的一位主要负责人承认，加州活动的主要部分，都是这些"笨蛋"和"疯子"完成的。传记作家丹·卡特（Dan Carter）留下了一部优秀传记《愤怒政治》（*The Politics of Rage*），记载了华莱士的精彩一生。正如其中所写："有好几个新成员,总是把共产主义阴谋论和饮水氟化挂在嘴边,相比政治活动家,他们看起来更像几个精神病患者。"[2]

华莱士的竞选队伍一应上下都弥漫着明显的军队风格,有这么桩轶事能让你一窥其貌。卡特在传记中写道,华莱士的竞选职员汤姆·特尼普希德(Tom Turnipseed)坐飞机从伯明翰来洛杉矶,与当地协调员会面,结果这名男子吹嘘说他周末要去"操练",这个说法让特尼普希德大为吃惊。特尼普希德询问他是否任职于国民警卫队,那位跃跃欲试的协调员回答道:"才不,我们有自己的组织。"接着他还领着特尼普希德出门,去他车上看他汽车后备厢里的小型军火库,里面放了一把机关枪和两个反坦克火箭筒。特尼普希德十分惊讶,问他和他的所谓"组织"以谁为敌。那人一脸迷惑,显然觉得这是明知故问:"洛克菲勒那伙,你知道的,就是那个三边委员会*。"[3]

1967年,加尔特就是在和这样一群人一起工作。虽然他和他们并不特别亲近,但他似乎自然而然地融入了这个松散的边缘人物联盟。作为志愿者,加尔特绝对是参加过华莱士在洛杉矶的一些集会的。这些集会有时在路边大卖场的停车场,有时在麋鹿厅或者郡县的露天游乐场。参加这些简陋活动的大多是码头装卸工、车间工人和卡车司机。他们大多是因为"黑色风暴"**举家搬迁到加州的俄克佬***子孙。他们敬畏上帝、工作勤恳,用华莱士的话说就是"喜欢乡村音乐、懂得民生疾苦"的那群人。

这些带着土味儿的政治集会中有一场尤为成功、场面盛大。这次集

---

* 又译三极委员会(The Trilateral Commission),成立于1973年,是由北美、西欧和日本三地14个国家的学者以及政经要人联合组成的国际性民间政策研究组织。——译者注

** 1930—1936年期间发生在北美的一系列沙尘暴侵袭事件。——译者注

*** Okies,又作 Arkies,在美国口语中指的是俄克拉何马州的流动雇农,常译为"俄克佬"。——编者注

会就在伯班克边界的一个改装赛车场举办[4]，距离加尔特当时的住所只有二十分钟车程。福音歌唱团暖场后，华莱士的车队缓缓进场。当时的司仪是个豪放的演员齐尔·威尔斯（Chill Wills），他带着观众点燃了全场。当华莱士登台时，一触即发的人群已经在放声欢呼、你推我搡了。

现场空气中的那种躁动似乎为华莱士注入了能量。《新共和》周刊（*New Republic*）的一位实事评论员写道："他的声音就是仇恨的集结号，而且他能准确感知观众心中存在的偏见。"[5] 负责报道华莱士集会的《新闻周刊》（*Newsweek*）通讯员表示："现场气氛火热，有人在叛逆地吼叫，有人在不断挥舞旗帜。"[6] 这一群"头脑简单"的支持者们，昭示着华莱士对"美国内部存在的这股众所周知的不安"极富感召力。

***

华莱士反对大政府、支持工薪阶层、诋毁共产主义。他的这些言论，在加尔特那颗愤怒灵魂的最深处引起了不小的共鸣。加尔特甚至对这位州长的亚拉巴马州出身都产生了归属感，因为1967年，加尔特曾经在伯明翰住过一段时日。他的野马还挂着亚拉巴马州牌照，上面甚至还印着亚拉巴马州的昵称：狄西的心脏。

不过华莱士最吸引加尔特的一点，还是这位州长对分离主义的公开支持。华莱士的言辞掷地有声地表达了加尔特自己根深蒂固的偏见。虽然并不精于政治，但加尔特经常看报，而且对广播和电视新闻颇为痴迷。他的政治观点只是不满的萌芽杂糅着各种抱怨。他对大多数话题的态度，都可以说是典型的反动派。比如，他对约翰·伯奇协会*（John Birch Society）的职位很有兴趣，甚至还曾致信询问，不过最终并未正式加入。

---

* 第二次世界大战后美国具有代表性的极右翼组织。——译者注

1967年末,加尔特在种族政治上的立场开始趋于严苛。伊恩·史密斯(Ian Smith)在罗德西亚推行的白人至上主义政权激起了他的高度兴趣。在巴亚尔塔港时,他曾购买过一份《美国新闻与世界报道》(U.S.News & World Report),并在其中发现了一条罗德西亚招揽移民的广告。这个想法让他颇有兴趣,以至于1967年12月28日,他甚至致信华盛顿特区的美国-南部非洲理事会,咨询移民索尔兹伯里的事宜。[7]

加尔特在信中提到,自己是由约翰·伯奇协会介绍而来,并说:"此次致信,是因为我在考虑罗德西亚的移民事宜。贵方如能提供任何信息,我都倍加感激。"加尔特不仅想取得罗德西亚的公民身份,他还坚定拥护当地的白人政权和种族隔离政策。后来他还曾说,他打算在南非"当地哪个雇佣兵团服役两三年"。"罗德西亚之友"(Friends of Rhodesia)是一个致力于增进罗德西亚与美国国家关系的组织。在洛杉矶时,他曾致信罗德西亚友人[8]加州分会会长,询问了更多关于移民的问题,还询问他应该如何订阅《罗德西亚评述》(Rhodesian Commentary),这是一份支持伊恩·史密斯的报刊。

有证据显示,加尔特还是《雷电》(Thunderbolt)的忠实读者。[9]这是恶毒的种族隔离主义党派国民州权利党(National States Rights Party)在伯明翰发行的仇恨报刊。该党派的主席名叫杰西·本杰明·斯通纳(Jesse Benjamin Stoner)。他做派浮夸,总是无耻地利用种族问题为自己拉选票,而加尔特对他十分着迷。J.B.斯通纳出生于田纳西州的卢考特山山脚,自青年时期便加入了三K党,他坚信盎格鲁-撒克逊人才是天选子民。他的一些为人熟知的言论大多诸如此类:希特勒"(手段)过于节制",黑人是"猿人后代","犹太人生来就该死",等等。斯通纳还曾说,林登·约翰逊是"最爱黑佬的美国人"。

而且J.B.斯通纳并非只是说说而已:他本人是一名律师,曾多次为三K党人成功辩护。FBI怀疑他直接参与过数次发生在南部各地的犹太教堂和黑人教堂的爆炸案（事实上，几年后他也确实因为伯明翰一起教堂爆炸案被定罪）。1964年亚特兰大警察局长评论斯通纳说："爆炸案发生时，总能在附近发现那个畜生的踪迹。"[10]

斯通纳终身未婚，他身患言语障碍，因为小儿麻痹症落下残疾，走路一瘸一拐。斯通纳喜欢打圆点领结，还喜欢在美利坚联盟国国旗上大大地加上国民州权利党的标志：纳粹雷电符号。这个符号是从希特勒党卫队的名字"SS"衍生而来。根据历史学家丹·卡特的研究，国民州权利党内人员有一种很浓的阴柔风。有这么一个党派忠实拥护者[11]，人称X队长，风格顽劣、行事阴柔。他喜欢穿骑马裤配高跟长筒靴。至少有一次，在1964年，有位伯明翰警探亲眼看到X队长在党总部扭着屁股大摇大摆，脸上浓妆艳抹，眼影胭脂样样俱全，手里还扬着一根短马鞭。

《雷电》是国民州权利党刊发的月报，有大概四万铁杆读者的订阅量。这份报刊的主题就是强烈谴责马丁·路德·金，并且称华莱士的总统竞选是"白人选民的最后机会"。[12]别的不说，首先，《雷电》就曾要求处决最高法院法官*，还提倡大规模驱除黑人，想把美国的所有黑人赶回非洲。加尔特显然很喜欢斯通纳在《雷电》中冗长的文章，并且还会反复传诵他的经典词句：加尔特学着斯通纳叫金"马丁·路德·黑"（Martin Luther Coon），甚至还把他起的种族歧视绰号写在纸上，贴在他在洛杉矶住所的一台落地式电视机背后。[13]

---

* 即布朗诉教育委员会案，被认为是美国历史上意义最重大的裁决。此案宣告学校中的种族隔离制度违宪，黑人孩子得以上白人学校，美国的民权运动也因此迈进一大步。当时有种族主义者借"州权"为由，要求处决做出此判决的最高法院法官。——译者注

仇恨集结号　　69

***

因为长期沉浸在这种仇恨文学中,在洛杉矶时,加尔特的偏见已经初见暴力的萌芽。12月的一天,加尔特在一家小酒馆喝酒。这家酒馆在好莱坞大道5623号,名叫"幸运兔脚"(The Rabbit's Foot Club),里面常有女郎跳艳舞。一位曾经去那里采访过的记者写道:"那就是个带了自动点唱机的肮脏墙洞,专门接待寂寞又缺钱的人。"[14] 据酒保詹姆斯·莫里森(James Morison)的说法,加尔特在幸运兔脚做了几周的常客,刚开始,他只一个人喝闷酒,不过最近他一直在"为华莱士的竞选做宣传"。只要抓住一个愿意听的人,他就会滔滔不绝。幸运兔脚的另一位常客还记得加尔特,说他是个"很情绪化的亚拉巴马州人"[15],喜欢喝伏特加,还喜欢坐门边的高脚凳。他跟别人介绍自己是商人,说他刚从墨西哥回来,之前几年一直在那里经营酒吧。为了增加可信度,他还会偶尔说几句西班牙语。

12月的这天晚上,幸运兔脚有个年轻女人叫帕特·古塞尔(Pat Goodsell)[16],就坐在加尔特旁边,据说她是那里的一位夜总会舞女。他们俩和旁边的几个客人在闲聊世界局势,可是话题突然就转到了南方腹地上,因为有人看到了加尔特停在酒馆外的野马上挂的亚拉巴马州车牌。帕特·古塞尔说:"我不明白你为什么要那么对黑鬼。"一开始她也只是随口挤兑了他几句,可是当他开始讲得越来越深,开始为华莱士的故乡辩护,她也突然不依不饶起来,问他:"你为什么就不能让他们享有权利?"

听了这话加尔特勃然大怒,当时在酒吧的其他几人也感觉到气氛突然紧张起来。他们还从来没见过这个沉默寡言的人如此不为人知的一面。他反驳古塞尔:"你知道什么,你去过亚拉巴马州吗?"

加尔特突然跳下高脚凳,抓住古塞尔,并把她拽下了高脚凳,简直像是要拽着她去酒馆外面打一架。

接着他开始对她连声怒斥,音调都高了八度。他大吼:"好啊,既然你这么喜欢那些有色的,我现在就把你丢去沃茨,看看你还喜不喜欢!"

他怒气冲冲地离开了幸运兔脚,有两个人跟着他出了酒馆,一个黑人一个白人。在酒馆外他们打了一架。用后来加尔特的话说,是"他们袭击了我"。还抢走了他的外套和手表。加尔特说:"为了摆脱他们,我捡起一块砖头打了那个黑鬼的脑袋。"

加尔特冲向他的车,打算去拿他座位下那把自由首领短管点38左轮枪,这时他才意识到他的麻烦:野马锁着,而他的车钥匙在他被抢走的外套里。那外套里还装着他的钱包,里面有他亚拉巴马州的驾照,还有大概六十美元。虽然他的住所不远,但他不敢回家,因为他怕那两个人回来开走他的车。所以他一整晚都在幸运兔脚外面的一个角落里,蹲守着他的野马车。

早上他找来了一个锁匠,打了一把新钥匙(虽然他当时在学习开锁,但是还没有达到实用的程度)。接着加尔特打了一通长途电话给亚拉巴马州机动车管理局,只付了一小笔费用,就成功申请了新驾照。新驾照以"存局候领邮件"方式被寄到了洛杉矶。

第 9 章

红色康乃馨

马丁·路德·金从办公室打电话给家里的妻子:"收到了吗?我送的花。"[1]

当时正值冬日,常年四处奔波的金博士正要再次远行。他十五年的结发妻子科雷塔·斯科特·金,刚刚接受了腹部的子宫瘤切除手术,正在家里休养。金知道她现在脆弱娇嫩,所以想给她送些花,就通过亚特兰大花卉递送服务点了一些送回了家。礼物到了他们的家——日落大街234号一座简朴的小复式,依偎在亚特兰大葡萄城的红黏土山旁,离金博士的母校莫尔豪斯学院也不远。房子装修简陋,只有些祖传的家具和墙上挂着的一幅甘地画像。

金送她的是康乃馨,带着一抹亮眼的深红。科雷塔说:"花很美,而且……是假花。"

这些年来,金也经常给她送花,但从没有送过假花。她倒也没有生气,或者觉得他小气,只是有些奇怪。她问道:"为什么?"

良久的沉默。然后金才开口:"我想送你些能留下来的东西。你能永远留着的东西。"

科雷塔觉得,她的丈夫总是满心愧疚。[2]他觉得自己没有资格成为一个象征,成为美国黑人的代言人。她写道:"他总觉得自己不配得到现在的地位。"金总说他是"糊里糊涂"地走到了今天,就是从反对城市公交车座位隔离时,他被当作蒙哥马利运动的奠基人推上世界舞台那刻开始的。但是这几年，这场运动已经彻底吞噬了他，让他与妻子、家庭渐行渐远，让他的内心愧疚得无以复加。他根本就是和这场运动结下了婚约。有一次，金在 SCLC 亲口说道："今晚我在此立誓，我，马丁·路德·金，愿意娶你，非暴力运动，做我的合法妻子。"[3]

那个冬天，刚刚过完圣诞节，他和科雷塔促膝长谈了一次，向她坦白了他众多情妇中的一个。[4] 那个情妇是纳什维尔费斯克大学的毕业生，一个正经女人。她嫁给了一位杰出的黑人牙医，目前和丈夫住在洛杉矶。他们的出轨已经持续了数年，而且金并没有承诺要断绝关系。金也没有提起他生活中的其他那些女人：他在路易斯维尔的情妇、亚特兰大的情妇、纽约的情妇，还有其他几个无足轻重的情妇。在他的布道中，他对自己这些不德行为的隐晦提及与日俱增。有一次他对教众说："每个人都有两个自我，生活最艰难的任务，就是努力让更好的那个自己掌舵。"[5]

他的坦白当时一定让科雷塔伤心欲绝，但是她也绝对早就看出些端倪了。他们已经渐行渐远很多年，关系紧张得几乎肉眼可见。一个 SCLC 的成员说："那个可怜的男人在家里一定备受折磨，就算他没死，他们的婚姻也不会长久了。早在金博士还在世之时，科雷塔·金就已经在独守空闺了。"[6]

金的出轨和劣迹也只是他们婚姻压力的众多来源之一。科雷塔并不喜欢做一个传统的家庭主妇，当金在国际舞台上大放异彩时，她却困在家里守着四个孩子。她没什么机会展示她自己的歌唱和演讲才华，也不能为运动做出属于她自己的贡献。事实是，金也希望她留在家里。他是个传统主义者，甚至有人说，他有些大男子主义，但他同时也是担心如果他们二人双双离世，留下的孩子该怎么办。科雷塔后来说："马丁这辈子在对待女人的态度上，从来都是矛盾的。他一边相信女人和男人在智力上没有差别，能力完全相当，她们有权得到高位强权……但另一边，

红色康乃馨

到他自己的事情上，他又希望自己的妻子就做个家庭主妇、贤妻良母。他十分清楚，他想娶的，是个能等他回家的女人。"[7]

如同大多夫妻，他们也会为金钱争吵。20世纪50年代初期，他们在波士顿大学相识，那时的金还是个上等绅士：他住着豪华公寓，开着豪车，衣冠楚楚。可现在的金，简直就是个苦行僧。作为埃比尼泽浸信会教堂助理牧师，他的年薪只有区区六千美元，而且他在SCLC并不领取任何薪俸。最让科雷塔气恼的是，他几乎把他所有的其他收入都捐给了他的运动：他的演讲费、政府奖助，甚至还有他那笔五万四千美元的诺贝尔奖奖金。他们几乎从来不外出用餐或者旅行，而且婚姻生活的绝大部分时间都是在一间狭小的出租屋里度过的。他们没有佣人，而且共用一辆汽车。就是日落大街上这套房子，还是他们新近买下的，而且十分简陋。安德鲁·杨（Andrew Young）说："他住的街区与奢华完全不沾边，那里根本就是个贫民窟。"[8] 科雷塔很生气金甚至没有给孩子们存一笔大学学费。他甚至都没有立过遗嘱。金在一次埃比尼泽浸信会教堂的布道中说："我不会留下任何财产，因为我没有那些奢华的好东西能留下。我想留下的，是一段充实的人生。"[9]

金有一次曾说他的弱点"不是对金钱的觊觎。我妻子深知这一点，事实上，她觉得我做得都有些过分了"。他很清楚科雷塔也希望生活中能拥有一些好东西，而这，也是他心中愧疚的来源之一。

自从金有了贫民军运动这个想法，科雷塔就发现她的丈夫变了。在他遍布全国的出行中，多了种狂躁的急不可耐。她后来写道："我们当时觉得，命运之网正在收紧。就好像有某种力量在推着他走。那段时间的金，就像在完成他最后的使命。"[10]

最后的那几个月里，她时常回想起1963年肯尼迪遇刺新闻播出时丈夫的反应。当时他瞪着电视屏幕，用一种平静的口吻说道："这也将是我的结局。"[11] 当时的科雷塔没有回答。她没有任何可以安慰他的话。她没有说"这不会是你的结局"。因为当时她已经觉得,他说得没错。

后来她写道:"那是一段痛苦的沉默。我只是靠近他,握住了他的手。"

第 10 章

橙色圣诞节

12 月的第一个星期，埃里克·加尔特认识了一名年轻女人玛丽·托马索[1]（Marie Tomaso）。埃里克旅馆楼下有个小酒馆，名叫苏丹房，她是那里的吧台服务员。她来自新奥尔良，一身橄榄色皮肤，眼睛黝黑，身材丰满，戴着引人注目的黑色假发。有时候她也在好莱坞大道上的另一家俱乐部跳脱衣舞。

玛丽·托马索觉得加尔特在苏丹房总显得格格不入。他穿着笔挺的深色西装，独来独往，沉默寡言。她发现他的皮肤有一种病态的苍白，"感觉他不怎么出门"。[2] 他告诉她，他在瓜达拉哈拉[*]住过六年，还在那里开过一家酒吧。他们渐渐成了朋友。有天晚上他送她回家，到家时她介绍了表姐跟他认识。她表姐也是个脱衣舞女，名叫丽塔·斯坦（Rita Stein）。后来他们三人经常一起闲逛。

丽塔·斯坦是个年轻母亲，她的人生刚刚遭受过一场激烈的感情风波。她把自己一对八岁的双胞胎女儿丢给了还在新奥尔良的母亲照看，但是儿童保护机构的官员正威胁说要把她们送给寄养家庭。现在丽塔亟须接管她的孩子，但她没车没钱，而且不能随便放下舞女的工作。最后，丽塔和玛丽看中了加尔特，而他也表示自己很愿意帮忙。他见不得孩子受苦，而且他本来也有些"事务"需要去新奥尔良处理。再说，他在洛

---

[*] 在墨西哥。——编者注

杉矶也待烦了。

丽塔介绍加尔特认识了自己的哥哥查理·斯坦（Charlie Stein）。他就住在富兰克林大街，圣弗朗西斯酒店那条街的拐角。在丽塔的敦促下，查理也主动要求与加尔特同去，帮忙分担开车的工作。

其实就古怪这点而言，查理·斯坦比加尔特甚至有过之而无不及。[3] 他是个皮条客兼毒贩，还曾获罪入狱；他是个象棋狂人，而且自认为是个通灵治疗师。他会和树以及其他生命形式对话，还会用些古怪的疗法：他赌誓说他曾经脱下玛丽的内裤并埋在后院，才治好了她的急性关节炎。斯坦还对飞碟深信不疑，他喜欢周末开车去丝兰谷，在天空中寻找不明飞行物。

虽然斯坦和加尔特年龄相仿，但他们的外貌却大相径庭：斯坦形容不整、头顶渐秃、身材臃肿，体重至少 110 公斤。他留着一把大胡子，身上戴着串珠，脚下踩着拖鞋，根本就是一副嬉皮士的模样，而且还是最与众不同的那种嬉皮士。他母亲住在奥尔良，她说他"疯狂但无害"。

加尔特对查理·斯坦很不放心。丽塔第一次提议让她哥哥与加尔特同行时，加尔特甚至觉得这是个阴谋，他突然生气地对丽塔和玛丽说："我有枪，你们要是给我下圈套，我就杀了他。"[4]

查理·斯坦也不怎么喜欢加尔特。他觉得加尔特的发胶用得"太多"。从他们第一次见面，这位灵媒就捕捉到了一丝强烈的"逆波"气息。但斯坦很想帮助自己的妹妹丽塔和自己的小侄女重逢，而且他也很想念他的故乡新奥尔良。他在那里干过不少事，其中还包括在法国区*的一家脱衣舞俱乐部当保镖。

所以事情就这么定了下来：12 月 15 日，这对奇怪的旅伴收拾行囊，做好了准备要去路易斯安那州来一场骑士征途，赶在圣诞节前拯救两个

---

* 法国区也是当时享乐区的代名词。——译者注

橙色圣诞节

小孤儿。离开前,加尔特提出了一个要求:他想要查理、玛丽和丽塔陪他一起去美国独立党在北好莱坞兰克斯欣大道的总部,替"华莱士总统竞选"签名请愿。[5] 加尔特的这个要求毫无商量的余地:如果他们三个不签名,他绝不开车去新奥尔良。三人觉得临时开条件本来就很古怪,更不要说他们对乔治·华莱士毫无兴趣,但是他们还是最终屈服,为请愿留了名。后来查理说:"我觉得他收集签名肯定是收了钱的。"[6] 他说加尔特看起来在华莱士总部"轻车熟路"。

签名柜台的登记员名叫夏洛特·里维特(Charlotte Rivett),是位满目虔诚的老妇人,查理·斯坦在请愿表上签名时,她向查理道谢说:"感谢你为华莱士先生请愿,愿主保佑你。"

斯坦毫不避讳她的目光:"这事儿和主有什么关系?"[7]

丽塔、玛丽和查理兑现了他们的诺言,加尔特也愿意出发了。他把丽塔和玛丽送回了家,查理也把行李放在了野马的后备厢,旁边就放着加尔特的蓝色人造革皮箱和柯达相机箱。那天下午,埃里克·加尔特和查理·斯坦驱车穿过洛杉矶拥堵的街道向东驶去。

***

他们开了一整夜的车,开累了就换人,直到第二天才开出沙漠。[8] 他们路过了尤马、图森、拉斯克鲁塞斯和厄尔巴索,钻入了得克萨斯州的腹地,那是一片灌木之地。有时候加尔特会在副驾驶座上睡着,他自己后来说:"查理总会碰醒我,跟我说他刚才看到飞过去了个飞碟。"[9] 他们停车补给过几次,买了几个汉堡,加尔特点汉堡时总是"什么都要"。加尔特在路上停过两次,下车用了公用电话,但没说打给了谁。斯坦只当他是打给了要在奥尔良见的人。

这场跨州马拉松中,他们没有太多交流,但加尔特提到他曾经入伍服役，现在他的钱都是他卖掉墨西哥某地的一个酒吧换来的。加尔特开车的时候喜欢一手扶方向盘，另一只手捏一罐啤酒。有一次，他们聊到了乔治·华莱士和"有色的"。加尔特跟斯坦说，带着亚拉巴马州牌照在洛杉矶黑人区开车很危险。他说："有一次他们居然拿西红柿砸我！"整个旅途中，斯坦觉得自己旅伴身上传出来的"逆波"越来越严重。他越发确定，加尔特有"精神阻隔"。

后来斯坦说："他就像只有使命的猫。他是在扮演一个角色。他从来不多话，你没有办法看透他。"

有一次开车的时候，斯坦问他："你姓什么来着？"

他生气地回答："加尔特。埃里克·斯塔沃·加尔特。加尔特！"[10] 罕见地，他吐字清晰地念出了他的名字，好像要确保斯坦能听清他的话。斯坦觉得他的反应有些过激，那种说出自己名字的方式和那种夸张的坚定态度，反而更让斯坦觉得有点假。

穿过圣安东尼奥市和休斯敦之后，他们终于在 12 月 17 日来到了新奥尔良。查理·斯坦住在母亲家，而加尔特住进了法国区查理街的省际大酒店。他在前台登记的姓名是"伯明翰的埃里克·S.加尔特"。加尔特没有跟斯坦说过他的计划，他最多只是说他是来"办点事"。不过有一次他提起，他要去见一个人，听名字像意大利来的。加尔特还说他平时会待在运河街一家名叫兔子休息室的小酒吧。

不过在新奥尔良只待了短短三十六小时，加尔特就已经准备好离开了。12 月 19 日早晨，他接上了查理和一对双胞胎金姆（Kim）和雪莉（Cheryl），带上了些衣服、玩具，还有一块小黑板，就再次上了路。他们径直开回了洛杉矶。除了加油、吃饭和去洗手间，他们中途只停过一次，这次是为了在得克萨斯州打雪仗。金姆和雪莉一路坐在后座，她们烦透了加尔特放的乡村音乐，更讨厌他还要跟着歌哼唱。她们觉得他就像个火车汽笛。[11]

橙色圣诞节　　79

他们一路开着诡异的流浪者派对，终于在 12 月 21 日的那个星期四到达了洛杉矶。加尔特和斯坦把两个女孩送回了妈妈身边，刚好赶上圣诞节。接下来的几天，加尔特一直待在圣弗朗西斯酒店。最近没什么事做，甚至连华莱士竞选都因为节日偃旗息鼓。华莱士自己也回到了蒙哥马利，而他的妻子，也就是真正的州长，此时已经卧床不起，气若游丝。

圣诞节当天，加尔特一直待在屋里读书，窗外的霓虹灯洒在小屋地板上，泛出一片橘色光芒，这就是这间屋子里唯一的圣诞气息了。后来他写道："你要知道，圣诞节属于有家的人。对我这种独行侠，节日毫无意义。不过只是坐在房间看看报纸、喝两罐啤酒，或者看看电视的又一个普通日子而已。"[12]

新年那天，加尔特决定去拉斯维加斯转转，他自己开车上了路，路上就睡在他的野马里。他说："我没有赌博。只是开车去转了一圈，看着人们把钱塞进自动售货机。"[13]

等他回到洛杉矶，新闻上到处都是好消息：华莱士的加州项目大获成功。美国独立党在 1968 年 1 月 2 日迎来了最后期限，他们收集了至少十万签名，几乎是规定数目的两倍。专家被华莱士现象惊得目瞪口呆。一位政治科学家说，请愿活动的胜利是一场"几乎不可能的壮举"。[14]

华莱士在洛杉矶对欢呼的观众大喊："专家都认为不可能做到。这件事再次证明了，政治领域的专家也不过如此。能拿到加州的选票，就能拿到任何州的选票！"

乔治·华莱士的名字正式进入了加州 6 月的总统大选候选名单。埃里克·加尔特的新年伊始，是在为这件事做出了微薄贡献的满足感中度过的。

***

几天后，1968 年 1 月 4 日，加尔特去见了洛杉矶的另一位催眠师。他去了克伦肖大道 16010 号，在牧师泽维尔·冯·科斯（Xavier von Koss）的办公室见了这位催眠师。科斯在洛杉矶负有盛名，而且还是国际催眠学会的会长。加尔特和科斯就他想要的催眠治疗聊了一个小时，但让加尔特生气的是，科斯问他的都是些大问题。科斯问他："你的生活目标是什么？"

加尔特试着尽量详细地回答他："我在考虑学习调酒。"

"但是你为什么对催眠感兴趣呢？"

加尔特说，他认为催眠能提高他的记忆力和脑力劳动的效率。他说："我在哪个地方见过，有人在催眠术的影响下，能在三十秒内解决普通人三十分钟才能解决的问题。"

科斯能感觉到，加尔特对催眠的兴趣不只是提高自己的心灵防御工事。科斯的判断是他的灵魂很迷茫，他在寻找某种认可，某种能融入社会的方式。后来科斯说："像我这种与思维打交道的人，可以轻易识别任何人的主要内驱力。加尔特属于认可型。他希望得到同道的认可。他渴望自己举足轻重。他对被承认的渴望比他对性、金钱、自我保护的需求都要高。"[15]

科斯建议加尔特，要想得到更好、更有意义的人生，他就需要睁开自己的心灵之眼，看清自己真正的追求。对这个判断加尔特十分赞同。他给加尔特推荐了三本书：麦克斯韦·马尔茨（Maxwell Maltz）博士的《心理控制术》(*Psycho-Cybernetics*)、莱斯利·莱克龙（Leslie LeCron）的《自我催眠术：技术理论及其日常应用》(*Self-hypnotism: The Technique and Its Use in Daily Living*)、威廉·赫西（William Hersey）的《如何使用隐藏记忆能力》(*How to Cash In On Your Hidden Memory Power*)。加尔特十分

橙色圣诞节

感激，他激动地记下书名，后来全都买回了家。

不过科斯提醒他，仅仅读书效果有限。他告诉加尔特，如果他是真的想提高自己的生活质量，那他还前路漫漫、道阻且长。科斯说："你必须完成你的调酒课程，你必须努力，必须去上夜校，必须要为自己打造一种稳定的生活。"[16]

加尔特无法承受这些要求，他开始想结束这场对话。科斯说："他对我的话失去了兴趣。我能感觉到我们之间竖起了高墙。我说的话已经无法触及他的思维。"[17]

不过，加尔特还是说他对被催眠很有兴趣，而泽维尔·冯·科斯牧师也很乐意效劳。他对加尔特进行了一系列测试，以便确定他是不是合适人选。可是很快，斯科就感到了加尔特对催眠程序"潜意识地强烈抵抗"。科斯说："他无法配合。当人害怕他在催眠中会透露一些他想隐藏的秘密时，就会出现这种情形。"

第 11 章

行走的秃鹫

1968年2月1日是个雨天，天空阴暗低沉。在东孟菲斯的殖民路上，细长的山茱萸枝条蜷缩在冷风中。橘色环卫车沿街而来，响声震天，车里被当天的垃圾塞得满满当当。环卫车路过了农场式房屋、牧人小屋和伪都铎风房屋。屋前本该是整齐、蛰伏的草坪，现在已经被木兰的落叶覆盖，入眼的只有一片黯淡的黑色，在风中哗啦作响。

这辆大卡车的驾驶座上坐着新来的负责人威利·克莱恩（Willie Crain）。[1] 两个工人站在车的后部，因为外面正飘着毛毛细雨，所以他们躲在垃圾压缩机的大嘴下面。这两个人分别是二十九岁的罗伯特·沃克（Robert Walker）和三十五岁的艾科·科尔（Echol Cole）。他们俩都是新人，处于部门工资水平的最底层，还在实习阶段。他们一周的薪水不到一百美元，而因为政府把他们归为"未分类劳工"，所以他们没有福利，没有养老金，没有加班工时，没有申诉渠道，没有保险，没有制服，而且在今天这个日子里尤其值得一提的是，他们连件雨衣都没有。

工务局的这些环卫工，他们和家人以前的营生就是三角洲的佃农，而现在的待遇也并不比之前好多少。某种角度讲，他们依然过着庄稼汉的生活，不过是种植园被搬进了城市而已。他们穿着有钱人放在路边的已经磨破的二手衣服；习惯了业主管他们叫"小工"；他们学会了一种小碎步，既不快也不慢，既不高傲也不卑微，只是一种不引人注意的步态而已。一周又一周、周而复始地，他们安静地徘徊在孟菲斯的街区，只是普普通通、毫无怨言的贱民。他们管自己叫——行走的秃鹫。

沃克和科尔开着的卡车，是一辆冒着蒸汽、叮当乱响的巨兽，人称"香肠桶"。它已经是工务局十年前投入使用的老旧型号。"香肠桶"装有一个巨大的液压油缸，通过车厢外的一个开关控制。虽然市政府已经开始慢慢淘汰这个型号，但还有六辆仍在孟菲斯的街区服役。众所周知，这种卡车十分危险，有时甚至致命：1964年，就有两个垃圾工人死于垃圾压缩机故障导致的翻车。[2] 而这些问题卡车，也是孟菲斯环卫工人一直以来试图组建工会，并且考虑罢工示威的众多原因之一。

跑完了一天的站点，克莱恩、沃克和科尔很高兴他们要开往谢尔比大道的垃圾站了，因为去了这里，才能最终迎来回家的时刻。他们浑身发冷、腿脚酸麻，与每天收工之时别无二致，因为他们每天都要在郊区别墅的草坪上拖着沉重的垃圾箱走十个小时不能休息。孟菲斯环卫局显然还没有发明出带轮垃圾箱这个概念。当时那些业主也没有人想着为环卫工人减少一些麻烦，把自家的垃圾堆放在门口的路边。所以，和全市行走的秃鹫都一样，沃克和科尔只能拖着垃圾箱从长长的车道上走到后门或者车库，去叩响密门，进入后院，而且有时候还会遭遇看门狗。在这些地方，他们把人们的垃圾转移到自己拖着的垃圾箱里，而且他们还得收拾树枝、落叶、动物尸体、丢弃的衣服、坏掉的家具，以及住户需要丢弃的其他所有东西。

回垃圾站的路上，克莱恩、科尔和沃克的衣服不仅被雨水淋得湿透，还满是垃圾箱滴下来的脏水。和这种污水打交道，是他们这个行业的常态：这里面有东孟菲斯的厨房里出来的培根油、结块的牛奶、鸡血、酸臭的肉汤，还有腐烂的树叶形成的酸液。当时塑料袋的使用还没有普及，没有密保诺也没有海覆提*，没有抽拉绳或者捆紧带能约束这些稀泥一样

---

* 密保诺、海覆提皆为垃圾袋品牌。——译者注

的脏东西,所以渗出来的脏水就像恶臭的糖霜一样结在他们的衣服上,而且市政府也不为环卫工人提供洗浴、洗衣的条件。他们结束了一天的工作,甚至都没办法把自己收拾干净。男人们对此已经习以为常,但是回了家,他们却会在家门口先脱掉衣服:家里的妻子受不了这种臭味。

***

这天下午 4 点 20 分,一名白人女子正站在自家的厨房窗前眺望门口的殖民路。突然她听到几声怪响:先是一阵刺耳的摩擦声,接着是一声吼叫和阵阵尖叫。她冲出前门,结果被眼前可怕的场景吓得目瞪口呆。

威利·克莱恩那辆巨型"香肠桶"卡车正停在她家门口,而且看起来它遇到了不小的麻烦。两名工人沃克和科尔一般都站在卡车后部,可是现在他们看起来受了重伤。压缩机的马达线路短路了,有什么东西卡在了里面。也许是哪个铁锹错位了,或者是被闪电击中,总之压缩机当时短路了。

此刻,液压油缸还在旋转、搅拌、挤压、轰鸣。克莱恩猛踩一脚刹车,然后跳下驾驶座,冲向了紧急开关。他一拳拳砸在那个按钮上,可是油缸毫无反应,还在不停运行。

沃克和科尔从听到压缩机马达启动的那一刻就试图逃走,可是身上厚重、潮湿的衣服让他们动作迟缓,也许是因为液压油缸挂住了他们宽大的衣摆或者衣袖,总之他们此刻正被卷入油缸内部。他们其中一个差点就挣脱了,可最后一刻,却还是被机器卷了进去。

在压缩机中被挤压、研磨时,他们发出的惨叫让人毛骨悚然。克莱恩疯了一样砸着紧急开关。他能听到可怕的折断声从机器里传来,那是人的骨头和筋腱断裂的声音。马达还在不断轰鸣。

只看到了第二个工人的死亡过程,这位业主就已经吓得魂飞魄散。

她对记者说:"他就站在卡车车尾,压缩机正在搅拌。他的身体先倒了进去,腿还伸在外面。那一瞬间看起来,就像那个大机器吞掉了他一样。"[3]

***

致使两名工人死亡的意外事件甚至都没有登上孟菲斯第二天的早报。只有《孟菲斯商业诉求报》还留了一个小方块,写了一句堪比宣布破产消息的冷漠通告。报纸没有提到这辆垃圾车本来就有吞噬人命的先例,也没有提到沃克和科尔的家人甚至没有钱为二人办葬礼,更没有提到市政府和他们的合同里,完全没有承担任何赔偿他们遗孀的责任,只给他们发了最基本的一个月工资,作为离职金。罗伯特·沃克的遗孀艾琳·沃克[4](Earline Walker)当时还怀着身孕,她最终决定把丈夫葬在密西西比州塔拉哈奇郡的一个贫民墓地。这地方就在三角洲,是这些家庭曾经当种植园工人的地方。

不,当天的早报头条,留给了孟菲斯最有名的居民,猫王埃维斯·普里斯利(Elvis Presley)。在沃克和科尔的生命被吞噬后不到一小时,他的妻子普里西拉(Priscilla)在浸信会医院生下了一个六斤三两重的女儿。[5] 普里斯利夫妇的女儿黑发碧眼,他们给她起名丽莎·玛丽(Lisa Marie)。当天早上为了能尽快赶到医院,埃维斯在格雷斯兰精心安排了一个车队,而且还安排了诱饵车队迷惑记者。那天埃维斯穿的西装和高领毛衣都是蓝色,他在普里西拉休息时接待了祝福的人群,然后他们就在林肯和凯迪拉克车队的簇拥中离去了。

埃维斯说:"我很幸运,我的女儿也很幸运。但是那些生来一无所有的孩子呢?"[6]

***

仅仅一星期后，2月12日，1300名工人开始了罢工示威。他们来自市政环卫部门、下水管道部门和排污系统部门。虽然沃克和科尔的死是这场运动的催化剂，但罢工的组织者其实还有一堆问题积怨已久，早不光是安全问题这一项而已了。他们想要提高工资待遇、减少工作时长、自由安排工作，以及改善处理申诉的程度，等等。他们希望作为专业工人被认可，而不是仅仅被当作小工。他们的诉求是一次带有明显种族偏向性的劳资争议，因为环卫工人和下水管道工人几乎都是黑人。

2月并不是启动环卫罢工的最佳时机，一般的常识是，环卫罢工的最佳时期在夏天，因为垃圾腐烂得更快，还会发出恶臭。但这次罢工是想利用公民记忆中一种根深蒂固的恐惧：自从1878年的黄热病大流行以来，市政府就开始了对公共卫生的高度关注。而且当时人们认为，黄热病的流行，正是由于腐烂的垃圾堆积在露天的污水坑引起的。

从一开始，市政府就断然拒绝了垃圾工的要求，甚至都不承认垃圾工工会合理合法。很快他们就雇用了一批人破坏罢工，却无法控制罢工的声势，而且垃圾也开始在全市范围内堆积成灾。孟菲斯市长亨利·勒布（Henry Loeb）坚持认为，市政职工无权罢工。他对他们说："你们不能这么做，这是违法的。我建议你们回去工作。"[7]

亨利·勒布三世[8]身高一米九五，长了一张国字脸，十分健谈。[9]"二战"时期，他曾在地中海做过鱼雷巡逻艇的指挥官。他出身富贵，家族财产数亿，拥有数家洗衣店、烤肉店以及其他产业。他的妻子玛丽（Mary）是著名棉花家族的千金，还是1950年棉花狂欢节的女王。说勒布是种族主义者其实不准确，因为他至少不是像公牛康纳*（Bull Connor）

---

* 伯明翰的警察局长尤金·康纳，绰号公牛，20世纪60年代美国南部臭名昭著的种族隔离主义者。——编者注

那种公然叫嚣型的人,而且他也并不算是典型的中产白人政客。至少,他的母校是东岸安多佛菲利普斯学校和布朗大学。而且他还是犹太人,他的身份就让他不属于孟菲斯的乡村俱乐部(虽然他最近刚刚皈依了基督教,还加入了他妻子的新教圣公会)。

与南方其他的白人商业领袖一样,勒布市长对待劳工、种族杂糅问题的态度,很有过去种植园主大家长的影子。虽然在公开场合他总是对黑人很客气,可是尽管他竭力注意,有时还是会脱口叫他们"黑鬼"。[10] 而且他似乎认为,在他管辖下的城市,并没有小岩城、伯明翰或者蒙哥马利那样的种族问题。勒布市长上任伊始,就亲自监督整顿城市公共设施、学校和餐厅,而且没出什么乱子。这些几乎毫无负面体验的经历,让勒布更加坚信孟菲斯的黑人很满足,而且只要北方那些煽动分子不来惹事,他们也能一直满足下去。

这是孟菲斯人的一个普遍观点。事实上,这个观点在《孟菲斯商业诉求报》每天早上都会刊登的一个流行卡通故事中体现得尤为明显。孟菲斯的社论漫画家 J. P. 艾利(J. P. Alley)创作的《老黑戏子的沉思》(Hambone's Meditations),讲的是个可爱的痴傻黑人的朴素智慧。这个形象可以说是个低能特才。而这个语法都不怎么熟练的傻戏子会说出这样的话:"管你脸嘛样,笑着都漂亮!"

这些垃圾工其实和这傻戏子没什么区别。他们大多年龄不小,说话做事却都和这个卡通人物别无二致。记者加里·威尔斯(Garry Wills)当时评论说,他们"是这世界上最不可能革命的人"。[11] 他们对抗议活动一无所知,只是一群三角洲低贱的"老黑"。现在仍然有白人这么叫他们,意思是他们抗议却不知重点,就连发笑都没有笑点。可现在他们都成了凶悍的狠角色。他们拒绝听从市长的命令,拒绝回去工作。不仅如此,他们还坚持每天上主街抗议,面对着满面愤然的警察和无动于衷的商户,游行到市政厅,去那些主子大人面前诉说他们的不满。

勒布市长倔强得像约翰·韦恩（John Wayne），根本没想到会是这个显而易见的后果。曾经有一位叱咤风云的强硬派政客 E. H. 克朗普（E. H. Crump），他一手打造的政治机器运转顺滑，统治了孟菲斯的好几代人。那时的孟菲斯秩序井然、安宁祥和、一派和谐，有落叶覆盖的公园小径和美丽怡人的独头巷道。克朗普去世于 1954 年，但他这种拘谨礼貌的作风却延续了下来。这里的政务运转应当顺利，人们生活应当和谐。在孟菲斯，鸣笛不仅仅是礼貌问题，而是违法行为。勒布对罢工者说："这里不是纽约，谁都不能违法。你们让我别无选择，我绝不会妥协。"[12]

罢工的名义领袖是个迟钝、体形臃肿的退休垃圾工，他叫 T. O. 琼斯（T. O. Jones），十分擅长煽动人心，但他的勇气却无法弥补他缺乏的经验和理解力。后来，环卫工人从美国州郡和市政工人联合会（American Federation of State, County, and Municipal Employees）找到了更加成熟的国家级领袖作为自己的工人代表。不过，罢工背后的道德力量来自一位孟菲斯地方牧师。他很有头脑，碰巧还是民权运动的传奇军师。他的名字叫詹姆斯·劳森（James Lawson）。

劳森是金博士的老友。他在印度研究过温和抵抗理论。[13] 1960 年的纳什维尔静坐抗议能成功，他的领导起到了至关重要的作用。早在寻找越南问题的和平解决方案的初期阶段，他就已经参与其中，并且亲自去了一趟越南。劳森认为，环卫工人罢工不只是劳资纷争，也是一场民权斗争，而且很快他就引起了关注。他对罢工的工人们说："你们是人，你们有尊严。你们不是奴隶，是人。"[14]

罢工开始几周后的一天，垃圾工人们开始张贴布告，上面的标语准确表达了劳森的话，精准地总结了他们的斗争。标语很快在孟菲斯家喻户晓，接着就风靡全国。这条标语是：我是人。（I AM A MAN.）

第 12 章

阳台上

1968年整个2月，随着马丁·路德·金更加频繁地游走于全国各地宣传他的贫民军运动，大家都渐渐看出，他亟需一次休假。他的医生这么说，科雷塔也这么说。朋友和同事都注意到了他深深的眼袋，注意到了他声音中的绝望、脸上的担忧。他的烦恼愈加深重，担忧也日甚一日，他为他自己，也为运动的走向苦恼。他的失眠加重了。他演讲和布道的主题对疾病的涉及也越来越多。他甚至让SCLC起草了新的内部章程，如果他发生什么不测，将指定他最亲密的朋友和他的副手拉尔夫·阿伯纳西（Ralph Abernathy）作为他的继任者。显而易见，金已经濒临崩溃。

最终他的手下占了上风。他们的领袖需要去个阳光充裕的地方，而阿伯纳西将会陪同。在这个季节，他们以往的习惯是去牙买加住一周。可是这次，金却有了新主意：他们决定飞往阿卡普尔科。

他们是3月的第一周动身的。在第一程去达拉斯的飞机上，金和一个来自北卡罗来纳州的白人隔离主义者争论了起来。[1] 一般金不会进行这种一对一的论争，可是对方不知怎的，这一天就是激怒了金。金一反常态，言辞激烈地强调自己的观点。金谈到了当年夏天的贫民军运动，说它将代替暴乱。当然这场争论最终无果，可当他们在达拉斯落地，那个隔离主义者却祝金的华盛顿运动好运，他说："这也许是你推行非暴力运动的最后机会了。"

停机坪上，阿伯纳西向金问起了这次争论。他说，跟这种人有什么好吵的？你知道跟他们没道理可讲。

金不耐烦地回答："我不想再纵容他们了。我不管我的话会不会冒犯到谁了。"[2]

金和阿伯纳西在达拉斯机场逛了男装店。当金注意到阿伯纳西看上了几条优质领带，他的慷慨情绪突然就泛滥了。金把自己的美国运通信用卡递给了阿伯纳西："给你，拿着。给我买一条，给你自己选上四五条，挑你喜欢的。"接着他去候机楼打了一通公用电话，而阿伯纳西则花了将近五十美元，买了一堆领带。

当天下午，他们到达了阿卡普尔科，住进了总统酒店的套房，套房的阳台能俯瞰康德萨海滩和蔚蓝的太平洋。金和阿伯纳西花了一整天观赏那里有名的悬崖跳水，接着他们又去拉科斯特拉的商店逛了街。金依旧沉浸在那种伤感而慷慨的情绪里，阿伯纳西觉得这样的他很贴心，但也很反常。只要看到有阿伯纳西喜欢的东西，金就会去买。

疲惫的一天结束，他们累得瘫在了套间里。阿伯纳西大概凌晨3点醒了过来，心里划过一丝不祥的预感。[3] 昏暗的灯光下，他看到金不在床上。他很担心，就去查看了卫生间和公共休息室，可哪里都找不到他的挚友。甚至已经打算找酒店的保安之时，阿伯纳西想起了阳台。

他拉开阳台的推拉门，发现金就站在阳台上，穿着睡衣，趴在护栏上陷入了沉思。甚至都没注意到阿伯纳西已经走到了他身旁。

从最初的蒙哥马利公交座位隔离联合抵制运动和SCLC建立伊始，阿伯纳西就一直追随在金左右。阿伯纳西是亚拉巴马州本地居民、第二次世界大战退伍老兵，不过1951年与金结识之时，阿伯纳西还只是一名社会学研究生。从那以后，他们就一直同进退、共患难。他们一起面对催泪弹，一起进监狱。在他们无休止的旅行中，不管去哪，他们都会住同一个房间。他们成了不可分割的伙伴，用阿伯纳西的话说，就是"一个组合。失去对方，我们都将寸步难行"。[4] 但是这么多年的艰苦岁月中，

阳台上

阿伯纳西从来没有像今夜一般担心自己的挚友。他害怕金也许是又收到了一封 FBI 的信件，怂恿他自杀。[5] 他担心也许自杀正是此刻金博士趴在酒店阳台上时脑海中挥不去的那个念头。

他说："马丁，大晚上的你怎么在这儿？烦什么呢？"

一开始，金并没有回答。他只是站在那里，胳膊搭在栏杆外面。他的目光紧盯着海面，一直凝视着不肯挪开。最终他说道："看到那块石头了吗？"[6]

阿伯纳西向黑暗的水面看去，一块巨大的岩石矗立在海湾，被海浪一遍遍冲刷。他疑惑地回答："看到了。"

金问："你觉得那块石头在那里多久了？"

"那我哪知道。得有几百年了吧。也许是上帝放在那里的。"

海浪冲刷着、咆哮着。金说："知道我在想什么吗？"

担忧已经让阿伯纳西烦躁不安："我不知道。你在想什么？"

"看那块石头，还猜不出我在想什么吗？"

阿伯纳西只是摇了摇头，开始厌烦这一连串莫名其妙的问题。

二人沉默间，金开始唱起赞美诗。"万古磐石为我开，容我藏身在主怀。"

这下阿伯纳西听懂了。这是首他们经常一起唱的赞美诗，一首歌唱死亡临近的幻想曲，主题是寻找死前短暂的安宁。虽然惊惧万分，但阿伯纳西却和着他一起唱起来。那一刻，这对老友迎着阿卡普尔科的海风唱起了赞美诗：

> 当我呼吸余一息，当我临终目垂闭，当我诞登新世界，
> 到主座前恭敬拜，万古磐石为我开，容我藏身在主怀。*

---

* 即《万古磐石歌》。本诗作者托普雷迪（A. M.Toplady, 1740-1778）是一位英国圣公会牧师，据说有一次他出远门时突遇狂风暴雨，于是躲进一个磐石洞中，他在洞中找到一张小纸片，写下了这首著名圣诗《万古磐石歌》。作曲者是美国宗教音乐的先驱者黑斯廷斯（T. Hastings, 1784–1872）。1934 年，此诗由刘廷芳译为中文。——编者注

第13章
以脸为生

泽维尔·冯·科斯牧师给埃里克·加尔特介绍的自助书籍中，有一本叫作《心理控制术》，由麦克斯韦·马尔茨博士编著。这本书并不厚，橘色的封面十分惹眼。这本书声称能利用新兴的电脑世界新发现，给读者"使用潜意识力量的新技术"。

加尔特认真研读了《心理控制术》。这本外行的小书通篇都在类比人类个性和电脑的"伺服系统"。他提出，"伺服系统"的原理是利用冰冷的目标导向程序完成任务，解决电脑问题，也许人类也可以利用类似的某种程序，得到更幸福、更充实的人生。

他写道："你的大脑和神经系统[1]组成了一个自动运行、为完成目标而存在的机制。[2]"马尔茨的基本观点是，人类性格与电脑十分类似，它需要一个中心的系统化目标。马尔茨说："人体的这套自动创造机制只有一种运行方式：它需要一个可为之奋斗的目标。"

马尔茨提出，幸福和充实的关键在于"清除所有过去的失败记忆"，同时建立他所谓的"对未来的怀念"（nostalgia for the future）。自始至终，人都需要"时刻牢记自己最想要的结果"，并且主动把握所有可能的机会，向这个结果前进。马尔茨强调，就像电脑驱动的自动导航武器，将精力集中在目标上的同时，也"必须主动出击"。他说，目标导向机制的"工作原理十分类似自动瞄准鱼雷或者导弹，它会自动定位目标，自己想办法完成任务"。

在《心理控制术》中，马尔茨博士经常引用艾默生（Emerson）的话："先动手，才有完成它的力量。"你的目标不能是遥不可及的抽象概念、心血来潮的臆想，或者被你迟迟拖延的想法；它必须是一个能激励你行动、投入努力的明确目标。

马尔茨建议道："行动前不要有太多顾虑。先行动，然后在过程中不断改进。这是目标导向机制的唯一工作原理。鱼雷不会提前'思考'它的错误。它必须要先发射，开始向目标进发，然后再修正可能遇到的各种偏差。"[3]

奇怪的是，马尔茨博士既非心理学家，也不是计算机专家，他是个整形医师。多年来，他在无数张脸上动过刀，有烧伤患者、先天性缺陷患者、惨烈车祸的幸存者，还有患有兔唇、腭裂的可怜人。

马尔茨博士热爱他的工作，而且他说，他的患者们在手术过后，性格也会发生重大改变：他们变得更加开朗活泼、生机勃勃，开始走上更加成功的路。马尔茨写道："当你改变一个人的相貌时，几乎就不可避免地改变了他的命运。整形手术修整的不只是一个人的外貌，它修整的是这个人的自我。手术刀切开的，是人的灵魂。"[4]

***

也许是受到了《心理控制术》的启发，3月5日，加尔特去罗素·哈德利（Russell Hadley）医生的诊所拜访了这位著名的整形医师。[5]他的诊所就在好莱坞大道。哈德利医生体格魁梧，面目可亲，曾是"二战"中的战地医生，现在任教于南加州大学医学院。加尔特预约了鼻整形术，也就是要整鼻子。

加尔特想修正他的鼻尖，让它不显得那么臃肿。哈德利医生问他为什么，加尔特回答说他是个演员，因为接到了更好的电视广告角色，所以想提升一下自己的形象。加尔特后来说："我自然地回答，我觉得整形对我的职业发展有帮助，那位医生丝毫没有起疑。"[6] 加尔特还有其他想修整的地方，主要就是他那对硕大的招风耳。耳朵一直是他自卑的主要来源之一，但他决定下次再做。加尔特说："耳朵只能等等了。"[7]

哈德利告诉他，手术费用是两百美元，加尔特当场用现金结清了费用。在病历上，加尔特的地址填的是"圣弗朗西斯酒店"，近亲属一栏填的是"卡尔·L.加尔特（Carl L. Galt）"，来自亚拉巴马州伯明翰。

和往常一样，哈德利医生为加尔特拍了一张"术前"照片，用来和患者伤口痊愈后拍摄的"术后"照片作对比。接着，哈德利带上医用口罩，换上手术服，给加尔特做了局部麻醉，在他的鼻腔里塞满了纱布和止痛棉。精细组织手术刀和医用抽吸管已经备好，他就这样在他办公室旁边狭小的手术室里，为加尔特完成了鼻整形手术。手术用了大约一小时。为加尔特进行了缝合、给裸露的伤口打上绷带后，医生就让他回家了。

手术进行得很成功，但是加尔特却不太满意。刚回到他在圣弗朗西斯酒店的家，他就扯掉了绷带。他站在镜子前，决定自己动手做些改进。他按着自己的鼻腔红肿的软组织，调整着它的形状，并让它稍微向右偏了一些。这个自助调整的小"手术"绝对是非常痛苦的，但是加尔特却咬牙忍受着，非要改进哈德利的手术成果。接着加尔特重新给鼻子打上绷带，用他自己后来的话说就是："把它固定在了一个能给鼻子末端更多压力的位置。"[8] 因为他希望能借此"让鼻子痊愈时更有鹰钩鼻的感觉"。

3月7日，加尔特去医生那里复诊，移除了鼻腔填充物。接着他在3月11日再次拜访了医生，并且拆掉了手术缝线。医生说伤口"愈合良好"。

医生为他安排的最后一次预约在数周后。这只是一次例行检查，并拍摄"术后"照片，可是加尔特再也没有去过哈德利医生的诊所。

虽然他为加尔特进行了长达数小时的治疗，而且哈德利一向自诩对人脸过目不忘，可是这位患者的容貌却很快就从医生的记忆里消失了。后来哈德利说："我自诩还算有些观察力，毕竟吃的就是相貌这口饭。但我真没想到，不管我怎么回忆，都想不起任何关于埃里克·加尔特的细节。"[9]

***

同一个周末，马丁·路德·金也在洛杉矶。他就住在距离圣弗朗西斯酒店几公里外的另一家酒店。3月16日，金在阿纳海姆的迪士尼乐园饭店为加州民主委员会做了一次演讲。演讲中，他对观众支持尤金·麦卡锡（Eugene McCarthy）竞选总统的举动大加赞扬（虽然他自己并没有正式为尤金·麦卡锡背书）。接着他批评了林登·约翰逊，这段评论还被各大报纸争相报道。金说："政府对战争十分执着，对穷人的需求却置若罔闻。"[10] 金上了当地的电视新闻，还上了《洛杉矶时报》（*Los Angeles Times*），但他的演讲并未得到太多关注，因为当天罗伯特·肯尼迪在华盛顿正式宣布参加总统竞选的新闻盖过了金的风头。

第二天是3月17日，星期日，也是圣帕特里克节，金在洛杉矶教堂做了一场布道，题为《希望的意义》（*The Meaning of Hope*）。他说，仇恨本身已经成为国之疾患，不管这仇恨是来自白人还是黑人。他对教众说："我是亲眼见识过仇恨的，从太多人脸上看见过。这些人有的是南方警长，有的是加州约翰·伯奇协会会员。仇恨是太过沉重的负担，我担不起仇恨。"[11]

就在当天，孟菲斯的詹姆斯·劳森牧师给金下榻的酒店打来了电话。劳森向他发出了紧急邀约：他希望这位老友能来孟菲斯一趟，给罢工的垃圾工做一次演讲。劳森说，环卫罢工已经持续了一个多月，正在紧张关头。最近的一次和平游行在主街，警方用辣椒喷雾和警棍攻击了垃圾工。勒布市长打算强硬到底，局势正在急剧恶化。不知道金能不能来帮他们一把？

金问劳森希望他什么时候去。

劳森回答说越快越好，他还说，就在第二天，3月18日，就有一场盛大集会。劳森告诉金，这场集会的观众至少能来一万人。劳森说，现在的孟菲斯，正是对金现在想进行的贫民军运动最完美的诠释，因为这次事件糅合了种族和社会经济两大问题。金应该来亲眼看看。

巧的是，金本来就打算在接下来的一星期穿越密西西比州。绕道去一趟孟菲斯并不会对他的日程造成太大负担，于是金同意了。

就在二人还在电话上商议时，劳森都能听到金的手下在一旁嘟哝。SCLC的执行副主席安德鲁·杨就是其中之一。他担心孟菲斯的事即使不是陷阱，也免不了会让金分神。金现在需要集中精神面对他们的重大目标，也就是华盛顿的游行。他们这个月的日程已经严重超额，而且马不停蹄的旅行也让金疲惫不堪。杨知道，金总是无可救药地把自己卷入一些地方冲突，因为他总会接受"做一场小演讲的简单邀请"。

但金否决了杨和其他人的抗议。他给出了劳森期待的答案。他们要修改日程，而金会在第二天飞往孟菲斯，参加那场大型集会。不过一晚上，能出多大的事呢？

***

正当金在几公里外做周日布道时，加尔特正在圣弗朗西斯酒店的前台办理退房事宜。他填写了正式的邮政服务卡，要求将他的邮件都做"亚特兰大存局候领"处理。[12] 这次搬迁非同小可：埃里克·加尔特在佐治亚州毫无人脉。显然，他这辈子从来没去过亚特兰大。

他在哈德利医生那里的最后一次预约已经过去了一周。他鼻子上的缝合痕迹几乎已经消失。现在加尔特已经不太抵触出现在公共场合了。那天，他解决了好几件临时事务，为他的跨州行做好了准备。第二天一早，3月18日星期一，他把自己的所有家当搬上了车：他的"频道大师"牌口袋收音机、便携式顶峰牌电视机、摄影器械、性爱玩具和他的自助书籍。他还顺道去了一趟玛丽·托马索那里，取走了她拜托他送往她在新奥尔良的家的一箱衣服。

接着他掉转车头，向着东边马丁·路德·金的故乡驶去。

第 14 章

气氛诡异

金在 3 月 18 日下午坐上了东行去孟菲斯的飞机,刚好赶上参加在梅森圣堂(Mason Temple)的大型集会。梅森圣堂是孟菲斯市区的一座宏伟的黑人五旬节派教堂。在规模上,劳森确实没有说谎,事实上,他的估计甚至还低了许多。当金走进教堂幽深的大厅、走上演讲台,他发现有一万五千名欢呼雀跃的听众已经拥挤一堂。

欢呼声终于渐渐平息,金向前来听讲座的环卫工人致意,并为他们的抗争祝贺。他开口道:"你们向世界展现了,我们的命运紧紧缠绕在一起。一个黑人受苦,就是所有黑人受苦。你们不只是提醒着孟菲斯,更让整个国家都看到了,让人在这个富饶的国家过着如此穷困的生活才是真正的犯罪。"[1]

听众为金带来了活力,这股活力萦绕在大厅中,让人沉醉。没人反驳他,也没有一个人喝倒彩。全场观众都对他敬爱有加,所有人都在罢工上拧成了一股绳。他们没有用奉献盘,而是拖着一个巨大的垃圾箱在大厅中走来走去,里面放满了捐款。金说:"我要你们坚持下去,坚持到勒布市长束手无策为止。"

金的演讲持续了一小时,而且几乎全程脱稿。他解释了为什么孟菲斯罢工完美契合他正在推行的运动——召集一支贫民军为经济平等而战。他说:"有了塞尔玛的成果和投票权法案,我们的运动已经告一段落。现在我们是在为平等抗争,而平等,就包括经济平等。如果一个人连一杯咖啡都买不起,那他拥有坐上餐桌的权利又有什么意义？"

金谈到了美国社会痼疾,如此富裕的国家,一个在技术创新上遥遥领先的国家,为什么看不到穷苦人民的痛苦？金说:"我们建起了摩天大厦,我们架起了跨海大桥。我们的飞船搭起了平流层的高速路,我们的潜艇打通了深海的密道。但是我却依稀听到宇宙之主仍然在说'虽然你们做到了这一切,我却依旧饥饿,因为你们没有供养我。我依旧衣不蔽体,因为你们没有为我着装。所以你们不能进入美好的天国'。"

金走下讲台和劳森略作协商,接着就回到讲台,用一个让他的手下十分不悦的通知结束了他的演讲:他将在几天后重回孟菲斯,带领垃圾工举行一次盛大的游行。他说:"我将带领你们走过孟菲斯的中心,为你们带来一场震撼人心的罢工。带上你们的家人和孩子,一起加入我。"

金宣布的消息让所有观众为之疯狂,他自己的脸上也红光满面。他喜欢孟菲斯精神。大厅里的所有人都满面春风,除了拉尔夫·阿伯纳西和安德鲁·杨。他们翻个白眼在心里嘀咕:说好只是一次小演讲的。

***

事实上,金曾经多次游历孟菲斯,他对这个城市感情复杂。和亚特兰大很不一样,这里更粗野、更落后、更俗气,这里的人更穷,毕竟他们才刚刚离开棉花田。金上次来这座城市还是 1966 年。早在 1962 年,詹姆斯·梅瑞迪斯（James Meredith）就因为成为第一个就读密西西比大学的美籍非裔而家喻户晓。1966 年,梅瑞迪斯单独领导了一次示威活动,他叫它"对抗恐惧的游行"。他们从孟菲斯出发,穿过密西西比州的杰克逊,抗议针对黑人的暴虐行为。就在这次游行中,一名白人枪手用猎枪打伤了梅瑞迪斯。梅瑞迪斯虽未去世,但受了重伤,他自己这场游行本来就是抗议针对黑人的暴行,现在他也成了这种暴行的直接受害人。金和一群孟菲斯的民权领袖一起，从梅瑞迪斯倒下的地方拾起了他的运动，在炎炎烈日下一路行进，穿过了密西西比州的杰克逊。虽然他们到达了目的地，那场游行却是以铺天盖地的催泪弹而告终，而且这次运动还加深了金和斯托克·卡迈克尔（Stokely Carmichael）推行的黑人权力运动之间的分歧。这段经历对金来说并非什么美好的记忆。

在孟菲斯时，金暂时下榻在一家黑人经营的旅店，名叫洛林汽车旅馆。只要他来孟菲斯，总会住在这里。这家旅馆距离市中心南端的河道只有几条街远。梅森圣堂的演讲后，金和随从依着老习惯，又来了这家旅馆。

洛林汽车旅馆一向受萨克斯手、福音歌手和巡回牧师的青睐。[2] 曾在这里下榻的，有贝西伯爵（Count Basie），还有雷·查尔斯（Ray Charles）、斯特普尔组合（the Staple Singers）、奥提斯·雷丁（Otis Redding）、艾瑞莎·富兰克林（Aretha Franklin）、凯伯·凯洛威（Cab Calloway,）、莎拉·沃恩（Sarah Vaughan）、路易斯·阿姆斯特朗（Louis Armstrong）和歌王纳特·科尔（Nat "King" Cole）。

洛林汽车旅馆有部分客房是新建的，旧的那部分曾经叫洛林旅馆[3]，是个白人妓院。1940年间，沃尔特和洛瑞·贝利夫妇（Walter and Loree Bailey）买下了洛林旅馆。他们努力工作，把这里打造得有模有样，加盖新屋变成了现代汽车旅馆。

金喜欢这里宾至如归的感觉。在这里，随便什么时候走进厨房，都能点一桌可口的饭菜。这些年来，金在洛林家少说也住过十几次了，贝利夫妇对他来说就和家人一样。食宿费是十三美元一晚，但贝利夫妇并不愿收金的钱。

金博士总住在306号房，就在汽车旅馆二楼长长的楼厅中间。阿伯纳西叫它"金与阿伯纳西套房"[4]。房间里设有两张小床、一台电视，还有简单的丹麦家具和一台黑色拨盘式电话。306号房是间面积不大的小木屋，采用的是 1960 年的当代风格，后来安德鲁·杨说它"当时看着很摩登，现在看着很糟糕"。[5]

金、阿伯纳西、杨和一众随行约见了当地的牧师们，一起策划游行直到深夜。他们决定沿传说中的蓝调之路——比尔大街游行。劳森以及美国州郡和市政工人联合会领导将负责组织，而金将在上午加入游行，带领队伍前进。就他在梅森圣堂看到的情况来看，金对这次游行态度乐观。塞尔玛之后，再没有哪次活动像这次一般让他满怀希望。

第二天，金和他的人马起了个大早，接着就向南出发，去了三角洲最贫困的地区。他们要在这里掀起一场席卷密西西比州，甚至波及亚拉巴马州的旋风。

他们的一天开始于蓝调之乡的心脏——克拉克斯顿。有人说，这里就是年轻的罗伯特·约翰逊当年与魔鬼午夜相遇的"十字路口"——传说他是出卖自己的灵魂，才换来了如此出神入化的吉他演奏。看到种植园居住地贫困的猎枪小屋，还有周围环绕着的潮湿、荒芜的棉花田，金忍不住泪流满面。

当天下午，金和随行来到了密西西比州格林伍德，参加詹宁斯圣堂教堂（Jennings Temple Church）的集会。这地方与罗伯特·约翰逊的传说其实也有些关联。1938 年，就在离格林伍德不远的地方，这位不到三十岁的流浪蓝调歌手以一种悲惨的方式离开了人世，应该是死于番木鳖碱中毒。据说是个和他有过节的小酒吧主人偷偷在他的威士忌酒杯里下了毒。他的一位音乐家朋友说，约翰逊"死前趴在地上，四肢着地，像狗一样在惨叫"。

这里对金来说，是一片恐怖萦绕之地。这里离奴隶制只有一步之遥，也自然而然成了他的贫民军生根之地。

他将在三天后返回孟菲斯。

***

3月22日那个狂风肆虐的春日,埃里克·加尔特开着野马进入了亚拉巴马州塞尔玛。这趟州际旅行让他疲惫不堪,他已经风尘仆仆,等不及结束这场旅途。从洛杉矶开车到这里花了四天时间。他走的是一条南向的路,闯过了西南燥热的沙漠,进入了得克萨斯州。他在新奥尔良停留了一晚,终于完成嘱托,把玛丽·托马索托他转交的一箱衣服送去了她家。

进入塞尔玛市边界,他开进了80号高速路边火烈鸟汽车旅馆[6]的停车场。这里离市中心很近。他办理入住,在登记簿上留下了名字"埃里克·S.加尔特"。

加尔特在酒店房间里安顿下来,透过窗户凝视着外面高速公路上的车流。火烈鸟汽车旅馆离埃德蒙佩特斯大桥只有几个街区,三年前,马丁·路德·金就是在那里带领着数百游行者,进入了华莱士州长手下州警严阵以待的包围圈。

亚拉巴马州河畔的塞尔玛是一个坚强的农业综合企业城市,所以它一直以来都是南部邦联的铁路交通枢纽,也是军事物资制造中心。它的产出包括弹药、硝石,甚至铁甲舰。内森·贝德福德·福雷斯特*(Nathan Bedford Forrest)在战斗的最后一天,还企图从邦联的火炬下拯救这里的军需工厂,最终却以失败而告终。可是真正让塞尔玛闻名世界的,是发生在这里的民权运动,这一点,加尔特应该也很清楚。当时气势汹汹的游行队伍甚至还路过了这所旅店门前。他们就是踩着这条80号高速,朝着蒙哥马利的州议会大厦进发,要去加尔特敬爱的州长华莱士面前,控诉他们的怨气。这场从塞尔玛到蒙哥马利的游行,可以说是民权运动的

---

* 美国南北战争邦联军中的高级将领以及战后三K党的首任领袖,因在枕堡下令杀害300余名敌军士兵以及战后领导3K党的行为而饱受争议。——译者注

高潮。发生在佩特斯大桥上的对峙震惊了全国，也最终让约翰逊总统签署了铭刻青史的 1965 年《投票权法案》。

加尔特为什么要来塞尔玛？来亚拉巴马州黑带这座深陷种族主义漩涡的城市、这座死去的南部邦联军火库、这座被寄生藤掩埋的战前残留下来的公馆残骸和榭树丛生的城市，他能有什么目的？他不是一个内战迷，而且也绝非民权运动爱好者。有明确目的地的人，一般都鲜有路过塞尔玛的。塞尔玛并不在连接新奥尔良、伯明翰和加尔特的最终目的地亚特兰大之间的大路上。可塞尔玛就是有某种东西吸引着他，让他愿意多绕一段近百公里的路，也要在这里过夜。

线索倒是有一条。那天早上加尔特在新奥尔良醒来，从《皮卡尤恩时报》(*Times-Picayune*) 上看到了一条有趣的新闻：马丁·路德·金计划当天现身塞尔玛，为他的贫民军做招募宣传。南方的其他各大媒体、电台也都纷纷印证了金的行程计划。

结论已经显而易见：他选择这一天加快行程绕道小城塞尔玛，显然是为了跟踪马丁·路德·金。但是跟踪他做什么呢？加尔特全身上下唯一的武器，就是他那把日本制造的自由首领短管左轮枪，他肯定不会是想刺杀金，至少不是现在。现在动手太危险。要用手枪行刺，他必须要近距离开枪才行。除非金是孤身一人，否则加尔特很可能行刺不成，反而被捕。

但他肯定也想到了在塞尔玛行刺金的强烈象征意味。对于那些和加尔特想法一样的人，在这座城市刺杀乔治·华莱士的宿敌马丁·路德·金，确实是个绝妙的讽刺。因为这里是金对州长的权威造成最大损害的地方，在这里杀死他，也是对州长领地的纪念。

不过加尔特此行塞尔玛最大的可能，还是观察金的随从。他想了解牧师旅行的行为风格、行动习惯，还有他身边的保镖或者警察何时在他身旁以及何时离开。金最大的弱点是什么？他开什么车？由什么样的车队护送？他能在观众面前现身多久？金在塞尔玛的公开活动是加尔特的一次演习。

从深一层揣测，也有可能加尔特是想亲眼看看金，亲耳听听他讲话，加深他对金及其运动的愤怒。但这次加尔特最终没能见到他的刺杀目标。因为当晚金没能赶到塞尔玛，他的演讲也取消了。为了宣传贫民军的招募，金被耽搁在了距离塞尔玛六十公里的小城卡姆登，最终在那里过了夜。（当然，也有可能加尔特及时得到了 SCLC 最新发布的更新日程，并且在卡姆登赶上了金的现身，但并没有证据能佐证这个可能性。）

第二天早上，加尔特在塞尔玛醒来，心情郁闷，于是他开始权衡自己的选择。新闻已经在报道，这位诺奖得主已经在回家的路上。如果金不来加尔特这里，那加尔特只有去找金了。所以第二天一早，加尔特离开了火烈鸟汽车旅馆，开上了通往东北方向的燥热高速，冲着亚特兰大进发了。

***

3 月 22 日这天，正是比尔大街游行的预定日期，孟菲斯却是在一场奇观中醒来的。一夜之间，孟菲斯被一场四十多厘米厚的大雪封锁，整个城市成了一座仙境。沉重的泥浆覆盖了水仙，冻僵了杜鹃，压弯了木兰枝头。封城的大雪在孟菲斯并不多见，尤其现在已经到了 3 月，但这场雪足以被载入史册：这是这座城市有史以来第二大的一场暴风雪。孟菲斯完全停摆了。学校、工厂和政府机关都关了门，全城电力都已经断供。用一个爱玩笑的人的话说，大自然也罢工了。[7]

劳森给金带来了这条新闻：一场天灾横插一杠，游行只能推迟了。他玩笑道："不过现在我们是彻底停工了！"[8] 劳森和金定下了游行的新日期：3 月 28 日，周四。

关于这件事报纸上只有简单的一行字："大雪之日。"孟菲斯一位颇有名望的牧师说："这是上帝第二次这么做了：世界属于白色。"[9]虽然孟菲斯有很多人都很欢迎这场暴风雪，因为它短暂地缓解了民权问题的紧张，可也有人认为，这是一场噩兆。一位罢工支持者说："这里3月从没下过大雪。我们都感觉有点不对劲，感觉什么坏事就要来了。"[10]

***

两天后，埃里克·加尔特驶进了亚特兰大，虽然他对这座城市一无所知，却很快就找到了属于他的地方，也就是某个不检点的、腥臭的、廉价的小地方。不管他在这世界的哪个角落，他探索污秽的雷达却一如既往地精准。

3月24日，星期日。他在市中心皮埃蒙特公园附近，桃树街尽头的东北第十四街113号，租到了一间公寓。[11]这是亚特兰大最污秽的一亩三分地，最近更是变成了一个嬉皮街区。至少，对这座衣冠笔挺、商业主流、保守浸礼的新兴都市来说，它已经算得上嬉皮了。几年前，这座城市更是换了一条高调的标语："忙到没仇恨。"（The City Too Busy to Hate.）作为可口可乐公司、德尔塔航空公司和其他诸多享誉国际的大公司的家乡，亚特兰大可以说是新南方的缩影。这座城市有光明正大的重商主义，也时不时露出些虚伪世故，但这座城市的大部分地区最明显的特征，是一种卓绝的种族容忍性。甚至有著名南方评论家约翰·谢尔顿·里德（John Shelton Reed）曾因为它的这个特征发声："每次看到亚特兰大我都在想，当年那二十五万南部邦联士兵献出生命，就是为了避免它成为今天这副模样。"[12]

不过，加尔特所在的街区可以说是逆其保守之道而行之。这里的街区破破烂烂，到处是毒品铺子和当铺、街头艺人和乞丐、住宅合作社和唱片店,后来为人熟知的"南方摇滚"那第一缕萌芽,就这样沿着桃树街从无数午夜酒吧流了出来。不过加尔特对这些都毫无兴趣。他受不了那些"长毛"——那是他对嬉皮士的蔑称。他讨厌他们、讨厌他们的音乐,而且尤其讨厌他们的抗议政治,这可是乔治·华莱士最爱拿来取笑的一样东西。加尔特贩毒也吸毒,但是除了毒品外,这些非主流文化都与加尔特格格不入,而且它们也与华莱士的立场大相径庭。

不过在小城这个微罪汹涌的角落,加尔特还是找到了一种归属感。后来加尔特写道,这片街区是他"不用回答太多问题"[13]的地方。也许穿着他干净的黑西服,脚上蹬着鳄鱼皮鞋,让他显得有些假正经,但他绝对是个在这种街区如鱼得水的精明骗子。在这里,只要是他需要的东西,他可以讨、可以借、可以偷,能省下不少钱。而且只要有必要,他可以长时间在这里躲下去,绝不会引人注目。

他开着那辆野马缓缓上了停车场的碎石子路,然后踩着野草丛生的小路来到了公寓门前。褐色的常春藤毫无生气地攀着劣质的石墙。以一晚1.5美元的低价,他租下了一个闲置的小房间,床垫软得像棉花糖;盥洗台上有水渍和锈迹斑斑驳驳;房间还有一个小梳妆台,桌面坑坑洼洼,伤痕累累。2号房在一层,窗户上装着铁质的威尼斯百叶窗。

加尔特一次性付清了一周的房费,一共10.5美元。他把他的便携式顶峰电视机、口袋收音机和他一如既往干净整洁的换洗衣服搬了进去,然后开始收拾这间脏兮兮的小屋。

这里的房主叫杰米·加纳(Jimmie Garner),是个来自密西西比州的酒鬼,此时也一身酒气,宿醉未醒。他这里的房客一般都是邋遢的流浪汉,后来加纳自己也说,"这里就是个嬉皮士的寄生巢"[14]。所以此刻见到加尔特,这位房主着实因为他的干净整洁受到了震撼。他觉得这位衣着笔挺的新租户看起来简直"像个牧师"[15],还说,"这个男人看上去没有丝毫不同寻常之处"。他安静、有礼貌,而且不惹麻烦。加纳当然也注意到

气氛诡异

了,这位客人总是独来独往,而且很不喜欢透露自己的事。

"你是做什么工作的?"有天加纳问他。

"什么都做点。之前还在卡罗来纳州做过焊接的活儿。"加尔特回答道。他的口吻有种疏远的礼貌,准确地传达了他对后续问题的抗拒。接下来的四天,这位客人经常出出进进,有时候走路,有时候开野马出门。不过大多时候,他都一个人待在房里,房间的百叶窗紧紧关着。

加尔特那四天四夜的神秘生活什么样?按他以往的惯例推测,那就是读书、看报、看电视、听他的便携收音机。吃食就是苏打饼干、肉罐头和速溶汤。他还买了一罐三花炼乳、一瓶法式沙拉调味汁和一袋冻青豆。房间里有他的自助书籍,其中就包括他奉为珍宝的《心理控制术》。看来他是打算小住一段时间了。而且从他在一个信封上草草记下的数字来看,他手里的钱也不多了。

有天他买了一张详细的亚特兰大地图,开始细细研究。他显然是花了不少时间开着车在附近勘察过,而且他仔细研究了几个地点,并在地图上用铅笔圈了出来。他是在认真观察地形,或者,用后来加尔特自己的话说,他是在"专心研究亚特兰大的街道格局"[16]。

他圈出来的其中一处是他租住的公寓。但还有两处就略显不吉利了些。握着铅笔,他圈出了日落大街和奥本大街两个地址:分别是马丁·路德·金博士的住宅和教堂地址。[17]

第 15 章

马丁·路德·金完了

3月28日，星期四早晨，金在纽瓦克登上了去孟菲斯的飞机。过去这几天他在纽约过得疲惫不堪，一边忙着为他的贫民军计划做宣传，一边决意将他的"睡眠之战"进行到底。此时他想在飞机上假寐一会儿却没睡着。

也许他是在担心比尔大街的游行，毕竟他在孟菲斯一落地，游行就要开始了。又或者，他是因为前一晚的不愉快还萦绕在心中，所以无法入眠。昨夜，他参加了哈里和朱莉·贝拉方特夫妇（Harry and Julie Belafonte）在家中举办的募捐宴会，随后去了亚瑟和玛丽安·洛根夫妇（Arthur and Marian Logan）在曼哈顿的家中过夜（玛丽安·洛根也是位民权运动家兼 SCLC 董事成员）。他们在讨论贫民军的问题时陷入了争执，这场争执持续了好几个小时，最终还是不欢而散。洛根夫妇对金这场华盛顿运动怀有一些诚恳的担忧，可是金却完全听不进去。一杯接一杯的雪莉酒下肚，金和东道主的这场争论持续到了凌晨三点。玛丽安·洛根觉得，他已经开始蛮不讲理。她说，他喝了太多酒，看起来已经无法正常思考。[1] 她从来没见过他如此激动。她注意到，他一只手紧攥着酒杯，另一只手已经不自觉地握紧了拳头。

飞机横跨美国长空之时，金正睡眼惺忪。他有些心神不宁，还有些宿醉未醒。当时他身边跟着一位助手伯纳德·李（Bernard Lee）。这位年轻的助手戴着眼镜，是霍华德大学的毕业生。他曾协助策划了亚拉巴马州的静坐抗议运动,现在已经正式成为 SCLC 的忠实成员。阿伯纳西已经先等在了孟菲斯,他会在机场迎接金和李。计划是,金只需要在孟菲斯待几个小时,兑现承诺,与罢工的垃圾工一同游行,然后直飞华盛顿,继续举行募捐活动,吸纳贫民军运动的支持者。这里的游行,只是一次临时停靠而已。

他对孟菲斯的活动有些担忧,但他也知道,自己的老友詹姆斯·劳森十分擅于操办这种活动,对培训巡场员、管理游行队伍游刃有余。精于沟通的战略家劳森一定能办好此事。在金到访孟菲斯的十天前,参与者的情绪还十分稳定,团结一致、坚定不移。环卫工人的这股团结精神让金想起了他自己在蒙哥马利、伯明翰以及华盛顿游行刚开始的那些日子。

大约 10 点 30 分,金的飞机落地了。金和李下了飞机,在接机大厅找到了阿伯纳西。飞机几乎晚点了一小时,所以阿伯纳西带着他们急急地出了机场,到了航站楼,一辆白色的"林肯大陆"早已在那里等候多时,一接上他们,便风驰电掣般开到了市中心。那是个湿润的春日,阳光正要穿透早晨的薄雾。已经有一万多人站在炎热的街道两旁,等候金的到来。

克莱伯恩圣堂——一座非裔卫理公会教堂——是游行的起点,距离比尔大街只有几条街区。随着"林肯大陆"挤开人群终于停在教堂前,人们已经等不及把脸贴在车窗上,想一睹金的面容。一时间,金和阿伯纳西被挤在后座动弹不得。

终于挤出了轿车,金举目四望,立刻就感觉到人群有些不对头。他跟阿伯纳西说,气氛"有些不对"。[2] 人们不顾自己甚至踩到了金的脚,正围着他蜂拥而动。垃圾工都好好地排成一列,手里举着的标牌上写着他们的口号"我是人"。但金能感觉到,这场戏已经不属于这些垃圾工。这次活动已经被小流氓劫持,他们唱着、喊着,不断有脏话夹杂其中,看起来更像是来闹事的。好几千人都是逃学的少年。人群中到处都在喊着"黑人权力"的口号。虽然还是早上，但人们已经开始喝酒。很多孩子甚至在衣服上印着当地一个激进组织的名字——"入侵者"。还有人举的牌子上写着些自创的口号，比如"勒布去吃屎"。甚至有一个煽动者手里还拿着绞刑套索。

人群开始躁动不安。后来入侵者组织的一个发言人回忆说："要是警察一个没看住，这里恐怕眨眼间就能灰飞烟灭。有些还在上高中的年轻人受到了错误的引导，以为那天我们真的打算毁掉这座城市。"[3]

金和阿伯纳西找到劳森，直白地质问他这到底是怎么回事。巡场员都在哪儿？为什么这些年轻人如此躁动不安？劳森并不知道，但他说人群之所以如此躁动，很可能是因为正在迅速传播的一则谣言，说警察杀死了一名高中女孩。

金和阿伯纳西甚至考虑要不要取消游行，但他们担心临时取消更会引发他们最担心的事：暴乱。人群中正爆发着冲天的怨气，当场临时取消实在不怎么明智。依金的经验来看，这种事是船到桥头自然直。只要一步一步走下去，总能消解一些负面能量。

***

游行开始了。金、阿伯纳西、李和劳森走在第一排，胳膊挽着胳膊，开始引领游行队伍，头顶有警察的直升机呼呼作响。他们离开了克莱伯恩圣堂，沿着赫南多大街艰难地跋涉了几个街区，摇摇晃晃、举步维艰，试探着合适的节奏。接着他们左转上了比尔大街——那条属于蓝调的大道，一路向西，朝密西西比河的方向前进。

在队伍末尾，已经没人在意队伍的秩序。孩子们推推搡搡，掀着队伍一阵阵涌动，害得人们时不时跌跌撞撞、踩来踩去。金在队首大吼：

"让后面的别挤了！我们会被踩倒的！"[4]

很快他们就走过了汉迪公园（W. C. Handy Park）。威廉·克里斯多夫·汉迪是第一位为蓝调谱曲，并带领这种音乐享誉国际的伟大乐队领队和作曲家，所以人们便以他的名字命名了这个公园。巧的是，游行这天恰好是 W. C. 汉迪去世十周年纪念日，还有人在这位伟大蓝调乐手的铜像旁边放上了纪念花环。铜像上的他满面喜色，手边放着他的小号，仿佛随时都会奏响。

但此时的比尔大街已经褪去了昔日光芒，不再是这位蓝调之父记忆中熟知的那条街了；如果他还活着，肯定也会为这座城市现在的阴暗沉闷而绝望。在汉迪的巅峰时期，这里曾是美国黑人文化的门面，既有深沉的灵魂，又有极致的愚蠢，这里曾到处都是阻特装（Zoot suit）、猪杂小摊、巫毒和占卜摊子，善于即兴蓝调演奏的陶瓶乐队占据着每个街角。*这里的街道永远弥漫着那几种经典小吃的味道：玉米粉蒸肉、手撕猪肉、青菜汤和猪油。日日夜夜，比尔大街永远萦绕着一种真实，甚至可以说激烈的活力。这里的街景可以借汉迪的一首名曲来形容："除非出人命，否则这里绝不关门。"

一个多世纪以来，密西西比三角洲的黑人都是来比尔大街体验城市生活的。这里的工人也各式各样，有堤坝工人、伐木工人和采松脂工人，还有棉田和汽船工人。罗伯特·约翰逊存世的唯一一张工作室照片就是在比尔大街拍摄的。照片影像模糊，上面那个手指修长的蓝调歌手戴着一顶男式软呢帽、西装笔挺，旁边是那把跟了他多年早已破损不堪的吉他。穆迪·沃特斯（Muddy Waters）、"嚎狼"切斯特·亚瑟·伯内特（Howlin' Wolf）和"蓝调之王"赖利·金（B. B. King）一开始也都是

---

* 作为一种音乐风格的孟菲斯蓝调诞生于比尔大街，而 20 世纪 20—30 年代生动的孟菲斯蓝调主要由陶瓶乐队（jug bands）演奏，除吉他等常规乐器外还加入了许多非常规乐器，比如陶瓶，甚至有搓衣板。——编者注

在这里完成了他们的都市亮相。南方的第一位黑人百万富翁罗伯特·丘奇（Robert Church），就是在比尔大街打下了他的房地产江山。这里有黑人医生、黑人摄影师、黑人牙医、黑人保险公司、黑人太平间、黑人报纸，还有"仅服务有色人种"的旅馆和餐厅。与纯白棉花狂欢节相对应的，美籍非裔游行也都在这里，比尔大街是"隔离但平等"（separate but equal）这个概念最传神、最有力的体现。

斯塔克斯唱片公司的传奇鲁弗斯·托马斯（Rufus Thomas）曾经玩笑道："在比尔大街当一晚上黑人，你都再也不会想当白人了。"[5]

可是到了1968年春，诸如"小雏菊"、"比尔皇宫"、"帝王家"、"小沙龙"还有"汉迪俱乐部"这些繁华的俱乐部和剧院，都已经被木板封了窗，或者干脆已经消失不见。虽然主街附近留了几家还有些名气的门店，但比尔大街已经被糊上水泥，满是酒水铺子和当铺，成了被酒鬼和小偷占据的破落巷。当金在比尔大街上踽踽而行、跟跄地路过汉迪的铜像时，这里的"存异"早已不"平等"了。人们说，蓝调已经行将就木，这种垂死的音乐，昭示着一个时代的消亡。现在有的，是一群为它骄傲也为它着急的人，扛着标语向市政厅的方向走进了未知的明天。

***

当金、劳森和其他几个先锋走到比尔大街和主街的交汇口时，问题发生了。金听到身后不知哪里传来一声碎裂的声音，他下意识跳了一下。接着当他们右转走上主街，金又听到了一次。当时他觉得那好像是玻璃碎裂的声音，而事实证明，他是对的。

一些年轻的游行者拆掉了手里举着的标语牌，卸下了上面的木棍，此时正在沿街打砸比尔大街上的商店玻璃。这个举动很快点燃了连锁反应。人们都开始冲着商店扔玻璃瓶、砖头、石头——但凡有些杀伤力就行。有人在高喊:"烧掉它们,宝贝儿!"在一旁看热闹的人群尖叫着四散而去。人行道上霎时就出现了满地玻璃碴。

接着就来了抢掠的暴徒,他们冲进商店见什么拿什么,只要能抱走的统统抱走,然后就又一头扎进了街上混乱的人群。安倍·施瓦布纺织品店被洗劫一空,甚至店面也被砸得稀烂,还有山姆大叔当铺、兰斯基兄弟男装店、约克武器户外用品店,以及和比尔大街沿街的另外十几家商店,也都未能幸免。霎时间,临街落地窗下的人行道上就散落了商店的各式商品,有坏掉的小提琴、洗衣板,还有被扒光了的人体模特。

从金的角度看不到这一切,他并不清楚身后发生的事,但他嗅到了麻烦的味道。游行已经变成了暴乱。他转向劳森:"吉姆,发生了暴乱。"

劳森也一脸担忧。就在不远处,一排防暴警察已经严阵以待,封锁了主街。从他们毫无商量余地的姿态看,游行只能到此为止了。其中还有警察正在佩戴防毒面具。

劳森拿起一台扩音器冲向了混乱的人群,脸上是掩不住的愤怒:"向后转!所有游行者,不管男女老幼,先回圣堂!你们毁掉了这场运动!我们不容忍暴力!"[6]

接着劳森对李和阿伯纳西说:"带金博士先离开。"[7]

金犹豫道:"吉姆,他们会说我临阵脱逃。"

劳森冲阿伯纳西喊道:"我觉得他真的应该走。"而且这次,他的口吻无比坚决。劳森担心金会有危险,就算不是生命危险,也有名声扫地的风险。

金很快意识到,如果此刻被报道说他带领暴徒发起了暴乱,将有多么严重的后果。最终他同意道:"你说得对。我们得离开。"

阿伯纳西和李拉着金的胳膊,从人群中挤出一道缝,终于拐进了旁边的小巷,这条小巷名叫麦考尔。他们在这里拦下了一辆白色庞蒂克,开车的是一位黑人女性。她认出了金,所以招手示意他们上车。一位摩托车骑警中尉跟了上来，表示愿意护送他们逃出暴乱。他们想去洛林汽车旅馆，但警官说往那边走可能会再次陷入暴乱的包围。

李喊道："只要带我们躲开暴乱就行。"

警官回道："跟我走。"他带着他们来到了里佛蒙特假日酒店。这是孟菲斯南侧一座新兴的高层豪华酒店，俯瞰着密西西比河。这位警官为金和随行办理了入住，他们终于在801号房安顿下来。金打开电视，眉头紧锁地盯着电视上的比尔大街事件直播。他简直无法相信滚过屏幕的一幅幅画面。

暴徒无处不在，从楼里冲进冲出……催泪弹在空中乱飞……防暴警察成楔形队伍向前推进……警棍挥向人群……人们的脸上鲜血横流……辣椒喷雾形成一道道水柱。在劳森的催促下，垃圾工都已经全部撤回了克莱伯恩圣堂，暂时在那里躲避外面的混乱，计划下一步行动。大家只能用湿海绵互相帮忙擦拭，缓解被喷雾刺痛的双眼。他们自始至终都严守纪律，没有忘记自己的目的。后来一位警官承认，他的警员"和那些垃圾工完全没有发生冲突"[8]。但是有些年轻的闹事者，他们尝到了在比尔大街打砸抢的甜头，于是冲出比尔大街，开始去其他街道闹事。他们有人拿石头砸了警察，然后跑回教堂躲避，引得警察向教堂里扔了催泪弹，教堂的墙上留下了斑驳痕迹，里面的人也被呛得喘不上气。

比尔大街的暴乱很快蔓延到了其他街区。警察又花了一个小时才控制住全市局面。当混乱终于尘埃落定，有数十人已经进了当地医院，还有上百人被捕。两百多栋建筑遭到了破坏，后来经评估，总财产损失达到了四十万美元。一名警员杀死了一个抢劫者，有人说那纯粹是谋杀。死者名叫拉里·佩恩（Larry Payne），还是个少年。他是被散弹枪在极近的距离击中的。有多起警察的野蛮行为被举报。许多赶往现场的警察显然有些反应过度，他们选择的应对方式是压倒性的武力；但是其余警察也表现出了过人的果敢，在应对这种突发状况时保持了克制，否则这次的事件恐怕会发展成一场南方的瓦特暴乱。

亨利·勒布市长上了电视，他强调说是"发起人抛弃了这场游行"[9]。他还宣称，三千国民警卫队将很快控制孟菲斯市中心，恢复城市秩序，并且强制实施 7 点钟宵禁。消防兼警察局长弗兰克·霍洛曼（Frank Holloman）在盛怒之中夸大其词道："孟菲斯已经陷入了战争，这就是内战。"[10] 巴拿马特别专线是伊利诺伊中央铁路连接芝加哥和新奥尔良的客运专线。当时孟菲斯的情势万分紧张，以至于巴拿马有限公司发言人通告禁停孟菲斯车站。这天晚上，巴拿马有限公司的火车司机将加速驶过这座陷入混乱的城市。

整个下午，金一动未动，就那么眼睁睁地看着他的噩梦在电视屏幕上一幅幅成为现实。他和衣钻进被子，一支支抽着雪茄，眼睛一刻也不离开电视。他从来没有如此失落，消沉到无法动弹。好几个小时，他就那样躺着，仿佛已经灵魂出窍。

他意识到，他为之奋斗的一切，此刻正命悬一线。他的游行从来不与暴力绝缘，事实上，它们一直是吸引混乱和仇恨的磁石。而且其实，这正是他们的目的：通过他们设计好的冲突，把社会的阴暗面展现在人们眼前，要是有镜头的关注更是如虎添翼。他们正希望看到公牛康纳这类人带着他的警犬做些野蛮行径；他们希望看到粗俗的三 K 党成员烧黑人肖像的老一套。敌方的暴力只会成为他传达信息的助力。

可是金带领的游行里，游行方还从未使用过暴力。这是前所未有的糟糕转变。他意识到，今天的孟菲斯，恰恰是那些反对贫民军计划的人想要看到的。他在属于自己的南方阵地的一座小城中都无法顺利完成一场小型游行，又如何能在华盛顿成功操办和平抗议呢？孟菲斯就是一块试金石，而他没有通过考验。

***

傍晚，金终于从躲着的壳里出来了那么一会儿，只来得及给这次游行做一次"尸检"。他与詹姆斯·劳森，还有孟菲斯的另一位杰出牧师比利·凯尔斯（Billy Kyles）见了面。他们跟金讲了"入侵者"的事。入侵者是一群年轻的黑人权力运动激进分子，他们的名声和形象一向都与帮派无异，但他们同时也立志要成为一个草根社会福利机构，为黑人团体造福。就算不是入侵者挑起了事端，他们也绝没有积极灭火。这个国家的老牧师和年轻激进派这两代人之间有一道不可逾越的鸿沟，在孟菲斯也是一样。他们的行事风格不同，特点不同，目标不同，教育程度也不同，而这意味着，他们将很难合作，因为他们水火不容，他们的相遇就是一场浆洗领牧师（the clerical collar）和花衬衫青年（the dashiki）的较量。某种程度上讲，今天的暴力事件可以说是这两代人摩擦的缩影。

金之前对入侵者一无所知。他认真地听着凯尔斯和劳森的讲解，思考着他们的话。后来凯尔斯回忆说："在那之前，金根本不知道发生了什么。他不是愤怒，他只是很苦恼，很烦闷。"[11]

当天晚上，金开始了一场电话接龙。他将电话一个个拨给他的密友和顾问们，因为金亟需多方意见。他打给了科雷塔，可是虽然她极力安慰，最终却效果寥寥；他打给了纽约一位律师朋友斯坦利·莱维森，得到的意见是他现在最需要好好休息；他还打给了 SCLC 的玛丽安·洛根——前一晚他就是在她家里过夜的。她的意见十分简洁："赶紧给我离开孟菲斯。"[12]

金开始深刻质疑他在运动中扮演的角色和世人对他的看法。电话上，他对一个顾问说，"现在人们肯定会说：'马丁·路德·金死了。他完了。他的非暴力运动分文不值，根本没人听他的'。面对现实吧，我们确实遭遇了公共关系滑铁卢，我的形象和领导地位已经岌岌可危"。[13]

马丁·路德·金完了　　　　　117

拉尔夫·阿伯纳西想劝慰金，却没能成功。他们来到阳台上，俯瞰着密西西比河。阿伯纳西从来没见过自己的挚友如此灰心丧气。他回忆说："我没办法说服他去休息，他彻夜未眠。他忧心忡忡、焦虑万分，而且心神不宁。他完全不知所措，甚至想不出媒体会怎么说。"

阿伯纳西越是宽慰他，金就越是消沉得无以复加。他说，"拉尔夫，我们生活在一个病态的国家。也许我们就该放弃，任由暴力肆虐。也许人们恰恰会听从暴力的声音。反正他们是不听我们的"。[14]

第 16 章

大赢家

第二天一早，3 月 29 日，星期五。埃里克·加尔特走进了亚拉巴马州贝瑟默的五金店"朗路易"。贝瑟默是伯明翰的一片蓝领城郊，距离亚特兰大西界大概两百五十公里。加尔特走进店铺，向店员迈克·科普（Mike Kopp）走了过去。[1] 当时科普就站在墙边，头顶上方的墙面上镶着颗巨大的麋鹿头。这颗麋鹿头是五金店纪念品，用以宣传大型动物捕猎用品的副业。

加尔特询问店里都有哪些高火步枪。

科普回答："我们有几把三十秒内连开三十枪的货。"

加尔特打断了他："我要功率再高点儿的。"

接着他连珠炮一样问了科普关于武器的各种问题，诸如某种特定的子弹射出 45 米远左右，高度上会降低多少？ 90 米呢？停止力 * 是多少？后坐力呢？

他的问题太具体，科普也无法很好地解答。加尔特正打算离开，却抬头看到了挂在墙上那座巨大的、毛茸茸的、蹄类动物僵硬的脸。沉思了一下他说道："我就曾经猎过一头麋鹿，可是我失手了。"

科普认真地看着面前苍白、焦躁的男人，十分肯定地告诉自己，加尔特绝对没有猎过麋鹿，或者任何大型动物。

---

* 枪械命中目标人后使其失去活动能力的量化比较值。——译者注

***

约翰·埃德加·胡佛一直在高度关注孟菲斯事件。同一天早上,也就是 3 月 29 日,他来上班时,浑身上下带着一种平冤昭雪的轻松。对他来说,比尔大街的大混乱可以说验证了他之前提出的所有质疑:也许金满口非暴力抗议,但那不过都是做戏。孟菲斯的溃败完全预示了金在华盛顿打算举行的抗议将面临何种命运。胡佛与孟菲斯当局的关系异常密切。消防和警察局长弗兰克·霍洛曼在他的职业生涯初期曾是 FBI 探员,而且就在华盛顿的胡佛手下担任过"办公室主任"。胡佛当然把握住机会,指派了反谍计划的探员调查此案,和孟菲斯警察合作,收集任何能加重金博士罪名的信息,而且要确保这些罪名最终成立。

3 月 29 日清晨,FBI 孟菲斯地方办事处一片愤然。副局长威廉·沙利文(William Sullivan)从华盛顿来电,联系上了孟菲斯办事处的二把手,特别探员 C. O. 霍尔特(C. O. Halter)。沙利文想让霍尔特的人去调查,金在孟菲斯期间有没有乱搞男女关系、酗酒,或者其他任何公务或者私事上的"不正当行径"。后来霍尔特回忆说:"沙利文先生要求我们抓住一切对金不利的罪证,直到金离开,任何事情都不能放过。"[2] 探员们调查了很多,别的不说,就连李和阿伯纳西前一天在街上拦下来的那辆庞蒂克车女车主的身份,他们都没有放过。他们应该是怀疑她和金也许"有一腿"。

沙利文想让孟菲斯探员证明,比尔大街的暴动完全是金的个人责任。探员们被问及的问题有:"马丁·路德·金有没有做什么激发暴乱的举动?他有没有说什么刺激人群的言辞?金有没有想办法阻止暴乱?⋯⋯虽然马丁·路德·金宣扬的是非暴力运动,暴力却与他如影随形。"[3]

孟菲斯 FBI 找不到任何证据能暗示金博士用任何方式激起了暴乱,不过种族情报部有专家还是找到了一条颇有潜力的进攻路线:金明明呼吁孟菲斯黑人抵制市区的白人企业，可是他却如此"虚伪"地住在了白人经营的里佛蒙特假日酒店，而不是仅隔了几条街的、黑人经营的洛林汽车旅馆。

FBI给他们所谓的"合作媒体"发布了一条加密便函，全国各地的胡佛派媒体人手一封。便函上说："孟菲斯好好的洛林旅馆，由黑鬼经营，而且只供黑鬼居住，可是金急匆匆逃走时却并没有去那里落脚。相反，金选择了白人经营且几乎只服务白人的奢华假日酒店，当作他'避风头'的落脚点。金才不抵制白人产业，他只要他的追随者抵制。"（这条便函并未提及，事实上是孟菲斯的一位骑警，在警察局总部的指挥下，选择了里佛蒙特假日酒店。并且也是这位骑警带领金去了那里，亲自替金办理了入住事宜。）[4]

最终，FBI的这条"虚伪罪"收效甚微，可他们的诬陷却有个间接成果：它确保了下次金和随从来孟菲斯，一定会去住他的老地方——那个抢足了风头、只有个露天庭院（却是黑人经营的）洛林汽车旅馆。

与此同时，孟菲斯事件还有一个立竿见影的效果，那就是让FBI高层再次提请了他们关于窃听SCLC驻亚特兰大和华盛顿办事处的请求。威廉·沙利文给卡撒·德洛克送去一条备忘录，着重强调了金即将举行的贫民军运动的"分量"，以及增加对金的情报收集力度的迫切需求。他说："华盛顿游行很可能以严重的暴乱和流血事件收场。这里是首都，发生这种情况会对我们的世界形象造成无可挽回的伤害。自从金宣布了他的华盛顿游行计划，我们就一直在强烈要求对他实施更严密的监控。在这件事上，我们必须不遗余力。"[5]

德洛克和胡佛一致同意了沙利文的评估。一份由胡佛签过字的窃听提请很快就再次来到了拉姆齐·克拉克面前，但是司法部长甚至没有回复。

***

当天早上迟些时候，大概 10 点钟左右，金在里佛蒙特假日酒店的套间刚刚睡醒，他终于振作了起来。他知道这一天一定会很糟糕。他甚至有些畏惧打开晨报。事实上，当天早上的新闻对此次事件的报道，以及接下来数天里的报道，甚至比金预想的还要糟糕。

媒体对他的污蔑层出不穷、花样百出。《孟菲斯商业诉求报》叫他"懦夫金"[6]；《达拉斯晨报》刊登标题："想当网红的非暴力-暴力大主教"[7]。《圣路易斯环球民主党》报刊写道："带领羊群走向屠杀的犹大头羊。"[8]

西弗吉尼亚州议员罗伯特·伯德（Robert Byrd）对金的描述是："此人把别人都推入了火坑，然后自己却像受惊的兔子一样逃之夭夭。"[9] 甚至一向采取同情支持态度的《纽约时报》也说孟菲斯暴乱是"对金博士的一拳耻辱的重击"[10]，并说这场混乱更加说明他应该取消贫民军运动。田纳西州议员霍华德·贝克（Howard Baker）说，比尔大街的暴乱说明，金提请的华盛顿游行就像是"为了看还剩不剩油，就打着火炬进油箱"[11]。

金看了一堆类似报道，也看清了他们想表达的主旨。他心情抑郁，所以去洗了澡，换上干净的衣服。正在他系扣子的时候，阿伯纳西敲响了他卧室的房门。他说："马丁，有人来访。"[12]

金缓步走到客厅，迎接那三位二十多岁的年轻人。其中一个说道："我们是入侵者的人。我们想来澄清一下昨天发生的事。"这三位年轻人分别是查尔斯·卡贝奇（Charles Cabbage）、伊兹·哈灵顿（Izzy Harrington）和卡尔文·泰勒（Calvin Taylor）。主流舆论将比尔大街的暴乱归咎于入侵者，而他们，就是入侵者的三位领导人。

金与客人们落了座。他递过去几支雪茄，和他们抽起了烟。明亮的阳光透过落地窗洒进房间。八层楼下，密西西比河正波涛汹涌。一开始，谈话还是有些尴尬的，因为查尔斯·卡贝奇提到，前一晚有人曾敲响他的房门，警告他说有人计划在当天的活动中谋害金的性命。[13]

金轻蔑地回答说，他每天都会接到这种死亡威胁。他说："要是有人真想杀我，那我避无可避。"确实，卡贝奇很惊讶金在里佛蒙特酒店的房间居然不设防，而且他和他的入侵者同伴进门时，甚至都没有人搜查他们是否携带了武器。

最后他们终于谈到了眼前的问题。入侵者表示，他们绝非前一天暴乱的发起人。昨天甚至没有一个入侵者的领导人物出现在比尔大街。但他们认识那些闹事的年轻激进分子，而且他们也确实没有加以阻拦。不过他们说，这是因为吉姆·劳森侮辱了他们。劳森拒绝让入侵者和他们一起策划这些活动，而且连讨论都不让他们参加。牧师完全不懂这些年轻弟兄的想法，更不知道街上的情形到底如何。

金一脸悲伤地听着。他似乎一眼就能看穿他们。他并没有完全相信他们的说法，虽然赞赏他们表态的方式：前来拜访，当面解释，但是他也很疑惑。他说，他无法相信有人会因为这种事诉诸暴力。他说："游行前我们确实应该坐下来好好谈一谈。吉姆并没有告诉我这座城市有黑人权力运动的势力。他给我的印象是这里一派祥和。"

相比追根究底到底谁该为暴乱负责，金更在乎要如何确保暴乱不会再次发生：他已经决定，要重回孟菲斯。

他问道："我该怎么做，才能实现一场和平游行？你们也清楚，我必须要领导一场和平游行。除此之外别无他法。"[14]金发誓说SCLC一定会周全地计划下一次活动，而且入侵者将共同参与讨论。金保证说："你们将一同参加，绝不会被冷落。"

会面结束了，三位入侵者离开里佛蒙特酒店的套间时只有满心敬畏。虽然他们并没有就此追随金的非暴力哲学，但他们承认，他们确实见到了一位伟人。卡尔文·泰勒回忆说："他甚至都没有高声说话，也没有心怀怨恨。他进入房间的那一刻，简直仿佛一阵微风拂过，让一切都平和下来。那个人周身都散发着和平的气息。他看起来就像是和平的代名词。"[15]

***

几小时后，埃里克·加尔特开着他的野马来到了伯明翰一家大型运动器材商店。[16] 商店名叫海空补给公司，就在伯明翰机场旁边，自诩有南方最大最全的各式武器。加尔特长期读报，所以他可能是看到了海空补给公司那周在《伯明翰新闻》上每日刊发的大型广告。广告是这么写的："枪枪枪。勃朗宁、雷明顿、柯尔特。库存超千种武器，任您挑选。买家卖家倒买倒卖，就在 5701 机场高速。"

加尔特来到了海空补给公司的柜台前，一位叫 U. L. 贝克（U. L. Baker）的售货员接待了他（这位售货员后来向警方报告了接待的全程细节）。这次，加尔特的目标似乎更加明晰了些。他说："让我看看那把温彻斯特式。"那是一把 70 号栓式枪机，点 243 口径步枪，专门用来在中远距离狩猎大型和中型猎物。

贝克从货架上取下步枪，递给加尔特仔细检查。过了一会儿，加尔特把枪放在一边，要求贝克再取几款下来。加尔特拿着那些步枪研究了几分钟之后，指着一把雷明顿"大赢家"，点 243 口径步枪说："我喜欢那把。你们有能适配的瞄准镜吗？"

贝克拿出了几款不同的瞄准镜，都是雷德菲尔德出厂的。加尔特很喜欢它们的造型，并询问了步枪和瞄准镜的价格。

贝克计算后告诉他："一共 248.59 美元，先生。"

加尔特说他买了。就在贝克给步枪装瞄准镜时，又进来了一位顾客。这位顾客名叫约翰·德沙佐（John DeShazo），是当地一个枪支爱好者，也是美国全国步枪协会的忠实支持者。他走到加尔特身边时,还让加尔特着实受了一惊。他说:"你要用它做什么?"

加尔特回答说:"哦,我要去猎鹿……和我哥哥一起。"

德沙佐认为,加尔特嘴里似乎带着酒气。他说:"那这把可是够劲儿了。"

加尔特嘀咕了些关于去威斯康星州打猎的事。德沙佐感觉这位顾客怎么看都不像会做户外运动的人。观察这个人在店里摆弄了一会儿武器后,他的结论是,这个人对步枪应该是一无所知。德沙佐说:"你买的枪很厉害,你应该学学怎么用。"

加尔特选了几盒步枪弹药,告诉贝克他可以结账了。他在账单上签下名字"哈维·洛梅耶(Harvey Lowmeyer)",并说他住在伯明翰的南十一街1907号。他打开钱包直接用现金结清了账,都是二十美元一张的大票,接着加尔特把步枪的盒子夹在腋下,跟跄着出了门。

当天下午,加尔特给海空补给公司打了电话,说他想换一把步枪。当天负责接听电话的是店主的儿子唐·伍德(Don Wood)。加尔特跟他说:"我哥哥说我买错了枪。我需要一把火力更强的。"

伍德跟加尔特说,他十分乐意退换。但是,商店正要关门,加尔特只能第二天一早过来。加尔特在伯明翰的旅途小屋汽车旅馆订了房间,打算第二天一早去海空补给公司,换掉他刚买的点243口径步枪。

***

与入侵者会面后,金穿戴整齐,去了里佛蒙特酒店的会议厅接受媒体采访。他面容精神,身穿青色真丝西服,打一条细领带,但是阿伯纳西却很担心他的挚友。其实金疲惫万分,而且情绪低落,并不适宜面对带有敌意的媒体。他们想要击垮他。

可是一进灯火通明的会议厅，金博士却完全像换了个人。他突然变得稳重沉着、意志坚定，虽然略带谨慎，却满溢着积极的态度。镜头并没有捕捉到一丝一毫前夜曾经吞没他的那种犹疑不定。阿伯纳西讶异地看着金，心想这个男人真的是具备"雄狮气质"的领导者。

昨天你为什么逃离了游行？

金用坚定平稳的语气回答道："我没有逃离。我的态度从来都是，我不领导暴力游行。"[17]

他指出，问题其实并非出在参加游行的正式成员，而是一些不在编的年轻激进分子。他说，他做出为孟菲斯援手的决定，也是因为"误判"，因为"两周前我在这里演讲时，大厅里聚集了数千人。没有人喝倒彩，也没有一个人呼喊黑人权力口号。所以我误认为，大多数城市尤其是一些北方城市都存在的理念不一的问题，在这里并不存在"。

金说他现在明白了他的错误。如果能重来，他一定会抽出时间，和这座城市的黑人权力运动势力促膝而谈，达成一致。他说，因为"他们感觉在社会上本来就没有发言权，而现在，在黑人同胞之间也失去了发言权"，而这让他们感到"愤怒"。

有位记者问金，比尔大街的暴力事件是否预示着这个国家将迎来又一个充满暴乱的夏天。

金回答道："我无法保证今年夏天孟菲斯或者本国其他地区不会再发生暴乱。我们的政府并没有实施任何举措，改变去年夏天引发了暴乱的境况。"

所以你并不能向这个国家做出保证吗？

"我不知道你想要的是什么样的保证，也不想妄称自己无所不能。我只能保证，我们自己领导的游行"，也就是一个由 SCLC 全权审查、组织的活动，"将绝无暴力"。

他说孟菲斯前一天发生的事件令人十分失望，甚至可以说是一场惨剧，但他并没有失去信念。他认为非暴力哲学仍然是美国乃至世界唯一的希望，而且事实上，它也是避免人类灭亡的唯一希望。他坚持道："非暴力哲学与暴力具备一样的感染力。"而且他表示，下个月他将在华盛顿广场进行的贫民军运动正是想向世人证明这一点。他立誓道："我们有坚定的决心，一定要进军华盛顿。"

记者们散去后，金转向了阿伯纳西和李，终于松了一口气。当时的情形下，那已经是发布会能达到的最好状态了。阿伯纳西心里道："这恐怕是金在媒体前最精彩的一次表现。"[18]李也说，金一定是"得了神助，才完成了这场精彩的讲话。如果不是有神力保佑，他绝无可能在一夜之间变化如此之大"。[19]

然而金的思路已经不再纠结于过去了。他说道："拉尔夫，你能为我做一件事吗？"

"什么事？"

"你能带我离开孟菲斯吗？"[20]

***

当晚，他们乘坐的飞机在亚特兰大机场落了地。阿伯纳西的车就停在机场，他开车送金去了巴特勒街的基督教青年会（YMCA, Young Men's Christian Association）。[21]金博士希望汗蒸和盲人按摩师能把他从这种低迷中解救出来。

结束后，金、阿伯纳西和他们的两位夫人在阿伯纳西家吃了一顿沉闷的晚餐。[22]胡安妮塔·阿伯纳西（Juanita Abernathy）做了鱼，还有她一年只做一次的猪耳、猪蹄加猪尾砂锅。几人大快朵颐一顿，然后在别墅附近懒洋洋地散起了步。科雷塔和阿伯纳西夫妇努力想哄金开心，却效果甚微。金还在舔舐自己的伤口。

他说想进行斋戒，就像甘地一样，以此净化这场运动。他说起了曾经在蒙哥马利的过去，念叨着早已被忘记的名字，回忆着运动辉煌的曾经。他试着在阿伯纳西家客厅的双人沙发上坐下，然后柔声抱怨说那椅子太小。

***

在伯明翰，第二天一早，埃里克·加尔特准时在海空补给公司开门营业的 9 点整等在了门口。[23] 唐·伍德也正在等他。这位顾客有股说不上来的不对劲，所以伍德想严密跟进这次交易。和约翰·德沙佐一样，伍德很快就看出，加尔特对步枪一无所知，而对猎鹿的了解恐怕更少。

加尔特跟伍德说他想看看雷明顿"大赢家"760 号 06 年款点 30 口径步枪。伍德从枪架上取下来递给了加尔特，加尔特一眼就看中了它的外形和手感。那是一把泵动式步枪。雷明顿的广告词是这么写的："史上最快手控大型猎物步枪。"

加尔特在把玩这把"大赢家"的时候，伍德问他："你为什么想换这把？那把点 243 口径的猎枪在亚拉巴马州已经所向披靡了。"

加尔特回答道："问题是，我是要去威斯康星州打猎。"

他的意思是，那边的公鹿更大，所以他需要更强力的武器。显然，"大赢家"的 760 型号这把 06 年款点 30 口径步枪能实现这个目标。它拥有强大的停止力，不管是在亚拉巴马州，还是面对威斯康星州的猎物，都足以所向披靡。"大赢家"系列的武器很沉，是加尔特前一天购买的那把点 243 口径重量的两倍。

加尔特询问了一些关于弹速和不同子弹弹道的问题。伍德建议给这把雷明顿-彼得点 30 配上软尖斯普林菲尔德高速纹核弹，150 格令。伍德说，这种子弹每秒弹速有 813.8 米，击中目标时会爆裂。在 270 米左右的距离上，一枪击倒地球上最大的公鹿都不在话下。据说 90 米左右的距离上，能击倒一头正在冲刺的朝天犀。而且伍德还给了他一个意外精准的数据：要击中 90 米开外的猎物，子弹在飞行中的下落距离只有 0.25 毫米。

加尔特尤其喜欢这把步枪的泵动式操作特性。泵动式操作可以让他用推拉护木流畅地上膛，在手指不离开扳机、眼睛不离开目标的情况下完成射击循环。雷明顿的广告上是这么写的："泵动式操作让射手在第二枪、第三枪以及之后的射击中更好地瞄准目标，帮你把看上的公鹿带回家。"[24]

加尔特说他要了，虽然 06 年款点 30 口径的"大赢家"比那把点 243 口径的步枪更贵。至于瞄准镜，加尔特看中了一款雷德菲尔德 2 至 7 倍瞄准镜。伍德告诉加尔特他需要几个小时才能配试瞄准镜，所以加尔特离开了武器店。伍德亲自调试了瞄准镜，倍率放在了 7 倍上。这是最大的倍率，也就是说，透过雷德菲尔德镜头的红心瞄准的鹿，会比实际距离近七倍。雷德菲尔德公司吹嘘说，他们这款 2 至 7 倍瞄准镜"能给你追踪移动猎物的宽阔视野，也有足够的捕猎火力"。[25] 这款瞄准镜还有另外一个特性：镜头外层镀了氟化镁薄膜，能让射手在弱光环境中瞄准目标，即使是薄暮也能看得清楚。

不过这款瞄准镜有个小问题——装上后，枪体高出了"大赢家"的原装枪盒。3 点钟加尔特回来后，伍德建议他再买一个精装的皮枪盒，可是加尔特不愿意再多花钱了。所以伍德临时想出了个办法：他在店铺的后屋翻找了一通，发现了一个布朗宁步枪的旧盒子，比"大赢家"的盒子略大一些。伍德把装了瞄准镜的步枪放进枪盒，再用透明胶带封好略显笨重的包装，尺寸刚好。

接受了这个东拼西凑的包装，加尔特又选了一盒二十发的雷明顿-彼得 06 年款点 30 口径的子弹，之后告诉伍德这些就够了。他拿出钱包结清了账，补上了前一天付款的差额，用的依旧是现金。

加尔特再次留了"哈维·洛梅耶"这个名字，并且留下了一个伯明翰的地址。伍德没有要求这位顾客出示身份证件，而且本身也没有法律规定他必须这么做。加尔特尴尬地笑笑，拿起包裹走出了门。

第 17 章

孟菲斯的生死抉择

亚特兰大的同一天早上，金召集了一次紧急会议，与 SCLC 的管理层讨论如何应对孟菲斯事件。一整天，他们都在一个装有护墙板的会议室里进行这场秘密会议。会议室在奥本大道埃比尼泽浸信会教堂的三楼。重要顾问从全国各地赶来与会：金的法务顾问昌西·埃斯克里奇（Chauncey Eskridge），从芝加哥赶来；斯坦利·莱维森，来自纽约；沃尔特·福恩特罗伊（Walter Fauntroy），来自华盛顿；还有一个来自孟菲斯的劳工代表团。金的所有常驻员工也都在：安德鲁·杨、詹姆斯·贝弗（James Bevel）、多萝西·科顿（Dorothy Cotton）、何西阿·威廉姆斯（Hosea Williams）、詹姆斯·奥兰治（James Orange）、杰西·杰克逊（Jesse Jackson），当然，还有阿伯纳西。

主日学校的所谓课桌，其实只是侧面有金属支架撑起一块小桌板的椅子。整个会议中，金博士就挤在这样一个小课桌里，安静地听着他的员工解析孟菲斯发生的这场灾难。他们你一言我一语地追责指控，说完这个人说那个人。他们的意见完全不统一，达成的唯一共识就是，孟菲斯事件实属灾难，不管有什么理由，金都决不应该再涉足那个情况复杂的河边小城。一位顾问说，孟菲斯"就是个陷阱"[1]，说不定就是 FBI 设计出来玷污金博士名誉的计策。这是一条危险的岔路，而且它还在消耗 SCLC 原本就匮乏的人力、物力资源。

听着这些分歧和争吵，金博士愈加烦闷起来。更让他痛苦的是，显然他的许多员工其实并不支持贫民军运动。他们说华盛顿游行构架太宏大，管理太复杂，而且目标太烦冗。金一言不发，让这些员工各抒己见，讨论他们到底该何去何从。吉姆·贝弗想把注意力集中在越南战争上；杰西·杰克逊认为，草根经济，也就是他在芝加哥组织推行的倡议，才是 SCLC 最应该投入时间以及精力的事，他叫它"粮仓行动"；何西阿·威廉姆斯说，强大的关键在于能鼓励人们选出真正支持他们运动领袖的选民登记处。

听了一会儿，这些繁杂的争吵渐渐在金耳中交织成了无意义的噪音。这些年轻的员工每个都很有主见。他们一个个跃跃欲试，都想让运动向他们认定的方向进行。其中有些人甚至认为自己比金聪明，认为金已经日薄西山，无力再战。

金从他坐着的主日学校小课桌里缓缓起身，终于说出了他的心声。他说："我们现在陷入了真正的困境。整个运动都陷入了危机。"[2] 他们难道看不出来？问题的核心已经不是孟菲斯，甚至不是华盛顿。重要的不是抗议游行的细节，而是他们的核心理念：非暴力哲学。他们燃起的火焰明明灭灭，即将燃尽。他们从蒙哥马利走出来的这条路已经到了断崖边缘。如果他们无法向全国人民证明，他们可以举办一场非暴力游行，弥补他们的错误，华盛顿游行根本就是一场空梦。他们需要的是重建这条核心理念的地位。

他说："孟菲斯，是华盛顿游行的微像。"[3] 他们现在别无选择。他们必须走回去，否则他们将再也走不出去。他说："孟菲斯，决定了运动的生死存亡。"

员工们依然没有安静下来。其实他的大多顾问现在都认为，不只去孟菲斯是个错误，去华盛顿也是。

金终于失去了耐心。他的员工都太自以为是，每个人都有自己的如意小算盘。他尤其生杰西·杰克逊的气，因为杰西似乎正在芝加哥打造属于他自己的小封地。金说:"你们不管有什么计划,总会来找我。如果我认为对运动、对你们有益,从来都全力支持。现在,你们却并不支持我。当我需要你们来孟菲斯帮助我的时候,你们突然就都忙起来了。"[4]

最后他看向阿伯纳西:"拉尔夫,车钥匙给我,我要走了。"[5]

阿伯纳西有些迷茫。讨论中,他一直在桌上摆弄金的车钥匙,后来随手就放进了自己的口袋。他把车钥匙交给金,金转身就冲出屋子,走向了楼梯。

阿伯纳西追了出来:"马丁,你这是怎么了?"

"拉尔夫,我会平衡好的,我昨天不是也调整好了吗?"

"那告诉我你要去哪里吧?"

金没有回答。

接着杰西·杰克逊也追到了楼梯口:"博士,别担心。一切都会好起来的。"

金在楼梯下面停住脚步,猛地转身瞪着杰克逊:"杰西,一切不会就这么好起来。如果事情继续这样发展下去,有麻烦的就不只是SCLC,而是整个国家。如果你只想做自己的事,不管组织的大布局,如果你就想要在这个社会中蛀出你自己的一个小天地,尽管去做。但是看在上帝分上,别把我扯进去!"[6]

杰克逊哑口无言地看着金拉开车门,疾驰而去。一屋子员工都不知所措地闷闷不乐。阿伯纳西试着收拾残局:"领袖现在很迷茫。"[7]他阴郁地说:"他压力很大。在这种艰难时刻,我们必须站在他身边,全力支持他。"孟菲斯的事让他着实心惊。他也在经历着一场精神危机。他们现在已经别无选择,他们必须回到孟菲斯,修正这个错误。

房间里的人达成了一致。后来安德鲁·杨回忆道:"我们从来没见过马丁发那么大的火,至少从来没对我们这样过。他走后,大家都很震惊,所以他们终于能听进去一些意见了。这一屋子乱麻终于拧成了一股绳。"[8]

孟菲斯的生死抉择

他们讨论了孟菲斯事件。他们要派手下最得力的干将,赶在金前面先去和入侵者敲定游行细节。他们要满足金的一切愿望。

人们的转变如此巨大,甚至有董事成员觉得,一定是圣灵降临在了那个房间。人们爆发出参战呐喊声,高喊着主的圣名。[9] 安德鲁·杨甚至起身跳起了小舞步。纷乱争执中,人们终于达成了一致。

可是找了好几小时,他们都没能找到金博士,告诉他这个好消息。他在这段失踪期间去了哪里最终成谜。有人说他金屋藏娇,这是去找情妇了;[10] 有人说他去见了他的父亲老马丁·路德·金,也就是人们口中的"金老爹";还有人说这场劫难让他陷入了深刻的自我怀疑,所以他去了最喜欢的清修之地,要认真审视自己的灵魂。

当天下午当他再次露面,金很高兴他的手下终于团结在了一起。他还得去华盛顿跑一趟,第二天一早他有一场很重要的布道要做。等他回来,他的时间和精力都将集中在一件事上,那就是:孟菲斯。

***

那天早上 11 点过后没多久,金已经站在了华盛顿国家大教堂中央宏伟的白色讲坛上。身着黑色的牧师袍,他看起来似乎已经走出了前一天的阴郁。他的听众有黑人有白人,三千多名礼拜者挤满了宏伟的尖顶礼堂。还有一千多人聚集在礼堂外,通过广播聆听他的演讲。这是金的最后一次正式布道。

金用雷暴一般的怒喝谈起了越战,说它是"世界历史上最不正义的战争之一"。[11] 他说这场战争"强化了整个军事产业,强化了我们国内的反动势力,严重危害了国家命运,而且让我们在世界面前成了一个目中无人的国家"。

这场布道的中心主题是美国的贫困问题,以及看待贫困问题最重要的道德义务。他说:"最终,一个伟大的国家,一定是个慈悲的国家。但是美国没有尽到她对穷人的义务。"他将美国的贫困问题比作"一只可怕的八爪鱼,正四处延伸它纷乱、纠缠不休的触角"。他说,几个月前他刚刚去过阿巴拉契亚,还去了纽瓦克市和纽约黑人住宅区的贫民区,还有美国其他多个贫困地区。他说那些地方的条件差得离谱,让他"不得不承认,这些景象让我忍不住泪流满面"。他告诉听众,全国最穷困的郡县密西西比州马科斯的佃农,脸上写满了饥饿,这让他意识到,必须以某种引人注目的方式,让国家的领导者们意识到这种系统性的、代代相传的贫困造成的严重后果。

他立誓道:"我们一定会带贫民军运动来到华盛顿。"他要带领一支贫困人民组成的大军,不管种族、不论背景。他们都是"感觉生活就是一条漫长、痛苦,没有出口的走廊"的人,是"这辈子都没看过医生、牙医"的人。虽然金博士说他的贫民军"并非为毁掉华盛顿而来",但他们来的目的,就是进行他所谓的"痛苦的非暴力抵抗"。暴力没有用,在孟菲斯没用,在华盛顿没用,在越南也没用。他说:"我们必须学着作为兄弟团结共处,否则我们只能作为愚者一同毁灭。"他说"亟需怀有希望的人将决心和心血投入行动",否则美国的贫困问题将永远无法改善。

接着,金举办了一场简单的新闻发布会。他在会上直白表示,自己不会支持约翰逊总统连任。他说:"我认为麦卡锡和肯尼迪参议员会更合适。"[12] 虽然他的个人看法是肯尼迪更合适,但他并没有为他公开背书。像在孟菲斯一样,记者再次逼问他关于今夏暴乱的预言。金回答说:"我不喜欢预言暴力,但如果从现在到6月,不做任何事改善贫民区的情况,我觉得今夏不止会和去年夏天一样糟糕,甚至可能更糟。"这是很可怕的事,不只是对贫民区,对整个美国的民主的健康都是坏消息,"如果允许去年夏天的情况一次次出现,我们最终一定会变成一个右翼接管的法西斯国家"。

一位记者问道:"你要怎样才愿意取消贫民军运动？议会或者总统该怎么做才行？"

金说，如果议会愿意接受科纳委员会提出的最新议案，他将很愿意取消整个活动。科纳委员会是一个两党组织，他们细致研究了瓦茨、纽瓦克、底特律和其他几座城市的暴乱。但是金的态度并不乐观。他说："我很乐意与约翰逊总统或者其他任何人商谈，我们永远敞开协商的大门。"[13]

***

与此同时，约翰逊总统却完全没有和马丁·路德·金商量的意思。约翰逊就在几公里外的白宫，正在准备他当晚要在国家电视台做的一场重要演讲。演讲内容主要围绕越战，但是约翰逊在考虑他要不要在结尾甩出一个突如其来的爆炸性消息。他打算向全国人民宣布，他将退出1968年的总统大选。

数月来，约翰逊一直在偷偷思考要不要在任期结束后离开白宫。他做出如此考虑的原因有很多，但事实是，他在白宫过得很痛苦。他一直因为担忧健康问题夜不能寐；他的民调支持率大幅下跌到了36%。他在两党树敌无数。第一夫人伯德·约翰逊（Bird Johnson）在描述白宫当时的气氛时，引用了叶芝的诗："郁结的瘴气笼罩着一切。"

越战，也就是金尖锐批评的那场战争，是约翰逊痛苦的核心所在。东南亚这片泥沼已经成了总统的心病。它占用了他几乎所有的时间和精力，而且它巨量消耗着国家财富，以至于约翰逊已经无法再推进他曾经一度投入心血的"伟大社会计划"（Great Society Programs）。被战争批评包围着的约翰逊已经完全陷入偏执。他失去了老朋友的信任，被困在了这个他曾经热爱的办公室里。

他想离开。

后来他跟历史学家多丽丝·卡恩斯·古德温（Doris Kearns Goodwin）坦承道："我觉得四面八方都有黑压压的大军，在不停地追击我。[14] 暴动的黑人，示威的学生，参加游行的福利妈妈，七嘴八舌的学者，歇斯底里的记者。压倒我的最后一根稻草，是我从入主总统办公室第一天就深藏心底的最大恐惧，终于成了真——罗伯特·肯尼迪公开宣布，为了继承哥哥的衣钵，要竞选总统。美国人民中了这个名字的魔法，一定要开心得当街起舞了。"

约翰逊的每一个细胞都拒绝放弃权力。但是一种强烈的直觉告诉他，如果现在主动下台，他还能挽回一些政治资本，以还算优雅的姿态结束他的任期。或许他甚至可以把任期余下的几个月都用来推进从越南撤军的事宜。这将是一次光荣撤退，是有雅量的离场。他的讲稿撰写人为他当晚的演讲写了两个版本的结束语，而约翰逊，将在其中做出抉择。

整个下午和前半个晚上，总统都在因为这个决定烦恼。到晚餐时，还没有一个人知道他要用哪个版本的演讲稿，包括约翰逊自己。晚上9点，他进了直播间。整整二十五分钟，约翰逊谈论着越南战争，谈论着他心里对和平的构想。他说他已经停止了对北越的空袭，正在筹备和胡志明（Ho Chi Minh）进行严肃谈话。

接着，总统突然语气一转，以百万观众猝不及防的方式，直视着摄像镜头："有世界和平的迫切愿望悬在头上，我认为自己绝对无法在私人、党派或者任何其他事务上分神。我唯一的使命，将是这间办公室赋予我的职责。所以，我将不寻求，也不接受我的党派对我的总统候选人提名。"[15]

当他的演讲结束，约翰逊带着狂喜的心情从座位上一跃而起，离开了总统办公室去与家人团聚。关于这件事，第一夫人写道："他就像个刚刚重获自由的犯人。我们都觉得肩头的重负轻了不少，也从没有像那一刻那样对未来满怀期待。"[16]

这位总统是这样描述他当时的心情的:"我觉得这是我这辈子做得最正确的决定。"[17]

第18章
夏伊洛射击练习

在伯明翰买了步枪和瞄准镜后，埃里克·加尔特回到了他在亚特兰大的公寓，小心地藏着他新买的装备，以免被租户或者房东看到。他花了不少时间阅读《亚特兰大宪章报》（*Atlanta Constitution*）。这家报纸大量报道了金在孟菲斯遇到的麻烦；而且4月1日的报纸中，还通报了金将在数日后重返孟菲斯，在比尔大街领导一场和平示威。

突然，加尔特就清楚了自己该何去何从。金的日程太忙乱，加上他经常临时改变计划，加尔特几乎无法追踪到他。这位马不停蹄的牧师在加尔特住在这所公寓期间，甚至悄悄回了亚特兰大，而加尔特都全不知情。但是这次，报纸细致地预告了金下一次将现身的准确地点，也就是孟菲斯市中心这条有名的比尔大街，而且还刚好给了加尔特几天时间做准备。

马尔茨博士在他的著述《心理控制术》中敦促道："你一定要有明确目标，还要有一份直达目标的清晰计划。先动手，才有完成它的力量。"[1]

而现在，加尔特有了清晰的计划。他的行为模式甚至突然有了集中性。他迅速行动起来，汇拢了自己之前一些心血来潮、纷乱无常的想法，开始利落、高效地做准备。他又付了这间公寓一周的房租；买了一张佐治亚州－亚拉巴马州地图，还有一张美国地图——他需要这张地图计划去田纳西州的路线。4月1日上午大概10点，他去桃树街1168号拐角的皮埃蒙特洗衣店送洗了一堆衣服[2]，并且细致至极地叮嘱了店员哪些衣服需要干洗，包括一件黑格西装。和往常一样，他说普通洗涤的衣服要叠好，不上浆。洗衣店的接待员安妮·埃丝特尔·彼得斯（Annie Estelle Peters）用标准的帕尔默草书在名牌上写道："加尔特，埃里克。"

4月2日，加尔特简单收拾了些东西，把那把仍然别扭地挤在布朗宁枪盒里的"大赢家"步枪塞进了后备厢。他把一些日用品和衣服装进了一个日本制的拉链皮包，还有他的雷明顿－彼得子弹、摄影设备，以及他用来监控金博士动向的最好工具：他的"频道大师"牌口袋收音机。加尔特的大多数物品其实都没有带走，包括他的便携式顶峰电视机。他又担心有人会闯进来，所以他决定把点38短管左轮枪藏在这所小公寓的地下室。[3]

一个温暖的春日清晨，加尔特开车离开亚特兰大去往孟菲斯时，阳光正打在他的背上。随着公路探入佐治亚州的松林，陪伴加尔特的只剩下了他的思绪和V型八缸发动机的轰鸣。他从乡村小路上一路疾驰而过，路过了一个接一个印第安土墩、被白蚁啃食的谷仓和斑驳坑洼的锈色红土地。春天正式来临了。阔叶树上长出新芽，回暖的大地上也冒出了嫩枝，有茉莉、野樱和连翘。现在正是昆虫从灌木丛中飞出来，然后被撞扁在挡风玻璃上的季节。而天空，正笼罩在成群的燕八哥组成的黑云之下。

加尔特歪歪扭扭地穿过了野葛丛生的南部地区，穿过了内森·贝德福德·福雷斯特和手下当年内战时潜行的荒郊野路。沿着李氏高速，也就是72号高速，他飞驰而过，把亨茨维尔、麦迪逊、马斯尔肖尔斯抛在了身后，然后又接着穿过了图斯坎比亚、切诺基和尤卡。加尔特的方向越来越接近田纳西州界，有一段路很接近普拉斯基——三K党的诞生之地。在路上，他发现自己的轮胎漏了气，还在路边停下换了轮胎。

孟菲斯越来越近，他开始后悔没有机会先试试新步枪。当时他在密西西比州科林斯的南部邦联铁路十字路口，距离田纳西州边境只有数公里，而且距离夏伊洛战场也不远。加尔特在路边停下，找了一个隐秘之处。[4]

夏伊洛大屠杀发生在 106 年前，也是个和今天一样的 4 月早春天。仅仅持续了两天的一场战役，死伤就超过了两万四千人，比美国独立战争、1812 年战争和墨西哥战争中美国人的伤亡人数加起来都要高[*]。这场发生在乡村小教堂附近的战争，预示了大家最深的恐惧，而且这恐惧不论南北，那就是：疯狂将至，各州的战争最终将演化成一场漫长的恐怖灾难。

作家安布罗斯·比尔斯（Ambrose Bierce）年轻时曾在这里参加过战斗。他笔下的夏伊洛林地是"火海中的雨林"[5]，茂密、黑暗，是一片"就算看到猎豹出没我也不会惊讶的地方"。现在，战场南边不远处的茂密树林中，加尔特熄灭引擎，打开了后备厢。他借着树荫掩映的光，研究着那把"大赢家"，熟悉着各个零件、胡桃木枪体的形状、枪托的重量和泵动式操作的手感。枪体的活动零件滑润得仿佛没有摩擦力，这都要托福于雷明顿公司引以为傲的专利抛光工艺——"震动研磨"。

加尔特不想引人注意，因为枪声可能引得农民、内战迷甚至密西西比州骑警前来查看究竟，但他也清楚，他必须要测试"大赢家"的精准度。他需要确保装上的雷德菲尔德瞄准镜调试准确，没有小毛病。他需要熟悉步枪的后坐力，亲自检验弹道，看看子弹在长距上到底会下落多少。

加尔特放平雷明顿步枪，调整瞄准镜，在模糊的森林中瞄准了一个目标。他的手指勾住了扳机。

猎鹿季已经结束了好几个月，任何对打猎这行略有了解的人，如果恰好路过木兰花州这片昏昏欲睡的土地，应该都会讶异，怎么会在 4 月的第一周听到高火猎枪 06 年款点 30 口径的子弹射入密林时激起的参差不齐的回声。

---

[*] 原文如此，虽然译者查证史料发现三场战争的美国人伤亡人数还是略高一些。——译者注

夏伊洛射击练习　　141

第 19 章

暴风预警

4月3日，星期三，早晨7点，拉尔夫·阿伯纳西开车来到了日落大街，接金博士去亚特兰大机场。科雷塔想留他们吃早餐，但是他们担心错过孟菲斯的飞机，所以并没有接受这份好意。金收拾了几个行李箱，还拿上了几本书，然后来到了厨房。他给了妻子一个吻："今晚给你打电话。"

当时金有点小感冒，但是除此之外，科雷塔并没有发觉他有任何异常。后来她回忆说："那只是个普通告别，和以前的告别没有任何不同。"[1]

二人跳上阿伯纳西的1955年款福特车，向机场疾驰而去，刚好赶上飞机。他们在候机厅见到了其他几个SCLC的员工，有多萝西·科顿、伯纳德·李和安德鲁·杨。一行人匆忙登上了东方航空的航班。

其实他们没必要着急，因为飞机在停机坪等待了将近一小时。最后人们已经开始小声嘀咕，东张西望地查看到底是什么原因误机，才终于等来了广播里飞行员的道歉："今早的航班因为有名人登机，所以我们需要检查机箱的所有行李，以确保没有爆炸物。"[2] 当天早上有人给东方航空打了匿名电话，威胁说要炸掉金将乘坐的航班。

金担忧地看向了阿伯纳西："拉尔夫，我从来没在飞机上遇到过这种事。"

东方航空381号终于驶离停机坪，来到了跑道上。金带着一个讽刺的微笑说："好吧，看来在这趟飞机上我是死不了了。"

阿伯纳西回答道："没人要杀你，马丁。"[3] 他能看出，这件小插曲让他的挚友心神不宁。金一脸担忧地盯着窗外，看着飞机从亚特兰大起飞，缓缓西转。

10 点 30 分，飞机在孟菲斯降落，停在了 17 号登机口。金刚下飞机，一行随从就已经等在了那里，包括吉姆·劳森牧师和司机所罗门·琼斯（Solomon Jones）。司机开了一辆加长白色凯迪拉克，是由路易殡葬馆（Lewis Funeral Home）提供的。金快步穿过航站楼，两旁是虎视眈眈的媒体镜头、警察、便衣警探和 FBI 探员。劳森并不信任这些警察，即使他们名义上的任务是保护金博士的安全。一位孟菲斯警员上前一步，询问劳森他们要去哪里，劳森挥挥手想打发他走："我们还没最终确定。"[4]

当时来航站楼的便衣警探中有两名黑人警员，分别是警探爱德华·雷迪特（Edward Redditt）和巡警威利·里士满（Willie Richmond）。这次他们的任务是在金滞留孟菲斯期间，全程暗中跟随金的行踪。但是有孟菲斯的罢工组织者认出了雷迪特（他已经监视罢工活动好几周了），说他是间谍，根本就是种族的叛徒。那天早上在机场的一位知名活动家塔利斯·马修斯（Tarlease Mathews）来到雷迪特面前凶狠地说："我要是男人，一定杀了你。"[5]

***

金一行出了机场，来到了一列等候已久的车队前。天气渐渐转阴，当天预报有雷雨来袭，大气预报员向中南部地区发出暴雨飓风预警。在便衣警员雷迪特和里士满紧随其后的跟踪下，车队来到了市中心。金和阿伯纳西终于在洛林汽车旅馆落了脚。

金的手下几乎都在洛林旅馆下榻了：詹姆斯·贝弗、詹姆斯·奥兰治、杰西·杰克逊、何西阿·威廉姆斯、尚西·埃斯克里奇、伯纳德·李、多萝西·科顿，还有杨和阿伯纳西。一位南非电影制作人约瑟夫·卢（Joseph Louw）正在为公共广播公司（PBS, Public Broadcasting Service）拍摄贫民军纪录片，所以他也住在这里。同住这里的还有《纽约时报》的黑人记者厄尔·考德威尔（Earl Caldwell）。还有几间屋子是留给入侵者成员的，金的手下正与他们积极协商。除此之外，金的弟弟 A. D. 金（A. D. King）也要来。他是肯塔基州路易斯维尔的牧师。A. D. 金的女友名叫露西莉亚·沃德（Lucretia Ward），来自佛罗里达州华尔顿堡滩。A. D. 金此前正和女友自驾游，开着她淡蓝色的敞篷凯迪拉克，车上还载着路易斯维尔的年轻黑人议员乔治娅·戴维斯（Georgia Davis），她是马丁·路德·金的情妇之一。他们预计当晚到达。

美国全国广播公司驻孟菲斯办公室的第五频道摄影师为 SCLC 一行在 306 号房前的阳台上拍了一张合照。房间金光闪闪的黄铜号码牌在阳光下灼灼发光。金终于在他熟悉的环境里安顿了下来，就算这里不是他最爱的城市，但至少他现在下榻在他最爱的旅馆最爱的房间里，他的员工和亲密的知己就在身边。不管这周在孟菲斯会发生什么，至少眼下在洛林旅馆，他的世界是安定的。

***

午餐刚过，金就和一众员工坐上车队，来到了詹姆斯·劳森牧师的百年卫理公会教堂，讨论接下来的游行事宜。这时金才得知，孟菲斯市当天早上成功申请了一纸联邦禁令，严禁金在接下来的十天内进行任何形式的示威活动。市检察官弗兰克·贾尼奥蒂（Frank Gianotti）提出了众多理由支持这个决定，其中一条他确实担心，如果金再次在比尔大街游行，可能会有生命危险。贾尼奥蒂在美国地方法院的发言中提到："我们担心，目前局势十分混乱，可能会有人趁乱谋害金的生命。我们以最严肃的言辞，着重强调我们并不希望看到这样的事情发生。"[6]

虽然市检察局做出这样的判断是为金的安全考虑,但是这个突如其来的挫折还是让金灰心丧气。在他的职业生涯中,金也曾多次违反过地方法院禁令,但他还从来没有违反过联邦法院禁令,这让他有些手足无措。阿伯纳西回忆道:"马丁再次陷入了沉默。这次,在这座城市,一切都是那么不顺。"[7]

媒体很快锁定了金的行踪,并追问他对这一最新发展有何回应。金拿出了专业的态度:"我们不会被辣椒喷雾阻止,也不会被法庭禁令阻止。我们只奉行第一修正案。我们曾经在良心的指引下违反过禁令,需要的话,在孟菲斯也会依旧如此。等我们来到大桥上,就一定不会停下脚步。"[8]

金是当天下午 2 点 30 分左右回到旅馆的。回去时,联邦法警已经拿着给他的禁令副本在等他了。金博士和蔼地接过文件,甚至还对着镜头笑了一笑,仿佛是在表示,区区一张纸,是不足以阻止这场运动的。

与此同时,美国公民自由协会为金找了一位优秀的孟菲斯律师,帮他提请对禁令的上诉。不到一小时,这位律师就来到了洛林旅馆,开始做自我介绍了。他叫卢修斯·伯奇[9](Lucius Burch),是这个保守派小镇里一位脾气暴躁的白人自由派,一直以来,在种族问题上总是站在进步主义这边。伯奇住在孟菲斯郊区东部一座战前遗留的公馆里,每天开着自己的私人飞机去上班,经历多次空难,却奇迹般地幸存了下来。他经常打猎旅行、跳水冒险、到山中骑马露营,而且他在爱尔兰还有一栋宅邸,也是一处他经常造访的离群隐居之地。伯奇-波特-约翰逊律所在孟菲斯名声卓越。伯奇给人的印象,素来是头脑卓越、口才出众、自高自大,而且出入法庭时,总带着那么一丝无可救药的辩论感。

现在,伯奇就在 306 号金的卧室里,身边两侧是他从律所带来的两位初级律师。隔着一张床,他开始了对金的询问:"金博士,我就开门见山了。我需要知道这次游行对您和您的运动有多大的重要性。我需要知

暴风预警

145

道,它对您有何深层意义。"[10]伯奇此前从未与金有过接触。他想知道,金和手下是不是跟传说中一样。

伯奇的直白让金有些惊讶,但一见面他就很欣赏这位律师。金回答说:"答案很简单。我的整个未来都寄托在这次活动上了。非暴力游行信条的命运,全都在此一举。"

安德鲁·杨插话进来说,这次游行恰是游行的核心信条所在:宪法赋予人民通过集会和请愿来表达他们的正当不满的权利。罢工已经进行到了第五十二天,除非他们能成功举行这场所谓的"救赎游行",否则这件事绝无善了的可能。

伯奇回忆道:在对金有了个大概了解后,"我毫不犹豫,义无反顾地参加了行动。白人群体还没有意识到,马丁·路德·金正是能避免使用燃烧弹、能阻止打砸抢、能解决黑人权力运动问题的答案。他是他们最好的帮手"。[11]

卢修斯·伯奇将竭力上诉,推行这次和平的、有规有矩、由法警约束的游行。游行中将不使用可能被用作武器的标牌,游行队伍也将队列整齐,从头到尾保持四人一排齐头并进。伯奇离开金的旅馆房间,回到了他在法院广场的办公室。他将彻夜工作,撰写辩词,第二天一早提起对禁令的上诉。

***

严守职责的两位便衣警察爱德华·雷迪特和威利·里士满一整天都在监视金。他们从机场跟着金到了洛林旅馆,再到劳森的教堂,再回到洛林旅馆,一路紧追不放,记录着所有来访和离开人员的名字和车牌号码,试着追踪所有与金有过接触的人员。

现在他们在2号消防队。这是一座白色的砖砌消防站,外面装着透光玻璃。这座消防站就在摩比利街，洛林旅馆对面。他们在这里建起了临时监视点，严密把控旅馆的一切动向。

他们在衣帽间后门的窗板上贴上报纸，然后在报纸上划出缝隙以观察外面的动静。二人在这里举着双目望远镜轮番上阵，整整一下午都盯着对面的动静，一直到入夜。[12] 他们看到了联邦法警，看到了卢修斯·伯奇来访，还看到了入侵者的成员来来去去。他们看到金的手下在阳台上走来走去，出门买了冰，还带回了褐色的纸袋，看起来像是买了酒。

天色渐晚。今天黑得格外早，更增加了雷迪特和里士满的工作难度。暴风雨正如期从西面暗暗袭来。强风在电线间肆虐，吹得雨线偏向了一侧。他们能听到远处传来的防空警报在空中呼啸。阿肯色州出现了一场龙卷风，田纳西州也出现了一处，就在市区向北三十公里的地方。

6 点 30 分时，警局总部用无线电呼叫了雷迪特和里士满，让他们转移至梅森圣堂，因为金计划当晚在那里讲话。他们需要提前赶到，找好位置。

当天晚上 7 点左右，他们来到了宏伟的梅森圣堂。雨点倾盆而下，屋顶噼啪作响，窗外狂风大作。糟糕的天气导致听众骤减，演讲者花名册上的第一位是劳森，他要为金博士 9 点钟的演讲暖场，可听他讲话的观众堪堪不到千人。

雷迪特和里士满入场后不久，一位黑人牧师来到他们身边，悄声建议他们离场。不管这两位警官以为自己伪装得有多好，总之当时是完全暴露了。那位牧师说道："这不是你们该来的地方。这些年轻人现在已经群情激愤了。"[13] 流言说雷迪特一直在用双筒望远镜从洛林旅馆后面的消防站监视金。显然，2 号消防站有哪个黑人消防员告发了他们。有些年轻的激进分子已经开始躁动起来。里士满回忆道："人们渐渐都开始盯着我们，他们知道我们是警察。我们觉得最好还是离开，免得引发事端。"[14]

暴风预警

第 20 章

无惧任何人

当天下午 7 点 15 分,暴风雨依旧在城市上空肆虐,浑圆的雷云盘踞天空。埃里克·加尔特的车一头钻进了维克杜普拉特新潮叛逆汽车旅馆的停车场。[1] 这家旅馆在孟菲斯的东南市郊,拉马尔大道 3466 号。孟菲斯充满乡土气息的这一头有条小路叫拉马尔大道,是通往伯明翰的要道,挤满了轮胎店、汽修店、低级酒吧、得来速烤肉摊,还有一连串汽车旅馆,都是新潮叛逆汽车旅馆这种小店。这里就是连接孟菲斯的那条不见尽头、黄沙漫天的"亚壁古道"*,挤满了昏黄的路灯和灰头土脸的卡车。

当天早些时候,加尔特到达了孟菲斯。显然,他之前从未来过这座城市。我们目前并不知道加尔特的所有行踪,但可以肯定的是,他那天沿着密西西比州－田纳西州界,在孟菲斯市的南部边缘开车逡巡了许久。他剪了头发,[2] 在密西西比州南海文的一家鱼饵商店买了半打喜力滋啤酒。[3] 近中午时,就在格雷斯兰外不远,他在怀特黑文的一家雷克索药店买了一件吉列剃须套装(虽然普里西拉当时正和刚出生的女儿在家,但埃维斯却要在好莱坞出差一个月)。

新潮叛逆汽车旅馆鲜红的标牌上,画着一个南部邦联种植园主。他脚蹬高筒皮马靴,手上一双白手套,剑鞘斜斜挂在腰上,极像密西西比大学吉祥物——小胡子很惹眼的雷布上校。虽然这家旅馆很有南方气息,

---

* 亚壁古道(Appian Way),古罗马时期的一条古道,连接着罗马和意大利东南部阿普利亚的港口布林迪西。——译者注

而且名字里还带着一抹乔治·华莱士风，却并不大合加尔特的胃口。这家旅馆干净、现代，而且管理严格。后来加尔特自己说："这家旅馆是那种比较正经的人才去的地方。"[4]这里刚刚加盖了游泳池，餐厅也像模像样，同时还提供客房服务。这里一尘不染的崭新客房要 6.24 美元一晚，放在平时，这里绝不在加尔特愿意接受的范围内。不止如此，旅馆还要求旅客提供详细的个人信息。这家旅馆的整个布局简直就是为喜欢打听刺探的前台接待人员设计的：新潮叛逆旅馆的庭院有外墙，所以旅客只能开车通过一道狭窄的入口进入酒店，这样前台侍者坐在一扇大玻璃窗后面，就能严格监控出入旅馆的所有人员。

不过，加尔特还是意识到，在暴风雨即将来临之际，开车在一个他并不熟悉的小镇找旅馆并非明智之举。当晚新潮叛逆旅馆狂风呼啸，后来甚至有旅客回忆说，"感觉屋顶都要被掀飞了"。所以加尔特交了钱，在登记册上写下了"埃里克·S. 加尔特，亚拉巴马州，伯明翰，海兰德大道 2608 号"。[5]他填写了标准登记表，认真地写下他开着一辆野马，挂的是亚拉巴马州的车牌，牌号 1-38993。

当时的前台侍者亨利埃塔·哈格马斯特（Henrietta Hagermaster）让他住进了 34 号房。加尔特用现金付了房费，开车通过狭窄的入口，径直停在了房门前。他插进钥匙轻轻一拧，闪身进入房间。

***

在洛林旅馆，金和阿伯纳西看着窗外，一脸愁苦地冲着乌云密布的天空发呆，耳边是防空警报刺耳的尖鸣。他们知道这种天气意味着什么：梅森圣堂的集会的听众会减少，严重减少。有多少人能在有暴风雨预警的天气还出门呢？他们都意识到，这对金是个极坏的消息。媒体会注意到降低的出席率，说不定还会用来暗示说他的支持率在走低。再说，

无惧任何人 149

金也亟须休息。他的感冒加重了，喉咙也有些发炎，而且他感觉自己好像还有点发烧。今晚他状态极其糟糕。

他说："拉尔夫，不如今晚你代替我去演讲。"[6]

阿伯纳西有些犹豫："那不如让杰西去？他最喜欢演讲。"

金否决了这个建议："除了你，没人能代表我。"

阿伯纳西回答道："好吧，好吧。至少让我带上杰西一起去。"

"可以，但是演讲人必须是你。"

8点30分左右，阿伯纳西来到了梅森圣堂，惊讶地发现有将近三千人聚集在大厅里。大多都是垃圾工和家属。显然他们是为金而来，不是为了他。他们满怀期待地鼓掌、高唱，努力想让自己的声音盖过瓢泼大雨和电闪雷鸣。

阿伯纳西在教堂前厅找到一台电话，打给了洛林旅馆。他说："马丁，你最好现在赶过来。这里有两千人为了你冒着暴风雨前来。这些人是你真正的支持者。"

***

金本来只打算敷衍一下，仪式性地露个面。他打算随便套一件西装，过去见见听众，说几句话，就回洛林旅馆养病。可当他在9点左右出现在梅森圣堂时，听众高涨的情绪却感染了他。他的西装外面还套着一件长款黑色雨衣，当他走上教堂的过道，人们伸出手来，触摸着他的衣袖、衣领和后摆。

阿伯纳西的开场白进行了将近半小时。窗外是暴风警报的疯狂肆虐，他的声音在窗内阵阵回响。带着一个略有些羞涩的微笑，金来到了讲台之上，有些疑惑地发现这开场白越听越像篇颂词。两旁的百叶窗不时被狂风吹得一阵乱响，每当此时，金都会下意识一哆嗦。然后再次电闪雷鸣，百叶窗再次撞在窗棂上，再次迸发出巨响，而金，也会再次被吓一跳。

阿伯纳西终于结束了讲话。金起身走向了布道台，手上连讲稿都没有拿。一如以往的致意之后，他换上了一副阴沉不祥的语气："孟菲斯出事了。我们的世界正历经浩劫。整个国家重症缠身，厄运已经来临。"[7]可是他也说，如果让他选择，他依旧会选择活在这一刻，古往今来没有任何一个时代可以替代，因为孟菲斯此刻的动荡，属于一场震动全球的运动。他说："人们正在觉醒。他们的呼声一如既往地一致，那就是：我们要自由！"

此刻的听众有环卫工人、教众、慕名而来的传教士，还有入侵者代表。可以确认至少有一名FBI探员也在其中，在靠后的位置尽责地记着笔记。当金找到了他熟悉的节奏，人们开始不时爆发出阵阵呼喊，他们喊着："阿门！""讲出来！""说得对！"电视媒体的摄像机一刻不停地呼呼旋转。百叶窗哗啦作响。窗外雷暴轰鸣。

金明确表示第二天他的律师就要出庭，对禁令提出上诉。不论如何，游行都将进行。他说："我们必须无私无畏，体现出我们的威慑力，决不能让一条禁令挡住去路。"

这一天的金疲惫而憔悴，精神萎靡不振，可是随着演讲推进，他开始渐入佳境。他从《出埃及记》中引经据典，他的比喻在教众之中引起了绝佳共鸣，那是与这条长河的共鸣，是与奴隶制的共鸣。他说："知道吗，当法老想延长埃及的奴隶制统治，他们总有一套固定的办法。是什么？是挑起奴隶之间的争斗。但当奴隶们团结在一起，法老院就慌了。奴隶们团结在一起，就是奴隶制结束的日子。"

窗外的雷鸣和闪电似乎在渐渐消散。风暴的肆虐已经在向东转移。噼啪作响的百叶窗也安静下来，只有连绵的雨还在轻柔地敲打窗檐。

金谈起了当天早上乘飞机时接到炸弹恐吓和航班延迟的事。他说：

"之后我就来了孟菲斯。有人谈起这次的威胁,谈起了我们的一些病态的白人兄弟打算加之于我的伤害。"说到这里,金缓缓扫视了全场的听众,仿佛在对隐藏其中的杀手说,你在吗? [8]

接下来十分钟,他突然把话题转到了对死亡的思考上,从不同角度审视自己的生命。他回忆起十年前在哈莱姆一家百货公司的签书活动中,一个精神失常的黑人女性将一把开信刀插进了他的胸口。刀锋差点割断他的动脉。医生说他哪怕当时只是打个喷嚏,也会撕裂他的动脉,然后被涌入肺部的血液溺死。

金接着回忆起 1958 年以来那些曾经的辉煌:伯明翰、塞尔玛、华盛顿游行,还有其他民权运动的里程碑。如果他当时被刺死,所有这一切都不会发生。他说:"所以我很庆幸,当时我没有打喷嚏。"

汗水从他脸上滑落,他的眼睛也湿润起来。他的声音渐渐提高:"前方还有困难等着我们。但是我真的不在乎。因为我已经见识过高山。"

说得好!

"而且我也不介意活得久些。和大家一样,我也想长命百岁。长寿不是什么坏事。"

阿门!

"但是现在这些我都不担心。我只想奉行主的旨意。是他让我走上了高山,让我看到了山峰那边,看到了那方乐土。"

哈利路亚赞美主。

也许我无法与你们一路同行到那里。但今晚我想告诉你们,我们作为一个团结的整体,一定能走到那方乐土。所以今晚我很幸福。我什么都不担忧。我也不畏惧任何人。我的眼睛,已经见过了即将到来的主的荣光。

被淹没在狂热掌声中的金回头倒在了阿伯纳西怀里。其他牧师们也蜂拥而上,他们被金的布道词中难掩的沉重悲伤深深震撼。当地一位牧师发现，金的眼里甚至含着泪水。后来他说："仿佛他正在说'再见了，我真的舍不得离开'。"

台下的听众也沉浸在欢欣鼓舞之中。人们哭泣、吼叫、呼喊着口号。一位罢工的环卫工人后来回忆道："就好像他把手伸进了胸口掏心掏肺给我们看。"[9] 另一位说："当时的我快乐得无以复加，而且决心满满。不管金到哪里，我都要跟着。从我的座位看去，他的眼睛仿佛在发光。"[10]

＊＊＊

新潮叛逆汽车旅馆这边，埃里克·加尔特显然一直足不出户。他没用旅店的座机打哪怕一通电话，也没有要求任何服务。他只是一个不引人注意的房客：躲避暴风袭击，小酌几瓶啤酒，在屋里看看电视。

除了关于龙卷风袭击的报道，当地当晚的 10 点电视广播几乎全都只报道环卫罢工，报道金博士上诉禁令、想要如期在比尔大街游行。媒体报道说金和助手们恐怕要滞留几天，好让律师有时间解决游行提案的法务问题。有一家新闻广播播放了一段金和一行随从站在他们下榻的市区小旅馆阳台上的录像。这一小段视频清楚地拍出了金在洛林旅馆所住的房间。甚至连房号 306 都清晰可见。

加尔特当晚是否还做过其他什么事，世人并不知晓。但是新潮叛逆旅馆的员工说，他的台灯亮了整晚。夜色中，他的百叶窗发出了荧荧冷光。也许是在安非他明的驱动下，加尔特点灯熬油，彻夜未眠。及至午夜，当天的夜班经理伊万·韦伯[11]（Ivan Webb）在旅馆周围例行巡查。他惊异地发现，加尔特的房间依旧灯火通明。

无惧任何人　　　153

***

演讲结束后，金又一头扎进了孟菲斯的黑夜里。风暴已经过去，现在的天空中只剩下蒙蒙细雨，浸润着空气。他一身轻松，精力充沛，心情大好。连发烧似乎都已经退得不见踪影。比利·凯尔斯回忆说："就好像他又成了个孩子。他说出了他的恐惧，他终于放下了肩头沉甸甸的压力。"[12]

金、阿伯纳西和伯纳德·李去朋友家吃了晚餐，直到凌晨1点才回到洛林旅馆。刚下出租车，金就看到一辆熟悉的蓝色凯迪拉克敞篷车停在停车场。他知道那是他弟弟A.D.带着女友露西莉亚·沃德从佛罗里达州赶来了这里。这辆漂亮跑车就是她的。金知道，肯塔基州的议员乔治娅·戴维斯肯定也已经在等他了。

他人在洛林旅馆的停车场里就已经喊起来："议员！议员小姐在哪里呀？"[13]低沉的男中音响彻停车场，那声音浑厚、特别、无法抗拒。乔治娅总管它叫"那个声音"。

金、阿伯纳西和其他一行人都来到了A.D.的房间，乔治娅给了他一个深深的拥抱。他们没有立刻去睡觉，而是在一起嬉闹，串了阵门。他们聊着当晚的演讲，聊着暴风雨和明天重要的出庭。大概半夜3点钟，乔治娅决定回屋，她走进了蒙蒙细雨，回到了自己的201号房间。刚到门口，她就听到身后传来了金的脚步声，他已经跟着她来到了门口的水泥小路上。在门外时他们并没有说话，甚至没有表现出来他们认识对方：说不定哪里就藏着媒体、警察或者FBI的探员呢。

乔治娅拿出钥匙开门进屋，不过她进屋后却留下了一道门缝。金闪身溜进了她的房间，关紧了房门。她看着他的脸，那是爱人的眼神，是平等的眼神。她的崇敬之情点燃了她的欲望。后来她说："我并没有像大多数人那样把他捧上神坛。对我来说,他就是一个男人。"[14]

金转过身,挨着乔治娅在窗边坐下。他伸手把她搂在怀里:"议员女士,我们能在一起度过的时光实在太过匆忙。"[15]

第 21 章

绝佳视角

4月4日的明媚清晨,埃里克·加尔特正睡在新潮叛逆旅馆。早上9点30分左右,女服务员为了换洗床单敲响了他的房门。他有些惊慌地答道:"谁呀?"女服务员回答说:"抱歉,我待会儿再来。"[1]

加尔特的早餐不出意外是在新潮叛逆旅馆的餐厅解决的。接着他退了房间,走前还从卫生间拿走了几条羊脂皂小样。他买了一份《孟菲斯商业诉求报》。当天的新闻不但用大篇幅报道了罢工,而且头版头条还用了金站在洛林旅馆306号房前的一张特写。

白天加尔特干了很多事。用后来他自己的话说,他先是在孟菲斯郊区"随便转了转"。他去了一家酒馆,他管那里叫"啤酒屋"[2],还找电话亭打了一通长途电话。电话打给了他住在芝加哥郊区的兄弟。后来有记者对他的兄弟进行了详细采访,并且拿到了通话内容的细节。加尔特当时说:"这一切很快就要结束了。我们也许有段时间不能见面了。不过别担心,我很好。"[3]

那天早上,金很早就起床了。他和部下从8点就开始开会,讨论当天在田纳西州西区美国地方法院的出庭事宜。虽然前一天睡得很晚,可金在会议中依旧精神振奋、聚精会神。这次在贝利·布朗(Bailey Brown)法官庭上,安德鲁·杨将作为金的全权代理人。而律师卢修斯·伯奇的任务,就是完美呈现杨的口才和经验。通过对证人的机敏盘问,伯奇将利用杨(以及劳森对当地运动的了解)来展现这场游行的重要性。它不止对金重要，对美国乃至世界的和平抗议都意义非凡。如果需要的话，他们将着重提出第一修正案的内容并详细加以讨论。金对未来的整个构划就在此一举了。

***

洛林旅馆向西一条街区的南大街上，有一栋破破烂烂的小出租公寓。[4] 房东是名中年妇女，名叫贝西·布鲁尔（Bessie Brewer）。422 1/2 号小楼被烟熏黑的砖墙前立着个广告牌，上面用巨大的字体写着加拿大最新款 Wink 牌干苏打。惹眼的广告下面才是这家短租公寓不起眼的小广告。

后来贝西·布鲁尔出租公寓的一位租客形容说，"这里比流落街头也没好太多"。长不见底的走廊狭窄而昏暗，墙皮起翘脱落，地板的油毡也裂了缝，闻起来有股松溶胶的味道。但对残疾人、乞丐、神秘过客、船工和一些大罪不犯、小罪不断的轻罪犯来说，布鲁尔夫人的小楼也还算是个避风港。这些人大多都是男性中年白人，他们带着满眼绝望，从四面八方涌来——从南边几条街远的中央车站，从附近杂乱的汽车站。

客房在二楼。楼下有个顶着条纹遮阳棚的油腻小摊，名叫吉姆烤肉。这小摊还卖百威啤酒、手工点心和烤牛肉条。浓郁的肉香从吉姆家的厨房飘上了二楼，把那些落魄住客笼罩在焦炭和陈年老油的味道里。狭小的房间里简单置办了救世军二手店的家具，虽然很多房间也都配备了通风扇正轰隆作响，但整个房间依然炎热干燥，闷得不透气。不过因为房租只有一周 8 美元，所以布鲁尔夫人的房客对房屋条件也没有太多抱怨。她这里还有些长期房客，一个聋哑人，一个肺结核病患，一个精神分裂症患者，还有一个手掌畸形的失业酒鬼。布鲁尔夫人办公室的墙上挂着一个自制的小标牌，上面写着"严禁说脏话、爆粗口"。

***

那天下午大概 3 点钟时，埃里克·加尔特看到了布鲁尔夫人在南大街上的那个小广告牌。他把野马停在了吉姆烤肉摊旁边的路沿上。几分钟后，吉姆烤肉的老板罗伊德·乔尔斯（Loyd Jowers）看了一眼厚厚的昏暗玻璃窗，刚好看到那辆野马停在外面。

加尔特显然已经在那里观察这片街区至少半小时了。他有了一个惊喜发现：布鲁尔夫人的出租公寓上，有几间屋子的窗口能直接看到洛林旅馆。他发现虽然有些窗户是被木板封上的，但有几个还在用。虽然窗玻璃脏兮兮的，还有油漆点，但是仍然能用。

加尔特下了车。他推开了南大街 422 1/2 号小楼的门，走上狭窄的楼梯，来到了贝西·布鲁尔夫人的办公室。踏上二楼的楼板，他推开了那扇锈迹斑斑的门。

加尔特拍了拍门，布鲁尔夫人用飞快的动作拉开锁链，打开了门，卷发就搭在她肩上。

他问道："有空房吗？"[5]

布鲁尔夫人四十四岁，是位身材浑圆的妇人，穿着一件男士格子衫和蓝色牛仔裤。她成为这栋出租公寓的中介才不过短短一个月时间。之前的管理员因为一件丑闻案件被辞退了。当时那件案子还被各家媒体广泛报道：他和自己的妻子大吵一架，并因此用刀刺伤了她。

布鲁尔夫人打量了一下这位潜在客户。这个人瘦削、干净、面容整洁。他穿着一件笔挺的黑色西装，还打着领带。她觉得他是个生意人。她不明白这样一个穿着考究的人怎么会来她这里，而且，这样一个人又有什么理由来这种街区？她说："我们还有六间空房。你只住一晚吗？"

加尔特回答说不是，他要住一周。

布鲁尔夫人爽快地带他去了 8 号房。这是一间自带小厨房、冰箱和小烤箱的开间。她说:"这是我们这里最好的一间。一周 10.5 美元。还能做饭。"

加尔特看了一眼,连门都没进就摇了摇头:这间不行。它的窗户靠西,面对的是南大街和密西西比河。

他含糊地说道:"不行。是这样,我也不做饭。这里有小一些的房间吗?我只需要个睡觉的地方。"

布鲁尔夫人仔细观察着加尔特。他那个奇怪的傻笑让她莫名地担心。她形容说那是一个"嘲弄的笑",或者说"冷笑",虽然他只是"没什么理由地笑着"。她脚步轻巧地沿着走廊来到了 5B 号房的门口,伸手拧开了门把手——那是个晾衣架拧成的临时替代品。她说:"这间一周 8.5 美元。"她推开了门。

加尔特探头进去看了看。这间房间没太多优点:一张发霉的红沙发、一根电线挂着一个光秃秃的灯泡、一台陈旧的梳妆柜。而且只能用走廊那头的公共卫生间。门上挂着一个小标牌:床上严禁吸烟。透过天花板上的木条能看到里面缺了一大块石膏。不过这个房间有个优点,一下子就吸引了加尔特的注意力:它的窗户没有被木板封住。一件破破烂烂的家具挡住了一部分视线,但是加尔特一眼就透过那扇脏兮兮的窗户看到了洛林旅馆。

加尔特突然出声:"好,这间就行。"

布鲁尔夫人没有主动告诉他,5B 号房的上一位长期租客被人称为斯图尔特准将(Commodore Stewart),刚刚在几周前去世,而这间屋子也一直没有再租出去过。她很高兴能把这间屋子租出去,但作为一个多疑的人,加尔特毫不迟疑的决定还是让她有些疑惑。

他们在走廊谈话时,对面一位租客从房间探出头来,看了看自己的新邻居。这个人名叫查理·斯蒂芬斯[6](Charlie Stephens),是个有些谢顶的重型机械操作员,还是个身体有残疾的"二战"老兵。他在意大利解放战役中受了重伤,左腿里至今还嵌着弹片。现在他只是个失业的五十一岁病患。那天下午,斯蒂芬斯正在修一台出了故障的旧收音机。他和妻子在布鲁尔夫人这里住了有段时间了。他们就住在 6B 号房。他妻子叫格蕾丝·沃尔登[7](Grace Walden),患有精神疾病,一天里大多数时间都躺在床上。

查理·斯蒂芬斯自己患有肺结核,而且酗酒严重。其实那天他探头出来,从玻璃瓶底一样厚的镜片后面观察加尔特时,都已经喝了不少了。在走廊里斯蒂芬斯听不到的地方,布鲁尔夫人低声告诉加尔特,5B 旁边住的人都很安静,除了隔壁那个斯蒂芬斯,他嗜酒如命。

加尔特回应道:"没事,我自己平时没事也喝两杯。"

布鲁尔夫人告诉他,小酌几杯也不是不行,只要他别出门乱晃,安安静静待在房里。然后她领着加尔特回到了自己的办公室。加尔特递过来一张二十美元的大钞,动作毫无迟疑。她给他找了 11.5 美元。不过她并没有给他钥匙,因为 5B 号房的房门连门把手都是一个晾衣架扭出来的,门上根本就没锁。

布鲁尔夫人的手指指在租客记录簿上问道:"你叫什么名字?"

加尔特回答道:"约翰·威拉德(John Willard)。"他没有再进一步提供自己的任何信息,比如他来自哪里、开什么车、来这里做什么之类。在她把他给的名字写在登记簿上时,她发现他脸上又浮起了那个诡异的微笑。

第 22 章
5B 号房客

那天下午，金和阿伯纳西下楼来到了洛林旅馆的餐厅，点了密西西比河炸鲶鱼[1]，权作一份迟到的午餐。服务员对订单略作了修改，她端上来的不是两盘炸鱼片，而是一个巨大的盘子，里面高高地堆着金黄焦脆的炸鲶鱼。金并没有意见。他说："我们一起吃就好。"两位挚友就着两大杯甜腻的冰茶分享着这盘炸鱼。

后来他们端着炸鱼回到了楼上的 306 号房。金一边捏着炸鱼往嘴里递，一边给全国各地需要联系的人不停地打电话。他很担心当天的出庭结果。金焦躁地问："安德鲁人呢？他怎么还没联系我们。"

***

加尔特从他放在野马车后备厢的蓝色塑料旅行袋里取出一大堆日用品搬上了楼，住进了他在贝西·布鲁尔的出租公寓租下的新居。这里和他这些年来在世界各地租住过的上百个房间也都如出一辙。房间里有个坏掉的壁炉，地板到处翘起，还有股隐隐的尿骚味儿；墙上的墙纸处处剥落，还装着斑驳的白色木条护壁板。加尔特都没怎么注意到那里凹凸不平的床垫、松松垮垮的弹簧和褪了色的床单。

加尔特更感兴趣的东西在屋外。他把那张淡黄的梳妆台推到一边，拉好窗帘，清理出了观察洛林旅馆的绝佳视角。他伸手拽过来一张直背椅放在窗户下,开始认真观察眼前的景象。出租公寓的后院长满了细长的无叶灌木,灌木丛中丢着酒瓶和各种垃圾。凌乱的停车场另一头,加尔特能看到桑树街上一堵将近三米的巨大护壁墙沿。桑树街对面,洛林旅馆的停车场里,有一堵隐蔽墙,墙下掩着一处已经干涸的游泳池,泳池旁停着一辆线条流畅的凯迪拉克,正在阳光下闪闪发光。

停车场再向里是一栋二层的旅店小楼,四面煤渣砖砌成的芥黄色砖墙里,嵌着一扇扇金属窗框和淡绿门框。街角竖着一块明亮的街头标牌——经典的美国路边文化遗留物。标牌上的霓虹灯管还没有点亮。旅馆的主楼是座现代极简主义风格的小楼,楼外有一条长长的阳台。加尔特在《孟菲斯商业诉求报》上看到的照片里,金就站在这个阳台上。金的房间离他只有六十米远,而且比加尔特所住的 5B 号房低了将近四米。

从这里观察洛林旅馆的角度,甚至比加尔特在外面观测时预计的还要好。但是再细看时,他却发现了一个问题:要想从这里瞄准金的房门,加尔特就必须打开窗户,把身体探出窗沿外,把步枪的枪口探出窗户不少才行。如此一来,他就会暴露自己的位置,被发现的可能性也就增加了。

加尔特想出了一个解决方案:走廊尽头发霉的公共卫生间有更好的射击角度。在那间屋子,他只需要打开封窗的木板,把步枪架在窗沿上瞄准。首先那里可以直线瞄准,其次他自己的状态也很隐蔽,而且射击的难度也小:通过他那支 7 倍瞄准镜,站在对面阳台上的人看起来只有几米远。

加尔特绝对找不到比贝西·布鲁尔出租公寓更好的战略高地了。从只属于他的 5B 号房,加尔特可以严密监视洛林旅馆的各种动向;而在距离他只有十三步的公共卫生间,他就能拿起步枪,从一个俯视的角度直接向他的目标开枪,还不用担心被人看见。

接着他意识到,他还缺一样东西:监视最重要的工具。洛林旅馆的距离刚好远到让加尔特无法用肉眼分辨人的相貌和其他特征。加尔特倒是可以用他的雷明顿步枪上装着的雷德菲尔德瞄准镜，可是他还不想这么早拿出他的步枪，因为拖着沉重的枪盒到处走太引人注意，尤其是大白天的时候。而且步枪的瞄准镜不适合用来进行长时间监视，因为加尔特也无法确定这件事要持续多久，说不定他得在这里待上一周，天天监视着 SCLC 一行人的行动。他需要更好的装备。

***

当天整整一下午，金都在开各种会议，讨论该如何安排入侵者。他的两个手下，何西阿·威廉姆斯和詹姆斯·贝弗已经与入侵者方面协商了好几天，想让他们保证协助游行事宜，不采取暴力措施。金希望入侵者方面也能加入策划，作为游行队伍的管理人员监管游行队列。但是入侵者方面表示，除非 SCLC 方面能提供他们一笔足够丰厚的资金，否则他们无法做出这个承诺。有人说，他们的要求是一万美金。[2] 何西阿·威廉姆斯拒绝给钱，不过他还是给入侵者方面在洛林旅馆开了一个房间，并且建议入侵者的一个领导者查尔斯·加贝奇在这一周里作为 SCLC 的正式成员一起合作。

听说了这些最新的协商进度，金很是愤怒。他闷声闷气道："何西阿，任何以暴力为手段进行社会变革的人，都不能成为我们的成员。"[3] 当他发现入侵者是想从 SCLC 要钱时，金更加愤怒了："我不和兄弟讨价还价。"[4]

他们告诉加贝奇和他的入侵者，洛林旅馆不再欢迎他们。他们的房间已经给了别人。当天下午，加贝奇愤怒地冲出了洛林旅馆，胳膊下面夹着个毯子，里面裹着一堆步枪和手枪，简直堪比小型军械库。[5]

***

大概下午 4 点左右，加尔特沿着贝西·布鲁尔出租公寓狭窄的楼梯悄悄下楼，来到了他的野马旁边。他开车来到了约克武器户外用品店，这是当地一家运动器材店，就在向北几个街区外的 162 号大街上。旁边有家电影院，正在播放《毕业生》。约克武器店售卖各种商品，包括步枪和猎枪。上周金所带领的游行失控时，这家店也是遭到打砸抢的店铺之一。这天下午，加尔特走进约克武器店大门时，一群垃圾工正沿街罢工，缓步游行。他们离约克武器店的正门很近，其中很多人手里都举着他们的罢工标语牌：我是人。

加尔特问他见到的第一个店员拉尔夫·卡彭特（Ralph Carpenter）："有双筒望远镜吗？要是有的话，我想要有红外功能的那种，要能夜视。"[6]

卡彭特打量着这位新顾客。后来他对这位客人的描述是："长相普通，双手普通，脖子普通。他就是个很普通的人，没有任何显眼之处。"这人身穿一件整洁光亮的黑色西装，里面套着一件宽领白衬衫，还打着领带，带扣略微有些歪斜。

卡彭特告诉客人，店里并不售卖红外双筒望远镜。他给客人展示了几款普通的高端双筒望远镜，价格最高的要一百美元。面对这个价格，加尔特有些犹豫。接着卡彭特想起，他们的展示窗里还放着几款比较便宜的望远镜。7×35 的横幅，博士能出厂，而且用的是全镀光学镜片。卡彭特从展示窗拿来了一架望远镜，开心地跟加尔特说："这副只要 39.95 美元。日本进口的。"

加尔特看起来对价格十分满意。他举起双筒望远镜凑到了眼睛上，说可以用。

卡彭特计算了税款，告诉他总价是 41.55 美元。

加尔特从右腿的裤兜里拿出了一卷整齐叠放的美元,从里面抽出了两张面额 20 的美元和一张 1 美元,然后从另一个口袋找出了 55 美分。售货员向他展示了如何聚焦、如何调整博士能望远镜的镜筒,之后开始为他打包商品。他告诉加尔特,这副双筒望远镜还配有黑色皮盒和配带。卡彭特把皮盒放进了一个灰蓝色纸袋,纸袋上印着"约克武器公司"。加尔特走向门口时,卡彭特说:"请等等。"

加尔特回答了一句什么,可是卡彭特没有听清,因为加尔特说话不张嘴。

**

桑树街上,洛林旅馆对面的 2 号消防站里,黑人警官爱德华·雷迪特和威利·里士满又回到了他们的监视点,再次开始监视旅馆的出入人员。[7] 他们躲在衣帽间里,轮流拿着双筒望远镜,通过后窗上贴着的报纸之间撕出的缝隙观察着对面。他们能隐约听到消防站的休息室传来电视的声音,有时还有乒乓球在乱响。

消防站里有一台公用电话。当天下午,那台电话响起时,所有人都很惊讶。一位消防员接起了电话,话筒里传来一个女人的声音。她没有自报姓名,但她声音里带着明显的怒气:"我们知道雷迪特警官在那里偷偷监视金。你告诉他,他这是在搞黑人。所以我们也要搞他。"电话挂断了。

警局总部,爱德华·雷迪特的上司判断,这通电话可以构成死亡威胁,所以他决定,目前最好将雷迪特调离这件案子。至少,他的身份已经暴露了。雷迪特想留下,可是总部对这个决定立场坚定。他的上司将他撤换,去做另一个武装警卫的工作,并建议他带家人出去躲几天。

威利·里士满被留在了消防站,继续当天下午的监视任务。因为匿名来电者没有提到他的名字,所以里士满所在的警局判定他是安全的,而且他的工作十分重要。

他举起望远镜凑到眼睛上,再次把注意力放在了洛林旅馆上。

***

金走出了 306 号房,沿着阳台走向楼梯。金与阿伯纳西吃完迟到的午餐后,阿伯纳西小睡了一会儿,而金打了几通电话。现在他感到无聊,所以打算出门找个伴。他在焦急等待安德鲁·杨的回信,想了解当天的出庭结果。他来到了 201 号,乔治娅·戴维斯的房间,发现除了戴维斯议员,他弟弟 A.D. 和露西莉亚·沃德也在那里。他们正围坐一团,嬉笑闲聊,搞怪地模仿各个牧师的模样。[8] 金躺在床上,闭着眼睛,心不在焉地听着他们的对话。

过了一会儿,他和 A.D. 决定给在亚特兰大的母亲打一通电话。[9] 金妈妈接了电话后,他们搞了个小恶作剧。两个人都假装是对方,搞得金妈妈一头雾水。当她知道了两个儿子都在孟菲斯时,她的语气充满了喜悦,这让金也开心起来。他们聊了将近一个小时,到最后金老爹也接了电话。

乔治娅觉得,整个下午金都显得心不在焉,疲惫但也开心。她觉得他的表情中有一种顺从,一种接受命运的感觉。过去这一年来,她经常看到金脸上浮现这个表情。她说:"他是感觉到他的时日不多了。他觉得他已经完成了在世的使命。他说起过很多次,说他活不到老。他会说,外面的疯子太多。有时候我觉得,他甚至是期待如此离开的。"[10]

当晚,金和一众随行已经计划好,去当地牧师比利·凯尔斯家吃晚餐。听说凯尔斯的妻子格温(Gwen)特意为他们做了一顿黑人传统大餐。金说:"议员,你喜欢吃黑人传统餐吗?"[11] 乔治娅说喜欢,于是金说,她可以作为他邀请的客人同去。

5 点左右，安德鲁·杨终于回到了洛林旅馆，他是直接从法院过来的。SCLC 的律师尚西·埃斯克里奇也紧随其后。当时金心情很好，他丢给了杨一连串连珠炮似的追问："你这一天都去哪了？怎么都不来个电话？你怎么能把自己的领导蒙在鼓里！"[12] 此时阿伯纳西刚刚从午睡中醒来，于是也下楼加入了讨论。丢完了逗弄的话，金又冲杨丢了个枕头，被杨砸了回来。很快他们就挑起了一场大规模的枕头大战，还演变成了摔跤比赛。[13] 金家兄弟、阿伯纳西和杨，几个男人吼叫着、粗喘着、大笑着，像一群野孩子一样扭打在一起。

终于闹够了，杨和埃斯克里奇向金汇报了他们在美国地区法院的情况。卢修斯·伯奇律师表现出众。在听取了来自双方将近八小时的激烈陈词后，贝利·布朗法官同意修改联邦禁令，批准了一场严密控制的游行。金和劳森必须做出严格保证，保证包括游行路线、规模、组织和游行的监管万无一失。而且他们必须全程与当地执法部门合作。细节问题他们打算次日解决，最核心的是：游行将在 4 月 8 日那个星期一的早晨如期举行。

他们赢了。

***

埃里克·加尔特是下午 4 点 30 分左右回到贝西·布鲁尔的出租公寓的。他在吉姆烤肉门口的停车位被人占了，于是他只好停在两米以外的另一个车位上，就在卡耐普娱乐公司门口。这家商店在全城出租及维修自动唱机和弹球机。他先把双筒望远镜拿上了楼，但是紧接着就又回到车边，显然是想把他的雷明顿步枪也拿上去。他意识到，要从这个车位把枪拿上去，他需要更加小心，因为在这条熙熙攘攘的街道上拿着一只细长的枪盒走来走去是很危险的。所以他先在车里坐了大概十五分钟，等待南大街车流减少。

加尔特坐在野马车里时,街对面西布洛克粉刷及墙纸公司的两个女员工看到了他。此时是 4 点 30 分,她们刚刚下班,站在陈列厅的大窗户旁边,目光闲散地落在街道上。她们在等待爱人接她们回家。其中一个工人名叫伊丽莎白·科普兰[14](Elizabeth Copeland),她觉得那个坐在野马里的男人是在"等人,或者等什么东西"。科普兰的同事佩吉·赫利[15](Peggy Hurley)在窗边一直站到 4 点 45 分才等来丈夫。走向丈夫的车时,赫利看到那个男人仍然坐在那辆野马里,耐心地在驾驶座上等候。那是个白人男性,穿黑色西装。

很可能是加尔特看到那两个站在窗边的女人,觉得等她们走后再进行自己危险的工作比较明智。不论出于什么原因,加尔特在 4 点 45 分到 5 点之间打开后备厢,把长长的枪盒裹在一张他早就准备好的绿色人字纹旧床单里。紧紧捏着这团包裹,加尔特快步走向出租公寓。

一进 5B 号房,加尔特就放下了他的"大赢家",然后从约克武器店的纸袋里取出了他的新望远镜。[16]坐在窗边的直背椅上,他调试着他的博士能望远镜,把镜头聚焦在洛林旅馆。他并没有用望远镜盒里配套的挂带,所以把它们丢在了一边。

加尔特把他的博士能望远镜调到了 7 倍,这是它的最大倍数,而且和他的雷德菲尔德瞄准镜使用的倍数相同。有人站在洛林旅馆院子里的一台白色凯迪拉克旁边。停车场里坑坑洼洼,满是水坑——那是昨晚暴风雨留下的痕迹。镜筒中央是出租公寓的后院,一束束嫩枝在微风中纠缠在一起。双筒望远镜会给你一种诡异的亲密错觉:被加尔特的镜头放大后,金在停车场的伙伴们看起来离加尔特不过六米远,但是他们嬉笑漫步,却完全感知不到加尔特就在身边。加尔特轻轻抬高一点望远镜,轻易就看清了金的门牌号:306。可是现在门关着,橘色的窗帘也没有束起。就在他的门外,有一个灭火器斜斜地挂在墙上。

***

同一时刻，金正和阿伯纳西在屋里准备去比利·凯尔斯牧师家吃晚餐。[17] 房间里堆满了报纸、咖啡杯和白天留下的各种垃圾。金白天吃的鲶鱼骨头还散在盘里；他沉重的黑色公文包躺在桌上像个大砧板，上面还有他鎏金的名字缩写——MLK（Martin Luther King），就凸印在包锁旁边；橘色的床单皱皱巴巴揉成一团；电视里正在播放《亨特利－布林克利报道》*。

金一边心不在焉地听着电视，一边在浴室刮胡子。这活儿是既费力又难闻。金有一脸浓密的胡子，可偏偏皮肤又很敏感。很多年前他就已经发现，用传统剃须刀和剃须膏会让他的脸上起疹，所以他一直使用一款强效脱毛产品，名叫神奇剃须粉。[18] 这款产品在东正教犹太人群中被广泛使用，因为他们的信仰不允许使用剃须刀。据说，金复杂的剃须仪式是他经常迟到的原因之一。

现在，金站在浴室的镜子前，穿着西装裤和背心，正在一杯温水里搅拌他的白色剃须粉，让它慢慢结成浓稠的糊状物。这杯混合物发出了硫黄特有的臭鸡蛋味儿。金早已经习惯这种味道，毫不在意地把这杯用来脱毛的化学混合物（其成分的名字都很吓人，比如巯基乙酸钙、胍碳酸盐和 10 号壬苯醇醚）抹在了脸上，等着它发挥作用。

一如往常，阿伯纳西闻到这味道就躲开。他拉了张椅子坐在屋子另一头的窗下，嘴里还不忘嘲弄金几句。金在浴室里跟阿伯纳西说，让他打电话给凯尔斯一家，问问晚餐都有什么菜。阿伯纳西有些犹豫，但还是拿起电话打了过去。很快格温·凯尔斯就接起了电话。阿伯纳西挂掉电话跟金汇报："有烤牛肉、烤红薯、猪蹄、猪脖、猪肠、萝卜叶和玉

---

* 《亨特利－布林克利报道》(*The Huntley-Brinkley Report*)，美国晚间新闻节目。——译者注

米饼。"

这将是一次家庭晚宴,是金最喜欢的形式。就连新闻好像也没有破坏他的心情,反而让他的心态更好了。过了几分钟,他用一个压舌板一样的东西,小心仔细地刮掉了神奇剃须糊。黏糊糊的剃须糊沿着排水管旋转而下,卷带着无数小胡茬。他用毛巾轻轻拍掉了脸上的水珠,可还没等他结束剃须仪式,就被一阵急促的敲门声打断了动作。比利·凯尔斯牧师身材瘦高得过分,性格活泼外向。他戴着深边眼镜,堵在门框里催促他们快点:天色渐晚,格温已经准备好晚宴在等他们了。

这位孟菲斯的不朽浸信会教堂牧师与金和阿伯纳西相识已经十年有余。两个人一致对外,和这位老朋友开玩笑。凯尔斯后来回忆,当时金说:"比利,我们在你家肯定吃不到地道的黑人传统大餐。格温长得太美,她不属于传统。"[19]

凯尔斯佯装嗔怒道:"你说谁做不好灵魂食物呢?"

阿伯纳西打圆场道:"好了,比利。要是她做出来个菲力牛排,你这牛皮可就吹破了。"

金正在浴室往脸上拍打雅男仕须后水,用檀香、皮革和丁香混合的精致香味遮盖刺鼻的硫黄味。

凯尔斯回答道:"伙计,我们就要迟到了。快点收拾,博士。你就别操心我们要吃什么了。"

在温和的督促声中,金终于收拾妥当。他穿了件男式白衬衫。本来还想系上领扣,可是那颗扣子太紧。如果不是上次穿过这件衣服后他又发胖了,那就是衬衫在洗衣店缩水了。

凯尔斯出门时还调侃说,可以肯定的是,今晚这顿大餐过后金博士的腰围肯定又要涨了。他说,博士,你可真胖了。

金赞同道:"确实。"可虚荣心还是疼了一下。他瞥了一眼凯尔斯,发现他站在阳台上,已经有些烦躁不安,于是金换了个话题:"我还有其他衣服吗？"他从行李中找出一件刚洗干净的前开襟免烫男式白衬衫，动作利落地换上了它。这件衣服的领扣要好扣多了。

金仔细打量着房间问："好了，我的领带呢？肯定有人动过它。"他在找他最喜欢的那条领带，一条笔挺、细长的褐色真丝领带，配有金色和蓝色斜条纹。有时候金很喜欢扮演心不在焉的教授，就指望着阿伯纳西无微不至地照顾打点他的生活细节，比如此刻，他可是全心全意入了戏。过去十年来，他们在无数旅馆的房间里都上演过这种玩笑式的你来我往。这样的对话是 FBI 特工最喜欢窃听的。金说："绝对有人动过。"

阿伯纳西抱怨："马丁，你看看那凳子下面行吗？"

领带当然好好地在那里——就在他丢下领带的地方。作为一个打领带精细到挑剔的人，金的动作可以算得上迅速，他将领带一束到底，高高地推到他圆滚滚的脖子上，还在上面别了个银色的领带别针，对着镜子细细打量自己。距 6 点还有五分钟时，金终于掖好了衬衫的下摆，不急不缓地走出了门，去看洛林旅馆的其他人准备得如何。

***

威利·里士满巡警透过双筒望远镜看到，金离开了他的酒店房间，来到了阳台上。[20] 消防站里一片吵闹，里士满发现他很难集中注意力。孟菲斯警局的 10 号特别战术小组刚刚把车停在了消防站的停车场，此刻正在站里休息整顿。这个小组有三辆巡逻车，每车四人。十二位警员都挤在了休息室里，喝着咖啡互相打趣。还有几个消防员也凑了过来。

三十九岁的白人乔治·伦纳克[21]（George Loenneke）是位消防队长。他路过衣物间时看到里士满手拿着望远镜站在里面。里士满说："我看到金博士了。他好像要出去吃晚餐。"

伦纳克走到里士满身边："让我看看。自从他来这里参加过梅瑞迪斯游行后，我就再没见过他。"里士满递过了双筒望远镜，伦纳克接过来看了一眼："是他没错。他真是一点儿没变。"

***

从 5 点到 6 点刚过的这段时间里，埃里克·加尔特在 5B 号房里做了什么无人知晓。或许他在读《孟菲斯商业诉求报》，因为他肯定是把报纸的头版从车里拿上了楼；或许，他在频道大师口袋收音机上收听新闻；或许他用指尖挑了些百利发乳，涂在了刚刚剪过的头发上；又或许他在思考，是不是应该从蓝色拉链皮包外侧的小包里拿创可贴裹住指尖。这是个避免留下指纹的老套办法，也是他犯罪前通常会做的预备动作。

但他没时间折腾创可贴了。下午 5 点 55 分，一个熟悉的身影突然闯进了望远镜。加尔特没想到，马丁·路德·金就这么突然地出了门，站在了阳台上，就在 306 号房门前面，旁边是一架金属服务车。金穿着笔挺的衬衫，还打着领带，低头看着下面的洛林旅馆停车场。他头上有个灯泡摇摇晃晃地挂在天花板上。

这可算是让加尔特占尽了先机：他从离开洛杉矶就一直在追踪的男人，终于出现在了他的视线里，定格在那个摇摇晃晃、边界模糊的光学世界里。此时的金可谓是绝佳目标。他完全暴露在加尔特的视线里，就像在台上讲话时一样。

在 7 倍放大的镜头里，所有细节都栩栩如生。加尔特能看清一切：金脸上的八字胡、脚上黑色尖头鞋上的镂花、左手手腕上的金表，还有他笔直的真丝领带上的斜条纹。

加尔特必须当机立断。他可能永远都不会再有这么好的机会了。他跑到了公共卫生间去查看角度。走廊对面 6B 号房里，烂醉的查理·斯蒂芬斯能听到新房客的脚步声"蹬蹬蹬"地踩着油布地板跑到了走廊尽头。[22] 出租公寓的墙完全不隔音，斯蒂芬斯的床又刚好挨着卫生间的墙。他能一直听到这位"威拉德"先生在里面笨拙地摸索。接着，斯蒂芬斯就听到他出了卫生间，"蹬蹬蹬"的脚步声再次回到了房间。

从卫生间看到的角度肯定是让加尔特觉得机不可失、时不再来，因为回到 5B 号房后，加尔特飞快地整理了他的蓝色拉链包，把他的双筒望远镜和裹在绿色床单里的步枪盒都塞了进去。（手忙脚乱中，他并没有把双筒望远镜的挂带也塞进去——它们之前被他丢在了地上。）他把这一大包东西甩在肩上，然后飞快地冲去了走廊那头的卫生间。一进去，他就反手锁上了门。

此刻正 7 点。

第 23 章

驻足河边

金的目光落在了干涸的游泳池上。他深吸一口气，感受着涌入肺部的新鲜。那晚天上浓云密布，还有些凉，大概13摄氏度的样子。一轮新月高挂在天空。微风轻拂过密西西比河，那永不停歇的河水就在离他向西几条街的地方，但是高耸的断崖微微掩住了河流。洛林旅馆周围，全是以前的旧棉花小楼和分级屋，还有南缅因州工业网不可或缺的部分：土墙货仓。再向北，孟菲斯的摩天大厦俯瞰着全市，有哥特式的斯特里克大厦、幽灵般的白色林肯美国大厦，还有联合种植银行大楼和四十层的旋转餐厅。市区的通明灯火才刚刚开始点亮。皮博迪万豪酒店的楼顶，常驻民绿头鸭正开心地躺在它们的小房子里。

金趴在栏杆上，欣赏着孟菲斯之夜，足足好几分钟。此刻的他毫无防备，但金还是拒绝了孟菲斯警局的保护。他一向如此："我会觉得自己像只笼中鸟。"[1] 他不爱用保镖，尤其是带着武器的保镖。他的随行都不许佩戴枪支、警棍或者任何形式的武器。武装自己这个概念就让他心生憎恶，因为违背了他的甘地原则。他甚至不允许他的孩子们玩玩具枪。[2] 凭借一种近乎神秘的直觉，他认为非暴力是比任何武器都更有效的自我保护。他明白危险围绕着他，但他不允许这些影响他的生活方式。所以阳台上也没有任何人在遮挡他的动作，没有护卫，也没有人在侦查视野内的动向、观察潜在狙击点，没有人考虑最坏的情况。

如果说前一晚，他提到那些"疯狂的白人兄弟"时，是因为他暂时地感受到了一些自己会提前离世的征兆，那此刻这些征兆也早已被他抛到脑后。此刻的他心情大好，昨晚的消沉低迷已经不复存在。孟菲斯全境内的龙卷风已经带走了六条生命，还有上百人受伤。但是风暴已经过去，留下的不过是一些毫无威胁力的小水坑。金现在只有满怀的期待，有他的随从在身边似乎让他的心境好了很多。他正要和他的同志们去参加他最喜欢的晚宴，去庆祝一场大获全胜的出庭。孟菲斯啊，也许这个地方还有救赎的希望。

洛林旅馆的店主沃尔特·贝利（Walter Bailey）也注意到了，金和手下站在那里时，是那样兴高采烈。贝利说："他当时很不一样，他那么快乐。就好像他刚刚拥有了整个世界。"[3]

**

还差几分钟到 6 点时，布鲁尔夫人出租公寓的房客威利·安舒兹[4]（Willie Anschutz）正陪另一位房客杰西·莱德贝特（Jessie Ledbetter）一同坐在 4B 号房里。安舒兹五十七岁，从不喝酒，在当地一家搬家公司当劳工。而莱德贝特夫人是一位聋哑寡妇，她在出租公寓里已经住了七年，是个身材矮胖的小妇人，身穿一件印花裙。在一起时，安舒兹总会亲昵地叫她"小傻瓜"。这天下午，他们俩一直在一起打发时间，就着可乐、饼干从电视上看电影。其间，安舒兹拿着一小叠脏盘子去了走廊尽头，想去公共卫生间洗盘子，却发现卫生间的门锁着。五分钟后他又去了一趟，发现门依旧锁着。他扭了扭卫生间的棱面玻璃把手，好提醒里面的人：你占着卫生间太久了。他有些郁闷，就去查理·斯蒂芬斯屋里串了个门。他怒道："到底是谁在里面呀？他都在里面很久了。"

斯蒂芬斯和往常一样，正在厨房里捣鼓他坏掉的收音机。他是听着 5B 号的客人拖着脚步走进卫生间的，所以他也知道那客人已经待在里面久到"异常"了。⁵ 透过这些薄墙，他能听到他这头的公寓小楼来来去去的所有动静。奇怪的是，5B 号客人在卫生间这段时间里，完全没有开过水龙头，也没冲马桶。

斯蒂芬斯告诉安舒兹："哦，是 5B 号的新人。"

安舒兹抱怨道："我才不管呢！"

＊＊＊

金问道："走吗，拉尔夫？"他有点不耐烦了。他又进了一趟 306 号房，去取他那件定做的彼得罗切利西装外套。那是一套上等的黑色真丝西服，是在亚特兰大的齐默曼买的。

阿伯纳西一边翻找着金的剃须包一边回答："马上就来，我也想用一点雅男仕护肤水。"⁶

金穿上了大衣回答道："那我在外面等你。"金的大衣口袋里，放着一支银色高仕笔和几张废纸，上面有些潦草的笔记，是他关于周末在孟菲斯要做的贫民军演讲的一些想法。其中有一句是："没有牺牲就不会有成果。"⁷

金再次回到了他之前的位置，趴在了房门口的阳台上。他在那里站了一会儿，看着楼下的一小群人。司机所罗门·琼斯刚刚发动了他们的凯迪拉克，他正在预热。

杰西·杰克逊从人群中探出头来跟金打招呼："我们的领袖！"他的语气带着夸张的隆重。

金也热烈回应道："杰西！和我一起参加今天的晚宴吧。"⁸ 虽然这邀请只是小事，但是一行随从都知道这意味着什么。邀请杰克逊去晚宴是金迈出的第一步，在亚特兰大的争吵后，金是打算和他这位任性的徒弟和解了。金原谅了他。

凯尔斯当时还站在阳台上,他打岔道:"博士,根本不用你开口,杰西早都解决这件事了。他自己去要了请帖。"

杰克逊当时确实给自己骗到了一张"入场券",但他看起来并不像要去参加什么晚宴的样子。他当时穿着现代派橄榄绿高领毛衣和一件皮夹克,和旁边核心圈子的人西装领带的装束很不合拍。停车场里有人上下打量了他一番,仿佛是在质疑他的着装,他反唇相讥道:"参加晚宴最需要的是好胃口。"

看到杰克逊的时髦打扮,看到他居然把自己弄上了宾客名单的能耐,金被逗笑了。这天晚上,他们的领袖满心仁慈。他心潮澎湃地整了整衣领——这是他一贯的习惯动作。每当他感到自信,准备好面对世界时,都会有这样一个小动作。他的胡子刮得干干净净,带着微笑,盛装打扮。他看着杰克逊,给了他一个宽容的微笑。

乔治娅·戴维斯当时正在楼下的 201 号房,房门半开。[9] 她正对着镜子整理头发,刚好听到金和手下的对话。她听到了自己熟悉的"那个声音",圆润悦耳,响彻整个小院。她听得出来,他心情很好。当时她倒是有些希望他能别再喋喋不休,因为她都饿了。她低头看看表,6 点整。按照约定,他们现在应该已经在凯尔斯家里了。接着她抬眼看向窗外,看到了趴在阳台扶手上的金。他就那样站在那里,他的生活就是他自己的派对。他在嬉笑打趣,他在妙语连珠。

***

发霉的卫生间里[10],加尔特从枪盒里取出了他的"大赢家",装上了一颗雷明顿-彼得 06 年款点 30 口径的子弹。加尔特当时肯定是觉得自己时间紧迫,否则他应该多装些子弹才对。他开窗的力气太大,窗户只打开了十厘米就卡住了。他可能是用枪尖戳破了锈迹斑斑的纱窗,玻璃从窗框中掉了下去,砸在了楼下杂草丛生的院子里。

这个卫生间肮脏到令人作呕。[11]马桶池里是积年污水留下的一道道黄褐色的水锈;一面青蓝色的知更鸟蛋色护墙板勉强挡着墙纸剥落的墙体,护板上早已坑坑洼洼。加尔特爬进那个老旧的猫脚浴缸,里面更是污秽满眼,锈迹斑斑。黯淡的下水口里还堵着一撮毛发。浴池边缘上方一点挂着一片小薄板,上面放着一块皲裂的肥皂。加尔特向后靠在墙上,步枪就搭在旁边的窗框上,窗框的油漆已经脱落得七零八落、斑斑驳驳。

他眯起眼睛透过雷德菲尔德瞄准镜看向对面,金还在那里,就站在洛林旅馆的阳台上。加尔特的皮鞋在浴缸壁上滑了一下,发出了一声刺耳的尖响,还在上面留下了一道黑色划痕。楼下不知何处,有一台老电视在嗡嗡作响;附近某扇窗户上有个换气扇在轰鸣。烤焦的汉堡味儿从吉姆烤肉店飘了上来。此刻正是酒水酬宾时段,小店里正有一瓶瓶百威啤酒下肚,一盘盘推圆盘游戏上桌。

加尔特好像听到威利·安舒兹在摇晃卫生间的门,这显然分散了他的注意力。他必须要加快行动。他用瞄准镜的红心瞄准了金的头。外面天色渐暗,但他瞄准镜上的光学涂层反而在暮光之中让目标变得更加明显。洛林旅馆后面的远处,是巨大的灰色邮局,像一只朦胧的巨兽,逡巡在昏黄的暮色中。

此刻的金仍是众人瞩目的焦点,也仍旧浑然不觉自己身处险境。他的脸几乎占满了光学瞄准镜的整个镜头。此时他距离加尔特六十多米,但是在七倍放大的镜头下,他看起来只有十米远。这一枪加尔特势在必得,可以说已经是囊中之物。

加尔特俯身趴在步枪上,瞄准了目标。下午6点1分,他的食指紧紧扣住了冰冷的金属扳机。

***

凯迪拉克仍然在院中预热，要去参加派对的宾客也都各自走向了座驾。金却并没有离开自己的位置，就好像他被这夜色钉在了原地，对这院中的景色着了迷。安德鲁·杨正在院里和詹姆斯·奥兰治你来我往地切磋拳术，奥兰治身材高大，简直堪比国家橄榄球联盟后卫。金冲奥兰治喊道："面对比你矮一头的牧师，你可要手下当心！"

杰克逊就站在凯迪拉克旁边，正在向萨克斯手兼乐队领队本·布兰奇（Ben Branch）介绍金。布兰奇的老家就是孟菲斯，这次他是专程从芝加哥赶来，为支持环卫工人运动友情出演。他和他的乐队当晚要在梅森圣堂上台演出，而金和一行随从也会在凯尔斯家的晚宴结束后赶过去捧场。

金说道："没错。真是我的好兄弟。你好吗，本？"

布兰奇回道："很高兴见到你，博士。"

金说："本，我希望你今晚能在集会上为我演唱一曲。我想听那首《亲爱的主，请牵着我的手》。"金喜欢这首经典福音曲很多年了。这是黑人作曲家托马斯·多尔西（Thomas Dorsey）在妻儿双双死于一场难产后，深陷抑郁时创作的一首悲怆凄美的歌。

> 黑暗将至，夜幕降临
> 白日渐退不复存
> 我驻足河边祈求主
> 指引我方向，牵住我的手

金对布兰奇说："我要你拿出你的最高水平。要唱得无比动人。"

"遵命，博士。"

所罗门·琼斯下了车,对金喊道:"晚上有点冷。您最好披一件大衣。"

金回答道:"好的,琼斯。你真会照顾我。"他从衣兜里拿出一包薄荷味的塞勒姆香烟,抽出一支夹在了指尖。他站直身体,离开了栏杆。他转身也许是要进屋去拿他那件羊绒大衣,正当此时,一声刺耳的喷发声穿越了栏杆。

***

孟菲斯警员威力·里士满一直在消防站里监视着洛林旅馆[12]。他也听到了这一声巨响。当时他并未意识到这是步枪的响声,只当是一声巨响,也许是哪辆汽车回火,而且听声音像是西北方向传来的。但是消防员乔治·伦纳克看到了一切。透过里士满的望远镜,透过贴住窗户的报纸上撕开的小缝,整个场景都仿佛慢动作一般在伦纳克眼前缓缓展开:他看到金松开栏杆向后倒去。他看到金倒在了阳台的地板上。他看到金躺在那里一动不动。伦纳克把望远镜递给了里士满,让他快看。消防站内再没有第三个人听到任何不正常的声音,也没人对刚刚这一刻发生的事件有任何感知。

里士满转身跑进了消防站,他大喊着:"他中枪了!金牧师中枪了!"[13]

***

查理·斯蒂芬斯仍然在屋里修他的破收音机。他离卫生间只有几米远,清楚地听到了步枪回声。虽然当时酩酊大醉,他还是一瞬间就判断出了那是什么声音。他曾经上过欧洲战场,对枪炮的声音了如指掌。后来他说:"一听我就知道是枪响。我听那响儿,感觉是一把德国88。"[14]

卫生间里,埃里克·加尔特从窗缝里抽回了步枪管。他知道自己击中了金的头部。瞄准镜里肯定能看到飞溅的血沫。金博士被向后击飞,倒在了阳台的水泥地板上,已经从他的视野中消失了。

加尔特爬出浴盆,"大赢家"的枪管仍然温热。他把步枪和其他东西全都裹在了床单里,打包成卷,然后打开卫生间的门,沿着走廊向楼梯走去。

查理·斯蒂芬斯打开门,正好看到一个穿黑色西装的人离开卫生间所在的走廊,而且腋下好像还夹着一个包裹。[15] 他觉得那就是刚住进5B号的陌生人,不过他只看到了一个背影。

威利·安舒兹和斯蒂芬斯一样,也听到卫生间传来了一声尖响。当时他正站在走廊另一头,5B号的房客与他擦身而过,腋下还夹着一捆东西。安舒兹回忆道:"他拿的东西大概一米长,裹在一个什么东西里,好像是个旧毯子。"虽然还算不上跑,但那人脚步十分迅速,嘴角还挂着一丝得意的笑。

安舒兹冲那人说:"你听到了吗?好像是枪响!"[16] 那人用没有拿东西的手挡住了脸,他就是那个自称约翰·威拉德的房客。他答道:"正是。"

驻足河边　　181

第 24 章

钉上十字架

子弹以每秒八百米的高速击中了金的右脸。软尖弹头击碎了他的下颌骨，沿着一个向下的曲线，从颌骨射出，接着再次没入了他的颈部。沿着这条弹道，子弹切开了他的领口和大衣翻领，从领带结后面利落地切断了他的褐色领带。

子弹精准而暴虐地完成了它的功能：日内瓦条约禁止使用软尖弹头，正是因为这种弹头接触到目标会爆裂。要知道，就算是人道的动物猎杀武器，子弹被设计出来的初衷也是为了破坏组织、造成最大伤害。所以即使没有伤到要害，中弹者生还的可能性也微乎其微。

子弹的冲击力撞得金向后倒去，伤口喷出了一股扇形的血迹，阳台的地板和他头顶的天花板上溅得到处都是。颚骨的碎片也沿着水泥地板喷出了好远。他下意识用右手捂住喉咙，左手无意识地试图去抓护栏想避免摔倒。不到一秒，金已经仰面倒地，他的腿被扭成了一个诡异的角度，因为他的翼尖皮鞋卡在了金属栏杆底部的横档之间。他右腿的裤脚被蹭得向上退到了小腿处，露出了他皱巴巴的黑袜子。他的眼睛向上翻着，头微微地从左边倒向了右边。

他的伤口随着脉搏一下下喷涌着鲜血，血流很快在他的头部和肩部周围形成了一摊血泊。在他的一只手里，那根薄荷味的塞勒姆香烟已经被捏得粉碎。他的胳膊平摊在冰冷的水泥地上。他在洛林旅馆中枪倒地的姿势，后来被人说与耶稣受难如出一辙。一位目击者说："他的双臂平摊，就像被钉上了十字架。"[1]

阿伯纳西此刻还在306号房里往脸上涂爽肤水。他听到一声类似鞭炮或者汽车回火的声响，但并没有在意。手和脸颊上的爽肤水带来了微弱的刺激感。鞭炮？这个念头再次划过他的脑海时，他回头瞥了一眼屋门，门开着一道缝。透过门缝，他看到了阳台地板上金的翼尖皮鞋，被挤在护栏的缝隙里。他的第一反应虽然也是一惊，却还抱着些许乐观的指望。他觉得也许金也因为外面这声爆响采取了掩护措施。接着，阿伯纳西走到门边，看到那摊血迹，这才反应过来大事不好。

他尖叫道："我的上帝！马丁中枪了！"[2]虽然也在担心枪手也许还躲在外面，但他还是冲向了阳台。他瞥了一眼洛林旅馆的庭院，其他人也已经躲在了车后，借着轮胎做掩护。阿伯纳西听到下面传来了尖叫和呼喊："上帝，上帝，我的上帝！快趴下！趴下！趴在地上！……不要起来！他还在附近！"

过了几秒阿伯纳西才猫着腰、半蹲着来到了阳台。金的头朝着房门左侧，斜躺在水泥地板上。阿伯纳西小心地迈过他，看到挚友一脸惊恐，他轻轻拍了拍挚友的脸试图安抚。他右侧下巴上的伤口比阿伯纳西担心的还要严重。阿伯纳西心里忍不住想，他的脸被撕裂得皮开肉绽，破了个拳头大的口子。后来阿伯纳西说，涌出来的血泛着红光，正汩汩地涌出，在金的头部形成了一摊血泊，浸透了他的衬衫和西装外套。

金的呼吸刺耳而艰难。他颤抖的嘴唇仿佛在说"哦"，却没有发出丝毫声音。他好像是想说话。他的眼珠在眼眶里不住颤抖。他的目光落在了挚友身上。阿伯纳西觉得，他是想通过眼神传递什么信息。

阿伯纳西柔声说："马丁，没事的，别担心。我是拉尔夫，我是拉尔夫。"[3]

***

开枪后不到 45 秒，埃里克·加尔特已经跑下出租公寓那二十五级楼梯，推开了大门。下午 6 点 2 分，他闯进了暮色中的南大街。这天晚上寒冷、潮湿，街头异常寂寥。大多商铺都已经关门，砖墙和橱窗浸在一层稀薄的霓虹灯光里。"大赢家"还夹在腋下，加尔特在街角左转，沿着坑坑洼洼的人行道向南边快步冲了过去。他踩着那双山寨鳄鱼皮鞋在水泥地上砸出喀嗒喀嗒的响声，冲着两米外他的野马快步走去。

一切都太顺利。南大街上一片死寂，对他刚刚在一个街区外制造的残杀毫不知情。甚至都没有人注意到他，更不要说阻止他。但快要走到野马旁边时，他突然发现就在前面不远处，停着 10 号特别战术小组那三辆孟菲斯警车。三辆车就停在巴特勒大街上的消防站里，车头冲着洛林旅馆。就在街角，一群警察站在消防站外，手里挥舞着武器。

如果加尔特继续沿南大街走，那这些警员中就很有可能有几个会看到他腋下夹着的卖相可疑的包裹。要走到野马旁边，还要不被他们发现的可能性微乎其微。他做了一个临时的冲动决定，一个后来让他后悔不迭的决定：丢掉他的步枪。

他当时正要路过卡耐普娱乐公司，就是南大街 424 号那家出租、维修自动点唱机和弹球机的杂乱铺子。这家临街小店的入口很隐蔽，那扇平板玻璃门从人行道上向内侧倾斜，制造了一个三角形的小前廊，所以商店的大门刚好在那群警察的视线以外。这个偶然的小凹穴也许能给他争取一点时间。现在不清楚的是，加尔特有没有注意到，当时店主盖伊·卡尼普（Guy Canipe）就坐在自己的办公桌后面。这家小店深处还有两个黑人老主顾，正在认真翻阅铺子里的 45 转唱片。卡尼普只标价 25 美分一张。小店角落里，有台自动点唱机正有乐声飘扬。

本能指引着加尔特。只用了不到几秒，他就把那一包罪证丢在了铺子门口。他的枪盒就包在那个脏兮兮的床单里,倒在卡尼普的小店门上时还发出了"嘡"的一声闷响。[4]

***

阿伯纳西问道:"马丁,能听到我说话吗?痛吗?"

生命之光正以肉眼可见的速度从金的脸上退去。没几分钟,他的皮肤就成了苍白一片,他就快要休克了。他的血压骤降、嘴唇发紫,他的皮肤阴冷、潮湿。他仿佛在凝视远方,瞳孔已经放大。阿伯纳西后来说:"智慧已经从他眼中消失。"[5]

晕开的温热鲜血汩汩涌出,在水泥地上淌成一摊。住在洛林旅馆的《纽约时报》记者厄尔·考德威尔(Earl Caldwell)说,他的血液黏稠得奇异,甚至已经不是在流淌,而是在一层层堆积,像"猩红的糖浆"。[6]当时在附近监视入侵者的一位便衣警察马瑞尔·麦卡洛(Marrel McCullough)用旅馆的白色毛巾垫高了金的头部,并用毛巾的另一端裹住了他的伤口,想起到止血的目的。金的眼睛睁着,但是两只眼珠各朝一边,已经不再聚焦。

现在他周围已经围满了人,安德鲁·杨在,杰西·杰克逊在,麦卡洛也在。杨跪在金身边,手指搭在他的右手腕上寻找脉搏的迹象。他觉得自己摸到了金脉搏的跳动,虽然微弱得若有若无,但是存在。杨看着金的眼睛,不知道金自己明不明白发生了什么;不知道他有没有听到那声枪响;不知道这整个过程中,他有没有感觉到什么。杨轻声说:"拉尔夫,都结束了。"

阿伯纳西深深皱着眉头:"不许这么说,不许这么说。"

306号房内,比利·凯尔斯正扶着墙一边哭一边吼。他的一只手里紧攥着电话,另一只手正不停地砸墙。他一直在试着叫救护车,可是电话

钉上十字架

打不通。他一下一下用拳头砸着墙,嘴里喊着:"接电话!接电话!接电话!"可是当时洛林旅馆的接线员已经离开了办公桌,跑出门查看门口的骚乱,所以她没有接通电话。

阿伯纳西对凯尔斯说:"我们都需要镇定。"他还说,已经过去了不少时间,应该已经有别人叫过救护车了。凯尔斯强迫自己镇定下来,拿着一条旅馆的床单来到阳台,还拿了一个枕头垫在金的脑袋下面。他跪在金身边,用橘色的床单盖住了他的身体,这时,他看到了金手里那只被捏碎的塞勒姆香烟。他觉得金不会想让人看到自己抽烟,所以凯尔斯悄悄从他掌心拿走了那支烟。[7]

相隔几扇门的 309 号房里,约瑟夫·卢愤怒得浑身发抖。他想拿一把枪冲出去,见到白人就杀,可是他没有枪,只有一台 35 毫米的静物摄像机,就藏在他的梳妆柜里。他一把拉开抽屉,扯出了他的摄像机。接着他就冲到了阳台上,开始对着四下一通疯狂地拍摄,他的食指几乎是在纯机械式地反复按着快门。

镜头里,洛林旅馆的小院已经陷入一片慌乱,像被打翻了的马蜂窝,消防站车库里有警察和消防员蜂拥而出。他们大多正从护墙上跳下,向洛林旅馆跑来。停车场里,谁也不知道此刻该做什么、该去哪里、能帮上什么忙。人们慌张地四处乱窜,哭喊着、祈祷着、叫骂着。还有人依旧蹲在地上,生怕再飞来一颗子弹——他们担心这也许是一次大规模刺杀。甚至还有人误以为那一声巨响是炸弹爆炸,而金是被爆炸的碎片击伤的。

金的司机所罗门·琼斯开着那辆凯迪拉克在停车场前前后后不知所措地开来开去,轮胎摩擦着水泥地面,发出刺耳的尖叫。慌乱中,琼斯看到桑树街对面,好像有个"头上戴着白色东西的人影",就站在出租公寓那栋砖墙小楼下面的草丛里。

此刻在汽车旅馆的办公室里,老板娘洛瑞·贝利正瑟瑟发抖,她丈夫说她抖得像"风中的落叶"。[8] 她在房间里走来走去，嘴里念叨着"怎么会？怎么会？怎么会？"没过几分钟，她脑部的一根血管破裂，导致了严重的脑溢血。她晕倒在办公室的地板上，陷入了昏迷。几天后，她在医院的病房去世。

此时停车场已经完全乱成一团。人们尖叫着、怒吼着、哭喊着、呼嚎着。指责的话喷薄而出："混蛋……快叫救护车！……我的主啊，我的主……警察打死了他……别动他，不要动他的头！……那些混蛋到底还是害死了他。"终于，头戴钢盔、手执武器的警察一拥而入，冲进了洛林旅馆的小院。

一开始，金的随从里有很多人都以为警察要攻击他们，他们以为洛林旅馆是被警察包围了。接着那些警察喊道："子弹是哪里射出来的？是哪里开枪的？"杨、阿伯纳西和其他几个围在金身边的人才举手指向右边，西北边灌木丛中掩映着的那栋砖墙出租公寓。这一刻，约瑟夫·卢拍下了一张后来闻名世界的黑白照片，那张照片完美地捕捉到了争分夺秒的紧迫和愈加渺茫的希望。

这就是约瑟夫·卢拍到的那张经典照片。© CSU Archives / Everett Collection

至今仍不清楚的是，当时阿伯纳西和其他几人是如何准确无误地判断出了枪手的位置。他们谁都没有亲眼目击这个过程，现场没有硝烟升起，没有枪管的闪光，更没有一闪而过的人影。枪声在传播中还撞到了那么多砖墙和水泥地。当时的状况太复杂，按理说这场灾难的来源根本无法准确辨认。金倒下的身体和扭曲的肢干也顶多只能给出一个大概方向而已。可是那一刻，当站在院里的警察喊出那个问题，本能帮助他们完成了推理。群体性条件反射得出了一个本能的判断。完全没有犹豫、没有商量，几个人的胳膊一致抬起，指向了同一个方向。卢的相机精准地捕捉了那一刻：一排手指直直指着同一个方向，他们的判断出奇地一致。

一位警员通过警用无线电向总部汇报："有消息称枪击来自洛林旅馆正东，更正，正西的一栋砖砌建筑。"[9]越来越多的警察涌进了小院，所以有越来越多的无线电被接通。总部的调度员只能听到一片嗡嗡的轰鸣。调度员要求道："关闭洛林旅馆的部分无线电，请关闭！反馈太多无法接收。"

三十出头的副警长威廉·杜福尔（William DuFour）十分果敢，擅长当机立断。他艰难地踏上了洛林旅馆阳台的楼梯，想要控制局面。他问道："他伤在了哪里？"[10]此时阳台上的人完全不知道该如何面对杜福尔的到来，因为此刻，他们面对任何穿警服的白人都心有猜忌。就像是为了回答杜福尔的问话，金脸上的肌肉微微动了动，有些扭曲，仿佛他是想从休克中醒来，好回答他的问题。生怕金再次加重自己的伤势，副警长连忙喊道："金博士，别乱动！"

在杜福尔试着检查金的伤势之时，詹姆斯·贝弗正在洛林旅馆的小院里控制不住地踱来踱去，他完全沉浸在自己的自言自语中，却渐渐从失控走向了哲人一般的顿悟："谋杀！谋杀！博士总说这不是正确的路。可是你们都清楚，他注定早逝。你根本无法想象他得以终老。这是他最好的去路。命定如此。"[11]

第 25 章

武器不能碰

卡耐普娱乐公司的老板盖伊·卡耐普的办公桌在小店很靠外的地方，朝南。他当时就坐在自己的办公桌后，听着自家店里的一台自动点唱机吱吱呀呀地放着他为商店那两位顾客挑选的 45 转老唱片。[1] 他是位五十多岁的鉴赏家，穿一件法兰绒格子衫，口音是得克萨斯州特有的那种拖音调子。朋友说他喜欢各种音乐，"只要是能给他赚钱的就行"。

坐在店里大大小小的点唱机和弹球机支离破碎的残骸中间，卡耐普含着一大块烟草，正在审阅文件。正在此时，他听到小店正门的小厅传来一声钝响。要放在平时，他并不会在意。这片街区经常有无业游民乱扔垃圾，各式各样稀奇古怪的破烂儿都有可能出现在家门口。就在去年，还有人在他门口留下一台甚至都没什么大问题的电视机。但是这次，卡耐普觉得有些不对劲。他起身绕过办公桌去了前门，发现门口放着一个奇怪的大家伙，裹着一块破布，看起来像是块旧窗帘。

卡耐普一抬头，就看到一个男人正沿着南大街向前走。那个人步伐很快，但还算不上是在跑。卡耐普只看到了他的背影，不过还是能看出他是个白人男性，身材中等，外貌整洁，没戴帽子，大概三十多岁，穿一件黑色西装。卡耐普说："他不像是会出现在这种街区的人。"这个当口，卡耐普店里那两位黑人顾客朱利叶斯·格雷厄姆和贝内尔·芬利也来到了前门，刚好来得及瞥了一眼这个神秘人物。

那人钻进了一辆白色的新型野马，距离小店大概就四五个车位。当时那辆车就停在一个巨大的广告牌旁边,广告牌上还写着一行大大的"老伯顿",那是一款有名的波本酒品牌。那人挂上挡位启动了汽车,从小店门口向北飞驰而去。芬利说那辆野马的轮胎发出了一声刺耳的尖叫,然后就飞驰而去,"仿佛街上的柏油路都要因为高速摩擦着火了"。就卡耐普、格雷厄姆和芬利能看到的情况判断,车里只有那男子一人,但是那辆野马速度太快,他们都没能记住车牌号。

卡耐普回头开始查看门口的包裹。包裹的一头露出了一个黑色纸盒。作为打猎狂热爱好者,卡耐普一眼就看到了纸盒上印着的"布朗宁"字样。他的第一反应是有人给他送了一个慷慨的小礼物:一把崭新的步枪。枪口从盒里探出个头,闪着金属青灰的冷光,黑黢黢地正对着他。

芬利和格雷厄姆有些好奇地向门口走了过来,但是卡耐普拦住了他们。他已经看到一个警察沿着南大街往这边跑,接近门口那个包裹时,手枪就举在手里。卡耐普对两位顾客说:"退后。外面好像有些麻烦事,我可不想卷进去。"

那位警员是谢尔比郡治安局的警督贾德森·戈姆利(Judson Ghormley)。从加尔特开着野马飞驰而去到戈姆利赶到,前后不过一分钟时间。戈姆利四十岁,身穿一件卡其色衬衫和军绿色的制服长裤。他甚至以为这家小店当时已经打烊,看到卡耐普打开门探出脑袋,还让他吃了一惊。

戈姆利问卡耐普:"你看到留下这个包裹的人了吗?"

这位小店店主告诉戈姆利那人刚走,并且主动描述了对那个人的印象,这时芬利和格雷厄姆也上来插话。可是芬利说来说去,就只有"那人身高普通、身材普通、长相普通",而且身穿一件"深色西服,颜色也不好说"。戈姆利能确定的只有一件事:那人开一辆野马,白色的新型野马。

戈姆利很快接通对讲机,向警局总部提供了他收集到的信息。他激动地喊道:"我发现了凶器,被留在南大街 424 号门口。凶手曾沿南大街向南逃跑。"

调度员的喊声透过断断续续的电波传来:"不要接触凶器!重复:凶器不能接触!建议你完全封锁该区域。关于目标有外貌描述吗?"[2]

戈姆利举起对讲机答道:"目前已知情况是,目标是一位年轻白人男性,着装整洁,深色西服。"[3] 没过几分钟,调度员已经广播了关于枪手以及逃跑车辆的第一条外貌描述:"据称疑犯是一位年轻白人男性,着装整洁,开的应该是一辆新型白色野马车,从枪击现场沿南大街向北行驶。"

当时是下午 6 点 10 分。

***

出租公寓里,查理·斯蒂芬斯匆忙冲回了自己屋里,透过窗户向外张望。[4] 就在街对面,洛林旅馆的后院此时一片慌乱。桑树街上有警察匆忙来去,还有一队警员冲进出租公寓,布起了警戒线。

就在他的窗户下面,出租公寓灌木丛生的后院里,有一个带着头盔的警察一声吼叫吓了斯蒂芬斯一大跳。那警察吼道:"嘿!离窗户远点!"

虽然斯蒂芬斯听到了卫生间里那声枪响,但他其实根本不知道发生了什么事。他甚至都不知道马丁·路德·金就住在对面的洛林旅馆。

那位警察一脸狐疑地打量着斯蒂芬斯:"待在自己屋里。谁也不许离开这栋大楼!"斯蒂芬斯也向他喊道:"但是到底怎么了?发生什么事了?"

斯蒂芬斯满脸都写着酩酊大醉和一头雾水,他的表情显然说服了那位警官:这个人绝无可能是真正的嫌犯。那警官回答:"是马丁·路德·金。他中枪了。"

***

正在此刻，远方渐近的警笛声划破了夜空。消防部门救护车 401 型是一辆长翼红色凯迪拉克改装车，改装后看起来更像一辆灵车。此时这辆救护车的轮胎发出一声刺耳的摩擦声，转过最后一个街角，开进了洛林旅馆的后院。急救人员跳下车，从救护车后门抬出了一个担架。他们抬着担架冲上阳台，在阿伯纳西和一众人的帮助下，把金的身体抬上了柔软的病床。轮床的束带已经上紧，消防员正在用便携式氧气罐为金输氧。一行大概六人，包括安德鲁·杨和副警长威廉·杜福尔，随同金的担架沿着楼梯下了阳台，正想办法让轮床越过楼梯角的急弯。

包括杨在内的几个人此时已经认为金博士没有了生还的希望。他们认为此时的急救措施只不过是无用的例行公事。他们觉得金已经死了，就算还有一口气，也已经是回天乏术。

停车场里，轮床在柏油路上一路颠簸，忧心忡忡的旁观者们默默让出了一条路。乔治娅·戴维斯眼里闪着泪光，从围观的人群中挤出了一条路。医护人员打开双开的后车门，小心翼翼地把金抬上救护车时，她仿佛被钉在车边，眼里只有惊恐。阿伯纳西也爬上了车，挤在金的身边。本能地，戴维斯跟着阿伯纳西的脚步就要上车，她只想和爱人在一起。可是安德鲁·杨拍了拍她的肩膀，轻声说道："乔治娅，我觉得你最好不要去。"[5]

有那么一瞬，她仿佛没有听懂他的话。救护车旋转的红灯映着她疑惑的面容。下一秒她才明白了他的意思：她的身份不合适。可能会有摄影师拍到她陪伴在金身边的场景。那么金有情妇这个尴尬的事实将永远成为历史的一部分。她离开救护车，转身消失在人群中。

救护车的后门砰的一声被关上。6 点 9 分，救护车呼啸着奔向距离洛林旅馆最近的急诊，圣约瑟夫医院。当时的司机 J. W. 沃尔顿（J. W.

Walton）打开无线电冲调度员大吼："给我绿灯！"[6] 孟菲斯消防总部的城市工程师急忙打开了主控开关，南北方向的街道全部换成了绿灯，而所有十字路口的其他方向都一直保持在红灯上。即使是最繁忙的街口，沃尔顿也不需要迟疑，可以一路向医院飞驰。

救护车在数辆摩托骑警的护送下，一路向孟菲斯市中心飞驰。一位医护人员俯身照顾着金，测量他的脉搏和血压。他们已经为他换上了另一个氧气面罩，人工呼吸器的气泵正在呼啦作响。救护车的警笛呼啸在夜色中之际，阿伯纳西一直在想，他的挚友是不是也能听到这尖利的警笛，是不是也满心恐惧。

阿伯纳西问："他还活着吗？"[7]

医护人员敷衍地点点头："算吧，奄奄一息。"

经历了四分钟的惊险飞驰后，救护车到了圣约瑟夫医院的急诊室。两年前，詹姆斯·梅瑞迪斯在那场不幸的游行中中枪后，也是被送到了这里。天主教管理的圣约瑟夫医院是孟菲斯最大、最著名的医院之一。不过这次它被选中的原因很简单：它离洛林旅馆最近。

下午6点15分，马丁·路德·金虽然还有心跳，但是已然昏迷不醒。他被放在轮床上推进了医院的双开门，经过长长的走廊来到了急诊室。阿伯纳西匆匆跟在旁边。

***

南大街上，贾德森·戈姆利警督正站在卡耐普娱乐公司门口，看守着那位陌生人丢在地上的包裹。他忠实地遵守了调度员的指令，一根指头都没有碰那个包裹。他只是攥着手枪站在门口，等着上级的进一步指示。

警局情报部警监朱维尔·雷[8]（Jewell Ray）开车来到南大街，停在了卡耐普的小店门前。这位警监 36 岁，满面沧桑。他是孟菲斯本地人，操着一口慢慢吞吞、含含糊糊的长调子口音。他穿着一件运动上装，还打着领带。戈姆利上前道："警监，这就是那人丢下的包裹。"

雷警监单膝跪地，开始仔细研究那个包裹。脏兮兮的绿床单松垮垮地裹着一个黑色纸板盒，旁边还能看到一个蓝色拉链背包。为了不让指纹污染证物，雷从胸袋掏出一支铅笔，然后用笔尖挑开了纸盒的盒盖。盒子上清楚地写着一行字"布朗宁"。步枪旁边还放着一盒子弹。

这发现让雷警监吃惊不小，又毫无头绪。他命令两位警员手持步枪看守证物，等待凶案组的探员赶来。此时已经有更多的警察赶到，他在卡耐普的小店门口和南大街其他所有相邻的门店都安排了人员看守，甚至包括吉姆烤肉店。

他咆哮道："任何人都不许离开这片区域。在凶案组赶到前，这里要全面封锁。"

布置妥当后，雷警监和吉姆·帕皮亚（Jim Papia）警督爬上了贝西·布鲁尔出租公寓狭窄的楼梯。二楼昏暗的大厅里挤满了房客，正在因刚发生的骚乱叽叽喳喳、交头接耳。两位警官见到的第一位房客是个眼神惊恐的中年男人，名叫哈罗德·卡特（Harold Carter）。他说他听到了一声巨响，"听来简直像枪声，我就是个疯子，别理我"。接着雷警监又询问了那位聋哑人，莱德贝特夫人。她比比画画，嘴里呜呜咽咽，却完全无法让人理解她的意思，不过她指着走廊。威利·安舒兹加入了对话。他告诉雷警监，枪声是从卫生间里传出来的。当时卫生间里还躲着一个人不肯出来。安舒兹说："然后我就听见里面传来一声枪响。他出来就顺着走廊往外走，胳膊下面还夹着一个东西。我跟那人说'好像是枪响'，他还说'正是'。"

接着雷警监遇到了查理·斯蒂芬斯。他一副醉醺醺的模样，正因为外面的骚乱焦躁不安。斯蒂芬斯说："是，枪声是从厕所出来的。就是那个新人，5B那个。今天下午他刚搬来，进来的时候我还听见了声音，他好像在挪家具。"

雷和帕皮亚冲过走廊，拧开了5B号房的衣架"门把手"。木门发出刺耳的"吱呀"一声，露出了逼仄的小房间，里面没有任何个人物品或者行李。两位警官心里一沉，陡然升起一种不祥的预感：他们可能只晚了几分钟，便与真凶失之交臂了。床铺依旧整齐，可是床垫一侧还留着下陷的痕迹，仿佛刚刚还有人坐在那里。面向洛林旅馆的窗户还大开着。窗帘被拉到了一边，正被微风轻轻吹动。窗户旁边放着一把直背椅，正对着洛林旅馆。一个摇摇晃晃的大梳妆台在地上留下了拖行的痕迹，显然是为了给椅子腾地方。

雷和帕皮亚走到窗边比对着视角。帕皮亚警督说："看来他当时就坐在这里监视着对面。但是射击的角度不够好。"雷警监试着还原枪手射击的场景，他也同意这个看法。他开始觉得斯蒂芬斯恐怕是对的：也许枪声来自卫生间。

可他们转身离开时，帕皮亚却有了个新发现：地上躺着两条黑色的短皮带。帕皮亚认为这是照相机的皮带。

雷警监和帕皮亚警督踩着走廊毛毡来到了卫生间。他们开门进去，来到窗边，窗户打开了大概十厘米的间距。雷试着把窗户推得更开，却发现它卡住了。他从那窄缝向下看，发现有一个纱窗网就落在窗户正下方，看起来像是从窗框里撬出去的。

窗外的暮色下，洛林旅馆在雷和帕皮亚眼前一览无余，距离只有大概六十米。汽车旅馆的停车场一片混乱，警车的车灯和嘈杂的无线电让人眼花缭乱，头晕目眩。和5B号房一样，这扇窗户到洛林旅馆的视线毫无阻挡。帕皮亚说："没错。这里的射击角度很好。"

雷警监发现木制窗框上有一个奇怪的痕迹，那是个半月形的凹口，看起来痕迹很新。他认为那很有可能是枪管的后坐力撞出的痕迹，所以特意记下了这个细节。当天晚上,凶案组探员就拆下了窗框留作物证。从现场情形来看,枪手应该是站在浴缸里开的枪。而事实证明,浴缸里确实留下了许多新擦痕。浴缸上方更高处的墙上还有一个大大的手印。雷警监认为那应该是枪手的手印,因为要站进浴缸,他需要扶着墙来稳住身体。

雷警监安排了一名警员看守卫生间,还安排了另一名警员守在5B号的房门口,看守案发现场,等待凶案组和FBI介入。

雷警监问:"房东呢?"好不容易听懂了他的话之后,莱德贝特夫人拉着他的袖子,带他穿过走廊,来到了相邻出租公寓的一栋小楼里,那里是贝西·布鲁尔的房间兼办公室。这位聋哑房客比比画画地指着2号房呜呜咽咽。

雷重重敲门,大声命令道:"开门!警察!"

门里传来了门闩打开的声音。神情紧张的布鲁尔夫人打开了房门。房间里的电视上正在播放电视剧《皮鞭》(*Rawhide*)里的某一集。

雷警监问道:"5B号房住的是谁?"

布鲁尔夫人不记得那人的名字。她慌乱地开始在办公室四下翻找她的记录簿。她自己主动承认听到了一声枪响,或者至少,她认为那是枪响。她来到走廊上,正遇到威利·安舒兹。安舒兹跟她说:"你的新房客带着把枪跑下了楼。"她冲到了5B号房,却发现已经人去楼空,和几分钟后雷警监和帕皮亚警督看到的场景一样。因为担心自己的安全,她急忙跑回办公室闩上了门。

布鲁尔夫人说,5B号的房客大概是3点左右入住的,还付了一周的房租。他当时穿着笔挺的西装,看起来像个商人。她先是带他看了公寓正面更好的房间,可是被他拒绝了。

布鲁尔夫人抓起收据簿:"你看。"她翻开账簿,找到了当天早些时候那8.5美元的存根。她告诉雷警监,房客的名字叫约翰·威拉德。

第 26 章

永恒的停顿

洛林旅馆里，杰西·杰克逊正在疯狂地拨电话，他急着想通知科雷塔这个可怕的消息。坐在床沿上，他一次次在黑色拨盘式电话上重复着同一个号码。他不想让她从新闻播报员冷漠的声音里听到这个噩耗。6 点 20 分，他终于拨通了电话，当时她刚刚回到日落大街 234 号的家里。那天下午，她和十二岁的女儿尤兰达（Yolanda）一直在亚特兰大市中心购物。女儿需要一件复活节礼拜的新礼裙。电话铃响起时，科雷塔正躺在卧室里，交叉着双腿休息酸痛的脚。她接起床边的电话回答："你好。"

杰克逊开门见山地传达了噩耗："科雷塔，博士中枪了！"[1] 不过他的字里行间还是为她留了一个带着希望的善意谎言，因为听起来，好像她的丈夫不过是肩膀受伤而已。

沉默许久后，她答道："我……知道了。"她的语气有种拘谨的礼貌。杰克逊觉得她面对这消息时甚至有一丝坦然的克制，仿佛她早已知道。后来她说，这通电话，她可能从这段婚姻伊始，就一直"不自觉地在等待"了。

和杰克逊通电话时，她的两个儿子德克斯特（Dexter）和马蒂（Marty）冲进了房间。他们当时本来在另一间屋里，正坐在地上看电视，突然屏幕上划过一条特别通告，说他们的父亲在孟菲斯中枪了。

德克斯特打断她时几乎无法控制自己："妈妈，你听说了吗？他们是什么意思？"[2]

科雷塔在嘴唇上竖起一根手指让儿子们安静，他们在床脚不耐烦地等着母亲和杰克逊结束通话。

电话里，杰克逊告诉她："他们送他去了圣约瑟夫医院。"

她再次答道："我知道了。我……我知道了。"[3] 多年后德克斯特在自己的回忆录里提到，当时他并不理解母亲为什么不断重复着这几个字，但他很害怕她当时说话的语气。

杰克逊说："我不知道情况有多糟糕。但你最好赶紧上飞机。"

她回答："我去查下一班飞机。"然后就平静地挂断了电话。

**

圣约瑟夫医院里，几位护士和急救人员推着金进了狭小的手术室，手术灯亮得刺眼，周围环绕着四面淡绿色的墙。[4] 他们把金抬上手术台，脱下了他被血浸透的夹克、衬衣、内衣和领带，交给了在一旁见证全程的孟菲斯警员，作为物证。金躺在手术台上，头向左微偏。他脖子根部的血洞已经不再有血流出，脸上还裹着毛巾。手术室的墙上挂着一尊耶稣受难像，基督濒死的面容就那样俯瞰着成排的医疗机器和整齐的手术用具。

首先赶来的是外科医生泰德·加伦（Ted Galyon），他用听诊器为金做了检查，发现他还有心跳以及桡动脉脉搏。他们在金博士的左前臂插入静脉注射管，输入生理盐水；在他的脚踝插了另一根导管输血。

6点20分，鲁弗斯·布朗（Rufus Brown）医生走进手术室。他是来自密西西比州的白人外科医师，当时还是一位外科住院医师。他发现金呼吸困难，因为子弹撕裂了他的气管，所以他的肺部得不到充足氧气。布朗医生毫不犹豫地拿起了手术刀。他对身边的护士说道"气管切开术"，同时手里的手术刀已经切开了金的喉咙。几分钟后，在他切开的新创口里已经插入了气管内导管套，给金连上了呼吸机。

拉尔夫·阿伯纳西当时就在急诊室看着手术的全过程。他靠在墙上，身边是牧师伯纳德·李。布朗医生担忧地瞥了二人一眼：亲人在手术中进入手术室是违反医院规定的。一位护士走近阿伯纳西说道："您真的必须出去。"

阿伯纳西的回答很坚定："我要留下。"[5] 他不容置疑的口吻扼杀了所有可能的争论。他和李就那样靠墙站着，眼睁睁盯着面前可怕的手术。阿伯纳西看着伤口的尺寸觉得简直难以置信，一道裂缝从金的下巴沿着脖子一直延伸到了他的锁骨。

没过几分钟，将近十二名医生都挤进了这个狭小的手术室，其中包括一名胸外科医师、一名心脏外科医师、一名神经外科医师、一名肺科专家、一名肾脏专科医师以及几名普通外科医师。检查金的伤势时，他们发现胸部有血泡冒出；进一步检查后，可以看到金的右肺叶尖已经从伤口冒了出来。他们为金的右侧胸腔内多根断裂的血管上了止血钳，并且插入了一根导管，迅速抽出了涌入他胸腔内近一千毫升的血液。

大概 6 点 30 分左右，神经外科医生弗雷德里克·乔奥（Frederick Gioia）也挤进了病房。[6] 他是一位来自纽约的美籍西西里裔人，在瑞士日内瓦读的医学院。乔奥医生受人爱戴，粗犷、热情，同时又拥有一双外科医师灵巧的手。这些年来他也医治过无数枪伤。乔奥医生很快判定，子弹破坏了金的颈静脉和气管，之后窜入并且彻底切断了脊椎。在这个过程中，子弹还在多块椎骨上发生了弹跳，并且撕裂了锁骨下动脉。用后来乔奥医生的话说："C7 至 T2 椎骨体损伤，脊髓物质完全流失。"当子弹在金体内进行锯齿状运动时，弹片对骨头的冲击产生了碎骨，而这些骨头碎片成了二次弹射物，造成了更多的内部损伤。子弹的主体最终停在他的左肩胛骨下方。乔奥医生甚至能摸到子弹，或者说它残存的部分，就楔在金的肩胛骨皮下。

永恒的停顿

做出这个判断后,乔奥医生放下手术用具,摇了摇头。他走向阿伯纳西和李,说:"如果他已经身故,其实反倒是好事。"[7] 医生那双锐利的蓝色眼睛隔着手术面罩紧盯着二人,"脊椎被切断了,而且他受到了严重的脑损伤"。他说多块弹片切断了颅骨底部的多条重要神经。

如果金能幸存,将从颈部以下完全瘫痪,而且很可能将一直处于植物人的状态。乔奥医生已经无力回天,其实及至此时,任何人都已经无力回天了。从医学角度判断,此时的金博士已经脑死亡了。他的器官还有生命体征,肺部在呼吸机的帮助下还在进行呼吸,可是金博士的生命系统,作为一个完整的生物体,已经停止了运行。

可他的心脏仍在跳动。

**

自从调度员 6 点 10 分发布第一个通告后,孟菲斯警方就一直在追捕一辆新型野马,司机是衣着整洁的白人,使用名很可能是约翰·威拉德。几乎所有能出城的交通要道都安排了巡逻车,孟菲斯警方在全城范围拦截所有见到的野马车。可是这种追捕并不容易,因为当时上了路的车里,野马是最常见的车型之一。福特地区经销商的数据显示,过去三年里在孟菲斯市和谢尔比郡一共售出了四百辆浅色野马。

不过,数条有效线索还是很快浮出了水面。6 点 26 分,郡警局一位调度员再次发出通告,根据未知信息源,袭击者驾驶的野马正沿东北方出城:"据称目标出现在托马斯北车道。深色头发,深色西服。"

十分钟后,一名叫鲁弗斯·布拉德肖[8](Rufus Bradshaw)的警员,开着一辆 160 型警车,在孟菲斯北部的杰克逊大道与好莱坞大道的街角被一位神色慌张的年轻人拦了下来。这个年轻人叫比尔·奥斯坦(Bill Austein)。二十二岁的奥斯坦开着一辆红白相间的雪佛兰。他是一家冷暖设备公司的雇员，也是一位有执照的民用波段无线电狂热爱好者，甚至还有联邦通信委员会（FCC，Federal Communications Commission）电台呼号：KOM-8637。布拉德肖警督说他"看起来像个教堂执事"。奥斯坦说他刚刚在自己的雪佛兰里收听民用波段，结果在无人问津的17号波段上听到一条不得了的消息，事关马丁·路德·金。

在好奇心的驱使下，布拉德肖把巡逻车停在了奥斯坦的车旁。两个人在勒布洗衣店的停车场里惊异地听着喋喋不休的无线电。接下来的十二分钟里，布拉德肖收听了一场惊险的无线电直播。讲述者是一辆蓝色1966硬顶庞蒂克车车主，正向孟菲斯的东北方向飞速前进。据说，这辆庞蒂克正在追击一辆高速逃离的白色野马。广播者声称他在追的是"枪杀金的凶手"。

为了解读这个还在发展中的故事，布拉德肖回车上打开了自己的收音机，并且向警方中央调度员兴奋地报告了这个大发现。总部调度员无法直接收听民用波段的信号，所以只能听布拉德肖的转述，然后间歇性地广播他听到的故事碎片："白人男性，从高地东部来到夏日大道，驾驶白色野马，身负枪击案。"数分钟后，追击已经愈演愈烈，从120公里/小时的速度飙升到130、145公里/小时，最后到了150公里/小时。逃跑的野马和追击的庞蒂克前后向东呼啸而去，穿过了拥挤路段，闯了十几个红灯。庞蒂克的民用波段广播者听起来像个年轻人，轻快的声音里带着嘲弄，说他车里还有两个同伴。

大气条件导致电波断断续续，声音因为不连贯而失真，不过很快信号就又恢复了正常。追击一路延伸到了东部边缘郊区，穿过罗利市郊，向密灵顿的海空基地进发。当夜幕降临孟菲斯，马丁·路德·金的刺杀者据说已经逃窜到了田纳西州郊区的金银花山地。

奥斯坦不停打断无线电，询问庞蒂克车里的民用无线电广播者的姓名和电话，可是对方拒绝回答。这位广播者愿意提供的最私人的信息，就只有座驾的品牌和生产年份。凭借布拉德肖收听波段的信息优势，警方调度员往孟菲斯东北部派遣了巡逻车，希望能拦截住这辆超速的逃逸车辆。路段上设立了路障，高速巡警也已经接到了通知。

消防兼警察局长弗兰克·霍洛曼（Frank Holloman）和手下警员认真监听着这场激动人心的故事时，警局总部弥漫着简直肉眼可见的兴奋。大家觉得这个神秘枪手约翰·威拉德似乎已经触手可及。及至此刻，其他电波听众也开始关注这场追击。其间，还有另一个民用电波广播者插了进来。这人显然不怎么支持民权运动，因为他插进电波说道："别拦他，可能就是他枪杀了马丁·路德·金。"

6 点 47 分，随着两辆车冲上奥斯汀皮耶高速路，这场追击的危险程度也从高危变成了致命：蓝色庞蒂克上的目击者突然在无线电那端大喊起来："他在向我开枪！他击中了我的挡风玻璃！"

布拉德肖也大叫起来："白色野马在向蓝色庞蒂克开火！白色野马在向蓝色庞蒂克开火！"

奥斯坦接入无线电，询问蓝色庞蒂克车上的民用波段广播者是否能看清前面野马的车牌号，但是司机说他不敢过于接近前车，害怕枪手再次开枪。

6 点 48 分，奥斯坦的民用波段突然陷入了沉寂，断断续续的播报神秘地终止了。霍洛曼最有希望的线索，也陷入了冰冷的绝望。

***

圣约瑟夫医院门外也是人心惶惶、一片混乱。人们怒吼着、叫骂着、哭喊着、祈祷着，还有些人安静地站在停车场边上，举着烛光为金守夜。头戴护盔的警察立正成排，身上防暴装备齐全，手上的步枪蓄势待发。人群中有各种流言萌生，添油加醋地散播开来。有流言说刺客已经被抓住,并且已经在密西西比河公路大桥上伏法;还有人说约翰逊总统正坐着空军一号赶往孟菲斯;有人说拉尔夫·阿伯纳西也同时中枪,正躺在金身边奄奄一息。最离谱也最乐观的流言说,金是自己走进手术室的,当时还自己用手扶着脸上止血的毛巾。还说子弹只是擦伤了他的下巴,他很快就会出来,向世界宣布他安然无恙的消息。

6 点 30 分,等候在医院门外的人群开始躁动不安,医务工作人员担心会发生暴乱,所以申请加强了警力保护,在医院外设起了路障。只有金最亲近的手下,比如杨、贝弗、昌西·埃斯克里奇几人,才能进入医院。《孟菲斯商业诉求报》一位足智多谋的记者意识到,他正在追踪的恐怕是他职业生涯中最轰动的故事,所以他突然开始喊叫说他胸口痛,呻吟道:"我好像是犯了心脏病。"于是他如愿进入了抢救室。

等候室里,安德鲁·杨双手抱头,一位 FBI 探员在走廊里踱来踱去。[9] 埃斯克里奇靠在等候室的墙上,嘴里不停地念叨:"怎么会?怎么会有人做这种事?我真是不能理解。"杨在大厅找到了一部公用电话,打给了科雷塔。他还不知道,杰克逊刚刚已经从洛林旅馆联系上了她。她正在匆忙收拾行李,打算坐下一班飞机赶往孟菲斯。金宅的某个房间里,电视新闻正嗡嗡作响。

杨打破了她以为金只是肩膀中枪的错误希望。杨纠正道:"打中的是脖子。很严重,但他还没死,科雷塔,他还没死。"[10]

科雷塔又一次答道:"我明白。"杨觉得她的语气几乎是宁静的。她告诉杨,她将坐 8 点 25 分的飞机从亚特兰大赶往孟菲斯。

杨回答:"好的。我们会在机场等你。不过科雷塔,你最好找个人陪着你。"

她说她会的,因为亚特兰大市长伊凡·艾伦(Ivan Allen)已经主动提出要开车送她去机场,而金的个人秘书朵拉·麦克唐纳(Dora McDonald)则会陪她一起飞去孟菲斯。放下米黄色的话筒,她转身面对着尤兰达、德克斯特和马蒂——他们一直在竖着耳朵听母亲的电话。[11] 尤兰达的小名叫尤基。科雷塔刚开口要说话,尤基就捂着耳朵跑出了房间,嘴里喊着"别告诉我!别告诉我!"

科雷塔把两个儿子搂在怀里,深吸一口气后说道:"你们的父亲,他出事了。"[12]

***

杰西·杰克逊从洛林旅馆的房间出来,衣冠不整、神情恍惚,在巡逻车警灯闪烁的后院里来回游荡。

杰克逊冲远处的某个人大吼:"我要见金博士!能送我去医院见金博士吗?"[13] 正急躁中,他又看到一群记者,正请求采访音乐家本·布兰奇,杰克逊再次大吼:"不要理他们!"布兰奇也觉得有道理。他认为杰克逊是说,在阿伯纳西和杨从医院回来之前,任何人都不该接受采访。毕竟,他们与金最亲近,而且也目击了整个过程。于是布兰奇对记者说:"无可奉告。"然后转身离开了。

几分钟后,一个电视台员工看到了杰克逊。一位记者上前问道:"是杰西牧师吗?能告诉我们发生了什么事吗?拜托了!"

杰克逊起先有些不情愿,他说:"请给我们点时间好吗,杰克?等等好吗?"可那位记者很坚持:"就告诉我们发生了什么事吧,我们也好交差,好吗?"

最后杰克逊妥协了。除金以外,二十六岁的杰克逊是整个 SCLC 中最擅长面对聚光灯的人。当摄影机的低鸣响起,杰克逊一下子振作了不少。他开口道:"黑人领袖,我们伟大的摩西,一位百年难遇的领袖从我们身边被夺走了。可即使是在此刻,我也不能允许仇恨进入我的心灵,因为杀死他的不是丑恶,而是美国的顽疾。是孟菲斯,是我们这个种族歧视的社会的痼疾和精神疾病扣动了扳机。可以说，金博士一直以来都在黑人白人社群之间起着缓冲的作用。白人现在还不知道，他们最好的朋友刚刚死去了。"

记者追问他枪击刚发生后洛林旅馆的具体情形时，杰克逊回答说："大家都，呃，一片慌乱。有人惊慌失措，有人大吼'上帝啊'，还有……"

镜头里，杰克逊扫了一眼摄像机，神色有些犹豫。也许是这场突如其来的悲剧让他有些失神，也许他是看到了一个大好时机，总之这一刻，杰克逊编造了一个后来被广为传播的小故事。在这个编造的版本里，他扮演了阿伯纳西在阳台上的角色。杰克逊说："接着我立刻上楼来到了他身边，我抱着他的头。我摸着他的头检查伤势。我问他'金博士，能听到吗？金博士，能听到吗？'他什么也没说。我试着去扶他的头，可是当时……"[14]

SCLC 的成员何西阿·威廉姆斯瞥了一眼窗外，刚好看到杰克逊接受媒体采访。带着好奇，他也走出了房间，到院子里听杰克逊的采访。杰克逊的话让威廉姆斯微微一愣，在刚才的一片慌乱中，他并不记得杰克逊曾出现在倒下的金身边，更别说把金的头抱在怀里了。当时在洛林旅馆的有些人甚至感觉，自从枪响后，就根本没见过杰克逊的身影。还有人说，他一直躲在游泳池旁的矮墙后，直到救护车来了才现身。

威廉姆斯当时已经有所怀疑，直到他听到杰克逊对记者说："对，我是最后一个和金说话的人。"

可能，当时年龄更大、经验更丰富的威廉姆斯看到年轻的杰克逊在镜头前大言不惭，本来也是有一丝嫉妒的。但是听到这种恬不知耻的谎话，威廉姆斯出离愤怒，他翻过扶手冲到杰克逊身边大吼道："你这个肮脏、龌龊的骗子……！"[15] 当时在洛林旅馆的人们不得不动手按住他，才拦住了他直接对杰克逊大打出手。威廉姆斯怒气冲冲道："要不是你们拦

永恒的停顿

着,我今天就揍扁他!"

金还在医院里徘徊在死亡线上,内部的自相残杀已然如火如荼。局面打乱间,组织的少壮派已经开始往自己脸上"贴金",也不管自己口中这种亲密是真是假。威廉姆斯后来跟记者说:"借这种事为自己谋利简直难以想象,尤其是,他还声称他敬爱这位他借光的人。当时唯一一个抱着金博士的就是阿伯纳西。我对杰西接受媒体采访没有意见。可他为什么要说谎呢?"[16]

与威廉姆斯的冲突似乎让杰克逊十分不安。他告诉另一位 SCLC 的成员他身体不适,打算当晚就回芝加哥。杰克逊说:"这整件事简直让我寝食难安。"[17] 他还说他回家后需要入院治疗。

可是他的话已经在媒体上掀起轩然大波,他作为金的接班人形象也渐渐树立起来。几分钟后,全国广播公司播音员大卫·伯灵顿(David Burrington)[18]就在洛林旅馆的直播中说道:"来自芝加哥的杰西·杰克逊牧师是金最亲密的助手之一。金在所住的旅馆门外中枪时,杰克逊牧师就陪伴在他身边。"

***

圣约瑟夫医院的手术室里,参与手术的医生都看得出,金的心脏正在衰竭。下午 6 点 45 分,泰德·加伦医生命令医护人员给金连上了心电图机。金的心跳已经十分微弱,电子针在缓缓滑出的图纸上懒懒划着的之字形也渐趋平缓。加伦医生指示直接给心脏肌肉注射一针肾上腺素,另一位医师同时在做胸外心脏按压,他用手掌根部有节奏地按压下胸骨。金的胸腔上部还能看到一道触目惊心的旧伤疤紧挨着胸骨。1958 年,金在哈莱姆签名售书时,被一位精神错乱的女子用一把开信刀刺伤,他胸口这道十字形的伤口就是当年的手术痕迹。

不管采用了多少医疗复苏手段，金都毫无反应。一位医生用刺眼的手电照射他的眼睛，他已经放大的瞳孔也纹丝未动。一位外科医师摇了摇头，转身低声对拉尔夫·阿伯纳西和伯纳德·李说："他不行了。"[19]

阿伯纳西神色迷茫。他回应道："那他们怎么还不走？"他的目光落在了还在手术室里忙碌的医生、护士身上。

医生温和地说："对金博士这样的著名人物，我们会尝试所有可能。但现在做什么都回天乏术了。"

医生们依旧持续按摩着金的心脏，长达十五分钟。可是心电图机的指针已经完全停止了震动，画出的心电图也毫无波动，说明心脏功能已经完全丧失。那位医生再次走到阿伯纳西和李身边道："他就要走了。如果你们想最后和他待几分钟，最好趁现在。"

阿伯纳西把金紧紧地抱在怀里。后来他说，金的呼吸"已经微弱得仿佛只是缓慢的颤抖。呼吸之间的间隔也越来越长。接着他的呼吸再次一顿，我一直在等，直到最后我意识到，这个停顿就是永远了"。[20]

杰罗姆·巴拉索（Jerome Barrasso）医生走进病房，在晚上 7 点 5 分，宣布马丁·路德·金死亡。

阿伯纳西和医务人员一起走出手术室，向孟菲斯和整个世界做了简短的通告。与此同时，圣约瑟夫医院的驻院牧师科尔曼·博格德（Colman Borgard）神父被请进了手术室。按照医院的规矩，博格德俯下身子，对马丁·路德·金所有的罪进行了有条件的赦免，并为他的灵魂祈祷。

接着，博格德神父轻轻为金阖上了眼睛。[21]

***

亚特兰大这边，金的父母正认真收听着埃比尼泽浸信会教堂的电台广播。[22] 他们已经得知自己的儿子中了枪，受伤严重，但是依然还抱着一丝希望。老马丁·路德·金楼上的书桌上就放着一台小收音机。他大声祈祷着，同时艾伯塔·金（Alberta King）则在一旁无声垂泪。她是在埃比尼泽长大的，自从1932年以来，她一直在教堂担任风琴手。埃比尼泽就是她的家，是她的避风港，也是在这种危机中她最需要的地方。时间一分一秒地流逝，金的父亲呜咽道："主啊，让他活下去，让他活下去！"

接着，讣告沿着电波传来。金老爹转身看着妻子，二人相对无言。多年来，他们其实一直在隐隐担忧会有这么一天。每个夜间的来电、每声突然的响动都会使他们担心，是不是这一天真的来了。金老爹意识到，面对一张邪恶之网，他的儿子早已无处可逃。他后来写道："不管一个人被保护得多好，都不足以抵御'仇恨'这个恶敌。"[23] 他意识到，儿子的命运其实多年前就已经注定。他写道："这命运无法逃避，就像夜晚无法逃避黑暗降临。"

金氏夫妇在书房里紧紧相拥，不知该如何接受这可怕的噩耗。金夫人想起当天下午她和两个儿子的那通电话，就在几小时前，他们还在孟菲斯旅馆的房间里假装互换身份和她开玩笑。得知他们安安全全地在一起，她是那么幸福。

金老爹摘下眼镜，泪水淌过他的脸颊，没入了他灰白的胡须。他一遍遍呢喃："我总以为我才会是先走的那个。"在他眼里，儿子永远都是孩子。和母亲一样，金也是在这座教堂里长大的，他年轻的生命一直围着埃比尼泽转。金老爹呢喃说："儿子还在时我是多么幸福。他出生时，我在产房外高兴得一蹦三尺高，甚至碰到了天花板。我的孩子，我的学者，我那个会唱会笑的儿子，不在了。埃比尼泽如此安静，整个教堂都在流泪，却寂静得可怕。"[24]

***

几公里外，FBI 亚特兰大总部里，金去世的消息通过无线电疯狂传播。办公室的人们反应不一。过去十年来，FBI 亚特兰大办事处的探员们对金用上了十八般武艺：跟踪、窃听、诽谤未遂，他们在金身上投入的时间，恐怕比其他任何单一目标都要多。代号"佐罗"的金已经成了困扰整个办公室的幽灵。他是卷宗最多的目标，周围萦绕着上千条调查线索。

消息传来时，有两位探员刚好站在一起。[25] 他们的反应精准地呈现了整个办公室在金的问题上无法调和的态度。第一位探员是亚瑟·穆塔格（Arthur Murtagh），他表示金的死亡是一场悲剧。他说："他是个可靠的人。他是在全力帮助他的人民。"

站在他身边的探员詹姆斯·罗斯（James Rose）批评穆塔格太过天真，于是两位同事就此爆发了激烈的争执。罗斯说金就是个共产主义分子，是江湖骗子，是对国家安全的威胁。他想控制这个国家然后拱手送给俄罗斯人。

穆塔格说，当时罗斯高兴得差点跳起来，他惊呼一声："佐罗被杀了！感谢上帝，他们终于弄死了那个混蛋！"

第 27 章

擦肩而过

警察局总部,弗兰克·霍洛曼局长在事发后数秒就得到了金去世的消息。他立刻提醒手下级别最高的警员,他预计街头即将出现一场风暴,打砸抢烧甚至全面爆发种族暴乱都有可能,马上让整个警察局全体戒备。不过,他的注意力仍然主要放在夏日大道上这场激烈的高速追击上。

霍洛曼找了几个得力手下分析了广播的一段录音。分析之后,这段录音的奇异之处开始显现出来。夏日大道上没有哪怕一个路人或者司机报告说目击了车辆追击或者枪击事件。这一点已经十分奇特,因为夏日大道是孟菲斯最繁忙的街道之一,而追击不仅发生在交通高峰,而且正好是在金被枪击的消息刚刚通告之后。可以说,此时整个城市都正紧张不安,正在等待一场爆发。

当警官们分析完录音带,在地图上标清广播中提到的时间、地点后发现,这场追击的平均时速达到了 130 公里,在这段交通拥堵的主干道上几乎是不可能达到的。这样一场高速追击几乎肯定会导致车祸,或者至少出现险情,但不管是哪种情况,夏日大道上的司机绝对无法忽视或者忘记这等奇观。

而且,郡警局在夏日大道沿线的几个关键路口也停了巡逻车。这些巡逻的警员坚称完全没有看到听到任何异常情况。他们没有看到蓝色庞蒂克或者白色野马,也没有听到轮胎尖利的摩擦声或者引擎轰鸣,更没有看到被击碎的挡风玻璃。在他们眼里,这简直是场幽灵追击战。

还有比尔·奥斯坦，也就是拦下警官鲁弗斯·布拉德肖的那位民用波段爱好者，也有他自己的疑惑。当电波消失，他和布拉德肖坐在勒布洗衣店的停车场里并未离开，他们在认真咀嚼刚刚听到的夸张故事。奥斯坦意识到，广播者的声音听起来平静得诡异。作为一个以130公里时速飙车的年轻人过于平稳了。更不要说他的车还在飞快地变道，甚至还被子弹击碎了挡风玻璃。

还有一个奇怪的点，广播者不愿意透露自己的身份，虽然奥斯坦和孟菲斯几位其他民用波段广播者多次询问。这个人冒险追击一辆逃跑车，甚至不顾自己的生命安全，为什么却又不愿意说出自己的身份呢？

奥斯坦还对这个信号本身存有疑问。整个广播过程中，他都在不停地检查电台上那根浮动的小指针，这根指针是信号强度记。他发现这个电波的信号从来没减弱过。根据广播者的描述，蓝色庞蒂克应该已经向东北追出去了好几公里，早已超出了城市边界，那里应该是没有信号了才对。

奥斯坦意识到，这一点十分可疑，因为这意味着，不管这个广播者是谁，在整个广播过程中应该都没有大幅度移动过。这个人也许是停车坐在某处，或者根本就是在家里广播的。奥斯坦越想越觉得恐怕整件事就是"一场恶作剧"[1]，很可能就是某个十几岁的民用电台爱好者一手捏造的故事，只为制造点笑料而已。恶作剧者肯定是一直在收听警用波段，所以才收听到了第一条通告，得知了逃亡车辆是一辆白色野马，之后就完全是他天马行空的想象了。

霍洛曼的警员很快也得出了类似结论。当然还有一种可能性，那就是这位民用电波爱好者并不是在随便恶作剧，而是参与了这场精心策划的阴谋。他故意伪造了一场不存在的追击，就是为了误导警方。霍洛曼简单考虑了这个可能性，但现在他没有时间验证这个推测。虽然执法机关也十分清楚，美国三K党联盟的很多成员其实就是用民用波段无线电交流的。为了以防万一，后来他还是让警探去检查了孟菲斯所有汽车和玻璃修理店，寻找是否有蓝色庞蒂克车主送修被击碎的挡风玻璃。但眼下，霍洛曼能确定的只有一件事，那就是这最关键的几分钟里，他的警局完全被人误导了。

**

不管电台恶作剧者意欲何为，他这场骗局的受益人都有且只有一人，那就是埃里克·S. 加尔特。这场莫须有的汽车追击把人们的注意力引上了错误的方向，而且恐怕为加尔特赢得了宝贵的十五分钟。

丢下包裹，跳上野马一路狂奔的加尔特，以三十秒的差距摆脱了警方的第一波追捕。此刻他正沿主街驶过胡林大道，开始了美国历史上路程最远、过程最复杂的逃亡。

加尔特眼下的第一要务是尽快离开田纳西州。其实要从孟菲斯市中心出州本来很容易，因为这座城市就坐落在阿肯色州、密西西比州和田纳西州三州交汇处的河流冲积层上。如果加尔特一路向西，直接开上密西西比州跨河铁桁架桥，那么不用三四分钟他就能进入阿肯色州。可是他却选择了东南方，沿着78号拉马尔高速向密西西比州而行，也就是前一天从新潮叛逆汽车旅馆来时走过的路。[2]

6 点 10 分，当警方电台发布第一条通告公布他的车型之时，加尔特已经在出城的路上。有那么十分钟，形势无比紧张，因为加尔特陷入了堵车。因为前方道路施工，有好几公里都堵得水泄不通，一辆辆车首尾相接，艰难地向前挪动。根据加尔特的回忆录，他当时打开了车载收音机，在调频电台中搜索警方通告。

6 点 30 分，交通堵塞终于清除，加尔特也已经驶过了新潮叛逆旅馆。汽车旅馆门口霓虹灯闪烁，照亮了昏暗的高速公路。几分钟后，他驶入了密西西比州郊区。野马冲着伯明翰和亚特兰大的方向疾驰而去，冲进了夜色下的铁锈红山丘。所有通往城外的主干道上，孟菲斯警方只在夏日大道上设了路障。加尔特成功地以仅仅几分钟和几公里的领先优势，与这张不断扩大的追捕网擦肩而过。

加尔特穿越木兰花州*时，满脑子想的都是他留在现场的包裹。让他不安的是，他在犯罪现场留下了一堆可能指向他的证据。随着他的不安愈加剧烈，他开始认真回忆，除了武器，那堆被他丢在人行道上的笨重包裹里还有其他什么重要物证。

但眼下，加尔特还是可以享受这一刻胜利的。因为一系列巧妙组合，包括完美的时机、运气和地形优势，埃里克·加尔特已经安全地滑出孟菲斯的大都会轨道，可以在密西西比州山城逍遥法外了。

还有一件事让他欣喜，那就是广播电台插播的重大新闻：马丁·路德·金去世了。[3]

***

在亚特兰大机场，科雷塔·金脚步匆匆地走过机场候机厅长长的走廊，身边跟着伊凡·艾伦市长和朵拉·麦克唐纳。[4]就在他们快要走到飞往孟菲斯的航班登机口时，她听到机场的广播里响起了她的名字。

一开始科雷塔很乐观。她轻快地说："我的传呼。"接着突然一股"诡异的寒冷"扼住了她。她后来写道："因为我知道是孟菲斯来消息了，而且是坏消息。"

艾伦市长去取传呼消息时，朵拉对她说："来吧，我们去找个地方坐下。"她领着科雷塔来到女士洗手间门口，手拉手等待着，那几分钟格外

---

* 美国密西西比州别名。——译者注

漫长。接着艾伦市长回来了，他满脸痛苦。以极其正式的姿态，他走向科雷塔："金夫人，他们要我向你转达，金博士去世了。"

市长的话仿佛凝固在空气中，在他们身边，成群的乘客正涌向登机口。朵拉和市长试着安慰科雷塔。他们紧握着对方的手一同哭泣了一会儿，但是飞机马上就要起飞。艾伦市长拉着科雷塔的手问道："金夫人，你想怎么做？你还要去孟菲斯吗？"

她摇了摇头，说："我该回家了。我得回去照看孩子们。"

***

孟菲斯公布金去世的消息几分钟后，华盛顿美国司法部大楼五层的会议室里，司法部长拉姆齐·克拉克就收到了通知。克拉克表示，金的去世"让他痛失挚友，无法接受"[5]。他担心国家的裂隙会因为金的死亡加剧。

司法部长瞬间意识到，FBI必须接手这个案件，哪怕受害人的身份是杰出公民和谋杀这两个条件，都无法构成联邦案件。但是马丁·路德·金的刺杀事件影响太大，不便交由孟菲斯地方警察局处理。克拉克同时意识到，刺客很可能已经越过了州界，所以这也是个多辖区案件。

克拉克命令司法部律师立刻着手寻找让FBI接手本案的合法依据。他们很快就瞄准了《美国法典》第18条第241项条款，该条款明确规定"禁止阴谋损害、压迫、威胁或恐吓任何美国公民行使、享有美国宪法或法律赋予该公民的任何权利或特权"。

司法部长克拉克紧接着就联系了FBI局长助理卡撒·德洛克，当时这位局长助理才刚回到家。克拉克跟德洛克说："我觉得FBI应该接手此案"[6]，并简要概述了司法部计划援引的"禁止阴谋损害"条例。克拉克还坚持说，要不惜一切代价"搜集能拿到的所有证据，我现在就给白宫打电话"。

克拉克的潜台词其实是说德洛克应该打电话给胡佛，因为当时克拉克和 FBI 局长的关系极其糟糕，几乎已经不直接交流。德洛克听懂了这层含义，并且立刻用私人电话联系了胡佛。多年后，他还在回忆录中提起了这段对话。

德洛克说："有个白痴枪杀了马丁·路德·金。"

当然，局长早已知悉了刺杀事件。胡佛机关枪一样说个不停，德洛克根本插不上话："不要接手调查此案。这是地方事件。不管孟菲斯方面需要什么帮助都可以提供，弹道分析、指纹记录、犯罪记录，都行。但这是州市警察的管辖范围。"

最后德洛克终于成功地在老家伙的长篇大论里插进一句，说他已经接到了司法部长的电话："克拉克说他希望我们接手本案。"

沉默良久之后，胡佛叹了口气。他恼怒道："他当然希望如此。"一想到他的反谍计划探员们一直在努力诽谤、败坏、"压制"的人被谋杀，而现在他的 FBI 还要负责追查他仇敌的凶手，胡佛肯定厌恶得发抖。

德洛克解释说，司法部找到了合理法律依据。他说他也觉得克拉克的决定是正确的。虽然金只是普通公民，但如果 FBI 不接手肯尼迪遇刺案以来最重大的国家级谋杀案，在全国人民和整个世界眼中都将十分蹊跷。他说这起案件"对国家至关重要"[7]，而且是由"巨大的外部压力"造成的。

胡佛只说了一句："好吧，那就接手。"他意识到，即使争辩也是徒劳无益。他说："但是我要你负责此案。不要让克拉克把这个案件变成一场政治闹剧。你要明确一点，现在这是 FBI 的案子。"接着胡佛就直接挂掉了电话。

有了这个曲折而又尴尬的开头，FBI 终于开始追捕谋杀马丁·路德·金的凶手。这场追捕达到了美国史无前例的规模，最终调用了

擦肩而过　　215

三千五百多名 FBI 探员、花费了将近两百万美元的政府资金。这场追捕之中的不和谐音符是与生俱来的，而且就来自高层：守旧的 FBI 局长受命调查仇敌的刺杀案，而且还得向年轻的自由派司法部长汇报，这司法部长不但正在和局长冷战，而且本身还是局长仇敌的崇拜者。于是卡撒·德洛克再一次被夹在了中间。后来他写道："胡佛和克拉克依旧在交战，而我就卡在前线。"[8] 德洛克说这种安排总是让他"处于高压状态"。

德洛克相信，虽然胡佛憎恨金，但老家伙还是会动用 FBI 一切可用的资源追捕杀手。用德洛克的话说："他比任何人都更想抓到凶手，虽然他并不认可金本人。这是我们的工作，我们也一心想要完成。案件处理得十万火急，FBI 的所有探员都在尽力帮忙。"[9]

拉姆齐·克拉克也认可德洛克的判断："FBI 的名声正在风口浪尖，而对胡佛来说，没什么比 FBI 的名声更重要。胡佛担心人们说是他幕后指使了此事，所以他更是在拼尽全力追查凶手。这一点一开始从 FBI 探员们办案的节奏和严肃态度中就能看到。"[10]

德洛克电话联系了 FBI 驻孟菲斯地方办事处的负责人、特别探员罗伯特·詹森（Robert Jensen）。詹森已经去过现场，而且在枪击案报案后数分钟就已经联系了孟菲斯凶案组。德洛克告诉他："司法部长想让我们接手。"詹森立刻明白了这句话的含义：这里是案件发生地，所以孟菲斯地方办事处将与华盛顿办事处一起，成为这场全国调查的指挥中心。在案件告破前，詹森作为 FBI 负责人，不但责任重大，而且恐怕吃力不讨好。用德洛克的话说就是"被推上了风口浪尖，踩在雷区中心，必须步步为营、如履薄冰"。[11]

但是德洛克对詹森有信心，他认为詹森"经验丰富，思维缜密"。詹森出生在丹麦，长在底特律。[12] "二战"期间，詹森曾任飞机领航员，去欧洲领空执行过二十五次飞行任务。从密歇根大学毕业后，他在 FBI 工作了二十一年，先后在费城、迈阿密、伯明翰和华盛顿特区任职。詹森是个高尔夫爱好者，他沉默寡言、头脑冷静，略显参差的门牙更凸显了他的诙谐幽默。不过他最重要的特点还是冷静，这种品质在接下来歇斯底里的几周里让他极为受用。

德洛克命令詹森收集案发现场信息，尽快把物证送上飞机，这样 FBI 罪案实验室的专家法医就能尽快开始分析。德洛克告诉詹森："你也清楚，必须尽快破案。这次我们要倾巢而出，至死方休。"[13]

**

当孟菲斯警局凶案组的探长内夫林·扎卡里（Nevelyn Zachary）来到南大街 424 号时，加尔特留下的包裹还在卡耐普娱乐公司门口的小厅原样放着，旁边还有持枪警员看守。扎卡里让人先维持现场原样拍了照，然后才戴上手套开始检查，以免污染物证。这时，这个包裹才终于作为证物，到了扎卡里手中。但它在扎卡里手中只停留了区区几小时，因为与此同时，克拉克、德洛克和胡佛正在协商 FBI 是否要全权接手本案。接着，晚上 8 点没过多久，包裹就被送往市中心的 FBI 办事处，落到特别探员詹森手中。

詹森解开包裹外面松松垮垮、旧得褪色的绿色人字纹床单。[14] 他判断是从某个廉价旅馆拿来的一条旧床单。他戴上塑胶手套，把包裹里的东西在检查室的桌子上依次摆好。直觉告诉他，案件的突破口可能就藏在这些物品之中，所以特别探员詹森开始了细致盘点。

第一件，当然也是最不容忽视的一件物证，就是那个黑色纸板枪盒。它本来是布朗宁枪盒，现在里面却放着一把雷明顿"大赢家"06 年款点 30 口径步枪。詹森很快辨认出，这是把 760 型号步枪，序列号 461476，而且看来是新近购买的，因为枪体上连划痕都没有。这把武器上还装着一个雷德菲尔德瞄准镜。弹夹是空的，但枪膛里还留着一个空弹壳，也被詹森小心地取了出来。

詹森还发现了一个二十发子弹盒，里面装有九枚子弹。都是雷明顿-彼得06年款点30口径，软尖头、金属外壳、斯普林菲尔德高速纹核弹，150格令。

弹药盒旁边放着一个蓝色塑料拉链手提包，大概长76厘米，宽50厘米。里面塞满了各种奇怪的东西。詹森在里面找到一把磁性平头钉锤、一副扁头鸭嘴钳，钳柄上还印着"狼佩五金"的字样。此外还有两张公路地图，分别是美国公路地图和佐治亚州-亚拉巴马州公路地图。他还找到一份当天早上的《孟菲斯商业诉求报》。报纸头版大篇幅报道了金博士在孟菲斯的行动，还提到金和随从一行住在洛林旅馆。

接着，在皮包深处，詹森发现了一副双筒望远镜，看起来同样崭新，旁边还放着说明书和镜片擦拭布，另有一个纸盒和一个便携式黑色皮盒。望远镜是博士能公司出厂的，序列号DQ408664。詹森确认了孟菲斯警方早先在约翰·威拉德屋里发现的两根细长的皮带与这副望远镜完全吻合，于是证明把包裹放在这里的，一定就是之前的5B号房客。

购买望远镜的时间和地点很明确，因为詹森在包里发现了一个纸袋，上面印着"约克武器店"，里面还有一张41.55美元的收据，日期就是当天。詹森知道约克武器店，这家店铺就在离出租公寓不远的主街上。罢工的垃圾工每天都在那里游行示威，身上带着夹板广告牌，上面写着他们的口号——我是人。

包里还有几件衣服，一双黑色长袜、一条灰色布皮带、一条灰白色内裤，胯部还用棕线粗糙地缝补过。此外，里面还有一条白色手帕、一件骑师牌针织T恤衫。在手提箱的折叠隔板里，詹森摸出一只棕色小包，里面还剩两罐喜力滋啤酒，标签上印着"让密尔沃基闻名遐迩的啤酒"。啤酒罐底部的贴纸说明，这是盒六罐装的啤酒，在密西西比州售出。

詹森发现包里其余的东西几乎都是药店杂货：一管高露洁牙膏、一支白速得牙刷、一罐喷雾式吉列剃须膏、好卫士除臭剂、剃须刀、百服宁片、一块黛尔香皂、棕榄快速剃须膏、每日维生素片、美能阿弗塔剃须护肤水、海飞丝洗发水、一盒创可贴、百利发乳和一罐奇异鸟棕色鞋油。里面还有两小块旅店配置的肥皂，一块是羊脂皂，一块是棕榄皂。应该是枪手旅途中落脚时从某个旅店拿来的。看到这些，詹森的第一判断是，此人十分节俭，而且格外在意个人卫生和衣物保养。考虑到布鲁尔夫人出租公寓里留下的邋遢房间，这一点显得尤为诡异。这些杂物中有很多是在孟菲斯买的。詹森发现它们都贴着价签，上面还印着"怀特黑文，奥利弗·雷克索"（Oliver Rexall）。

  手提包里还有最后一样东西，这件物品让詹森有些犹疑：它是一个"频道大师"牌晶体管口袋收音机。收音机看起来已经有些年头，栗色的塑料外壳上有不少污迹、划痕，罩在扬声器外的多孔银色格栅上还有几处凹痕。

  收音机侧面隐约有一行很小的数字，还有一个奇怪的售后识别码。可是特别探员詹森无法辨认，因为这行数字被人刻意刮花了，看起来似乎就是为了不让人看清。

第 28 章

毁坏殆尽

约翰逊总统坐在总统办公室的红木办公桌前,难以置信地盯着面前一份刚刚由助手递交给他的单页备忘录。[1]备忘录上言简意赅地写着:"总统先生,司法部刚刚宣布金博士死亡。"[2]当时是东部时间 8 点 20 分。

接下来的几分钟里,约翰逊把目光投向了办公室里的三台嵌入式电视机,不知疲倦地从全国广播公司看到美国广播公司,再看到哥伦比亚广播公司(CBS)。角落里,一台通信电报机吱吱呀呀地工作着。总统喝着无糖青柠水,在绿色的地毯上踱来踱去,努力理解着正在涌入总统办公室的庞大信息流。他刚刚和克拉克以及德洛克通了话。熟悉的恐惧正慢慢笼罩他,他再次因为刺杀案而被召回办公室,面对国家的巨大裂隙。后来约翰逊回忆道:"当时我脑中一团乱麻。这件事意味着什么?是个人作案还是团体阴谋?凶手是黑人还是白人?这起枪击案会不会激起更多暴力、更多灾难、更多极端主义?"[3]

约翰逊立刻意识到,他当晚、当周甚至当月的雄心计划恐怕都要流产了。本来当晚 8 点,他该去康涅狄格大道的华盛顿希尔顿酒店,参加一场人均 250 美元的民主党募捐晚宴;之后他要一整晚坐在空军一号上,飞去夏威夷会见韦斯特摩兰(Westmoreland)将军,协商越南休战事宜。约翰逊四天前退出总统竞选的决策颇具政治家之风,为他迎来了无数好评,他自己也满怀乐观地要结束战争,要把任期的最后一个月投入他热爱的"伟大社会计划"。而且正如他所料,退位似乎解决了他的所有问题。连白宫工作人员都注意到，重新投入工作的总统连脚步似乎都轻快起来，而且看来还得到了新的政治资本。

可是现在，随着金被刺杀，林登·约翰逊明白，他的缓刑到头了。约翰逊愁眉苦脸地说："这几天来我们争取到的一切，都在今晚功亏一篑。"[4]

约翰逊叫来手下，紧锣密鼓地开始谋划下一步。他去夏威夷的行程即使不取消，至少也得先延后。第二天是周五，他打算一早就派司法部长克拉克飞往孟菲斯，去一线监管 FBI 的案件调查。接下来，他将在白宫约见全国最有影响力的黑人领袖们，讨论民权运动未来将何去何从。之后，他将参加马丁·路德·金追悼会。追悼会就在金周一还登台演讲过的国家大剧院举行。白宫将发吊唁电给老马丁·路德·金夫妇。那个周日正好是圣枝主日*，这一天将被宣布为全国悼念日。这片土地上所有的联邦旗帜都将以降半旗的规格，悼念金的离世。这是美国历史上第一次以如此隆重的方式纪念一位普通公民的死亡。

但现在，约翰逊清楚他必须上直播电视，向全国人民发表讲话。趁着演讲撰稿人拟写稿件的空档，他去白宫理发店简单整理了仪容，上了轻妆。在理发店时，他往亚特兰大给科雷塔·金打电话表达了哀思，那时科雷塔刚从机场回到家里。东部时间晚上 9 点，他大步来到白宫西厅，面对林立的麦克风站上讲台。那夜的空气十分潮湿，预告说当晚有暴雨。约翰逊总统身穿一套深色西装，手帕叠出的立角从口袋里探出了个尖。

他对着摄像机道："美国上下举国震动，马丁·路德·金博士被残忍杀害让我们万分悲痛。我请求所有公民一起抵制伤害了金博士的盲目暴力。他一直以来为他所热爱的土地做出了杰出贡献，我衷心希望他的家人能从中得到些许慰藉。我刚刚才向金夫人转达了我们夫妇的哀思。"[5]

---

* 圣枝主日(Palm Sunday)，亦称"棕枝节"、"基督受难主日"（因耶稣在本周被出卖、审判，最后被钉十字架），是主复活日前的主日，标志着圣周的开始。——译者注

约翰逊顿了顿,积聚力量说出了他真正想传达的更重要的信息:"我知道每个善良的美国人,都将和我一起哀悼这位杰出领袖之死;和我一起祈求这片土地能拥有和平。没有法律,一切都将成为泡影。只有团结一心,我们才能在人民的平等和幸福之路上更进一步。"

总统回到办公室,开始给全国各州长和市长打电话,强调政策管制的重要性。他担心在街头过度展现武力只会让暴力升级。他不断重复,我们不是要与自己的人民开战。他说:"不要让手下的新手随便举着长枪大炮出动,一旦爆发枪战,可能就停不下来了。"[6] 约翰逊担心他的话作用不大。他对一位工作人员说:"他们没有听进去我的话。他们就像躲在防空洞里的将军,已经在准备观战了。"[7]

就在他说出这句话的那刻,枪战已经发生了,而且距离白宫只有区区几公里。在那之前,人们理所当然地认为华盛顿特区是不会发生暴乱的;如果有暴动,也会从更大型的北方城市先开始,比如芝加哥、克利夫兰或者波士顿。可现在,战火就在特区上空飘荡,可怕的新闻涌入白宫:"特区民防系统报告,十六大道与牛顿大街西北角、十四大道与 T 街西北角有大量人员聚集……一名枪手占据了鹰鸽酒吧楼顶……"[8]

全城的黑人激进分子都听到了召唤。种族平等大会的弗洛伊德·麦基西克(Floyd McKissick)对报道 U 街骚乱的记者说:"金是非暴力抵抗的最后王子[9],现在,非暴力哲学已经死了。下次再有哪个黑鬼站出来宣扬非暴力,黑人就会撕碎他![10]"在哥伦比亚高地,黑人青年挨个砸碎商店的窗玻璃,嘴里喊着:"杀死白佬,烧掉这座城!"

但最值得一提的是斯托克·卡迈克尔,他当时还是华盛顿的霍华德大学研究生,在媒体中引起了最为强烈的关注。他跟记者说:"美国白人杀死金博士,就是在向我们宣战。相比即将发生的事,这个国家之前所见证的不和谐,只是小巫见大巫。"[11]

华盛顿的雷雨让当晚的暴乱略有收敛,但在接下来几小时之内,还是发生了十八起火灾，有两百多家商店被抢砸一空。混乱无可避免地造成了致命事故，一个名叫乔治·弗莱彻（George Fletcher）的倒霉白人，开着车在特区里迷了路，被一群暴徒拦住。他的头部被刺伤，当晚死亡。

全美其他各地也有类似的纷乱骤起，其中包括芝加哥、巴尔的摩、新泽西州。新闻报道全是暴力事件，整个国家都似乎到了崩溃边缘。约翰逊面对全国人民的讲话似乎收效甚微。总统瞥了一眼面前闪烁的三个显示屏，用手捂住了脸。

后来约翰逊了解到，当晚在华盛顿希尔顿酒店的那场半正式募捐晚宴提前结束了，价值人均250美元的菜肴无人问津，最终无奈丢弃了近三千份。组织民主党信徒提前结束晚宴时，副总统休伯特·汉弗莱（Hubert Humphrey）已经脸色苍白。离开希尔顿酒店前，弗兰克·丘奇（Frank Church）议员说："这个国家充满了暴力，这是这片土地的诅咒。"[12]

这天晚上，确实有一个地方没有爆发骚乱，那就是印第安纳波利斯。当晚在一场几乎全是黑人观众的集会中，罗伯特·肯尼迪通告了金的死讯，并为震惊的人群做了一场即兴演讲。演讲中，他回忆起了自己被暗杀的哥哥，并引用了希腊悲剧作家埃斯库罗斯的话："即使在睡梦中，无法忘记的伤痛也在一滴滴砸着我们的心，直到我们在绝望与抗拒中，得到上帝恩典的智慧。"

约翰逊总统还在匆匆浏览从全国各地涌入的令人心碎的报道，直到"伯德夫人"约翰逊叫他去吃推迟了很久的晚餐。约翰逊一家的晚餐还邀请了几位亲密的顾问，包括国防部长克拉克·克利福德（Clark Clifford）。家里的小猎犬在房间里进进出出。约翰逊的孙女林（Lyn）就坐在总统腿上，可即使是这样的温馨也没能缓解晚餐的沉闷气氛。

约翰逊夫人后来回忆说："那一刻仿佛是凝固的，就好像我们担忧已久的核弹终于落在了身上。晚餐安静得诡异。我们在又一个深渊面前摇摇欲坠，而那深渊，根本看不到底。"[13]

***

随着金被刺杀的消息传出，孟菲斯开始备战一场种族末日之灾。消防兼警察局长弗兰克·霍洛曼命令手下的防暴小组做好出勤准备，还派出了直升机，一方面可以寻找凶手，另一方面可以防控街道，监控民众骚乱。霍洛曼已经接到通知，说 FBI 将接手此案，但是目前，他的手下还不能甩手不管，所以他们依然在追查所有可能的线索。孟菲斯警局的警探们纷纷出动，询问城里每一位能找到的浅色野马车主，追踪着每一个偏巧姓威拉德的倒霉蛋。贝西·布鲁尔出租公寓 5B 号房被认真地搜查了一遍，提取了所有能找到的指纹、毛发、纤维；当然那层楼的公共卫生间也同样细致地搜查了一遍，因为凶手大概率是从这里开的枪。

案发现场被测量、拍照、仔细分析。洛林旅馆附近，警方逮捕并拘留了多名可能的嫌疑人；警员们地毯式搜查了出租公寓楼下的地面，搜集了所有潜在证据，包括足迹、弹壳和其他所有可能物证。后来还有一个特别小队，为取证砍光了那里的杂草和树苗。警探同时在联系全市所有汽车旅馆，询问在过去几天是否有个叫威拉德或开白色野马的人入住过。

霍洛曼上了当地电视，宣布本市开始执行从晚 7 点到第二天晨 5 点的宵禁，所有加油站、烟酒商店都将歇业。街道将设路障；对打砸抢烧者，警方将有权当场击毙；接下来将出现强制搜查、逮捕。所有大型体育活动和节日庆祝都将被取消，包括周六晚上已经筹备好的 1968 年棉花狂欢节项目——在皇冠和权杖舞会上为国王和王后加冕，而这本来是孟菲斯社交日程中最盛大的活动之一。狂欢节办公室里，恐吓信蜂拥而至。据说其中一封直白地写着："你杀死了我们的国王，现在我们要杀死你们的王后。"狂欢节筹办方已经在考虑采取最极端的应对措施，他们打算取消整个狂欢节。自"二战"以后，狂欢节还从未中断过。

无论从哪一点看，孟菲斯都是在备战。霍洛曼还宣布，国民警卫队已经被召往孟菲斯。他说："我和孟菲斯的全体市民对今天金博士被杀一事深感遗憾。孟菲斯警方、谢尔比郡治安办公室和田纳西州高速公路巡警部门将调动一切可能的资源，寻找并追捕凶手或行凶团伙。"[14]

虽然他提到了"行凶团伙"，但霍洛曼也说道："从目前掌握的证据来看，凶手是单人作案。"他说嫌犯是一名白人男性，仪容干净、着装整洁，身高大概一米八，体重大概七十五公斤，年龄在二十六到三十二岁之间。他这个完全没有任何具体特征的描述，只是总结了住在出租公寓、靠近出租公寓，以及曾在卡耐普娱乐公司瞥见凶手的目击者们的描述。霍洛曼觉得，现在公开宣布嫌犯名叫约翰·威拉德还为时过早，所以此时，他和其他执法机关的官员们只是称呼这个嫌疑人"5B 号房客"。

霍洛曼补充道："我们已经发现了一些有用证据。"除了嫌犯留下的雷明顿 06 年款点 30 口径步枪，嫌犯还留下了行李，里面装有各种个人物品，包括 5B 号房客当天在孟菲斯购买的一副望远镜。

谢尔比郡警长威廉·莫里斯（William Morris）还透露了枪手开枪的位置。他告诉记者："我们认为，枪手是躲在二楼窗边[15]，透过树丛开枪杀害了金博士。这一枪视野很好。"

***

亨利·勒布市长坐在自己的轿车里，通过便携式电话得知了金中枪的消息。当时他正在去密西西比州牛津市的路上。他本来要去密西西比大学法学院做一场演讲。接到电话后，他立刻取消了这次演讲，让司机马上掉头，加速返回孟菲斯。不到二十分钟，他就回到了那座崭新、宏伟的白色大理石大楼。市政厅离密西西比河只隔一个街区，大楼四周铺满了郁金香花圃。一回到办公室，勒布就打开了警用对讲机，并且收到了金的死讯。

市长决定发表电视直播声明后，随即摄像机就在他的办公室架好了。他办公室的墙上装饰着孟菲斯市市徽，市徽的图案是毛茸茸的棉花球和一艘汽船。他开口讲道："孟菲斯人民对我市刚刚发生的这桩悲剧深感痛心。我们向金博士的家人致以最深切的哀悼。"刺眼的灯光下，勒布看起来神色震惊、脸色苍白，但是他还是在努力营造一种强硬的镇定。他穿着白色牛津布衬衫，上浆的衬衣笔挺得没有一丝褶皱。当然，他的衣服也是家族洗衣店的某位黑人浆洗烫熨出来的。电视观众能看到他身后墙上挂着的照片，照片上是他当年在"二战"服役的鱼雷快艇。

勒布继续道："我们在采取一切必要、可取的措施追捕凶手。在此也呼吁所有市民，尊重金博士的遗志，选择和平以及荣誉。"勒布呼吁全市哀悼三天，并要求所有市政建筑降半旗致哀。第二天，孟菲斯所有学校都将闭校。在市长敦促他的城市拒绝暴力之时，他并没有顺口提及，他脚边地毯下的暗格里，就在此时也还有把上了膛的步枪。

声明发表后不久，勒布坐在办公室里，看起来几乎已经濒临崩溃，身边围着一群市领导，有白人也有黑人。市议员杰里德·布兰查德（Jerred Blanchard）是位脾气暴躁的共和党律师，以前曾是耶鲁的足球队员。他认为孟菲斯"成了世界唾弃之地，因为那位公认的黑人领袖中的领袖，是在这里被残杀，而且手法低劣，根本就是现代私刑"。[16]

勒布找来一位牧师，为全市、为全国、为马丁·路德·金的灵魂祈祷。接着，勒布市长做了一件任何人都没有在公共场合见他做过的事，一件几乎毁掉了他强硬形象的事：他精神崩溃，大哭起来。

他对一位黑人市议员弗雷德·戴维斯（Fred Davis）说："我真的很抱歉事情居然发展到了这步田地。"[17] 说这话时，泪水顺着他的脸颊滚滚而下。

戴维斯后来回忆说："我们都安慰他。他谈起了上帝。他真的是被吓坏了。"

***

过了一会儿,勒布终于打起了精神。他在口袋里装了一把珍珠柄的点 38 左轮枪,然后坐上了一辆无标记警车,去巡视这座深陷痛苦的城市。他发现白人街区安静得诡异。大多家庭都躲在屋里,紧锁着房门,而且新置办了步枪、手枪,正蓄势待发——上周孟菲斯的枪支商店经历了一次大抢购,白人顾客尤其多。后来一位白人市议员回忆道:"我们的街区就像片墓穴。已经剑拔弩张、一触即发。就算一个黑鬼只是停下来换个轮胎,我都不知道他还能不能活着离开。"[18]

孟菲斯大多数白人都被这场谋杀震惊了,或者至少,他们很震惊这件事居然发生在自己的城市。市议会主席唐宁·普赖尔(Downing Pryor)说:"这是我记忆中最黑暗的一天。我好悲伤,好悲伤,好悲伤。"[19] 但白人社区也已经出现了些许庆祝的苗头。整个晚上,都有种族主义分子不停地在一个著名白人电台点同一首歌《再见黑鸟》。刚在法庭上为 SCLC 打赢了官司的孟菲斯律师卢修斯·伯奇数次受到某白人疯婆的电话骚扰,她狂吼着谴责他代理了那个"黑鬼之王"[20]。

车队通过奥兰治蒙德以及孟菲斯的其他黑人社区时,勒布发现有上百人——后来发展成上千人——都涌上了街头。其中大多数人只是为了消化这件新闻带来的震动,为了在人群中寻找安全感,寻找释放悲伤的机会。但是,这里也有人是专门来找麻烦的。城里开始四下起火,其中包括一座巨大的木材厂。警笛和防盗警报的尖利鸣叫充斥着夜空。勒布的警方无线电里传来了数起狙击手枪击、破窗抢劫和投掷石块的报告。有报告称人们在向警车甚至向警用直升机开枪,还有数辆市公交车被投掷石块。

这些愤怒大多直指市长本人,一枚燃烧弹在勒布的干洗店爆炸;市政厅接连收到死亡威胁。人们声嘶力竭地怒斥勒布是罪魁祸首,要是他没有顽固地坚持他旧南方的统治方式，要是他没有掉头不顾历史的呼喊、完全无视无可指摘的"我是人"运动的尊严，那金也就不用来到这里，在孟菲斯的土地上成为一位殉道者。

勒布对死亡威胁十分当真，他很快安排家人从市长官邸搬去了某处秘密地点。

本来金博士在结束当天的晚宴之后，还要去梅森圣堂再举行一场环卫罢工集会。而现在的梅森圣堂聚集了上百人，每个人都满面绝望。有很多黑人激进分子都露了面，现场的气氛更加紧张起来。尤其是还有流言传出，说金的刺杀案就是孟菲斯警局精心策划的阴谋。一位患有关节炎的老太太愤怒地说，她已经准备好冲出去战斗了。她说："主已经抛弃了我们。"[21] 入侵者中一位身份不明的成员试图干预，呼吁大家要保持镇定，至少在金博士入土为安之前不要起事。他对正在怒吼的人群说："出于对金博士的尊重，也请大家今晚不要出去闹事。哪怕只等他入土也好。那帮白佬就等着我们往这陷阱里跳呢。他们巴不得我们像一群土著一样冲出去，好让他们像当年杀印第安人那样把我们全杀光。"[22]

在警局总部，霍洛曼局长密切监视着全市突发事件的新闻。事态的发展让他紧张到恐慌。他报告说："暴动和打砸抢已经一发不可收拾……情况十万火急，城市正在遭受攻击。"[23] 通信中断更是给人们的恐慌火上浇油——电话线路发生了严重拥堵，许多人拿起电话，都发现只有忙音。刺杀事件刚发生的几小时里，约有三万多个长途电话从孟菲斯拨出。等到第一批次的将近四千名国民警卫队开入孟菲斯，局势似乎已经完全失控。

警察向一名二十六岁的黑人男性埃利斯·泰特（Ellis Tate）开了九枪，造成致命伤害。开枪的警员表示，这是因为他躲在烟酒商店旁边的暗处向警方开枪。T. O. 琼斯是环卫罢工的领头人，因为担心事态发展成大规模种族战争，他在皮博迪万豪酒店订了一个房间躲了进去。孟菲斯凡士通工厂的一名黑人工人拿着步枪和弹药，冲进了离家不远的一片墓地，然后像突击队员一样，占领了一个小山头。后来他说："我只是以为很快人们都会想占据一小片领地。我真的以为要爆发战争了。"[24]

詹姆斯·劳森牧师自从听说了金中枪的事，就知道一定会爆发动乱。他直接去了孟菲斯最著名的黑人电台WDIA*，开始通宵播报。劳森敦促大家："保持镇定。如果我们的国民选择这种时刻放纵暴力，那就是在玷污金博士之死，是在否定金博士的生命和事业。保持镇定，保持镇定。"[25]

此刻，在比利和格温·凯尔斯家里，灵魂晚宴还在文火上默默地熬。盛装打扮的客人们在香味满屋的房间沉默着围坐一团。没人有任何胃口。格温·凯尔斯说："我已经麻木。就像有人夺走了我的所有感官。"[26]她在餐厅的空椅子旁边踱来踱去，止不住地哭泣："他们毁了它，真的毁了它。"

*＊＊

埃里克·加尔特整夜都开着车在密西西比州内飞驰。只要有得选，他总是优先拐上乡村小道，以便更加远离身后孟菲斯喷射而出的混乱。电台里播放的新闻让他始料未及：不时有暴乱和打砸抢的新闻报道，而且不是只在孟菲斯，而是在全国各地都有出现。联邦军队和国民警卫队已经向各大城市出动，总统都已经上电视发声，连首都都陷入了火海。这时，加尔特应该已经切实感受到他闯下了怎样的滔天大祸。他能感觉到整个国家的热浪都正向他袭来：他意识到，此刻，他成了美国头号通缉犯。

现在显然是没有睡觉的奢侈了，他必须连夜开车，直奔亚特兰大。

---

* We Did It Again 电台的首字母缩写，美国第一个黑人电台。——译者注

毁坏殆尽　229

他打算回去取他在加纳的出租公寓留下的东西。在那之后的计划还没想好，不过既然他对墨西哥如此熟悉，也许他可以开车一路向南，甚至开去巴亚尔塔港。成功实施了他的计划并顺利逃亡让他的肾上腺素此刻激增，甚至用不着安非他明，他也能做到夜以继日。

他现在正在开往佐治亚州，甚至可能还要去一趟墨西哥，尽管如此，加尔特真正的大目标其实是非洲南部。"罗德西亚"，这个词就像幅巨型标语，在他眼前挥之不去。他知道伊恩·史密斯的贱民政府和美国没有引渡条约。加尔特反复琢磨移民的主意已经好几个月。自从离开巴亚尔塔港来到洛杉矶，他就有了这个念头。加尔特喜欢史密斯在罗德西亚的事业，他总想，如果有一天他去了索尔兹伯里，那里的人民一定会奉他为英雄、给他公民身份、保护他不被美国起诉。后来他说："我以为我能逃掉。我以为我能去非洲，而那里的人一定不会把我送回来。"[27] 因为那里的官方语言是英语，他觉得他能"和人民打成一片"。他还没想好去了要做什么。也许当个调酒师？或者铁匠？加入当地的雇佣兵团？不过去罗德西亚的想法还是在他脑海里深深扎根，在他的想象里，那个社会里的人们都能理解他。

可是在他能去以前，加尔特又决心必须去一趟亚特兰大。也许此刻去他刚杀死的男人的故乡简直是厚颜无耻，而且十分危险，但他如此棋行险着，却也有种违背常识的出人意料。重要的是，加尔特在之前的出租公寓放着很多东西，他觉得必须取回：他的点 38 左轮枪，一些自助书籍，可能还有些他藏好的钱。当然，还有他在桃树街拐角的洗衣店存放的衣物。

奔驰在霍利斯普林斯、新奥尔巴尼和图佩洛镇的道路上时，加尔特一直关注着收音机里的新闻。突然，他听到一条全境通告，说警察正在寻找一辆白色野马车，车主是一名"衣装整洁的白人男性"。这条通告一定是吓到了他，因为此前他自信已经成功逃脱，以为没有人见过他或他的车。这条坏消息打乱了他的所有计划,他立刻意识到他必须弃车。不知为何,他认为没了车就去不成墨西哥了。所以他只能转而选择加拿大,试着从那里去罗德西亚。

虽然事态的新发展让加尔特压力倍增,但他此时已经无力扭转局面。到达亚特兰大前,他唯一能做的就是保持镇定。后来他写道:"我只能慢慢开车,以免引起注意,反而因为超速被捕。"[28]

当天9点,他已经进入人称"南方之心"的亚特兰大,至少他的牌照在这里并不显眼。他隐隐希望乔治·华莱士的亚特兰大就像伊恩·史密斯的罗德西亚一样,会保护他。他觉得这里的大多数人都会赞扬他的行为,保护他不被抓捕。正是这个想法让他在去巴亚尔塔港之前先在伯明翰住了段时间,就为了申请一张亚拉巴马州的驾照,并且买车、上牌照,在这里登记。而且这也是他在伯明翰买枪和瞄准镜的原因。他的逻辑天真得让人可怜,但加尔特相信,华莱士肯定会为他的罪行露出欣慰的笑容,把他视为来自南方最好的州的盎格鲁-撒克逊爱国者。加尔特相信,万一自己被捕、被定罪,华莱士州长——或者华莱士总统——定会在他简单服刑后给他大赦。

路过亚拉巴马州佛罗伦萨时,加尔特曾考虑过要不要弃车,坐公交车完成后面的旅程。但最终他没有这么做。他只在夜里停过两次车。一次,他借着空中的弦月,想擦净野马上的指纹。后来他写道:"我知道车肯定不能留,所以打算一到亚特兰大就弃车,那我就不想在车里车外留下任何痕迹指向我。"[29]进入亚拉巴马州后,加尔特选了个比较隐秘的地方停下车,打开后备厢,把他所有的摄影设备都丢进一个土坑里。买下这些贵重设备时,加尔特是一心想当色情电影导演的,这里面有放映机、胶合接片机、电影摄影机。他没有扔那台拍立得——拍立得很小很轻,可以随身携带。他现在只能暂时放弃拍色情电影的梦想了。后来加尔特说:"我只想摆脱我和那辆野马车的所有联系,摆脱指向我的所有痕迹,以及任何能帮助警方找到我的东西。"[30]

他知道第二天一早到了亚特兰大,他就必须弃车。到那时他只能轻装上路,摄影装备只会拖慢他的速度。

第 29 章

血的力量

在洛林旅馆，金的大部分随从重新聚在一起。核心集团失去了他们的领袖。一群人坐在 306 号房里，垂头丧气，无精打采。金的旅行箱和个人物品还散落在屋里。安德鲁·杨在，詹姆斯·贝弗也在，还有伯纳德·李、何西阿·威廉姆斯、詹姆斯·奥兰治和尚西·埃斯克里奇。在整夜未消的警笛声中，一行人就这样围坐在组织的新主席拉尔夫·阿伯纳西身边。根据 SCLC 的内部章程，他的当选是自动生效的。阿伯纳西并没有金的领袖魅力或者组织天赋，但是他的继任却无人质疑。威廉姆斯说："金做任何决定都会先问他的意见。他信任拉尔夫就如同信基督一样。"[1]

在他们周围，孟菲斯在咆哮呼号。直升机在天空中盘旋，国民警卫队的半履带车隆隆地轧过主街和比尔大街，金属履带在人行道上留下一道道巨大的链式痕迹。在楼下，一群年轻的黑人暴徒把两个白人报童堵在街角狠揍一顿，嘴里叫嚣着："你们就要倒霉了，不会太久的！"一位记者写道："在洛林旅馆的阳台上，灯泡仍然在闪烁，照映着金色的房间号码，仿佛夏夜闪电。"[2]

谋杀发生后可怕的几小时里，金的一行随从甚至不知道自己该做些什么，或者说，不知道该怎么做才好。他们给一些同样支持民权运动的朋友去了电话，他们谈到了运动的未来；他们试着关注电视上的一些新闻，但是广播的声音只是徒然消散在空气中。安德鲁·杨说，他们真正能做的,不过是"行尸走肉地挨过这一夜"[3]而已,他们只能尽力去消化这天的可怕悲剧。少有哪个组织会遭受如此重创:他们与领袖相聚,却眼睁睁看着他在面前陨落,仿佛公共舞台上演的某种悲剧仪式。

金前夜的演讲在他们脑海里久久萦绕,挥之不去。他当时说"长寿不是什么坏事""也许我无法与你们一路同行到那里""我也谁都不畏惧"。过去这一年来,金在其他几次演讲和布道里,也提到过类似主题,但哪次都从未如此强烈,他的语气中,从未如此悲怆。金是不是预见到了自己的死亡?他在洛林旅馆的阳台上逗留的那危险的几分钟里,是不是其实感觉到了狙击手的存在?至少阿伯纳西坚信,他的挚友不仅有此预感,而且也许还有更为具体的信息。后来阿伯纳西在美国国会作证时说,他相信金当时"通过信件或者电话,已经得知将有事发生……他已经从某些来源那里得知,他将被刺杀"。[4]

安德鲁·杨认为,显然金并非此次刺杀事件的唯一目标。当时队伍里的其他人也十分危险,可以说,整个民权运动才是凶手的真正目标。金博士总说,如果组织遭受重创,比如出现梅德加·埃弗斯*(Medgar Evers)之死,或者詹姆斯·梅瑞迪斯中枪这些严重事件,其他人必须立刻接过这些领袖原本承担着的事业,否则敌人会认为,只要杀掉领袖,就能毁掉整个运动。所以,那晚聚集在洛林旅馆的核心集团最终认定,他们的事业必须继续,比尔大街的游行、环卫罢工和华盛顿的贫民军运动都必须要继续下去。詹姆斯·贝弗跟大家说:"我们不能让马丁失望,不能就这样陪他在墓地里消沉。这不是他想要的。他谋划的一切,都必须要继续下去。拉尔夫·阿伯纳西现在是我们的领袖了,我们都要追随他的步伐。"[5]

洛林旅馆的一行人都开始以自己的方式哀悼。杨后来回忆道:"所有

---

* 密西西比州的美国民权活动家。——译者注

人都不知所措、举止古怪。能看出他们心底最深的恐惧。"A.D. 金喝得酩酊大醉，在洛林旅馆里横冲直撞，不断呼喊叫骂着："他们杀了他，那些混蛋终于还是杀死了我哥哥！"[6] 他发誓说要拿枪出去"杀掉所有那些杀了我哥哥的人"。但是接着他又突然自己打住话头，有了片刻清醒："我的天，我都在说些什么？我们必须抵制暴力，这才是马丁想要的。"当时A.D. 情况很不稳定，同行的朋友轮流照看着他，以防他碰到哪个记者，让自己名誉扫地。

乔治娅·戴维斯回到了楼下自己的房间，201 号。就在前夜，她还和金在这里共度春宵。金的耳语至今还回响在她耳边："我们能在一起度过的时光实在太匆忙。"她回忆道："我摸着枕头，想找他留下的哪怕一丝痕迹，可感受到的却只有冰冷、空白的床单。"[7] 一股突如其来的绝望扼住了她的咽喉。后来她写道："他的身影萦绕在我脑海，让我想起了关于那可怕'火炉'的一篇篇布道。"* 她在想：我这应该就是在坠入地狱了。

后来，阿伯纳西走出 306 号房间，手里拿着一件送洗衬衫的硬纸板衬背，开始刮取金在地板上留下的凝固血迹，之后把血块放进了一个玻璃罐。他一边刮着血迹一边抽泣，还回头对阳台上聚集的人们说："这是马丁宝贵的血。这血是为我们而流。"[8] 孟菲斯摄影师欧内斯特·威瑟斯（Ernest Withers）拍了很多张血迹的照片，在他眼里，那血泊的形状与金的轮廓像得出奇。[9] 威瑟斯也用小瓶子装走了一点血迹。这瓶血迹后来在他的冰箱里珍藏了多年。

杰西·杰克逊更夸张。杨记得当时看到杰克逊趴在那摊血迹上，平摊着双手按在了还未干的血迹上。接着他起身，向天举起猩红的双手，然后抹在了衬衫前胸。[10] 几分钟后，连衣服都没换掉的杰克逊，就那样离开了洛林旅馆，去赶飞机回芝加哥。杨后来说："也没什么奇怪的。我们

---

* 此处的比喻出自马太福音 13:50（Matthew 13:50）："丢在火炉里。在那里必要哀哭切齿了。"——译者注

作为浸信会教徒,一直都相信血液中具有力量,而且是可以转移的。"[11]

***

科雷塔·金刚从亚特兰大机场回到家中,就开始应对无休止的电话和电报,还要接待满面泪光的人,涌进她的家里送上哀思。没用几个小时,能填满整整一温室的花已经塞满了她家;电话公司甚至派来员工为家里添了三部电话,以便处理不断涌入的来电。

一位新闻记者形容新寡的金夫人,说她看起来"沉着而茫然"[12],她在日落大街234号里脚步匆匆、忙来忙去,为墙上挂着的圣雄甘地画像和金博士刚刚送她的那束人造康乃馨掸尘。经济上,她其实非常担心自己和孩子要怎么过下去,因为金没有留下遗嘱,只有最低人寿保单,而且几乎没有留下任何积蓄——除了这栋位于亚特兰大西南角上、离贫民窟不远的经济型小砖房。[13] 这栋房子,再加上他和科雷塔共享的两个联名支票账户,总价值低得甚至无法进行遗嘱认证。

可科雷塔看起来似乎已经完全接受了丈夫已死的事实。她说:"我认为这是上帝的旨意。我们早就知道,这一天终将来临。"多年来,她一直在为这一天的到来做准备,甚至几次公开谈到此事。三年前在西雅图,她在演讲中说:"如果哪天我丈夫出了事,他的事业也将继续。他的死,甚至会对他的事业有所助益。"[14]

她说,他每一次做宣讲活动都很危险,"但孟菲斯不一样。马丁没有跟我明确说孟菲斯会有事发生,但我觉得他是有感觉的,感觉他时日无多"。[15] 科雷塔说她丈夫一直以来就对"耶稣受难莫名地感同身受",所以他的死发生在复活节期间,似乎也理所当然。

约翰逊总统致电之后,新装的电话开始不停地响起。纽约州州长纳尔逊·洛克菲勒(Nelson Rockefeller)来电,主动表示愿意提供一架专机供她使用；喜剧演员比尔·考斯比（Bill Cosby）来电，说想来家中拜访，帮她照看孩子；议员罗伯特·肯尼迪来电，也表示想为她提供一架专机；司法部长克拉克表达了他的哀悼，并向她保证，FBI 正全力调查此案；卡里普索*歌手哈里·贝拉方特（Harry Belafonte）来电，说他第二天就到，并说他"只是想尽些绵薄之力，陪她分担这份悲伤"。[16]

西联公司送来的诸多电报中，有一封来自亚的斯亚贝巴的埃塞俄比亚皇帝海尔·塞拉西一世**（Haile Selassie）。电报上说："得知马丁·路德·金博士的死讯，我们悲痛万分。他为人类尊严进行的英勇斗争，将永远被所有热爱和平的人们铭记。"

科雷塔从混乱中抽身离开，去孩子们的房间哄他们睡觉。后来她在回忆录中写道，她看得出，德克斯特当时并不完全理解发生了什么事。他问："妈妈，爸爸什么时候回家？"[17]

科雷塔回答说："他受了重伤。你快睡觉吧，明早我再跟你说。"她意识到天色已经太晚，她已经没有余力跟他进行一场关于死亡的严肃讨论。

接着她来到大女儿尤兰达身边。就在当天下午，她们还在为复活节买礼服。尤基坚决地说："妈妈，我不哭。我会在天堂和爸爸再见。"

但有什么在困扰着她，在啃噬她幼小的良心。她问："我该恨那个杀死爸爸的人吗？"

科雷塔摇摇头："不，亲爱的，你爸爸不会希望你这么做的。"[18]

---

* 特立尼达岛上土人即兴演唱的歌曲。——译者注
** 生于埃塞俄比亚南部绍阿的贵族家庭，在 1916 年的政变后拥护孟尼利克二世的女儿佐迪图担任女王，并担任皇储兼摄政王。——译者注

血的力量

*＊＊

金死后不到一小时，当局就将他的尸体转移到了孟菲斯的另一端，麦迪逊大道上的约翰加斯顿医院的首席法医办公室。一到医院，尸体就被立刻送到地下室的病理室，平放在房间的不锈钢桌上。那房间的瓷砖地板微微倾斜，还装有排水沟。一整套手术用具在明晃晃的灯光下闪闪发光：有凿子、振动锯、大大小小一排解剖刀和手术钳。尸体上盖着一张厚厚的、皱巴巴的医用皱纹纸。床单下面，死者的大脚趾上挂着一个标签，上面写着"A-68-252"。

谢尔比郡法医、病理学家杰里·弗朗西斯科[19]（Jerry Francisco）进屋时，穿着一件白大褂。他身材高大，说话一丝不苟，带有田纳西州西部山区特有的温和鼻音。虽然只有三十多岁，弗朗西斯科医生已经进行过数百次尸检；在后来的职业生涯中，他还参与了孟菲斯多位名人的死亡调查，包括杰瑞·李·刘易斯的第五任妻子肖恩·米歇尔（Shawn Michelle），以及最著名的埃维斯·普里斯利。

先天气质加上后天训练，让弗朗西斯科医生习惯于对细节要求严格，而且三句话不离老本行。他总念叨着医生这职业有中世纪英格兰的诺曼底起源。弗朗西斯科医生对他的职业津津乐道，他说古伦敦的法医除了要负责解剖神秘死亡的重要人物，而且根据法律规定，还必须担任"皇家水族馆管理员"。

大约晚上9点，在洛林旅馆的阿伯纳西收到传唤，依法被带去病理室辨认尸体。盖住尸体的医用皱纹纸被护士取下时，刺耳地噼啪作响。盯着无菌金属桌上的尸体，阿伯纳西觉得，相比两小时前他离开医院时，他的挚友看起来"死得更彻底了"[20]。阿伯纳西在回忆录中写道："我盯着他看了一会儿，作为马丁·路德·金失去生命的缄默见证人，看着他从人变成了物。那一刻我知道，我已经可以离开他的尸体，永不回头了。"

阿伯纳西点点头，简单地做出了弗朗西斯科医生期待的回答。他说："这就是马丁·路德·金的遗体。"[21] 然后他在记录表单上签下了名字。

接着弗朗西斯科要求阿伯纳西给科雷塔·金打电话，请她确认同意尸检。阿伯纳西有些犹豫。他不明白到了此刻尸检还有什么必要性。根本没人质疑过他挚友的死因。阿伯纳西后来写道："当时我觉得完全无法理解。现在这么走形式有什么意义。"他根本不想用这种可怕的要求去打扰科雷塔，他希望能避免让她再次受到这种重创。

他问："这很重要吗？"

弗朗西斯科医生回答："十分重要。"事实上，这是法定程序。他解释道，法医鉴定是为了确定子弹路径更具体的角度。未来起诉金博士的刺杀者时，必须出具合法的法医鉴定，以确认金身上的枪伤是他的直接死因。而且，许多次要问题也能一并解决，是否有可能存在第二颗子弹？伤口是否可能是由手枪在近距离射击造成的？圣约瑟夫医院的医生们当时有没有救活金的可能性？阿伯纳西后来说，弗朗西斯科医生还补充道："尸检也许还能得到意想不到的发现。有时候，尸检结果甚至能拯救一条生命。"[22]

阿伯纳西万分勉强地拨通了金夫人的电话，之后把话筒交给弗朗西斯科医生。她毫不犹豫地同意了。弗朗西斯科医生觉得，她的声音异常平静而镇定。

阿伯纳西离开病理室后，弗朗西斯科医生的第一项任务，就是从金的尸体上取出子弹。大概晚上9点30分，在三位孟菲斯警员的见证下，弗朗西斯科医生从金左肩胛骨的皮下取出了最大弹片。他在弹片上挂上了标签，上面写着"252"。警方的见证人形容说，这个完全扭曲变形的弹片"看起来像是06年款点30口径子弹"[23]，但是爆炸导致弹体无法辨认。警员推测子弹是铜制外壳软铅头，因为"弹片十分扁平"。

弗朗西斯科医生用药棉裹住变形的子弹交给了警方见证人。他们给

血的力量

证物打上标签，封进了一个褐色的马尼拉信封。之后三位警方见证人就离开了病理室，他们要把物证送去孟菲斯警局，交给凶案组的探长扎卡里，而他，将最终把物证交给 FBI 的特别探员詹森。

弗朗西斯科医生已经蓄势待发，要完成这件令人毛骨悚然的工作。他觉得历史沉甸甸的重担就压在他身上。他想起肯尼迪总统遇刺后，因为传出尸检中出现违规行为，引起了人们的众多猜疑，这件事最终成了无数阴谋论的温床。后来他说："这件案子的重要性前所未有，我知道这次必须做得毫无瑕疵。我跟自己说：'这次要做到零失误，弗朗西斯科'。"[24] 要说此时历史正紧盯着他，都毫不夸张：摄影师们举着相机，一刻不停地用胶卷捕捉着每分每秒。

此次尸检不寻常之处还在于高度保密。孟菲斯当局担心阴谋策划者或者敌对势力可能会试图干扰弗朗西斯科医生的尸检，甚至可能企图偷走尸体。所以尸检过程中，孟菲斯警察手持步枪守在病理室大门的两侧。弗朗西斯科医生后来轻描淡写道："我觉得很安全。"[25]

弗朗西斯科医生开始了尸检。他记下了尸体上大大小小的伤疤和瘀青、喷溅的血迹和刚刚在抢救室里留下的针孔。后来他写道："此人是一位黑人男性，发育良好、营养健康，体长 176.5 厘米。黑色头发，褐色瞳孔。留着一道细绺胡子。"[26]

按照常规，弗朗西斯科医生系统地移除、检查、称量了金的各个器官，其中包括脾脏、胰腺、肝脏、胆囊和大脑。据他判断，这些器官均十分健康、正常。接着，借助在圣约瑟夫医院拍摄的 X 光片，他细致检查了金的伤口。伤口入口处附近，他发现了大量黑色物质。他将黑色物质采集到载玻片上，并在显微镜下确认，这些物质是子弹软头留下的铅残留物。弗朗西斯科医生是这样描述子弹穿过金身体的路径的："从前到后，从上到下，从左到右。"子弹定向十分重要，因为这是确认步枪发射位置的确凿证据。

他判断，金的枪伤几乎即刻致命；他认为，当时任何医疗救助都回天乏术。弗朗西斯科医生在尸检报告中写道："下颌以及颈部受到枪伤，下颈部、上胸部脊髓以及颈部多处结构被完全切断，此处枪伤为致命伤。脊髓高部遭受如此严重的损坏，几乎立刻致命。"

他简要总结到："此枪伤绝无生还可能。"

金的尸体被推出解剖室，移交给了路易殡葬馆（R.S Lewis Funeral Home）——正是这家黑人经营的殡葬馆为金提供了凯迪拉克和司机，供金在下榻洛林旅馆期间使用。路易殡葬馆接受了委托，他们将负责尸体的防腐、化妆以及其他必需工作，以便遗体可以让公众瞻仰。

大约晚上 11 点，在田纳西州病理学研究所外持枪警察的看守下，金的遗体被装上灵车后部。灵车行驶在宵禁后空无一人的街道上，能看到的只有偶尔路过的坦克。市中心一片幽灵般的死寂，却明亮到刺眼。刚刚作为执事抵达的加里·威尔斯（Garry Wills）发现："所有商店的灯都大亮着（以便看清抢劫者的相貌）。颤巍巍的霓虹灯本来是招揽客人的，现在却成了生人勿近的警告。摇摇欲坠的街区空无一物。即使是商店之间的游乐场用最高音量播放着轻快节奏的音乐，也只是孤芳自赏、全无观众。"[27]

晚上 11 点 15 分，金的遗体被送到了路易殡葬馆，殡葬师开始了工作。

***

即使是在平静的夜晚，失眠对约翰逊总统也是常事。他经常在凌晨穿着睡衣悄悄来到总统办公室。而这一整晚，涌入白宫的新闻和电报都没有停过。对金的死亡，整个世界迅速而广泛地做出了反应。约翰逊还没准备好去应对金的死亡在全球引起的严重反响。在世界的神经中枢，战况室备忘录和国务院电传迅速积压起来，新闻自动收报机不停地嗡嗡作响。

其中一条电讯引用了当时正在澳大利亚旅行的比利·格雷厄姆（Billy Graham）牧师的话："成千上万的美国人已经神经错乱。[金的遇害]更证明了美国社会存在的痼疾，它将进一步激化愤怒和仇恨。"[28] 在新德里，印度总理英迪拉·甘地（Indira Gandhi）表示，马丁·路德·金遇害"是人类寻求光明之路上的重创。暴力夺走了又一位伟人"。

时任加州州长的罗纳德·里根（Ronald Reagan）表示，整个国家都因为金遇刺案而"死去了一部分"。退役的棒球界传奇杰基·罗宾逊（Jackie Robinson）从纽约发电时已经震惊到语无伦次："我太震惊了。我的天，我好害怕，我十分不安。我祈求主不会让这件事在街头发酵。"

美国驻巴黎大使馆分析员的电报概括了当天早晨法国人得知金博士遇刺后的态度："近几个月来，因为更加夺人眼球的[斯托克利·]卡迈克尔，金几乎已经淡出了新闻界和广播界的视线。而现在他们宣称，美国黑人唯一的真正伟大领袖，除了金博士外别无他人，他不可取代。"

伦敦报纸援引了英国和平主义者哲学家伯特兰·罗素（Bertrand Russell）的话，说金博士遇刺案只是"预演美国即将爆发的暴力事件，因为美国政府没有足够的资金支撑一场全面越战，也无法缓解最底层人民的痛苦"。

《内罗比晨报》说，金的死"再次警示了全世界，美国的社会多么病态……非暴力哲学恐怕已经随着它的先知死去了"。

当然，也并非所有涌入的评论都在赞扬陨落的金或他的追求。南卡罗来纳州议员斯特罗姆·瑟蒙德（Strom Thurmond）跟电讯社记者说："我并不想诉病死者，可我对金博士并无太高敬意。他不过只是假装追寻非暴力而已。"得克萨斯州州长约翰·康纳利（John Connally）也表示同意。虽然他说金"不该落得如此命运"，但康纳利也坚持认为，这位民权运动领袖"是这个国家陷入混乱和动荡的诸多因素之一"。

记者没能联系到当时的总统候选人乔治·华莱士，但华莱士的加州竞选活动主席鲍勃·沃尔特斯（Bob Walters）评论逝者说："虽然他声称自己坚持非暴力，却在整个国家播撒着暴力的种子。种瓜得瓜，种豆得豆。"

还有新闻报道说，国民州权利党的种族主义者 J. B. 斯通纳听说金的死讯之时，正在密西西比州默里迪恩市作演讲。这位西装革履的煽动家洋洋得意地对台下沆瀣一气的隔离主义分子们说："现在，黑魔鬼马丁*是个好黑鬼了。"

***

孟菲斯当地时间午夜过后不久，特别探员詹森给当时 FBI 所得到的物证完成了检查和标记：尸体上取出的子弹、步枪及其瞄准镜和弹药、双筒望远镜、晶体管收音机、装满杂物的手提箱、金博士断掉的领带和血衣、尸检照片，还有凶案组警探们从出租公寓卫生间取下的、带有一个半月形凹陷的旧窗框。FBI 探员们还从贝西·布鲁尔那里拿到了三张 20 美元的钞票，她确信其中一张是 5B 号租客入住时交给她的。

詹森用透明塑料袋将所有物证密封起来，打包装箱。箱体的包装上写着："华盛顿特区，FBI，罪案实验室。"包裹交给了它的专属快递员，特别探员罗伯特·菲茨帕特里克（Robert Fitzpatrick）。菲茨帕特里克立刻赶往机场，专机已经等候多时。将近深夜 1 点，他登上了飞机。好几个小时的航程中，他一刻都不曾让包裹离开身边。飞机在破晓时分抵达了华盛顿国际机场。武装押送人员在航站楼接到了菲茨帕特里克，飞速将

---

* 原文为 Martin Lucifer Coon。——译者注

他送进了城。

4月5日，星期五，东部时间凌晨5点10分，宾夕法尼亚大街，菲茨帕特里克亲手将物证递交到了FBI罪案实验室特别探员罗伯特·A.弗雷泽（Robert A. Frazier）手中。弹道、纤维和指纹专家已经等候多时。

第二部

埃里克·加尔特是谁?

因为暗杀的事情无论干得怎样秘密,
总会借着神奇的喉舌泄露出来。

——莎士比亚《哈姆雷特》

第 30 章
孟菲斯的召唤

4月5日，星期五，拂晓刚至，一架"洛克希德捷星"[1]从巨大的总统专机机库起飞，稍后降落在马里兰州安德鲁斯空军基地的跑道上。这是一架十二座商务飞机，乘客有拉姆齐·克拉克、卡撒·德洛克和数位政府官员，包括年轻有为的黑人司法部律师罗杰·威尔金斯（Roger Wilkins）。这天一大清早，他们正赶往孟菲斯开展一项重要任务：正式启动针对马丁·路德·金遇刺案的联邦调查，并向孟菲斯以及全国承诺，司法部将动用一切可能资源，搜捕并起诉杀害金的凶手。

当天早上，克拉克穿着干净利落的黑西装，配着一条蓝白相间的斜纹细领带。这一天才刚刚开始，他就已经觉得疲惫不堪，因为自从担任司法部长以来，他的生活就再没有了轻松可言。克拉克前一晚几乎彻夜未眠，而且事实上，司法部几乎所有人都干了个通宵。

飞机在乔治王子郡上空倾斜着转弯，向西掠过了华盛顿。前夜暴乱在城中引起的大火还在熊熊燃烧。克拉克透过窗户望着这座城市，这座抚养他长大、传授他知识的城市。

德洛克试着活跃气氛。他确信 FBI 一定能在几小时内找到凶手或作案团伙。飞行中，他一直与 FBI 保持着联系，并会不时向克拉克传达最新消息。他说，嫌疑凶器已经安全送达司法部大楼的罪案实验室——就在克拉克的办公室楼上两层——现在正在进行分析。他们从枪体上取得了序列号，461476。FBI 官员已经联系了康涅狄格州布里奇波特的雷明顿军火公司，凭序列号追踪到了亚拉巴马州的一家枪支批发商，并最终查到了伯明翰一家名叫"海空补给公司"的枪支商店。在伯明翰的 FBI 探员已经出发，去盘问售出这柄武器的店员。

接着，德洛克还获悉一条激动人心的新线索：1958 年，孟菲斯警局曾经逮捕过一名白人男性逃犯，名字就叫约翰·威拉德。[2] 他犯过纵火案，已知的最后现身地点是密西西比州。孟菲斯警探、驻孟菲斯 FBI 探员和杰克逊正在对此区域进行地毯式搜索，希望能查到此人下落。

德洛克今早太过匆忙，还没来得及吃早餐。他在飞机上打开公文包，从他那把大左轮枪旁边拿出一块三明治。[3] 他一边狼吞虎咽地吃早餐，一边看着窗外的雪伦多亚河谷。河谷已经掩不住春天的锐气。飞机以时速 650 公里从弗吉尼亚山脉疾掠而过，飞向田纳西州上空。

两小时后，中部时间早晨 7 点 20 分，"捷星"降落在孟菲斯。刚下飞机，克拉克和德洛克就感受到了空气中明显的军事气氛。国民警卫队和防暴警察包围着跑道，旁边的停机坪上还停着一架军用飞机，所有旗帜都降了半旗。

特别探员罗伯特·詹森在机场跑道上迎接克拉克和德洛克，开车送他们进入这座情况糟糕、刚从宵禁中醒来的城市。

***

与此同时，埃里克·加尔特把他的野马车开进了亚特兰大荒凉偏僻的安居工程——"首府之家"的停车场。

在那个细雨蒙蒙的清晨，东部时间早上 8 点 20 分左右，整座城市渐渐醒转，第一眼看到的就是《亚特兰大宪章报》的头版头条，通告亚特兰大最著名的市民去世的消息。加尔特开了一通宵夜车，就怕被州骑警注意到他的车型和颜色，让他还没能离开南方，就终结了逃亡。从伯明翰到亚特兰大，他躲开所有高速路主道，一直在乡间小道上奔驰。后来他说："拂晓时分，我在亚特兰大郊区加了油。"[4] 接着他来到了首府之家安居工程——他两周前就踩过点了。[5]

加尔特很不想抛弃他这辆忠诚的野马。过去七个月来，他开着这辆车跑了三万多公里。就这样弃车实在有违他节俭的原则。后来他写道："我恨我没有时间卖掉它，至少还能卖个一千块。"但他清楚他没时间在报纸上发广告，然后和顾客讨价还价，走一遍复杂的繁文缛节。看起来现在的形势是：全世界都在寻找这辆车。

首府之家是一片老旧的红砖房，租户大多是白人。停车场的一角堆满垃圾，游乐场的滑梯也倒在了地上。这片多达八百户的综合建筑弥漫着一种毫无生气的单调，不过位于纪念大道的入口花园对这种单调稍有调和。优雅的佐治亚州议会大厦就伫立在旁边，它那巨大的金色棱纹穹顶在雨幕中闪闪发光，仿佛它的存在，就是为了嘲笑旁边安居工程的凄凉。

那天早上，首府之家550号公寓的住户玛丽·布里奇斯[6]（Mary Bridges）正急着送她十二岁的女儿旺达（Wanda）去上学。透过前窗，布里奇斯太太看到一辆装着白壁轮胎的白色双门野马硬顶车驶入了停车场。那辆车来了个急停，然后猛地倒进了距离她家不远的一个空车位，它的轮胎发出了刺耳的尖叫。那辆野马装着亚拉巴马州牌照，车窗上的贴纸用西班牙语写着"游客"二字。

布里奇斯太太打开门，和女儿旺达一起站在门边，看看那个男人下车、锁门，然后脚步匆匆地离开了。他神色紧张，动作机警。她从来没见过这个人，也没见过这辆车。那个男人"头发乌黑"，穿着一件深色西装，大衣在晨风中夸张地鼓荡在身后。他没有穿雨衣，没有打伞，也没有带任何行李。他沿着湿漉漉的人行道走得十分匆忙，接着在花园处向左一转，渐渐消失在纪念大道上。

布里奇斯太太觉得他可能是个上门保险推销员，但是这位神秘访客莫名地让她有些不安。布里奇斯太太转身对女儿旺达半开玩笑地说："他可能有枪。"

弃车后，加尔特终于宽心了些，因为最显眼的一条联系着他与孟菲斯案件的证据终于被他抛在了身后。接下来他做了什么我们并不清楚，但最可能的情形是，他伸手拦了一辆出租车。早上 8 点 41 分，联合出租车公司的司机查克·斯蒂芬斯（Chuck Stephens）开车行驶在纪念大道上，被路边的一位白人伸手拦了下来。[7] 后来斯蒂芬斯描述说，这位客人大概三十岁，身高一米八左右，身材瘦削，面容整洁。那个人站在蒙蒙细雨里，就在弗雷泽大街和纪念大道交叉口上的车——这里距离首府之家只隔几个街区。斯蒂芬斯停在了路边，乘客上车后要求去灰狗长途汽车站。斯蒂芬斯点头向市中心开去，虽然他心里有些打鼓，不明白这位客人要去长途汽车站，怎么没带任何行李。短暂的车程里，乘客再也没说过话。快到灰狗汽车站时，他付了 90 美分的车费，然后就走上了细雨淅沥的街道。

加尔特的计划是坐最早的一班大巴去底特律。可当他到达车站询问车程，却发现下一班去汽车城*的巴士要上午 11 点才发车，而且这班车现在看起来可能还要晚点。加尔特意识到自己还有几小时的空闲时间，所以他决定赶去他之前在桃树街的出租公寓，取走他的换洗衣服和留在房里的私人物品。

***

同一时刻在洛林旅馆，拉尔夫·阿伯纳西仍然有些不知所措，而且

---

* 底特律别称。——译者注

极度缺乏睡眠。但他还是在旅馆的停车场里向媒体发表了一场简短声明。发布会就在金博士中枪的阳台召开，这三尺土地，因为金的死亡，永远被打上了黑暗极恶的烙印。看门人已经擦去了残留的血迹，以便腾出地方摆放巨大的花篮。阿伯纳西说："这几天是我们的同胞，更是这个国家历史上最黑暗的日子。"[8] 但最后他还是总结道："非暴力运动终将胜利。"他说他从来没有想过要领导这场运动，因为"此刻这个世界上，没有任何一人有资格取代他的地位。我一直以来都只想追随他，并没有想过要僭越顶替"。

但是作为 SCLC 的新任主席，阿伯纳西想让世界放心，他们的事业依然会前进，就从金为支持垃圾工人筹划的比尔大街游行开始。他宣布，他将在周一返回孟菲斯，引领此次游行。他起誓说，这场游行不但会杜绝暴力，而且为了致敬金的陨落，游行将全程静默。为了组织这次纪念游行，他们找来了贝亚德·鲁斯汀（Bayard Rustin）。他是组织这种活动的老手，是传说中那位戴眼镜的民权运动老当家。不说别的，1963 年金在华盛顿的那场"梦想演说"，就是他组织策划的。

记者问阿伯纳西，他是否担心返回孟菲斯会再次引来刺杀行动，而且这次，目标可能就是他。阿伯纳西回答道："我们所有人，都有为我们的信仰献出生命的觉悟。"

核心集团的所有成员都围在阿伯纳西身边，除了杰西·杰克逊。他当时人在芝加哥，而且已经雇用了公关代理人。[9] 此刻，他正在全国广播公司接受《今日秀》（Today Show）的直播采访。重复着他前一夜讲过的夸张版本，他向全国观众声称，他是最后一个和金说话的人。他还暗示说，在金生命的最后时刻，他把金血流如注的头抱在了怀里。他说："他是在我怀里离开的。"仿佛是为了证明他的话，他当时还穿着他那件血染的高领毛衣。不过杰克逊并没有提及他衣服上的血迹是怎么来的。接着他就结束了直播，因为他的日程已经被安排得满满当当，全是采访和出

孟菲斯的召唤　　251

镜。整整一天，他都穿着那件染血的毛衣。显然，杰克逊是想通过制造与陨落的金相提并论的光环时刻，借此表明是他而非阿伯纳西继承了金博士的衣钵。

洛林旅馆好几个房间都传出了《今日秀》的声音，金的几位随行看到了杰克逊的采访，都觉得这场面简直令人反感。詹姆斯·贝弗说："为了一己私利，用谎言贩卖本族先知的受难，简直是世上最可怕的罪行。"[10]

听说此事，阿伯纳西的反应倒是十分仁慈——虽然他比谁都更有理由愤怒。他说，唯一可能的解释是，杰克逊"还处于震惊之中，他在不断给自己重放整个场景，说出了在那最后一刻，他本希望能做到的事"。[11]

***

《今日秀》刚在国家电视台播出之际，FBI 特别探员尼尔·沙纳汉（Neil Shanahan）已经走进了伯明翰机场高速路 5701 号海空补给公司的大门。[12] 他在这里见到了店主的儿子，老练的销售员唐纳德·伍德。前一晚 FBI 收缴了一柄 06 年款点 30 口径雷明顿步枪，疑似马丁·路德·金刺杀案凶器。沙纳汉来访正是要询问此事。

根据后来沙纳汉提交的询问报告，是伍德主动提起："大概一周前，我卖过一柄'大赢家'。"伍德对那个人印象深刻。事实上，他说，当天早上当他看到报纸，说案发现场留下的武器就是一柄 06 年款点 30 口径雷明顿步枪时，他一下子就想起了这位特殊客人。

沙纳汉问道："你这里还有记录吗？"

伍德说有。他很快从海空公司的办公室里找到了发票，上面的日期是 3 月 30 日，星期六。看到发票，沙纳汉一阵心悸，因为上面用清晰的字迹写着：雷明顿 760 型"大赢家"，06 年款点 30 口径，序列号 461476，装有雷德菲尔德可变倍率瞄准镜。这正是当晚在卡耐普娱乐公司门口发现的那把武器。

买下步枪的人说他住在伯明翰南十一街 1907 号，留下的名字是哈维·洛梅耶。发票最下面还留着他潦草的签名。可是签名写得一团乱麻，沙纳汉无法辨认名字是洛梅耶，还是洛木耶。

沙纳汉探员打电话向上级报告了最新情报，很快就有探员来到了南十一街的这处地址，却发现这里从来就没有住过什么哈维·洛梅耶。与此同时，沙纳汉问伍德他愿不愿意提供一份正式口供，伍德欣然同意。于是沙纳汉带他去了 FBI 地方办事处，进行了长达数小时的询问。

伍德说，哈维·洛梅耶第一次来店里，是发票上日期的前一天。那天是 3 月 29 日，星期五，哈维·洛梅耶购买了一柄雷明顿 700 型点 243 口径步枪，但很快他就打来电话，表示想换一柄火力更强的步枪。洛梅耶说："我哥哥说我买错了枪。"伍德告诉洛梅耶，他可以第二天一早来换枪。

按照约定，洛梅耶第二天一早就来了海空公司。伍德告诉他，需要花点时间把他买的瞄准镜从点 243 口径步枪上卸下来，装上他的 06 年款点 30 口径步枪。洛梅耶是 3 点左右回来的。伍德找了一个布朗宁枪盒装下了那柄"大赢家"。洛梅耶还买了一些雷明顿-彼得子弹，并且用现金结了账。

沙纳汉探员问道，这位洛梅耶长什么样？

在伍德眼里，这个人看起来"十分温顺"，因为他说话轻声细语，像低声呢喃，而且他有些神经紧张。他记得当时洛梅耶穿了一件微微揉皱了的深棕色商务西装，配着白衬衫和领带。他身高大概一米七五，体重大概七十多斤，看起来三十多岁，肤色中等，梳着深棕色的大背头。

根据伍德的证词，沙纳汉找到了海空公司的常客约翰·德沙佐。嫌疑人买第一柄点 243 口径步枪那天，他们曾在店里说过话。他是全美步枪协会（NRA, National Rifle Association）的忠实拥护者，经常在海空公司一待就是好几小时。德沙佐佐证了伍德的证词和对洛梅耶外貌的描述，不过他还补充了一些细节。德沙佐当时闻到洛梅耶嘴里有酒味。德沙佐说："他没有喝醉，没有睡眼惺忪，也没有口吃不清。但是他绝对喝了酒。"[13]

德沙佐还说："那人看着不像亚拉巴马州人。他没有猎人或者户外运动者的气质，显得跟武器店格格不入，对步枪一无所知，而且看不出有什么理由需要用枪。我当时就觉得，他就是那种为了杀妻买步枪的人，就是他这种人，败坏着武器合法化的好名声。"

第 31 章

箕纹涡纹，牙顶牙底

在华盛顿的 FBI 罪案实验室，4 月 5 日凌晨，指纹专家乔治·伯恩布雷克（George Bonebrake）花了好几小时仔细研究从孟菲斯快马加鞭送来的包裹。[1]指纹鉴定，意指对指尖和手掌的纹路进行分类和研究。而瘦小、挑剔的伯恩布雷克正是当时举世最权威的指纹鉴定专家。

伯恩布雷克自 1941 年起就一直是 FBI 的指纹鉴定专家。在打击犯罪的世界里，他的专业属于比较神秘的一科。[2]据说，这门学问与其说是科学，倒不如说更接近艺术，它以不可思议的事实为基础，是个封闭的法医分析世界。数十年来拍过的上千部糟糕探案剧都没能减少它的神秘感：每个人指尖和手掌上凹凸的复杂纹路都独一无二、与众不同。这纹路上还附带着皮肤毛孔分泌出的一种油性残留物，当它印在某些特定材质的表面时，能用特殊的磁性粉末或化学物质"揭取"，之后就能被拍成照片，录成卡片以供查看。

虽然在大多门外汉看来，指纹分析似乎有些牵强附会，不过及至 1968 年，作为罪案鉴定的标准技术，指纹分析其实已经服役半个多世纪了。它替代了之前并不十分准确的一种分析方法"贝蒂荣人身测定法"。这种分析法起源于法国，它需要仔细测量犯人的耳垂等各项解剖结构的指标。指纹鉴定法虽然还不完善，但在许多情况下，它已经是缩小嫌犯范围的最好系统。许多案件中，指纹都成了天赐良机，最终为破案提供了突破口。

1968 年，FBI 根据亨利分类法对指纹进行了分类。亨利分类法产生于 19 世纪末期的英国。这套分类法辨识的是三种主要的摩擦脊：拱形纹、箕形纹和涡形纹。其中箕形纹最为常见，该体系根据一根手指的指纹中所包含的脊数给每个箕形纹匹配了编号。根据其尾部的指向，箕形纹又被分为正、反两种，分别叫作桡箕纹和尺箕纹。

天刚大亮，伯恩布雷克就一丝不苟地投入了工作。他发现大多数指纹都是残片或有污损，没什么有价值的信息。贝西·布鲁尔夫人提供的那张 20 美元面额的钞票上完全没有找到任何可用指纹。不过伯恩布雷克最终还是获取了六个高质量样本，分别来自雷明顿步枪、雷德菲尔德准镜、博士能望远镜、《孟菲斯商业诉求报》头版、美能阿弗塔剃须护肤水，以及其中一罐喜立滋啤酒。

看起来，这些指纹多数都来自不同的手指，但是伯恩布雷克已经能分辨出，从步枪和双筒望远镜上提取的两个指纹来自同一个人的同一根手指。两个指纹似乎都属于左手拇指，而且经过进一步观察，指纹纹路明确无误——十二脊尺箕纹。

这是一个重要发现。FBI 记录在案的指纹超过八千两百万，如此海量的指纹显然无法直接用于对比，因为指纹鉴定人员只能依靠传统对比方法，也就是手、眼和放大镜。然而十二脊尺箕纹的左手拇指这一微小细节，却大大缩小了可能范围。伯恩布雷克的任务无疑仍是艰巨的，但至少现在他有了明确的对比目标。他把找到的六个指纹都冲洗成了放大的黑白照片，和他的团队开始了工作。

***

FBI 罪案实验室的另一层楼里，罗伯特·A. 弗雷泽一整个上午都在检查、测试提取过指纹后的雷明顿"大赢家"步枪。[3] 弗雷泽三十年来一丝不苟到极致，分管着 FBI 轻武器鉴定部门。这个部门的武器测试设施十分先进，世界公认；测试团队由一群弹道学专家组成，昼夜不停地进行检测工作。在这里，技术人员向弹道测试水箱里开枪，然后用高倍显微镜观察弹片和武器组件，并对它们进行一系列精密测试，检验是否存在火药、铅粉等物质。

不到几小时，弗雷泽和团队就列出了一长串重要的初步发现。

首先，弗朗西斯科医生几小时前从马丁·路德·金的遗体中取出的子弹，是一枚点 30 口径金属外壳软尖弹，由雷明顿－彼得公司制造。与留在现场包裹中未使用的雷明顿-彼得 06 年款点 30 口径的子弹完全相同。

其次，弗雷泽确定了发射子弹的枪管型号。现代轻武器的枪管都带有螺纹"膛线"，能使发射的子弹高速旋转，从而在飞行中保持稳定。螺纹凸起的部分叫牙顶，牙顶与牙顶之间的部分叫牙底。膛线牙顶与牙底的数量、间距和旋转方向，被称为枪管的一般特征，也就是所有型号或制造工艺达标的轻武器都具备的特征。弗雷泽判断，杀死金的子弹是"六牙右旋膛线"枪管发射的，而他在实验室显微镜下分析过，那柄"大赢家"具备一样的膛线纹路。

第三，特别探员詹森从枪膛里取出的空弹壳，是同一柄"大赢家"步枪发射的，因为弗雷泽与在金属弹壳上发现的细微"退卸弹痕"如出一辙。而这枚空弹壳底部还刻有标印"R-P 30-06, SPRG"，说明这是一枚雷明顿－彼得子弹，与弹药盒里剩余子弹口径相同。

弗雷泽的结论是，根据"膛线印痕的物理特征"以及其他因素可以判断，从金的尸体中取出的子弹，应该是一把雷明顿"大赢家"步枪发射的。但是，他无法从科学角度证明那颗子弹就是由这一柄、"而非其他某一柄同款步枪"发射。因为如他在报告中所说，这枚子弹在穿过金的身体时，由于撞到了坚硬的骨头，已经"扭曲变形"。

弗雷泽知道，每一柄轻武器的机械部件（比如撞针、后膛面）都有其独特的显微特征，会在子弹上留下独属的印记。这种经常能在子弹上发现的细小条纹，被称为个体识别特征。这种特征的地位，可以说就相当于弹道学中的指纹。弗雷泽本希望射杀金的这枚子弹上会带有这种识别痕迹，但是它并没有。这枚子弹已经碎裂、凹陷、变形，而且分裂成了好几块，缺失了关键信息。

虽然这个发现令人沮丧，但其实并不罕见。弗雷泽的实验室接到的子弹大都状态极差。这也是枪支暴力的副作用——子弹在造成伤害的同时，自身也将受损。

弗雷泽还研究了从贝西·布鲁尔出租公寓的公共卫生间卸下的窗框。通过在显微镜下比对窗框上的半月形凹痕与枪管上的多处撞痕，他基本可以确认，窗框上的凹痕是由"大赢家"的发射后坐力造成，因为这处凹痕与枪管的轮廓吻合，而且是新伤。但是，他依旧无法给出确凿定论。

最后，弗雷泽检查了金的血衣，并进行了化学测试。他发现金的礼服衬衫、西服外套和领带上"都没有明显的燃尽或者未燃的火药"，这最终证实了当时身处洛林旅馆的所有人早已清楚的事实：金并非被近距离射杀。但是当弗雷泽用玫棕酸钠检测这些衣物时，在大衣翻领、衬衫右领和被切断的领带上，都发现了铅粒子。这些铅残留物与从尸体中取出的子弹中的铅成分完全一致，而且这一成分构成也与 06 年款点 30 高速子弹在伤口周围的残留物成分吻合。

***

在 FBI 细致检查金破碎的衣物时，埃里克·加尔特正在亚特兰大，距离金的教堂和出生地只有几公里。而且此时他心里惦记的，也是衣物。东部时间早上 9 点 30 分左右，加尔特去了桃树街的皮埃蒙特洗衣店，取他去孟菲斯前寄存的衣物。自从加尔特 4 月 1 日送来了衣物，洗衣店的柜员安妮·埃丝特尔·彼得斯夫人就一直在等他。[4]加尔特一进门,她就一眼认出了这位再次上门的顾客。和之前一样,他依旧衣着整洁,胡子刮得干干净净。不过这次,他似乎着急得很。他说话的语速很快,而且她离开柜台去取他的衣物时,他也显得十分急躁。

她取回了他的衣物:三件干洗,一包普通清洗。费用一共是 2.71 美元,加尔特用现金结了账。这些衣物包括一件黑色格子大衣、一条灰色长裤、一双袜子和一条毛巾。他送来清洗的衣物上都带着一个小标签,上面印着"EGC-83",这是加尔特在皮埃蒙特洗衣店的固定编号。加尔特匆忙接过叠好的衣物,整齐地放进了一个长方形的牛皮纸袋。他拎着衣架,把干洗的衣物甩在了肩上。离开洗衣店后,他沿着桃树街,走向十四大道上他之前租住的出租公寓。

加尔特没有径直走进出租公寓,而是站在远处观察、等待了一会儿,直到他"确信这里没有什么异常情况"[5],接着他就迅速行动了。租户和房主杰米·加纳都没有看到他。他简单收拾了房间,把垃圾装进塑料袋,丢在了公寓后面的垃圾桶里。他还丢掉了他的打字机——这个打字机自从他在巴亚尔塔港时起就一直跟着他了。但是他知道,打字机太笨重,会耽误他向加拿大的逃亡。他整理了一个旅行箱,装进他的干净衣物、自助书籍和拍立得相机。他还从地下室取回了他藏好的自由首领点 38 左轮枪。

他搜罗了一捆钞票,估计大概有一千美元出头。[6]后来他招认,这笔钱是他这一年里通过走私、倒买倒卖攒下来的。他拿了一个信封贴好邮票,写上他的锁匠函授课程学院在新泽西州利特尔福尔斯的地址,装进最后一课的内容,并于当日早上寄出了这封信。接着他在一块纸板上给加纳先生留了一条匆忙的消息,不过这条消息显然是用来迷惑警察的。[7]他说他临时有事需要去伯明翰,但几天后就会回来取他留下的东西。他还特别提到了那台便携式顶峰牌电视机。他把纸板留在了床上,把钥匙

箕纹涡纹,牙顶牙底

留在了锁眼里。接着加尔特带着旅行箱离开,再也没有回过东北十四大道 113 号。

也许还是叫了一辆出租车,加尔特再次奔向大巴站。

***

在离比尔大街几个街区外的路易殡葬馆,一间装饰着紫色窗帘和琉璃彩绘的房间里,安放着装有马丁·路德·金遗体的铜棺。他现在身穿一套干净的黑色西装。

虽然没有公开宣布,但当天自凌晨起,就有数百人在殡葬馆外列队等候,希望能瞻仰金的遗体。路易殡葬馆的专家们,听着金的演讲录音带,辛勤劳碌了一整夜,防腐、着妆、更衣、美化身体。殡葬馆的合伙人克拉伦斯·路易斯(Clarence Lewis)跟记者说:"要做的事太多。金的整个下颌骨都快掉了,他们只能用石膏重新黏合。"[8] 他们工作得太紧张,拉尔夫·阿伯纳西甚至担心挚友也许来不及供人瞻仰了。他说:"我没把握殡葬馆能修复尸检造成的损伤。"但当阿伯纳西从洛林旅馆来到殡葬馆,看到路易殡葬馆的美容师用他们的着色粉和恢复蜡完成的工作,他被深深震撼了。他说:"遗体看起来完好无损。美容师出色地完成了工作。"[9]

开门让排队的人们进入前,阿伯纳西和 SCLC 核心集团的一众人在自己的领袖身边又盘桓了几分钟。安德鲁·杨写道:"我们都不想走。虽然我们都很清楚,我们这些活着的人,必须继续我们的生活、继续我们的运动,但在马丁身边,我们总想多留一会儿是一会儿。"[10]

接着门被打开,庄严的长队鱼贯而入。这群人形形色色,来自各行各业。现场记者描述说:"从公司老板到工人应有尽有。"来自世界各地的摄影师们疯狂地按动快门。看到一位女士亲吻金的右脸,克拉伦斯·路易斯都有点担心起来。他说:"过度接触会损坏妆容。"[11] 其中许多哀悼者都是垃圾工及其家人。他们凝望着这位殉道士安详的面庞,心中的悲伤和愧疚油然而生。他们觉得,他是为他们而死。他们俯下身体,与金说着话,抚摸着他的脸颊泪流满面。

一个女人说:"我希望躺在这里的是亨利·勒布。"[12]

另一个人在棺材上俯下身体:"你怎么会碰到这种事,金博士?我们现在该怎么办?"[13]

好几小时,人们就这样鱼贯穿行于殡葬馆。他们哀恸、哭嚎、祈祷、歌唱。阿伯纳西说:"主是我的光,我的救赎。"比利·凯尔斯说:"复活在我,生命也在我。"照相机不停闪动。

最终,棺盖终于落下。棺材被安置在加长轿车的后厢。阿伯纳西关上灵车的门,伸手抚着车窗说道:"我王永生。"

长达三公里长的车队跟着灵车穿过城市街道,在国民警卫队和警察的护送下,缓缓驶向孟菲斯大都会机场。车队转上停机坪,那里刚刚降落了一架伊莱克特四引擎螺旋桨飞机。这是罗伯特·肯尼迪议员为金的家人提供的专机。飞机的舱门开着,门边站着科雷塔·斯科特·金,她身着一袭黑裙、戴着黑色手套,没有戴帽子,女王一般威严,凝视着缓缓开近的车队。

第 32 章

孤身逃亡

拉姆齐·克拉克和卡撒·德洛克上午多半时间都奔走在孟菲斯的街道上。他们去了一趟 FBI 当地办公室,为陷入困境的詹森一行提振低迷的士气。他们拜访了联邦检察官办公室,许诺 FBI 将与他们紧密配合,一旦刺杀金的凶手落网,将与他们联手立案起诉。接着他们会见了国民警卫军的一些高级军官。克拉克对指挥官们说,他们做得很好,但是希望他们不要过度使用武力。坦克上街让他着实有些担忧。克拉克说:"我觉得坦克可能会激化形势。而且它的象征意义也有损于国家形象。我是说,真有必要出动坦克吗?"[1]

克拉克一行很快来到市政厅,在这里会见了亨利·勒布市长。市政厅大楼外一群罢工垃圾工举着"我是人"的标语牌正在游行。这个简洁明了的口号显然对克拉克触动很大。后来他说:"这是多么有力的讯息。这是民权运动创造过的最富想象力的示威、最有力的口号。"[2]

看到垃圾工在金被刺杀次日凌晨举行的这场庄严肃穆的游行,司法部官员罗杰·威尔金斯也为之动容:"这些人秩序井然、步伐坚定,他们在说'我有权被当作人对待',谁还能麻木不仁。站在那里,我热泪盈眶。"[3]

克拉克、威尔金斯和勒布市长并肩走进白色大理石大厅,可是他们的谈话却毫无进展。威尔金斯形容勒布"具备南方人特有的亲切,但也固执得像一堵墙"[4]。克拉克试图说服勒布尽力解决罢工问题,因为这不仅对孟菲斯市有好处，也符合国家的最大利益。勒布虽然对两位华盛顿来客热情慷慨，却依然固执己见。威尔金斯回忆说："我们完全无力改变他的想法。而且他对楼外正逶巡徘徊的人们毫无怜悯。"

最后，克拉克和德洛克在消防兼警察局长弗兰克·霍洛曼烟雾缭绕的办公室会见了他。霍洛曼刚接收到一条坏消息。前科罪犯"约翰·威拉德"这条线索本来他们十分看好，却在那天早上彻底断了。因为这位约翰·威拉德有无懈可击的不在场证明：他还在监狱服刑。

为了振奋大家的心情，克拉克和德洛克分享了他们当天早上从FBI总部得到的好消息：他们顺着凶器的线索追查到了伯明翰，探员们在那里得到了对凶器买主的详细外貌描述；指纹鉴定部门的分析师还发现了多个高质量指纹，很可能属于凶手，目前正在与指纹库里的已知逃犯进行对比；而且詹森的孟菲斯团队还询问了卖望远镜给5B号房客的约克武器店售货员。与此同时，詹森还雇了画家，希望能根据贝西·布鲁尔出租公寓和卡耐普公司的目击者们的证词，画出"约翰·威拉德"的初步素描。总之，德洛克认为目前案件进展迅速。要抓到凶手只不过是时间问题。

但是霍洛曼局长依然面色阴沉。看着他苍白、褶皱的脸，金遇刺案给他早已不堪重负的部门带来的压力已经一目了然。他彻夜未眠，现在全靠尼古丁和咖啡保持清醒，根本已经无法理智思考。他不停地用手指拨弄自己的一头白发。一位助手说："他都已经快要晕倒了。他已经精疲力尽、完全麻木了。"[5]

霍洛曼对全城乃至全国流传的谣言深感不满，因为传闻说他的警局与金遇刺之间牵连甚密，而当人们得知霍洛曼之前曾在华盛顿FBI总部为胡佛效力后，这些流言更是愈演愈烈。克拉克和德洛克安慰他说，联邦政府绝对无此猜疑，但这种指责显然还是刺痛了他的心，而且后来在他的余生中也一直困扰着他。多年后，霍洛曼在华盛顿出庭作证时说：

"我从来没有任何一点希望金博士受到伤害的想法，哪怕一丝一毫都没有。此生我最遗憾的事，就是金博士的遇刺，而且还发生在孟菲斯。"[6]

霍洛曼向克拉克和德洛克介绍了孟菲斯的最新情况：当晚的宵禁计划、阿伯纳西正在筹备的比尔大街"静默游行"，还有他自己的警局正在追查的多条线索。他还提到，孟菲斯的两家斯克里普斯·霍华德新闻社提出，共同承担一笔5万美元的赏金，悬赏追捕凶手的线索；而且孟菲斯市议会也做出回应，表示愿意再加5万美元。霍洛曼相信10万美元肯定能吸引到许多新线索，但他也明白，这种悬赏也会招来很多坏人和恶作剧。

***

克拉克中断了与霍洛曼的晨间会面，临时召开了一场新闻发布会。一百多位记者和摄制组人员参加了此次发布会，他们来自世界各地，包括瑞典、澳大利亚、南斯拉夫和日本。所有人聚在市中心一间毫不起眼的联邦套间，聆听司法部长措辞谨慎的讲话。克拉克说："目前我们掌握的所有证据表明，此次事件是单人作案。"[7]

他不能透露案件具体细节，以免妨碍正在进行的调查工作。但他向全美人民保证，调查人员已经收集了大量证据，并在竭尽全力追捕凶手。他说，搜捕范围已经远远超出了孟菲斯："搜捕网已经从田纳西州界向外扩充了数百公里。"调查人员正在追查多个名字，其中有些可能是化名。而且他们还在追查一辆白色野马车。他说："已经掌握了一个嫌疑人姓名，正在追查。至于是不是凶手的真名，还有待验证。不过我们很有信心。案件已经有了许多突破。"他说调查有望很快结束，接着就能开始起诉、审判和定罪。

克拉克信心十足地宣布："调查十分顺利，我们已经发现在逃独狼案犯的痕迹。"但作为国家最高执法官员,他十分担心国内遍地开花的暴力事件。他建议全国各市长、州长和警察局长注意,"反应过度或不足都可能导致暴乱发生。你们要谨慎控制局势"。

整场讲话,克拉克一直被入侵者和其他组织的激进分子不停地打断。有人质疑克拉克关于本案并无重大阴谋的声明提出太快。他凭什么如此断定?他们的批评很快演变成了吸引镜头注意的吼叫和煽动性的指责。离开房间时,克拉克已经怒不可遏。他冲德洛克吼道:"都是一群伪君子。他们只会让形势恶化。"

克拉克很快听说科雷塔·金的飞机已经落地,所以他和德洛克接着赶去了机场。到那里时,金的铜棺正在液压传送带移进伊莱克特螺旋桨飞机。克拉克和罗杰·威尔金斯登上飞机,会见了金夫人、A.D.金、阿伯纳西和飞机上其他一行满面悲伤的人。德洛克留在停机坪上没有登机。他说:"鉴于胡佛先生与她丈夫的宿怨,我想她可能并不会想见到我。"[8] 他的看法恐怕十分明智。

飞机上,克拉克表达了他最深切的哀悼,不仅代表他自己,也代表政府。威尔金斯觉得接待他们的科雷塔"勇敢,冷静,而且亲切。人人都在哭泣,这一切都很难承受。可是科雷塔却那么雍容典雅"[9]。A.D.金坐在机舱后部,情况十分糟糕。威尔金斯觉得他"像臃肿褪色的马丁。据说A.D.当时喝醉了"[10]。

窗外,正午之前的机场明亮、潮湿,机场路面热气腾腾。德洛克笨拙地悄悄蹭到了安德鲁·杨身边。在飞机引擎的轰鸣中,德洛克试着表达他的哀思:"我们会竭尽全力。一定会抓住凶手。"[11]

杨目光空洞地点了点头。此时的杨精疲力尽、悲痛欲绝,完全没有任何余力与FBI的官员寒暄,尤其是与德洛克,因为杨知道,这些年来FBI对金耍过许多肮脏的小把戏,德洛克都有直接参与。德洛克觉得杨当时"神游别处",这话确实没错。在SCLC的日程上,寻找并惩罚凶手一

孤身逃亡　265

事排得并不靠前。杨认为，眼下继承金的事业更重要，而非一心盯着这件案子本身，或者之后的法律流程。整个运动中，金很少攻击个人，即使是公牛康纳或者乔治·华莱士这样的人；相反，不论什么情况下，他的注意力都在应对来自社会的大问题上。在杨、阿伯纳西和余下众人深思自己的领袖之死时，金博士这种超然的"爱汝之敌"的思想一直指引着他们。用杨的话说："相比杀死了马丁的人，我们更在乎害死马丁的理念。"[12]

这正是像德洛克这样的政府官员无法理解的情绪。

几分钟后，拉姆齐·克拉克走下飞机，重新和德洛克并肩站在停机坪上。科雷塔自始至终都没有下过飞机。她根本不愿意踏上孟菲斯的土地。令人惊讶的是，包括勒布市长和霍洛曼局长在内，没有任何一名孟菲斯政府官员来机场迎接她。她飞来这里有且只有一个目的——接丈夫的遗体回家。

伊莱克特飞机的舱门紧紧关上，飞机开始缓缓滑行，最终攀升到明亮、朦胧的天空，向东南倾斜着机身，飞向了亚特兰大。跑道上站着数百名悼念者，有的高举着拳头向马丁·路德·金告别；还有的起了个头，想唱一段《我们必胜》，可是当时气氛不太合适，歌声很快陷入了沉寂。

***

在亚特兰大的首府之家安居工程，那辆白色野马车已经停了一整天，挡风玻璃上淌着一道道雨水。这辆车里的铁证和隐性线索即使不能帮助警方找到刺杀马丁·路德·金的凶手，至少也能提示他的身份。那天早上，除了玛丽·布里奇斯和女儿旺达，其实还有人看到了这辆神秘的车开进停车场。

再远几栋楼住着露西·凯顿（Lucy Cayton）。看到野马车的司机下车时,她正站在自家门廊上,手里握着扫帚。当时她想:"他长得还不错。所以我才拿着扫帚站在那里看。"

再隔几扇门远,欧内斯特·佩恩(Ernest Payne)夫人那天早上也看到了开那辆野马车的人。她看着他下了车,"摆弄了一下车门",然后向纪念大道走去。他穿着一套深色西装,腋下夹着一件东西,她觉得是"一本黑色的小书"。

约翰·莱利(John Riley)夫人住在停车场另一面,家门正对着那辆野马车。她也看到了那辆车,但是没怎么注意。

不过她十三岁的小儿子约翰尼(Johnny)是个汽车迷。他放学一到家就盯上了那辆车。他注意到那辆车挂着亚拉巴马州牌照,注意到了车里的铁锈红泥,还注意到了车窗上的两张贴纸,上面写着"游客"。这个少年还注意到这辆野马是倒着停进车位的,这跟首府之家停车场里的其他车辆截然不同。他只能推测,留下它的车主是不想让人轻易看到它的外州牌照。

莱利夫人坐在厨房里,和几个邻居喝着咖啡聊天。她们说起了当前的刺杀事件和暴乱。有个邻居说,她听说当局正在搜寻一辆白色野马车。

莱利夫人吃吃笑起来,指向窗户说:"怎么,那不就停在停车场里嘛。"[13]大家都笑起来,却都有些不自然。她们的笑仿佛是在说:真是那样就有趣了。接着,几位女士又开始闲聊,再也没往这个方向多想。

第 33 章

1812 再现

当天下午在华盛顿白宫，约翰逊总统的午餐略晚了一点，与他同桌进餐的还有最高法院法官亚伯·方特斯（Abe Fortas）和其他几位顾问。金遇刺案让白宫的所有人都颇受影响。约翰逊总统在白宫官邸的桌边坐下时面容憔悴。他刚刚度过一个疲惫不堪的星期五。在国家大剧院参加了金的告别仪式后，他剩下的一整天时间几乎都在内阁会议室，秘密约见全国最著名的黑人领袖们。其中有最高法院法官瑟古德·马歇尔（Thurgood Marshall）、忠诚拥护伟大民权运动的巴亚德·鲁斯蒂因（Bayard Rustin）、首都特区牧师沃尔特·范特罗伊（Walter Fauntroy），还有民权运动组织现存的几位领导人。约翰逊还邀请了老马丁·路德·金与会，可是这位老牧师悲伤过度，因而无法赴约。不过他发来了电报，由约翰逊朗读给所有与会者听："请听我一言，我与各位一同恳求全体美国公民停止暴力，这样我儿子的死才非徒然。"[1]

约翰逊感动得差点流泪，他抬起头，即兴发言道："如果我生长在哈莱姆，此刻肯定会这么想：白人已经开始任意屠杀我的同胞，他们要把我们一个个干掉，除非我先发制人。"[2]

几小时后，这场庄严而尴尬的会议以善意的承诺告终，虽然最终还是没有达成任何明确决议。在几位黑人领袖的支持下，约翰逊在国家电视台发表了简短声明："我们绝不认可暴力。"

饿极了的约翰逊打算抽几分钟时间吃点东西。他在餐桌边与其他人一同低头祈祷,他的祷文短得有些敷衍,却字字由衷:"主啊,请赐我们智慧,教我们该怎么做。"[3]

巧合的是,最高法院法官亚伯·方特斯就出生在孟菲斯,并且在那里长大。他与总统讨论了追捕刺客的事宜,但是最主要的话题,还是目前首都濒临崩溃的安全状况。一整天,来自白宫信息中心的消息一直在潮水般涌入,流言称,有人正策划在华盛顿市中心的街头掀起一场全面暴乱。白宫接到的传言是,前夜的骚乱只是小打小闹;今晚,整座城市都将被战火吞噬。

虽然这天的早晨开始得很平静,但到了中午,街头气氛已经变了。暴乱将至的流言四起,于是整座城市都陷入了恐慌和歇斯底里,人们的言语间也开始有了大小冲突。斯托克·卡迈克尔简直是超常发挥,他借新闻界发出了暴力呼吁,敦促华盛顿的黑人"尽其所能,拉白人垫背"[4]。他坚称,所有白人都是金遇刺的共谋:"所有白佬,从白佬林登·约翰逊,到白佬鲍比·肯尼迪,都不会选择金。鲍比·肯尼迪该为这一枪负的责任不比任何人少。"

中午刚过,流言再次升级。黑人店主开始用胶合板遮住商店的玻璃窗,还在店门口的地面涂上"灵魂兄弟"的字样,希望以此将自己的店铺与白人店铺区分开,这种办法俨然是当年以色列人用羊血涂抹自家的门框。*

最终,仿佛后知后觉地看到风暴将临,人们开始恐慌。市中心的大型百货公司一个接一个谨慎地关门歇业,并把货物撤出了橱窗。

成百上千人直接停下手上的工作,去学校打断上课,接走了孩子。

---

* 神差派一位灭命的天使到埃及巡行,他使埃及所有头生的人畜全都死去,包括堂堂的埃及太子。摩西提前通知他的同胞,叫每一家以色列人都宰羊羔,用羊血在自家门楣和左右的门框上涂抹记号。所以当神打击埃及人时,看见记号,就逾越过这些家庭。这就是逾越节的起源。——译者注

人们开始在街头疾走，甚至开始奔跑，要赶去公交站、火车站或者波托马克河大桥。被堵在车流中急不可耐的司机们惊慌失措地抛弃了座驾，选择换步行逃跑。场面看起来仿佛好莱坞灾难片：整个华盛顿不论肤色，人人都想撤离特区。

约翰逊正要吃饭，一直盯着窗外宾夕法尼亚大道方向的助手突然打断了总统和几位用餐者的谈话。他说："先生们，你们最好来看看。"[5]

约翰逊起身向窗边走去，他的步态透露出一丝惶恐。总统一言不发，只用手指着窗外：东边，一根巨大的火柱攀上了华盛顿市中心的房檐，翻滚着冲天而起。很快，白宫的走廊里就传来了浓烈的烟味。

总统这下倒是看开了。后来他跟一位顾问说："不然呢？我都不知道我们怎么还会惊讶。你用脚踩着别人的脖子，压制了人家三百年，现在你让他站起来，你觉得他会做什么？他会打得你满地找牙。"

***

几百米外，司法部大楼的 FBI 总部里，罪案实验室的技术人员仍然在埋头工作。指纹专家正在仔细梳理比对数十万张库存指纹卡，其他分析师则在筛查从孟菲斯空运来的其他物证。这几十件物证放在一起，形成了一个巨大的谜题。有的关键，有的只是些随机信息；有的可能重要，有的多半没有意义。所有这些证物积成了一个司法鉴定之谜，现在就堆在罪案实验室明亮的桌面上。对 5B 号房客的追踪，不仅已经向外扩张到了全国其他地区，而且还在向微观扩展，发展到载玻片和人工制品中梳理出的零星头绪，并走进了实验室显微镜飞速旋转的视野中。除了指纹，凶手还留下了其他蛛丝马迹，甚至连他本人都不自知：他的生理痕迹、行动迹象以及思维习惯。

那天下午，纤维专家莫里斯·S. 克拉克[6]（Morris S. Clark）开始用显微镜检查卡耐普公司门前留下的包裹皮,也就是那张裹着凶器的绿色人字纹床单。他发现了深棕色的高加索人毛发,不仅起皱褪色的织物纤维上有,这位"威拉德"的梳齿、衣物和包裹中的其他物品上也有。这些发现的毛发发质油腻纤细,看来似乎属于同一个人。

与此同时,走廊另一头的某间办公室里,还有其他搜寻正在进行。FBI调查员发现在蓝色拉链包里的鸭嘴钳柄上贴着一个小价签,上面写着"狼佩"。通过致电印第安纳波利斯的全国五金零售协会得知,狼佩是洛杉矶一家大型五金店,店址在好莱坞大道5542号。这个发现给案情带来了重大转变:这一通简单的电话,将整个追捕扩大到了三千公里外的西海岸。

洛杉矶办事处的探员迅速赶到狼佩,随身还带着詹森在孟菲斯招揽画家绘制的"约翰·威拉德"初步素描。[7] 狼佩的经理汤姆·韦尔(Tom Ware)并不能认出画像中的人,当然这也情有可原。不过他却知道这款鸭嘴钳。根据销售日志,1966年10月,他以批发价订购了一大批"次级"鸭嘴钳,贴上狼佩的价签后,放在了店门口的一大桶打折商品里。这批鸭嘴钳十分畅销。

所以现在出现了一个看似琐碎、却可能十分重要的问题:刺杀马丁·路德·金的凶手是不是曾在过去这一年半里来洛杉矶购买过一把鸭嘴钳?他是不是曾经住在洛杉矶,甚至也许就住在这家五金店附近?FBI探员开始调查狼佩五金店所有已知的主顾:承包商、水管工、木匠和电工。最终这些调查都只是徒劳无功。

不过FBI总部的另一项调查却有了眉目。调查人员翻查威拉德包里的内衣、内裤时,在内接缝处发现了洗衣签。这个小标签是一条白布带,上面印着号码"02B-6"。[8] 调查人员联系了洗衣行业专家,最终追查到了纽约的雪城纺织打标机公司。该公司负责人很快确认,这个洗衣签是用他们工厂生产的冲压设备制成的。

这个标签用了一种相对较新的专利材料，名叫热封胶带。雪城公司留有全国所有购买过热封打签机洗衣店的详细记录。更深入的调查发现，FBI 调查的主要方向——孟菲斯和伯明翰这两座城市，没有任何一家洗衣店购买过这种机器。现在投入使用的热封打签机大多都在西海岸。

在西海岸的具体什么位置？追踪这条线索的探员们最想知道这点。

热封打签机公司的负责人查阅记录后回复："加州，主要在洛杉矶地区。"事实上，他说洛杉矶有将近一百家洗衣店采用了热封系统。应 FBI 的要求，热封公司很快开始着手整理，详细列出了使用这种机器的洗衣店的名单。

***

那架伊莱克特拉喷气机载着马丁·路德·金的遗体，向他的出生地、他的母校、他的教堂和他的家亚特兰大疾飞而去。飞机上坐着大概三十五个人。棺材就放在机舱后部，那里原本放着几把椅子。这段短短只有 640 公里的航程，那天却显得那么乏味、冗长。大多数人只是呆呆地盯着窗外，耳边只听得见发动机的轰鸣。仅一个小时，飞机就掠过了埃里克·加尔特前一晚在乡间小路上整整奔驰十二个小时才走完的大片土地。

拉尔夫·阿伯纳西沉默地静坐着，脑海里回放着过去三天来这个诡异可怕的命运转折。他还记得周三早上，得知从亚特兰大飞往孟菲斯的航班受到了炸弹威胁时，金当时的反应。阿伯纳西在他的回忆录中写道："我想起，当机长宣布炸弹危机解除、一切正常时，他脸上那个脆弱的微笑。那个微笑背后，是人类都会有的对死亡的恐惧。"[9] 而现在不过才三天，金已经在回程的飞机上，却躺在机舱的铜棺里。阿伯纳西看向窗外，凝视着春日里生机勃勃的湿润南方。他说："马丁终于没有了烦恼，他开始了安眠。有那么一瞬间,我看着窗外的绿林,想着即将面对的事,甚至有些羡慕他。"[10] 阿伯纳西知道,三天后他将重返孟菲斯,领导比尔大街的游行。他想到,也许回程时,他也将躺在铜棺里。

飞机降落在亚特兰大,这里雨后初霁,空气中只剩下柔和的薄雾。科雷塔的四个孩子穿着整齐的礼服等在停机坪上。飞机一落地,他们就沿折叠梯登上了飞机。柏妮丝这时才五岁,她一路蹦蹦跳跳,无忧无虑。安德鲁·杨把她抱在了怀里。大家都亲昵地叫她"邦妮"。邦妮环顾机舱,小脸上露出了困惑的表情。她问:"爸爸呢?妈妈,爸爸在哪里?"

科雷塔的心一阵绞痛。她抱住女儿说:"邦妮,爸爸就躺在后面的机舱里。你见到他时,他可能没办法和你说话。爸爸已经去和上帝生活在一起,不会再回来了。"[11]

小德克斯特当时七岁,他明白机舱后部放着的大盒子是什么,可是他抗拒着不肯面对这个事实。后来他写道:"我环顾着机舱内部,什么都看,就是不看棺材。我不想相信父亲当真躺在里面,再也不会出来。"[12] 他拉着科雷塔问东问西:"这是什么?那是什么?"他在机舱里不安分地跑来跑去,问这问那。他说:"母亲知道,我是在逃避父亲的尸体就在机舱里的事实。我很好奇躺在棺材里的父亲,但是我不愿意面对。"[13]

棺材从机舱尾部被搬上了灵车。所有人都下了飞机,组成车队,跟着金一家来到了汉利贝尔街殡仪馆。殡仪馆外早已经排起长队,等候瞻仰金博士的遗体。

科雷塔让葬礼承办人打开棺盖。她担心孟菲斯的殡葬师做得不好,用她的话说就是,没有"修复他的脸"。但当棺盖打开后她由衷地满意。她写道,他的面容"显得年轻光滑,与棺内的白缎衬里毫不违和。几乎看不出伤痕"。[14]

孩子们被带进屋里瞻仰父亲。他们直勾勾地盯着金的遗体,难以置信、好奇又恐惧。安德鲁·杨就站在德克斯特身边。德克斯特说:"安德鲁叔叔，那个人，他不认识我们的爸爸，对吗？"[15] 他指的是杀死金的凶手。

杨问他为什么这么说。

"因为如果他认识我父亲，就不会杀死他了。他只是不懂事，这才做了错事。"

***

汉利贝尔街殡仪馆接收金的遗体时，埃里克·加尔特就在几公里外的灰狗巴士总站，正要买去北方的单程票。[16] 候车大厅里一如既往地挤满了人，有休假的士兵、流动的工人，还有母亲在哄着孩子。人们坐在塑料长椅上抽着烟，心不在焉地听着大喇叭播报关于车次延迟或者取消的消息。开往查尔斯顿、新奥尔良和塔拉哈西的巴士正在登车。

加尔特的东西不多，都放在一个小旅行箱里。里面有几件衣服，他没丢在孟菲斯的所有日用品，一本关于自我催眠的书，还有被他翻烂了的、麦克斯韦·马尔茨博士编写的《心理控制术》。也许他还买了一份《亚特兰大宪章报》，不但能把他的脸挡在宽大的报纸后面，还能看看他沿着海岸线造成了多少破坏。头版头条上，巨大的标题写着：金博士中枪，死于孟菲斯；找到步枪，追捕凶手。[17]

《亚特兰大宪章报》还形容了刺杀金的嫌犯的一系列具体细节，可能多得甚至让加尔特都有些紧张，不过还没有哪个证据能直接指向他。对他的外貌描述也十分笼统，而且并不准确。《亚特兰大宪章报》上说，嫌疑人是一位"年轻的黑发白人男性，从金所居住的旅馆对面的一家出租公寓冲了出来，在人行道上丢下一把布朗宁步枪，然后驾车逃逸"。这份报纸还在另一页刊登了一篇与头版头条形成诡异呼应的报道，说一群"保守派佐治亚州隔离主义者"成功为乔治·华莱士的总统竞选筹集了一笔可观资金，以便"让白宫至少有个能理解南方白人态度的人"。

《亚特兰大宪章报》的进步派主编兼出版商是传奇人物拉尔夫·麦吉尔*(Ralph McGill)。他在头版发表了一篇社论。埃里克·加尔特有没有读我们并不知道，但这篇社论却绝对是写给他看的："枪手扣动扳机的一瞬间，马丁·路德·金已经获得了自由。而那白人杀手成了奴隶，他是恐惧的奴隶、自卑的奴隶、仇恨的奴隶，是当一个人决定退化成野兽时，涌入心中的血腥本能的奴隶。"

大约 1 点钟左右，加尔特坐上了大巴，目的地显示屏上写着"辛辛那提"，车身上印着加尔特早已谙熟的瘦长猎狗。加尔特挤过狭窄的走道，找了个座位坐下。大多数州际灰狗长途大巴都有个小卫生间，里面不出意外地弥漫着化学药剂的味道，却盖不住黄色尿液刺鼻的骚味。这辆大巴也不例外。

当天下午，在柴油烟雾的笼罩下，这辆巴士向北驶出佐治亚州，慢腾腾地驶过了田纳西州界沟沟壑壑的石灰岩山麓。大巴在查塔努加和诺克斯维尔略作停留，接着就驶向了肯塔基州。每多逃出一公里，加尔特心里肯定也多轻松一分。他已经离开南方腹地，一头扎进了本国一块与他及他的罪行全无瓜葛的地界。这一刻他很可能终于松了口气，知道他这滔天大祸随着这一路从孟菲斯到伯明翰、再到亚特兰大的逃亡，湮没在这国家阴暗的腹地，开始渐渐冷却了。

可是他发现不管巴士向北走多远，都没有一处不受到金刺杀案的波及。一路走来，巴士停靠在一个个阴郁的车站，没一个车站能摆脱那种愤怒与恐惧。加尔特可以远离他闯下的祸端，却无法逃脱这祸端的余波。

傍晚时分，加尔特已经穿过蓝草音乐和波本威士忌占领的肯塔基州山脉，驶向了列克星敦；接着他要穿过泥泞的俄亥俄州，抵达辛辛那提，

---

* 美国新闻记者和编辑，反对种族隔离主义，1959 年获得普利策社论写作奖。——译者注

1812 再现

也就是这趟灰狗巴士之旅的终点站。

加尔特在回忆录中提到，这辆巴士在中途休息了两个小时，他就把旅行箱留在储物柜里，去了附近一家酒吧。[18] 不只是为了喝点酒压惊，也是为了听听新闻。一路被困在大巴上，又没了他的口袋收音机，他已经急不可耐地想知道追捕的最新动向。当他读到晚报，得知当局在本案上并没有做出任何重大突破，一定松了口气。他的野马至今无人发现，而且也没有人提起亚特兰大某间出租公寓的事。当晚，他再次坐上巴士，驶向了底特律。[19]

***

当加尔特坐着灰狗巴士一路向北之时，司法部长拉姆齐·克拉克和他的一小队人马在孟菲斯登上"捷星"，飞向了华盛顿。整整一天，克拉克不停地收到报告说华盛顿暴乱四起，所以他们缩短了在孟菲斯的行程。大约下午5点，喷气式飞机升上了孟菲斯的天空，向首都飞去。

就是在这趟航班上，卡撒·德洛克也还十分乐观。他的判断是，对5B号房客的搜查进展顺利。及至目前，这件案子看起来十分典型。德洛克一直与FBI总部保持着密切联系，掌握着所有最新报告，包括洗衣签、弹道纤维、毛发、指纹、枪支购买收据、外貌特征等所有信息。这件案子正以极高的效率推进着。他必须承认，洛杉矶这条线索有些突兀，确实带来了些意外的复杂情况，但除此以外，似乎所有证据都指向了单一嫌犯作案，或者最多是两个人在南部谋划了这一切。当然，德洛克也估计，"洛梅耶"和"威拉德"恐怕都是化名，但为了以防万一，FBI探员还是在整个南部筛查着这两个名字。

德洛克对破案十分有信心，他甚至愿意和司法部长克拉克打赌，赌FBI将在24小时内，也就是在周六下午5点前抓住真凶，如若不然，他就尽自己所能买瓶上佳的雪莉酒送给克拉克。[20]克拉克握手接受，虽然他真心希望自己能输掉这场赌局。

不过即使克拉克不像德洛克那么信心满满，他也承认目前本案确实进展顺利。他回忆道："我们很快就掌握了大量证据，比我们的预期早得多，也要多得多。但我们当时没有意识到，这个嫌犯十分独特，他正是那种出其不意的类型。你以为他要向右的时候，他偏偏向左。往好听了说，他就是想要得我们团团转。"[21]

在克拉克疾速飞往华盛顿时，心里放不下的都是美国对枪支暴力的偏爱由来已久。和国内许多自由派人士一样，他同样希望此次金的遇刺事件能够推进国会关于枪支管控的讨论。他暗自发誓，要推动出台政策，规定持枪必须首先获得许可，尤其是像06年款点30口径步枪这类高火力武器。他后来写道："在枪支管控上，我们是众多国家中最失败的一个。枪支是生命的毁灭者、是犯罪的诱因，现在它再次损伤了我国的民众形象，标志着美国历史上又一个可怕时刻。"[22]

去华盛顿的飞机上，德洛克大部分时间都默不作声，他的思绪却与克拉克大相径庭。在孟菲斯的这一天漫长又紧张，因为缺乏睡眠和调查压力，他的头正一跳一跳地疼。德洛克提到J.埃德加·胡佛与金长久以来的"宿怨"，一定会在已经疑虑万千的美国国民心中搅起更深的怀疑。眼下民众已经在怀疑FBI与刺杀事件是否有牵连，甚至有人怀疑就是胡佛本人下达了刺杀命令。德洛克意识到，即使他赢了赌局，也就是说FBI第二天就能抓住真凶，也不足以"阻挡正向他们汹涌而来的批评洪流"[23]。

"捷星"接近华盛顿时已经晚上10点。飞机距离华盛顿还有二十公里，尚在马匹之乡弗吉尼亚州上空，克拉克和德洛克第一眼就看到了远在特区那股直指青天的灰色烟柱。因为国家机场的所有商业航班都已停飞，所以克拉克命令飞行员沿着波托马克河低空绕行。眼前的景象让他们无比震惊。

1812再现

克拉克回忆道:"向下看去,映入眼帘的是一座正在燃烧的城市。"烟雾吞没了整个市中心和国家广场。穿破覆盖整座城市这片火焰之毯的,只有灯火通明的国会大厦圆顶和华盛顿纪念碑白色的方尖碑顶。克拉克能看到 U 街和十四大街街口窜起的地狱之火,还有司法部大楼,就离他自己的办公室几个街区之遥,也有火焰在熊熊燃烧。就是此时在这栋大楼里,FBI 罪案实验室的分析员还在点灯熬油地钻研着金遇刺案的物证。

相比正在蔓延的大火,前夜的零星骚乱简直不值一提。捷星的飞行员觉得,眼前的场景堪比德累斯顿*。当夜全城发生的火灾总计超过五百余起。由约翰逊总统下令,联邦军队已经占领特区的大部分街道。[24] 第三步兵团,也即是所谓的"老卫队"一马当先。他们是迈尔堡**特别训练出的一支精锐部队,他们就是古罗马的忠诚禁卫队。他们的使命是保护政府所在地,应对诸如俄罗斯入侵或者火星人登陆之类的危机。

白宫已经用沙袋加固,并配备了军队守卫,门前的草坪也打上了刺眼的强光灯。国家广场和国会大厦遍布着机枪巢。守卫的士兵有些甚至是刚从越南撤回的,他们紧张地警戒着,手里的步枪已经上好了刺刀。一位记者觉得,当时国会山的景象"简直有新非洲共和国议会的味道"。[25]

"捷星"在特区上空低空绕行了好几圈。看着养育他长大的、他衷心热爱的城市,克拉克想起他在书上读到过,1812 年战争中英国人洗劫、焚烧华盛顿的情形。他说:"我这一辈子从来没想到,我会亲眼看到华盛顿陷入火海。"[26]

---

* 德累斯顿大轰炸是"二战"期间的一场大规模空袭,是"二战"历史上最受争议的事件之一。——译者注

** Fort Myer,美国一个具有历史意义的陆军哨所,毗邻弗吉尼亚州阿灵顿县的阿灵顿国家公墓,与华盛顿特区隔波托马克河相望。——译者注

第 34 章

多伦多的甜蜜之家

4月6日从夜半到凌晨,埃里克·加尔特乘坐的灰狗大巴一直穿梭在俄亥俄州平坦的农业之乡,慢腾腾地向底特律进发。根据加尔特的回忆录,他乘坐的大巴在当天早上8点左右抵达了汽车城。[1]那是个明亮、温暖的星期六。加尔特买了一份最新的《底特律新闻》,连篇报道全是刺杀事件和由此激起的暴乱。底特律本身受到的打击也十分严重,尽管确实赶不上华盛顿的暴乱,也不比1967年夏天发生的底特律大暴乱。星期五以来,抢劫、纵火遍地开花。前一天晚上,警察向多群暴徒开了枪,致使一人死亡。现在,三千国民警卫军在街头巡逻。底特律市长杰罗姆·卡瓦诺(Jerome Cavanaugh)向媒体重复着一句后来成了全国口头禅的话:"反应过度总好过应对不足。"[2]

浏览报纸上含混不清的搜捕报告让加尔特松了口气。看来警方并没找到新的线索。报道里完全没提到埃里克·加尔特,没提到哈维·洛梅耶,也没提到在亚特兰大找到了某辆野马车。当局似乎正在集中注意力搜查根本不存在的约翰·威拉德。现在他已经逼近边境,距离加拿大温莎只有几公里。加尔特终于能喘口气了。

他知道从美国跨境进入加拿大简单轻松,根本不需要证明文件。旅行者很少被拦截盘问。但现在金刚刚遇刺,他担心边境守卫可能会采取特别的防范措施。加尔特在卫生间的镜子里打量着自己,觉得自己看起来太像逃犯,肯定无法穿越边境去温莎。过去这两天里,他已经长起了浓密的黑胡子，他担心如果不把面容收拾整洁，被海关拦下来就更容易引起怀疑。不幸的是，他所有的剃须用品都留在孟菲斯那个包裹里了。

加尔特后来说，他当时把旅行箱寄存在灰狗大巴站的储物柜里，走过一个绿草如茵的公园，找到了一家老式理发店，要求刮胡子。[3] 理发师有些犹豫，因为他好几年前就不再提供这项服务了。不过加尔特最终说服了他，坐上了理发椅。理发师很快就用杯刷搅好了剃须泡沫，在皮带上磨光了剃须刀。如果当时聊起了马丁·路德·金刺杀案，两个人会说些什么，我们是不得而知了。但接下来这十几分钟时间里，理发师并没有看破这位顾客的身份。他用剃须刀小心翼翼地刮过了杀死马丁·路德·金的凶手的脸颊和脖颈。

刮好胡子，加尔特回到车站取出旅行箱，之后拦下了一辆出租车。他发现自己对越境的担心是多余的，因为他乘坐的出租车安稳地穿过了底特律河下那条烟雾缭绕的温莎隧道，根本没有引起当局的注意。（这里甚至是当地的一个地标热点*，因为底特律－温莎通道是唯一一个从美国进入加拿大要向南走的过境通道。）出租车来到了温莎火车站。加尔特用 8.2 美元买了一张单程票，坐上了加拿大国家铁路公司的午班列车。这段四小时的车程很轻松。列车沿东北方向，蜿蜒穿过农业之乡安大略，大致沿着与伊利湖平行的方向穿过了伦敦市。大概 4 点左右，列车到达了目的地——加拿大最大的城市：多伦多。

加尔特把行李箱寄存在联合车站，走出去寻觅便宜的落脚地。他的直觉一如既往的敏锐：根据他的回忆录，他当时找到了奥辛顿大道 102 号的一栋出租公寓。这里别名小意大利，是个多语混居街区，就坐落在多伦多市中心西侧。公寓的房主是一对波兰中年夫妇。这套红砖无电梯公寓距离三一贝尔伍德公园不远，隔着几个街区还有一家精神病院。公

---

* POI，Point Of Interest，电子地图上的地标，用以标示该地区政府部门、商业机构、旅游景点、古迹名胜、交通设施等处所。——译者注

寓对面是个拳击馆，两年前，拳王阿里（Muhammad Ali）就是在这里集训，预备近战多伦多拳击传奇乔治·丘瓦洛（George Chuvalo）。

费利克斯萨·什帕科夫斯基（Feliksa Szpakowski）夫人是个身材丰腴的中年妇女，宽脸盘、戴着一副角质框架眼镜，脑后盘个圆发髻。她打开铝制防风门，站在台阶上迎接加尔特。她用蹩脚的英语告诉他，她可以租给他一间二楼的客房，房租是一周8加元。

什帕科夫斯基夫人带他去看了房间，以加尔特的标准，这里已经算得上干净整洁、设备齐全了。[4] 地板铺了新油毡，墙壁也刚粉刷成欢快的金丝雀黄，窗帘和配套的床罩上是红色的印花。墙上唯一的画是幅基督像，还有一幅装裱的刺绣，上面绣着"甜蜜之家"。飘窗上放着一台落地大电视机，兔耳天线正等着接收全球新闻。

加尔特很喜欢这间屋子，他给什帕科夫斯基夫人付了一周的房租。一开始，她没有问他的名字，他也没有主动说。不过她倒是操着浓重的斯拉夫口音问了他是做什么工作的。

加尔特回答："房地产。"他说他受雇于当地公司曼恩和马尔特尔。

这足够让什帕科夫斯基夫人满意了。当时加尔特穿着他平时那件西装，这对什帕科夫斯基夫人来说已经算是穿着考究。她也觉得，房地产经纪人会来城里这个只有弱势的工人阶级光顾的小地方住确实有些奇怪。

**

当天，在亚特兰大，金宅正为葬礼策划忙得不可开交。需要极高的品位才能决定用什么方式最好地颂扬美国黑人陨落之王。许多大人物都坐着飞机赶来向科雷塔提出他们创意十足的畅想。葬礼必须精心设计、完美无瑕。金的朋友中，有人想要在亚特兰大最大的露天足球场举办一场大型集会；有人却想举办一场小型、庄严的仪式，只允许少数精挑细选的宾客参加；还有人甚至建议举办一场流动葬礼：举办游行致敬这位用双脚走出如此巨大成就的伟人。人们讨论的情绪高涨。一次策划会上，两位西印度的好友西德尼·波蒂埃（Sidney Poitier）和哈里·贝拉方特争执不下，及至反目，甚至之后多年都没有再说过话。[5]

开会策划葬礼的那间屋子正挤满了前来哀悼和祝愿的人。当天下午来日落大街 234 号的客人中，最引人注目的恐怕就是乔治娅·戴维斯议员。她跟 A.D. 金和他的情人露西莉亚·沃德一起，是坐她那辆蓝色敞篷凯迪拉克来的。戴维斯说："我不想去见科雷塔。"[6] 但是 A.D. 觉得，一场仪式性的见面和道歉，对大家走出这场伤痛都有好处。他们步伐悲痛，在屋里四处寻找才找到了科雷塔。戴维斯握住了她的手，只说了一句话："对不起。"

科雷塔沉默着点了点头，脸上泛着让人看不透的祥和之光。戴维斯知道，她不该来，那一刻十分尴尬。后来戴维斯分析自己的道歉时写道："我为什么说对不起[7]？我为她失去丈夫感到遗憾；我为世界失去一位救世主遗憾；而且某种程度上，我想我是在为我与她丈夫的关系道歉。"她很后悔自己伤害了科雷塔，但是她说："我从不后悔我当时和他在一起。只要他一个电话，不论何时何地，我都一定会赴约。"

***

加尔特去联合车站取出了他的手提箱。大概一小时后，他回到房间，打开了电视。那一整个周末剩下的时间里，除了买报纸和去当地一家面包店买糕点，他再没离开过房间。[8] 他关着房门，整日整夜待在屋里，而且从不关电视。

自从加尔特当天早上离开底特律，还没有什么新的大新闻。虽然美国许多城市的暴乱之火仍然未能停息，但最糟糕的时刻已经过去。让加尔特松了口气的是，追捕在整个周末里都没有特别进展。拉姆齐·克拉克周日早上参加了《相约媒体》节目。虽然他说有信心追捕到凶手，但司法部长却没有提供任何证据表明 FBI 的调查已经有了眉目。克拉克没有说出口，但事实是，案件调查已经失去了一开始的好势头。

加尔特暂时安全了。圣枝主日那天早上，整个美国都很安静。三天的动乱后，人们陷入了悲伤和自省。被加尔特抛在身后的美国似乎陷入了绵长的哀悼。报纸公布，原定于当晚举行的奥斯卡颁奖典礼将推迟到金的葬礼之后举行，还将一并推迟原定于在圣路易斯举办的国家冰球联盟附加赛，以及从辛辛那提到洛杉矶至少 7 支美国职业棒球大联盟球队季前赛。

唯一一个似乎还保有一丝正常的人，就是最终为调查负责的那位——J. 埃德加·胡佛。据报道，FBI 局长那个周末的安排与往常没有任何区别——他在巴尔的摩看赛马。[9]

圣枝主日这天的重大新闻几乎都发生在孟菲斯。克鲁普体育场有场近万人的市民大会，几乎完全自发而起，而且各个族裔都有人参加。这场探索自己灵魂的活动后来被人称为"孟菲斯关怀"，是由当地杰出商人约翰·T. 费舍尔（John T. Fisher）举办的。这次活动持续了好几小时，人们情绪复杂，有欣赏，有愧疚，有宣泄。当初邀请金来孟菲斯的牧师吉姆·劳森登上讲台，用圣经先知的愤怒口吻说："这位伟人，在生命如日中天之时死了，被杀了，被冷血地处决了。我们在孟菲斯目睹了一场酷刑。这是神的意旨吗？如果是，也只是噩兆，上帝的审判已经降临。审判将临，可这次，不会有石头砸在任何人身上，只是我们深爱的这座城市、这个国家，将沦为秃鹫的栖息地，将成为一片废墟。"[10]

加尔特的房间，电视的荧光一直闪闪烁烁。什帕科夫斯基夫人很奇怪，新房客怎么会花那么多时间闷在屋里，好像就只看电视、看报纸。整个周末她就和他说过一次话，当时他刚从外面回来，胳膊下面又夹着一卷报纸。她回忆道:"我看得出他神色忧虑。我以为他是在担心他的家人。我真觉得,说不定他就是从街头那家精神病院跑出来的。"[11]

第35章

复活节到来

科雷塔·斯科特·金戴着遗孀面纱，面纱遮住了她甜美而苦涩的微笑。[1] 她正在孟菲斯市中心的主街上游行。圣枝主日昨天刚过，星期一的天色阴沉灰暗。雨水一滴滴砸向她身后跟着的近两万名游行者身上。科雷塔身穿一袭黑色丧服，手里牵着她失怙的孩子们，她昂首挺胸，步伐庄严而坚定。她目不转睛地凝视前方，目光深邃而充满忧伤，但她没有流泪。霍洛曼局长就走在金一家身前，紧张地扫视着矮墙和小巷，提防着狙击手。

科雷塔的女儿尤兰达穿着粉裙子走在游行队伍里，身边是她的两个弟弟，马丁三世和德克斯特，他们穿着便服外套，还打着领带（幼女柏妮丝被留在了亚特兰大的家里）。孩子们环顾四周有些目不暇接，心中油然而起一种崇敬之情，因为目之所及，是哭泣的人们，是士兵，是盘旋在头上的直升机；是大大小小的标语牌，上面写着"以金之名，结束种族主义"，还有"金博士：死得其所"，还有"我是人"。对他们来说，这场经历万分奇特。如此美丽的盛会，并不像葬礼，也并非庆祝或者发泄式的新奥尔良风格挽歌，而是自成一家、令人难忘的政治表演。德克斯特·金多年后写道："那里的人们很友善，可是孟菲斯总还是给我一种险恶的感觉。它是让我父亲葬身其中的邪恶国度。"[2]

科雷塔·金本来并不打算再来孟菲斯，参加阿伯纳西的沉默游行。在亚特兰大还有一场葬礼等她筹办，还有一个家要她照顾，还有她自己漫天彻地的悲伤要应付。可她意识到，孟菲斯需要她，运动需要她，垃圾工人们需要她。所以那天早上，哈里·贝拉方特安排了专机，接她再次来到了那座杀死她丈夫的城市。她和孩子们一起重返孟菲斯。她的车队向市中心疾驰，旁边有警察骑着高大的哈雷戴维森机车开着警灯护送。这是她第一次亲眼见到被阴影遮蔽的孟菲斯。她在主街和比尔大街交叉口加入了游行队伍。这个街角不仅在比喻意义上，更在实际意义上是孟菲斯的黑白交界处。而且，3月28日也正是在这里，金博士亲眼看着游行爆发了暴乱，把他不堪重负地卷入了这个黑暗漩涡。

这次没有发生任何暴力事件。正如阿伯纳西承诺的那样，游行队伍一片寂静：唯一的响动来自鞋底与人行道的撞击。贝亚德·鲁斯汀延续了他一贯的高雅品位和苛刻的细节把控，精心策划了整个游行。结果既让他震惊，也让他由衷宽慰。他说："我们为金博士达成了他来这里的目标。我们完成了金博士最后的遗愿：一场真正的非暴力游行。"[3]

完成这番壮举，完全依赖精细的策划。詹姆斯·劳森牧师亲自培训了数百名游行巡场员。其中许多都是入侵者成员，就在几天前，他们还叫嚣着要烧掉这座城市。劳森制作印刷了海报分发给游行者：这是一场庄严肃穆的活动，是一曲安魂弥撒。全程不许说话、呼喊、歌唱、抽烟或者嚼口香糖。劳森说："今天是你们所有人的审判日。全世界的人都会观看。拿出你们的尊严。"[4]

游行沿途几乎看不到穿制服的警察。霍洛曼睿智地意识到，此刻黑人群体恐怕不怎么欢迎他的警察部下。他这么做是为了避免激起更多冲突。取而代之的，是数千国民警卫军士兵沿街站立。他们代表联邦，所以感情上也更加中立。警卫军的M16步枪都已经装好刺刀，但他们的步枪都没有装子弹（虽然游行者们并不知情）。

霍洛曼本人其实并不担心游行队伍内部会出现暴力，他担心的是另有他人"心怀不轨"。而且他还有个切实顾虑，就是杀害金的凶手会不会还藏在孟菲斯，企图故技重施，谋杀阿伯纳西、金夫人或者参加游行的其他哪位权贵名人。他的担忧并非空穴来风。前夜收到了死亡威胁的人中就有吉姆·劳森。有人给他家里打电话，发誓说"你一到主街，就会被捅死"[5]。阿伯纳西说他很担心有人"尝到了一次血腥的味道，更加激起了嗜血的欲望"[6]。

游行开始前，霍洛曼让他的部下用一个上午清理了整条游行路线：所有办公楼的窗户都必须保持关闭，禁止任何人在屋顶或阳台观看。可能埋伏狙击手的巢穴都在察看后被封锁。整个游行过程中，有数百名便衣警察和 FBI 探员出动，搜寻可疑行径。

结果，他们大动干戈的预防措施其实并无必要。这次游行十分优雅、完美、得体。游行队伍长达数个街区，缓缓向前流动，平安无事、全无意外。哀悼者们八人成排，静默地走过百货商店的橱窗。橱窗里能被抢的东西都已经挪开，换上了神龛以纪念金的离世。科雷塔走在最前面，身边是阿伯纳西、杨、杰克逊和贝拉方特。队伍里有牧师，黑人牧师和白人牧师都有；还有劳工领袖和垃圾工。再往后，还能看到许多名人，诸如小萨米·戴维斯（Sammy Davis Jr.）、比尔·考斯比、奥西·戴维斯（Ossie Davis）、本杰明·斯波克（Benjamin Spock）博士、艾萨克·海斯和西德尼·波蒂埃 [在原定当天举办却推迟了的奥斯卡颁奖典礼中，他反对种族主义的作品《炎热的夜晚》（*In the Heat of the Night*）获得了最佳影片的提名]。

大多游行者都是黑人，但游行队伍中孟菲斯白人居民的数量也着实令人惊讶。尤其是，这些白人游行者中甚至还有些著名的保守派。其中最著名的是杰雷德·布兰查德。他是一位律师，同时也是坚定的共和党市议员。游行前夜，他用威士忌把自己灌了个酩酊大醉，可是第二天一早，他却仿佛受到神启一般惊醒过来。布兰查德说："我想也许，我脑海里响起的是我母亲或妻子的声音。我真的是一个如假包换的右翼共和党。

复活节到来

287

我参加过好几次战争……我从来都不喜欢工会。但我的良心告诉我，'把你那个旧南方的屁股挪到游行队伍里去，管他的乡村俱乐部呢'。"[7]

绵长的哀悼队伍沿着主街向北蜿蜒，朝着市政厅前进。金夫人走在第一排引领着队伍。旁观者低呼着："她在那里！她在那里！"

金夫人路过了沿街许多商店，其中就有约克武器店——埃里克·加尔特四天前刚刚去过的那家体育用品商店。店主已经把所有步枪都撤下了橱窗，并且在游行前就紧锁了前门。不过，橱窗里还留着一样商品，那是一副双筒望远镜：博士能牌，横幅 7×35，全镀光学镜片。

***

就在金夫人和她的游行大军缓缓逼近市政厅的当天，罗伯特·詹森的两名手下，联邦探员约翰·鲍尔（John Bauer）和斯蒂芬·达林顿（Stephen Darlington），开车来到了密西西比河畔、州界附近的拉马尔大道。[8] 鲍尔和达林顿是碰巧从宾夕法尼亚州调来的两个新手。他们正在挨个筛查孟菲斯的所有便捷酒店，搜寻零碎信息。他们的主要目标是调查酒店住户过去这周里所开座驾的车型、车牌和颜色。这件工作艰苦而乏味，到目前为止，他们的努力都毫无回报。此刻，两位探员开着 FBI 的轿车停在了新潮叛逆汽车旅馆的停车场。蒙蒙细雨中，雨刷器有一下没一下地刮着车窗。旅馆广告牌上的南部邦联上校正对他们怒目而视。

鲍尔和达林顿走进办公室，询问新潮叛逆旅馆的店主安娜·凯莉（Anna Kelley）。达林顿说："我们是 FBI 探员。"他问她是否愿意回答几个简单问题，凯莉夫人点头同意。

达林顿和鲍尔请她主要回忆 4 月 3 日当晚，也就是马丁·路德·金被杀前一夜，有没有人开着白色福特跑车进来住店？

安娜·凯莉翻翻记录，很快就找到了一个。他叫杰里·格斯比

(Jerry Goalsby)，来自密西西比州里普利。他就是4月3日那晚来住店的，第二天一早就走了。根据入住记录簿，这位格斯比开的就是一辆福特。

达林顿探员追问她，这辆车是什么颜色，什么型号？

凯莉夫人皱起眉头。记录簿上只记了一个词"福特"。

达林顿又问："那晚还有别人开福特车吗？"

凯莉又翻查了4月3日的其他记录，然后道："有的，还有一个。"一名来自亚拉巴马州的男性，于同一天下午7点15分登记入住了新潮叛逆旅馆。她记得，那晚暴雨大作，天气预报还有龙卷风。她到最后都没见过那个客人，所以无法描述他的外貌。但是根据记录，他开着一辆亚拉巴马州牌照的野马车，车号是1-38993。记录簿上没记车色。

鲍尔探员追问道，这个客人叫什么名字？

她把记录递给了他。上面用清晰的大字写着："埃里克·S.加尔特，亚拉巴马州，伯明翰，海兰德大道，2608号。"

**

多伦多这边，埃里克·加尔特在什帕科夫斯基的出租公寓里闷了整整一个周末，终于在周一早上出了门。根据他本人的回忆录和其他佐证，他那天去了《多伦多晚报》编辑部。[9] 他跟前台说，他是来查阅过期报纸的。

很快他就被带进了报社阅览室。管理员问他，想看多久以前的报纸。

加尔特说他对1930年左右的新闻感兴趣，管理员说，那些报纸都已经做成了缩微胶卷。

管理员带加尔特找到了缩微胶卷机，并且很快送来了一个盒子，里面装着一堆胶卷，日期能追溯到1930年间。图书管理员演示了缩微胶卷机的操作，并把柔软的塑料带穿过了导轨和扣链齿轮。加尔特打开放映灯，调整着聚焦的旋钮，直到一个个黑白的粒面世界浮现在眼前。

接下来的几小时里，加尔特游历了整个 1930 年代，走过了大萧条最初的岁月。他跳过了关于罗斯福的头条新闻，跳过了林德伯格婴儿绑架案，跳过了阿尔·卡彭入狱，跳过了阿梅莉亚·埃尔哈特独自跨越大西洋的飞行。加尔特对新闻、体育或者历史都不感兴趣。每天的报纸上，他都翻阅着同一模块：出生和讣告。

加尔特是在搜寻名字，再具体点说，是 1930 年代出生在多伦多的男婴的名字。翻到 1932 年时，十几个出生公告吸引了他的注意力，他草草记下了具体细节。其中一个名字叫拉蒙·乔治·斯尼德（Ramon George Sneyd）。报纸上说："妇女医院，10 月 8 日，星期六，乔治·斯尼德夫妇（夫人婚前名叫格拉迪斯·梅·基尔纳）诞下儿子，拉蒙·乔治。"在微缩胶卷的昏暗灯光下，加尔特认真翻找着这些已褪色的名字，疯狂地想办法摆脱埃里克·加尔特这个名字：他在搜寻新身份。

很可能有人教过他怎么起化名，但就算真有这么一位老师，加尔特也从未说过那是谁。不管怎么说，加尔特用的办法本身也简单得可笑。后来他说："我曾经在哪里读到说，苏联间谍来加拿大，会用真正的加拿大人的名字当化名，他们会去找墓碑或者旧报纸上的出生通告。这么多年来，我一直想用这种方式逃离美国。"[10] 这个方法很机智，但是并不怎么奇妙。当时还有位加拿大皇家骑警说："青少年已经开始用这招去办年满 21 岁的出生证明，好买酒精饮料。"[11]

中午时分，加尔特终于对这天的收获心满意足，带着他搜集的名字离开阅览室，回到了什帕科夫斯基的出租公寓。不过在回去的路上，他应该还完成过小小的一段远征——去多伦多墓地散了一会儿步。[12]

　　　　　　　　　＊＊＊

　　孟菲斯这场伟大的沉默游行，在市政厅旁边空旷的大理石广场上终于暂告一段落。市政府的标志"棉花球和汽艇"下面已经架好了铝制讲台和高音喇叭。现代民权运动的元老级人物罗莎·帕克斯（Rosa Parks）和金夫人一同坐在讲台上，旁边还有泰德·肯尼迪（Teddy Kennedy）。其他一些从游行队伍后部渐渐抵达的名流也都来到了广场上。空中仍然淅淅沥沥下着小雨，可阳光还会时不时穿透阴沉的云层；用南方的老话说，这是魔鬼正在打老婆。

　　长达数小时的演讲开始了：劳工演讲、政治演讲。有些演讲枯燥沉闷，有些激烈火爆。不过不管怎样的演讲，都是在劝说市政府拨乱反正，平息罢工，这些也算是一种弥补金死亡的方式，好让已经疲惫不堪的国家重回正轨。

　　整个计划其实针对的都是亨利·勒布，但市长甚至没有露面应对他的反对者。事实上，当天他可能都不在市政厅。他一夜未眠，一直在和罢工代表谈判。一同陪着他的，还有约翰逊总统特意从华盛顿派来的大使，劳工部副部长詹姆斯·雷诺兹（James Reynolds）。谈判一直持续到了早上6点，却仍然未能与市政方面达成协议。酸臭的垃圾在路边越堆越高，整条街道都弥漫着恶臭，老鼠倒是越来越多、越来越开心了。

　　金为保护垃圾工而死的事实，倒是有了某种隐喻意味——尤其是对人群中的牧师来说。有好几位牧师都指出了一个带有圣经意味的深刻讽刺：耶稣基督与两名盗贼一同受难，而且当时他们脚下也堆着垃圾。

　　接着，劳工领袖一个接一个上台，言辞激烈、慷慨陈词。孟菲斯罢工显然已经不再只是几名市政工人的心头大事，而成了全国所有劳工组织轰动一时的事业：美国劳联产联（AFL-CIO）、联合汽车工会（UAW）、美国联邦工人联合会（UFWA）、美国联合钢铁工会（USWA），还有国际电工联合会（IUE）都派来了代表登台。这整个场景就是一场南方白人老板最可怕的噩梦：共产主义分子在市政厅扎营了！

美国州郡和市政工人联合会代表杰瑞·伍尔夫（Jerry Wurf）一整夜都在与勒布交涉，他发誓说："除非我们得到正义、尊严和尊重，否则我们绝不会回去工作。"[13] 最终却是联合汽车工会的传奇人物沃尔特·鲁瑟（Walter Reuther）扔下了狠话，他说："勒布市长横竖都是要被拖进 20 世纪的！"[14]

这些慷慨激昂的工会发言引起了许多听众的共鸣，但说到底，孟菲斯并不是座劳工城市，不管是传统上还是风格上都不是，所以这些发言很快就被人抛在了脑后。再说，观众来的真正目的，是为了一睹科雷塔·斯科特·金的风采。持续几小时的演讲后，她终于满足了大家。贝拉方特介绍她出场，科雷塔起身用镇定而平静的语气向观众问好。她的讲话只关乎个人。她谈到了她对丈夫的爱，谈到了丈夫对孩子的爱。她谈起人生苦短。她说："重要的不是生命的长度，而是生命的宽度。"[15] 她说的唯一略带辛酸的话是个问句："在我们能真正拥有一个自由、真实、和平的社会前，还要死多少人？还需要多长时间？"

她的镇定自若简直超凡脱俗。甚至有观众都情不自禁地落了泪，可是她的声音却不曾失控。人群中的一个女人说："如果金夫人掉一滴眼泪，整个城市都要崩溃。"[16]

科雷塔·金说，在孟菲斯的经历激励了她。运动仍将继续，她还没有失去信念。她带着轻柔的微笑看着她的孩子们说："当受难日降临，生命中的那些可怕的时刻似乎让我们绝望。可是接着，复活节就将到来。"[17]

***

那天晚上，科雷塔·金回亚特兰大时，FBI 探员尼尔·沙纳汉和威廉·索西尔[18]（William Saucier）来到了伯明翰市海兰德大道2608号。门口的小牌子上写着"便携酒店"。两位探员敲响了这栋青灰色二层小楼的门。这栋灰泥墙盖起的出租公寓就在伯明翰山脚，距离著名的火神巨像很近。宏伟可怖的火神巨像正俯瞰着南方这座钢铁之城。酒店的美籍希腊裔店主彼得·彻普斯（Peter Cherpes）来应了门。沙纳汉和索西尔解释说，他们是FBI探员，正在查找某个叫埃里克·加尔特的人，据说他住在这里。FBI伯明翰办事处是从孟菲斯探员达林顿和鲍尔当天递交的一份紧急报告中得知这个名字和地址的。

彻普斯重复道："埃里克·加尔特。"他的大脑转了起来。是的，他记得埃里克·加尔特。他去年曾在酒店住过六个星期。72岁的彻普斯拖着脚步进屋去找他那摞巴掌大小的登记卡，可是因为卡片混乱不堪，他没能找到加尔特的信息。

不过，彻普斯还是很乐意把自己知道的信息告诉两位探员。加尔特当时住在14号房。他是去年夏天入住的，人很安静，衣着整洁，总是穿西装打领带。他当时说他是在"度假"，因为换工作有了空档期。他之前曾在密西西比州的帕斯卡古拉，为一家大型游艇制造公司工作。彻普斯说："没有比他更好的房客了。他按时交房租，总是很早就交，而且不怎么出门。他从来不打电话，也不接待访客。"彻普斯记得加尔特跟其他房客都不怎么打交道。他很冷漠，擅长与人拉开距离。彻普斯出租公寓另有位二十六岁的房客查尔斯·杰克·戴维斯（Charles Jack Davis）是这么描述加尔特的："我原以为所谓的'普通人'根本不存在，但我完全想不起他有任何特征。"

彻普斯回忆说，每天早上，加尔特都会在早餐快结束时出现，那时其他客人早都走了。每天晚上，加尔特总会在出租公寓的公共休息室里看很久的电视。

索西尔探员问，他有车吗？

彻普斯想了一想，嗯，还真有。加尔特确实开车。他不记得车子的型号了，不过彻普斯很有把握他的车是白色的。加尔特 11 月退了房，再也没有回来过。彻普斯说："他走后，我还收到过几封给他的邮件。我都退给邮递员了。"

加尔特说他要去哪里了吗？

"去莫比尔市还是什么地方。他说找了份船员的工作。"

第 36 章

最底层之人

哀悼者们在杜鹃盛开的亚特兰大街道上缓缓走过了 5.6 公里。[1] 万里无云的天空下，超过 15 万人从埃比尼泽浸信会教堂出发，走过奥本大道，走过市中心，走过金色穹顶的国会大厦，去往莫尔豪斯学院。国会大厦里，激进的种族隔离主义州长莱斯特·马多克斯（Lester Maddox）藏在州骑警的钢盔方阵之后。就在几天前，州长还揣测说也许是金自己策划了自己的谋杀案，而此刻，这位州长正时不时拨开百叶窗，一脸厌恶地盯着路过的游行队伍。[2]

队伍最前面还有人抬着一个白色菊花十字架，后面紧跟着一队佐治亚州牧骡，拉着一架老旧的木制马车，车上放着抛光发亮的非洲桃花芯木棺。金的手下与骡夫一起走在队伍中，有阿伯纳西和李，有贝弗和奥兰治，有威廉姆斯和杨。即将开启的贫民军运动中，核心力量就是生活艰苦的乡村人民，为了向这些人致敬，他们也都穿上了蓝色的牛仔衣裤。这天是 4 月 9 日，星期二早晨，孟菲斯游行第二天，刺杀事件第五天。

到处都有人围观，路边、楼顶、门廊，还有游行队伍经过的小店的玻璃窗后面。不过，最佳观看点恐怕还是国家电视台。三大电视台都进行了葬礼直播，据说全世界收看的人数超过了 1.2 亿。半数美国人都为此请了假。不仅政府、学校、工会、银行，就连纽约证交所也放假一天。这是华尔街史上第一次为一个普通公民如此兴师动众。就连赌城的轮盘赌也停盘了两小时。

"黑色星期二"——全国人民都称这一天为哀悼日。4月9日已经成了烙上国民良心的一天,一个充满了种族色彩的日子。毕竟这天本身就是阿波马托克斯*纪念日(the anniversary of Appomattox)。人们发起了运动,想把这一天设为国家永久节日,并用金的名字命名。于是其他想法也跟着冒了出来,人们想用这位殉道领袖的名字命名公园、办公楼、高速路,甚至整个社区。(比如加州有几位政客就提议,将洛杉矶被暴乱创伤的瓦茨地区命名为"金城"。)

从各种意义上理解,亚特兰大这场仪式都算得上是国家元首的葬礼了。二十几架包机和上百辆巴士涌入佐治亚州,送来了平民百姓,也送来了达官贵人。到场的有从孟菲斯赶来的几百名垃圾工,也有洛克菲勒家族和肯尼迪家族的人。拥挤的人潮中有许多显要人物,其中有6位总统候选人、47位美国国会议员、23位美国参议员、1位最高法院法官,以及20多个不同国家的官方代表团。甚至好莱坞也在倾情参与,马龙·白兰度(Marlon Brando)去了现场,还有保罗·纽曼(Paul Newman)、查尔顿·赫斯顿(Charlton Heston)和其他一众导演、制片人。你甚至能从这里看到黑人运动与娱乐界的高层横截面:艾瑞莎·富兰克林、杰基·罗宾逊、玛哈莉亚·杰克逊(Mahalia Jackson)、小萨米·戴维斯、吉姆·布朗(Jim Brown)、史蒂夫·旺德(Stevie Wonder)、弗洛伊德·帕特森(Floyd Patterson)、迪兹·吉莱斯皮(Dizzy Gillespie)、戴安娜·罗斯(Diana Ross)、雷·查尔斯、贝拉方特和波蒂埃。还有比普通人高出三十多厘米、戴着黑色墨镜却完全未能掩盖身份的那位名人,人称"高跷"的威尔特·张伯伦(Wilt "the Stilt" Chamberlain)。**

可以肯定的是,这一天的突兀音符也不少。据说有人看到理查

---

* 阿波马托克斯,位于美国弗吉尼亚州中南部,是标志美国南北战争结束的受降城市。该址现为美国国家历史公园。——译者注

** 此处提及的16位人物均为演艺界、运动界以及文艺界名流。——译者注

德·尼克松（Richard Nixon）与著名女演员艾萨·凯特（Eartha Kitt）动作亲密——当时她正在流行电视剧《蝙蝠侠》中饰演猫女。不过，对所有与美国黑人有任何联系，或者还想要美国黑人选票的政客来说，马丁·路德·金的葬礼是绝对不能错过的。同时到场的还有长期以来诟病金博士的斯托克·卡迈克尔。他穿着庄重的尼赫鲁夹克走进教堂，引得保守教众都移不开目光。

杰奎琳·肯尼迪（Jackie Kennedy）恐怕是到场宾客中最引人注目的一位。当天早些时候，她已经拜访过金宅，向科雷塔亲自致意。两位国家级遗孀离开拥挤的厨房，去卧室私下聊了几分钟。后来一位新闻记者写道："她们头抵着头，就像一对括号，将这悲痛的五年包裹其中。"[3] 她们究竟说了什么，已经消散在历史长河中，但一位目击者给出过他的描述："房间里的气氛十分动人。"[4] 他的描述恐怕还是轻描淡写了的。

另一方面，最引人注目的缺席人物当数林登·约翰逊。这些天来，总统一直拿不定主意，传达过十几个前后矛盾的信号。特勤局特工告诉他，有传闻说又有人发出了死亡威胁。他们恳请他三思，因为这个国家现在已经承受不起另一次刺杀。不过事实上，约翰逊本身也并不想去参加马丁·路德·金的葬礼。虽然这两位大人物是一起创造过历史的，可总统就是不想去致敬这个在越战问题上曾肆无忌惮地诋毁自己的人。于是约翰逊留在了华盛顿，只派副总统休伯特·汉弗莱（Hubert Humphrey）代替他出席了葬礼。

那天早上在埃比尼泽浸信会教堂，金家举办了一场千人"小"葬礼。（因为那个小教堂只能容纳千人，不过教堂外面还聚集着数万人，通过教堂的高音喇叭收听着仪式全程。）悼词诡异而优美，不仅因为其内容本身，也因为念这悼词的，正是马丁·路德·金本人。金的家人播放了金最后一次在埃比尼泽浸信会教堂布道的一段录音，在这篇布道中，他痛切地谈到了自己的死亡，以及他希望被如何缅怀。金的话引起了听众的轻笑："如果我死之日，你们中有人能来，请一定记得我不想要一场冗长的葬礼。"如果这是他真心所愿，那他是无法被满足了。当天的葬礼进行了很久，而这只是全天追悼仪式的第一部分。柏妮丝既无聊又烦躁，埃比尼泽仪式上，她一直躺在科雷塔的腿上。可是听到父亲的声音，她一下子坐了起来。

她困惑地看着敞开的棺材，想确认他还躺在里面一动不动，接着她又再次倒回了母亲怀里，直到仪式结束都再没乱动。

这几天来，柏妮丝和金的其他三个孩子，马丁三世、德克斯特和尤兰达都快窒息在人们的关怀中了。比尔·考斯比说到做到，他飞来了亚特兰大，一直在家陪着他们。金的孩子们收到了来自世界各地的无数信件和电报。一个 12 岁的小女孩来信道："亲爱的尤兰达，我从灵魂深处相信你父亲。"[5] 还有纽约大颈区一个小学男生罗伯特·巴洛卡斯（Robert Barocas）来信道："亲爱的德克斯特，如果他们抓住了杀害你父亲的凶手，请替我拿一只袜子塞进他嘴里。"[6]

金的四个孩子跟着母亲离开了埃比尼泽浸信会教堂，他们身后紧跟着悼念者们。在奥本大道上，大多数旗帜都已经降半旗致哀，而且还有少数旗帜是倒挂的，它们传达的不是悲伤，而是痛苦和反抗。沿着葬礼行进的路线，愤怒的低语处处可闻：是约翰逊干的。是胡佛干的。是华莱士干的。是三 K 党，是白人公民委员会，是孟菲斯警局干的。是黑手党，是中情局，是国家安全局，是负责被金责难的那场战争的将军干的。在一个本就深浸阴谋论的社会里，什么样的传闻都能出现才最正常不过。现在，哀悼者向莫尔豪斯学院每多走一步，金的遇刺都似乎又增加了一层神秘。

在他的整个民权运动生涯中，金一直信仰的一则旧约寓言是他的精神和实际力量的源泉：他就是黑人摩西，他分开海水，他带领他的人民走出了埃及。他会有意识地反复提起这个形象，即使是在孟菲斯的最后一场演讲中他也有说起，也许我无法与你们一路同行到那里，但我们作为一个团结的整体，一定能走到那片乐土。而且随着他被刺杀，这寓言也走进了新约，金成了黑人耶稣，因为传播评讲社会的激进真理，被钉死在十字架上（而且也是在复活节期间）。如果真用圣经故事填充这个新寓言，那么整个国家和文化，都是导致弥赛亚之死的共犯：大希律王、彼拉多、利未人和法利赛人，还有罗马帝国的长臂。

所以，当两头骡子继续踩着悲伤的步伐穿行在亚特兰大，游行队伍也传出了质疑。整个权力体系、整个时代的主流似乎都牵连其中。就像科雷塔自己说的："扣动那步枪扳机的，不止一根手指。"[7]

即使对阴谋论最敏感、最警觉的观察者，也猜不到葬礼路线上一件天大的讽刺之事：那天上午晚些时候，送葬队伍走过的一条街道离首府之家安居工程仅隔了几个街区，而就在它的停车场里，还停着那辆紧锁车门、已被遗弃的白色敞篷野马车。野马车的亚拉巴马州牌照在 27 摄氏度的高温下闪闪发光。

***

正北将近 1600 公里外的奥辛顿大道上，埃里克·加尔特正待在自己的房间里，地上的多伦多报纸越堆越多。[8] 他一边心不在焉地看着电视上的葬礼直播，一边写着一封寄给出生登记处的信件。当天晚些时候，他寄出了这封信。

电视上零零碎碎地播放着葬礼的新闻，偶尔还有关于追捕的通告和暴乱的最新消息。至少大多数地区终于是安静了下来。关于这些闷烧的废墟，统计数字令人震惊：美国有近一百五十个城市发生火灾，致四十人死亡，数千人受伤，还有两万一千多人遭到逮捕。仅在华盛顿，财产损失估值就已经达到将近 5500 万美金。全国有将近五千人成了"暴乱难民"。

这些混乱的始作俑者此刻正在多伦多安大略湖安静地写信。什帕科夫斯基夫人对新房客充满了好奇。这位房客现在自称保罗·布里奇曼(Paul Bridgman)。他身上弥漫着一种忧伤与孤独。有一天他出了门,什帕科夫斯基夫人进去打扫房间,发现到处都散落着报纸。一堆堆残留的冷冻食品包装盒、面包屑、玻璃包装纸,是房主凌晨时分独自一人吃着这些垃圾食品的痕迹。布里奇曼从来没有过访客。她也从来没听到房间里传出过笑声。这间屋子传出的永远只有电视的嗡嗡声。

加尔特开始像从前一样更加频繁地在晚上出门。他显然常去神鹰大道上的一家妓院,还去过几次一家名叫银元的脱衣舞夜店。[9] 他就坐在店里看舞女跳舞,手里攥着一瓶莫尔森加拿大人啤酒。

什帕科夫斯基夫人觉得,这位房客一定是在忙大项目。他神色严肃、脚步匆忙,总是心事重重,被人打断甚至会慌乱不安。有时候他会去用街角的一个电话亭,但不论何时,他都是来去匆匆、一副忙生意的样子。有时他也会走到登打士街去坐有轨电车。

事实上,她的新房客确实在忙一个大项目,而且这项目十分复杂,需要好几周才能完成。加尔特正忙着研究他那天从报纸阅览室抄回来的十几个名字。他在多伦多的黄页上找到了他们,发现其中两个,保罗·布里奇曼和拉蒙·斯尼德,就住在多伦多,而且两个人都住得不远,就在城市东郊斯卡布罗。

加尔特觉得推进下一步之前,他还需要确认一下这些毫不自知身份被盗的人,是否至少和他有些许相似之处。所以,用加尔特的话说,到"扮演侦探"[10]的时间了。他去了斯卡布罗,游荡在二人家门外的阴影里,直到亲眼见到他们。虽然细看起来,布里奇曼(教师)和斯尼德(警察)都不太像他,但让加尔特欣慰的是,他们的外貌特征和他也没太大出入:黑头发、白皮肤、发际线靠后、身材中等偏瘦,而且都是高加索人。

这些已经够了。要是他们之中有谁过于肥胖、谢顶，有明显疤痕，或者是其他人种，加尔特就不得不重新开始做功课了。虽然不甚完美，但布里奇曼和斯尼德也还算合格。

接着加尔特干了一件脸皮极厚之事，而这也从侧面说明了他当时有多么心急：他给布里奇曼和斯尼德打了电话，或许就是从什帕科夫斯基夫人看见加尔特用过的电话亭打的。一天晚上，多伦多教育委员会语言学习中心的主任保罗·布里奇曼刚吃过晚饭后接到了一个电话。

据布里奇曼回忆，那位来电者说："你好。我是渥太华护照办公室登记员。我们正在筛查档案中的违规行为，所以想跟你确认最近是否申请过护照。"[11]

布里奇曼当然也是有些怀疑的。他不明白渥太华的官员怎么会晚上打来工作电话。他问道："你确定电话没打错吗？"

加尔特拼写出了他的姓氏，跟他确认道："布里奇曼。保罗·爱德华·布里奇曼。1932年11月10日出生。母亲闺名是伊芙琳·戈登（Evelyn Godden）。"

布里奇曼回答道："确实没错。"他想，也许对方确实可信。很快，布里奇曼就放心地告诉了加尔特他想问的一切信息：是的，他曾经有过护照，大概十年前申请的，不过已经过期了，他也没有费事去续期。

加尔特说了一句："非常感谢。"然后就挂了电话。

加尔特是担心布里奇曼会带来麻烦。如果加尔特申请新护照，渥太华档案中布里奇曼旧护照的信息可能会引起当局警觉。所以他又拿起电话，打给了拉蒙·斯尼德。加尔特用同一套话术很快打听到，斯尼德从来没有申请过护照。

加尔特就这样做出了决定：虽然他也许会留着布里奇曼这个化名以备不时之需，但拉蒙·乔治·斯尼德（Ramon George Sneyd）就是他的新身份了。

＊＊＊

就在金的葬礼当天上午，FBI 探员尼尔·沙纳汉和罗伯特·巴雷特（Robert Barrett）正在 150 公里外的伯明翰，调查一个叫埃里克·S. 加尔特的人。

加尔特此刻还远非嫌疑犯。及至目前，他唯一的可疑之处是在金遇刺的前夜住进了孟菲斯的新潮叛逆汽车旅馆，还开着一辆神似嫌犯逃亡时开的车（不过这种车型是美国最常见的车型之一）。他在新潮叛逆旅馆入住登记时填写的信息也是正确的（虽然有些滞后），而且索西尔和沙纳汉探员前一夜询问过加尔特的前房东彼得·彻普斯，结果也没有什么可警觉之处。彻普斯嘴里的这位房客行踪飘忽，是个流浪水手、船厂工人，而且和墨西哥湾有些联系，但这也算不上犯罪。事实上，州警在亚拉巴马州的犯罪记录中并未发现有关埃里克·加尔特的记录。

不过 FBI 必须追查每一条线索，而加尔特这个名字只是众多需要追查的线索之一。在莫比尔市和墨西哥湾的调查并没有发现任何有关埃里克·加尔特的信息；国际海员工会和其他海事相关的工会记录里也没能找到任何线索。不过简单查了一下蒙哥马利的车管局记录，发现确实有一位埃里克·S. 加尔特曾在 1967 年 9 月申请过一张亚拉巴马州的驾驶执照。他的申请表上填写的是"商船水手，待业"。在车辆登记处的进一步调查显示，埃里克·加尔特确实有一辆有执照、牌照并且登记在册的白色双门 1966 年款野马，车牌号和他在新潮叛逆旅馆留下的也吻合：1-38993。

FBI 根据车辆识别码，很快追查到了这辆车的前主人。他叫威廉·D. 佩斯利（William D. Paisley），住在伯明翰，是当地一家木材厂的销售经理。

沙纳汉和巴雷特来到佩斯利的公司，对他进行了询问。[12] 他们并未提及自己是在调查马丁·路德·金遇刺案。佩斯利对那位买家印象模糊，不过能证实，他确实在几个月前把一辆淡黄色的 1966 年款野马卖给了一个叫埃里克·加尔特的人，那是 1967 年 8 月左右的事。佩斯利在《伯明翰新闻》上刊登了广告，以 1995 美元的价格出售该车。他还记得加尔特给他家里打电话预约了见面时间，接着在 8 月 28 日晚上打车来到了佩斯利的住宅。那个人认真检查了那辆野马车，看起来很满意。这辆车用的是白壁轮胎，还有按钮收音机和遥控车外后视镜。轮胎已经有些磨损，甚至有些地方都磨秃了，但是车身状态近乎新品。加尔特激动地说："这是我见过的最干净的一辆。"

佩斯利问他："你想开出去遛一圈吗？"

加尔特说不行，他的驾照还没下来。他说他之前的驾照还是路易斯安那州颁发的，而且已经过期了，他可不想被交警拦下来。所以由佩斯利开车，加尔特坐在了副驾驶座上。他们在附近的街区开了 15 分钟左右，加尔特一直在摆弄旋钮、仪表盘，还试了试按钮收音机。

加尔特对佩斯利说，他喜欢车里的红色皮革内饰，但不太喜欢浅黄色的车漆，因为浅得都接近白色了。（当时加尔特没有告诉佩斯利他不喜欢这颜色的真正原因，不过后来加尔特说："如果要干违法的事，我会尽量避免开白色的车。"[13]）回到佩斯利家后，加尔特考虑了几分钟，甚至都没掀开引擎盖检查，也没有讨价还价，就跟佩斯利说："我愿意接手。"

他们握手成交，并说好第二天一早完成交易，接着他们又在佩斯利家门口短聊了一会儿。加尔特说他在密西西比河的一艘驳船上工作，已经攒了很多钱。他说他最近刚经历了一场惨烈的离婚，说他前妻是亚拉巴马州的女人，来自霍姆伍德附近的山区。

佩斯利对他表示同情，加尔特回答说："离婚都这样。"

第二天一早，他们在伯明翰的信托国家银行见了面。加尔特对佩斯利说："我的钱都存在这里。"当时加尔特穿着一件运动夹克和开领衬衫，说他刚刚从银行取了 1995 美元现金。他从衬衫口袋里取出一大卷钞票，面值大多都是 20 美元，不过也有几张 100 美元，然后就毫无顾忌地开始数钱。佩斯利说："伙计，我们拿这么多钱，还是小心点。"所以他们走进银行大厅，完成了这笔交易。

佩斯利把车产证和交易单交给加尔特，然后从口袋里掏出了钥匙。他们握了握手，这笔交易就这样完成了。佩斯利再也没见过这个人。

***

在莫尔豪斯学院历史悠久的四方院子里，骡子拉着的四轮马车慢腾腾地挪到了哈克尼斯礼堂，一场大型追思弥撒就此开始。大约有 15 万人挤进了校园绿地，他们在遮阳伞下闷热的天气里站了好几小时。玛哈莉亚·杰克逊演唱了《亲爱的主，请牵着我的手》——就在金中枪前不久，他还在洛林旅馆的阳台上跟本·布兰奇说话，要他演唱这首安魂曲，一定要唱得"无比动人"。由于许多老太太晕倒在人群中，所以哀悼会不得已大加删减。最后一位发言人也是最引人注目的人物，本杰明·伊利亚·梅斯（Benjamin Elijah Mays）博士，莫尔豪斯学院的荣誉校长，是位杰出的演说雄狮，也是金最敬爱的导师。这位神学家已经头发花白，他的双亲曾经就是奴隶。他的演讲直截了当，语气中有种克制的愤怒。

梅斯说："我大胆断言，金推行非暴力所需要的勇气，比那杀手开枪夺走他的生命所需要的勇气要多。那杀手是个懦夫；他犯下错事，然后一逃了之。不过别搞错了，这里面也有美国人民该负的责任。那杀手是因为听到了太多人谴责金、谴责黑人，以至于他以为公众会支持他。他知道憎恨着金的人数以百计。"[14]

接着，依照黑人浸信会的传统，梅斯深沉的悼词最终摆脱了苦涩，出现了走向胜利的渐强音："他深信，他被主派来，是要拯救最底层之人。他恐怕会说，如果死亡必将降临，那最值得为之牺牲的，就是为垃圾工争取合理的权益。他已经超越了种族、民族、阶级乃至文化。他属于整个世界，属于全人类。现在，他成了子孙后代的洪福。"

伟大的葬礼结束。金的至亲密友组成一行不长的车队，跟着灵柩缓缓向南景公墓驶去。这座公墓十分古老。当时亚特兰大的黑人已经厌倦了只能通过后门把亲人潦草地葬入市公墓，于是1860年间，他们终于忍无可忍，建造了这座宏伟的公墓。这不会是金永久的安息地，他只是暂时与祖父母共眠在这里，直到他的永久纪念堂在埃比尼泽浸信会教堂旁边落成。遍开的山茱萸下，拉尔夫·阿伯纳西起身向灵柩后跟着的哀悼者们致敬。阿伯纳西此刻脸色苍白、疲惫不堪。自从金遇刺后，他还滴水未进。就像以前他和金一起入狱时一样，他会为即将来临的庭审进行斋戒，净化自己。

"这墓穴太狭窄，装不下他的灵魂。"如此说着，泪水已经滑下了阿伯纳西的脸颊。他接着说："但我们将他的身体托付大地。我们感谢主，赐予了我们一个宁愿牺牲都不愿杀生的领袖。"一行随从将红木灵柩推进了白色佐治亚大理石的墓穴，上面刻着：

小马丁·路德·金

1929年1月15日-1968年4月4日

"终于自由，终于自由，感谢全能的上帝，我终于自由"

最终，人群终于散去。

老马丁·路德·金把头靠在儿子冰冷的墓碑上，放声痛哭。

第 37 章

谋金档案

4月10日，金葬礼的第二天，对5B号房客的追捕终于有了新进展。几天来，拉姆齐·克拉克一直在夜以继日地工作。他在司法部五楼为本案开设了专门情报室。办公室几个角落里都放了帆布床，还放了大量食物，好为处理本案法务工作的人员补充体力。克拉克后来回忆道："那是一场大行动。我一直没回家，一天到晚待在办公室。我在办公室里腾了个小地方用来睡觉。美国历史上对单起案件的调查，还从没有过如此浩大的声势。"[1]

克拉克每天要和迪克·德洛克在FBI的神经中枢见好几次，听他汇报FBI的最新进展。德洛克当然厌烦这些汇报，但他也很清楚他别无选择，只能一方面与司法部长合作，另一方面尽力让克拉克和胡佛保持距离。不幸的是，4月10日这天，没有什么进展可以汇报。在最初如火如荼的调查后，追捕似乎停滞下来。现在案件只剩下些稀薄线索。过去几天来，FBI办公室里涌入了大量疯狂的线索、耸人听闻的流言和诱人的举报，虽然局里的探员都尽职尽责地跟进了，却没有太多成果产出。

至少现在这件案子有了正式的名字。所有备忘录和加密的电报讯息，以及FBI和司法部之间的信函，都将这次调查成为"谋金"（MURKIN）——这只是官方简称，就是很简单地缩写了"谋杀，金"而已。目前已经有三千多名探员正在跟进这个所谓的"特别调查"。虽然主要调查依然是在罗伯特·詹森的孟菲斯和伯明翰办事处进行，不过全国各地的 FBI 办事处也都参与进来了。为了找到埃里克·加尔特、哈维·洛梅耶或者约翰·威拉德的生活痕迹，FBI 调查员正在梳理所有已知的姓名资料库，选民登记名单、假释人员名单、电话簿、公用事业记录。他们筛查了租车公司、航空公司、信用卡公司、车管所、美国国税局和义务兵役的名单。到目前为止毫无收获。

与此同时，J. 埃德加·胡佛正疯狂致电 FBI "地盘"，强调这件调查的紧迫性。胡佛在 4 月 9 日向所有负责本案的特别探员发信："我们要不遗余力。此次调查范围覆盖全国，我们在处理大量嫌疑人并追踪物证。请放心，此次调查将一直加速进行，直到告破。所有线索都将得到即刻、彻底、创造性的处理。你们要排查每条线索的所有可能性，因为这项重要调查的关键可能就埋在其中一条之中。如若未能及时、彻底调查，负责探员将承担个人责任。"[2]

FBI 曾经对金和他的组织使用过卑鄙手段，不过司法部长克拉克还是很满意它现在正在倾尽全力、毫不耽搁地寻找杀手。但尽管如此，他还是有无数问题要问德洛克。此刻克拉克就在问，你脑海中的凶手是什么样的形象？

德洛克回答："种族主义者。也许是个仇恨组织成员。虽然衣冠楚楚，但是只有在出租公寓才有回家的感觉。不大聪明。显然没有很好地计划此次犯罪。"[3]

克拉克想知道的是："有没有可能是一场大型阴谋？"

"及至日前，没有证据表明他有同伙参与策划或者执行。要是有同伙，他的逃跑应该更顺利，也不会留下这么多目击证人。"

德洛克告诉克拉克，FBI 正在花费大量时间和精力追踪很多毫无根据的线索。这种线索大量涌入有两个原因。一是对凶手线索的高额悬赏，二是公布的凶手肖像画已在媒体上大肆宣扬。虽然刊登在全国各地的报纸和杂志上的凶手画像确实还原了加尔特的鹰钩鼻，但是其他方面太平淡无奇,任何人都可能符合这张肖像画。尽管如此,人们还是发誓说他们在南卡罗来纳州石山、在加州山景城、在密苏里州乔普林甚至拉瓜地亚机场见到了凶手。

线索从四面八方涌来。[4] 丹佛地区有传言说,凶手是个美籍意大利裔人,和一个叫应召军的种族主义组织有联系。北卡罗来纳州报入一条线索,说博伊灵斯普林斯那位三 K 党头目鲍比·雷·格雷夫斯(Bobby Ray Graves)是这次刺杀的幕后黑手。巴尔的摩市区外一家酒吧的老板报警说,他无意中听到"一个古巴人"说,他最近刚从孟菲斯回来,早在刺杀发生五天前他就已经知道此事了。还有一位受人尊敬的黑人杂货商兼民权运动家,向警方报告了一个让人不寒而栗的故事,说在刺杀发生前数小时,他无意中听到孟菲斯一个可能和新奥尔良黑手党还有些渊源的意大利肉市老板冲着电话吼道:"在阳台上给那混蛋一枪,你就能拿到很多钱。"[5]

显然,提供这些线报的人都是好意,不过某些线报就更接近恶作剧了。迈阿密地方办事处接到一封写在一张纸片上的匿名举报,上面隐晦地写着"去佐治亚州的拉格兰奇,杀害金的凶手在那里"。写纸条的人声称他见过杀手,并说那人"形容古怪,说话滑稽",而且最近在孟菲斯一次枪支展览上买过一把 06 年款点 30 口径步枪,"很像杀死金的那把"。

＊＊

有段时间,似乎所有流落街头的精神错乱者、喃喃自语的流浪汉以及任何与古怪沾边的人,都被带走进行了询问。出人意料的是,有大量线报居然都指向了举报人的家中亲戚。路易斯安那州有位报警者说她那个"没用的儿子"就开一辆 1967 年的白色野马车,而且刺杀事件后至今音讯全无。芝加哥一位女子称,那凶手看起来"很像我前夫"。

可怜的是那些姓名里包含加尔特、威拉德、洛梅耶，或者与这些名字相关变体的人。洛杉矶、得梅因和斯波坎都发现了约翰·威拉德。还有一位约翰·威拉德来自密西西比州的牛津，被审问得十分细致，甚至最终确证了在刺杀发生的那一刻，他正在修剪自家的草坪。伯明翰一位名叫拉尔夫·加尔特的牧师也被反复询问。他的妻子告诉媒体："我们对这个人真的一无所知。我们问遍了所有能想到的亲戚，我们怀疑这可能是个假名。"

有那么一小段时间，FBI还考虑到了一种可能性，那就是凶手可能是金的某个情人妒火烧心的丈夫，更可能是这个妒火烧心的丈夫雇来的杀手。在洛杉矶，探员们询问了一位著名黑人牙医，因为他的妻子是金的长期情妇之一，但是调查最终无果。同时，在孟菲斯，詹森的探员们还花了点时间调查入侵者方面犯案的可能性，因为就在刺杀当天，他们和金的部下才发生了激烈争执，所以也许是他们策划了谋杀。可是，这个调查方向最终也毫无结果。

还有一个来自孟菲斯的女人打举报电话给霍洛曼的办公室，提出了一个骇人可能：刺杀第二天晚上，她观看了当地电视台播出的金博士特别节目。[6] 这个节目首次大量播出了金最后的"山巅"布道镜头。摄像机偶然扫过了当时在梅森圣堂的观众，这个女人看到了一个神秘的白人男性，看起来很像公布的嫌疑犯素描。她觉得，被那道明亮的光线短暂捕捉到的那个男人，看起来很不舒服，而且显得格格不入。警探去当地美国全国广播公司分部调取了那段视频，很快就找到了提供线报的女人所说的那个图像，而且确实，屏幕上闪过了一个不为人知、表情尴尬的白人男性，看起来确实奇怪——"他的行为与当天集会的男男女女格格不入"。因为图像太过模糊，而且一闪而过，所以也并不能提供太多线索，不过它引出了一个无法逃避的问题：刺杀金的凶手是不是还去听过他的最后一次演讲？在金看着观众、谈着某些"病态的白人兄弟"带来的威胁时，凶手是不是正在台下看着他？

还有一条线索来自孟菲斯墨西哥领事馆。[7]当时的代理领事罗兰多·维罗斯（Rolando Veloz）告诉当地警察，4月3日他曾经颁发过一张访客许可证，领证的是一个形容可疑的年轻人，与广播中描述的刺杀金的凶手"极为神似"。维罗斯说，那个人留下的名字是约翰·斯科特·坎德里安（John Scott Candrian）。后来他们发现那人留下的芝加哥地址和电话都是假的。维罗斯说："他是刺杀前一天来的。我问他此次旅行的目的，他支吾了半天，最后说'就是想去墨西哥'。"在申请表上，那人填写的是他将于4月13日左右进入墨西哥，并计划前往马萨特兰的太平洋海港。

FBI认为这条线索大有可为，所以立刻将谋金调查的范围扩大到了墨西哥，在墨西哥联邦部队的支持下跟进，同时还严密监视着边境沿线的过境点。墨西哥当局很快有了个惊人发现：一具弹痕累累的尸体被冲上了巴亚尔塔港的海滩，目测是一位美国白人男性游客。[8]这具身份不明的尸体隐约与5B号客人有些相似，但是他的手部已经严重萎缩腐烂，指纹鉴定专家想拿华盛顿罪案实验室提取出的六个高质量指纹与其比对，但都无从提取指纹，即使注射液体撑起手指都不行。这次调查的死胡同提出了一种可能性，在FBI调查队伍中引起了越来越大的忧惧：他们这场宏大调查的刺客或许也已经遇刺了，而且说不定就是雇用他的幕后黑手干的。

***

整整一周，亚特兰大首府之家安居工程的约翰·莱利夫人一直放心不下她窗外停的那辆野马车。[9]它怎么停在这里五天都无人问津？为什么还没有人来开走它？她有些担心，也一直在烦恼是不是该做点什么。她和邻居提起过这件事，甚至咨询了教堂的牧师。可最后，是她十三岁的儿子约翰尼说服她打电话举报的。

4月10日，也就是金葬礼的第二天下午，约翰尼从电视上听到了一条报道。一位新闻播音员说当局正在监控美-墨边境，寻找刺杀前一天曾经申请过墨西哥旅游许可的一名男子。虽然这条报道所依据的信息来源很快就被证明十分可疑，却大大激发了这个孩子的青春期想象力。

约翰尼说："妈妈，那辆车上有张贴纸，写的就是墨西哥语的'游客'。开车的人肯定去过墨西哥。"

莱利夫人很确定她这通举报电话是打给了FBI当地办公室，可接到电话的人并未在意这位文静的家庭主妇的话。这五天来，亚特兰大地方办公室的探员们工作过度、休息不足，一直在跟进各种恶作剧举报和虚假线索。这条举报听起来照样不可靠。

电话里的男人告诉了她车辆盗窃部门的电话号码，并对她说："我建议你联系亚特兰大警局。"

她拨通新号码，又再一次得到了不温不火的回应。车辆盗窃部门的罗伊·李·戴维斯（Roy Lee Davis）慢吞吞地记下信息，然后挂掉了电话。他在被盗车辆记录中找不到亚拉巴马州牌照1966年款白色野马车的被盗记录，所以差点就把它划归了无关无用信息。但他灵机一动，心想这条信息也许可以交给走廊那头正在跟进金遇刺案的几位亚特兰大警探，而且这条信息也确实激起了他们的好奇心。

当晚稍后，亚特兰大警局巡逻车开进了首府之家的停车场，停在那辆野马旁边。当时许多公寓的窗口都闪烁看电视的荧荧蓝光，电视里正在直播那场被推迟的奥斯卡颁奖典礼。《炎热的夜晚》险胜《雌雄大盗》（Bonnie and Clyde）和《毕业生》，获得了最佳影片奖；还有凯瑟琳·赫本（Katharine Hepburn）凭借一部颇具争议的电影《猜猜谁来吃晚餐》（Guess Who's Coming to Dinner），获得了她的第二次奥斯卡最佳女主角奖。这部电影的主题是种族通婚，波蒂埃也参演了。

谋金档案　　311

莱利夫人望向窗外，正好看到了那辆巡逻车。她自然以为那是警方前来回应她的举报电话了。可让她半惊讶半失望的是，他们只简单做了粗略检查，就很快离开那辆野马车，毫无兴致地驱车离开了。莱利夫人想，看来这辆野马肯定是"没有问题"，所以她继续看她的奥斯卡颁奖典礼，再也没有多想。

***

第二天一早，华盛顿部分区域还在挣扎着摆脱暴乱的灰烬，林登·约翰逊总统就在白宫东厢主持了一个仪式。这天是 4 月 11 日，星期四，总统签署了 1968 年民权法案。[10] 这也许是民权运动的最后一条伟大法案了。前一天参议院快速通过了这条法案的提案，很大程度上也是对金遇刺案的某种回应，因为这条法案致使全国 80% 的住房销售、出租和融资成了联邦罪行，并且赋予了联邦检察官在处理民权运动人物的谋杀案时更大的权利。

在一群黑人和白人领袖的注视下，总统坐在桌前，拿起了他的钢笔。约翰逊称该法案的通过是"属于所有美国人的胜利"。他宣布道："通过这项法案，正义将再次发声。"

有权威人士说，这是民权时代的回光返照。

***

同一天早上，埃里克·加尔特正在多伦多杨格街采购用以伪装的工具。他在布朗戏剧用品公司买了一套化妆品。[11] 当天晚些时候，他开始拿起化妆品涂涂画画。他涂了粉底液，涂了粉饼，涂了眉线，还把头发梳向了另一侧，不过没用太多发胶。接着他换了一身黑色西服，打上有精致华夫格纹路的细领带，还穿上了他最好的衬衫。最后一样，是他刚买的一副黑色牛角框眼镜。这副眼镜架在他通过手术削尖了的鼻子上，给他平添了一丝教授风范。

加尔特看着镜子，对自己的转型很满意：拉蒙·斯尼德已经准备好拍特写了。

4月11日下午2点左右，他走进了同在杨格街的街机摄影工作室，见到了经理玛贝尔·阿格纽（Mabel Agnew）夫人。[12]他告诉她，他需要拍护照照片。

阿格纽夫人欣然应允。她领他走到了摄影室后部，那里有一面化妆镜，还有一张荷兰旅行海报，接着她让他坐在旋转钢琴椅上，背对着灰白色的幕布。当然，加尔特一如既往地讨厌这套流程，但这次他的眼神只是微微偏出了镜头，而且他努力睁大眼睛，倾尽全力扮演着他的新角色。阿格纽夫人实在是无法让这位顾客微笑，不过她最终还是拍到了一张还算像样的照片。冲洗照片时他离开了照相馆，几小时后才回来。付了两美元，他就拿到了三张护照专用照片。

照片效果很不错。他的面容带着一丝锐气，有种见多识广的派头。说他是律师、工程师或者跨国商人都不为过。他看起来甚至有些英俊。

***

加尔特的护照照片在暗室中冲印时，亚特兰大FBI的探员正迎来本周最大的突破。下午4点零4分，局里一队轿车在首府之家安居工程门口汇合。[13]在"砰砰"的关门声和对讲机嘈杂的噪音中，十几位FBI探员涌出车队，围住了这辆废弃的车。

毫无疑问，这就是埃里克·S.加尔特的车，白色双门、V8发动机、1966年款敞篷野马，配着白壁轮胎和红色内饰，识别码6TO7C190647,

挂的是亚拉巴马州牌照，1-38993。

有特工在检查车辆、测量尺寸、做记录、拍照，还有的很快分散开来，开始询问首府之家的租客。你见到将这辆车停在这里的人了吗？能描述一下他的外貌特征吗？你之前曾经见过这个人吗？孩子们坐在自行车上摇来晃去，完全被这场骚乱迷住了。这动静比大多租户想象的要刺激得多。一位女士说："这得来了有十亿人吧。"[14] 还有另一位抱怨说："我要去睡觉了。一遍遍回答同样的问题简直让我头晕。"

很快，停车场里就来了一辆拖车。在警察的护送下，清障车很快把那辆野马拖到了桃树街和贝克街交叉口的一栋联邦大楼里。上锁的大车库深处，一群戴着乳胶手套的探员把这辆车彻查了一遍，系统性地清空了里面所有的东西，并且提取了表面上能找到的所有指纹。

检查人员没有放过物证的一尺一寸。[15] 探员们从轮胎壁上提取了土壤样本，从引擎提取了液体样本，从地毯、座位以及后备厢提取了残留物。从野马车的角落和表面，他们还提取了纤维、毛发和多个不易发现的高质量掌纹。在前座杂物箱里，检查员发现了一副墨镜和一个盒子。后备厢里也有很多发现，其中包括一条男士短裤、一个枕头、一张床套、各种工具、一个拍立得相机机盒，还有一个看起来像相机气动快门线的小装置。在右侧车窗上贴着一张醒目的贴纸，"1967 年 8 月，塔毛利帕斯，新拉雷多海关，联邦汽车注册总局"。

所有这些物品和样品都被详细清点，用塑料袋包装入箱，由专人坐专机即刻送往华盛顿的罪案实验室。不过在野马车里还发现了一样物品，完全不需要实验分析，其寓意也清晰可知。在左侧车门内侧贴着一张小贴纸，表明埃里克·加尔特在行驶了 55183 公里的时候换过机油。贴纸上写着"科特－福克斯－福特公司，好莱坞大道 4531 号"。

***

野马车在亚特兰大被发现后不到一小时，FBI 洛杉矶办事处的特别探员西奥多·阿赫恩[16]（Theodore A'Hearn）已经赶到了加州好莱坞片区的科特-福克斯-福特经销公司，见到了车库的服务专员小巴德·库克（Budd Cook Jr.）。库克查询记录后，很快找到了这张工作单。是他自己在一个半月前亲自完成的。根据记录，这单服务发生于 1968 年 2 月 22 日，客户是埃里克·S. 加尔特。

库克说，他是早上 8 点开车来的。一辆 1966 年的野马车。

阿赫恩问他，你还记得加尔特的长相吗？

库克认真回忆了一番，却毫无印象。这几个月来，恐怕他又经手过上百甚至成千顾客了。很遗憾，他无法提供任何更具体的描述。

库克加了一句："但是我有他的地址，就在工作单上。"

***

第二天，也就是 4 月 12 日一早，托马斯·曼斯菲尔德[17]（Thomas Mansfield）探员来到了好莱坞大街 5533 号，走进宽敞又有点脏乱的圣弗朗西斯酒店。他要求和店主谈谈，接着很快就在前台见到了一位名叫艾伦·汤普森（Allan Thompson）的人。汤普森是驻店经理，已经在圣弗朗西斯酒店住了近两年，十分了解酒店历史，而且也熟悉来来去去的客人和长期租客。

是的，汤普森确认道。他记得一个叫埃里克·加尔特的人。汤普森找到一张登记卡，上面显示加尔特在圣弗朗西斯酒店住了差不多两个月，于 3 月 17 日退房。他当时住在 403 号房，房租是一个月 85 美元。汤普森回忆道："他一头黑发，梳个大背头，身材中等偏瘦，十分安静。总穿着传统商务西装，生活不规律。就我看，他当时没工作。"汤普森说现在403号已经有了新房客，而加尔特没在房间内留下任何东西。

曼斯菲尔德探员问道："他有没有透露他下一步要去哪里？"

汤普森回答："还真有。"说着，他拿出一张地址变更卡，上面写着"佐治亚州，亚特兰大，邮政总局存局候领"。卡片上的日期是1968年3月17日，签名是"埃里克·S.加尔特"。

同一天，4月12日，就在几个街区之外，另外两名FBI探员劳埃德·约翰逊（Lloyd Johnson）和弗朗西斯·卡尔（Francis Kahl）正在询问露西·皮内拉（Lucy Pinela）女士。[18]皮内拉女士是家庭服务洗衣干洗店的经理。过去一周里，FBI一直在全国范围内搜查使用热封打签机的洗衣店，因为人行道上弃置的包裹里发现的一条内裤上就打着这样一个洗衣签，现在这件物品就存放在FBI华盛顿总部。这次FBI彻查中，最有希望的结果指向了南加州，因为这里有好多家洗衣店都在用这种热封打签机。其中一家，就是家庭服务洗衣干洗店。

皮内拉女士向探员证实道，她的洗衣店用这种热封打签机已经有段时间了。应探员的要求，她带他们到后面的操作间里观察了这台机器，甚至还在废弃布料上打了几个样签，展示它的工作原理以及最终成品的效果。

约翰逊和卡尔探员又给她看了一张在孟菲斯发现的内裤的照片，上面的标签清楚地显示着：02B-6。皮内拉女士立刻就认出了这个编号。另一名更常用打签机的雇员仔细观察后说，她十分确信这个洗衣签就是出自家庭服务洗衣干洗店，因为上面的数字0有些残损，这是他们家热封打签机特有的缺陷。

家庭服务洗衣干洗店的店主名叫路易斯·普特曼（Louis Puterman），他从办公室的文件中找出了一些资料。一顿翻箱倒柜后，他得到了一个惊人发现：洗衣票3065号的热封标签是02B-6。而这张洗衣票的抬头是

"E. 加尔特"。

一看到这个名字，露西·皮内拉立刻就记起了这位顾客。她说加尔特从没留下过地址或电话号码，但他是位常客。他光顾了家庭服务洗衣干洗店好几个月。这位顾客大概 35 岁，棕头发，窄鼻梁。她说："他总是来洗纽扣衬衫，从没洗过工作服。"

她还说，他的习惯十分规律。他总是周六下午送来脏衣服，同时取走上周已经洗好的衣物。接着不知为什么，突然他就不来了。她已经有一个月没见过他了。

***

就在探员进行这番询问时，洛杉矶其他 FBI 探员发现，埃里克·加尔特曾在他的房间安装过一部电话。虽然这部电话已经在 1 月下旬停止了服务，但是太平洋电话电报公司还是为 FBI 提供所有曾与这个号码 469-8096 通话的拨出和拨入记录。根据这些记录探员们并未实现什么重大进展，但调查结果却十分有趣。

其中一个号码来自报纸分类广告，这位女士想转卖自己的蒙哥马利沃德电视机。另一个号码登记在伊丽莎白·皮特（Elizabeth Pitt）名下，她曾经在一个单身俱乐部的社刊上登过单身广告："身材高挑、红褐色头发，41 岁，耐心寻找未来丈夫。"加尔特显然联系了皮特，想请她参演他的色情片，可是最终无果，他们也从未约会过。第三个号码属于华莱士在世纪城的竞选总部，此时此刻，这条发现对探员来说还没什么特殊意义。这一串号码中最有用的发现，恐怕就是加尔特曾经联系过加州的全国舞蹈工作室。

特别探员乔治·艾肯[19]（George Aiken）迅速开车奔向了长滩太平洋大道 2026 号的舞蹈工作室。舞蹈室是排低矮的楼房，楼外有一行棕榈树。

他在这里见到了工作室主人罗德尼·阿维森，他对这位学生记忆犹新。舞蹈室是间大屋子，里面摆着一台唱片机，木地板上到处都是走位胶带的痕迹，加尔特就在这里学过几个月的恰恰舞、狐步舞和摇摆舞。阿维森说："他跟我说他1967年去过墨西哥，还说他有家餐厅。他说他西班牙语很流利，可是我用西班牙语跟他说话时，他却从不搭腔。我觉得他其实可能不会西班牙语。"

艾肯探员问："他衣着如何？"

阿维森还记得，自己当时觉得加尔特的外表和性格毫不相符："他总是穿衬衫打领带。还有一双闪亮的黑色鳄鱼皮鞋。"他穿得像个商人，可是谈吐举止却像没怎么受过教育，而且恐惧社交，显然是来自乡下的工人阶层。阿维森说："他似乎无法放松。轻易不爱笑。他为人和蔼，但总是含糊其词。他从来不和别人说他自己的事，而且说话的时候会躲闪对方的视线。他的笑容很扭曲。他说他是个商船船员，还说他很想回海上工作。"

虽然加尔特看起来没有工作，但他很有钱。每次阿维森通知他又要续交学费时，加尔特总会爽快地从裤兜里掏出一大卷钞票，然后抽几张20美元递过来。他在舞蹈课上总计消费了四百多美元，而且似乎从来没有为难。

阿维森在办公室里找出一张卡片，上面记录着加尔特住在亚拉巴马州时也曾学过狐步舞和恰恰舞。卡片上写着："数月后将动身去船上工作。想旅行。"上面还有一个标着S的方框被勾选了，意思是说加尔特单身。

凯瑟琳·诺顿（Cathryn Norton）是工作室的一位舞蹈老师。她告诉艾肯探员，她经常给加尔特上课。她证实说："他跳得不错。但他和谁都不亲近。他总是穿西装，指甲很干净，修剪得整整齐齐。"诺顿记得他有时会抽滤嘴香烟，还说他"紧张的时候，会不自觉地用手拉耳垂"。

有天晚上，舞蹈学校的某人在家里举办了一场私人派对，大概去了二十个人。诺顿回忆道："加尔特来露了面，然后就独自走了。他喝了点鸡尾酒，基本就自己一个人待着。他就像个闷葫芦。"

加尔特的最后一节课是 2 月 12 日上的。阿维森回忆道："他退学时，只说自己想开一家酒吧兼餐厅。他说他打算去找学校学习调酒。"

***

托马斯·刘肯定道："没错。埃里克·加尔特曾是这里的学生。"[20] 刘蓄着整齐的胡子，面貌温文尔雅。国际调酒学校在洛杉矶日落大道 2125 号，刘就是校长。FBI 探员西奥多·阿赫恩和理查德·雷萨（Richard Raysa）筛查了一遍南加州的调酒学校，很快就锁定了刘的这一所。

刘认为加尔特"勤奋而且手脚协调"，有潜力成为优秀调酒师。刘对加尔特期望很高，他甚至不怕麻烦地给他找了份工作。刘回忆道："但他拒绝了。他说他要去什么地方看望他哥哥，所以不想要工作。他说如果等他回来还需要工作，再来找我。"

学院里的另一名学生唐纳德·雅各布斯[21]（Donald Jacobs）还记得，加尔特说他在商船上当过厨师，还在密西西比河上的内河船和驳船上都工作过。雅各布斯怀疑这些话有假，因为他注意到加尔特的手"没有老茧，而且也不像常干重活的样子"。

除了加尔特"嘴唇很薄，有点南方口音"以外，刘已经有点想不起这名学生的相貌。接着他突然想起了他们的毕业典礼。他主动提出："我还存着一张他的照片。"

阿赫恩探员简直不敢相信自己的耳朵："怎么会？"

刘解释说："每个毕业生都要手持毕业证书跟我合影。这是我们的传统。"

刘翻了一遍他的剪贴簿，很快就找到了这张照片，是 3 月 2 日在学校拍摄的。这是 FBI 探员第一次窥到了全国各地近三千探员正在追捕之人的影像。

照片上，刘骄傲地和学生一起为镜头摆着姿势。而这位学生身材瘦削、窄鼻子、黑头发、白皮肤，穿燕尾服，还打着领结。这张照片看起来和刘的剪贴簿里其他的毕业生照片没什么两样，不过阿赫恩探员注意到奇怪的一点：照片上的加尔特闭着眼睛。

第 38 章
加拿大相信你

终于拿到了主要嫌疑人的照片，FBI 开始在全国范围内展现它的真正力量。它重新聚焦，探出了无数触手延至天边。在洛杉矶，探员们开始筛查圣弗朗西斯酒店附近的银行，以期发现埃里克·加尔特留下的任何金融痕迹。事实证明，这个策略非常成功：虽然加尔特没有存款，没有支票账户，而且也没留下任何信用记录，但探员们在好莱坞的美国银行发现，一个叫埃里克·加尔特的人在 1967 年和 1968 年初买过一系列小额汇票。大多汇票都寄给了新泽西州利特尔福尔斯一家名叫锁匠学院的机构。

不到一小时，新泽西州探员就造访了这家"学院"，并发现它向全球各地的学生销售函授课程，教授配钥、撬锁、撬保险箱、警报线路等技能。注册入学前，加尔特还签署了宣誓书，发誓说他从未被判入室盗窃罪，而且"我绝不会利用我的知识协助犯罪或者直接犯罪"。根据锁匠学院的记录，加尔特的最后一节课的汇票是一周前寄给他的，邮寄地址是亚特兰大，东北十四大街 113 号。

这条线索立刻就被传递到了亚特兰大地方办事处，几分钟后，几名探员就开着一辆无标志轿车，停在了位于十四大街杰米·加纳的出租公寓。他们判断加尔特很有可能还躲在屋内，所以探员们只是躲在暗处，对大楼进行密切监视；连日来第一次，FBI 克制着没有直接询问，因为他们担心会暴露自己，或者过早被媒体得知。

与此同时，两位探员装扮成嬉皮士的样子，牛仔喇叭裤加串珠，嬉皮士该有的装饰应有尽有、一应俱全。[1] 二人租下了紧挨加尔特的房间。进屋后，他们发现两间屋子之间还有一扇门可以连通。两个人把耳朵贴在门板上，确认了加尔特房间空无一人。他们想开门，却发现门是锁着的。于是他们给远在华盛顿的迪克·德洛克打了电话，得到的回复是："就算把门直接拆下来也给我进去！"[2]

两位探员顶着一头挑染的彩发乖乖听了话，他们三下五除二就进了加尔特的房间。里面黑暗而简陋的空间看起来并没有人居住的气息，不过在检查过梳妆台和书桌后，他们还是发现了一些人造物的痕迹。[3] 他们发现了一本小册子，书名叫作"锁匠入门"；还有一台顶峰牌电视机。他们还在桌后发现了另一本小册子，上面印着"约翰·伯奇协会是什么？"他们还发现了一小堆杂货，都是些打折食物，看起来主人不但是位隐士，还十分节俭。这堆东西里有纳比斯科牌撒盐饼干、卡夫牌卡特琳娜法式生菜调味酱、石竹炼乳、麦斯威尔速溶咖啡、法式芥末酱和一袋青豆。

屋里还散落着不少地图，都是加油站免费发放的那种。放在一起，似乎能拼凑出加尔特的旅行简略路线图。这些地图涉及的区域包括洛杉矶、墨西哥、加利弗尼亚州、亚利桑那州、得克萨斯州、俄克拉何马州、路易斯安那州、伯明翰，里面还有一张美国东南部地图。

最后探员们终于找到了一张亚特兰大地图，上面用铅笔做了标记。地图上划了四个圆圈，细看之下，简直让人不寒而栗。一个圈在马丁·路德·金家附近；另一个标出了埃比尼泽浸信会教堂和 SCLC 办公室；还有一个标记的是杰米·加纳出租公寓的地址；最后一个圆圈，画出了首府之家公共安居工程。这是他抛弃野马车的地方。显然这些证据表明这是场有计划的犯罪。加尔特不仅绘出了金的整个世界，恐怕还跟踪过他；而且更可怕的是，他甚至已经提前踩点，找到了不引人注目的安全弃车点。

两位探员把所有发现都放归原处，又重新把拆下的门安好，才撤回了"他们的屋子"。虽然法律意义上有些不够合规，但他们偷偷摸摸侦查所得到的发现，已经足够向德洛克交差。加尔特已经不住在那里了，这里没有衣服，没有旅行箱，而且除了一些旧杂货，也没有任何居住的痕迹。现在该让真相大白了：询问杰米·加纳，签发搜查令，并且没收加尔特房间里的全部物品。

***

过去几天来，洛杉矶的 FBI 探员也在追踪他们自己的一系列有趣线索。他们在调酒学院跟进调查时，托马斯·刘又从他的一摞文件里找到了一张纸，上面是加尔特当时记下的三位"推荐人"和他们的地址。他们分别是查理·斯坦、丽塔·斯坦和玛丽·托马索。

特别探员威廉·约翰·斯利克斯（William John Slicks）和理查德·罗斯[4]（Richard Ross）在查理·斯坦居住的富兰克林大街 5666 号找到了他。他家就在圣弗朗西斯酒店的街角。一开始他们就发现，斯坦其人十分古怪，他时而戒心十足、时而东拉西扯、时而漫无边际，不过倒是十分配合。他给探员们讲了他和加尔特相识的过程，讲了他表妹丽塔需要有人去路易斯安那州接她那对苦命的双胞胎，讲了她是如何说服斯坦陪加尔特在圣诞节期间跨州开车去了一趟新奥尔良，讲了在旅行前加尔特提出的那个古怪的先次条件，要斯坦、丽塔和他们的表亲玛丽·托马索先为乔治·华莱士在加州的竞选签名。

斯坦回忆说："他说他参过军，说他来自亚拉巴马州，而且打算哪天还要回去，说如果黑鬼要自由，那他就要去北边或者西边，但是如果黑鬼还想当奴隶，那他留在南方也可以。"

一开始，斯坦对那趟去新奥尔良的自驾已经记不得多少，但是第二天再次被询问时,他就打开了话匣子:"加尔特很有钱,他说他本来是墨西哥的酒吧合伙人,但他卖掉了他的股份。他在电话亭停过几次车,去打长途电话。他吃汉堡喜欢什么都放,还喜欢开车的时候手里捏一瓶啤酒。车里的收音机总是放乡村音乐和西部音乐。"

探员们问他,他长什么样?衣着如何?

"他穿着一身棕色西装。我跟你说,那家伙的发胶涂得太多了。"

罗斯和斯利克斯探员发现,斯坦的表妹玛丽·托马索对加尔特的印象深刻别致。[5] 作为苏丹房的鸡尾酒女招待,同时也是圣弗朗西斯酒店的房客,她估计自己见过加尔特不下三十次。她记得:"他总是喝伏特加,或者啤酒。他喜欢吃牛肉干。他的手很干净,没有老茧,总是表情严肃。他肤色苍白,好像不怎么出门。"

托马索和加尔特打过一次台球,她说:"他球技不好,但是能看出他也会打。"虽然大部分时间他都比较安静,也很害羞,但他脾气很冲。她还记得当时加尔特突然对她和丽塔发脾气,生气她们提议让查理陪他去新奥尔良,丽塔却不去。当时他说:"我有枪,这要是个圈套,我就杀了他。"

2月下旬某天,她和加尔特相约交换了电视。他想用他笨重的蒙哥马利沃德电视机换她的那台小顶峰牌电视机。要知道,他这台大电视是他几个月前查看分类广告买来的。她当时不太能理解,因为她的顶峰牌电视机真的不怎么好,不过他解释说:"我需要一台便携式的,接下来几个月我要去旅行。"

她十分乐意地去了加尔特的房间,帮他把那大家伙搬回家。电视机后面贴着一条手写的标语:马丁·路德·黑。[6]

***

4月14日，复活节，特别探员约翰·奥格登（John Ogden）和罗杰·卡斯（Roger Kaas）敲响了杰米·加纳的房门，这位亚特兰大房东此时一头雾水，恐怕还有些醉醺醺。[7] 他办公室的记录乱得一团糟，刚开始他还把加尔特错认成了另一个几天前才入住的北卡罗来纳州工人。不过在探员们的不断提醒下，关于埃里克·加尔特的记忆终于慢慢涌入了他迷糊的脑袋。

加尔特是3月24日入住的。加纳说："他当时穿着西装，看起来完全就是个牧师。"他付了10美元作为一周的房租，然后住进了2号房。3月31日，加尔特又付了一周房租，这就是加纳最后一次见到他了。4月5日下午，加纳来到加尔特的房间换床单，发现床上放着一块硬纸板，上面是加尔特用圆珠笔留下的潦草字迹："有急事去伯明顿，电视留下了。之后回来取。"但是加尔特再也没有回来，加纳已经对这位租户的回归不抱期望。事实上，他已经开始觊觎那台顶峰电视机，想归为己有了。

那天晚上探员们严密监视着出租公寓，以防加尔特真的绕道回来取东西。第二天一早，4月15日，卡斯和奥格登探员再次上门询问。他们问道，我们能看看加尔特的房间吗？

加纳回答："当然。"这位房东拿起一大串叮当作响的钥匙，打开了2号房的房门，欣然带着他们参观。加纳显然不知道FBI探员早已潜入侦查过一次了，不过他终于开始猜测，他们是在调查什么案件。他开口问道："金的案子你们查得怎么样了？"

加纳还站在一旁，探员们已经带上乳胶手套，收起了加尔特的所有物品。（让加纳懊恼的是，他们连电视一起搬走了。）这些物证很快在FBI地方办事处被打包装箱，由约翰·沙利文探员直接开车送到亚特兰大机场，坐上达美航空飞往华盛顿的航班，亲自将最新的物证送达了FBI罪案实验室。

与此同时,杰米·加纳也以迅雷不及掩耳之势被带回了FBI亚特兰大办事处,接受进一步询问。探员在他面前放了六张不同白人男性的照片问他:"你的租户是不是其中一个?"

加纳毫不犹豫地选出了埃里克·加尔特的照片——就是他在调酒学校和托马斯·刘拍的那张。加纳说:"如果不是这个人,也只可能是他的双胞胎。"

***

第二天在孟菲斯,夺走金博士生命的环卫罢工终于接近了尾声。刺杀事件以来,街头的垃圾仍一天天堆着,市民们也愈加怀疑杀害金的凶手要永远逍遥法外;就是这样的情势下,在市中心的克拉里奇酒店,几位谈判者日复一日地进行着冗长的交涉,绝望地努力想达成共识。讨论有好几次都发展成了大吼大叫、摇手指、挥拳头。一位调解人说:"我们已经麻木,感情已经衰竭。"[8] 市代表和工会代表差点一走了之。

最终是约翰逊总统的特派使者、劳工部副部长詹姆斯·雷诺兹让整件事回到了正轨。他对谈判者们说:"不管你们有没有意识到,全世界现在都在盯着这张谈判桌。"

也是雷诺兹想出了一记妙招打破了僵局,他们礼貌地避开了请亨利·勒布市长参加讨论,转而直接与市议会谈判。一来可以为市长保住面子,让他仍可以坚持他的不妥协立场,工会非法,不予承认!二来也可以把达成的和解归咎于市议会。

雷诺兹还帮忙解决了另一个重要症结,工会扣费问题。他联络了一个员工自营的独立联邦信用合作社,为环卫工人解决了工会会费自动扣除程序。最后一个障碍,是给垃圾工的小幅加薪。后来发现,这才是最棘手的问题，因为市政预算中目前没有任何额外资金可用。最终是孟菲斯实业家安倍·普劳[9]（Abe Plough）主动捐赠慈善捐款解决了这个问题。安倍·普劳是一家大型制药公司的创始人，该公司的主要产品有水宝宝防晒霜、美宝莲化妆品和圣约瑟夫阿司匹林。他当时坚持匿名捐款，自己掏腰包捐赠了 6 万美金，解决了市议会的燃眉之急。

最终，可以说还算是满足了罢工者们这 65 天来的诉求：工会认可、会费核算，更直接的申诉程序以及涨薪。如果纯粹从金钱意义上看，对金的死亡赔偿，加上引发了此次罢工的碾压事故中的两名垃圾工的死亡赔偿其实少之又少：由美国州郡和市政工人联合会（AFSCME）的美国劳联－产联（AFL-CIO）1733 地方代表请愿，这些垃圾工的时薪最终将实现 10 美分的涨幅。

谈判者们终于握手，达成一致。没有人敢称之为合同，这份"谅解备忘录"终于得到了市议会的批准。甚至勒布市长最终也私下承认，这件事确实对城市有好处。后来他说："金博士遇刺后，我们迫切需要结束此事。"[10] 孟菲斯被这次刺杀折磨得晕头转向，它开始自省，也开始质疑自己的身份认知。那年的棉花狂欢节最终完全取消，事实上，后来的狂欢节也不复往昔。甚至连《孟菲斯商业诉求报》的连载卡通《老黑戏子的思考》也已经淡出了人们的视线。当月，这家报纸终于认定，这位可爱的黑人阿甘已经没有存在的价值了。

劳工部副部长詹姆斯·雷诺兹欣喜若狂，急不可耐地想回去向约翰逊总统汇报。雷诺兹说："他们的口号'我是人'完全出自真心。虽然他们的工作是回收垃圾丢进处理车，但他们也希望人们能说一句，'你是个人'！他们的口号实实在在。"[11]

4 月 16 日当晚，垃圾工们在克莱伯恩圣堂汇聚一堂，圣堂高墙上还有 3 月 28 日围剿中残留的催泪瓦斯的污迹。他们全票通过了这项协议。人们跳舞、哭泣、比出胜利的手势。当地工会领导人 T. O. 琼斯登台时已经泪流满面。他大声喊道:"我们遭受过太多次打击,可我们最终胜利了!"[12]

但当人们想起这份胜利的代价,屋里欢乐的气氛却一下子消散了不少。一个显然因为第二天能回去工作而无比激动的垃圾工说:"我们是胜利了,却也失去了一个好人。"[13]

***

当天早些时候在多伦多,埃里克·加尔特正在经历蜕变。他从即将消耗殆尽的无用身份中脱茧而出,蜕变成拉蒙·乔治·斯尼德。早上,他为斯尼德找了一间新公寓,距离奥辛顿大道上什帕科夫斯基的出租公寓只有几个街区。这间公寓在登打士西街962号,房东是一位华裔妇人,名叫陆晨风[14](Sun Fung Loo)。接着他给渥太华出生登记处写了一封信,要求重新给拉蒙·斯尼德出具一份出生证明。[15]在申请信中,他要求当局把证明寄到他在登打士西街的新地址。

几小时后,斯尼德走进了位于布鲁尔西街的著名旅行社肯尼迪旅游局,询问机票事宜。这是他第一次戴着他那副在护照照片中给他平添一丝教授风范的眼镜,在公共场合自称斯尼德。旅行社经理莉莉安·斯宾塞(Lillian Spencer)请斯尼德坐下,欣然开始为他制定旅行计划。[16]她回忆道:"他就像是突然冒出来的。他给人感觉很普通,不是那种会让人印象深刻或者记住的人。他完全能与墙纸融为一体。"

唯一让斯宾塞印象深刻的就是他那不寻常的名字:"我觉得名字奇怪是因为拉蒙是个西语名字,和乔治不太搭。"[17]

一开始,斯尼德询问了直飞南非约翰内斯堡的机票,可是往返机票820加元的票价让他有些犹豫。于是他又让斯宾塞查询去伦敦最便宜的机票。她很快找到了合适航班:英国海外航空,5月6日从多伦多出发。

这是一次为期21天的经济旅行,也是当时最便宜的机票,只需345加元。斯尼德很满意,所以让她直接预订。

她问,你带护照了吗?

他说他还没有护照,不过正在办理了。斯宾塞明确感觉到他在犹豫,有些不知道该怎么继续办理业务。斯尼德当时误以为,要申请护照,他还需要提供一个"担保人",也就是一个认识他两年以上、信誉良好的加拿大公民为他背书。正是为了满足这个条件,他才给自己选了两个身份和地址。在他这个相当复杂且危险的计划中,旅行者是戴眼镜的斯尼德,而担保人则是布里奇曼(换一身迥异的行头,甚至可能还要戴假发)。

当然,斯尼德没打算给她解释这些,不过斯宾塞善解人意地在他编出故事前就打断了他:"我可以帮你办护照。你有出生证明吗?"

他说:"这个……也没有。"

她说没关系,他也不需要提供出生证明。

他问了担保人的事:"我没有认识的人可以为我担保。"

斯宾塞回答:"也不需要。"她说护照规定里有个漏洞。她从一摞题为"代替担保人法定声明"的文件中抽出了一张。斯尼德只需要在公证人面前签字即可。她快活地说:"巧的是,我们办公室现在就有位公证人。"

斯尼德简直不敢相信他的好运气。他完全不知道在健全、轻信的加拿大,借用别人的身份拿到旅行证件有这么容易:不需要出生证、居住证或者担保人。他编织复杂的关联关系网、做伪装、找住所完全都是浪费时间。其实他本来只需要在一位公证人面前宣誓他的身份真实可信就行。那句话怎么说的来着?欢迎来到加拿大,我们相信你。

斯尼德很快填完了申请表。表中的职业他填了"汽车销售员";他提供了真正的拉蒙·斯尼德的出生日期,并且填入了自己在登打士西街陆女士出租公寓的新地址。申请表上还需要填写"加拿大紧急情况联系人",可以想见,他填的是他双重替身的名字"保罗·布里奇曼,多伦多,奥辛顿大道102号"。整套流程无比简单,但是匆忙之间他犯了个严重错误——他在填写姓氏"斯尼德"的时候,字迹几乎无法辨认。

他从夹克里取出一只信封,里面装着他前几天在街机摄影工作室拍摄的护照照片。斯尼德付给莉莉安·斯宾塞5美元的申请费和3美元的人工费。她说护照两周内就能准备好,正好能在英国海外航空的机票出票前后送到她的办公室。她向他告了别,在他缓步出门时,她在他的申请表上附上了一张便条,当时她万万想不到这张便条说得多么准确:"加急。客户希望尽快出国。"

第 39 章

携带武器，极度危险

一周以来，在华盛顿 FBI 总部，谋金调查正在稳步进行，并且渐渐有了强大的证据支撑。单独来看，迄今为止探员们收集到的上千块拼图碎片意义不大，也无法证明任何事实；然而作为整体，它们勾勒出了同一幅肖像，指向了同一个人。堆积如山的证据总是一次次回到同一个人身上——他是个模糊身影，他神经紧张、坐立不安、穿西服、住廉价公寓、开一辆白色野马车。

而且这些碎片现在堆成了一座真山：就在 FBI 检查室的大桌子上。4月4日以来，FBI 收集了总数惊人的材料：成百上千个初看起来互无关联的杂物，宛如飞机失事现场的碎片。一台喜立滋啤酒罐、一袋青豆、一枚空弹壳、一缕头发、一张纸片、一台便携式收音机、一张有字迹的收据、一根快门线、一个电热杯、一张做了标记的地图、一条内裤、一张20美元的钞票、一台便携式电视机、一副望远镜、一瓶法式沙拉酱、一柄牙刷、一支步枪。

卡撒·德洛克调来了局里的"最强大脑"来处理这一堆证据，不光是指纹鉴定专家，还有笔迹鉴定人员、纤维分析人员、摄影师、紫外线技术员和弹道专家。一开始，这些专业人士的发现让人眼花缭乱，证据间的联系丝丝入扣，微观上的吻合之处更是无法计数。他们看到的，是上千个小箭头，每一个都似乎又指着另一个。

被扣押的野马后备厢中发现的纤维与那条绿色人字纹床单上找到的

纤维吻合。埃里克·加尔特在孟菲斯新潮叛逆汽车旅馆的登记卡上留下的字迹，与整个调查中找到的所有字迹都吻合。加尔特梳子上的毛发，与在野马车清扫物中发现的吻合。证据中所有的物证、旁证和毫无根据的传言也似乎都交织在了一起：车窗上贴着的"游客"贴纸与斯坦所讲的加尔特曾在墨西哥经营酒吧的事吻合；洛梅耶在伯明翰买枪时曾经提到他要和"哥哥"一起打猎，而调酒学院和舞蹈学校的人也记得，加尔特曾提起过看望一位兄弟的计划。至于硬要查理、丽塔·斯坦兄妹和表妹玛丽·托马索为乔治·华莱士的竞选活动签名，似乎也与加尔特息息相关，比如他的亚拉巴马州牌照、亚拉巴马州居住史，以及他与乔治·华莱士的故乡越来越多的关联。

所有可以想到的细节：比如热封洗衣签、汽车维修贴纸、地址变更表、地图、遍布指纹的美能阿弗塔剃须护肤水、汇款单、玛丽·托马索那台被抛弃在三千公里外亚拉巴马州的顶峰牌电视机，似乎将加尔特的行动串在了一起。这辆车连着包裹、连着枪、连着望远镜；亚特兰大连着孟菲斯、连着墨西哥、连着洛杉矶、连着伯明翰，然后又连回了亚特兰大。这就是一整张网。

最新的两个突破性证据更让 FBI 确信他们找对了人。第一个证据出现在 4 月 16 日，亚特兰大探员们找到了埃里克·加尔特在桃树街的洗衣店。[1] 皮埃蒙特洗衣店的前台店员安妮·埃丝特尔·彼得斯在查看记录后确认，加尔特曾在 4 月 5 日早上来取过衣物。那是刺杀案第二天，也就是他在首府之家抛弃野马车、清空出租公寓并留下便条的那天。加尔特的犯罪行为似乎已经十分明朗：4 月 3 日他住在孟菲斯的新潮叛逆汽车旅馆，行刺后他驱车赶回亚特兰大，在这里弃车、取走送洗的衣物并且清空了房间，然后就一去不回头了。

接着，乔治·伯恩布雷克及其指纹鉴定团队给了加尔特致命一击：从加尔特在亚特兰大的房间里找到的一份墨西哥地图提取出的一个指纹与那把 06 年款点 30 口径步枪上发现的指纹吻合。[2]

德洛克说:"我们的网正在收紧。一切都清晰起来,加尔特、洛梅耶和威拉德就是同一个人。"[3]现在的问题是,这个调查对象到底什么样。不过,德洛克是这样概括他的:"未受过良好教育,行事鲁莽,有些动物本能的狡猾。不过我们知道他的一个弱点:他喜欢跳舞。"

***

直到调查进行到这一步,FBI 的行为都还是几乎完全保密的。胡佛和德洛克反复对全国各地办事处的探员强调一个关键词:保密。除了那张凶手素描,任何信息都不能泄露给媒体或者当地执法机关。这种信息封锁是有战略意义的,目的就是让凶手和任何可能的同谋摸不着头脑,但是这也为阴谋论的萌生提供了沃土。

公众本身就已经心存疑虑,如果再不给调查成果,调查拖得越久,看起来就越像是胡佛手下与金素有不合的 FBI 探员们在故意怠慢拖延,甚至可能他们本来就参与了这场刺杀。德洛克认为,引起公众怀疑是 FBI 必须承担的风险。像这样的案件只能在幕后解决,它需要有条不紊的侦查、谨慎的实验分析以及对每一条线索坚持不懈的追查。

媒体完全被拒之门外。近两周的时间里,甚至那些最有手段的记者和以往与 FBI 关系"火热"的新闻工作者,也都遭到了拒绝和阻挠。负责亚特兰大地区的特别探员对记者说:"我只能说'无可奉告'。我们就算站在这里聊一晚上,我也只能说一句,'无可奉告'。"[4]

4 月 17 日星期三,是谋金案中非比寻常的一天。在这一天,FBI 终于简单公布了调查信息。

那天早上在司法部大楼,FBI 宣布他们将对一名三十六岁的逃犯埃里克·斯塔沃·加尔特发布通缉令。[5]通缉令中提及,加尔特,化名哈维·洛

携带武器,极度危险

梅耶以及约翰·威拉德,据称"与兄弟"合谋,"伤害、压迫、威胁了马丁·路德·金"。司法部只能选择这种有点混乱的法律术语,因为谋杀是州郡地方案件,不是联邦案件;FBI能以密谋和侵犯金的公民权利给他定罪,但不能因为谋杀逮捕加尔特。

通缉令还描述了加尔特详细的个人特征:"他可能没有受过高等教育……据说酗酒,喜欢伏特加和啤酒……紧张时喜欢用手拉耳垂……狂热舞蹈爱好者……左耳比右耳突出。"通缉令还提及加尔特衣着整齐,喜欢乡村音乐和西部音乐。通缉令最后总结道:"我们认定,他携带武器,而且极度危险。"

FBI同时向媒体公布了两张照片,一张是调酒学院的照片原版,加尔特打着领结、闭着眼睛;第二张是这照片的修改图,由FBI素描师为他画上了眼睛。也许人类身份的外在标记真的只存在于人眼中,因为这两张照片无论哪张看起来都不太像逃犯,尤其是经素描师修改过的那张。那张照片中,加尔特看起来就像个蜡像、人体模型,或者畸形赝品。虽然很难准确指出到底哪里有问题,但那画上去的眼睛让照片上的加尔特看起来像个诡异的卡通形象,要靠它帮助公众寻找凶手,恐怕是弊大于利。他在照相机前耍的诡计,看来似乎达到了他的期望。

埃里克·加尔特的通缉令以及随附的照片,就是当天FBI公布的全部资料。司法部官员在发布会上宣称他们不接受提问,但有个记者还是试着问了照片的出处,于是他得到一个直截了当的回答:"无可奉告。"

***

在华盛顿的记者们为了头条新闻抢电话时,多伦多这边,逃犯正走在离他租住的出租公寓不远的街道上,差点还惹来一场大祸。拉蒙·斯尼德那天有些不在状态——他正慌乱不安,心里放不下他前一天通过肯尼迪旅游局递交的护照申请。他发愁地意识到，接下来两周他将无事可做。两周时间有太多出错的可能。万一申请不通过怎么办？万一他的照片引起了当局警觉怎么办？万一护照官员联系了真正的拉蒙·斯尼德怎么办？

也许正是这种恼人的心烦意乱让他这天下午有些走神，导致他犯了个愚蠢的错误：他横穿了一条繁忙的马路。[6]

立刻就有警察走了过来。那警察说：对不起，先生。你知道你违法了吗？

斯尼德心里一沉。有那么一瞬间，他以为自己暴露了。警察告诉他，他必须从十字路口过马路："恐怕我必须得给你开一张罚单。罚金是 3 美元。"

那一瞬间，斯尼德又惊讶、又好笑，又松了口气、又喜出望外。可那警察突然问他："姓名和地址，谢谢。"斯尼德意识到，他遇到麻烦了。他不知道该怎么回答。他知道真正的拉蒙·斯尼德是个多伦多警察，说不准他刚好就是这位交警的朋友呢？他意识到，用这个假名过于危险。可愚蠢的是，他在钱包里居然还留着他在亚拉巴马州的驾照，上面登记的名字是埃里克·加尔特。虽然斯尼德现在还不知道这个人已经成了北美头号通缉犯。

他只能随机应变。他给了交警一个临时想起的假名，并且给了神鹰大道 6 号作为住址——这个地址是他在多伦多确实去过的一家妓院。

他担心警察起疑，也担心警察要求查看身份证件。但这里是健全、轻信的加拿大。那位交警相信了他。警察开好罚单，拿走了加尔特的 3 美元，然后就离开了。

斯尼德简直厌恶自己的愚蠢：不光是横穿马路，他居然还把加尔特的身份证件留在身上。一有机会，他就撕碎了这张驾照，丢进了垃圾桶。[7] 在接下来等待出生证明和护照的这段短暂的时间里，他失去了身份，住在没有证件的炼狱里，成了一个没有名字的人。

第40章

幽灵逃犯

第二天一早,整个北美和全世界所有报纸的头版头条全都是埃里克·斯塔沃·加尔特的照片。他成了全国话题、派对谈资,成了每个广播节目都挂在嘴边的那个名字。可是这两张奇怪的照片,加上 FBI 搜集的一系列诡异的事实,似乎在答疑的同时引发了更多问题。埃里克·斯塔沃·加尔特算个什么名字?这算个什么杀手,怎么又喜欢跳舞又喜欢乡巴佬音乐?他那双眼睛又是怎么回事?

全国各地的报纸都充斥着火热的猜测。犯罪版记者们争相开始给逃犯起绰号。他成了"没有过去的人"[1],他是"从未存在的人",他是"尖鼻子陌生人",他是"魑魅鬼怪"、是"神秘人"、是"幽灵逃犯"。

两张照片的假眼睛在全国掀起了怀疑的巨浪。虽然杰米·加纳和海空公司的枪支销售员都表示他们认得出照片中的人物,但调查中也有几位关键证人表示担忧,认为 FBI 找错了人。加尔特在伯明翰的那位美籍希腊裔房东彼得·彻普斯就说过:"不,不是他。我觉得不是。"[2] 还有查理·斯蒂芬斯,孟菲斯那位在走廊上瞥见过约翰·威拉德的肺结核酒鬼,说 FBI 的画像"一点儿也不像"。贝西·布鲁尔也和她这位房客有一样的担忧。她对记者说:"我真的不知道,我拿不准是不是他。"[3]

有几位新闻工作者提出了许多深刻质疑。《新闻周刊》某作者几天后曾评论说,加尔特"就是张二维剪贴画,他的名字都是从小说里东拼西凑出来的"[4]。和威拉德、洛梅耶一样,加尔特这个名字肯定也是化名,因为"在这样一个热衷于记录的社会，从国税局到义务兵役记录，最细致的筛选都没有找到这个名字的痕迹"。《孟菲斯商业诉求报》某记者认为，FBI展现在世人面前的这个人物，具备黑暗犯罪作品的所有特征。这位记者写道："连小说都不会这么写。世界上最差劲的侦探小说作家都知道，编故事也要有限度，如果太过分，读者就会丢开杂志说'过于荒唐'。"[5]

埃里克·斯塔沃·加尔特这个名字本身就过于奇怪，因而引起了人们的猜疑。新闻工作者和评论员开始去流行文化里寻找线索，就此开启了一场寻找这个名字可能喻意的精神寻宝游戏。

当时一个普遍观点是，这个名字意指约翰·加尔特（John Galt），也就是安·兰德（Ayn Rand）于1957年发表的那部颇具争议的小说《阿特拉斯耸耸肩》里难以捉摸的主人公。兰德这部精雕细琢、厚达数千页的美文，开篇便是一个问题："约翰·加尔特是谁？"随着她笔下的自由论传奇故事缓缓展开，加尔特以一位救世主的形象浮现纸面。他揭露了福利国家的罪恶，对整个国家的前沿创新者、企业家、科学家、行业领袖发动了一场自上而下的打击，从而彻底击垮了美国文明，随即逃去了落基山脉高处的一座秘密城市。《阿特拉斯耸耸肩》以小说的形式，展现了安·兰德本人的客观主义哲学思想，她认为，对社会弱势群体施行利他主义不仅错误、无用，而且罪恶；只有理智的利己行为，才是能帮助人们找到幸福的唯一道德标准；而政府的职责，则是避免人类发生大型冲突。加尔特在小说中最有名的一句话就是："我以我的生命和我对生命的热爱发誓，我永远不会为别人而活，而且我也不会要求别人为我而活。"

这与本案的逃犯会有联系吗？埃里克·加尔特会不会是文学虚构的产物，是个植入线索，是为了让人想起《阿特拉斯耸耸肩》里面宣扬的铁硬哲学？凶手会不会是激进的安·兰德派信徒？或者是某个疯狂的自由派企业家雇来的杀手？《亚特兰大宪章报》某记者指出，小说中的约翰·加尔特"毁掉了文明的生产工厂，因为他憎恨这些取富予穷的'福利国家'"[6]。而且他还指出，财富再分配，就是金积极筹划的贫民军运动的核心，而其倡导者马丁·路德·金，则"恐怕最直言不讳地代表着是小说角色约翰·加尔特所憎恨的那种思想"。

还有其他评论员侦探们走了另一个方向。埃里克·斯塔沃·加尔特这个名字，会不会是暗喻时下最流行的国际间谍小说中最有名的超级反派？包括《女王密使》在内的数部伊恩·佛莱明（Ian Fleming）的小说中，詹姆斯·邦德都有位天敌恩斯特·斯塔沃·布洛费尔德（Ernst Stavro Blofeld）。他是个邪恶天才，领导着犯罪组织"幽灵党"，其目标是"险恶地密谋大型谋杀"。在007系列电影中，恩斯特·斯塔沃·布洛费尔德，也就是所谓的"目标1号"，被塑造成一个穿着尼赫鲁式外衣的秃头男人；他脸上有一道丑陋的伤疤，出场时总抱着一只白色波斯猫。

这场犯罪是从小说中走出来的吗？虽然不太讲得通，但是这个猜想实在让人无法抗拒。全国各地的人们都开始梳理邦德系列和安·兰德的著作，划出关键词句、寻找玄奥线索，甚至连调查局探员也参与了进来。不说别的，单凭詹姆斯·邦德和约翰·加尔特这二者的隐喻，就早早地给人们种下了先入为主的概念，那就是这凶手是一个神秘、有组织的国际阴谋的一部分，就像幽灵党一样，这个概念更让他显得奇异而神秘。

***

在多伦多，埃里克·加尔特的照片上了《每日星报》的头版。硕大的标题写着"FBI发表阴谋论，金之死牵涉神秘海员"。4月18日早上，当什帕科夫斯基夫人看到这张照片时，立刻就想起了这位房客。她眼神古怪地盯着照片看了许久，从各个角度仔细端详。她想起了那个自称保罗·布里奇曼的人，想起了他古怪的习惯、紧张的神色、对报纸的痴迷。一早上她都在烦恼该怎么办。她给丈夫亚当看了《每日星报》。她指着天花板说:"就是他杀了马丁·路德·金。"[7]

谁杀的?你说什么呢?

她回答:"保罗·布里奇曼。楼上那个。他就是他们在找的凶手。"

亚当对妻子说:"我看你是脑子出问题了。"

她坚持道:"但他和照片上的人一模一样。我们应该报警。"

"菲拉,你疯了。你只会丢人现眼。"

什帕科夫斯基夫人让步了,最终也没打举报电话。她抛开疑虑开始了一天的家务。接着,第二天一早例行巡房时,她发现保罗·布里奇曼一声不吭地搬走了。他把钥匙留在了大厅的桌上。收拾房间时,什帕科夫斯基夫人发现床上就放着昨天那版《每日星报》,上面正是杀害金的嫌犯照片。那画面让她头皮发麻。

***

FBI依然确信前一天发出的通缉令没有问题,埃里克·S.加尔特就是真凶。但他们不确定的是,埃里克·加尔特到底是不是真正的埃里克·加尔特。毕竟这名嫌犯显然惯于使用多重化名,而加尔特很可能只是其中一个。卡撒·德洛克也清楚,锁定嫌犯是一回事,而确认嫌犯身份却又是另一回事了。

为此,指纹鉴定专家乔治·伯恩布雷克带着手下开始在罪案实验室有条不紊地研究来自包裹中的物品、野马车和亚特兰大出租公寓等处的多个指纹,并且拿来对比FBI总部现有的筛选后指纹。伯恩布雷克划定筛选条件为五十五岁以下、二十一岁以上,借此已经大幅缩小了检索范围,但是仍有三百万组指纹需要比对。这项任务之烦琐简直足以催发动脉瘤,而且很可能忙活几个月也毫无收获。

胡佛和德洛克意识到,他们必须再想别的办法缩小搜索范围。德洛克和其他高级官员开始认真筛选他们迄今搜集到的所有证据。如此一来，他们才发现有个清晰的模式浮现眼前：加尔特的行为甚至在刺杀前就很像逃犯。德洛克说："其实迹象十分明显。他使用多个化名、行踪不定、不爱交友、行为谨慎，而且十分内敛。加尔特看起来就是个在躲避侦查的逃犯。"[8]

一个想法就此诞生。德洛克拿起电话打给了伯恩布雷克的上司莱斯·特罗特（Les Trotter）——FBI指纹鉴定部门的主管。德洛克后来在回忆录中还记录了这段对话。德洛克说："莱斯，我们有可靠证据表明，加尔特是个逃犯。现有档案里有多少通缉令？"[9]

特罗特回答："大概五万三千份。"

德洛克做了个鬼脸："好吧，至少比三百万强些。"

目标已经很明确：德洛克要伯恩布雷克的团队拿"加尔特"的指纹比对全部五万三千份通缉令的指纹档案。德洛克说："把你所有人手都投入这件事。"

特罗特回答："你想让我们什么时候开始？"

"今天怎么样？"

4月18日当天下午，调查员就开始了工作。此时是刺杀发生后整整两周。另外还有来自费城、巴尔的摩、纽约和里士满的专家，也都赶到华盛顿，夜以继日地投入了工作。德洛克说，应该不需要提醒大家，"我们承受着巨大压力，整座城现在就是个火药桶。"[10]

伯恩布雷克集中精力研究在步枪和望远镜上发现的加尔特左手拇指指纹。这是他们手里质量最高的指纹，上面清晰显示出一个十二脊尺箕纹。让他惊喜的是，FBI现有逃犯指纹档案中只有1900个拇指指纹是十到十四脊尺箕纹。这无疑令人振奋：突然间伯恩布雷克的工作就大幅缩水了好几个数量级。专家团队围绕桌子站成一圈，面对着加尔特拇指指纹的放大版照片，拿起放大镜开始了工作。

第二天，也就是4月19日，上午9点15分，莱斯·特罗特给德洛克打了个电话。特罗特说伯恩布雷克的团队一夜都没合眼，而且已经完成了五百多张卡片比对："就快有成果了，再给我们点时间。"[11]

德洛克说："好的。"接着他就一头扎入了由胡佛的副手克莱德·托尔森（Clyde Tolson）主持的FBI高层周会。德洛克并不想对托尔森和盘托出：虽然无数探员都在努力工作并且也略有进展，但调查似乎暂时依然停滞着。

几个小时后会议暂停，德洛克正在整理文件，就接到了莱斯·特罗特打来的电话："迪克。"他只说了一个词，德洛克就听出了他声音里"胜利的腔调"。他停顿了好一会儿，才洋洋得意地说："告诉局长，我们找到你要的人了！"

"确定吗？"

"毫无疑问。伯恩布雷克的专家们几分钟前找到了一个完全吻合的记录，就在第702张指纹卡上。"

"我猜他的真名不叫埃里克·加尔特，也不叫洛梅耶或者威拉德吧。"

特罗特回答："没错。他的卡号是405942G。这家伙是个惯犯。去年从密苏里州的杰市监狱越狱。他的真名叫詹姆斯·厄尔·雷（James Earl Ray）。"

第三部

全国热搜

猎物变凶兽

战争只枉费

爱人无真情

旧朝终章尽

新生又将临

——约翰·德莱顿《世俗假面》

第 41 章

十大通缉犯

就在 FBI 准备向全世界公布最新消息的同时，拉蒙·乔治·斯尼德低调地蜗居在多伦多登打士西街的小房间里，已经将近一周都没有出门。经营这家出租公寓的华裔陆晨风女士都不怎么见得到这位房客，这位女士总是眼神朦胧，面带笑容，背上还经常背着个孩子。她说："他来的时候穿着西装，手里拿着一张报纸。从来不和任何人说话。"[1]

斯尼德很幸运，因为陆女士不像什帕科夫斯基夫人，她完全不通英文，而且根本不关心房客的职业和背景。她拿了房租就丢下他不管了。

斯尼德现在是疑神疑鬼、心思耗尽，而且已经囊中羞涩。他知道这两周要等着拿他的护照、出生证明和机票，这种烦躁紧张的停滞状态是甩不开的。他抽空买了新的晶体管收音机取代他之前那只忠实的"频道大师"收音机，接着，他就蜗在登打士西街的小房间里，一刻不停地监听着广播里报道追捕的新闻。

4月21日，周日晚，他终于走出了房间。陆家公寓没有电视，偏偏这天晚上有个节目他很想看．ABC 电视台热播剧《联邦调查局》(*The FBI*)，以半虚构的方式讲述 FBI 真实案件档案的故事。

斯尼德转了附近好几家酒吧，失望地发现每家都在播放《埃德·沙利文秀》(*The Ed Sullivan Show*)，最后好不容易才找到一家酒吧愿意为他换台。终于，从安大略湖的对岸，纽约州水牛城电台的兔耳天线，传来了他等待已久的电波。斯尼德戴着牛角框眼镜，坐在拥挤的酒吧里点了一杯酒，刻意藏在阴影里。[2] 他看完了长达一小时的节目，艾弗伦·辛巴利（Efrem Zimbalist）在片中饰演探长刘易斯·厄斯金（Lewis Erskine）。但真正吸引斯尼德的，是这个电视剧每周播完时那个著名的小插曲：FBI将在结尾公示美国当前十大头号通缉犯的名单。

辛巴利的声音毫无悬念地沿着电波传来：马丁·路德·金博士刺杀案通缉犯。屏幕上闪过了斯尼德的照片。不过辛巴利念出的却并非斯尼德的名姓。他也没说埃里克·加尔特，或者哈维·洛梅耶，或者约翰·威拉德。辛巴利用他洪亮又带着官腔的男低音，向全世界念出了那个名字：詹姆斯·厄尔·雷。

斯尼德当时一定在打寒噤，更可怕的是，他还不能流露出哪怕一丝畏缩或不适，以免在如此嘈杂的酒吧里引来不善的注意力。电视里的声音还在继续："通缉犯从密苏里州监狱越狱，今年40岁，身高177.8厘米，体重78.9公斤。FBI正在全国范围内搜捕，但雷很可能已经逃往墨西哥或加拿大。"斯尼德坐在酒吧里听着那条可怕的通告，紧张地摆弄他的橙汁伏特加。通告还在继续："孟菲斯悬赏10万美元，征集关于雷的线索。"后来斯尼德承认说，他没想到金给这座南方城市惹出那么多麻烦，它却还愿意为他提供如此慷慨的悬赏。更多照片开始滑过屏幕，一张张照片拼凑出了一个罪犯卑劣的过去，而对这段历史斯尼德实在太过熟悉。通告还说："我们认为他携带武器且极度危险。如果看到雷，请立刻通知FBI。"

***

"美国头号通缉犯"的公告一播出，就在美国各地的FBI办事处掀起了一场长达三天的海啸。探员们用惊人的速度了解了詹姆斯·厄尔·雷的一生；他们追踪着每一条线索，消化着每一点残余痕迹，清理着所有收尾工作。胡佛、德洛克和克拉克都十分确信：他们找到了真凶。

但他们也意识到此刻亟需公众的力量协助搜捕。FBI 准备了一系列公益广播在全国各地电台播出，局里还印刷了二十多万份通缉令在全国范围内张贴、散发；同时还有三万份西语版通缉令贴遍了墨西哥。追捕进入了百无禁忌的白热状态。

如果真有所谓的"典型"杀手，那这位 40 岁的詹姆斯·厄尔·雷完全是"典型"的对立面：至少表面上看起来如此。他不是带有宗教狂热的年轻男性；虽然他的激进政治观炽热而反动，但也从来没有促使他加入三 K 党或者其他公开暴力组织。虽然犯罪记录不少，但其中不仅没有谋杀或过失杀人这种重罪，甚至没有任何一个罪名涉及枪支使用。"二战"刚结束时，他曾经在德国不来梅港服役，在这里他学会了射击 M1 卡宾枪，还得到了初级射手的称号，但这也算不上职业杀手的技能。

雷最突出的特质，可能是他对这种追逃游戏的热爱。他甚至显得像是在潜意识里渴望被捕，这样他就能再逃脱，然后开始下一轮游戏。他的斑斑劣迹中贯穿着一种流浪汉式的笨手笨脚：一次抢劫中，他驾车逃跑却在急转弯时摔出了车，因为他忘了把车门锁死。雷从高中辍学，之后又因为"无能且无法适应军队服役"而被军队开除。他的绝大部分罪行都是些微不足道的小罪，比如入室盗窃、伪造文书、持械抢劫。他的犯罪生涯就是一连串鲁莽和愚蠢事件的总和，但雷本人其实并不愚蠢，不仅如此，他在狱中甚至是以热衷读书出名的；在策划方面，他具有极大的耐心，他顽强、有创造力，而且深具智慧，尤其体现在蒙骗权威上。任何人要从严密的监狱越狱，还潜逃一年多，肯定都具备不可忽视的街头智慧。

雷这一生中也曾多次试图改邪归正。他做过许多正经工作，包括制鞋公司配色师、制革厂工人、压缩机制造厂的流水线工人，还在一家餐厅当过洗碗工。但他也总是再二再三地走上犯罪的道路，因为他只了解这个世界。1928 年,雷出生于伊利诺伊州的蓝领小镇奥尔顿,除了服刑之外的时间,雷都是在这里度过的。奥尔顿警察局长威廉·彼得森(William Peterson)回忆说:"他就是个肮脏的渣滓,是个昼伏夜出的贼。"[3]

FBI 探员来到了密苏里州杰斐逊市,开始拼凑詹姆斯·厄尔·雷早年在这里服刑的生活原貌,以及一年前他通过监狱面包房越狱的事件。[4] 探员了解到,雷在杰市监狱是众所周知的瘾君子兼毒贩,他在这里的毒贩生涯很可能就是他逃亡期间的花销来源。(据后来详细统计,这些年来雷应该汇出过将近 7000 美元的贩毒收入,其中大多数应该都给了他的家人。)不过雷最主要的特征还是他对逃跑的痴迷。雷在狱中的绰号是鼹鼠,他之前就曾经多次从杰市监狱越狱未遂,而且为此还被罚在单人囚室苦熬了好几个月。虽然他有屡次越狱未遂的案底,本该让狱警更加小心地提防他,可是他的某种特质让他格外容易被人遗忘,让他显得无关痛痒、平庸无奇。大多狱警甚至只记得他的囚号:416-J。

办案的探员现在终于理解了"频道大师"牌收音机侧面被刮掉的数字是何寓意。罪案实验室的专家用紫外扫描仪成功提取了雷费尽力气刮掉的那串数字:00416。[5] 杰市监狱记录显示,詹姆斯·厄尔·雷于越狱两天前在监狱小卖部购买了这台收音机。这串号码也因为监狱规定,被刻在了收音机外壳上。

***

还有其他 FBI 探员也四散行动,在密苏里州和伊利诺伊州范围内追踪雷的家人。据说雷的双亲已经离世,但探员们很快找到了他的一个兄弟约翰·雷(John Ray)。[6] 他在圣路易斯南部一个治安不太好的街区阿森纳大街上开了家酒吧。这家酒吧叫葡萄藤酒馆(Grapevine Tavern),离乔治·华莱士的总统竞选总部只隔一条街，所以竞选团队的成员经常光顾这里。原来约翰·雷就是华莱士的铁杆粉丝，而且他在酒吧免费分发美国独立党的宣传册。葡萄藤酒吧"离华莱士办公室很近"，凭借这种得天独厚的地理优势，再加上伯奇协会、白人公民委员会和其他狂热隔离主义组织成员的经常光顾，它成了众所周知的种族主义酒吧。像在洛杉矶的弟弟詹姆斯·厄尔一样，约翰·雷也喜欢亲自陪同美国独立党的潜在支持者，去当地的竞选总部支持华莱士的竞选。

约翰·雷活像这名通缉犯更强壮、更红润的翻版——他的发际线也在迅速后退，露出了他棱角分明的前额；他自己也有一大串犯罪记录，还曾因为抢劫在伊利诺伊州监狱服刑七年。事实上，他的酒吧名字隐喻的就是"监狱葡萄藤"*，监狱的信息网可是服刑期间让他充满活力与乐趣的阴谋和谣言工厂。讽刺的是，因为有前科，他甚至都没有投票权，要投票给华莱士更是别想。

一开始约翰·雷还醉意未消，并不怎么配合，探员们甚至还提醒他，在弟弟躲进面包箱从杰市监狱越狱前一天，他还去探视过弟弟。约翰却声称从那以后他和弟弟就再无联系了，对他的下落也一无所知。

探员们将信将疑地问约翰，他答话时为什么总在笑。约翰脸上总带着一个扭曲的笑容，和他弟弟吉米的微笑一模一样。约翰说这只是他"紧张时的自然反应"，他并没有恶意。但他承认，这个不幸的缺陷也确实没少让他和执法部门生出龃龉。

约翰说："吉米离开军队时就已经不是从前的他了。他完全就是疯子，还染上了毒品。"他认为要是吉米真杀了马丁·路德·金，那他现在肯定也是死人了，因为雇他的人肯定要"封口"[7]。但如果吉米还活着，那他肯定已经不在国内了。

探员们想知道的是，他会逃往哪个国家？

---

* Grapevine, 俚语, 意为小道消息。——译者注

约翰不愿意做这个推测,但他确实记起有次他去探监时,被吉米拉着灌了满耳朵的伊恩·史密斯,以及此人在罗德西亚的成功事迹。约翰·雷说自己只是"温和的隔离主义者",可接着他就袒露了心声,向探员们抱怨道:"这事儿有什么大不了的?不就杀了个黑鬼吗?他杀的要是白人,你们就不会这么上心了。"[8]

后来找到了约翰·雷的记者也发现,他完全不避讳发表自己对金的看法。约翰后来写信给作家乔治·麦克米兰(George McMillan):"他才不是他们口中的圣人。金不过是只肮脏的老鼠,而且长了一副圆眼珠子尖耳朵,看着也像老鼠。"

一开始,FBI 探员曾经考虑过,约翰·雷会不会也共同策划了这场阴谋,但他们审问了约翰 4 月 4 日的去向,并且还做了后续调查,结果也未能证明他有任何不妥之举。(不过数年后,约翰·雷曾在与人合著的一本书中吹嘘说,就在刺杀事件发生的前一天下午,他还从圣路易斯开车去看望了他的弟弟吉米。[9] 他们相见的地方就是与孟菲斯市隔着密西西比河相望的阿肯色州西孟菲斯市的一家酒吧。)

与此同时,另一组探员很快在芝加哥郊区某乡村俱乐部找到了雷的弟弟杰瑞·雷(Jerry Ray)。他在这里当高尔夫球场管理员。杰瑞有些滑稽,似乎认为 FBI 的追捕只是一场刺激的游戏,而且他并不打算和探员们多说,只想撇清自己与案件的关系。杰瑞觉得,他哥哥吉米现在是"全国最火的人"[10],而且是"史上头号通缉犯"。

杰瑞也有过前科,他表示自己并不知道吉米的下落,甚至不知道他是不是还活着。不过他觉得他哥哥并没有杀人的胆量。他觉得如果吉米真的杀了金,那恐怕也是为了钱。杰瑞坦言:"他肯定是不喜欢有色人种。但他也不会随便让自己卷进这种麻烦,除非他有利可图。"[11]

杰瑞说,不管吉米干没干,他都肯定不会开口招认:"吉米绝不会告密,这点我很确信。他死都不会说的。"

＊＊＊

拉蒙·斯尼德发现，全世界的目光都聚焦在了他身上。听到 FBI 通告当晚，他偷偷穿过多伦多昏暗的大街，溜回了陆女士的出租公寓，把自己锁在屋里一整天，思考下一步行动。

第二天，4 月 23 日一早，他去了一趟几条街处的杂货店劳伯劳斯（Loblaws）。斯尼德当时可能还带着他那把自由首领点 38 左轮枪，他当时在认真考虑，要不要抢劫这家店。后来他分析说："抢超市就是抢大公司，反正他们的钱也是剥削别人来的。总比抢路人的好。"[12] 塞缪尔·马歇尔（Samuel Marshall）当时是超市的助理经理。他在商店深处顾客免进的地方发现斯尼德在打量办公室保险柜。[13] 马歇尔问他在干什么。

闯入者结结巴巴地说："哦，我、我是来找工作的。"他还吹嘘说自己有在墨西哥杂货店工作的经验。接着商店经理爱默生·本斯（Emerson Benns）也走了进来，斯尼德就开始向门口挪去，然后突然冲出走廊，跳上了一辆有轨电车。第二天，马歇尔就在《新闻周刊》上看到了詹姆斯·厄尔·雷的照片，他立刻通知了警方："就是他。"

斯尼德谨慎地决定，此时他应该与登打士街区保持距离。在劳伯劳斯超市的意外发生几小时后，他去巴士站坐上了去蒙特利尔的大巴。他担心斯尼德的护照申请可能会出问题，或者更糟的是，会直接引起渥太华官方的警觉。总之，他意识到，此刻在多伦多再耗两周等待他的机票和护照已经太过危险。

在蒙特利尔，他化名沃尔特斯（Walters）住进一家出租公寓，然后在码头游荡了好几天，想找一条能带他去南非的货船，最终未果。他倒是找到一艘斯堪的纳维亚货船，即将开往莫桑比克，票价是 600 美元。可令他失望的是，该航线规定所有乘客都必须携带有效护照。

绝望之中，斯尼德返回多伦多，又在陆女士经营的出租公寓里蜗居了一星期。斯尼德的出生证明正常寄到了，但激动之下，他又犯了个严重错误，差点酿成大祸：在附近一个电话亭打电话时，他随手把人口统计局寄来的装着斯尼德出生证明的信封落在了电话旁边的小窗台上。当天晚些时候，陆女士的公寓来了个圆胖的男人，手里就捏着这个信封。[14]她大声喊斯尼德先生，说他有访客，可这位胆小的房客不敢离开房间。她只好上楼，好言好语地哄着斯尼德开了门。当时陆女士觉得他显得极度紧张，脸色"白得像纸"。斯尼德所害怕的最糟糕的事还是发生了：来人肯定是政府官员、便衣警察，或者警探。在门厅里，斯尼德尴尬地开口和那位圆胖的陌生人讲话，却发现他只不过是个油漆公司的销售员，名叫罗伯特·麦克诺尔顿（Robert McNaulton）。他只是在电话亭看到了这个看起来很重要的信封，想做好事，就来了信封上清清楚楚留着的这个登打士街地址。

5月2日，斯尼德打电话给肯尼迪旅游局，让他长舒一口气的是，莉莉安·斯宾塞告诉他，他的机票和护照已经寄到。但他去旅游局取文件时，却惊慌地发现：他护照上的姓氏打错了。上面写的是"斯尼亚（Sneya）"，而不是"斯尼德"。毫无疑问，这全怪他匆忙填写申请表时字迹太潦草。但现在已经来不及修正这个错误，因为他的航班几天后就要起飞了。他只好付了机票钱，整整345加元，用的全是现金。

5月6日，斯尼德突然退掉了陆女士公寓的房间，只说他要走是因为在他房间外面玩耍的孩子太吵了。陆女士打扫房间时发现了一个小行李箱，里面只放着几样奇怪的东西：几个创可贴、几本性爱杂志、多伦多和蒙特利尔地图，还有六卷未开封的速8电影胶卷。陆女士把行李箱收进了储藏室，因为她想着也许斯尼德先生还会回来取。

当天下午，以拉蒙·乔治·斯尼亚的身份，他通过了多伦多国际机场的安检。全球头号通缉犯登上了英国海外航空的600号航班。飞机在下午6点顺利起飞，斯尼德终于长吁了一口气。但是当飞机飞越北大西洋上空时，他却在愁肠百转，因为他手头的现金已经越来越少。他后来有些懊悔地说："我真该在加拿大抢一笔。我的错。结果飞向伦敦时，我的钱已经撑不到目的地了。"[15]

第二天，5月7日早上6点40分，斯尼德的航班降落在伦敦希思罗机场，对于他策划的这场漫长而奇怪的罗德西亚之旅而言，这是第二站。

第 42 章

复活城

5月的第一个星期，J. 埃德加·胡佛和卡撒·德洛克被另一件事分了心，虽然不是追捕詹姆斯·厄尔·雷，但也与之相关。金在孟菲斯遇刺时对这场环卫罢工的态度，其实是将其视为他在华盛顿大规模组织贫民军运动的预演。

FBI 简称它为"贫运"。这件事一直以来都是胡佛的心头之患，而刺杀案的混乱在华盛顿引起暴动，看来更是证实了他的警告：在首都大规模聚集愤怒的穷人，完全等于制造暴力。

金之死让 SCLC 的计划暂时略有停滞：没有了他极富魅力的演讲和睿智的领导，像贫民军这种雄心勃勃的大计划似乎有些不大可能实现了。但就在 4 月下旬，拉尔夫·阿伯纳西宣布，他的组织将继续推进金的伟大抗争。经过艰苦的协商，SCLC 取得了国家公园管理局许可，拿到了西波托马克公园里的国家广场六万平方米场地为期一个月的使用权，这样就能在华盛顿纪念碑和林肯纪念堂之间，搭建一片不规则的棚户区营地。将有上千、上万甚至几十万的穷苦人民，用这场非暴力示威覆盖整个华盛顿——安德鲁·杨还预言说，这场运动将成为"自甘地的食盐进军以来最伟大的非暴力示威"[1]。为了纪念金，这片棚户区将被命名为"复活城"。杨说，这个名称象征着"从死亡的深渊重生"[2]。

看来，胡佛的噩梦即将开始。

全国各地有大批赤贫者——也就是贫民军，正在集结成一支支队伍，向华盛顿进发。与金最初的预想一样，参加的人不仅包括美籍非裔，也包括来自阿巴拉契亚山脉的穷苦白人、洛杉矶的美籍西裔、纽约的波多黎各人，以及来自全国各地的美洲原住民——塞内卡族人、霍皮人、美国印第安部族、雅克玛人还有苏族人。

5月2日，在孟菲斯，八支大队完成了象征性的启动仪式。科雷塔·金回到了丈夫被杀的地点——围着玻璃、摆满花圈的洛林旅馆306号房门口。一个金制十字架用水泥固定在了阳台地板上，旁边还镶着一块牌匾，上面写着《创世纪》里的一句话："看，做梦的人来了。让我们杀死做梦人，看看他做的梦会变成什么样。"当天晚些时候在梅森圣堂，游行者得到了科雷塔和拉尔夫·阿伯纳西的祝福，接着起行，向密西西比州马克斯镇进发了，这是三角洲深处的一个小镇，金在这里目睹过佃农脸上深深的绝望。

在马克斯小镇，朝圣队伍变成了骡子车队——成群的农场动物拉着南方佃农至今仍然在用的木马车。阿伯纳西开玩笑一般地给所有骡子都取了绰号，比如伊斯特兰（Eastland）、斯坦尼斯（Stennis），这些名字的本主都是顽固的隔离主义议员和华盛顿国会议员。骡队游行者们在向亚拉巴马州东行的乡间小路上聚集了越来越多的追随者。亚拉巴马州的州骑警发誓，要以危害公共安全罪逮捕车队成员。

亚拉巴马州的大部分地区——或者至少，亚拉巴马州的白人区，都处于哀悼期：5月7日，州长鲁琳·华莱士最终在四十岁死于结肠癌。乔治·华莱士本来已经在全国掀起了支持的浪潮，却因为此事陷入沉重的悲痛，甚至有人猜测他会就此退出总统大选。鲁琳·华莱士的遗体就安放在蒙哥马利州议会大厦的圆形大厅里，曾经，南部邦联总统杰斐逊·戴维斯也在这里安息。[3] 贫民军经过时，这里正是一幅超现实景象：南部邦联旗帜降了半旗，健壮的高速巡警因为失去了女州长而失声痛哭。到了伯明翰，骡队终于坐上了拖车，接下来将被一路运送到特区。

随着游行队伍越走越近，华盛顿的策划者们也开始建造他们伟大的帐篷城。帆布和胶合板搭起数以百计的 A 型框架，在倒影池中留下了它们的影子。他们将在这里铺设电线、水管[4]、下水道、电话线，还要建一座叫作市政厅的中央建筑，是专为"市长"拉尔夫·阿伯纳西搭建的。复活城甚至将拥有专属的邮政编码。

与此同时，胡佛也在让 FBI 做准备迎战这场"对华盛顿的进攻"。几大车队中都有他安插的眼线，所有激进组织里也都有探员在打探消息。他敦促全国各地的所有部门都将"贫运"任务当作"局里目前面临的更大任务之一"[5]。

五角大楼的将军们准备部署两万军队，镇压任何可能的叛乱。约翰逊总统个人极度反感贫民军运动。这场运动犹如一纸诉状，是在直接控诉因为越战而流产的、他曾经大肆吹嘘的"伟大社会计划"。拉姆齐·克拉克说，在白宫旁边建棚户区的构想"伤害了总统的感情，而且伤得很深"[6]。

在国会山，许多议员都对贫民军入侵的景象十分愤怒，有些保守派甚至称贫民军为"福利种母马"。阿肯色州参议员约翰·麦克莱伦（John McClellan）一马当先，称华盛顿将变成"移民圣地"[7]，他还宣称自己掌握了内部消息，得知黑人激进分子还有一个秘密"大计划"，要武力推翻中央政府。

克拉克说，随着衣衫褴褛的朝圣者和骡子越来越靠近，华盛顿的情绪已经"真正开始疑神疑鬼。有人预言将发生大屠杀，纯属捏造的秘密集会、暴力计划的荒唐证词在国会山上流传。整个国家都认为一场浩劫将临"[8]。

***

5月第一周里，对詹姆斯·厄尔·雷的搜捕似乎不进反退，又折回了雷的生平事迹，折回了停滞的环境中沉闷的人，折回了一个终其一生都在犯罪的人的身世。FBI不懈地一遍遍询问雷的家人和熟人，本来希望能撬出一丝线索，通过什么不经意的发现，找到雷的藏身之地。但这个策略失败了。FBI背后紧盯着的新闻记者没有找到雷的下落，却拼凑出了一幅极度诡异又悲伤的肖像画，画里的人生长在马克·吐温家乡的心脏地带——密西西比河畔一片阴郁的城镇。这是个严肃的、令人心碎的故事，但也是个彻头彻尾的美国故事。

雷的家族有长达一百年的犯罪史，他们肮脏不堪，运气极差。[9] 雷的曾祖父是个全能暴徒，他驾马车卖私酒给印第安人，最终因为枪杀了六个人被绞死。雷敬爱的叔叔厄尔是个巡游狂欢节的拳击手，犯过强奸罪，因为往妻子脸上泼石炭酸被判入狱六年。

詹姆斯·厄尔·雷的整个人生，都如影随形地贯穿着绝望。他们一家的遭遇，正是金这场贫民军运动想要解决的问题：多代同堂的绝望的贫苦生活。雷一家住在密苏里州狭小的尤英区外的一片农场里。据说，他们在冬天里经常不得不把房子拆掉，以用作烧火的木柴来抵御寒冷。[10] 他们只能一点点拆掉房子，直到它彻底倒塌，逼着全家搬进密西西比河岸下一座同样破旧的木屋里苟延残喘。

可以想见，雷家每个孩子也都命运坎坷。约翰、吉米、杰瑞都有前科，但这还仅仅是这个家族苦难的冰山一角。1937年春，雷六岁的妹妹马乔里（Marjorie）玩火柴时不慎自焚身亡。雷家最小的两个孩子，麦克斯（Max，有智力缺陷）和苏西（Susie），在1951年雷的父亲抛妻弃子后被送给别人收养。十年后，心地善良却积劳成疾的母亲露西尔（Lucille），于五十一岁时患肝硬化在圣路易斯去世。两年后，雷十八岁的哥哥巴兹

(Buzzy)开车从伊利诺伊州昆西的一座桥上冲进了密西西比河的污泥中,与同坐车内的女友双双溺亡。

还有梅尔巴(Melba),在雷家众多孩子中,她的遭遇也许是最悲惨、最混乱的。梅尔巴患有精神疾病,经常对陌生人大吼大叫,喊出各种污言秽语。她人生的大部分时间都是在精神病院度过的。一年前,也就是1967年,她上了当地新闻,因为她拖着一尊两米多长的彩绘十字架穿过昆西的一条闹市街区。她解释说:"我这么做是为了不疯掉。肯尼迪总统遇刺了,世界大战爆发了,我只能向耶稣寻求庇佑。"[11]

梅尔巴被询问时表示,她和哥哥詹姆斯·厄尔几乎没什么交往。她依稀记得:"他很爱干净,无论什么时候都在梳头发。"[12]

FBI探员们一一记录下纠缠着雷家的种种不幸,此时最大的疑问落在了雷的父亲身上。这一切痛苦的创造者究竟是谁?他的命运又如何?在莱文沃斯监狱和杰市监狱的档案表里,詹姆斯·厄尔·雷在父亲那栏填的都是"已故",并说他于1947年死于心脏病发作。但FBI探员很快发现,雷现年六十九岁的父亲依然健在,而且就住在密苏里州中部的一个小农场,日子过得还不错。这个农场离马克·吐温童年的故乡汉尼拔很近。

特别探员威廉·邓肯(William Duncan)和詹姆斯·达菲(James Duffey)找到雷老爹的小木屋,展开了一系列异乎寻常的对话。[13]小屋就在过了小镇垃圾场后更远一点的牧场上。雷老爹很强壮,像矮脚公鸡般犀利。健壮的体格让他十分自豪,那可是他多年举重和运动的结果。一开始他不承认自己姓雷,坚称自己名叫杰里·雷恩斯(Jerry Raynes),而且也不承认在逃通缉犯是他儿子。他声称:"只是继子。总之,我都十七年没见过吉米了。"

不过没过多久,老头就松了口,尤其是听见达菲探员提醒他"窝藏逃犯"会导致严重后果后。接下来的几周乃至几个月里,随着记者陆续登门,雷老爹也越说越多。雷恩斯其实是那种不开口则已,可一旦打开话匣子就又关不上的人。他讲话很慢，慢到让人猜疑他有语言障碍。他还小的时候，就因为懒洋洋的口音，他得了个跟随他一生的绰号——快嘴。

快嘴承认道，没错，在 1899 年以前他还一直用着本名，乔治·杰瑞·雷（George "Jerry" Ray），但这些年来他多次改名，用过瑞恩（Ryan）、锐恩斯（Raines）、雷恩斯（Raynes）、瑞恩斯（Rayns）以及其他多个变体。他染指各种轻罪（私闯民宅、伪造证件、酿造私酒），而且走马灯似地换工作（他当过铁路司闸员、农民、垃圾搬运工）。他总是故意留下容易让人混淆的身份信息，就是为了迷惑税务人员，为了逃脱债权人、地主和法律的掌控。他一贯的迷惑风格让他的孩子们也很糊涂，竟至于有几个直到长大成人，才知道自己的真实姓名。

而且没错，詹姆斯·厄尔·雷就是他的儿子。雷老爹似乎为这个儿子感到十分骄傲。他说在所有孩子里，吉米是最聪明也最有雄心的一个。他注定是要干大事的。快嘴对记者说："他啥时候都在思考。吉米想当个侦探。他看到什么都一学就会。他很有雄心，总会跟你说他有一天要出人头地之类的话。"但是快嘴也承认，这孩子确实有些古怪："吉米有时也很奇怪。他以前总是倒立着走路，别说走路，他还能用手撑着跑呢。"[14]

快嘴雷恩斯十分迷信，而且很爱说教：他带着儿时的吉米一起在尤英区开车兜风时、在酒吧打台球时、拖着垃圾走在法比乌斯河边时，总是在给吉米灌输他这些执拗的思想。快嘴说他从不吃中餐，因为"那些人都要下毒害你"[15]；他觉得所有棒球比赛都是排演做戏；所有医生都想谋害患者；基本上，生活中的一切都是骗局。他说："所有政客都是窃贼，是流氓。不过华莱士也许不是。但是如果政府想搞谁，那他们根本没希望。"[16]

他强调说他不是个种族主义者，也没有这样教过他的孩子们。他说："我不讨厌黑鬼。"[17] 接着又说，尤英本来也没几个黑人。但接着他又说:"他们就是跟我们不一样。他们好吃懒做,整天就知道搞来搞去。"

想到他儿子目前陷入的麻烦,他坚信,吉米的错误在于小时候没学好,没记住快嘴给他一遍遍灌输的那些论调:比如小人物根本赢不了,比如他的命从一开始就不好,比如最好的做法就是隐姓埋名、保持低调。他对新闻记者乔治·麦克米兰说:"人总是贪得无厌。有时候我觉得吉米是聪明反被聪明误。我真想不明白,他为什么想和那些大人物争。生活本来就没什么意义。吉米就是太好高骛远。他太贪太心急了。"[18]

***

当 FBI 在詹姆斯·厄尔·雷悲惨的过去中越挖越深之时,拉蒙·斯尼德已经躲在了大洋彼岸——八千公里以外的葡萄牙。

温暖宜人的里斯本坐落在欧洲最西端,是一座被海盐冲刷着的首都,遍布着摩尔式宫殿和罗马式城堡,让刚离开多伦多晦暗天气的斯尼德耳目一新。他住的酒店就在海边,距离喧嚣的罗西乌中央广场也并不远。这座大理石广场上夜以继日地回荡着足球的巨响和葡萄牙民调音乐的长调。这座城市挤满了水手、渔民和商船船员。塔霍河河口是全球最大的港口之一,常有巨大的货轮从海上轰鸣而来,投入这个巨大的怀抱。

事实上,吸引拉蒙·斯尼德来里斯本的正是这座港口。他知道葡萄牙首都是个国际雇佣兵招募中心,他从伦敦直接跑来这里,就是为了找一条去非洲的廉价客船。斯尼德轻松地用返程机票换到了来里斯本的航班,5月7日当天就坐上飞机到了里斯本。他已经在码头逡巡了一周,就像几周前在蒙特利尔时一样。他找到了一艘可靠客船,即将启程去安哥拉——非洲一处战乱动荡的葡萄牙殖民地。[19] 船票只索价 3777 埃斯库多,换算下来大概是 130 美金。可是斯尼德再次被证件绊住了脚。他发现,要进入安哥拉必须提供签证,需要一周时间才办得下来。可是这艘船三天后就要起航了。

斯尼德本来以为里斯本能容他安全地躲一阵子,避避风头,再找机会去非洲,或者找点事做。他知道葡萄牙的引渡法案十分严格,而且很偏袒逃犯;再说,葡萄牙已经在1867年废除了死刑,所以如果知道美国的检察官执意要寻求死刑判决,也是绝不会将他引渡回美国的。

斯尼德住在葡萄牙酒店二楼。[20]这家酒店坐落在一条弥漫着熏鱼和烤鸡味道的大街上,是座风格冷峻的建筑。房租是50埃斯库多,大约相当于1.8美元一晚。酒店的前台人员任蒂尔·苏亚雷斯[21](Gentil Soares)说斯尼德是个"冷漠的游客"。日班工作人员若奥(João)说,他是个"害羞的人。总是低着头走来走去"。他从来不给小费,从来不叫客房服务,也从来不跟人说话。苏亚雷斯注意到,斯尼德的加拿大护照照片上戴了眼镜,而且第一天办理入住手续时他也戴了,但从那以后,他就再也没戴过。有次斯尼德想带一个妓女回房间,被酒店经理拒绝了。于是两人离开了酒店,而且显然去别的地方过了夜,因为斯尼德是第二天中午才重回酒店的。

斯尼德白天总在码头、南非使馆这些地方转悠。他直截了当地去使馆咨询了移民手续。他跟使馆的接待人员说,他想去南美寻找他失散多年的兄弟。斯尼德说他的兄弟最后一次露面是在比属刚果,他有理由认为他的兄弟在安哥拉当了雇佣兵。他想知道使馆能不能提供什么信息,帮助他去那里当雇佣兵?(起了疑心的使馆工作人员当然没有回答这个问题,可斯尼德最后还是打听到了安哥拉数个雇佣兵团体的活动。他把这些联系方式记在了一张纸上,后来这张纸被他叠成小块,塞进他新收音机的电池匣里,以改善电池接触不良的问题。)斯尼德还去拜访了罗德西亚代表团和比夫拉的非官方公使馆,无果。于是他又去了南非航空公司,咨询去索尔兹伯里和约翰内斯堡的航班信息。

在里斯本的几个晚上,斯尼德转遍了水手经常光顾的酒吧:波列罗、加洛、波希米亚、丰托里亚、玛克辛的夜总会。他一般总是独自坐在角落，在暗影里喝着啤酒，但有时候他也会和女人搭讪。一天晚上在得克萨斯州酒吧，他认识了一名妓女玛丽亚·艾琳·多斯·桑托斯（Maria Irene Dos Santos），并和她谈妥花 300 埃斯库多买她一整晚的服务。在玛克辛夜总会，他和妓女格洛丽亚·索萨·里贝罗[22]（Gloria Sausa Ribeiro）熟络起来，共度了好几夜。她是个高挑、苗条的女人，金色的头发烫着大波浪。她发现斯尼德对新闻很着迷，见到美国和英国的报纸就买。他坚持不用现金和她交易，而是给她买了等值的礼物：一条裙子和一双长袜。格洛丽亚后来告诉葡萄牙警探："他不会葡萄牙语，我不会英语。我们的交流只能依靠世界通用语：爱情。"[23]

肆意体验伊比利亚夜生活时，斯尼德其实也很清楚，自己在里斯本能待的时间不多。他的财务状况让他十分焦急，因为八天下来，他手里只剩下了 500 美元。他很不走运地没有找到可以坐的客船，而且因为他对葡语和葡萄牙货币一无所知，想要在这里抢劫行人或商店也就有些不切实际。里斯本太陌生，太奇特。他无法运用他惯用的招数：融入人群而不引人注目。

他决定重新考虑返回英语国家。他去加拿大领事馆换了新护照，纠正了姓名的拼写错误。5 月 17 日星期五，斯尼德坐出租赶到里斯本的波特拉机场，然后坐上了一趟航空运输公司的航班飞往伦敦。

第 43 章
退休计划

在华盛顿，德洛克的部下正慢慢将地方报告拼成一个整体，他们的结论似乎正逼近有关詹姆斯·厄尔·雷的最突出问题：杀害金的动机。

FBI 探员和探究此案件的记者们开始日益清晰地意识到，雷虽然并不真正活在种族主义政治前线，但他一直都是个充满仇恨的种族主义者。16 岁时，他曾在钱包里收藏着希特勒的照片。而且"二战"后他在德国服役时，也依旧秉持着年少时期对纳粹主义的迷恋。他的弟弟杰瑞·雷告诉新闻记者乔治·麦克米兰："希特勒之所以吸引吉米[1]，是因为他能把美国变成只有白人的国家，没有犹太人，也没有黑鬼。他本可以成为一个铁腕领袖，只做他该做之事。不像罗斯福，非要取悦所有人。吉米觉得希特勒是能赢的。现在他也仍然认为，如果不是日本偷袭了珍珠港，希特勒就赢了。"

雷的几位熟人告诉 FBI 探员，雷很受不了黑人。沃尔特·里夫（Walter Rife）是雷的酒友，曾经在 1950 年间与雷合谋抢劫邮政汇票。他说雷"对黑鬼恨得简直离谱。看到他们活着他都难受。要是你追问两句，他说着话都能动手。他恨死他们了！我一直都不太明白为啥。"[2] 后来因为这起抢劫案，雷进了莱文沃思监狱服刑，他在狱中甚至拒绝了人人都梦寐以求的、去监狱农场工作的机会，就因为监狱农场的宿舍是黑白混住的。

据说，雷因为持械抢劫在杰市监狱服刑时，曾和许多囚犯都说起过他打算刺杀金。当然,调查人员不得不对这种说辞持保留态度,毕竟为了表现自己,囚犯跟当局什么话都说得出口,不过探员们也发现,他们这些说法出奇一致,确实不容忽视。杰市监狱的囚犯雷蒙德·柯蒂斯(Raymond Curtis)说每当金出现在牢房的电视里,雷就会怒不可遏,不过这个囚犯平时也总满嘴跑火车,可信度也就那样。

雷经常说:"必须得有人做掉他。"柯蒂斯说阿肯色州有名囚犯号称认识"一堆密西西比州商人",愿意悬赏 10 万美金要金的命。雷的脑子转起来。据柯蒂斯说,雷很喜欢分析奥斯瓦尔德刺杀肯尼迪时犯下的各种错误,还说换他就不会这么做。有一次,雷说"那个马丁·路德·黑"就是他的"退休计划。要是哪天我出去了,一定去杀了他"。[3]

***

与此同时,FBI 开始调查所有雇用雷去行刺的可能渠道,或者至少是雷会认为有希望拿到报酬的途径。局里其实很清楚,确实有人悬赏要金的人头,消息早已四下流传。整个 1967 年和 1968 年初,全国各地的 FBI 线人几乎每周都能得到威胁金的新消息。不过这些消息大多都只是闲谈,多半都是喝醉的莽汉在酒吧或者台球厅信口开河。局里明白,虽然在一定程度上,可以把死亡威胁看作时下风向的晴雨表,但单纯威胁并不构成真正危害。真正需要担心的,是那些闷在心里不吭声的人。

不过有些关于赏金的流言似乎确实有些根据。据说,三 K 党白色骑士就悬赏 10 万美金,刺杀这位诺奖得主。还有一些其他组织,比如应召军和数个新纳粹分子,也放出了经济回报可观的刺杀悬赏。

其中最确凿的悬赏,也是数年后 FBI 判定最有可信度的一桩,出自雷的家乡圣路易斯。约翰·萨瑟兰[4](John Sutherland)是位富有的专利律师,他曾经悬赏 5 万美元刺杀金。萨瑟兰拥有价值将近 50 万美元的股票证券组合资产，其中大部分资产都在罗德西亚。他是圣路易斯最狂热的隔离主义者之一，是圣路易斯白人公民委员会的创始人，同时还是约翰·伯奇协会的活跃成员［他甚至与该协会创始人罗伯特·韦尔奇（Robert Welch）私交甚密］。近年来，他一直投身于右翼商业组织南方州工业协会。

多年来，萨瑟兰德一直在发泄他这股特别的种族怒火。他曾在信中写道："跟赫鲁晓夫一样，那些集体主义者想要公有化所有居民社区、社会团体和一切私有企业。白人应该趁我们仍然占据人数优势采取必要行动，否则政府肯定要用强硬手段阻碍我们！"这封信的信笺抬头是美国国旗和南部邦联旗帜交织的图案，旁边还印着箴言"国家权力，种族完整"。萨瑟兰德哀叹道："我们已经深陷少数派统治的阵痛之中。"他还坚持认为："我们这些被遗忘的人之所以沦落到这一步，就是因为没有铭记密苏里州的伟大箴言'团结才是胜利，分裂必将灭亡'。"

1968年里的大部分时间，萨瑟兰德都在为乔治·华莱士奔忙。他经常去圣路易斯南部的华莱士总部，而且他们那些组织者也常在约翰·雷的葡萄藤酒馆见面。

今年早些时候，萨瑟兰德还曾经试图说服罗素·拜尔斯（Russell Byers）接受他的悬赏去刺杀金。拜尔斯四十六岁，是个汽车零部件经销商兼偷车贼。拜尔斯自称与萨瑟兰德在后者的书房见了面。这间书房显眼地布置了南部邦联主题饰品：刀剑、军号、旗帜。萨瑟兰德当时戴着南部邦联骑兵上校的帽子，帽子正面还有南部邦联的交叉双刀标志。

拜尔斯向FBI探员讲述了当时的情况：萨瑟兰德表示愿意支付5万美元，雇他去刺杀一位名人。

拜尔斯问他，你想杀谁？

萨瑟兰德回答："金。杀掉马丁·路德·金。或者找人杀了他。"

拜尔斯本就属于犯罪地下世界，有奇怪的商机找到他倒也不是怪事。

但这件事却让他觉得有些奇异。他问："你哪来的钱？"

萨瑟兰德回答说，他现在隶属一个"南方秘密组织"，轻易就能筹到赏金。

拜尔斯拒绝了。虽然他是个三流骗子，而且小罪不断，但他不杀人。不过拜尔斯能看得出，面前的人虽然做派神秘、一意孤行，带着南部邦联上校的帽子好像在哗众取宠，可是提出的计划却是认真的。就算他是真疯，也是个广有人脉的疯子，是个能驱动圣路易斯的地下世界帮他办事的人。

FBI最终也没有找到确凿证据，能证明雷拿过萨瑟兰德的钱，或者甚至证明雷至少知晓这桩悬赏。但是萨瑟兰德与华莱士竞选有瓜葛，与约翰·雷的酒馆"葡萄藤"有来往，这可让调查人员感兴趣了好几年。罗素·拜尔斯一开始并没有直接向FBI坦承这一切，直到1977年，探员们才把这个故事拼凑完整。众议院暗杀委员会的调查人员最终判断拜尔斯的说法"可信"，并且认为萨瑟兰德的悬赏很可能是詹姆斯·厄尔·雷刺杀金的诱因。但彼时，约翰·萨瑟兰德已经无法起诉：他于1970年去世了。

第 44 章
瘟疫

贫民军大队终于抵达华盛顿国家广场。5月13日，复活城宣布开幕。[1]正如马丁·路德·金所料，两千多名参与者肤色不同，背景也相异。他们在西波托马克公园的樱桃树林旁安营扎寨，建起了庞大的帐篷群。阿伯纳西宣誓就任"市长"，而杰西·杰克逊也被任命为棚户区的"市政执行官"，他已经与金的继任者多少缓和了关系。

SCLC以充沛的精力、热切的希望，甚至还带着一丝无害的幽默感开始了这场史诗般的抗议示威。阿伯纳西构想了一座"国会山城"，在这里他们将完成一场为期一个月的抗议政治伟大实验。它将成为在国会山后门口落脚的美国索韦托，就是蓄意要制造一枚眼中钉，迫使政府正视社会系统性贫困问题。抗议者们立誓要干扰政府运作，甚至使其瘫痪，而且他们已经做好了集体入狱的心理准备。阿伯纳西威胁说，他们将以"一波接一波的瘟疫为武器，攻击国会的法老们，直到我们的要求得到满足"[2]。他们的要求是个多点计划：签署保障最低年收入的经济人权法案；提倡解决美国饥荒问题；还要重建美国最差贫民区。阿伯纳西提出的一系列扶贫措施归总起来，明码标价300亿美元。

开放第一周，复活城上了头版新闻，享受了一段媒体蜜月期。矗立在国家广场冰冷的大理石纪念碑下，胡佛村的壮观景象让记者们大饱眼福。国会代表团参观了复活城街道，这些代表成员中有一位来自得克萨斯州，他的名字叫乔治·赫伯特·沃克·布什（George Herbert Walker

Bush）。城里有示威、游行、媒体招待会还有静坐；这里有现场音乐会、舞蹈，甚至还有印第安巫术仪式。彼得（Peter）、保罗（Paul）和玛丽（Mary）也都来了，还有皮特·西格（Pete Seeger）和其他一众黑人艺人。阿伯纳西骄傲地为营地里降生的第一个孩子举行了洗礼。早在伍德斯托克音乐节前一年，复活城就有了非主流文化节日那种自由放纵的感觉和脉动。

但到了第二周，一切都开始乱套了。看得出，贫民军运动不仅缺乏新想法，而且更缺组织策略。SCLC 知道如何组织游行，却完全没有运作城市的经验。拉尔夫·阿伯纳西并不是马丁·路德·金。他既没有金的睿智、魅力，也没有金的口才，无法落实这样一场雄心勃勃的运动。甚至连阿伯纳西自己都意识到了这一点。后来他承认道："复活城自建立伊始就是有缺陷的。每一天，我都愈加清楚地意识到我损失了多么宝贵的财富，又继承了多么沉重的负担。"[3]

运动老手和亲密朋友渐渐开始质疑阿伯纳西的领导力。金的心腹密友斯坦利·莱维森看出了他"狂妄自大的迹象，因为阿伯纳西带着兴奋的狂喜在到处乱跑"[4]。莱维森担心这场运动将很快"惨败"。接受采访时，贝亚德·鲁斯汀也对阿伯纳西的领导力表达了同样的不屑。他说复活城不过是"又一场闹剧"[5]。鲁斯汀认为，SCLC 的领导者们既没有与政府官员交涉，也没有积极寻找盟友，却疏远了几乎所有可能有助于运动的人，只让国会觉得"困在了阿伯纳西想一夜之间进入太平盛世的空想里"。

在安德鲁·杨看来，归根到底，阿伯纳西就是没有能力重新凝聚已经分裂的运动，而且他也无力控制手下年轻、任性的员工。詹姆斯·贝弗、何西阿·威廉姆斯和杰西·杰克逊的争论几乎演变成了斗殴。后来杨写道"拉尔夫很沮丧，因为自己无法成为马丁·路德·金。这群野马现在才是真的脱了缰"[6]。

SCLC 的大多数高层甚至不住在复活城里，他们搬去了水门对面的豪生国际酒店。失去了高层强势的近距离领导，复活城彻底分崩离析。青少年帮派成员在营区破烂的街道上担任"执法官"，骚扰甚至殴打记者。暴徒沿着成排的帐篷挨家挨户地收取保护费。营地里充斥着一系列诡异而可怕的传闻：有个胖男人挥着斧头在营地横冲直撞，砍倒了多个帐篷；有两个刚从圣伊丽莎白精神病医院出院的患者放火烧掉了个电话亭；还有暴徒沿着独立大道用瓶子砸街边停放的汽车，并在倒影池东头与警察展开了一场持久的催泪弹大战。营地官员收到了针对阿伯纳西的死亡威胁。接着又传出流言，说芝加哥的破坏分子打算爬上林肯纪念像，用喷漆把它涂成黑色。

就在复活城传出的新闻看起来已经糟糕到极点时，它却再次突破了极限。5月23日，一场暴雨来袭，而且整整下了两周。用阿伯纳西的话说，当时"天空一片灰暗，雨水倾盆而下，像一张巨毯扫过了国家广场，简直堪比印度季风"[7]，让人们"陷入了齐脚深的冰冷泥泞之中"。雨势大到难以置信，竟有人猜测是不是政府打了催雨弹。复活城成了真正意义上的泥潭。何西阿·威廉姆斯此时已经取代杰西·杰克逊出任了"市政执行官"，因为内讧已经愈演愈烈，无以为继。这位新任"市政执行官"直白地把他所辖的营地叫作"泥坑"。供人行走的小路甚至需要铺上胶合板才能通行。帐篷一顶接一顶倒塌，卫生情况极度恶化。忧心忡忡的卫生部官员警告说，痢疾和伤寒即将爆发。国家公园管理局很快就给 SCLC 开了一张 72 000 美元的罚单，名目是毁坏国家广场场地。与此同时，贫民军大队长途跋涉到达华盛顿后抛弃的二十二头衰弱的骡子，也被移交给防止虐待动物协会照料，抑或就是被永久安置在了弗吉尼亚州某个农场里。

得知这些坏消息，没人比 J. 埃德加·胡佛更开心。自从几周前第一支贫民军大队入驻华盛顿以来，他就一直严密监控着"贫运"计划。胡佛派了几十个特工、雇用线人和卧底间谍在营地里转来转去。胡佛的情报来源众多，五角大楼也在其列，因为他们也派去了通信兵，从华盛顿纪念碑顶部夜以继日地观察营地情况并拍照。胡佛清楚地意识到，SCLC的内部问题已经拖累了它，再也不可能成为他一直担心出现的有组织的颠覆性力量，于是他开始敦促手下的探员和线人略微调整战略。在一张备忘录里，他指示他们记录所有运动领导人的琐事，譬如"悖德、有伤风化、失信欺诈、虚伪"[8]等言行。

及至此时，贫民军已经精疲力竭、头脑空白、囊中羞涩。人们把这场运动称为民权运动的小巨角河战役。现在阿伯纳西已经绝望，只想趁着还没有尊严扫地赶紧撤离华盛顿。

在这漫长、潮湿、动荡的一个月里，一个时代走向了终章。这个饱受战争之苦的国家已经受够了抗议政治，受够了游行和暴乱，受够了漫无目标的怨愤。正如杰拉尔德·麦克奈特（Gerald McKnight）在他的经典著作《最后的十字军东征》（*The Last Crusade*）中所说，华盛顿城中绝大多数人都觉得，复活城就是一场"结束得越早越好的怪诞肥皂剧"[9]。

民权运动也终于感受到了金遇刺的终极影响，感受到失去了他，他们究竟损失多么惨重。SCLC本想在华盛顿实现他们遇刺领袖的遗愿，最后却只是向世人揭示了，这位领袖是何等不可或缺。虽然这场活动还有几周才能结束，但用麦克奈特的话说，复活城到此已然"一败涂地"[10]。

不过复活城的出现以及它无力撼动国家的这一事实，却也莫名地合情合理。在约翰逊政府的高层官员之中，也许只有拉姆齐·克拉克一人，呼应过金在国家广场这次存有缺陷的最后试验中所蕴含的痛苦。多年后，克拉克写道："林肯在微笑，可是美国人民看到了过多的真实。因为贫穷本身就是痛苦。它丑陋、混乱、吵闹、病态、无知、粗暴，而且伴生着罪恶。贫穷蚕食人们的尊严。它索取的口吻、它的不善辞令、它隐含的暴力都深深冒犯着我们。我们不想在神圣的纪念碑广场上看到它。我们想要的就是眼不见心不烦。"[11]

第 45 章
取钱

5月中旬,追捕詹姆斯·厄尔·雷的焦点向北转移到了加拿大。FBI探员发现,在雷成功从密苏里州监狱越狱后,曾经去过多伦多和蒙特利尔。事实上,埃里克·加尔特这个假身份就是他在加拿大偷来的。真正的埃里克·S.加尔特就住在多伦多郊区。FBI怀疑他完成刺杀后,很可能再回加拿大,所以就向加拿大皇家骑警请求帮助。他们拜托加方追查的线索工作量都十分巨大。其中一项就是,希望加拿大当局能逐一筛查自1967年4月,亦即雷从杰市监狱越狱以来的所有护照申请,并找出所有与照片上的雷有相似之处的申请人。

这项任务十分艰巨,因为在这段时间内,加拿大一共发放了约218 000本护照,更新了约46 000本护照。要筛查这些堆积如山的文件需要花费大量工时,因为全部的文件和照片都需要用人眼进行比对。但加拿大皇家骑警却迅速而热情地接受了这个任务。

在安大略省东部,加拿大皇家骑警犯罪调查小组警司查尔斯 J. 斯威[1]尼(Charles J. Sweeney)担纲指挥了此次渥太华特遣部队。斯威尼选出12名警员,并配发了放大镜。12位骑警夜复一夜地在距离议会一条街以外的政府大楼里,不辞辛劳地筛查护照申请。

　　　　　　　　　＊＊＊

　　同一周，拉蒙·斯尼德住在一家叫作希斯菲尔德庄园的便携酒店里，就在穿过伦敦西部的交通要道克伦威尔大道上。希斯菲尔德庄园地属侯爵府，是一片廉租社区，因为澳大利亚劳工居多，所以当时这里又被称为袋鼠谷。斯尼德已经在这里住了 10 天，每天就蜗在他的小房间里查阅报纸和杂志，绝望地思考下一步计划。他身边还带着那本《心理控制术》和其他帮他打发时间的自助书籍，同时还有一本关于罗德西亚的书和一本探案小说，名叫《第九指令》(*The Ninth Directive*)。现在他白天的全部活动，就是低调地躲在贴了墙纸的小屋里读书。在屋里时，他时常能听到窗外希思罗机场的喷气式客机在泰晤士河上空盘旋的轰鸣。那轰鸣声是对自由的承诺，正在飞向这个日渐衰落的昔日帝国的边缘。

　　希斯菲尔德庄园的女主人多丽丝·凯瑟琳·韦斯特伍德[2]（Doris Catherine Westwood）几乎都没怎么见过这位房客。后来她告诉苏格兰场[＊]警员："他的字太难看，我以为他叫斯尼泽呢。"

　　1968 年 5 月的伦敦活力十足，到处都是时髦的喇叭裤。音乐剧《毛发》(*Hair*) 即将在沙夫茨伯里剧院上演，虽然审查人员立誓要切掉其中的正面裸露镜头。这个月的摇滚乐超级乐队也同样激情洋溢。斯尼德在伦敦的这周，披头士乐队（Beatles）刚刚结束在印度瑞诗凯诗的超验冥想之旅，回到伦敦就把自己埋在阿比路录音室中，开始录制那张后来人称《白色专辑》(*The White Album*) 的唱片；另一边，滚石乐队（Rolling Stones）刚刚完成了他们为黑胶唱片文化做出的最大贡献，录制完成了《乞丐盛宴》(*Beggars Banquet*)；还有谁人乐队（The Who's）的皮特·汤森（Pete Townshend），此时正刚刚开摇滚歌剧之先河，用音乐讲述了聋

　　＊ 苏格兰场（Scotland Yard，又称 New Scotland Yard, The Yard），是英国首都伦敦警察厅的代称。——编者注

哑盲童汤米的故事。

可被困在房中的斯尼德却饱受胃痛和头痛的折磨,没时间也没兴趣享受这座城市。他与伦敦的气氛有些绝缘。自从来到这里,斯尼德就蜕变成了蜥蜴一般的生物,只在缝隙和阴影里生存。他很不愿意白天在公共场合露面,因为伦敦报刊亭售卖的美国报纸和杂志经常刊登他的照片。《生活》杂志甚至刊发了超长的封面文章讲述雷的童年和犯罪史,斯尼德还买了一份。杂志封面上印着标题:"被控杀手:化名加尔特,坏孩子雷的生平"(The Accused Killer: Ray, Alias Galt, the Revealing Story of a Mean Kid)。他读着这篇故事,心里越来越怕胡佛的人很快就会嗅着他的踪迹追过大西洋。

不过斯尼德很幸运,因为大英帝国最近刚刚通过了刑事审判法案,其中一条新规明令禁止英国报刊在审判前刊登关于嫌犯的任何超出基本事实的信息。其结果就是,伦敦的报纸还没有刊登过雷的照片。而且在伦敦,除了屈指可数的几位苏格兰场警员外,其实没有太多人知道FBI发出的这张通缉令。事实是,虽然金遇刺的消息在大英帝国确实上了头版头条,但是这位遇刺的民权运动领袖在大多英国市民口中,甚至只叫"路德·金"。他们除了知道他凭借民权运动获得过诺贝尔奖以外,对他的了解其实少之又少。与美国不同,金遇刺的消息和对凶手的追捕在这里很快就从公众的视线内消失了。

因为以上种种原因,斯尼德才得以躲过搜索的雷达,在伦敦大大小小超过5000家旅馆酒店之中隐藏至深。

但他的困境也在加剧。他不仅没能找到便宜的方式去非洲,而且自从5月17日来到这里,斯尼德的经济问题也已经愈加急迫。现在他身上的现金已经不足50英镑了。5月27日,当韦斯特伍德夫人告知他很快又需要交房租后,斯尼德知道,他必须要孤注一掷了。他答应道:"我去趟银行取些钱。"

***

几小时后，在帕丁顿一家小珠宝店里，62 岁的莫里斯·艾萨克斯（Maurice Isaacs）和妻子比利（Billie）正要打烊。[3] 这家小店位于普拉德大街 131 号，自"二战"结束一直营业至今。它距离帕丁顿地铁站只有几条街，所以小店附近到处都是通勤者、路人和游客。

拉蒙·斯尼德进门时，这对头发花白的老夫妇正在陪顾客看钻戒。斯尼德的口袋里放着上了膛的点 38 短管左轮枪。他趴在门口的玻璃柜上徘徊着，假装要买东西。最终，那位顾客终于离开，斯尼德也开始了行动。他一把抓住莫里斯·艾萨克斯，扬起左轮枪就抵在这位珠宝商的脖子上。

斯尼德大吼："抢劫！你们俩都到里面去！"他狂躁地指着商店最深处，那是这对夫妇的办公室。

这些年来，艾萨克斯家的小店也不止一次遭窃，但他们还从未遇到过携枪抢劫。这对夫妇的小店里根本没有武器，他们也没预演过这种情况的应对策略。二人都没有按斯尼德的命令向里面移动，他们想碰碰运气，因为离店门的玻璃窗越近，被街道上熙熙攘攘的行人发现的可能性也就越大。他们知道，街道尽头就有家拥挤的酒吧，名叫喷泉修道院；而且人行道上也因为交通高峰时段挤满了行人。

本能驱使他们做出了反应。五十出头的温柔主妇比利·艾萨克斯扑到了斯尼德背上，与此同时，莫里斯也挣脱了斯尼德。他转身揍了抢劫未遂的劫匪几拳，然后拉响了警报。

斯尼德意识到自己严重低估了店主的意志力，他转身冲出了店门。暮色之中，他沿着普拉德大街一路狂奔，还路过了圣玛丽医院。他沮丧地意识到，这场失败的行动过后，他已经真正沦落到了谷底。

***

在渥太华，经过一周的艰苦工作，12位骑警好不容易审查了十万多份护照申请，并且从中挑出了11份"嫌疑"档案。可是经过调查，这些"嫌疑"档案最终被证实，都是加拿大合法公民的有效护照。正如所有人担心的那样，这场劳心伤神的调查徒劳无获的可能性越来越大了。

可是6月1日，二十一岁的骑警罗伯特·伍德[4]（Robert Wood）盯着一张照片开始仔细打量。透过放大镜，他能看到那人下巴上的酒窝，能看到鬓角的些许灰白，还能看到他的左耳略有些突出。他拿出用以参考的许多张雷的照片与这张仔细比对起来。终于，伍德出声道："这个有可能。要是他戴眼镜的话。"这本护照申请上填写的姓名是拉蒙·乔治·斯尼亚。

这下，伍德警官的同事都放下了手里的工作，围在他身边开始一同审视这张照片。有人觉得像，也有人觉得不然。牛角框眼镜干扰了他们的判断，整形过的鼻子也是，因为鼻尖比雷的旧照片里尖得多。照片上这个男人的运动外套和领带让他看起来颇有威严，简直像个学者。

伍德拿着那张申请表又看了一会儿，最终还是无法决定该做何处理，所以他把它放进了"嫌疑"申请表堆，然后又开始了他单调乏味的工作。

***

6月4日，伦敦《每日电讯报》（*Daily Telegraph*）的驻外记者兼编辑伊恩·科尔文[5]（Ian Colvin）在办公室接到一通电话，来电者有些紧张地说："你好，我是拉蒙·斯尼德。"他的口音有一点美国腔，但是科尔文并不确定。那人接着说："我有个兄弟在安哥拉失踪了，我听说你写过书，报道那里的雇佣兵情况。"

取钱 375

"没错。"

斯尼德继续道:"是这样的。我觉得我兄弟应该是加入了雇佣兵。你能帮我联系到谁,试着找找他吗?"

接到这样一通电话,科尔文也并不是很惊讶。他确实写过一本书专门讲非洲殖民战争和当地雇佣军,而且也建立起了那个世界的广泛人脉网。看来这位斯尼德还是做了些调查的,这点让他很满意。他问科尔文:"你有没有阿拉斯泰尔·威克斯(Alastair Wicks)少校的电话号码?"

威克斯生于英国,是罗德西亚声名狼藉的雇佣兵,而且还是比属刚果雇佣兵组织"第五突击队"的高级成员。虽然科尔文确实和他很熟,但他并不愿意提供电话号码,所以科尔文提议道:"你可以告诉我你的名字和电话,我会转达威克斯少校。"

正在这时,科尔文听到电话里传来了电子声。显然,斯尼德是在用公用电话。电话中传来的滴滴声表明,他需要再投6便士进硬币槽。斯尼德说:"稍等,我得再投点钱。"但是显然他没有及时拿出硬币,因为电话就这么断了。

几分钟后,科尔文的电话再次响起。接起来后,对方说:"我是斯尼德,刚刚跟你打过电话。"科尔文听着斯尼德又讲了一遍他冗长、无聊的兄弟离散的故事,突然开始觉得这个人有些"古怪",而且似乎有点"精神不正常"。斯尼德对于去非洲的事坚定得有些孤注一掷,他似乎认为只要他能联系上对的人,并且承诺当雇佣兵,甚至连过去的机票都有人会承包。

科尔文再次向他保证:"我说了,我很愿意把你的联系方式转达给威克斯少校。"

对方回答:"好,我是拉蒙·斯尼德。就住在新侯爵府酒店。"

科尔文说,好。斯尼德就挂了电话。

　　　　　　　　＊＊＊

　　斯尼德当天刚从希斯菲尔德庄园搬到了新侯爵府酒店。虽然这家小旅馆就在潘尼韦恩路街角，但房租却便宜很多，设施条件也要更好。而且，斯尼德本来就不愿意在同一个地方待太久，尤其是他还在帕丁顿抢劫珠宝店失败，这更让他觉得走为上策。

　　这家小旅馆是个没有电梯的四层小楼，门口装饰着多利安式石柱，前厅上方还搭着个蓝色遮阳棚。旅馆旁边毗邻侯爵府地铁站和侯爵府体育场，比利·格雷厄姆最近才刚刚在这座体育场举行过布道。这一周，斯尼德仍然保持着自己昼伏夜出的时间表，一整天都闷在棕色墙纸包裹的房间里，不打电话，也没有访客。年轻的旅馆接待员珍妮特·拿索（Janet Nassau）后来说："他什么时候都神情紧张，害羞到令人同情，而且对自己很不自信。"[6] 出于同情，拿索本想跟他说说话，说不定还能帮他解决一点经济问题，但她说："可他有点精神错乱，我感觉没人能帮得了他。我以为他是智力有问题。本来我想和他说说话，但最后还是放弃了，因为我怕他觉得我太主动，是在和他搭讪。"

　　对斯尼德来说，比不认识英国货币更严重的问题是他根本没有货币可用了。他手上只剩下 10 英镑左右。不过 6 月 4 日，也就是他联系《每日电讯报》记者伊恩·科尔文的同一天，他终于鼓起勇气，决定想办法解决财务困境了。

　　那天他穿了一套蓝色西装，还戴了墨镜。下午 2 点 13 分，他走进了富勒姆的信托储蓄银行，开始排队等候。[7] 几分钟后，他走近柜员爱德华·维尼（Edward Viney）的柜台。斯尼德通过柜台的窄缝递给柜员一个纸袋。刚开始，维尼还有点不知所措，不明白这是要他怎么处理这个皱巴巴的粉色纸袋。接着他定睛一看，发现上面还有潦草的字迹。

　　纸袋上写着："把所有 5 英镑的钞票放进袋子。"维尼小心翼翼地瞥了一眼墨镜后面那双眼睛，意识到这个人没有在开玩笑。他低眼一看，一把短管左轮枪闪着寒光，黑漆漆的枪口正直直对着自己。

维尼很快掏空了所有的小额钞票，一共也只有95英镑。斯尼德对这笔微薄的收入很不满意，他弯下身子探进柜台，扭着脖子冲旁边的柜员吼道："把所有小钱都给我！"旁边的柜员名叫卢埃林·希斯，看到斯尼德冲自己挥着手枪，他在惊慌中向后一退，结果不小心踢到了一个大铁盒子，那声巨响像极了枪声。所有人都被这声巨响吓了一跳，甚至斯尼德也是。他一下从柜台旁边跳开，然后转身冲出了银行。两个柜员追了出去，但是被他甩掉了。斯尼德假装买裤子，在裁缝铺里躲了5分钟。

在信托储蓄银行，爱德华·维尼四下检查了一下，发现抢劫犯落下了那个粉色的纸袋，上面还有他的字迹。维尼把纸袋交给了随后赶到的警察，接着纸袋很快就被送到了新苏格兰场的罪案实验室。经调查，抢劫犯留下了一个高质量指纹。

***

在多伦多，加拿大皇家骑警的一位探员R.马什（R. Marsh）拿到了警员伍德放在"嫌疑"申请堆里的那份护照申请的副本。细致检查了申请表的内容后，马什警探很快断定"斯尼亚"只是笔误，接着很快就追查到了真正的拉蒙·乔治·斯尼德。

虽然真正的斯尼德是位多伦多警察，但马什警探一开始依旧不得不假设他是刺杀金的嫌犯，或者至少是同谋，所以开始审讯时，他是以对立的立场提问的。马什说："斯尼德先生。4月4日当天，田纳西州孟菲斯发生了一起杀人案。美国当局正在追捕嫌犯。这位嫌犯后来以拉蒙·乔治·斯尼德的身份混入了多伦多。关于此事，你有什么能告诉我们的吗？"[8]

毫不夸张地说，当时的斯尼德警官真的是一头雾水。他努力回忆着任何可能被别人盗用了身份的不寻常事件，接着他想了起来。

他回答说："大概一个月前，我接到一通陌生来电，对方问我'是斯尼德先生吗'，还问我是不是丢过护照。他说他是护照部门的人，在做例行检查。我说'你们找错人了'。但他又问了一遍，跟我确认了我是不是拉蒙·乔治·斯尼德，生于1932年10月8日，多伦多。所以我说'是我，但这里面肯定有什么问题。因为我就没有护照，我从来都没申请过'。对方道歉说搞错了，然后就挂了电话。"

斯尼德的说法十分可信，所以马什很快释放了一头雾水的斯尼德。显然，申请护照的"斯尼亚"是在冒名顶替。

与此同时，加拿大皇家骑警还派出警探着手调查护照申请中填写的各个地址。他们拜访了登打士街陆女士的出租公寓、奥辛顿大道上什帕科夫斯基太太的公寓，还有阿卡德摄影工作室，并且在这里没收了护照照片的底片。他们发现这位"斯尼德"同时还化名"保罗·布里奇曼"，而真正的布里奇曼，和真正的斯尼德一样，曾经接到过一个自称是渥太华护照办公室员工的陌生来电。

警探们越来越觉得，这条线索潜力巨大，随后他们拜访了肯尼迪旅行局，也就是递交这份护照申请的多伦多旅行社。在这里，他们询问了接待斯尼德的代理人莉莉安·斯宾塞。查阅档案后，斯宾塞告诉探员们，斯尼德应该是乘坐5月6日英国海外航空的600航班去了伦敦希斯罗机场。从那以后她就没有斯尼德的消息了。

多伦多国际机场的航班记录显示，"斯尼亚"确实完成了这趟行程。在航班名单上，警探们找到了他们正在搜寻的名字：拉蒙·乔·斯尼德。

护照申请的复本立刻被送往FBI罪案实验室，笔迹专家很快确定，斯尼德的笔迹与埃里克·S.加尔特和詹姆斯·厄尔·雷的笔迹吻合。这条线索链已经无可置疑：逃犯在加拿大获得了新身份，之后逃往英国。该联系苏格兰场了。

**

在富勒姆抢劫银行后第二天，拉蒙·斯尼德断定，自己需要再次搬家。很快他就离开了新侯爵府酒店。他冒着大雨走到了皮姆利科，想去基督教青年会碰运气。虽然没有空房，但接待人员告诉他，沿街再走几户有个叫"和平女神"的小地方，他们家"空房"的招牌正在雾中闪烁。到店里时，斯尼德穿着米黄色的雨衣，胳膊下面夹着一捆报纸。他向旅馆的瑞典裔老板安娜·托马斯（Anna Thomas）要了一片阿司匹林缓解头痛，接着就上楼去了他的房间。房间很小但很干净，墙上是蓝孔雀图案的装饰。托马斯说："他看起来病得很重，在床上躺了一整天。我几次要求他在登记簿上签名，他都拒绝了。"⁹

事实上，斯尼德此刻十分恐慌。他已经没有多少可选的路。伊恩·科尔文和阿拉斯泰尔·威克斯少校那边没有消息，他也完全没办法去非洲。近来他的抢劫只收获了区区 240 美元，根本不够买一张去索尔兹伯里的机票。而且他还在不停地花钱：他买了一支注射器和些许毒品，应该是快速丸或者海洛因。托马斯夫人很快发现他在使用麻醉剂，她说："他身上没有酒精的味道，但他总是一副茫然失神的样子。"

还有一件事让斯尼德十分在意：6 月 5 日的新闻报道了一则重大消息，罗伯特·肯尼迪参议员在洛杉矶的国宾大酒店头部中枪。那里距离斯尼德作为埃里克·加尔特住了几个月的地方很近。肯尼迪参议员仍然在医院抢救，但是伤情危急。斯尼德并不是肯尼迪参议员的支持者，他担心的是，美国再次发生重大暗杀将激起更大的怒火，促使 FBI 加倍努力寻找刺杀金的真凶。他有种直觉，肯尼迪枪击案的余波会追着他来到大洋彼岸。

酒店一名员工记得，自己当时还跟斯尼德说了这么一句："太可怕了，肯尼迪参议员的事。"

那员工从斯尼德的回答中听出了一丝讽刺的味道,因为他说:"说可怕倒是一点没错。"

***

同一天,安德鲁·杨、科雷塔·斯科特·金和多名 SCLC 成员正在华盛顿的威拉德酒店套间里,麻木地看着电视屏幕。他们离开了复活城的吵闹、泥泞和困惑,来到了几条街区外参加罗伯特·肯尼迪的全国守夜。当屏幕上闪过这条惨痛的新闻,杨和金夫人都感受到一种可怕的似曾相识感。杨说:"当时我头晕目眩,简直已经是行尸走肉。我从来没有如此沮丧。"[10]

科雷塔永远都会铭记肯尼迪参议员在她丈夫死后对她的关怀:他借了她一架专机赶去孟菲斯,他在印第安纳波利斯发表了那场平乱的即兴演讲,他走访被暴乱重创的城市,他提出了该如何重建美国城市的愿景。肯尼迪是当时唯一一位公开支持贫民军活动的总统候选人。

一封封通告已经越来越清楚地表明,肯尼迪重伤难治。复活城已经经受不住这则消息的重创。肯尼迪遇刺给了民权运动——这场饱经风霜、毫无希望的混乱活动最后一记毁灭性的打击。杨写道:"我们都在假装马丁的死没有毁灭我们。可这件事让我无法继续伪装下去。我陷入了深深的绝望,实在无力继续。"[11]

***

第二天,伦敦"和平女神"旅店的店主安娜·托马斯去打扫斯尼德的房间,看到床上摊着一张报纸,正翻到罗伯特·F. 肯尼迪(Robert F. Kennedy)遇刺的新闻。参议员在前夜去世了,年轻的巴勒斯坦阿拉伯煽动者瑟兰·瑟兰（Sirhan Sirhan）以刺杀罪名被起诉。这个被震惊到恍惚的国家，再次开始筹备又一位肯尼迪的葬礼。参议员的尸体将用飞机被运往纽约，在圣帕特里克大教堂举行安魂弥撒，然后用慢车送往华盛顿，葬在阿灵顿国家公墓他哥哥的身旁。

　　托马斯发现，斯尼德已经打扫了房间。床铺整整齐齐，蓝色的床单拉得十分平整。他自己洗了衬衫，就晾在窗边的小水池上。

　　当时斯尼德正在街角的电话亭给《每日电讯报》伊恩·科尔文打电话。斯尼德质问道："我都要换旅馆了，威克斯少校都还没联系我。你到底联系他了吗？"[12]科尔文觉得斯尼德的语气"十分紧张，语无伦次"。

　　科尔文告诉斯尼德，他联系了威克斯少校（而且事实如此），但威克斯说他对斯尼德这个名字没有印象。威克斯四处联系了一下，没有人认识斯尼德的兄弟。科尔文问道："他在那里失踪多久了？"

　　斯尼德承认道："好吧。其实他没有真的失踪。只是我们都好几个月联系不上他了。"

　　科尔文问道："你是在担心他的安全吗？"

　　斯尼德犹豫了一下说道："其实也不是。是这样的，我也想当雇佣兵。"

　　斯尼德的掩饰让科尔文很不耐烦。他告诉斯尼德现在不是加入雇佣军的好时机，因为非洲大部国家的战争都在渐渐平息，运动也偃旗息鼓，雇佣兵都解散回家了。

　　为了摆脱这个人的纠缠，科尔文又补了一句："总之，伦敦不是打听雇佣军的好地方。"

　　这句话似乎引起了斯尼德的注意，他问道："那哪里适合？"

　　科尔文回答："我要是你，就会去布鲁塞尔。"他解释说，那里算有个雇佣兵信息中心，需要的信息应有皆有。

　　"你说哪里？"

科尔文说，布鲁塞尔。比利时，布鲁塞尔。

***

此刻，一公里外的苏格兰场，英国最优秀的侦探刚刚接管了雷-加尔特-斯尼德逃亡案件。他就是总警司托马斯·巴特勒（Thomas Butler），著名的机动小组负责人。这个机动小组刚刚破获了英国最臭名昭著的抢劫案：1963年火车大劫案。托马斯·巴特勒今年五十五岁，性格率直、冷漠，有些谢顶，至今单身，和母亲住在泰晤士河附近的巴恩斯。他不抽烟，很少喝酒，总穿一件干净的犬牙纹运动夹克。

巴特勒警探素来以有条不紊著称。《泰晤士报》的记者曾经这样描述他："许多逃亡国外的罪犯后来都承认，当他们听说追捕自己的是巴特勒先生，即使是逃到了世界尽头，他们也一刻都不得安宁。"[13]

巴特勒的部下很快查到，拉蒙·斯尼亚只在希斯罗机场逗留了几小时，接着就坐飞机去了里斯本。葡萄牙警方也在与FBI和国际刑警合作，在里斯本追查到了斯尼德的下落。他们找到了他落脚的旅馆、常去的酒吧、交易过的妓女，还发现他在加拿大驻里斯本使馆换了姓名正确的护照，并且于5月17日再次返回了伦敦。

所以只在葡萄牙换了趟手，调查就再次回到了巴特勒这边。总警司争分夺秒地展开了行动。他派出警探散布开来，挨个询问伦敦的每一家廉价旅馆和酒店。他们检查了每趟航班、火车、公交和出租车，还有行李柜、保险箱和夜总会。不列颠群岛的每个警察和移民官员都看到了警务杂志上斯尼德的照片，下面还配着简单描述："因涉嫌非法移民事件被通缉。禁止审问，拘留候审。"

最终，6月6日这天，拉蒙·乔治·斯尼德的名字被列入了"全港口警告"，这意味着大不列颠群岛的每个港口和航空海关都将得到通知，扣留任何使用这个名字的旅客。

巴特勒向华盛顿 FBI 反馈了进度，表示他的部下正在加紧调查。他说相信很快就会有所发现。然后卡撒·德洛克保持了谨慎的乐观："我们知道逃犯躲在英格兰、苏格兰或者威尔士某处。虽然这个范围比美国小一些，但仍无异于大海捞针，可能数周、数月甚至数年都不会有结果。"[14]

第 46 章

我已经无法思考

6月8日早上,安娜·托马斯敲响了拉蒙·斯尼德的房门,却发现这位房客已经收拾停当,不告而别。房间十分整齐,只散落着几份报纸。他留下了一本冷战间谍惊悚小说《丹吉尔任务》(*Tangier Assignment*)。黄色的书封上写着"充斥着国际阴谋、黑手党恶行和强盗走私"。托马斯还在水槽的排水管里发现了一支注射器。

看到房客走了其实她很高兴,托马斯回忆说:"他太神经质,是个很奇怪的人。我很同情他,但他显然麻烦缠身,我也很害怕。"[1]

***

在托马斯整理房间时,斯尼德已经坐上出租车,来到了希斯罗机场。他打算乘坐英国欧洲航空 466 号航班去比利时布鲁塞尔。航班定于上午 11 点 50 分起飞。

根据伊恩·科尔文的提议,斯尼德昨天就买了一张单程经济舱机票。他来到希斯罗机场 2 号航站楼,把机票交给柜员,并且托运了行李。接着他转身走向了海关。这一天,他穿着运动夹克、灰色长裤,套着米黄色的雨衣。雨衣下面,右侧的裤兜里,他能感觉到上了膛的枪体那冰冷的金属触感。

年轻的出入境官员肯尼斯·修曼(Kenneth Human)在斯尼德走到窗

口时说道:"请出示护照。"[2]

斯尼德从大衣口袋里掏出钱包,然后从夹层里抽出了一本深蓝色的加拿大护照。出入境官员打开了护照仔细检查。出境官修曼瞥了斯尼德一眼,然后又拿出护照照片对比。没有出入:同一个人,同一副眼镜。一切都对得上。

接着修曼看到,斯尼德的钱包里还露着另一本护照的一角。

他问道:"那本护照可以让我看看吗?"

斯尼德把第二本护照也交给了出境官,上面清楚地印着"已注销"。

修曼问道:"为什么名字不同?"一本护照写着斯尼德,另一本写的是"斯尼亚"。

斯尼德解释说,原本的护照是渥太华发放的,因为笔误拼错了名字,不过他在葡萄牙期间已经尽快更正了。

出境官修曼似乎相信了斯尼德的解释。但就在这时来了一位身材修长、穿着讲究的男人菲利普·伯奇[3](Philip Birch)。他是位苏格兰场警探,眼睛湛蓝,胡须整齐。在斯尼德和海关人员讨论护照问题时,伯奇一直在观察这位加拿大人的长相和动作。他心想,这人有种"心不在焉的学者气质",但又有种莫名的气息让他觉得很眼熟。他似乎隐约记得在警务杂志上见过这个人的照片。

伯奇用手指沿着苏格兰场官方文件上的一份名单下滑,一个个检查。这份文件的标题是"通缉并拘留"。其中在"全港口警告"一栏下面,这个加拿大人的名字赫然现于纸上:拉蒙·乔治·斯尼德。

伯奇警探拍了拍斯尼德的肩膀说:"你好,伙计。"根据他后来的回忆,当时他跟对方说的是:"可以请你跟我去旁边聊聊吗?"

斯尼德并没有惊慌,而且反而有些生气。他瞥了一眼手表说道:"但我的飞机马上就要起飞了。"

伯奇轻快地安慰他:"放心,不会占用你太长时间。能让我看看你的护照吗？"

此时又有两名警员来到了伯奇身边，三个人陪同斯尼德走过繁忙的航站楼，去了警察行政办公室。斯尼德相信，这不过是护照混淆的例行程序，所以他还是勉强合作了。万一情况有变，他还有裤兜里的左轮枪。就他判断，这三名友好的警员并没有携带武器。

到达办公室后，伯奇转身面对着斯尼德。

他问道："你介意我搜身吗？"斯尼德举起了双臂，并没有抵抗。

伯奇小心地对他进行了搜身，很快就发现了左轮枪。这是一把日本制造的自由首领点 38 左轮枪，方格胡桃木枪托上还裹着黑色绝缘胶带。伯奇弹出转轮，发现里面还有 5 颗子弹。

伯奇语气平静地问道："你为什么要带枪？"

斯尼德回答说："因为我要去非洲，所以觉得可能用得上。你也知道那边的情况。"他的声音第一次带上了一丝警觉。

伯奇把左轮枪交给了其中一名警员，然后继续搜身。在斯尼德的口袋里，伯奇发现了一本步枪消音器指南，还有一个钥匙胚，就是锁匠身上常备的那种。斯尼德身上还带着一小笔钱，只有不到 60 英镑。

伯奇说："我有理由认为你犯下的罪行足以受捕。"他告诉斯尼德，他已经被拘留了。这下是真的要误机了。斯尼德瘫倒在椅子上。

警官打了一通电话，想把斯尼德的行李从飞机上取下来，但是来不及了。飞机已经缓缓滑出了登机口。接着伯奇联系了苏格兰场总部告知他的上司，在拉蒙·乔治·斯尼德的名字被列入全港口警告两天后，他已经正式被警方拘留。

***

一小时后，总警司托马斯·巴特勒来到了希斯罗机场，与他一同来

我已经无法思考

的还有总警督肯尼思·汤普森（Kenneth Thompson）。[4] 在接待室与菲利普·伯奇简单对接后，巴特勒进入嫌犯所在的办公室接管了审问。面无表情的巴特勒是苏格兰场著名的审讯大师，他很擅长控制声音，让嫌犯摸不清楚他心里的想法。汤普森探长也坐在一旁，不过并没有参与审问。

巴特勒正式而礼貌地说道："我们是警察。据说你持有两本护照。"

斯尼德似乎很高兴有了个新面孔能让他发泄怒火："我不明白为什么要扣留我。"

巴特勒无视了斯尼德的抱怨，继续问道："先生，你叫什么名字？"

"斯尼德，我叫斯尼德！"

巴特勒像捏着扑克牌一样举起那两本护照。他用手指在护照上敲了敲，然后打开护照，再次摊开。他面露难色地说道："这两本护照上都显示，你是一名加拿大公民，于1932年10月8日出生于多伦多。这些信息正确吗？"

斯尼德的愤怒已经显而易见："当然是正确的。"

接着巴特勒又把那柄自由首领手枪握在了手里，再次露出了那种为难的表情："这把装了5发子弹的点38左轮枪是第一次询问你时，在你的口袋里发现的。这是你的枪吗？"

"是。"

"可以告诉我们，你带枪干什么吗？"

"我要去布鲁塞尔。"

"你为什么要带枪去布鲁塞尔？"

斯尼德结巴了："其实，我是打算去罗德西亚，而那里的情势现在不太安稳。"

巴特勒和汤普森探长交换了一个眼神，然后再次仔细地审视左轮枪，为了达到效果，他还皱紧了眉头。他故意摆出一副慢条斯理的模样，好让疑犯紧张："在这个国家，有枪械证明才能持有枪械，甚至弹药也是如此。你有主管当局出具的枪械证明吗？"

斯尼德摇了摇头："不，我没有枪械证明。"

更长的停顿之后，总警司带着更加愁眉苦脸的表情说："那我必须遗憾地通知你，斯尼德先生，你因为未经许可持有枪械被捕了。我必须提醒你，你所说的一切都可能成为呈堂证供。"

***

不久后，斯尼德就被移送炮排监狱。这座红砖花岗岩牢房位于苏格兰场内，距离国会大厦不到百米。在斯尼德被拘留在大号牢房期间，巴特勒和苏格兰场的部下正在努力收集更多信息。牢房的铁门旁站着两位伦敦警察看守。关在灰色的地牢里，斯尼德每过15分钟就能听到大本钟沉重的钟声响起，这提醒着他一个事实：他没能到达帝国的边缘，只跑到了帝国中心的警察局，身边还有警察看守。

下午3点左右，苏格兰场的警探们在希斯罗机场成功从返航的布鲁塞尔航班上拿到了斯尼德的行李。总警督肯尼思·汤普森把行李箱拿到了斯尼德的牢房。

他问道："这是你的行李吗？"

斯尼德回答说没错，是他的行李。

行李箱中的物品很快被清点记录。用苏格兰场官员的话说，它们"十分说明问题"。发现的物证包括一张葡萄牙地图、一本罗德西亚旅游指南、两本关于催眠术的书；一本做了详细标记的纸质书，名叫《心理控制术》；还有一件夹克，标签上印着埃里克·加尔特先生。在晶体管收音机的电池匣里塞着一张纸，上面潦草地写着好几个安哥拉雇佣军团的名字。

一个警员来到牢房，让斯尼德脱下衣服，穿上囚服，并把衣物交由苏格兰场保管。斯尼德不愿服从这种侮辱性的命令："我不知道你们要干什么。要是为了交给实验人员，从这上面也发现不了什么的。"但他最终还是屈服了。他的衣服被装进玻璃纸袋，列入了物证。

几分钟后，总警司托马斯·巴特勒来到斯尼德的牢房里，在犯人对面坐了下来。巴特勒没有浪费时间，直接接上了他在希斯罗机场的审问："根据你被拘留后我们做的后续调查，我们有理由认定你不是加拿大公民，而是美国公民。"[5]

斯尼德避开了他的目光，似乎在因为他话里的潜台词而挣扎。接着他点点头呢喃道："行吧，确实如此。"

巴特勒听出了他语气里的示弱，于是更进一步："我认为你的名字不是斯尼德，而是詹姆斯·厄尔·雷，同时还用过埃里克·斯塔沃·加尔特以及其他化名。"巴特勒给了他一些时间好好体会这句话，然后继续道："而且你现在因为严重犯罪行为正在被美国通缉，你的罪行包括使用枪支进行谋杀。"

斯尼德彻底崩溃了。他倒在了旁边的长椅上，用双手捂住了脸。他说："天哪，我觉得无路可走了。"

除了巴特勒刚刚对被拘留的嫌犯描述的可怕恶行，苏格兰场对化名加尔特、斯尼德的雷的指控实在微不足道：持伪造护照旅行，未经许可携带枪支。不过这些已经足以逮捕世界头号通缉犯，结束他逃离孟菲斯以来长达65天的逃亡了。他很快被送往伦敦著名的布里克斯顿监狱，等候引渡听证会。

巴特勒说："我必须再次提醒你，你所说的任何话都将作为呈堂证供。"

斯尼德盯着地板，苍白的脸上写满了忧虑："是的，我确实不该再说什么了。我已经无法思考了。"[6]

第 47 章

三位遗孀

在华盛顿特区郊区,卡撒·德洛克正在摊煎饼,为孩子们做已经有些晚的周六早餐。[1]正在此时,他的电话响了,来电的是FBI总部接线员,为他转接一通来自伦敦的国际长途电话。

大洋彼岸一声略有延迟、带着回声的句子传入德洛克的耳朵:"迪克,他们抓住了你要的人。"来电的人是约翰·明尼希(John Minnich),FBI的美国驻伦敦大使馆法律专员。

"他们什么?"

明尼希道:"苏格兰场。他们抓住了斯尼德。他几小时前在希斯罗机场被捕了。"

德洛克简直无法控制自己狂喜:"真的吗?他是要去哪儿?"

明尼希回答道:"看来是要去布鲁塞尔。他跟他们说,他打算从那儿再想办法去罗德西亚。"

连这通国际电话那头都听到了德洛克当时长出的一口气。德洛克后来在自己的回忆录中写道:"我身上的每一块肌肉都放松下来。在那之前,我都没有意识到过去那两个月我有多么紧张。光明充斥了整个房间。"[2]

明尼希随后补充了一句话,一下子就又夺走了德洛克的美梦:"但是,迪克。还有一个小问题。我们无法证明他的身份。"

"什么意思?"

"意思是，我们无法证实他就是雷。"

德洛克咆哮道："很简单，对比指纹。"

明尼希回答："不行。英国这边不允许，除非经过当事人同意。"

德洛克差点就在盛怒中把电话砸在了墙上。他真是受够了英国人这种莫名其妙的礼节。这件案子对 FBI 意义太过重大，FBI 还在派遣大量人手不懈作战，还在以高额代价追踪无数线索，他必须要得到确认的身份，立刻就要。

"该死的，拜托。给这个斯尼德一杯水，然后从水杯上提取指纹。"[3]

"但是……"

德洛克命令道："就这么做！"然后就挂了电话。可他现在神经紧张得连煎饼都没办法做了。他焦躁地什么事也干不进去，只能在房间里来回踱步。

一小时后，明尼希再次打来电话，开口只有一个词："吻合。"

显然，他这一招奏效了。斯尼德握住给他的这杯水喝了个够。调查员们迅速收走水杯，立刻移交给了苏格兰场罪案实验室。FBI 人员一眼就认出了水杯上提取到的指纹：左手拇指是十二脊尺箕纹。不仅与雷的指纹吻合，同时还与苏格兰场指纹鉴定专家从富勒姆信托储蓄银行缴获的那个有字迹的纸袋上提取的指纹吻合。

德洛克也只回答了明尼希简单的一句："好样的。"接着他挂掉电话开始联系胡佛。

他在纽约的华道夫－阿斯多里亚酒店找到了胡佛，这是胡佛周末常去的老地方。胡佛很沉默，似乎因为在休息日被打扰有些烦躁。当德洛克告诉他这个好消息：FBI 史上规模最大的追捕行动终于结束之时，老家伙只说了一句："挺好，准备新闻发布会吧。"[4]

***

在曼哈顿的圣帕特里克大教堂，罗伯特·肯尼迪的安魂弥撒正在散场。[5] 他的遗体被运往宾夕法尼亚车站，安置在去华盛顿的纪念列车上。一群哀悼者从昏暗的哥特式地穴涌出，来到了 6 月的艳阳下。林登·约翰逊和夫人伯德坐上了豪华加长轿车，前往中央公园。总统的直升机正在那里等候他们。在第五大道上，到场的显要人物数不胜数，但人群的注意力却只在三位女人身上，她们是三位国家级遗孀：杰奎琳、科雷塔和埃瑟尔（Ethel）。

拉姆齐·克拉克一出来，等在大教堂屋檐下的 FBI 探员就凑了上去。探员在克拉克身边耳语了一句。司法部长点头表示理解。漫长的追逐结束了，新闻发布会也已经召开。

有那么一瞬间，这位国家最高执法官员细细品味着这个大消息。他拿出手机联络了德洛克，接着又打给了司法部长助理弗雷德·文森（Fred Vinson），让他尽快飞往伦敦监督引渡程序。

但想到 FBI 发布新闻快讯的时机，克拉克不禁猜疑，胡佛是故意要抢参议员葬礼的风头。要说局长对谁的憎恶有像对金那么强烈的话，恐怕那个人只能是鲍比·肯尼迪*（Bobby Kennedy）。FBI 能在肯尼迪的铜棺开盖供人瞻仰、首席风琴师使出浑身解数之时宣布胜利，对老家伙来说是多么美妙的一件事。更有格调的做法，是延后宣布这个消息，哪怕一两小时也好。可胡佛就是忍不住。[6]

没用几分钟，消息就在大教堂巨大的玫瑰花窗下的人群之中传开了。记者蜂拥围住了科雷塔·斯科特·金，其中一名记者坚持问道："他们抓住了杀害你丈夫的凶手，请问你现在是什么感受？"

---

* Bobby 是对罗伯特·肯尼迪的昵称。——译者注

这是科雷塔第一次听说这个消息。可她没有回答，只是转身面对那个记者，脸上挂着她成为遗孀的这两个月来已经练得炉火纯青的那个悲伤而睿智的微笑，继而略略欠身。接着她就已经转过身，消失在第五大道熙熙攘攘的人群中。

***

当天晚些时候，肯尼迪纪念列车缓缓驶过美国东海岸，掠过轨道两旁泪流满面的人群，甚至撞死了数名观众，与此同时，雷被捕的消息传到了复活城。广播传来播音员的声音，通告了这则轰动的大新闻，破落的小城立刻爆发了长时间的欢呼。但这份快乐很快就被一些怀疑论者的抱怨破坏了。雷是真凶吗？他没有同谋吗？如果无人帮助，他怎么可能只身一人逃到伦敦？

因为阿伯纳西在纽约参加葬礼，所以当时的"市政执行官"何西阿·威廉姆斯成了实际上的营地发言人。威廉姆斯回答记者："如果他就是真凶，那么我们很高兴他终于落网。但相比他一人，我更担心的是创造了他的社会体系，这个害死了肯尼迪总统、马尔科姆·艾克斯（Malcolm X）、马丁·路德·金和罗伯特·肯尼迪的体系。我们担忧的，是这个病态而邪恶的社会。"[7]

几小时后，黄昏时分，肯尼迪列车驶入了华盛顿联合车站。葬礼车队缓缓驶过城市，向阿灵顿国家公墓进发，准备进行烛光葬礼。车队路过了宪法大道上的司法部大楼——肯尼迪曾经就在这里担任司法部长。而现在，FBI正在这里向全世界宣布雷被捕的消息。与此同时，检察官们开始整理案件信息，为引渡听证会做准备。当车队路过林肯纪念堂，合唱团唱起了《共和国战歌》。宪法大道两旁聚集了贫民军运动成百上千的穷人，他们来为这位参议员致以最后的哀悼。接着，灵柩缓缓驶过纪念大桥，越过了蓝黑色的波托马克河，向阿灵顿国家公墓驶去。

***

第二天，在华盛顿 FBI 的走廊里，探员们短暂地沉浸在了捕获犯人的荣耀之中。虽然有几家媒体的社论提出了些许质疑。比如，这到底是不是一场阴谋？雷是不是替罪羊？但大多数媒体都赞不绝口，国会山的政客们也都对胡佛及其部下大加赞赏。

要说其中最响亮的赞许之声，应该就数西弗吉尼亚州参议员罗伯特·伯德的赞美了，他素来都是胡佛的忠实拥护者。伯德说："有人觉得本案根本无法告破，还有人宣称雷绝不会被捕，言下之意是 FBI 并没有全力追捕。但最终，雷还是无法逃出世界上最优秀的三大执法机构联合织成的法网，因为最终他能落网，是得益于联邦调查局、加拿大皇家骑警和新苏格兰场的通力合作。"[8]

胡佛的批评者也因为此事对 FBI 大为改观：他们发现 FBI 除了监视公民、诽谤名誉而且手段肮脏以外，其实确实也还在坚守其创立的初衷——以严谨而艰苦的工作侦破国家的重案要案。这场为期 9 周的调查堪称大胆、无情，它有条不紊、富有创造力而且十分多元。追捕耗资近 200 万美金，占用了胡佛手下遍布全国的 6000 名探员中的半数以上。从许多角度讲，这都是 FBI 的高光时刻。胡佛年轻时在调查局成立伊始所推行的先进方法论，包括中心化指纹库、先进罪案实验室、弹道部门以及一支步调联动的全国特工队伍，都在对雷的追捕中一一奏效。这是 FBI 有史以来对于单人罪犯的单项罪名追诉中规模最大的追捕——雷可是引着他们追出了四千多公里。

事实上，相比 FBI 对于雷的动机和作案手法的调查，对雷的追捕显然成功得多。本案还有许多问题没有得到解答，特别是关于雷的动机、资金来源以及他与萨瑟兰德或者其他刺杀悬赏的可能联系这几点。雷的长途逃亡也充满了神秘空白，多处看似矛盾，而且常有难以理解的疑点。比如，他与新奥尔良到底有何关系？他送走查理·斯坦后干了什么，又见过谁？他的兄弟们是否参与了刺杀，或者协助了他的逃亡？他在多伦多伪造身份时是否得到了帮助，得到了何种帮助？雷留下的痕迹冗长、曲折，而且十分破碎。

其中最大的谜团，恐怕还是雷的资金来源。FBI 并没有完全查清。可以确定的是，雷在逃亡路上犯下过多起抢劫案。FBI 对 1967 年 7 月 13 日，在雷的故乡伊利诺伊州奥尔顿发生的一起二人银行抢劫案很感兴趣。[9] 这起劫案是雷从杰市监狱越狱后两个月左右发生的，共有 27 234 美元现金被劫走。这起案件一直没有告破，但 FBI 强烈怀疑，雷氏兄弟也有涉案。

胡佛能感觉出雷的特别之处。他行事隐秘、很难归类，与典型刺客完全不同。6 月 20 日的会议上，胡佛对拉姆齐·克拉克说："我们在对付的不是普通罪犯，这个人狡猾万分、手段层出不穷。不同于瑟兰·瑟兰，雷并非狂热分子。但他是个种族主义者，他憎恨黑人、憎恨马丁·路德·金。他掌握着金在其他城市演讲的消息，却选择了在孟菲斯实施刺杀。我认为他是单人作案，但我们不完全排除他人协助的可能性。我们将追查每一条可能线索。"[10]

克拉克毫不怀疑雷就是刺杀金的真凶，也相信即使这是个阴谋，也计划简陋、资金匮乏。多年后，克拉克曾说，对雷的指控是"史上最充分的一例。本案证据确凿。能看出他的生活环境是如何创造了一个能做出这种事的人，包括他素来对生活的不满，以及他的悲惨家境"。[11] 不过虽然存在大量对雷不利的证据，克拉克也预言说，这件案子将永远有阴谋论如影随形。他说："有些美国人，就是不愿意相信仅仅一个如此可悲之人就能给整个国家带来如此惨剧，能如此重创我们所有人的命运。"[12]

没有一家报纸或杂志提到雷差一点就逍遥法外的事实，没有说如果他真到了罗德西亚，想引渡他回美国几乎就不可能了，也少有媒体给了加拿大、墨西哥、葡萄牙和英国当局协助破案的功劳应有的篇幅。雷的抓捕，从各种意义上讲，都是一件国际成果。而且事实上，胡佛看起来确实有些尴尬，因为是苏格兰场而非 FBI 最终实施了逮捕。

对卡撒·德洛克来说，詹姆斯·厄尔·雷的追捕是他经手过最有成就感的案件。他为手下的探员感到无比骄傲，因为他们在全国各地默默无闻地工作着，在孟菲斯、亚特兰大、伯明翰、圣路易斯、洛杉矶以及其他各处。德洛克吹嘘道："雷做的各种伪装都没能误导我们。当我们在调酒学院发现他照片的那刻，他的命运就已经注定了。"[13]

与克拉克一样，德洛克毫不怀疑 FBI 抓到了真凶。他说雷是"一个独行侠，自高自大、心胸狭窄，而且还在服刑期间就扬言要刺杀金。他渴望关注，还曾跟踪过金。对于这些，证据已十分确凿"[14]。可是接下来的数年里，德洛克却一直深陷于公众怀疑的斗争旋涡中，虽然他们的怀疑也不能说完全无理：他们认为，胡佛对金的仇恨在案件的处理上也一定产生了重大影响。

不过奇特的是，德洛克认为，胡佛对金的蔑视，其实恰恰推进了追捕。德洛克后来写道："说实话，他们的宿怨确实对案件有影响，那就是它时刻驱动着我们，竭尽所能地追捕杀害金的凶手。也许这确实增加了我们工作的难度，至少是增加了压力，但现在回想起来，我依然能体会到当时的那种成就感。FBI 从来没有在任何案件上投入过如此巨大的耐力和脑力。"[15]

第 48 章

钢铁之环

6月10日，拉蒙·斯尼德被捕两天后，他在伦敦布里克斯顿监狱深处的牢房里第一次见到了他的英国律师，一个勤奋的年轻人，迈克尔·尤金（Michael Eugene）。一开始，斯尼德还温顺而有礼貌，但很快他就开始大嚷大叫起来："听着，他们把我和一个[1]叫作詹姆斯·厄尔·雷的家伙搞混了。我叫斯尼德，拉蒙·乔治·斯尼德。我这辈子就没见过这个姓雷的家伙。我完全不知道这是怎么回事。他们是想把这件事栽赃到我头上。"

尤金安慰了他的委托人，并向他解释，他无权处理斯尼德在美国被指控的罪行。准确地说，他只有权处理即将到来的引渡听证会。尤金问斯尼德，等待期间他能做点什么改善一下他的生活。根据尤金的回忆，这段对话是这样的：

斯尼德回答："能。我想请你帮我联系我兄弟。"[2]

尤金答应了："当然。我如何联系他？他叫什么名字？"

斯尼德回答说："哦，他住在芝加哥。他的名字叫杰瑞·雷。"

尤金难以置信地眨眨眼睛，心想这人是不是个满嘴胡言的白痴？他知不知道自己刚刚说了什么？不过尤金没有回答，只是依言记下了杰瑞·雷的联系方式。接下来的数日乃至数周，犯人还是坚称自己名叫斯尼德。尤金只是好脾气地配合着他编故事。

斯尼德又说："还有一件事。我需要在美国聘请一位律师，以防引渡

398

听证会失败。你能帮我联系几位律师吗？"

尤金再次欣然应允："你有什么特别人选吗？"

斯尼德选中的都是明星级律师。他说他的首选是波士顿著名庭审律师 F. 李·贝利（F. Lee Bailey）。如果贝利拒绝，那他就要旧金山的梅尔文·贝利（Melvin Belli）。

凭尤金对美国律师界有限的了解，要雇用这二人中任何一位明星律师都价格不菲。斯尼德不屑地说："哦，钱的事我不担心。即使要 10 万美金，我也筹得到。钱会有的。"

虽然尤金对斯尼德的断言深表怀疑，但其实，他对能迅速建立起战斗基金的预期也并非完全空穴来风。事实是，美国三 K 党联盟已经筹集了 1 万美元要为斯尼德辩护。在佐治亚州，萨凡纳的另一个组织"爱国法律基金"[3]提出愿意承担斯尼德的律师费、诉讼费和上诉费用，甚至包括保释金。"爱国法律基金"隶属国民州权利党（National States Rights Party），该基金的主席兼法律顾问——打着蝶形领结的 J. B. 斯通纳，已经致信表示愿意免费为被告辩护。斯通纳对记者说，斯尼德是"国家英雄"，他帮了美国的大忙，"应该给他颁发国会荣誉勋章"才对。

斯尼德以前只在他的新纳粹杂志《雷电》中读到过斯通纳。斯通纳的示好让他受宠若惊，同时也十分感兴趣。他之后很快就开始了与这名种族主义律师的书信往来。不过此时此刻，斯尼德还是想先考虑他能争取到的最有名的律师。

***

等待引渡听证会时，斯尼德先被扣押在伦敦的布里克斯顿监狱，后来被移交至另一所大型监狱旺兹沃思，在这期间他还有好几周的时间要打发。他谁也不认识，和其他囚犯也完全隔离，一个人住在当局所谓的"死囚牢"里。他属于"A 级囚犯",也就意味着监狱对他采取的是最高安全警戒。因为担心他们的"星级囚犯"自杀,典狱长甚至不允许斯尼德使用餐具进餐。一天早上,当他看到面前的一堆黏糊糊的煎蛋和油滋滋的香肠时,斯尼德终于忍不住大闹起来——这种东西要他怎么用手吃?

当时他被指派了一名特别警卫亚历山大·埃斯特[4]（Alexander Eist）,苏格兰场的一位老警探。这位警卫帮忙给他找来了叉勺。斯尼德十分感激这个小恩惠,此后这两个人就成了某种意义上的朋友。埃斯特不仅是斯尼德在狱中的警卫,还会陪他出庭。整个过程中,两个人都要被铐在一起。一路上,埃斯特还给了斯尼德不少其他小恩惠,比如帮他弄些美国杂志和报刊,甚至还有巧克力棒,这可是监狱严禁给犯人提供的物品。埃斯特后来告诉 FBI 人员:"他逐渐开始愿意和我说话,把我当成了他在这个国家的唯一朋友。因为我经常与他接触,所以他觉得可以对我倾诉。"

斯尼德仔细研读着埃斯特每天带来的报纸。他肯定看到了国家报道,说乔治·华莱士在总统竞选中因为妻子鲁琳的死大受打击,不过此刻他也已经重回战场。6 月 11 日,一个月的哀悼后,这位鳏夫首次复出,就在一场吸引了 1300 多名铁杆粉丝的午宴集会上募集了超过 10 万美元。全美那么多地方,他独独选了孟菲斯举行这场集会。

不过斯尼德最关心的,还是他自己的案子在媒体间的报道。埃斯特回忆道:"他看起来极度热衷于出风头。他不停地问我他会怎么上头条,而且忍不住想得到更多媒体曝光。"[5]

有一天斯尼德问埃斯特:"今天早上还有什么别的新闻吗?"

埃斯特回答:"没有了。"

斯尼德自信地说:"你等着看吧,你还没见到真正的大曝光呢。"

随着对犯人的了解加深,埃斯特开始担心斯尼德的精神状况。埃斯特说:"我的判断是,这个人可能患有精神疾病。有时他会一言不发,只盯着我看。后来他开始表现出一个很清晰的病态模式。真的很可怕。我当时总觉得,他处在那种奇怪的情绪中时,随时都有可能突然发疯。"

随着时间的推移,埃斯特逐渐赢得了囚犯的信任。两个人开始聊起斯尼德在美国的过往,还有金在孟菲斯遇刺的事。他显然是在脑中回忆着杀人的过程,试图找出自己的错误。有一天他跟埃斯特说:"从那里出来的时候,我看到了一辆警车。我错就错在这儿。我在慌乱中扔掉了枪。我只知道,他们肯定是从枪上找到了我的指纹。"

在希斯罗机场被捕的事仍然让斯尼德十分不甘心。他不停地在脑海里重温此事。只要他能成功登上前往布鲁塞尔的飞机,他自信一定能找到便宜的方式去罗德西亚,或者安哥拉。他离成功只有一步之遥。

一旦进入南非的荒野,他就要去过他梦寐以求的雇佣兵生活。埃斯特回忆说:"他实在是恨透了黑人。他说起过太多次。他管他们叫'黑鬼'。事实上,他说他要去非洲再多杀几个。他还提到了外国军团(Foreign Legion)。他似乎有某种狂野的幻想,认为他到时也能过上这种生活。"

即使是被捕后,斯尼德也似乎从不担心自己的未来。他身上笼罩着英国人所谓"万事大吉"的情绪。他相信他面对的指控最多是阴谋罪,最高刑期不超过十二年。F. 李·贝利和梅尔文·贝利都拒绝了为他在美国辩护;最后他聘请了亚拉巴马州伯明翰的前市长亚瑟·汉斯(Arthur Hanes)。这位律师曾屡次在备受瞩目的谋杀案中成功为三K党成员打赢官司。斯尼德告诉埃斯特:"他们绝对没办法把谋杀罪栽在我身上,因为他们无法证明是我开的枪。"[6] 而且在这个过程中,他还可以毫不费力地从这件可怕案件中牟利。他向埃斯特吹嘘说:"我能赚个50万美元。募捐就能赚不少钱,还能写书、上电视。对美国一大部分人来说,我是国家英雄。"

***

C-135 喷气机的巨大引擎在夜空中呼啸，苏格兰场的车队在停机坪上停成一排。总警司托马斯·巴特勒走下警车，同时下车的还有双手铐着手铐的拉蒙·斯尼德。巴特勒和一众苏格兰场警员一同押送犯人上了飞机。

6月18日，在萨福克莱肯希思的美国空军基地，午夜刚过。从伦敦到机场的一小时车程里，巴特勒就坐在斯尼德旁边，他一直在试图和犯人交谈。即使现在让斯尼德做出某种供认——就像他用那么多种方式向他的警卫亚历山大·埃斯特承认了罪行一样，也无法作为呈堂证供。但斯尼德就是不理睬巴特勒的刺探，他只是盯着窗外，不是哼哼唧唧地回应，就是简单粗鲁地应付。

在这架空空如也的大飞机上，四名FBI探员和一名空军医生迎接了斯尼德。[7] 在走廊里，托马斯·巴特勒将犯人正式移交美国拘押。巴特勒和其他苏格兰场警员下飞机时，空军医生已经在快速检查斯尼德的各项生命体征，确保他的健康状况一切正常。通常一架C-135喷气机能载125人甚至更多。可这趟行程里，这架空军喷气机只载了6个人和一小队机组人员。不到一小时，这架大飞机已经滑出跑道，升空西转，向北美飞去。官方将美国头号通缉犯的秘密转移定名为"登陆行动"，此刻终于正式开始。

斯尼德被套上束具，锁在了座位上。他一言不发，拒绝了提供的食物和饮料。一周前，他输掉了引渡听证会。在伦敦著名的博街治安法院，拉姆齐·克拉克的检察团向英国当局呈交了一份可信度极高的提请，而斯尼德甚至都没有上诉。他在一封给弟弟杰瑞·雷的信件中写道，他将放弃上诉，因为他已经"厌倦了听那些骗子的话"。他还是固执地坚称他就是拉蒙·斯尼德。他甚至还有心思拿自己的身份开玩笑。他玩笑般地告诉别人，他是 R. G. 斯尼德勋爵，并说他从来不认识任何叫詹姆斯·厄尔·雷的人。

漫长的飞行中，斯尼德只起身过一次，就是去卫生间。两名 FBI 探员陪同着他，并且在如厕的过程中，也开着卫生间的门监视着他。中途有一次，他抱怨说头疼，于是得到了一片阿司匹林。看守他的探员们发现他会假装睡着，但又睁着一只眼睛，久久地盯着他们，然后再次闭眼。在飞机掠过大西洋上空时，他和探员们一整晚都在玩这个躲猫猫游戏。

***

距离黎明还有好几个小时，在孟菲斯以北 17 公里处的米林顿海空基地，谢尔比郡警长威廉·莫里斯，消防兼警察局长弗兰克·霍洛曼和 FBI 负责人、特别探员罗伯特·詹森紧张地等待着即将到达的犯人。一辆装甲运兵车静静地伏在停机坪上，周围围绕着一队警车。外面还站着联邦法警、FBI 探员和手持冲锋枪的警卫。那晚是个无月之夜，跑道上还残留着刚刚在田纳西州西部肆虐过的雷雨的水迹。

凌晨 3 点 48 分，飞机的轰鸣穿透了潮湿的暗夜，载着犯人的 C-135 终于落地。[8] 莫里斯警长走上台阶，与 FBI 探员打过招呼后，便径直向犯人走去。副警长在一旁用摄像机全程录制。莫里斯走上前，仔细看了看雷的脸，用他深沉的男中音说道："詹姆斯·厄尔·雷，化名哈维·洛梅耶，化名约翰·威拉德，化名埃里克·斯塔沃·加尔特，化名保罗·布里奇曼，化名拉蒙·乔治·斯尼德，请你向前走三步。"

雷照做了。

孟菲斯医生麦卡锡·德梅瑞（Dr. McCarthy DeMere）走近雷，并要求他脱掉衣服。几分钟后，雷一丝不挂地站在过道里瑟瑟发抖，苍白的皮肤被摄像机的灯光照得发亮。德梅瑞医生测量了雷的血压和其他生命体征,接着向莫里斯点点头:"他是你的了。"

FBI探员递给莫里斯警长一张收据,并说:"现在我正式将詹姆斯·厄尔·雷本人以及其个人物品移交田纳西州谢尔比郡。"

当警长宣读米兰达警告时,一位副警长打开旅行箱,拿出了一件格子法兰绒衬衫、一条深绿色长裤、一双凉鞋和一件防弹背心。副警长帮雷穿上了这一套行头,接着用皮带绑住了雷的双手。

莫里斯和副警长几乎是架着犯人走下了飞机。这是犯人4月4日来第一次重新踏上田纳西州的土地。罗伯特·詹森和手下的探员面无表情地站在不远处的阴影里静静看着。詹森的一位手下正通过电话向远在华盛顿的卡撒·德洛克口述整个过程:"他们下飞机了……他们要交接犯人了。"德洛克要他详尽地逐一报道,因为他要准确地知道他哪一秒能甩掉詹姆斯·厄尔·雷这个烫手山芋。

为了确保机场的移交仪式安全无虞,德洛克已经将这里布置成了一个"钢铁之环"[9]。两排武装警卫组成了一条长廊,从飞机一直延伸到等候的装甲车旁边。笨拙地穿过这条武装长廊时,雷一直低着头,眼睛紧盯着脚上的凉鞋。

莫里斯警长押着犯人上了运兵车尾部。据说这辆车的多层装甲板足以抵抗火箭弹的攻击,而且前窗是数厘米厚的防弹玻璃。只用了不到一分钟,车队就出发了。装甲车顶旋转发亮的警灯在沉重的隆隆声中缓缓驶过了停机坪。车队很快上了主干道,向孟菲斯市中心驶去。城市的灯光穿透了雾气照向南方。

在FBI的协助下,莫里斯精心安排了这场节目的每个细节。詹姆斯·厄尔·雷的移交是特意在夜色的掩护下秘密进行的。[10] 为了迷惑媒体,莫里斯甚至还安排了"诱饵车队",同时开往了孟菲斯机场,因为他们误导了记者,说雷的飞机会在那里降落。莫里斯警长最重要的职责是保证雷的安全。他担心再出现达拉斯事件——杰克·鲁比(Jack Ruby)谋杀李·哈维·奥斯瓦尔德（Lee Harvey Oswald）的事至今让全美人民历历在目。无人有权接触莫里斯的犯人，甚至靠近都不行。

其实莫里斯没必要如此疑神疑鬼，还害怕有人会伏击此次囚犯转移。他是担心会有黑人激进分子谋杀雷，还担心三K党成员会来一场突击战劫囚。而且，万一刺杀事件真的是个大阴谋，那幕后黑手也可能会想在雷泄密前暗杀或者绑架他。

大约凌晨4点30分，车队开到了孟菲斯市中心的刑事法院大楼门前。屋顶上布置着武警，还有防暴警察手持短管猎枪列队在街道两旁。一辆城市巴士停在旁边作掩护，接着雷才下了车。莫里斯推着他走进大楼，上了电梯，一路送到了三楼。电梯门打开后，囚犯走了出来，警局摄影师拍了几张照片。雷躲避着镜头，抬脚就向摄影师的头部踢去，嘴里还大吼着："你个混蛋！"

莫里斯押着雷穿过大厅，进了牢房。这间牢房其实是在一间牢房内增建的加固牢房，花费了超过10万美元专门为雷建造。所有窗户上都加装了8毫米厚的钢板，据说强度足够抵挡轻小型武器的子弹。明亮的荧光灯将为监视他全天开启。多向麦克风悬在天花板上，闭路摄像头紧盯着牢房。至少两双眼睛会一刻不停地盯着他，直到他出庭受审。

这间牢房是为雷特制的，而且郡法院大楼的三楼整层都成了一座大本营。他将是美国有史以来警卫最森严、监控最严密的囚犯。

囚犯被莫里斯移交给警卫，接着被警卫押进了牢房。警卫脱下了他的防弹背心、手铐和束缚带，接着将囚服递给了他。虽然隔着窗户上的钢板根本无法看到外面，但此刻，在詹姆斯·厄尔·雷的牢房门紧紧关上时，太阳正在孟菲斯缓缓升起。

终章

囚犯 65477

1977 年 6 月 10 日
田纳西州，佩德罗斯

距离黄昏还有一小时。随着塔米·温妮特（Tammy Wynette）的名曲《伴你一生》在监狱广播中响起，200 名囚犯涌进了放风场地。[1] 他们呼吸着山林的新鲜空气，开始了他们的日常游戏：马蹄铁、篮球、排球。监狱围墙近 4 米高，顶部还缠绕着通有 2300 伏高压的高强度刀片刺网。监狱内等距设有 7 座瞭望塔，全部设有武装警卫，监控监狱的状况。院子东北角其实还有第 8 座瞭望塔，不过无人看守。

星期五的凉爽春夜，毛刷山监狱迎来了又一个周末。这座被囚犯戏称为"毛刷"的家，是田纳西州监控最严格、安全级别最高的监狱之一。这座监狱是在坎伯兰郡煤矿西区的山坡深处挖出来的一座炮塔堡垒。监狱总面积不大，里面却挤满了和四周山峰一样冷硬的罪犯：谋杀犯、强奸犯、持械抢劫犯和其他暴力罪犯。这座监狱配备着多重安保系统，加之其周围的荒野响尾蛇遍布，更提高了越狱的难度，所以很久以前劳教专家们就十分自信地宣称过，这座监狱是"防越"的。

监狱周围茂密的橡树和山胡桃树丛渐渐被暮色覆盖，占地 3.6 公顷的监狱庭院里依然有囚犯在游戏。山坡上回荡着懒洋洋的排球敲击声、欢快的叫喊声还有偶尔一两声金属篮筐的撞击声。如果说，这一天的气氛有些慵懒甚至松散，那是因为大家都知道，监狱里素来以严肃闻名的典狱长斯顿尼·莱恩（Stonney Lane）正在得克萨斯州休假，这还是他五年来第一次休假。所以看起来就好像所有人都和他一起放了假一样。

正在此时，篮球场上爆发出一阵争吵。几个囚犯打了起来，很快就有更多囚犯卷了进去。一个囚犯抓住自己的脚踝，大喊他骨折了。警卫们冲进放风场，开始阻止混战。

其实这却并非真正的混战，而是一场阴谋。因为正在此时，有几个人趁乱溜去了放风场东北角无人看守的那座塔楼的阴影里。7名囚犯围成一圈，正弯着腰摆弄各式各样直径1厘米的钢管——这是他们偷偷藏在衣服里带进院来的。他们匆忙地用扳手把钢管固定在了一起，没用几分钟，就搭起了一个造型古怪的细长装置，大概2.7米长，中间有横档，而且一头还像抓钩一样弯着。

他们把这个简陋的梯子挂上厚厚的石墙，借它攀上了监狱高墙。没用几秒，第一个人就已经翻了出去。此人49岁，有些微胖，穿着海军蓝运动衫、粗布长裤和黑色跑鞋。他从高压线下面爬了过去，跳下了一个小山坡。接着一个又一个囚犯也都跟着越过了高墙。

直到第六个人翻过狱墙，才有一个警卫从那场虚假的斗殴中后知后觉地瞥见了梯子。有人拉响了警报，尖锐的汽笛声响彻山谷，一路传到了佩德罗斯镇。狱警发现，不知为何，监狱大范围停电，连电话线都断了。

几个瞭望塔上的枪手此时也已经开枪回应，猎枪和步枪声接连不断。还聚在梯子底下的犯人一哄而散。第七个，也就是最后一个爬上梯子的，是个银行抢劫犯，名叫杰里·沃德（Jerry Ward）。他的脸上、胳膊上都中了铅弹，虽然他翻过了高墙，但伤口剧痛而且流血不止，虽然这些伤倒还并不致命。

毛刷山警卫此时完全弄不清到底有多少囚犯翻过了监狱高墙，也不知

囚犯 65477

道究竟都有谁跑掉了。没用几分钟，执法人员就轻而易举地在监狱外的荆棘丛里抓住了沃德。当他们把沃德拖到监狱医务所处理伤口时，这个越狱失败的犯人的反应却完全出乎了人们的意料——他高兴得忘乎所以。

沃德欣喜若狂地大喊："雷跑了！吉米·雷跑掉了！"

***

在放风场清点囚犯后，他的话很快得到了验证：翻过了监狱高墙的6名犯人之中，确实包括这位毛刷山最著名的囚犯。事实上，这整件事都是他一手策划的。詹姆斯·厄尔·雷，编号65477，已经策划这次越狱好几个月了。他一直在收集钢管、计算视野、测量距离，并且还耐心地等到了早春萌芽的森林为他带来保护色。他一直坚持打排球、练举重，以调整身体状态。显然，这个造型古怪的梯子就出自他的手笔，而且他也是第一个翻过高墙的人。雷甚至曾向媒体暗示说他近期打算逃跑。他在越狱两周前曾对一名纳什维尔记者说："我要是不想跑，他们也不会把我关在最高安全等级的监狱。"

可虽然所有人都知道雷有从监狱消失的癖好，毛刷山警卫却依然毫无防备。副典狱长赫尔曼·戴维斯（Herman Davis）说这是他"见过的最大胆的越狱"。从高压线下往外爬根本无异于自杀，"一旦不小心接地，就会直接烧成灰"。戴维斯还有一处不解，那就是监狱的电话和电力怎么都断了，会不会是……狱警里有人跟雷串通？副典狱长说："确实让人无法不往这方面想，不是吗？"

戴维斯并不清楚是否所有出逃的囚犯都参与了谋划。也许其中有人只是看到了梯子，临时决定赌一把。但可以确定的是，跟着雷逃出去的5个人都是硬核重犯：两个杀人犯，一个强奸犯，还有两个持械抢劫犯。田纳西州惩教署署长C.默里·亨德森（C. Murray Henderson）判断几名逃犯迟早会和雷分开,因为用他的话说:"雷是烫手山芋,比他们都要烫手,他们巴不得和他分道扬镳。"[2]

越狱发生几分钟后,当局就启动了田纳西州史上最大规模的逃犯搜捕行动。超过150人的搜捕队装备着猎枪和矿灯,漫山遍野地寻找逃犯;警犬小组的牧羊犬在黑暗的森林中高声狂吠;高速路巡警还以30公里为半径设置了路障。住在监狱附近的狱警家属也都收拾行李暂时撤离了。

电话一恢复正常,消息就立刻传到了纳什维尔官员耳中,接着问询的就是华盛顿方面。据报,在吉米·卡特(Jimmy Carter)总统的命令下,"吓坏了的"司法部长格里芬·贝尔(Griffin Bell)立刻派去了一队FBI探员。FBI局长克拉伦斯·M. 凯利(Clarence M. Kelley)立刻将此案列为最高优先级(胡佛已经在1972年去世)。雷这辈子第二次上了FBI的十大通缉犯名单。40 000张传单很快印发下去,消息迅速传遍了全国各地。

度过了将近十年的监禁生活后,詹姆斯·厄尔·雷终于再次回到了他最喜欢的地方:监狱外头。而且引着执法人员好一通追捕。

***

从当年的孟菲斯拘留所一路走到今天田纳西州东部山区这个戏剧性的夜晚,他经历了一条漫长的法律之路。1969年6月,在聘用过一连串律师后,雷终于在孟菲斯法庭服罪,承认谋杀马丁·路德·金的事实,并被判99年监禁。可是三天后,他就推翻了部分供词,声称他虽然买了杀死金的那把步枪,也确实在刺杀前几小时入住了那个出租公寓,但真正扣下扳机的,是他的同谋拉乌尔(Raoul)。雷对这位"拉乌尔"的描述模糊到令人发指,却开启了永无停息的阴谋论洪流,让金的核心团体和多位家人都念念不忘。但是雷做不到自洽地描述这位神秘同伙,甚至说不清他的国籍、电话号码或者地址。他找不出任何一名目击者曾见过这位"拉乌尔",或者见过他与雷一同出现。

有熟悉此案的人觉得,这个"拉乌尔"也许是雷的弟弟杰瑞的假身份——及至此刻,FBI 仍然怀疑杰瑞是刺杀案同谋。但大多数人认为,"拉乌尔"太像雷想象出来的虚构人物,不过是这个终其一生捏造化名、编造谎言的人的又一假名而已。

詹姆斯·厄尔·雷的难缠与离奇实在超乎任何人的想象。律师、检察官、典狱长、狱警、监狱心理医生还有记者,没有一个能看透他。从他传递出的所有这些混淆不清的信号中,似乎能看出他有一种所谓的"愚弄喜悦感"*(duping delight)。他喜欢逗引别人疯狂地寻踪,哪怕是想帮他的人。他完全不在乎他自己的律师也要浪费数月甚至数年的时间,去钻他编织的疯狂兔子洞,追查他其实心里清楚根本没有事实依据的线索。别人的困惑让他乐在其中,而他就在自己令人迷惑的烟幕弹后面窃笑。雷的众多律师中曾有人说:从他嘴里出来的都是谎话。

但他还有别的渴望,也许是名声,也许还有其他。他的一条条谎言似乎全都是设计好的,最终指向一个只有他自己知道的结局。休斯敦明星律师珀西·弗曼(Percy Foreman)是他最终在孟菲斯认罪时的代理律师,他是这么说的:"雷狡猾如鼠。伪装是他最强大也最基础的本能。他宁愿做一个假名,也不愿只是个代号。"[3]

***

在孟菲斯被定罪后,詹姆斯·厄尔·雷先是在纳什维尔监狱服刑了几年。这几年他大半时间都是在单独监禁中度过的,他认为,这种折磨最

---

* 保罗·埃克曼(Paul Eckman)博士创造的一个名词,意指"控制并操控他人带来的喜悦感"。——译者注

终让他"脑子不对劲"[4]了。这次他雇了那位新纳粹主义煽动者 J. B. 斯通纳做律师。杰瑞·雷甚至辞掉了芝加哥高尔夫球场管理员一职,搬到南方给斯通纳做起了专职保镖兼司机。

1971 年初,雷从禁闭室获释。之后不久,田纳西州惩教部门将他移送到毛刷山监狱,之后他立刻就开始尝试越狱。1971 年 5 月某晚,他把枕头塞进被褥,留在囚室的床上做伪装,自己则挤进了一个通风管道,并且推开了一个通往蒸汽井的检修孔。如果不是汽井里 400 度的高温蒸汽,他说不定已经再次逍遥法外了。

一年后,1972 年 5 月,雷敬爱的乔治·华莱士再次竞选总统,但这次华莱士放弃了自己之前宣扬的种族隔离政策。后来他被刺客的子弹击中,腰部以下瘫痪。

1970 年前后,有那么一段时间,雷的兴趣从越狱转移到了法律策略上,他打算赢一场新官司。他不停地阅读法律书籍,又耗尽了一批律师的精力,但最终这条法律的路还是堵死了。1976 年 12 月,他撤回认罪请求的上诉被美国第六巡回上诉法院和美国最高法院先后驳回。两个月后,1977 年 2 月,他的上诉再次受挫。司法部领衔调查,对金遇刺案做出了最终结论,认定 FBI 的调查"彻底、诚实,而且十分成功……所有雷的有罪证明都单单指向他一人"。

逃跑之前,雷唯一的希望是众议院暗杀委员会(HSCA),该委员会是美国众议院在那时为了调查肯尼迪和金的谋杀案专门设立的。季冬时节,众议院首席顾问理查德·斯普拉格(Richard Sprague)来到毛刷山,对雷做了数次长时间的囚室访谈。访谈一开始有些不太顺利,但后来几周,犯人终于似乎略略敞开了心扉。雷甚至开始坦白,暗示"拉乌尔"其实就是虚构人物。在他与雷的最后一次访谈中,斯普拉格认定,自己可以非常有把握地判断:"拉乌尔不存在,也从未存在过。"[5]

访谈进行期间,毛刷山监狱外还发生了一件很奇异的事。那个春天,杰瑞·雷在佩德罗斯地区住了数月。有人见到他在监狱外的树林踩点。接着,他在吉姆越狱一周前探视了他,这一点也与十年前雷从密苏里州杰市监狱时先得到了哥哥约翰的探视出奇地相似。(这次约翰不能帮忙,他自己因为抢劫银行获罪 18 年,当时正在服刑。)

雷此时愈发有理由越狱了。他的法律之路前途渺茫,他已经厌倦了谎言诡计。他觉得,反正自己已经一无所有。他的兄弟替他探查了监狱周围的地形,甚至可能还给他做了侦察报告。所以他的注意力又激情高昂地回到了越狱上。

越狱前仅数日,他在接受《花花公子》杂志的采访时说:"这种事总会时刻在我脑中回响。一进监狱,你就会本能地查探各种越狱路径。你会把这些信息存起来,等有机会的时候实施。我觉得监狱里的人应该都有这种想法。唯一的区别是,其他人有没有毅力实施。"[6]

***

及至周六中午,已经有两名逃犯落网,但詹姆斯·厄尔·雷却仍然在逃。当局再次加强了搜捕行动。州长雷·布兰顿(Ray Blanton)召集了国民警卫军。很快,满天都是配备有红外热感望远镜的直升机在轰鸣,这可是当年美军在东南亚丛林追捕越共用的设备。

可以想见,全国媒体一片哗然。记者称之为"世纪越狱"。有人说,雷能从最高安全等级的监狱轻易逃走,更证明了马丁·路德·金之死背后存在巨大阴谋。有人说,是杀害金的真凶想让雷及早消失(或者死亡),免得去众议院暗杀委员会作证。有人说,雷的越狱不是逃跑,根本就是绑架。

拉尔夫·阿伯纳西此时已经从 SCLC 退休,他说他"完全没有一丝疑问",十分确信是"当局高层策划了这次越狱。我认为雷会被干掉"[7]。

俄亥俄州民主党代表是众议院暗杀委员会主席路易斯·斯托克斯（Louis Stokes），他也有和阿伯纳西一样的担心。斯托克斯怀疑，越狱是"为了确保雷永远消失，再无音信。外面有人不想让他发声"[8]。

媒体传出了更可怕的阴谋论。由头是就在这个周末，马丁·路德·金的父亲，金老爹碰巧就在离毛刷山64公里的地方。他计划星期日在诺克斯维尔的一个浸信会教堂布道。人们开始猜测，这次越狱根本不是意外，而是事关金在诺克斯维尔的布道。人们十分担心金老爹可能会有生命危险。

而且鉴于儿子遇刺后金老爹的悲惨命运，这种说法其实也并非空穴来风。1969年，金老爹的小儿子A.D.金的尸体被人发现，漂浮在亚特兰大自家的游泳池里。接着，1974年，家中的女主人，金老爹的爱妻，在浸信会教堂演奏风琴时，被一名精神失常的黑人枪杀。

一个人到底能承受多少痛苦？一个家庭到底能承受多少厄运？星期六，当局正在诺克斯维尔西面不远的山区里追捕金的刺客，记者们找到金老爹，问他对此做何感想。他说："我希望他们不要杀死他。我不希望他死。你们面前的这个黑人，心里没有憎恨。"[9]另一方面，金老爹也不打算冒险，尤其是在一群杀人犯四处逃窜之时。他身边一直带着保镖，而且他"很久以前就不用真名登记酒店了。无论我去哪都会有人陪同，而且旅行也一定会安排保镖。我已经习惯了"。

雷的越狱会引起轩然大波其实并不意外，而且公众猜疑还有更大的阴谋在酝酿也是情理之中。不过至少此刻，监狱官员仍然一口咬定没有任何内部人员协助越狱，也没有证据能表明监狱内外还有什么更大的阴谋。典狱长斯顿尼·莱恩保证将彻查此事。他有些恼怒这场危机害得他提前结束了休假。到目前为止，他能确认的只有一件事，当时电话线路之所以不通，是因为警铃引起人们的注意后，太多电话同时拨进了佩特罗斯。而关于电路暂时失灵，他给出的解释也很暧昧："监狱电路紧急按钮过载。"

不过，莱恩现在最关心的，还是将雷和其他逃犯抓捕归案。他发誓此次追捕将搜遍"每一道可能藏人的山谷和小路"。

与此同时，州长雷·布兰顿（Ray Blanton）向国民保证，不论局面如何，他的国民警卫军和惩教部门官员绝不会向詹姆斯·厄尔·雷开枪。他说，他们"已经受命，将使用一切可能的非致命手段实施抓捕"。他承认越狱是他们的过失，算是毛刷山狱警方面的"失败和失职"。但是他又补充说，詹姆斯·厄尔·雷确实与众不同，并非任何州级监狱所能控制。

州长说："问题不在于抓捕，而在于监禁。他的越狱有严密的策划和设计，而且效果很好。他现在甚至可能已经逃到了危地马拉。"

***

及至星期日早上，各方官员已经焦灼异常。虽然 3 名逃犯已经抓获，雷却仍然在逃，集全州与全国之力都抓不到他。配备了红外感应仪的飞机和直升机没有用；戴着夜视仪的国民警卫队没有用；拿着地形图和巡回监控摄像机的 FBI 探员也没有用。所以搜索只能启用最古老也最可靠的追捕技术：警犬。

萨米·乔·查普曼[10]（Sammy Joe Chapman）是毛刷山警犬队队长。他身材高大，肤色苍白，额头戴着矿灯，嘴上留着两撇内战时流行的经典小胡须，在他微笑时会微微上翘。监狱的人都叫他"嗅嗅"，或者"犬孩儿"。他一辈子都在坎伯兰郡这片森林中捕猎浣熊、寻找人参，学习他所谓的"山林技艺"。他对新河谷附近的地形了如指掌：旗杆（Flag Pole）、烟囱头（Chimney Top）、双茬儿（Twin Forks）和冰顶（Frozen Head）。他知道哪里有废弃的小屋，哪里有废除的矿井，他清楚那些露天矿工敲碎的矿岩下，山原露出的真实面貌。

查普曼对 FBI 无休止的指令和忧虑越来越不耐烦。他很清楚，他的警犬一定能将雷捉拿归案。现在万事俱备，只等一场大雨。警犬这个特性很不寻常：它们超常的嗅觉在干燥的环境里其实效率很低。当森林湿度不足时，各种气味都会误导它们，让警犬编不出某个特定味道。

星期天下午，山区终于变天了。连续几小时的倾盆大雨将森林冲刷得干干净净，将陈旧的腐殖气味都带到了地表。查普曼看着灰暗的天空，终于露出了笑容。

傍晚时分，他选出两只最优秀的警犬套上了鞍具。这是一对 14 个月大的母狗，名叫珊迪（Sandy）和小红（Little Red），平时由他亲自训练，学习如何一声不吭地进行追捕，不像普通猎犬那样吠叫呜咽。当天深夜，在监狱向北 13 公里左右的新河地区，两只警犬嗅到了一缕强烈的气息。正如查普曼所料，潮湿的地面让它们的感官十分活跃。珊迪和小红拽着查普曼沿河走向了坎伯兰郡露天矿井。没走几公里它们就过了河，开始沿亚瑟山陡峭的侧翼向上行进。追捕已经有一小时，可两只警犬仍然兴致勃勃。

此时查普曼用无线电联络了监狱方面："发现强信号！"他穿过了一组铁轨、一条伐木道和一块堆满煤块的空地。借着头顶矿灯的光，查普曼能看到一条生锈的传送带以及西煤公司留下的另外一些工业设备。此刻已经接近午夜，但两只警犬仍然在拉着他上行，奔向亚瑟山顶。整整两小时，他攀在山脊上挣扎着向上，两只警犬一直没有松懈。有一次他拉着它们停了下来，因为他听见从上面不到 50 米远的一片黑莓丛中传来了蹿动的声音。

又过了 10 分钟，查普曼和两只警犬几乎已经爬到山顶。他再次拉着警犬停下，却只听到一片寂静。周围只有橡树林中蟋蟀和微风的低语，还有几百米之下沐浴在月光中的奔腾水流。此刻是凌晨 2 点 10 分。珊迪和小红又拽着查普曼向前走了几米，鼻子在潮湿的树叶中嗅来嗅去。它

囚犯 65477

们的身体一下子僵住,却没发出一声吠叫,只是摇了摇尾巴。

查普曼的矿灯照亮了森林中凸起的一块小土堆,他从肩背的枪套中拔出了史密斯威森点 38 特制手枪:"不许动,否则我开枪了!"

查普曼给逃犯戴上手铐并搜了身。雷身上有一张田纳西州东部的地图和 290 美元。这笔钱应该是他靠监狱洗衣房每个月 35 美元的工资攒出来的。除了这张地图,他身上再找不到任何其他来自监狱外的东西能证明他得到过任何帮助。

"雷,你还好吗?"

对方躲避着矿灯的灯光咕哝道:"挺好。"

"吃东西了吗?"

雷回答说:"没怎么吃。就吃了一点麦芽,没了。"

查普曼用无线电汇报了这个好消息,同时得知,其他警犬已于数小时前在新河地区找到了另一名逃犯(第六名,也是最后一名逃犯,后来直到周二才被抓捕归案)。查普曼抚摸着珊迪和小红湿漉漉的腮帮以示鼓励。但他也不得不对雷表示佩服。后来他说:"作为一个对这片山脉完全陌生的人,而且已经 49 岁,雷真的很厉害了。"[11]

囚犯 65477 号下了山,重返监狱开始服刑,这次之后他再也没有越过狱,直到 1998 年死于丙型肝炎(可能是因为使用了不洁的针头感染,也可能是因为多次在狱中被黑人囚犯刺伤后,因输血不慎感染)。而此时此刻,戴着手铐在坎伯兰郡潮湿的森林中穿行时,雷自始至终一言未发。他只是在回想自己的错误,思考如果下一次还有机会,他要做什么改进。

回到监狱后,他对采访者说:"被抓确实让我很失望。我不喜欢被抓到。我宁愿……留在外面。但这也不是世界末日,我还有明天。"[12]

后记
病态的白人兄弟

2010年本书出版后，我偶尔还是会重新思考金遇刺案周围萦绕的重重阴谋论。在全国各地旅行期间，我遇到了无数阴谋论爱好者，也被许多偏执之人纠缠过，因为他们似乎认定了我是联邦特工，或者是FBI的受雇公关。有一次巡回售书时，甚至曾有个戴假发的神秘男子跟踪过我，后来我才得知，他受雇于一位阴谋论律师，在秘密调查我。在费城时，有个神情焦躁的人十分认真地说，"汉普顿·塞兹显然是中情局捏造的假名"。

另一方面，也有很多完全理智的人，同样相信马丁·路德·金之死是一场黑暗的巨大阴谋。金的核心生活圈以及直系亲属中，有许多人都对此笃信不疑。众所周知，马丁·路德·金的小儿子德克斯特·金曾在雷离世前去监狱探视过他。金握着这位病入膏肓的犯人的手，说他相信雷是无辜的。美国有线新闻网络（CNN, Cable News Network）2008年做过的一场民意调查结果显示，88%的美国黑人以及50%的美国白人都认为这是一场阴谋。事实是，世界上有很大一部分人认为，詹姆斯·厄尔·雷与此无关。

因此，我不愿轻易否定阴谋论。警惕阴谋是人类的天性。当可怕的事发生，本能会驱使我们寻找隐藏的规律加以解释。许多人都更愿意相信，一场悲剧背后有宏大的原因，而不是一连串混乱的偶然。对有些人来说，一想到某个随机个体会在世界上到处游荡，而且只凭自己的某些诡异理由行事，就已经是最可怕的事。

官方版本是一个独行侠跟踪并最终杀死马丁·路德·金的故事，它打破了我们的平衡感。如此一个微不足道的人，怎么可以单枪匹马放倒一位历史巨人？没有高层的巨大助力，雷怎么能在美国潜逃一整年、冒用身份、买车、上调酒课，还做了鼻整形手术？而且考虑到J.埃德加·胡佛对金和金的运动的仇恨众所周知，FBI怎么可能没有参与其中？

对很多人来说，雷就是个替罪羊。或者至少，他的所作所为不是为自己，而是服务于比他强得多的某种力量。

尽管如此，有许多不屈不挠、眼神锐利的人，在深入研究了詹姆斯·厄尔·雷一案后，始终得出的都是相反的结论：雷就是真凶，而且仅他一人。律师、调查记者、心理学家、作家、司法部官员以及众议院暗杀委员会都认为，雷的有罪证据无可辩驳。有两位凭借金博士传记获奖的作者泰勒·布兰奇（Taylor Branch）和大卫·加罗（David Garrow），他们都认为雷有罪，坚决持同样观点的还有追捕行动的最高长官拉姆齐·克拉克。《纽约时报》的优秀记者安东尼·刘易斯（Anthony Lewis）曾在1960年间追踪报道过这个案件，他也认定雷是真凶。雷的律师珀西·弗曼是当时世界上最优秀的辩护律师之一，也因为很确定自己的委托人是真凶，才建议他做认罪协商，因为如果交给陪审团，几乎可以肯定他得上电椅。

雷在田纳西州服无期徒刑期间，曾有一个女人嫁给了这位出名的罪犯，她叫安娜·桑杜·雷，后来她提出离婚，因为她觉得他确实就是刺杀金的凶手。

安娜·雷告诉我，她丈夫曾经向她坦白："是，是我杀的，那又怎样？"

***

刚开始为这本书做研究时，我曾经认真考虑过存在更大阴谋的可能性。所有能找到的关于阴谋论的书我都读了一遍，希望能穷尽可能的调查角度。我列出了本案仍未解答的问题、疑点、矛盾点、奇怪的转折以及证词中令人费解的冲突。是谁帮助雷逃出了杰市监狱？他去新奥尔良做了什么？那场虚构的民用电波汽车追逐又是怎么回事？他去里斯本到底有什么目的？当然，几乎所有大案都注定有这种神秘的死胡同。有些人认为，这些不过是未能查明的问题；可是对另一些人来说，如此等等正是背后还有更大阴谋的证据。

我特别关注了几个影响力最大的阴谋论，而且认真追查了著名阴谋论制造商、驻伦敦律师威廉·F. 佩珀。他著作颇丰，写过《刺杀指令》《国家行为》，自称胡椒博士[*]。他提出过一系列引人注目的阴谋论故事，每个都让金的家人十分着迷。作为詹姆斯·厄尔·雷的律师，胡椒博士在 1994 年得意洋洋地宣布，他在纽约上州某地找到了那位神秘的"拉乌尔"，并且威胁说要以谋杀金的罪名起诉他。他说的这位"拉乌尔"实际上是一位葡萄牙移民，中产家庭、十分顾家，而且有良好的社会地位。记录显示，1968 年 4 月 4 日这天，这位纽约的"拉乌尔"正在通用汽车工厂上班。有人认为，佩珀就只是从电话本上找了个同名的人而已。

不过佩珀并没有气馁。他紧接着就提出了一个更惊人的故事，说 1968 年美国陆军特种部队派了一队精英狙击手来孟菲斯刺杀金。佩珀甚至说出了狙击队指挥官的名字，比利·艾德森上尉。佩珀以为艾德森已经离世，所以声称他是被灭了口，因为幕后主使需要保守行动的秘密。但其实艾德森还健在，只是退休后搬去了哥斯达黎加。这位曾被授勋的

---

[*] 胡椒博士是一款汽水饮料，刚好和佩珀同名，所以得此外号。——译者注

病态的白人兄弟 419

优秀士兵这辈子都没去过孟菲斯,甚至还上了国家电视,与佩珀对峙他编出来的故事。据说,1998年艾德森打赢了与佩珀的诽谤诉讼,并且得到了1100万美元的赔款。

佩珀再次转换策略,找到了一个孟菲斯人。其人声称黑手党给了他10万美金雇凶杀人,而这个凶手并非詹姆斯·厄尔·雷。这个人叫罗伊·乔尔斯(Loyd Jowers),自称是本案同谋,是位身体虚弱的老人。他的背景十分复杂,而且1968年他还是贝西·布鲁尔出租公寓楼下吉姆烤肉的店主。乔尔斯的故事多年来不断变化,最新的版本是,他和孟菲斯一名警员签订了合同要刺杀金(他指认的这名刺客当时恰好已经死亡,所以无法辩驳)。乔尔斯的朋友告诉记者,他编造这个故事,是想签约卖书,而且当时有位叫奥利弗·斯通(Oliver Stone)的导演想拍一部关于金遇刺案的电影,而乔尔斯想从中赚笔小钱。

但佩珀对罗伊·乔尔斯的故事很着迷。在1999年的一场民事诉讼中,他成功说服陪审团相信乔尔斯确实参与了一场阴谋,牵涉了某位匿名人士、政府机构以及黑手党。乔尔斯最终没有出庭作证,甚至连辩护都毫无生气。当时报道庭审的许多记者都认为,他的律师是和佩珀串通,在庭上演戏而已。金家最终得到了法庭的判决——"异常死亡",并判获了100美元的赔偿。阴谋论阵营的人称赞此次庭审是历史性的突破,甚至有人叫它"世纪审判"。但也有人认为,这不过是一次排演好的可笑表演,一看就十分可疑。乔尔斯最终未因刑事指控被起诉,并已于后来去世。

我无法解释这些令人困惑的故事和事态发展。总体来说,所有阴谋论,尤其是佩珀的阴谋论,似乎都极其复杂,最终大多都是因为不堪重负而毁掉。中情局、FBI、黑手党、绿色贝雷帽、约翰逊总统、孟菲斯警局、孟菲斯消防局、孟菲斯市长办公室、拉乌尔、洛林旅馆附近小饭馆的店主,所有这些人,都是要杀马丁·路德·金的凶手。想接受佩珀的理论，就要认定 1968 年，曾有无数政府机构与各式各样的普通公民紧密串通，编排了一场十分复杂的阴谋，其计划最终涉及十几层官僚、数十个地点，上百人以及上千动态分布，全都运作得精准而顺利。不是我不爱国，可我实在无法相信，我的政府有能力实施一个如此错综复杂的庞大计谋，而且成功保密了四十多年。如果可以，密谋者们为什么不早点直接除掉雷呢？

佩珀精心构建的理论似乎违反了奥卡姆剃刀定律：最简单的解释通常就是对的。

***

所以对我来说，最终所有方向的思考都回到了詹姆斯·厄尔·雷，回到了大量证明他有罪的证据之上。孟菲斯的文斯·休斯收藏馆（Vince Hughes Collection）是全球目前关于金遇刺案最详尽的数字档案馆，我对其中大量的卷宗研究越是深入，就越发认定，雷绝对有罪。步枪、瞄准镜、弹药、望远镜都是他买的；谋杀发生三小时前，他确实入住了（布鲁尔）出租公寓；谋杀发生后一分钟，也是他从出租公寓冲了出来，坐上了符合目击者描述的逃亡车。这些事实他自己也承认。而且被丢在南大街人行道上的包裹里，也有多样物品都提取到了他的指纹。雷唯一可争辩的一点，就是他这位臆想出的朋友拉乌尔，一个连是否存在都没有丝毫可信证据的人。

拉乌尔的阴魂不散，不过再次证明了公众是多么热爱阴谋论。对我来说，这是最奇怪的一点。我们这是要相信，雷极度愚蠢好骗，竟至于在将近一年的时间里，对一个他都不怎么熟悉的人热切地言听计从。拉乌尔让他去哪儿他就去哪儿，让他做什么他就做什么。而雷在这个版本的故事里，只是个"傅满洲"似的傀儡，任由拉乌尔摆布。但这个形象，完全违背了我们对雷的了解。他是个精明狡猾、愤世嫉俗的街头骗子，他不相信任何人。他的一生都在谴责等级制度以及等级心态：没人能强迫吉米·雷违心做事。

虽然我对雷是否有罪已经确信无疑，但我认为我的书还是应该留有一些空白。他到底得到了多少帮助？他的目的是不是赏金？有没有迄今仍未被发现的某人曾经资助过他的逃亡？我认为，有足够证据表明，在地下犯罪世界的这片阴影中，确实存在十分低级的某种谋划。逃亡中，雷见过某些不明身份的陌生人，打过各种奇奇怪怪的电话，走过一些令人费解的弯路。在我看来，雷的行动里有一种很自然合理的绝望、磕绊的特质。这个人很狡猾，但也很害怕，虽然他是一个人单独行动，却也无可置疑地得到过些许帮助。

这算阴谋吗？当然算。但这只是个小型、粗糙的阴谋。而且必须承认，这个阴谋差点得逞：要是他在伦敦搭上了那班飞机，他可能真的就逍遥法外了。

为了理解雷为什么刺杀金，我开始审视雷这个人。审视他的习惯、他阅读的书籍、他的政治立场、他的影响力。我发现他的精神世界十分混乱，但这种混乱，其实恰恰代表了美国20世纪60年代真实的社会样貌。他渴望意义，渴望一个目标。他是个文化的空壳，他想要填充自己的孤独，所以他看自助书籍，关注国内时尚、流行趋势和一刻不停的新闻。这些混乱的刺激涌入了他本来就迷茫的自我认知：深层次上讲，吉米·雷其实不知道自己是谁。

他性格中的矛盾让我震惊。照理说，他并不聪明，却两次从最高安全监狱越狱；有人说他不是种族主义者，可他管金叫"马丁·路德·黑"，想移民去罗德西亚当雇佣兵，还雇用了曾因炸毁黑人教堂获罪的纳粹律师为他辩护；他的住宿环境肮脏低等，可他的衣物总洗得一尘不染。而且最终，让他落网的正是这个习惯：送洗内裤的裤缝上打的洗衣签。

当然，雷还有一个帮凶，那就是 1968 年美国无处不在的仇恨文化，虽然现在这种文化也一样无处不在。乔治·华莱士是否清楚他在 1968 年宣扬的理念会引发什么后果我们不知道，虽然他并没有直言"刺杀金"，但华莱士及其他种族隔离主义者确实创造了一种炽热化的环境，会寻找像雷这样迷茫又野心勃勃的人，认为谋杀金这种事不仅被允许，而且甚至可能是高尚的。雷接收到的信息让他认定社会将会褒奖他的罪行。

美国有多么肮脏的暴力传统，以及多么令人震惊的刺杀和刺杀未遂的历史。也许，这就是我们这份非凡自由的黑暗面。历史已经无数次证明，一个人能如此轻松地在这个国家任意往来、融入社会、冒用身份，而且甚至可以畅通无阻地购买高火武器，就注定会让国家一次次遭遇惨痛的事件。雷只是在美国历史上留下了又一点污迹的无数无名小卒之一。

他为什么要这么做？这仍然是最难回答的问题。从本质上讲，他的行为就是疯狂的暴力，所以当然难以用理智解释他的行为。既然雷自始至终都在说谎，我们恐怕也就永远也无法解答这个问题。我现在认为，驱动他的并非某个单一动机，而是一系列在他脑中的搅动小动机组合体。是的，他是个种族主义者；是的，他想要钱；是的，他有精神疾病，而且长期服用安非他明也加剧扭曲了他的思想；是的，他喜欢逃亡，逃脱当局追捕是他最有活力的时刻。但我认定，真正驱动他的，是他对认可的渴望。这里就出现了一个悖论：虽然他在整个犯罪生涯中始终努力隐藏身份，但他其实极度渴望世界认识到他的存在。他渴望做出些大胆的、宏伟的、能写进史书的事。可惜的是，如同在他之前的许多人一样，他认为能留下痕迹的最好方法，就是枪杀一位年轻、雄辩、富有魅力的国际人物。

***

许多读过此书的人都说这是本"惊悚小说"。我理解这是他们的赞美之辞，但我的心情却有些微妙，因为这样说，相当于说我把一个国民悲剧变成了某种娱乐性质的东西。就算这本书是惊悚小说，但它也同样是一部安魂曲，追思的是一位伟人最后的日子和他经营的运动之终章。我并不想把金神化，我希望书中的他能以一位普通人的样子有血有肉地活着，所以他也有缺点，也会脆弱，也对未来有质疑，也因为自己的地位而倍感压力。但我依然敬佩他卓绝的口才和异乎常人的勇气。我为他在我的故乡被杀而感到羞愧。有人认为他殉道比他活着能得到更大的成就，但我却不敢苟同。想象一下如果他现在还在我们身边，将能为我们带来多么大的影响。金是有史以来最接近先知的人物，他就像是天堂派来的使者，指引我们进行社会变革。如此伟人，几个世纪都未必能有一个。

我相信，金是预见了詹姆斯·厄尔·雷的到来的。离世前夜，他在布道中还提到了外面那些来自"病态的白人兄弟"的威胁。就像罗伯特·约翰逊等待来找他的地狱猎犬*，金的职业生涯中，也有很长一段时间在等待哪个精神不正常的乡巴佬来取他的性命。如果他说的这么一个病态的白人兄弟当真存在，那一定就是雷了。

最后，我觉得这里有个引人入胜的有趣讽刺，那就是胡佛的 FBI。这个曾经竭尽其所能想要毁掉金的机构，最终却承担了追查杀害金的凶手的责任。而且一旦着手这个任务，探员们的表现也十分出色。在 FBI 数千页的备忘录和报告中，我被探员们的聪明才智、一丝不苟以及随机应变深深折服，更不要提他们不遗余力地四处奔波。他们的搜捕甚至精细到了纤维、指纹、潦草的收据、标记过的地图、错误的护照申请表、模

---

* 罗伯特·约翰逊的著名歌曲中唱的就是地狱猎犬在追逐他。——译者注

糊的旅馆入住登记卡，甚至在显微镜下找到了收音机外壳上刻着的数字。全美陷入火海之际，FBI有条不紊地加班加点，完成了它创立时背负的使命：耐心、细致地追捕全国头号通缉犯。历史鲜少提及这些外勤探员的功劳，但他们在本案中倾注的心血，是FBI真正的高光时刻。

汉普顿·塞兹

2011年1月

鸣谢

为了追溯马丁·路德·金生命中的最后几天，为了追踪詹姆斯·厄尔·雷逃亡的脚步，我不得不踏上了一场环游世界的奥德赛之旅，驾车、坐飞机四处奔波多年，也渐渐模糊了我对一路而来那些帮助过我的好人们的记忆。

但请让我试着表达我的谢意：在巴亚尔塔港，好心的洛里·迪尔加多（Lori Delgado）慷慨地带领我参观了雷常去的地方。调查初期，"金学"获奖学者大卫·加罗（David Garrow）在我拜访剑桥大学时提供了大量帮助。佩德罗和伊莎贝尔·布兰科（Pedro and Isabel Branco）友好地带我参观了里斯本，带我领略了葡萄牙的"三角洲蓝调"——法朵舞的魅力。在奥斯汀的林登·拜恩斯·约翰逊图书博物馆（LBJ, Lyndon Baines Johnson Library and Museum）工作时，我曾患上流感，是在道格和安妮·布林克利（Doug and Anne Brinkley）的看护下好转的。我在伦敦的调研取得了成功，很大程度上要感谢本和莎拉·福特纳（Ben and Sarah Fortna）、罗伯特·麦克鲁姆（Robert McCrum），以及《纽约时报》的莎拉·莱尔（Sarah Lyall）。在多伦多，我必须感谢迈克·福尔（Mike Fuhr）以及加拿大广播公司（CBC, Canadian Broadcasting Corporation）的约翰·尼科尔（John Nicol）提供的专业帮助。在北卡罗来纳州，十分感谢牛顿·史蒂文斯爵士（Sir Newton Stevens）对我在北卡大学（UNC, University of North Carolina）档案馆调研时的热情款待。在伯明翰，雷最早的律师之一，小亚瑟·哈内斯（Arthur Hanes Jr.）慷慨地与我分享了吉姆尼克烤肉以及他对本案的看法。在波士顿，我要特别感谢乔恩·哈伯（Jon Haber）和卡罗琳·戈德斯坦（Carolyn Goldstein）的款待，还有波士顿圆形监狱画廊（Panopticon Gallery）的托尼·迪卡纳斯（Tony Decaneas），以及波士顿大学（BU）哥特利布中心（Gotlieb Center）的档案管理员亚历克斯·兰金（Alex Rankin）。

我非常感谢胡佛研究所的"爱德华兹媒体研究员计划"，他们为研究提供了慷慨的资金帮助。在斯坦福大学，衷心感谢"金文献计划"（King Papers Project）的克莱伯恩·卡森（Clayborne Carson）和克拉伦斯·琼斯（Clarence Jones）。感谢麦克道威尔文艺营（MacDowell Colony）在新罕布什尔州山区帮我充电，感谢爱尔兰的班伯里之家。

在追踪关键资料来源、挖掘旧报纸和杂志方面，有几位研究员我需要特别感谢。特别感谢亚特兰大的斯科特·里德（Scott Reid）、伦敦的让·汉娜·埃德尔斯坦（Jean Hannah Edelstein）、孟菲斯的西亚拉·尼尔（Ciara Neill），以及圣达菲的谢伊·布朗（Shay Brown）。

我在故乡孟菲斯度过了一段美好时光，在这里要感谢的名单太长太多。首先，我要感谢贝弗利·罗伯逊（Beverly Robertson）以及国家民权博物馆（National Civil Rights Museum）的工作人员，为纪念马丁·路德·金遇刺案40周年纪念，他们在2008年4月举办了一场引人入胜的研讨会。我同时要感谢谢尔比郡地方检察官办公室的约翰·坎贝尔（John Campbell）、退休病理学家杰里·弗朗西斯（Jerry Francisco），以及律师迈克·科迪（Mike Cody）和伯奇－波特－约翰逊律所的查理·纽曼（Charlie Newman）。

其他慷慨地投入时间、精力的人，包括玛莎·修伊（Martha Huie）、路易·唐尼尔森（Louis Donelson）、查尔斯·克鲁伯（Charles Crump）、约翰·T.费舍尔（John T. Fisher）和马克·佩鲁斯奎亚（Marc Perrusquia）。

我要特别感谢《孟菲斯杂志》的全体成员，尤其是肯·尼尔（Ken Neill）、玛丽·海伦·兰德尔（Mary Helen Randall）和迈克尔·芬格（Michael Finger）。嘉吉棉花公司（Cargill Cotton）的霍普·布鲁克斯（Hope Brooks）和市中心的棉花博物馆的工作人员帮助我了解了这个"白金"世界。

我要向孟菲斯大学密西西比河谷收藏馆馆长埃德温·弗兰克（Edwin Frank）和孟菲斯展厅的韦恩·道迪（Wayne Dowdy）脱帽致敬。我衷心感谢联盟的绿咬鹃分部宽容的人们，因为是他们给了我在孟菲斯靠咖啡驱动我进行调研的这个地堡。我还要感谢罗宾和安·史密斯威克（Robin and Ann Smithwick）、比尔·威瑟斯（Billy Withers）、约翰·哈里斯（John Harris）、吉姆·麦卡特（Jim McCarter）以及"德雷克和齐克秀"（Drake and Zeke Show）的所有工作人员。我要感谢"河上耶稣"约翰·拉斯金（John Ruskey）带我领略了真正的密西西比河风光，体验了一场美妙的春日独木舟之旅，还要感谢促成此事的玛丽·特纳（Mary Turner）。

最后我要衷心感谢我在孟菲斯的家人给予我的爱与支持，感谢多特和沃克·威尔克森（Dot and Walker Wilkerson）、林克·塞兹（Link Sides）、蒙娜·史密斯（Mona Smith），还有林恩和杰克·盖登（Lynn and Jack Gayden）。还要感谢我的高中历史老师迈克·迪德里克（Mike Deaderick），你对我的启迪之深超乎你的想象。

我强迫几位朋友看了我的初稿，他们慷慨地提供了敏锐的洞察力和中肯意见。我尤其要感谢凯文·费达尔科（Kevin Fedarko）、劳拉·霍恩霍尔德（Laura Hohnhold）、汤姆·卡罗尔（Tom Carroll）、肯·尼尔、詹姆斯·康威（James Conaway）和肯·德塞尔（Ken DeCell）。感谢马克·博文（Mark Bowden）早期对我的鼓励，感谢洛杉矶国际创意管理（ICM，International Creative Management）的罗恩·伯恩斯坦（Ron Bernstein），感谢杰伊·斯托（Jay Stowe）和哈尔·艾斯本（Hal Espen）的真知灼见。感谢"美味蛋挞"的丽贝卡（ReBecca）和其他所有人，你们是我远走他乡时的家乡：你们拯救了我。

在纽约徽章电影公司为公共广播公司（PBS）"美国体验"系列制作引人入胜的纪录片《孟菲斯之路》（Roads to Memphis）期间，我和他们进行了一段卓有成效的合作。我感谢徽章电影公司的所有工作人员，尤其是史蒂夫·艾夫斯（Steve Ives）、阿曼达·波拉克（Amanda Pollak）、林赛·梅格鲁（Lindsey Megrue）和丹·阿米戈内（Dan Amigone）。当然，与波士顿西部大蓝山电视台（WGBH, West Great Blue Hill）的苏珊·贝罗斯（Susan Bellows）和马克·塞缪尔丝（Mark Samels）共事也同样愉快。

我要单独感谢可敬的文斯·休斯（Vince Hughes），他关于金遇刺案的一流数码档案恐怕是这个星球上关于这一主题最伟大的收藏。文斯曾是4月那个命定之夜当班的警察，作为同事兼朋友，文斯一直是我手中的王牌。对他怎么感谢都不为过。同样地，我还要感谢我的朋友帕拉斯·皮吉翁（Pallas Pidgeon）。他也是孟菲斯之谜的痴迷者之一，在这个项目里，他一直帮助我，不让我偏离轨道。

命运赐予了我最好的编辑比尔·托马斯（Bill Thomas），和这个行业里最棒的经纪人斯隆·哈里斯（Sloan Harris）。再怎么华丽的赞美都无法真正表达我的感激：他们就是最棒的。对于双日出版社（Doubleday），我要感谢梅丽莎·安·达纳茨科（Melissa Ann Danaczko），她与神奇的托德·多蒂（Todd Doughty）一直坚持不懈地跟进这件案子。还要感谢ICM的克里斯汀·基恩（Kristyn Keene），她一直都是我欢乐的源泉。

最后，我要向安妮和我的儿子们表达我最深切的感激，他们一次次将我从这本书的阴影里拯救出来：我全心全意，用我的整个灵魂爱着你们。

资料来源

关于金遇刺案的著作，与肯尼迪遇刺案一样，浩瀚得让人眼花缭乱，而且每一本都有不同倾向，充满了奇异的断言、匿名的来源和模糊的照片，努力证明美国的传统中坚力量里，所有的组织都参与了金的刺杀。不过，还是有很多优秀著作在认真讨论金遇刺案，其中三本对我的调研助益良多。已故的威廉·布拉德福德·修伊（William Bradford Huie）是第一位开始调查雷的说法的记者。他四处奔波，劳神劳心，做了大量调查。我参考的不仅有他的《他杀死了做梦人》（*He Slew the Dreamer*, 1970），还有他的个人文献，这些文献部分馆藏于俄亥俄州，另一部分由他的遗孀玛莎·修伊（Martha Huie）提供。已故的乔治·麦克米兰著有《终成刺客》（*The Making of an Assassin*, 1976）。他是唯一一个认真钻研了雷的早期传记、家庭背景以及心理档案的记者。麦克米兰关于雷的研究现在藏于北卡罗来纳大学，本书大量参考了他留下的研究。最后，要说到分离以及暴力解构本案引发的各种阴谋论，没有什么比杰拉尔德·波斯纳（Gerald Posner）和他的优秀著作《杀死那个梦》（*Killing The Dream*, 1998）更为有力。

我对 J. 埃德加·胡佛这位权倾朝野（而且行为古怪）的人物的描写，尤其仰赖三本优秀传记：科特·金特里可读性极强的著作《约翰·埃德加·胡佛：其人及其秘密》（*J. Edgar Hoover: The Man and the Secrets*）；理查德·吉德·鲍尔斯（Richard Gid Powers）的详尽研究著作《秘密与权力：约翰·埃德加·胡佛的一生》(Secrecy and Power: The Life of J. Edgar Hoover)；还有伯顿·赫什（Burton Hersh）的双重传记《鲍比与约翰·埃德加·胡佛：肯尼迪家族与J.埃德加·胡佛改变美国的历史对决》(Bobby and J. Edgar: The Historic Face-Off Between the Kennedys and J. Edgar Hoover That Transformed America)。关于胡佛对金的强烈反感，我的理解必须归功于约翰逊政权的司法部长拉姆齐·克拉克。他接受了我的一次采访。还有大卫·加罗的开创性成果《FBI与马丁·路德·金：从"独唱"到孟菲斯》(The FBI and Martin Luther King Jr.: From "Solo" to Memphis)。另一本十分有用的书籍，是迈克尔·弗里德利（Michael Friedly）与大卫·加伦（David Gallen）精心整理而成的作品《马丁·路德·金：FBI档案》(Martin Luther King Jr.: The FBI File)。

关于对詹姆斯·厄尔·雷的这场国际追捕，我的资料来源众多，包括个人采访、回忆录以及官方文件。其中最重要的，是FBI的"谋金"案件档案，包括全国各地方办事处的外勤探员递交的大量未发表的FD-302报告[*]。我还大量参考了众议院暗杀委员会编辑的十三卷金遇刺案《附录报告》(Appendix Reports)。深度参与了追捕的三位官方人员出的三本书对我的调研大有助益：卡撒·德洛克的揭秘回忆录《胡佛的FBI》(Hoover's FBI)；司法部官员罗杰·威尔金斯的调查自传《一条命》(A Man's Life)；还有拉姆齐·克拉克所写的《美国罪恶》(Crime in America)。

如果有人想了解更多关于乔治·华莱士的运动，这里提供三本优秀传记供参考。本书中多段关于1968年华莱士大选的内容，都大量参考了这几本权威著作。其中我参考最多的是丹·卡特引人入胜的作品《愤怒政治》(The Politics of Rage)。还有斯蒂芬·莱舍（Stephan Lesher）的作品

---

[*] FD-302表格是FBI汇报"询问对象自己提供的信息"的报告。——译者注

《乔治·华莱士：美国民粹主义者》(George Wallace: American Populist)；以及马歇尔·弗拉迪（Marshall Frady）让人欲罢不能的佳作《华莱士：亚拉巴马州长乔治·华莱士的经典肖像画》(Wallace: The Classic Portrait of Alabama Governor George Wallace.)。

关于金遇刺前孟菲斯发生的一系列悲剧，有两本书对我助益良多。琼·特纳·贝弗斯（Joan Turner Beifuss）引人入胜、技法流畅的著作《驻足河边》(At the River I Stand) 是第一部利用了珍贵的口述历史的作品，这些口述历史都是"孟菲斯寻找意义委员会"收集的。迈克尔·霍尼（Michael Honey）的权威作品《踏上归程》(Going Down Jericho Road) 详述了环卫工人罢工事件，并且阐明了孟菲斯这一系列事件与美国劳工运动史的大运动有何联系。关于金遇刺后这个国家是如何被暴乱吞噬的最好作品，当属克雷·莱森（Clay Risen）的作品《燃烧的国度》(A Nation on Fire)。

我参考了大量金的家人和 SCLC 核心集团创作的多部回忆录。其中对我帮助最大的，当属金的遗孀 [科雷塔·斯科特·金，《我与马丁·路德·金的生活》(My Life with Martin Luther King Jr.)]、金的父亲（老马丁·路德·金，金老爹）、金的儿子 [德克斯特·斯科特·金，《成长的金》(Growing Up King)]、金的法律顾问 [克拉伦斯·琼斯，《马丁会怎么说》(What Would Martin Say?)]，还有他最忠诚的大副 [安德鲁·杨，《轻松的负担》(An Easy Burden)]。我十分敬佩两部从宏观视野捕捉了金与其运动的卓著，大卫·加罗获普利策奖的作品《背负十字架》(Bearing the Cross)，以及泰勒·布兰奇的三部巨著《美国金时代》(America in the King Years)。

对于詹姆斯·厄尔·雷逃亡之路的轨迹，我主要参考了一系列内容丰富、令人眼花缭乱的亲身自述。其中包括雷的"两万字"（这是一份关于他逃亡行程的手稿）；雷在众议院暗杀委员会的调查证词，其中有

8 份是雷在毛刷山监狱服刑期间的官方采访实录；雷接受的一系列媒体采访，包括《花花公子》(*Playboy*)、CBS 新闻、《田纳西州纳什维尔报》(*Nashville Tennessean*)；雷在毛刷山服刑期间给兄弟们寄出的手写信件；还有雷的两本书《田纳西华尔兹》(*Tennessee Waltz*) 与《谁杀了马丁·路德·金》(*Who Killed Martin Luther King*)。雷这些年来飘忽不定的说法，就像他从来定不下来的化名一样多变。他的说法有时令人愤怒，有时令人困惑，但有时也会暴露出一些真相。俗话说得好，坏掉的表一天也能对两次。

注释

序章 囚犯 416-J

1. 本条目与其他相关杰市监狱的具体细节来自帕特里克·J. 布坎南（Patrick J. Buchanan）《杰市监狱：不断胀大的监狱》(*Jefferson City: The Pen That Just Grew*)，《国家杂志》(*Nation*)，1964 年 11 月 6 日刊。
2. 麦克米兰（McMillan）《终成刺客》(*The Making of an Assassin*)，1976 年，第 173 页，出自他对密苏里州惩教委员弗雷德·威尔金森（Fred Wilkinson）的个人采访。
3. 监狱心理医生亨利·V. 古勒曼博士（Dr. Henry V. Guhleman）向密苏里州决策假释委员会提供的专业意见，1966 年 12 月 20 日，修斯收藏。
4. 同上。
5. 同上。
6. 见 FBI 谋金档案，4441，第 56 节，第 4—6 页。
7. 麦克米兰，《终成刺客》，第 181 页。
8. 乔治·麦克米兰，囚犯雷蒙德·柯蒂斯采访，第 1 盒，采访记录，麦克米兰文献。
9. 修伊（Huie），《他杀死了做梦人》(*He Slew the Dreamer*, 1970)，第 40 页。同见雷与巴斯顿（Barsten）合著作品《真相大白》(*Truth at Last*)，第 72 页。此处约翰·雷承认，在弟弟从杰市监狱越狱前一天，他曾经去探监，并且答应协助他逃跑（多年来他从未承认此事，甚至包括在面对众议院暗杀委员会之时）。
10. 此事，以及关于越狱的其他细节，都来自詹姆斯·厄尔·雷亲笔，《田纳西华尔兹》(*Tennessee Waltz*)，第 42 页。
11. 雷，《谁杀了马丁·路德·金？》(*Who Killed Martin Luther King?*)，第 57 页。
12. 詹姆斯·J. 基尔帕特里克（James J. Kilpatrick），《华莱士缘何竞选？》(*What Makes Wallace Run?*)，《国民评论》(*National Review*) 杂志，1967 年 4 月 18 日刊。
13. 华莱士在《相约媒体》节目中原话，1967 年 4 月 23 日；后莱舍（Lesher）在作品《乔治·华莱士》中引用，第 389 页。
14. 同上，第 390 页。
15. 同上。
16. FBI，谋金档案，3503，39 节，第 9 页。
17. 本句引用以及其他关于雷逃亡中第一人称的描述都来自詹姆斯·厄尔·雷亲笔，"两万字"（20,000 Words），众议院暗杀委员会，《附录报告》，第 12 卷。
18. 雷与巴斯顿，合著作品《真相大白》，第 72 页。约翰·雷承认他给弟弟打了电话，他在密苏里州中部某酒馆接走了逃犯，并且直接送他去了圣路易斯。
19. 雷，《田纳西华尔兹》，第 45 页。

第 1 章 白金之城

1. 1967 年棉花狂欢节的细节来自马格尼斯（Magness），《有目的的派对》(*Party with a Purpose*)，第 242 页。对

1967 年皇家驳船，以及狂欢节其他装扮的描述，来自 1967 年 4 月、5 月《孟菲斯商业诉求报》《孟菲斯媒体半月刀》(Memphis Press-Scimitar) 新闻报道。

2 关于孟菲斯早期历史细节，见卡珀斯（Capers），《水乡传》(Biography of a River Town)；罗布（Roper），《初建孟菲斯》(Founding of Memphis)；马格尼斯，《旧日时光》(Past Times)；以及哈金斯（Harkins），《美国尼罗河大都会》(Metropolis of the American Nile)。

3 关于棉产业的细节来自比尔敦（Bearden），《棉花》(Cotton)；以及雅法（Yafa），《大铃棉》(Big Cotton)。还参考了孟菲斯棉花博物馆的一些藏品。

4 关于 1878 年黄热病的生动描述，见克罗斯比（Crosby），《美国瘟疫》(American Plague)。

5 威尔斯，《马丁·路德·金仍在》(Martin Luther King Is Still on the Case)。

6 威克斯（Weeks），《孟菲斯》(Memphis)，第 25—34 页。

7 如果有人好奇这位民权运动女家长勇敢的一生，我推荐她非凡的回忆录，《正义的十字军东征》(Crusade for Justice)。

8 杰克·赫斯特的优秀传记作品，《内森·贝德福德·福里斯特》(Nathan Bedford Forrest)，巧妙追溯了福里斯特在临终几年里向种族主义缓和派的演变。见该书第 359-367 页。

9 马格尼斯，《有目的的派对》，第 205—210 页。

第 2 章　孤注一掷

1 金与大卫·哈尔伯斯坦（David Halberstam）的采访，出自戴森（Dyson）《也许我无法同行》(I May Not Get There with You)，第 39 页。

2 《马丁·路德·金自传》，第 338 页。

3 华盛顿（Washington），《希望之证》(Testament of Hope)，第 630 页。

4 克茨（Kotz），《审判日》(Judgment Days)，第 382 页。

5 布兰奇（Branch），《迦南边缘》(At Canaan's Edge)，第 652 页。

6 加罗，《背负十字架》，第 602 页。

7 同上，第 572 页。

8 同上，第 592 页。

9 布兰奇，《迦南边缘》，第 656 页。

10 加罗，《背负十字架》，第 583 页。

11 同上。

第 3 章　巫山风雨月

1 这个场景辛白介院暗杀委员会（此后列为 HSCA）对曼纽拉·梅德拉诺的询问记录，《附录报告》，第 4 卷，第 157—150 页。

2 麦克米兰，《终成刺客》，第 263 页。

3 HSCA，《附录报告》，第 4 卷，第 157—158 页。

4 去巴亚尔塔港调查旅行的路上，我拜访了里约酒店，当时它仍然是家很受欢迎的市中心酒店；我还参考了 1960 年间的旧照片。

5 见修伊，《他杀死了做梦人》，第 94 页，以及麦克米兰，《终成刺客》，第 266 页。

6 雷，《谁杀了马丁·路德·金》，第 78 页。

7 雷亲笔，"两万字"，HSCA，《附录报告》，第 12 卷，第 69 页。

8 威廉·布拉德福德·修伊 1968 年造访过这家妓院，并在他的著作《他杀死了做梦人》中进行了详细描述，第 95—96 页。

9　关于雷最喜欢的妓院的描写，我参考了他自己对在墨西哥期间的生活概述，见 HSCA，《附录报告》，第 4 卷；也见修伊，《他杀死了做梦人》，第 94—95 页。
10　麦克米兰，《终成刺客》，第 270 页。
11　修伊，《他杀死了做梦人》，第 97 页。
12　雷亲笔，《田纳西华尔兹》，第 66 页。
13　HSCA，《附录报告》，第 4 卷，第 159 页。
14　同上。
15　雷亲笔，《田纳西华尔兹》，第 61 页。
16　关于苏珊娜之家事件的完整概述，参考 HSCA，《结案报告》(Final Assassinations Report)，第 328—329 页。
17　本条以及其他关于与黑人水手的冲突细节，参考了梅德拉诺的询问记录，HSCA，《附录报告》，第 4 卷，第 158、174 页。
18　麦克米兰，《终成刺客》，第 269 页。
19　修伊，《他杀死了做梦人》，第 97 页。
20　雷亲笔，《田纳西华尔兹》，第 61 页。
21　雷询问记录，HSCA，《附录报告》，第 9 卷，第 488 页。
22　雷亲笔，《田纳西华尔兹》，第 62 页。

第 4 章　恶人天敌

1　加罗，《FBI 与马丁·路德·金》，第 106 页。
2　同上，第 182 页。
3　金特里（Gentry），《约翰·埃德加·胡佛》，第 280 页。
4　德洛克，《胡佛的 FBI》，第 67 页。
5　布赫瓦尔德，出自理查德·吉德·鲍尔斯《秘密与权力》，第 395 页。
6　卡波特，出自赫什，《鲍比与 J. 埃德加·胡佛》，第 464 页。
7　金特里，《约翰·埃德加·胡佛》，第 501 页。
8　德洛克，《胡佛的 FBI》，第 95 页。
9　同上，第 109 页。
10　休·西迪，《生活》，1972 年 5 月 12 日刊。
11　杰克·安德森，《华盛顿邮报》，1972 年 5 月 3 日刊。
12　罗伯特·肯尼迪，出自理查德·吉德·鲍尔斯《秘密与权力》，第 397 页。
13　同上，第 393 页。
14　约翰逊总统，1965 年 5 月 8 日，行政命令（Executive Order）11154 号，拉尔夫·迪托莱多（Ralph de Toledano），《约翰·埃德加·胡佛：巅峰时期》(J. Edgar Hoover: The Man in His Time)，纽约，新罗谢尔，阿灵顿出版社，1973 年出版，第 301 页。
15　约翰逊，出自金特里，《约翰·埃德加·胡佛》，第 611 页。
16　《新闻周刊》，1964 年 11 月 30 日刊。
17　理查德·吉德·鲍尔斯，《秘密与权力》，第 416 页。
18　加罗，《FBI 与马丁·路德·金》，第 121 页。
19　同上，第 121 页。
20　1965 年金在《花花公子》的采访，出自戴森《也许我无法同行》，第 231 页。
21　理查德·吉德·鲍尔斯，《秘密与权力》，第 417 页。
22　德洛克，《胡佛的 FBI》，第 203 页。
23　同上。

24 赫什，《鲍比与约翰·埃德加·胡佛》，第 386 页。
25 同上，第 379 页。
26 理查德·吉德·鲍尔斯，《秘密与权力》，第 420 页。
27 加罗，《FBI 与马丁·路德·金》，第 134 页。
28 同上，第 124 页。

第 5 章　旧南方的西部

1 记者詹姆斯·迪肯森（James Dickenson），出自莱舍的著作，《乔治·华莱士》，第 395 页。
2 同上，第 401 页。
3 弗拉迪，《华莱士》，第 253 页。
4 卡特，《愤怒政治》，第 313 页。
5 同上，第 161 页。
6 弗拉迪，《华莱士》，第 9 页。
7 莱舍，《乔治·华莱士》，第 184 页。
8 同上，第 199 页。
9 《纽约时报》，1963 年 9 月 17 日刊，第 1、25 页。
10 阿伯纳西，《高墙崩塌》（And the Walls Came Tumbling Down），第 357 页。
11 金对丹·卡特说的话，出自卡特，《愤怒政治》，第 156 页。
12 《生活》，1968 年 8 月 2 日刊，第 17—21 页。
13 《华尔街日报》，1967 年 12 月 7 日刊。
14 卡特，《愤怒政治》，第 294 页。

第 6 章　毕业生

1 毕业典礼的场景描述主要参考了 FBI 对托马斯·刘，以及调酒学院学生的询问记录。见"1968 年 1 月 19 日至 1968 年 3 月 2 日期间，对加尔特在洛杉矶就读的国际调酒学院调查"，FBI 谋金档案，2325 号，第 22 节，第 135—136 页。我还参考了修伊，《他杀死了做梦人》，第 117 页；波斯纳，《杀死那个梦》，第 214 页；雷亲笔，"两万字"，HSCA，《附录报告》，第 12 卷。
2 关于圣弗朗西斯酒店的描述来自修伊，《他杀死了做梦人》，第 99 页；我自己也去拜访了洛杉矶，好莱坞大道上的这家酒店，现在它已经改建成了出租公寓。
3 有许多明显迹象表明，从杰市监狱越狱后，雷依然在持续摄入安非他明，其中包括几个月后，在他伦敦便携酒店的房间中发现的注射器。雷在洛杉矶的一位相识，查尔斯·斯坦告诉 FBI 探员，雷可能是个"瘾君子"。见 FBI 与斯坦的询问记录，1960 年 5 月 5 日，谋金档案，2751—2925 号。
4 圣弗朗西斯酒店巨大的橘色氖灯在多份文件及著作中都有提及，包括波斯纳，《杀死那个梦》，第 210 页。
5 弗兰克（Frank），《美国死亡》（American Death），第 168 页。
6 麦金利（McKinley），"采访詹姆斯·厄尔·雷"，第 174 页。
7 麦克米兰，《终成刺客》，第 267 页。
8 麦金利，"采访詹姆斯·厄尔·雷"，第 76 页。
9 关于雷拜访弗里曼的事，大多参考了乔治·麦克米兰对弗里曼的采访稿，第 9 盒，麦克米兰文献。
10 关于加尔特在国家舞蹈工作室上课的细节，大多来自 FBI 报告"1967 年 12 月至 1968 年 2 月期间，对加尔特在加州，长滩，国家舞蹈工作室就读的舞蹈课程调查"。同时，FBI 与国家舞蹈工作室，阿维森的询问记录，1968 年 4 月 13 日，谋金档案，1051—1175 号，第 9 节，第 276—277 页。
11 弗兰克，《美国死亡》，第 308 页；也见波斯纳，《杀死那个梦》，第 196 页。

12　麦克米兰，《终成刺客》，第 275 页；也见 FBI 与弗里曼询问记录，1968 年 4 月 19 日，洛杉矶地方办公室。

第 7 章　秘密操作会传染

1　克拉克，《美国罪恶》，第 151 页。
2　笔者对克拉克的采访，2008 年 10 月 9 日，纽约市。
3　克拉克，《美国罪恶》，第 95 页。
4　同上，第 8 页。
5　赫什，《鲍比与约翰·埃德加·胡佛》，第 486 页。
6　金特里，《约翰·埃德加·胡佛》，第 599 页。
7　同上，第 601 页。
8　克拉克，《美国罪恶》，第 65 页。
9　同上，第 271 页。
10　同上，第 276 页。
11　金特里，《约翰·埃德加·胡佛》，第 500 页。
12　德洛克，《胡佛的 FBI》，第 11 页。
13　同上，第 111 页。
14　同上，第 24 页。
15　同上，第 202—203 页。
16　同上，第 200 页。
17　加罗，《FBI 与马丁·路德·金》，第 184 页。
18　同上。
19　同上。

第 8 章　仇恨集结号

1　波斯纳，《杀死那个梦》，第 194 页。
2　卡特，《愤怒政治》，第 310 页。
3　同上，第 311 页。
4　关于华莱士在伯班克边界的集会，主要参考了卡特，《愤怒政治》，第 314—315 页。
5　《新共和》周刊，1968 年 11 月 9 日刊。
6　莱舍，《乔治·华莱士》，第 410 页。
7　雷的通信记录复本保存在 HSCA，《附录报告》，第 13 卷，第 252 页。
8　雷的信件复本所在同上，第 4 卷，第 116 页。
9　据说雷在狱中时就是《雷电》的读者；因为刺杀金被捕后，他最终雇用了 J. B. 斯通纳作为辩护律师，他的弟弟杰瑞·雷还担任了斯通纳的保镖。
10　卡特，《愤怒政治》，第 165 页。
11　同上，第 166 页。
12　莱舍，《乔治·华莱士》，第 301 页。
13　麦克米兰，《终成刺客》，第 285 页。
14　修伊，《他杀死了做梦人》，第 99 页。
15　同上，第 110 页。
16　关于幸运兔脚酒吧事件，我主要参考了 FBI 报告中多位目击者证词，尤其是 FBI 与波·德尔蒙特（Bo Del

Monte）的询问记录，1968 年 4 月 22 日，MLK 展览 F-168 号，HSCA，《附录报告》，第 4 卷，第 122 页；同见波斯纳，《杀死那个梦》，第 215-217 页；同见修伊，《他杀死了做梦人》，第 109—112 页。雷自己在他的两本著作，《田纳西华尔兹》与《谁杀了马丁·路德·金》之中也谈起过此事，只是故事版本略有不同。

第 9 章 红色康乃馨

1. 关于金送假花的事，参考了科雷塔·斯科特·金的回忆录，《我与马丁·路德·金的生活》，第 308 页。
2. 加罗，《背负十字架》，第 588 页。
3. 布兰奇，《迦南边缘》，第 653 页。
4. 同上，第 678 页。
5. 戴森，《也许我无法同行》，第 214 页。
6. 威廉·卢瑟福（William Rutherford），出自加罗《背负十字架》，第 617 页。
7. 戴森，《也许我无法同行》，第 212—213 页。
8. 同上，第 210 页。
9. 同上，第 276 页。
10. 科雷塔·斯科特·金，《我与马丁·路德·金的生活》，第 303 页。
11. 戴森，《也许我无法同行》，第 214 页。

第 10 章 橙色圣诞节

1. FBIFD-302 报告中关于玛丽·马丁（托马索）的 1968 年 4 月 13 日的询问记录，由特别探员威廉·斯利克斯和理查德·罗斯记录。
2. 同上。
3. 关于查尔斯·斯坦，以及他与加尔特关系的描述，我主要参考了 FBI，洛杉矶地方办公室，1968 年 4 月 13 日，由斯利克斯和罗斯探员留下的询问记录，以及 1968 年 4 月 15 日的跟进询问记录。FBI 还于 1968 年 4 月 13 日询问了丽塔·斯坦（谋金档案，1051—1175 号，第 9 节，第 270 页）；于 1968 年 4 月 27 日，询问了斯坦的母亲（谋金档案，3762 号，第 45 节，第 43 页）。
4. FBIFD-302 报告对玛丽·马丁的跟进询问，1968 年 4 月 14 日。
5. 加尔特要求查尔斯·斯坦，他妹妹和表亲去华莱士总部签名的事，参考 FBI 对丽塔·斯坦、查尔斯·斯坦和玛丽·马丁的询问记录。
6. 麦克米兰，《终成刺客》，第 280 页。
7. 弗兰克，《美国死亡》，第 165 页。
8. 关于雷去新奥尔良的跨州自驾行，我大部分参考了"1967 年 12 月 15 日至 12 月 21 日，詹姆斯·厄尔·雷新奥尔良之行分析"，H3CA，《附录报告》，第 13 卷，第 268—269 页。
9. 雷，《田纳西华尔兹》，第 65 页。
10. 弗兰克，《美国死亡》，第 166 页。
11. 波斯纳，《杀死那个梦》，第 206 页。
12. 雷亲笔，"两万字"，出自修伊《他杀死了做梦人》，第 105 页。
13. 同上。
14. 莱舍，《乔治·华莱士》，第 400 页。
15. 威廉·布拉德福德·修伊采访了科斯，见修伊《他杀死了做梦人》，第 114—116 页。
16. 同上。
17. 同上。

第 11 章　行走的秃鹫

1. 关于罗伯特·沃克与艾科·科尔之死事件，我大部分参考了《孟菲斯商业诉求报》报道，1968 年 2 月 2 日刊；同见霍尼，《踏上归程》，第 1-2 页；贝弗斯，《我站在河边》，第 30 页；以及布兰奇，《迦南边缘》，第 684-685 页。
2. 霍尼，《踏上归程》，第 2 页。
3. 《孟菲斯商业诉求报》，1968 年 2 月 2 日刊。
4. 布兰奇，《迦南边缘》，第 685 页。
5. 古拉尔尼克（Guralnick），《漫漫的爱》（Careless Love），第 288 页；同见布兰奇，《迦南边缘》，第 685 页。
6. 高曼（Goldman），《埃维斯》（Elvis），第 404 页。
7. 贝弗斯，《我站在河边》，第 40 页。
8. 关于勒布的形象描写我主要参考了来自"简介：亨利·勒布"（Profile: Henry Loeb）的传记性细节，这是 1980 年《孟菲斯》杂志 1 月、2 月刊中刊登的上下两篇文章。
9. 关于勒布的形象描写我主要参考了来自"简介：亨利·勒布"（Profile: Henry Loeb）的传记性细节，这是 1980 年《孟菲斯》杂志 1 月、2 月刊中刊登的上下两篇文章。
10. 《孟菲斯商业诉求报》记者乔·斯威特（Joe Sweat），出自霍尼《踏上归程》，第 119 页。
11. 威尔斯，"马丁·路德·金仍在"，再次刊登于《新新闻》（The New Journalism），由汤姆·伍尔夫（Tom Wolfe）编辑，第 392 页。
12. 霍尼，《踏上归程》，第 117 页。
13. 关于劳森在民权运动早期的传记性描述，参考哈尔伯斯坦，《孩子们》（The Children）。
14. 劳森，出自霍尼《踏上归程》，第 211 页。

第 12 章　阳台上

1. 弗兰克，《美国死亡》，第 90 页。
2. 同上，第 91 页。
3. 关于金与阿伯纳西去阿卡普尔科旅行的轶事，参考同上，第 91—92 页；同见阿伯纳西在 HSCA 的证词，《附录报告》，第 1 卷，第 33-34 页。
4. 阿伯纳西，《高墙崩塌》，第 478 页。
5. 布兰奇，《迦南边缘》，第 708 页。
6. 弗兰克，《美国死亡》，第 92 页。

第 13 章　以脸为生

1. 马尔茨，《心理控制术》，第 17 页。
2. 同上，第 37 页。
3. 同上，第 169 页。
4. 同上，第 vii—viii 页。
5. 关于加尔特拜访哈德利办公室的事，我大部分参考了 1968 年 10 月 2 日，FBI 洛杉矶地方办公室对哈德利的询问记录。同见修伊，《他杀死了做梦人》，第 119—121 页；麦克米兰，《终成刺客》，第 285—286 页；弗兰克，《美国死亡》，第 311 页；和雷自己的故事：《田纳西华尔兹》。
6. 雷亲笔，《田纳西华尔兹》，第 68 页。
7. 同上。
8. 同上。

9 哈德利,出自修伊,《他杀死了做梦人》,第 121 页。
10 布兰奇,《迦南边缘》,第 717 页。
11 金的评论被刊登于《洛杉矶时报》,1968 年 3 月 18 日刊;同见修伊,《他杀死了做梦人》,第 123 页。
12 FBI 洛杉矶地方办事处递交的"加州,好莱坞大道,圣弗朗西斯酒店调查"。我参考了 FBIFD-302 报告中对圣弗朗西斯酒店经理,艾伦·O. 汤普森的询问记录,询问于 1968 年 4 月 12 日,由特别探员托马斯·G. 曼斯菲尔德置询。

第 14 章 气氛诡异

1 关于金 3 月 18 日在孟菲斯的布道细节,我参考了《孟菲斯商业诉求报》;参考了 PBS 纪录片《驻足河边》中对布道的影像记录;参考了霍尼,《踏上归程》对布道的描绘,第 296—303 页;以及贝弗斯,《驻足河边》,第 193—196 页。
2 关于洛林旅馆的历史,我大部分参考了国家民权博物馆网页资料,《孟菲斯商业诉求报》剪报,以及霍尼,《踏上归程》,第 442 页。
3 威尔斯,"马丁·路德·金仍在",再次刊登于《新新闻》,由汤姆·伍尔夫编辑,第 395 页。
4 参考阿伯纳西关于洛林旅馆在 HSCA 的证词,《附录报告》,第 1 卷,第 32 页。
5 杨,《轻松的负担》,第 460 页。
6 关于加尔特在火烈鸟汽车旅馆入住期间的细节,参考了以下来源:修伊,《他杀死了做梦人》,第 132 页;波斯纳,《杀死那个梦》,第 219 页;麦克米兰,《终成刺客》,第 289 页;雷,《田纳西华尔兹》,第 70 页;以及我去塞尔玛这家旅馆的亲身经历。
7 霍尼,《踏上归程》,第 323 页。
8 贝弗斯,《驻足河边》,第 205 页。
9 同上,第 203 页。
10 霍尼,《踏上归程》,第 309 页。
11 关于加尔特在亚特兰大出租公寓的细节,参考了多个来源,包括《亚特兰大宪章报》、FBIFD-302 报告,特别探员约翰·奥格登与罗杰·卡斯在 1968 年 4 月 14、15 日对房东杰米·加纳的询问记录。同见修伊,《他杀死了做梦人》,第 132 页。
12 里德,出自霍维茨(Horwitz),《阁楼上的同谋者》(Confederates in the Attic),第 283 页。
13 雷,《谁杀了马丁·路德·金》,第 89 页。
14 FD-302 报告,奥格登与卡斯对加纳的询问记录,FBI 亚特兰大地方办事处。
15 布莱尔(Blair),《詹姆斯·厄尔·雷悬案》(Strange Case of James Earl Ra),第 139 页。
16 雷,《谁杀了马丁·路德·金》,第 90 页。
17 关于雷在亚特兰大地图上做的标记,参考了 FBI 关于雷的大事记表,谋金档案,4143, 52 节,第 34 页;同见弗兰克,《美国死亡》,第 172 页;以及波斯纳,《杀死那个梦》,第 220 页。

第 15 章 马丁·路德·金完了

1 加罗,《背负十字架》,第 609 页。
2 麦克奈特,《最后的十字军东征》,第 66 页。
3 贝弗斯,《驻足河边》,第 220 页。
4 《孟菲斯媒体半月刀》,1968 年 3 月 29 日刊,第 15 页。
5 托马斯,出自邦德(Bond)与谢尔曼(Sherman)作品,《黑白孟菲斯》(Memphis in Black and White),第 123 页。

6　霍尼，《踏上归程》，第 349 页。
7　贝弗斯，《驻足河边》，第 225 页。
8　同上，第 227 页。
9　霍尼，《踏上归程》，第 366 页。
10　霍洛曼，出自《孟菲斯商业诉求报》1968 年 3 月 29 日刊。
11　加罗，《背负十字架》，第 611 页。
12　霍尼，《踏上归程》，第 367 页。
13　加罗，《背负十字架》，第 614 页。
14　阿伯纳西，《高墙崩塌》，第 420 页；同见加罗，《背负十字架》，第 612 页；以及泰勒·布兰奇，《迦南边缘》，第 734 页。

第 16 章　大赢家

1　关于加尔特在朗路易五金店的细节，参考了 FBI 1968 年 4 月 8 日对售货员迈克·科普的询问记录，谋金档案，2323，第 21 节，第 143—144 页。
2　霍尔特，出自加罗，《FBI 与马丁·路德·金》，第 196 页。
3　沙利文致霍尔特备忘录，1968 年 3 月 28 日，FBI 孟菲斯环卫罢工档案，167 号文件。
4　G. C. 摩尔致沙利文不定向备忘录，1968 年 3 月 29 日，出自弗里德利与加伦编纂作品，《马丁·路德·金：FBI 档案》，第 575—576 页。
5　沙利文致德洛克备忘录，1968 年 3 月 20 日，出处同上，第 570 页。
6　《孟菲斯商业诉求报》，1968 年 3 月 31 日刊。
7　《达拉斯晨报》文章，后于《孟菲斯商业诉求报》重印，1968 年 4 月 2 日，第 6 页。
8　《圣路易斯环球民主党》文章，出自霍尼，《踏上归程》，第 364 页。
9　议员罗伯特·伯德新闻视频，在徽章电影公司纪录片《孟菲斯之路》中剪辑采用，该纪录片隶属 PBS 美国体验系列，WGBH，波士顿。
10　《纽约时报》，1968 年 3 月 31 日刊，第 46 页。
11　《孟菲斯商业诉求报》，1968 年 3 月 30 日刊，第 1 页。
12　在贝弗斯，《驻足河边》，第 253 页，引用了入侵者成员卡尔文·泰勒的话："金博士进了房间。他刚刚洗了澡。"在《迦南边缘》，第 737 页，布兰奇写道："金进屋时还在系扣子。"
13　霍尼，《踏上归程》，第 373 页。
14　关于金与入侵者成员在里弗蒙特酒店套间的对话细节，我大部分参考了贝弗斯，《驻足河边》之中的口述历史记录，第 254 页。
15　同上。
16　关于加尔特在海空补给公司的细节，大部分参考了 FBI 1968 年 4 月 5 日的询问记录，由伯明翰地方办事处探员尼尔·沙纳汉及其他几位探员进行。被询问者有店员 U. L. 贝克、唐·伍德和顾客约翰·德沙佐。
17　金的原话出自里弗蒙特媒体见面会，选自《环卫罢工集》（Sanitation Strike Collection），孟菲斯多媒体存档计划（Memphis Multi-Media Archival Project）新闻短片，1968 年 3 月 29 日，短片 35-37 号。
18　阿伯纳西，《高墙崩塌》，第 422 页。
19　李的原话出自科雷塔·斯科特·金，《我与马丁·路德·金的生活》，第 311 页。
20　阿伯纳西，《高墙崩塌》，第 422 页。
21　同上。
22　关于此次晚餐的细节参考了阿伯纳西，《高墙崩塌》，第 423—424 页；同见雷恩斯（Raines）与阿伯纳西的采访记录，《吾魂安息》（My Soul Is Rested），第 466—467 页；同见加罗，《背负十字架》，第 615 页；以及布兰奇，《迦南边缘》，第 741 页。

23　关于加尔特第二次造访海空补给公司，来自前文提到的 FBI 1968 年 4 月 5 日对店员进行的询问记录。
24　雷明顿公司对"大赢家"760 号的文字描述，出自修伊，《他杀死了做梦人》，第 138 页。
25　关于雷德菲尔德瞄准镜的细节特征，来自该公司文字描述，出自麦克米兰，《终成刺客》，第 292—293 页。

第 17 章　孟菲斯的生死抉择

1　詹姆斯·奥兰治原话，出自霍尼，《踏上归程》，第 381 页。
2　布兰奇，《迦南边缘》，第 742 页。
3　同上。
4　加罗，《背负十字架》，第 616 页。
5　关于这场争吵以及金突然离开 SCLC 会议的描述，参考了阿伯纳西，《高墙崩塌》，第 425—427 页。
6　同上；同见布兰奇，《迦南边缘》，第 743 页。
7　阿伯纳西，《高墙崩塌》，第 426 页。
8　杨，《轻松的负担》，第 459 页。
9　布兰奇，《迦南边缘》，第 744 页。
10　同上；同见加罗，《背负十字架》，第 617 页。
11　关于金布道的细节，参考了《华盛顿邮报》，1968 年 4 月 1 日刊；同见加罗，《背负十字架》，第 618 页；布兰奇，《迦南边缘》，第 745 页；以及克茨，《审判日》，第 409 页。
12　克茨，《审判日》，第 409 页。
13　加罗，《背负十字架》，第 618 页。
14　古德温，《林登·约翰逊与美国梦》（Lyndon Johnson and the American Dream），第 343 页。
15　克茨，《审判日》，第 411 页。
16　达莱克（Dallek），《巨人微瑕》（Flawed Giant），第 529—530 页。
17　布兰奇，《迦南边缘》，第 749 页。

第 18 章　夏伊洛射击练习

1　马尔茨，《心理控制术》，第 37 页。
2　FBI 对皮埃蒙特洗衣店经理，安妮·埃丝特尔·彼得斯，于 1968 年 4 月 16 日的询问记录，询问人是特别探员查尔斯·罗斯（Charles Rose）与罗伯特·凯恩（Robert Kane）。皮埃蒙特洗衣店账簿及收据都被收录为物证。
3　雷声称出租公寓地下室是泥土地，而他把左轮枪埋在了地里，出自雷，《谁杀了马丁·路德·金》，第 91 页。
4　雷告诉他的第一任律师，以及记者威廉·布拉德福德·修伊，他在密西西比州，科林斯附近的路上停车测试了新购入的步枪。出自修伊，《他杀死了做梦人》，第 140 页。；麦克米兰，《终成刺客》，第 297—298 页。多年后，面对 H3CA，雷改变说法，声称虽然他开车路过了密西西比州，科林斯，但是没有测试步枪。
5　比尔斯所写原义，出自霍维茨《阁楼上的同谋者》，第 166—170 页。
1　科雷塔·斯科特·金，《我与马丁·路德·金的生活》，第 314 页。
2　阿伯纳西，《高墙崩塌》，第 428 页。
3　同上。
4　霍尼，《踏上归程》，第 403 页。

第 19 章　暴风预警

5　同上，第 402 页。
6　《孟菲斯商业诉求报》1968 年 4 月 4 日刊，第 1 页。

7　阿伯纳西，《高墙崩塌》，第 429 页。
8　贝弗斯，《驻足河边》，第 269 页。
9　关于伯奇的传奇职业生涯，参考优秀文集《卢修斯：卢修斯文集》(Lucius: Writings of Lucius Burch)。
10　贝弗斯，《驻足河边》，第 271 页。
11　同上，第 272 页。
12　孟菲斯警局官方声明，"孟菲斯警局警探，爱德华·E.雷迪特，MC，37 岁"，"稽查局，Ptm. W. B. 里士满，MC，27 岁"，波斯纳文献，第 5 盒，哥特利布中心（Gotlieb Center）。
13　同上。
14　同上。

第 20 章　无惧任何人

1　出自 FBI 对新潮叛逆汽车旅馆接待员亨利埃塔·哈格马斯特的询问记录，1968 年 4 月 11 日，询问人是 FBI 孟菲斯地方办事处特别探员约翰·鲍尔。
2　雷告诉记者威廉·布拉德福德·修伊，4 月 3 日他理了发，在孟菲斯一家雷克索药店买了一件吉列剃须套装。后来在多件他抛下的物品中都发现了雷克索药店标签。见修伊，《他杀死了做梦人》，第 142 页。
3　后来在雷抛弃的物品中发现了多罐未打开的喜力滋啤酒，通过罐身上贴着的密西西比州酒水标签，追踪到了孟菲斯市界上，密西西比州，南海文一家鱼饵商店。
4　"员工报告：詹姆斯·厄尔·雷陈述整编"，HSCA，《附录报告》，第 3 卷，第 226 页。
5　FBI 对哈格马斯特的询问记录，1968 年 4 月 11 日，询问人是 FBI 孟菲斯地方办事处特别探员约翰·鲍尔。
6　阿伯纳西，《高墙崩塌》，第 430 页。
7　关于金在梅森圣堂的"山巅"布道，主要参考了孟菲斯电视新闻短片、新闻报道以及纪录片《驻足河边》；我还参考了阿伯纳西，《高墙崩塌》，第 433 页；布兰奇，《迦南边缘》，第 757—758 页；霍尼，《踏上归程》，第 415—424 页；贝弗斯，《我站在河边》，第 277—280 页。
8　霍尼，《踏上归程》，第 424 页。
9　对当时在梅森圣堂的罢工环卫工人的采访，出自纪录片《孟菲斯之路》，徽章电影公司，PBS 美国体验系列，WGBH，波士顿。
10　霍尼，《踏上归程》，第 425 页。
11　FBI 对韦伯的询问记录，1968 年 4 月 11 日，询问人是孟菲斯地方办事处特别探员鲍尔。
12　采访凯尔斯，《孟菲斯之路》。
13　笔者对乔治娅·戴维斯·鲍尔斯（Georgia Davis Powers）的采访，2008 年 5 月 7 日，路易斯维尔。
14　同上。
15　乔治娅·戴维斯·鲍尔斯，《分享那个梦》(I Shared the Dream)，第 227 页。

第 21 章　绝佳视角

1　FBI 对新潮叛逆汽车旅馆洗衣女工萨迪·麦凯（Sadie McKay）询问记录，1968 年 4 月 11 日，询问人是 FBI 孟菲斯地方办事处特别探员，约翰·鲍尔，出自休斯收藏。
2　詹姆斯·厄尔·雷 HSCA 证词，《附录报告》，第 1 卷，第 101 页。
3　詹姆斯·厄尔·雷弟弟，杰瑞·雷采访记录，出自麦克米兰，《终成刺客》，第 299 页。
4　关于布鲁尔出租公寓的描述参考了 1968 年的报纸、杂志，孟菲斯警局与 FBI 对布鲁尔以及房客的询问记录；该出租公寓现在已经成为国家民权博物馆的一部分，笔者也曾亲自造访。
5　关于加尔特入住布鲁尔出租公寓的细节，主要参考了 FBI 对布鲁尔的询问记录，尤其是 1968 年 4 月 5 日的最初询问记录，询问人是特别探员罗伯特·鲍尔（Robert Boyle），出自休斯收藏；我还参考了大量孟菲斯警局声明:"贝西·露丝·布鲁尔（Bessie Ruth Brewer）陈述",1968年4月4日;"孟菲斯警局警监朱维尔·G.雷陈述",1968年4月17日;以及"詹姆斯·文森特·帕皮亚（James Vincent Papia）,孟菲斯警局警督陈述",1968年4月16日;最后,笔者还参考了自己与朱维尔·雷2009年2月13日的采访记录,以及2009年3月2日与詹姆斯·帕皮亚的采访记录。

6   FBI对斯蒂芬斯的询问记录,1968年4月4日,询问人是特别探员约翰·鲍尔与斯蒂芬·达林顿,出自休斯收藏。

7   FBI对格蕾丝·斯蒂芬斯的询问记录,1968年4月4日,询问人是特别探员鲍尔与达林顿,出自休斯收藏。

第22章　5B号房客

1   关于金最后一餐的细节参考了阿伯纳西,《高墙崩塌》,第437页;同见阿伯纳西在HSCA的证词,《附录报告》,第1卷,第32页;以及阿伯纳西口述历史,出自雷恩斯,《吾魂安息》,第468页。

2   霍尼,《踏上归程》,第432.149页。

3   加罗,《背负十字架》,第622页。

4   布兰奇,《迦南边缘》,第760页。

5   霍尼,《踏上归程》,第432页。

6   关于加尔特在约克武器户外用品店购买望远镜的细节,大部参考了FBI与卡彭特的第一次询问记录,1968年4月5日,询问人是特别探员罗伯特·古德温和拉尔夫·利威尔（Liewer）;我还参考了孟菲斯警局声明"拉尔夫·梅雷迪思·卡彭特,售货员,约克武器户外用品店",1968年4月9日,出自休斯收藏。

7   关于雷迪特与里士满在消防站执行监视任务的细节,大部参考了孟菲斯警局声明"孟菲斯警局警探,爱德华E.雷迪特",1968年4月10日,以及"稽查局,Ptm. W. B.里士满",1968年4月9日,波斯纳文献,第5盒,哥特利布中心;以及笔者与里士满的采访记录,2009年12月30日。

8   笔者对乔治娅·戴维斯·鲍尔斯的采访,2008年5月7日,路易斯维尔,肯塔基州。

9   阿伯纳西,《高墙崩塌》,第438页;加罗,《背负十字架》,第622页。

10 笔者对乔治娅·戴维斯·鲍尔斯的采访。

11 同上。

12 杨,《轻松的负担》,第463—464页。

13 同上,第464页。

14 孟菲斯FBI探员对科普兰的询问记录,1968年4月5日,谋金档案,ME,子目录D,第1节,第18页。

15 FBI探员对赫利的询问记录,1968年4月5日,谋金档案,ME,子目录D,第1节,第3页。

16 关于加尔特在5B号房内的行动细节,大部参考了孟菲斯警局与FBI在刺杀事件后立刻进行的调查。在地板上发现了望远镜挂绳;梳妆台被从窗下移开;直背椅被放在了窗前。

17 关于金死前最后一小时的细节,我参考了众多来源,包括阿伯纳西,《高墙崩塌》,第438—439页;加罗,《背负十字架》,第623页;布兰奇,《迦南边缘》,第765页;同见阿伯纳西在HSCA的证词,《附录报告》,第1卷,第30页。

18 弗兰克,《美国死亡》,第66页。

19 凯尔斯对当天下午与金和阿伯纳西在洛林旅馆的回忆,大部参考了徽章电影公司纪录片《孟菲斯之路》中对他的采访,PBS美国体验系列,WGBH,波士顿。

20 孟菲斯警局声明"稽查局,Ptm. W. B.里士满",1968年4月9日,波斯纳文献;我还参考了里士满递交孟菲斯警局,稽查局的报告,1968年4月4日,签名"W. B.里士满",出自休斯收藏。

21 FBI与伦纳克询问记录,1968年4月13日,询问人是特别探员爱德华·奎恩（Edward Quinn）与希尔兹·史密斯（Shields Smith）,出自休斯收藏;我还参考了孟菲斯警局声明"2号消防队副队长,乔治·伦纳克",第5盒,波斯纳文献。

22　FBI 对斯蒂芬斯的询问记录，1968 年 4 月 4 日，询问人是特别探员约翰·鲍尔与斯蒂芬·达林顿，出自休斯收藏。

第 23 章　驻足河边

1　加罗，《背负十字架》，第 607 页。
2　德克斯特·金，《成长的金》，第 34—35 页。
3　贝利原话，出自《孟菲斯商业诉求报》，1968 年 4 月 6 日刊，第 8 页。
4　FBI 对安舒兹的询问记录，1968 年 4 月 4 日，询问人是特别探员约翰·鲍尔与斯蒂芬·达林顿，出自休斯收藏。
5　FBI 对斯蒂芬斯的询问记录，1968 年 4 月 4 日，询问人是特别探员约翰·鲍尔与斯蒂芬·达林顿，出自休斯收藏。
6　这段话主要参考了阿伯纳西，《高墙崩塌》，第 440 页；同见阿伯纳西在 HSCA 的证词，《附录报告》，第 1 卷，第 20 页。
7　2008 年 12 月，这张在金死后，从他衣袋里找到的纸片在纽约索斯比（Sotheby's）拍卖公司被金的朋友、演员兼歌手哈里·贝拉方特拍卖，当时被媒体疯狂报道；贝拉方特表示，拍卖所得将全额捐赠。
8　金站在阳台上对手下说的话，我参考了多方来源，包括杨，《轻松的负担》，第 464 页；阿伯纳西，《高墙崩塌》，第 440 页；同见加罗，《背负十字架》，第 623 页；以及布兰奇，《迦南边缘》，第 766 页；弗兰克，《美国死亡》，第 73—74 页；雷恩斯，《吾魂安息》，第 469 页。我还参考了徽章电影公司的纪录片《孟菲斯之路》中对比利·凯尔斯和安德鲁·杨的采访，PBS 美国体验系列，WGBH，波士顿。
9　笔者对乔治娅·戴维斯·鲍尔斯的采访，2008 年 5 月 7 日，路易斯维尔，肯塔基州。
10　关于加尔特在卫生间里的行动细节，我参考了詹姆斯·厄尔·雷的供词（这是他 1969 年认罪协议的一部分），以及孟菲斯警局与 FBI 在刺杀发生后立刻进行的调查结果，以及对租户查理·斯蒂芬斯和威利·安舒兹的询问记录。调查发现有：面对洛林旅馆的窗户打开了几厘米；纱窗被撬开，落在了窗户正下方；浴室墙上留下了一个掌印；浴缸中发现了擦痕。
11　关于出租公寓，包括卫生间和浴缸的细节描述，大部分参考了孟菲斯警局凶案组警探拍摄的现场照片，1968 年 4 月 4 日、5 日，出自休斯收藏；我还参考了孟菲斯摄影师欧内斯特·威瑟斯拍摄的卫生间照片，出自威瑟斯收藏。
12　孟菲斯警局声明"稽查局，Ptm. W. B. 里士满"，1968 年 4 月 9 日，第 5 盒，波斯纳文献，哥特利布中心。
13　同上。
14　FBI 对斯蒂芬斯的询问记录，1968 年 4 月 4 日。
15　同上。
16　FBI 对安舒兹的询问记录，1968 年 4 月 4 日。

第 24 章　钉上十字架

1　弗拉迪，《马丁·路德·金》(*Martin Luther King Jr.*)，第 205 页。
2　关于枪击和其后的慌乱场面，我参考了众多来源，包括照片、新闻报道、口述历史、官方记录。我主要参考了阿伯纳西在 HSCA 的证词，《附录报告》，第 1 卷，第 20 页；阿伯纳西回忆录，《高墙崩塌》，第 440—442 页；杨的回忆录，《轻松的负担》，第 464—465 页；孟菲斯警局与 FBI 对洛林旅馆目击者们的询问记录，出自休斯收藏；我还参考了"最后一刻：孟菲斯，田纳西州，1968 年 4 月 4 日"，HSCA，《结案报告》，第 282—285 页。
3　阿伯纳西，《高墙崩塌》，第 441 页。
4　FBI 对卡耐普的询问记录，1968 年 4 月 5 日，出自休斯收藏。
5　阿伯纳西，《高墙崩塌》，第 441 页。
6　弗兰克，《美国死亡》，第 82 页。

7. CNN 特别调查组（Special Investigations Unit）2009 年 4 月 4 日对凯尔斯的采访记录。凯尔斯说："我从他手中拿走了一支捏碎的香烟。他不想让孩子们知道他抽烟。"同见弗拉迪，《马丁·路德·金》，第 205 页。
8. 霍尼，《踏上归程》，第 442 页。
9. 孟菲斯警局无线电调度员录音，1968 年 4 月 4 日，出自休斯收藏。
10. 弗兰克，《美国死亡》，第 85—86 页。
11. 同上，第 83 页。

第 25 章　武器不能碰

1. 关于卡耐普娱乐公司发生的细节来自 FBI 对商店老板、盖伊·卡耐普的询问记录，以及 FBI 对顾客朱利叶斯·格雷厄姆、贝内尔·芬利的询问记录，1968 年 4 月 5 日；我还参考了孟菲斯警局记录中卡耐普、格雷厄姆与芬利的供词；其余细节来自笔者对孟菲斯退休警员詹姆斯·帕皮亚、朱维尔·雷的采访记录，他们是第一批赶到卡耐普公司的警员。
2. 孟菲斯警局无线电调度员录音，1968 年 4 月 4 日，出自休斯收藏。
3. 同上。
4. FBI 对斯蒂芬斯的询问记录，1968 年 4 月 4 日，询问人是特别探员约翰·鲍尔与斯蒂芬·达林顿，出自休斯收藏。
5. 笔者对乔治娅·戴维斯·鲍尔斯的采访，2008 年 5 月 7 日，路易斯维尔，肯塔基州。
6. 弗兰克，《美国死亡》，第 85 页。
7. 关于救护车内的细节大部来自阿伯纳西，《高墙崩塌》，第 442 页。
8. 关于朱维尔·雷在卡耐普犯罪现场的调查，以及在贝西·布鲁尔出租公寓中的调查，大部来自 2009 年 2 月 13 日笔者与雷的采访记录；我还采访了与雷一同调查了现场的退休警察詹姆斯·帕皮亚；另外，我还参考了孟菲斯警局对雷、帕皮亚、卡耐普、威利·安舒兹、查理·斯蒂芬斯和贝西·布鲁尔的询问记录；同见弗兰克，《美国死亡》，第 98—103 页。

第 26 章　永恒的停顿

1. 关于科雷塔·斯科特·金对杰克逊来自孟菲斯的电话的回忆，参考了科雷塔·斯科特·金的回忆录，《我与马丁·路德·金的生活》，第 318 页。
2. 德克斯特·金，《成长的金》，第 48 页。
3. 同上。
4. 关于圣约瑟夫医院人员对金的抢救细节，我参考了众多来源。我主要参考了孟菲斯警局总结报告（出自休斯收藏），在金被宣布死亡后，由凶案组警探与多位急救医护人员整理；另一个重要来源是弗雷德里克·乔伊博士以及其他参与急救的外科医师的口述历史，出自贝弗斯，《驻足河边》，第 297—299 页；阿伯纳西回忆录，《高墙崩塌》，第 443—444 页；弗兰克的生动描述，《美国死亡》，第 90、93、95—96、119 页；以及笔者于 2009 年 12 月 30 日对泰德·加伦医生的采访记录。
5. 阿伯纳西，《高墙崩塌》，第 443 页。
6. 关于乔奥医生及对金的急救，多亏有他的女儿，多米尼克·乔奥·斯卡格斯（Dominique Gioia Skaggs）与我当面以及书信交流，才让我了解到了细节信息。
7. 阿伯纳西，《高墙崩塌》，第 443 页；同见雷恩斯，《吾魂安息》，第 471 页。
8. 关于布拉德肖在民用电台收听的汽车追击，主要参考了电台调度处录音，出自休斯收藏；我还参考了孟菲斯警局和 FBI 孟菲斯地方办事处对民用电台播报的调查，出自休斯收藏。
9. 杨，《轻松的负担》，第 466 页。
10. 同上。
11. 德克斯特·金，《成长的金》，第 48 页。

12　同上。

13　弗拉迪，《杰西》（*Jesse*），第 229 页。

14　同上。

15　威廉姆斯原话，出自肯尼斯·R. 蒂默曼（Kenneth R. Timmerman），《欺骗：揭露真正的杰西·杰克逊》（*Shakedown: Exposing the Real Jesse Jackson*）（华盛顿特区：莱格尼里出版社，2002 年版），第 8 页。

16　同上，第 7 页。

17　弗拉迪，《杰西》，第 229 页。

18　蒂默曼，《欺骗》，第 8 页。

19　阿伯纳西，《高墙崩塌》，第 443 页。

20　同上。

21　贝弗斯，《驻足河边》，第 300 页。

22　老马丁·路德·金，《金老爹》（*Daddy King*），第 189 页。

23　同上，第 187 页。

24　同上，第 189 页。

25　关于这部分细节，我参考了亚瑟·L. 穆塔格在 HSCA 的证词，《附录报告》，第 6 卷，第 107 页；以及詹姆斯·J. 罗斯在 HSCA 的证词，出处同上，第 6 卷，第 125—127 页。

第 27 章　擦肩而过

1　关于孟菲斯警局对民用电台追击恶作剧的调查，我主要参考了长达 16 页的报告"马丁·路德·金博士，第 3367 号凶杀案，第 85 号增补文件，复查：民用电台事件"，出自休斯收藏；孟菲斯警局调查了恶作剧嫌疑人，一位热爱民用电台的少年，名字出现在报告中；同见 HSCA，《结案报告》，第 383—385 页。

2　关于雷逃离孟菲斯的路线，我们并不完全清楚，但他坚称他是往南开向了伯明翰；78 号高速是最快、最直接、他最熟悉的路（因为前夜他就住在那条路上）。出自雷亲笔，《田纳西华尔兹》，第 80 页；同见 HSCA，《附录报告》，第 3 卷，第 240 页。

3　所有陈述中，雷都坚称他是在车载电台上听到了金的死讯；之后 FBI 调查了丢弃的野马车，却发现收音机在调查时已经损坏。

4　关于亚特兰大机场的细节，我参考了《亚特兰大宪章报》，1968 年 4 月 5 日刊，第 1 页；以及科雷塔·斯科特·金的回忆录，《我与马丁·路德·金的生活》，第 319—320 页。

5　笔者与克拉克采访记录，2008 年 10 月 9 日，纽约市。

6　克拉克与德洛克的对话，出自德洛克，《胡佛的 FBI》，第 224 页。

7　德洛克在 HSCA 的证词，《附录报告》，第 7 卷，第 22 页。

8　德洛克，《胡佛的 FBI》，第 222 页。

9　同上，第 226 页。

10　笔者与克拉克采访记录。

11　德洛克，《胡佛的 FBI》，第 225 页。

12　关于詹森的传记生平我大部分参考了《孟菲斯商业诉求报》讣告，1992 年 3 月 22 日刊；以及詹森在 HSCA 的证词，《附录报告》，第 6 卷，第 586—587 页。

13　德洛克，《胡佛的 FBI》，第 225 页。

14　关于詹森分析物证的细节，我主要参考了 1968 年 4 月 4 日、5 日 FBIFD-302 报告，报告人是负责特别探员詹森与特别探员罗伯特·菲茨帕特里克，清点、描述被丢弃包裹中发现的所有物品，出自休斯收藏。

第 28 章　毁坏殆尽

1. 关于约翰逊得知金遇刺的消息时的细节，我参考了多方来源，包括克茨，《审判日》，第 415 页；达莱克，《巨人微瑕》，第 533 页；莱森，《燃烧的国度》，第 40—42、53—54 页；卡利法诺（Califano），《林登·约翰逊之胜败》(*Triumph and Tragedy of Lyndon Johnson*)，第 273—275 页；尤其有帮助的，是"总统委任档案，4/3/68-4/11/68"，第 95 盒，林登·拜恩斯·约翰逊文献，约翰逊总统博物馆。
2. 备忘录收藏于约翰逊总统博物馆。
3. 约翰逊原话，出自莱森，《燃烧的国度》，第 56 页。
4. 达莱克，《巨人微瑕》，第 533 页。
5. "总统关于马丁·路德·金博士遇刺案发言"，约翰逊总统博物馆。
6. 巴斯比（Busby），《三月三十一日》(*Thirty-first of March*)，第 236 页。
7. 同上。
8. 1968 年 4 月 4 日，战况室备忘录，约翰逊总统博物馆。
9. 弗洛伊德·麦基西克原话，出自《华盛顿邮报》，1968 年 4 月 5 日，第 1 页。
10. 莱森，《燃烧的国度》，第 56 页。
11. 斯托克·卡迈克尔原话，出自吉尔伯特（Gilbert）及其他几位，《白宫十街外》(*Ten Blocks from the White House*)，第 60—61 页。
12. 丘奇原话，出自合众国际社（UPI, United Press International）报道，来自白宫自动收报机纸条，1968 年 4 月 4 日，约翰逊总统博物馆。
13. 约翰逊夫人原话，出自达莱克，《巨人微瑕》，第 533 页；以及莱森，《燃烧的国度》，第 54 页。
14. 《孟菲斯商业诉求报》，1968 年 4 月 5 日刊，第 1 页。
15. 《孟菲斯媒体半月刀》，1968 年 4 月 5 日刊，第 1 页。
16. 布兰查德原话，出自霍尼，《踏上归程》，第 440 页。
17. 贝弗斯，《驻足河边》，第 300 页。
18. 霍尼，《踏上归程》，第 444 页。
19. 贝弗斯，《驻足河边》，第 283 页。
20. 霍尼，《踏上归程》，第 441 页。
21. 贝弗斯，《驻足河边》，第 303 页。
22. 同上。
23. 消防兼警察局长弗兰克·霍洛曼原话，出自《孟菲斯商业诉求报》，1968 年 4 月 5 日刊，第 1 页。
24. 霍尼，《踏上归程》，第 447 页。
25. 贝弗斯，《驻足河边》，第 301 页。
26. 霍尼，《踏上归程》，第 437 页。
27. 雷原话，出自艾顿（Ayton），《种族之罪》(*Racial Crime*)，第 143 页；同见弗兰克，《美国死亡》，第 390 页。
28. 雷亲笔，"两万字"，出自麦克米兰，《终成刺客》，第 145 页。【此处"麦克米兰"原文注为 Huie，修伊，疑似作者笔误——译者注】
29. 雷，《谁杀了马丁·路德·金》，第 97 页。
30. 雷亲笔，《田纳西华尔兹》，第 80 页。

第 29 章　血的力量

1. 何西阿·威廉姆斯原话，出自麦克奈特，《最后的十字军东征》，第 108 页。
2. 威尔斯，"马丁·路德·金仍在"，再次刊登于《新新闻》，由汤姆·伍尔夫（Tom Wolfe）编辑，第 393 页。
3. 杨，《轻松的负担》，第 467 页。

4　阿伯纳西在 HSCA 的证词,《附录报告》,第 1 卷,第 19 页。
5　贝弗原话,杨,《轻松的负担》,第 468 页。
6　同上。
7　乔治娅·戴维斯·鲍尔斯,《分享那个梦》,第 227 页。
8　弗拉迪,《杰西》,第 232 页。
9　弗兰克,《美国死亡》,第 109 页。
10　杨原话,出自弗拉迪,《杰西》,第 232 页。
11　同上。
12　《亚特兰大宪章报》,1968 年 4 月 5 日刊,第 1 页。
13　凯瑟琳·约翰逊(Kathryn Johnson)"金博士两袖清风——他奉献了一切",《亚特兰大宪章报》,1968 年 5 月 13 日刊,第 1 页。
14　霍尼,《踏上归程》,第 452 页。
15　《孟菲斯商业诉求报》,1978 年 4 月 2 日刊,第 1 页。
16　贝拉方特原话,出自科雷塔·斯科特·金,《我与马丁·路德·金的生活》,第 322 页。
17　同上,第 321 页。
18　同上。
19　关于弗朗西斯科的传记生平来自《孟菲斯商业诉求报》剪报以及我与弗朗西斯科 2009 年 1 月 20 日采访记录。
20　阿伯纳西,《高墙崩塌》,第 445 页。
21　同上。
22　同上。
23　孟菲斯警局报告"马丁·路德·金博士,第 3367 号凶杀案,第 5 号增补文件,复查:尸检准许及过程",出自休斯收藏。
24　笔者与弗朗西斯科采访记录。
25　同上。
26　弗朗西斯科尸检报告,出自休斯收藏。
27　威尔斯,"马丁·路德·金仍在",再次刊登于《新新闻》,第 390 页。
28　格雷厄姆得知金死讯时的反应和其他国际人物得知消息后的细节,我主要参考了 1968 年 4 月 4 日、5 日的白宫新闻专线、战况室备忘录,以及国务院电传,约翰逊总统博物馆。

第 30 章　孟菲斯的召唤

1　关于克拉克和德洛克 4 月 5 日去孟菲斯的行程细节,我参考了多方来源,其中尤其重要的是德洛克,《胡佛的 FBI》,第 228—230 页;以及笔者对克拉克的采访,2008 年 10 月 9 日,纽约市;我还参考了威尔金斯(Wilkins),《一辈子》(*A Man's Life*),第 211—212 页;莱森,《燃烧的国度》,第 95—97 页;同见德洛克在 HSCA 的证词,《附录报告》,第 7 卷,第 18—117 页;同见克拉克在 HSCA 的证词,《附录报告》,第 7 卷,第 120—163 页。
2　德洛克,《胡佛的 FBI》,第 228 页。
3　威尔金斯,《一辈子》,第 212 页;同见莱森,《燃烧的国度》,第 95 页。
4　雷,《田纳西华尔兹》,第 80 页。
5　FBI 探员后来发现雷在亚特兰大出租公寓的地图上还有一个圈,标记着首府之家安居工程,应该出自雷的手笔,似乎有意为他提前考察过,并决定在这里弃车。
6　关于加尔特 4 月 5 日在首府之家抛弃野马车的细节,我参考了多方来源。其中最重要的是 34 页长的 FBI 报告,题为"埃里克·斯塔沃·加尔特,FBI 档案 44-38861 号",报告人是亚特兰大地方办事处特别探员艾伦·G.

桑塔尼拉（Alan G. Sentinella），1968 年 4 月 18 日建档，出自休斯收藏；这份报告细致描述了野马车的位置、状态（附有照片），以及与首府之家多位目击了野马车与司机的租户（包括玛丽·布里奇斯）的询问记录；我还参考了"被野马搅乱的首府之家"，《亚特兰大宪章报》，1968 年 4 月 22 日刊。

7　FBI 与斯蒂芬斯询问记录，1968 年 4 月 12 日，询问人是特别探员托马斯·J. 巴雷特（Thomas J. Barrett），出自休斯收藏。

8　阿伯纳西当天早上在洛林旅馆的媒体见面会发言刊登在《亚特兰大宪章报》，1968 年 4 月 6 日刊。

9　肯尼斯·R. 蒂默曼，《欺骗：揭露真正的杰西·杰克逊》（华盛顿特区：莱格尼里出版社，2002 年版），第 9—10 页。

10　贝弗原话，出自弗拉迪，《杰西》，第 230 页。

11　阿伯纳西，《高墙崩塌》，第 449 页。

12　FBI 对伍德询问记录，1968 年 4 月 5 日，询问人是伯明翰地方办事处特别探员沙纳汉；沙纳汉 FBIFD-302 报告，以及步枪购买收据副本，出自休斯收藏。

13　FBI 对德沙佐询问记录，1968 年 4 月 7 日，询问人是伯明翰地方办事处特别探员罗伯特·巴雷特和威廉·索西尔，出自休斯收藏。

第 31 章　箕纹涡纹，牙顶牙底

1　关于 FBI 罪案实验室对孟菲斯发现的包裹首次检查的细节，我主要参考了"1968 年 4 月 17 日 FBI 罪案实验室报告，关于 1968 年 4 月 4 日在南大街 424 号发现的物证"，出自休斯收藏；以及"指纹小组关于马丁·路德·金博士遇刺案物证指纹分析报告"，HSCA，《附录报告》，第 8 卷，第 109—121 页。

2　对指纹分析的历史、知识、技术以及缺陷的概述，详见迈克尔·斯佩克特（Michael Specter），《指纹会说谎？》（Do Fingerprints Lie?），《纽约客》，2002 年 5 月 27 日。

3　"武器小组证词"，HSCA，《附录报告》，第 4 卷，第 78—111 页。

4　关于加尔特 4 月 5 日在亚特兰大取送洗衣物的细节，大部来自 FBI 与彼得斯的询问记录，1968 年 4 月 16 日，询问人是 FBI 亚特兰大地方办事处特别探员查尔斯·罗斯与罗伯特·凯恩；FBIFD-302 报告关于此次询问的记录收录于休斯收藏；我还参考了彼得斯在 HSCA 的证词，《附录报告》，第 3 卷，第 302—514 页。

5　雷亲笔，《田纳西华尔兹》，第 80 页。

6　雷在其书《谁杀了马丁·路德·金》第 100 页中提及，第二天到达多伦多时，他"只剩 1200 美元左右了"。

7　关于 4 月 5 日加尔特在出租公寓中的行动，主要参考 FBI 与加纳的询问记录，1968 年 4 月 14、15 日，询问人是 FBI 亚特兰大地方办事处特别探员罗杰·卡斯；关于这些询问记录的 FD-302 报告，出自休斯收藏。

8　加里·威尔斯（Garry Wills）"马丁·路德·金仍在"，再次刊登于《新新闻》，由汤姆·伍尔夫编辑，第 393 页。

9　阿伯纳西，《高墙崩塌》，第 448 页。

10　杨，《轻松的负担》，第 469 页。

11　威尔斯，"马丁·路德　金仍在"，再次刊登于《新新闻》，第 394 页。

12　同上，第 395 页。

13　关于公众 4 月 5 日早晨在路易殡葬馆瞻仰金遗体的细节，我参考了《孟菲斯商业诉求报》，1968 年 4 月 6 日刊；同见贝弗斯，《驻足河边》，第 315—316 页。

第 32 章　孤身逃亡

1　笔者对克拉克的采访，2008 年 10 月 9 日，纽约市。

2　同上。

3　出自罗杰·威尔金斯采访，《孟菲斯之路》，徽章电影公司，PBS美国体验系列，WGBH，波士顿。
4　同上。
5　贝弗斯，《驻足河边》，第325页。
6　霍洛曼在HSCA的证词，第4卷，第332页。
7　克拉克在孟菲斯媒体见面会上的发言刊登于《孟菲斯媒体半月刊》，1968年4月5日刊；以及《孟菲斯商业诉求报》1968年4月6日刊。
8　德洛克，《胡佛的FBI》，第229页。
9　威尔金斯，《一辈子》，第212页。
10　同上。
11　德洛克，《胡佛的FBI》，第229页。
12　安德鲁·杨，《孟菲斯之路》。
13　FBI对首府之家安居工程租户的询问记录，题为"埃里克·斯塔沃·加尔特，FBI档案44-38861号"，报告人是亚特兰大地方办事处特别探员艾伦·G.桑塔尼拉（Alan G. Sentinella），1968年4月18日建档，出自休斯收藏；我还参考了"被野马搅乱的首府之家"，《亚特兰大宪章报》，1968年4月22日刊。

第33章　1812再现

1　老马丁致约翰逊电报，出自莱森，《燃烧的国度》，第89页。
2　巴斯比，《三月三十一日》，第238页。
3　同上，第239页。
4　斯托克·卡迈克尔，出自莱森，《燃烧的国度》，第93页。
5　巴斯比，《三月三十一日》，第239页。
6　关于这部分我参考了FBI罪案实验室首次纤维分析，"1968年4月17日FBI罪案实验室报告，关于1968年4月4日在南大街424号发现的物证"，出自休斯收藏。
7　弗兰克，《美国死亡》，第142页。
8　关于此处细节，我主要参考了18页的FBI报告，"追踪在金博士中枪现场附近发现的物证中内裤洗衣签报告"，出自休斯收藏。
9　阿伯纳西，《高墙崩塌》，第450页。
10　同上。
11　科雷塔·斯科特·金，《我与马丁·路德·金的生活》，第325页。
12　德克斯特·斯科特·金，《成长的金》，第52页。
13　同上。
14　科雷塔·斯科特·金，《我与马丁·路德·金的生活》，第325页。
15　杨，《轻松的负担》，第470页。
16　关于雷去北方的大巴之旅，我主要参考了他的陈述，和他在HSCA的证词，第3卷，第245页；他自己的两本书，《田纳西华尔兹》，第81页，以及《谁杀了马丁·路德·金》，第98页；我还参考了雷对自己律师说过的话，"两万字"，出自休斯收藏。
17　《亚特兰大宪章报》，1968年4月5日刊，第1页。
18　HSCA，《附录报告》，第3卷，第245页。
19　同上。
20　拉姆齐·克拉克口述历史，第4次采访记录，采访者是哈里·贝克（Harri Baker），1969年4月16日，约翰逊总统博物馆。
21　笔者对克拉克的采访，2008年10月9日，纽约市。

22	克拉克，《美国罪恶》，第 95 页。
23	德洛克，《胡佛的 FBI》，第 230 页。
24	关于特区暴乱的细节，我大部参考了莱森，《燃烧的国度》，以及吉尔伯特及其他几位，《白宫十街外》。
25	专栏作家玛丽·麦克格里（Mary McGrory），出自莱森，《燃烧的国度》，第 127 页。
26	笔者对克拉克的采访。

第 34 章　多伦多的甜蜜之家

1	见詹姆斯·厄尔·雷在 HSCA 的证词，《附录报告》，第 3 卷，第 245 页；同见他自己的两本书，《田纳西华尔兹》，第 81 页，和《谁杀了马丁·路德·金》，第 98 页；我还参考了雷对自己律师说过的话，"两万字"，出自休斯收藏。
2	卡瓦诺，出自莱森，《燃烧的国度》，第 141 页。
3	见修伊，《他杀死了做梦人》，第 148 页。
4	关于雷在奥辛顿租住的房间和他租住时的行为、行动细节，我大部参考了奥尼尔（O'Neil）的作品，《雷、瑟兰——他们被什么迷了心智？》；我还参考了特别报告《金谋杀嫌疑犯被拘留——他在大都会躲藏了一个月》，多伦多《每日星报》，1968 年 6 月 8 日，第 1 页；最后，我还参考了加拿大皇家骑警档案，其中囊括了雷在多伦多期间的所有已知细节，出自休斯收藏。
5	见波蒂埃，《这辈子》（This Life），第 319—320 页。
6	乔治娅·戴维斯·鲍尔斯，《分享那个梦》，第 233 页。
7	同上，第 234 页。
8	修伊，《他杀死了做梦人》，第 149 页；同见波斯纳，《杀死那个梦》，第 239—240 页。
9	见金特里，《约翰·埃德加·胡佛》，第 606 页。
10	劳森原话，出自霍尼，《踏上归程》，第 473—474 页。
11	修伊，《他杀死了做梦人》，第 149 页。

第 35 章　复活节到来

1	关于 4 月 8 日在孟菲斯的游行细节，我大部参考了《孟菲斯媒体半月刊》《孟菲斯商业诉求报》《纽约时报》《亚特兰大宪章报》头版头条；我还参考了密西西比河谷收藏馆新闻短片；同见贝弗斯，《驻足河边》，第 340—343 页；霍尼，《踏上归程》，第 474—482 页；阿伯纳西，《高墙崩塌》，第 458—460 页；以及科雷塔·斯科特·金，《我与马丁·路德·金的生活》，第 327—329 页。
2	德克斯特·斯科特·金，《成长的金》，第 53 页。
3	《孟菲斯商业诉求报》，1968 年 4 月 9 日刊，第 1 页。
4	劳森撰写的传单，出自霍尼，《踏上归程》，第 476 页。
5	同上，第 470 页。
6	阿伯纳西，《高墙崩塌》，第 458 页。
7	《孟菲斯商业诉求报》1968 年 4 月 11 日刊；同见霍尼，《踏上归程》，第 475 页；贝弗斯，《驻足河边》，第 341 页。
8	关于 FBI 首次去新潮叛逆旅馆调查的细节，大部参考了我自己与前 FBI 特别探员斯蒂芬·达林顿的采访记录，2009 年 5 月 15 日；我还参考了 FBIFD-302 报告，报告人是探员达林顿与鲍尔，1968 年 4 月 8 日，在新潮叛逆旅馆进行，出自休斯收藏。
9	关于贾法尔特在晚报编辑部阅览室搜寻假名的细节，我大部参考了雷自己的陈述，出自《田纳西华尔兹》，第 84 页；《谁杀了马丁·路德·金》，第 99 页；其他来源表明他当时其实是在多伦多公共图书馆的微胶藏馆阅览

了这些旧报纸；同见波斯纳，《杀死那个梦》，第 240 页。
10. 雷，《谁杀了马丁·路德·金》，第 98 页。
11. 加拿大皇家骑警档案，其中囊括了雷在多伦多期间的行动调查，出自休斯收藏。
12. 波斯纳，《杀死那个梦》，第 240 页。
13. 《孟菲斯商业诉求报》，1968 年 4 月 9 日刊，第 10 版。
14. 鲁瑟原话，出自贝弗斯，《驻足河边》，第 343 页。
15. 科雷塔·斯科特·金在孟菲斯的整个演讲，都收录于她的回忆录，《我与马丁·路德·金的生活》，第 344—347 页。
16. 霍尼，《踏上归程》，第 481 页。
17. 科雷塔·斯科特·金，《我与马丁·路德·金的生活》，第 345 页。
18. 此处细节来自 FBIFD-302 报告，1968 年 4 月 8 日，沙纳汉索西尔对出租公寓业主彼得·彻普斯的询问记录，出自休斯收藏。

第 36 章　最底层之人

1. 关于亚特兰大金的葬礼细节，我主要参考了 1968 年 4 月 10 日，《亚特兰大宪章报》以及《纽约时报》的报道；我还参考了亚特兰大马丁·路德·金纪念馆中保存、展览的照片和其他展品；最后，我参考了参加葬礼宾客的回忆录，包括杨，《轻松的负担》，第 477—478 页；阿伯纳西，《高墙崩塌》，第 460—465 页；科雷塔·斯科特·金，《我与马丁·路德·金的生活》，第 329—336 页；老马丁·路德·金，《金老爹》，第 190—191 页；沃福德（Wofford），《肯尼迪家族与金家》（Of Kennedys and Kings），第 203 页。莱森在《燃烧的国度》中的生动描述也给了我极大帮助，出自第 205—213 页。
2. 莱森，《燃烧的国度》，第 208 页。
3. 《新闻周刊》，1968 年 4 月 22 日刊。
4. 同上。
5. 2009 年 1 月我读到的一封信，展览于亚特兰大，金国家历史遗址信件展馆。
6. 同上。
7. 《时代周刊》，1969 年 3 月 21 日。
8. 关于加尔特 4 月 9 日在客房内的细节，我主要参考了媒体、杂志对房东什费利克斯萨·帕科夫斯基夫人的采访；主要见奥尼尔的作品，"雷、瑟兰——他们被什么迷了心智？"
9. 同上。
10. 雷，《谁杀了马丁·路德·金》，第 99 页。
11. 关于雷与布里奇曼的电话内容细节，主要来自雷的回忆录，以及多伦多警方与布里奇曼的询问记录，加拿大皇家骑警档案，出自休斯收藏。
12. 此处细节主要参考了 FBIFD-302 报告中关于沙纳汉和巴雷特对佩斯利的询问记录，1968 年 4 月 9 日。
13. 詹姆斯·厄尔·雷自述，HSCA，《附录报告》，第 9 卷，第 430 页。
14. 本杰明·梅斯为金致的悼词，出自《亚特兰大宪章报》，1968 年 4 月 10 日刊，第 1 页。

第 37 章　谋金档案

1. 笔者对克拉克的采访，2009 年 10 月 8 日，纽约市。【前文均为 2008 年 10 月 9 日，怀疑有笔误的可能。——译者注】
2. J. 埃德加·胡佛签字备忘录，谋金档案，第 2 节，笔者在斯坦福大学微胶档案中看到。
3. 德洛克，《胡佛的 FBI》，第 233 页。
4. 追捕伊始数周涌入的线索，都记录于谋金档案，第 2 节。

5 弗兰克，《美国死亡》，第 143 页。
6 此处参考了 NBC 孟菲斯分部，WMC-TV，第五频道拍摄的孟菲斯警局调查录像，1968 年 4 月 10 日，第 5 盒，波斯纳文献，哥特利布中心。
7 《孟菲斯媒体半月刊》，1968 年 4 月 19 日刊。
8 弗兰克，《美国死亡》，第 188 页。
9 关于此处的细节我主要参考了《被野马搅乱的首府之家》，《亚特兰大宪章报》，1968 年 4 月 22 日刊。
10 克茨，《审判日》，第 421 页；同见达莱克，《巨人微瑕》，第 534 页。
11 修伊，《他杀死了做梦人》，第 154 页。
12 同上，第 152 页。
13 此处我主要参考了 FBI 对首府之家安居工程租户的询问记录，题为"首府之家询问记录"，出自休斯收藏。
14 《被野马搅乱的首府之家》。
15 此处大部参考了 FBI 对野马车的分析报告，题为"FBI 罪案实验室报告，4 月 19 日，44-38861 号"，出自休斯收藏。
16 FBIFD-302 报告，询问人阿赫恩，1968 年 4 月 11 日，询问对象科仕-福克斯-福特，收录于"洛杉矶调查报告"，来自休斯收藏。
17 FBIFD-302 报告，询问人探员曼斯菲尔德，1968 年 4 月 12 日，询问对象圣弗朗西斯酒店，收录于"洛杉矶调查报告"，来自休斯收藏。
18 FBIFD-302 报告，询问人探员约翰逊、卡尔，询问对象家庭服务洗衣干洗店，收录于"洛杉矶调查报告"，来自休斯收藏。
19 FBIFD-302 报告，询问人探员艾肯，询问对象国家舞蹈工作室，收录于"洛杉矶调查报告"，来自休斯收藏。
20 FBIFD-302 报告，询问人探员阿赫恩、雷萨，询问对象国际调酒学校，收录于"洛杉矶调查报告"，来自休斯收藏。
21 同上。

第 38 章 加拿大相信你

1 弗兰克，《美国死亡》，第 172 页。
2 同上。
3 FBIFD-302 报告，1968 年 4 月 17 日，询问人探员哈利·李（Harry Lee）、约翰·沙利文、罗杰·卡斯、约翰·奥格登，清点、描述了加尔特房间内发现的所有物品。
4 此处细节来自 FBIFD-302 报告，1968 年 4 月 13 日，询问人探员斯利克斯、罗斯，询问对象是斯坦，收录于"洛杉矶调查报告"，来自休斯收藏。
5 此处细节来自 FBIFD-302 报告，1968 年 4 月 13 日，询问人探员斯利克斯、罗斯，询问对象是托马索（也即玛丽·马丁），收录于"洛杉矶调查报告"，来自休斯收藏。
6 麦克米兰，《终成刺客》，第 285 页。
7 FBIFD-302 报告，1968 年 4 月 14、15 日，询问人探员奥格登、卡斯，询问对象是加纳，来自休斯收藏。
8 贝弗斯，《驻足河边》，第 348 页。
9 霍尼，《踏上归程》，第 489 页。
10 贝弗斯，《驻足河边》，第 345 页。
11 雷诺兹，出自贝弗斯，《驻足河边》，第 346—347 页。
12 《孟菲斯媒体半月刊》，1968 年 4 月 17 日刊，第 1 页。
13 《新闻周刊》，1968 年 4 月 29 日，第 22 页。
14 FBI 对雷在加拿大活动的总结报告，见谋金档案，4442-4500 号，第 57 节，第 61 页。
15 加尔特申请为拉蒙·斯尼德出具其出生证明的信件副本，收录于 HSCA，《附录报告》，第 5 卷，第 15 页。

16　此处关于斯宾塞在肯尼迪旅游局与加尔特的交谈细节，参考了"金谋杀嫌疑犯被拘留——他在大都会躲藏了一个月"，多伦多《每日星报》，1968 年 6 月 8 日，第 1 页；同见 RCMP（加拿大皇家骑警）与斯宾塞询问报告，加拿大皇家骑警档案，出自休斯收藏。

17　修伊，《他杀死了做梦人》，第 155 页。

第 39 章　携带武器，极度危险

1　FBI 与埃丝特尔·彼得斯询问记录，1968 年 4 月 16 日，询问人是特别探员查尔斯·罗斯与罗伯特·凯恩，FBIFD-302 报告，出自休斯收藏。

2　"指纹小组关于马丁·路德·金博士遇刺案物证指纹分析报告"，HSCA，《附录报告》，第 13 卷，第 109—121 页。【238 页注释说这个文档出自第 8 卷，疑似作者笔误】

3　德洛克，《胡佛的 FBI》，第 242、247 页。

4　弗兰克，《美国死亡》，第 124 页。

5　通缉令副本以及从调酒学校拿到的加尔特/雷照片，出自休斯收藏。

6　雷在自己的两本书中都提到了横穿马路的事，《田纳西华尔兹》，第 84 页，以及《谁杀了马丁·路德·金》，第 99 页；同见修伊，《他杀死了做梦人》，第 158 页。

7　《田纳西华尔兹》，第 84 页。

第 40 章　幽灵逃犯

1　这些绰号是加尔特的身份暴露后，一系列媒体争相拟写的，包括《孟菲斯商业诉求报》《华盛顿邮报》《亚特兰大宪章报》《新闻周刊》和《时代周刊》。

2　《埃里克·加尔特，FBI 称其与兄弟合谋刺杀金博士》，《亚特兰大宪章报》，1968 年 4 月 18 日，第 1、29 页。

3　同上。

4　《新闻周刊》，1968 年 4 月 29 日。

5　《孟菲斯商业诉求报》，1968 年 6 月 16 日。

6　《幽灵逃犯是谁？事实大集锦》，特别"战略小组报告"，《亚特兰大宪章报》，1968 年 4 月 22 日，第 8 页。

7　什帕科夫斯基夫人与丈夫关于加尔特的对话，来自弗兰克，《美国死亡》，第 316 页。

8　德洛克，《胡佛的 FBI》，第 241—242 页。

9　德洛克与莱斯·特罗特的对话，记录于德洛克，《胡佛的 FBI》，第 245 页。

10　同上，第 246 页。

11　同上。

第 41 章　十大通缉犯

1　陆（Loo），出自《孟菲斯商业诉求报》，1968 年 6 月 10 日刊。

2　波斯纳，《杀死那个梦》，第 244—245 页；修伊，《他杀死了做梦人》，第 160 页。

3　彼得森，出自《时代周刊》，1968 年 5 月 3 日刊。

4　关于雷在监狱的经历，我参考了 FBIFD-302 报告中关于雷在杰市监狱的前狱友询问记录，圣路易斯档案数量巨大的卷宗，出自休斯收藏。

5　见肖（Shaw），《你确定知道是谁杀了马丁·路德·金?》。

6　关于 FBI 最初联系到约翰·雷的细节，大部参考了 FBIFD-302 报告，圣路易斯档案中的询问记录，出自休斯收藏。

7　1968 年 5 月 2 日，对约翰·雷的询问记录，询问人是杰克·威廉姆斯（Jack Williams）和帕特里克·布拉德利（Patrick Bradley），FBIFD-302 报告，出自休斯收藏。

8　1968 年 4 月 22 日，FBI 对约翰·雷的首次询问记录，询问人是特别探员哈利·C. 准（Harry C. Jun）、罗伯特·赫斯（Robert Hess），FBIFD-302 报告，出自休斯收藏。

9　见雷与巴斯顿合著作品《真相大白》，第 109 页。

10　杰瑞·雷，出自《芝加哥太阳报》(Chicago Sun-Times)，1968 年 5 月 3 日刊。

11　杰瑞·雷，出自《生活周刊》，1968 年 5 月 3 日。

12　雷，出自麦金利，"采访詹姆斯·厄尔·雷"，第 134 页。

13　关于劳伯劳斯事件的细节，参见弗兰克，《美国死亡》，第 317 页。

14　同上。

15　波斯纳，《杀死那个梦》，第 249 页。

第 42 章　复活城

1　杨原话，出自麦克奈特，《最后的十字军东征》，第 84 页。

2　杨，《轻松的负担》，第 481 页。

3　卡特，《愤怒政治》，第 320—321 页。

4　关于贫民军活动的计划和准备工作细节，我参考了阿伯纳西，《高墙崩塌》，第 500—506 页；以及杨，《轻松的负担》，第 484—485 页。

5　麦克奈特，《最后的十字军东征》，第 85 页。

6　拉姆齐·克拉克，出自麦克奈特，《最后的十字军东征》，第 110 页。

7　同上，第 87 页。

8　克拉克，《美国罪恶》，第 235 页。

9　关于雷家的背景故事，我大部参考了麦克米兰的心理学研究著作，《终成刺客》，以及麦克米兰文献中的其他资料。

10　波斯纳，《杀死那个梦》，第 85 页。

11　《生活周刊》，1968 年 5 月 3 日。

12　《新闻周刊》，1968 年 4 月 29 日。

13　FBI 对杰瑞·雷恩斯的询问记录，密苏里州中部，询问人是邓肯·达菲，1968 年 4 月 17 日，FBIFD-302 报告，出自休斯收藏。

14　麦克米兰与杰瑞·雷恩斯采访记录，1969 年 3 月 20 日，第 1 盒，麦克米兰文献。

15　同上。

16　同上。

17　同上。

18　麦克米兰与雷父亲的采访记录，1969 年 10 月 20 日，第 1 盒，麦克米兰文献。

19　雷，《田纳西华尔兹》，第 86—87 页。

20　关于斯尼德所住酒店以及在里斯本市郊的细节，大部参考了奥尼尔的作品，"雷、瑟兰——他们被什么迷了心智？"；还参考了笔者 2007 年 7 月拜访那家旅馆的经历。

21　这部分细节我大部参考了 FBI 与里斯本当地的葡萄牙国际和国家安全警察合作出具的报告。这些报告包括询问记录（询问了海关人员、旅馆工作人员、夜总会工作人员、接触过斯尼德的妓女），1968 年 6 月 8、12 日，最终总结成了 13 页的"里斯本档案"报告，出自休斯收藏。

22　同上。

23　同上。

第 43 章　退休计划

1　乔治·麦克米兰与杰瑞·雷采访记录，1972 年 4 月 1 日，第 5 盒，麦克米兰文献。

2　里夫，出自麦克米兰，《终成刺客》，第 147 页。

3　关于柯蒂斯的具体细节大部参考了"雷蒙德·柯蒂斯询问记录，佐治亚州，道尔顿，惠特菲尔德郡监狱"，第 1 盒，麦克米兰文献；同见麦克米兰，《终成刺客》，第 175—185 页；弗兰克，《美国死亡》，第 183 页；波斯纳，《杀死那个梦》，第 136 页。

4　关于萨瑟兰德和关于 5 万美金刺杀悬赏的传言，大部参考了"圣路易斯阴谋证据"，HSCA，《结案报告》，第 359—375 页；我还参考了罗素·拜尔斯在 HSCA 的证词，《附录报告》，第 177—310 页。

第 44 章　瘟疫

1　关于贫民军营地在国家广场的细节，我主要参考了 1968 年 5、6 月《华盛顿邮报》每日的详细跟踪报道；麦克奈特，《最后的十字军东征》，第 107—139 页；莱森，《燃烧的国度》，第 235—236 页；阿伯纳西，《高墙崩塌》，第 494—539 页；以及杨，《轻松的负担》，第 477—492 页。

2　阿伯纳西原话，出自麦克奈特，《最后的十字军东征》，第 130 页。

3　阿伯纳西，《高墙崩塌》，第 503、516 页。

4　麦克奈特，《最后的十字军东征》，第 116 页。

5　同上，第 126 页。

6　杨，《轻松的负担》，第 490 页。

7　阿伯纳西，《高墙崩塌》，第 517 页。

8　胡佛备忘录，出自麦克奈特，《最后的十字军东征》，第 128 页。

9　麦克奈特，《最后的十字军东征》，第 134 页。

10　同上，第 107 页。

11　克拉克，《美国罪恶》，第 236 页。

第 45 章　取钱

1　关于斯威尼的特别小组的细节，我参考了加拿大皇家骑警档案，出自休斯收藏；同见波斯纳，《杀死那个梦》，第 43 页。

2　韦斯特伍德的陈述，收录于 63 页的苏格兰场档案，出自休斯收藏。

3　关于此处的细节参考了大量伦敦文献，包括《泰晤士报》和《每日电讯报》；还参考了笔者去帕丁顿车站附近的小珠宝店的实地考察；还有笔者对艾萨克斯的儿子，文森特·艾萨克斯（Vincent Isaacs）的采访记录，2008 年 6 月 27 日，伦敦。

4　加拿大皇家骑警档案，出自休斯收藏。

5　关于斯尼德与科尔文的电话，主要参考了科尔文的文章，《刺杀金博士嫌犯在这里的三周，每日电讯报接到神秘电话》，伦敦《每日电讯报》，1968 年 6 月 10 日，第 1 版；同见弗兰克，《美国死亡》，第 320 页。

6　拿索原话，出自修伊，《他杀死了做梦人》，第 166 页。

7　关于斯尼德的银行抢劫细节，我参考了苏格兰场对银行柜员的询问记录，苏格兰场档案，出自休斯收藏；同见波斯纳，《杀死那个梦》，第 249 页；修伊，《他杀死了做梦人》，第 166 页；以及弗兰克，《美国死亡》，第 321 页。

8　关于加拿大皇家骑警审问拉蒙·斯尼德的审讯细节，主要来自"拉蒙·乔治·斯尼德，出生于 1932 年 10 月 8 日，审讯人 R. 马什，大多伦多市警局警探"，加拿大皇家骑警档案，出自休斯收藏。

9　斯尼德住在皮姆利科"和平女神"旅店的细节，参考了《锁在屋里的男人》，《伦敦晚报》（Evening Standard），

10   1968 年 6 月 10 日；同见修伊，《他杀死了做梦人》，第 167 页。
 10   杨，《轻松的负担》，第 486—487 页。
 11   同上。
 12   科尔文，"刺杀金博士嫌犯在这里的三周"，第 1 页；同见波斯纳，《杀死那个梦》，第 248 页。
 13   巴特勒讣告，伦敦《泰晤士报》，1970 年 4 月 21 日。
 14   德洛克，《胡佛的 FBI》，第 249 页。

第 46 章　我已经无法思考

1   此处细节我主要参考了"安娜·伊丽莎白·托马斯（Anna Elizabeth Thomas）陈述，'和平女神'旅店女主人"，机动小组办公室，苏格兰场，出自休斯收藏；同见修伊，《他杀死了做梦人》，第 167 页。
2   关于在希斯罗机场，斯尼德与修曼交流的细节，我主要参考了"肯尼斯·莱纳德·修曼（Kenneth Leonard Human）"，移民局官员，伦敦希斯罗机场，2 号航站楼"，1968 年 6 月 10 日，机动小组办公室，苏格兰场，出自休斯收藏。
3   关于伯奇对斯尼德的询问，主要参考了"菲利普·伯奇，特别支部警探"，1968 年 6 月 10 日，机动小组办公室，苏格兰场，出自休斯收藏。
4   关于巴特勒对斯尼德的审讯细节，主要参考了"总警司托马斯·巴特勒陈述，机动小组，苏格兰场"，1968 年 6 月 10 日，机动小组办公室，苏格兰场，出自休斯收藏；以及"见证人肯尼斯·汤普森陈述"，苏格兰场，出自休斯收藏。
5   "总警司托马斯·巴特勒陈述"，出自休斯收藏。
6   同上。

第 47 章　三位遗孀

1   主要参考了德洛克，《胡佛的 FBI》，第 249 页。
2   同上。
3   同上，第 250 页。
4   同上。
5   关于圣帕特里克大教堂外的细节，主要参考了《纽约时报》与《华盛顿邮报》对于罗伯特·肯尼迪葬礼的报道，1968 年 6 月 9 日刊。
6   笔者对克拉克的采访，2008 年 10 月 9 日，纽约市；同见理查德·吉德·鲍尔斯，《秘密与权力》，第 422 页；金特里，《约翰·埃德加·胡佛》，第 606—607 页。
7   威廉姆斯原话，出自《亚特兰大宪章报》，1968 年 6 月 9 日刊，第 20 页。
8   伯德在美国参议院的证词，谋金档案，第 57 节，第 71 页。
9   关于奥尔顿银行劫案的深度细节，以及雷家兄弟参与其中的可能性，我参考了 HSCA，《结案报告》，第 342—350 页。
10   胡佛原话，出自 HSCA，《附录报告》，第 7 卷，第 7 页。
11   笔者对克拉克的采访。
12   同上。
13   德洛克，《胡佛的 FBI》，第 256 页。
14   德洛克在 HSCA 的证词，《附录报告》，第 7 卷，第 28 页。
15   德洛克，《胡佛的 FBI》，第 257 页。

第 48 章　钢铁之环

1　关于斯尼德与尤金的对话，出自弗兰克，《美国死亡》，第 201 页。
2　同上，第 203 页。
3　修伊，《他杀死了做梦人》，第 181 页。
4　关于埃斯特与斯尼德在伦敦共处的细节，主要参考了首席调查员，爱德华·埃文斯（Edward Evans）对埃斯特在剑桥大学的详细采访记录，英格兰，1978 年 8 月 4 日，HSCA，《附录报告》，第 3 卷，第 264—284 页。
5　同上。
6　同上。
7　拘留记录，詹姆斯·厄尔·雷，1968 年 7 月 19 日，USAF 飞机，C-135，谋金档案，4901-4982 号，第 178—181 页；同见波斯纳，《杀死那个梦》，第 55—56 页。
8　关于雷抵达孟菲斯的细节，我主要参考了《孟菲斯媒体半月刊》，1968 年 7 月 19 日刊；《孟菲斯商业诉求报》1968 年 7 月 20 日刊；同见弗兰克，《美国死亡》，第 223-234 页。
9　同上。
10　弗兰克，《美国死亡》，第 228—234 页。

终章　囚犯 65477

1　再现雷的越狱场景，我主要参考了 1977 年 6 月的新闻、杂志报道，尤其是《亚特兰大宪章报》《纽约时报》《孟菲斯商业诉求报》《田纳西州纳什维尔报》和《华盛顿邮报》；1977 年 6 月 20 日的《时代周刊》和《新闻周刊》的深度报道对我帮助极大；我还参考了《毛刷山工程》（Building Time at Brushy），这是典狱长斯顿尼·莱恩的半虚构回忆录；最后，我还参考了麦金利对詹姆斯·厄尔·雷的采访（1977 年 9 月，《花花公子》）。
2　《纽约时报》，1977 年 6 月 12 日，第 1 页。
3　弗曼原话，出自《新闻周刊》，1977 年 6 月 20 日刊，第 25 页。
4　麦金利，"采访詹姆斯·厄尔·雷"，第 176 页。
5　《时代周刊》，1977 年 6 月 20 日，第 17 页。
6　麦金利，"采访詹姆斯·厄尔·雷"，第 86 页。
7　阿伯纳西原话，出自《华盛顿邮报》，1977 年 6 月 11 日，A 版第 10 页。
8　《时代周刊》，1977 年 6 月 20 日，第 14 页。
9　老马丁·路德·金原话，出自《亚特兰大宪章报》，1977 年 6 月 13 日刊，A 版第 19 页。
10　关于这部分细节主要参考了 2009 年 9 月，笔者对萨米·乔·查普曼的采访记录；我还参考了《山里人的办法》，《时代周刊》，1977 年 6 月 27 日，第 11—12 页；以及《再回囚室：两警犬将雷逮捕归案》，《华盛顿邮报》，1977 年 6 月 14 日，第 1 页。
11　《山里人的办法》，第 11 页。
12　麦金利，"采访詹姆斯·厄尔·雷"，第 94 页。